商於诗路

图书在版编目(CIP)数据

商於诗路/阎琦主编. —北京:中华书局,2019.2
ISBN 978-7-101-13327-1

Ⅰ.商…　Ⅱ.阎…　Ⅲ.古典诗歌-诗集-中国　Ⅳ.I222

中国版本图书馆 CIP 数据核字(2018)第 147060 号

书　　名　商於诗路
主　　编　阎　琦
责任编辑　李晓燕
出版发行　中华书局
(北京市丰台区太平桥西里 38 号　100073)
http://www.zhbc.com.cn
E-mail:zhbc@ zhbc.com.cn
印　　刷　北京瑞古冠中印刷厂
版　　次　2019 年 2 月北京第 1 版
2019 年 2 月北京第 1 次印刷
规　　格　开本/700×1000 毫米　1/16
印张 30　插页 16　字数 650 千字
印　　数　1-6000 册
国际书号　ISBN 978-7-101-13327-1
定　　价　168.00 元

《商於诗路》编委会

主　编：阎　琦

副主编：刘作鹏　邱　晓

编写者：高淑君　亢亚浩

栾玉博　邱　晓

张　筠

商於历史地图

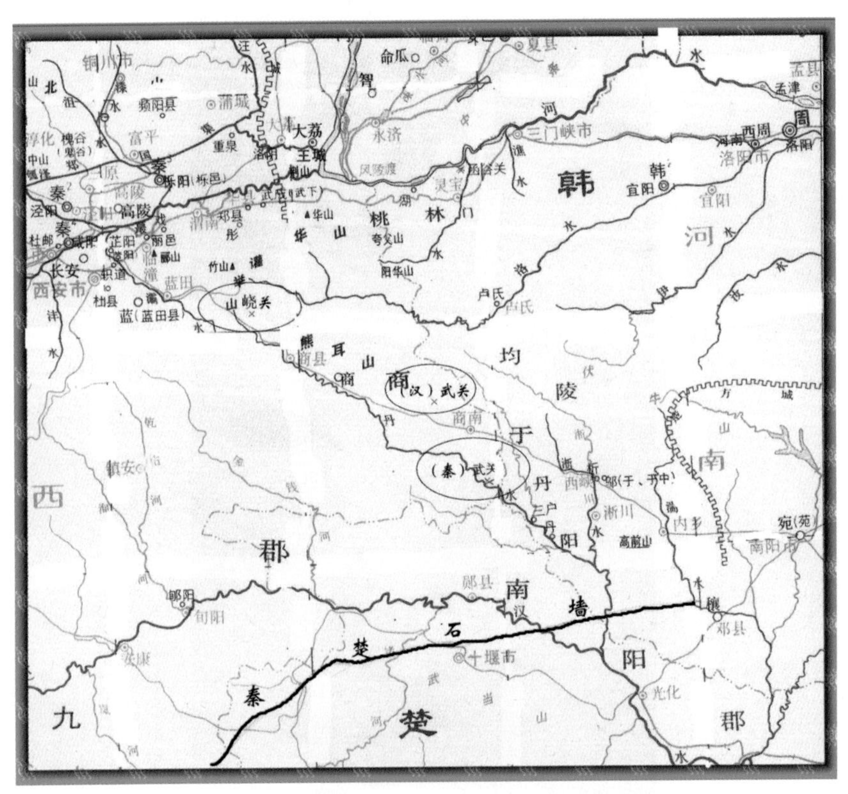

此图选自《中国历史地图集》第一册，由陕西省考古研究院王学理研究员根据实地考察改制

作者　王　智

作者 王智

作者 王智

作者　王智

作者 王智

作者 王智

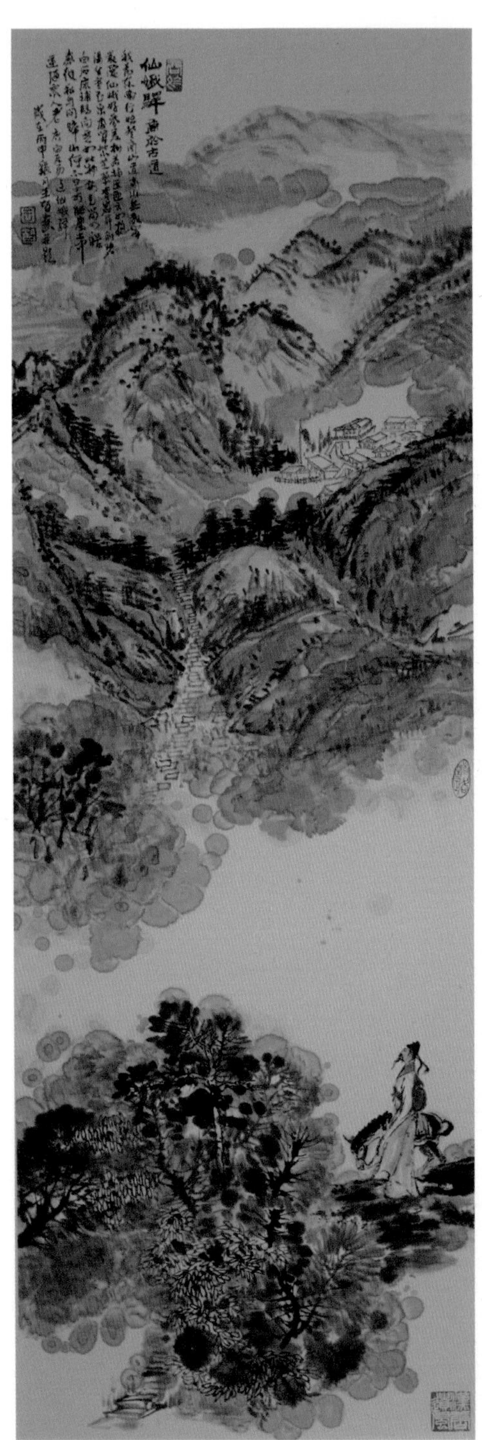

作者 王智

作者　王　智

作者　王智

作者　王　智

作者 王智

作者　王　智

作者　王　智

作者 王智

作者 王智

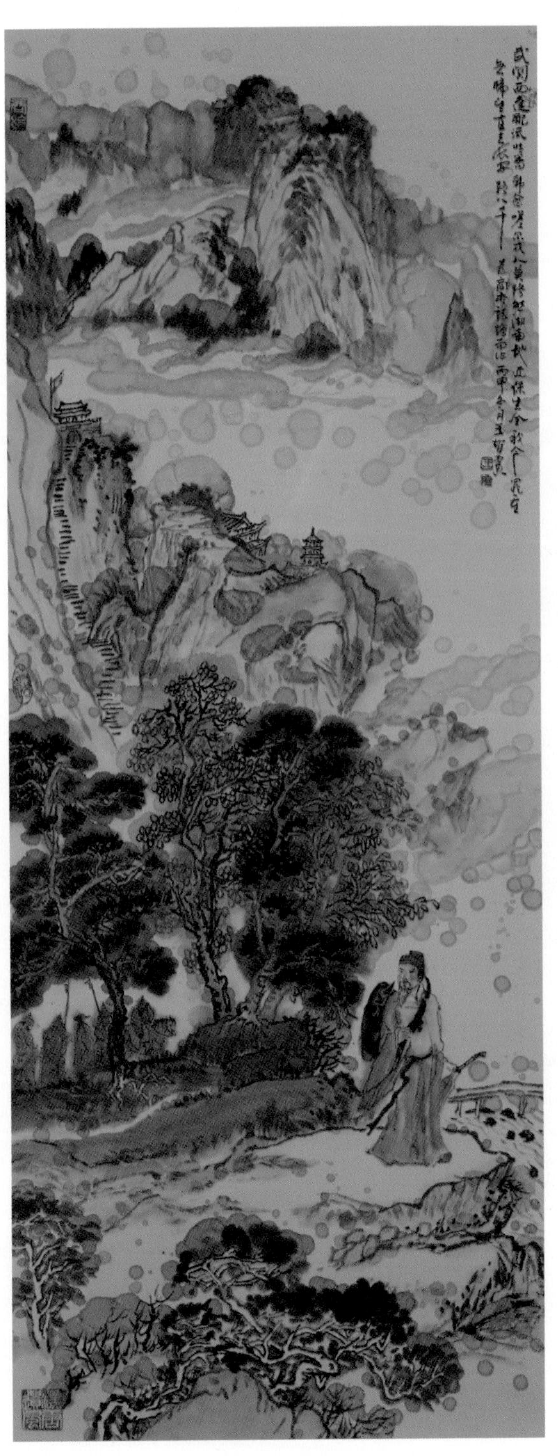

作者 王智

漢興有
東園公
綺里季
夏黃公
甪里先生
此四人者
當秦之世
避而入商洛
深山以待天下
定也高祖
聞而召之
不至
漢書王貢兩
龔鮑傳

作者 王 智

商山四皓

作者　王　智

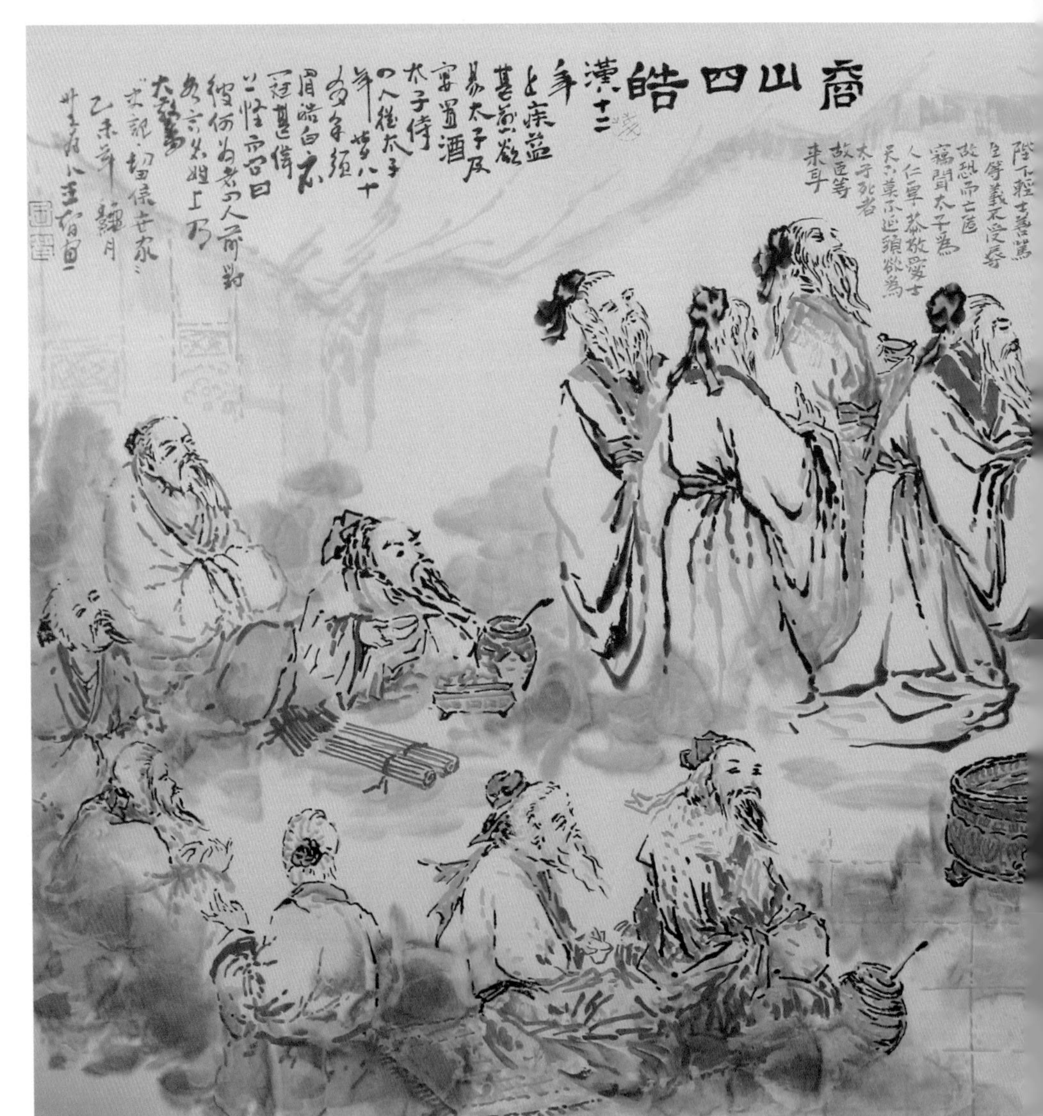
商山四皓

作者 王 智

鴻鵠高飛
一舉千里
羽翮已就
橫絕四海橫絕
四海當可奈何
雖有矰繳
尚安所施

作者　王　智

序

商於古道有狭义、广义之分。狭义的商於古道起于商（商邑，在今陕西丹凤县）止于於（於中，在今河南淅川县）；广义的商於古道又称武关道、商山道等，起于西安城东灞河西侧，向南经过蓝田，翻越秦岭，途经商州、丹凤、商南，止于於中。所以，广义的商於古道包含了狭义的商於古道，狭义的商於古道是广义商於古道的一段，当然也是最重要的一段。本书编选秦汉至清代与商於古道有关的诗作，即着眼于广义的商於古道。

商於古道最迟在西周前期就已形成，并与楚国的兴衰大有关系。《史记·楚世家》记载："周文王之时，季连之苗裔曰鬻熊。鬻熊子事文王，蚤卒。其子曰熊丽。熊丽生熊狂，熊狂生熊绎。熊绎当周成王之时，举文、武勤劳之后嗣，而封熊绎于楚蛮，封以子男之田，姓芈氏，居丹阳。"丹阳，顾名思义，即丹水之阳，是楚国封地最早的国都。据历史学家考证，丹阳最早极有可能在今天陕西商县丹江河谷一带，后来楚人沿丹水向东南迁徙，至丹水和淅水的交汇之处（今河南淅川）建立新都，新都亦名丹阳。早期楚人的这条迁徙路线，即是商於古道的雏形。可见，楚国的历史从一开始就与商於古道密切地联系在一起。

春秋战国时期，秦国越过秦岭占领丹水上游地区，秦、楚之间开始频繁政治交往，于是商於古道成为秦、楚交往的主要通道，也是秦楚争霸的主要战场。春秋末期吴、楚争霸，伍子胥带领吴军攻入楚都郢，楚国大夫申包胥入秦求援，秦国派出援军五百乘救楚，求援和救援的道路都是商於古道。而秦楚之间的政治联姻，迎来送往，也均由此道。战国时期，秦国控制了这条道路，改其重要关隘少习关为武关（武关：在陕西省丹凤县东南25公里处武关河北岸高地上，此为汉武关。据《中国文物地图集·陕西分册》下册记载，武关城遗址"位于长坪公路之南，东、南、西三面临武关河。关城平面呈长方形，面积约4万平方米。墙体夯筑，尚存部分东、西墙，残高6.5米，宽2.5米，夯层厚10厘米。城内发现汉代云纹瓦当、文字瓦当、五角形陶水管道、绳纹瓦等。关城内外还多处暴露汉代墓葬、窑址”。在武关城址还发现有“武侯”“千秋万岁”及“武”字瓦当，这些遗存表明丹凤武关古城是汉代“武关侯”守护武关的驻屯之地。长期以来，汉武关被认为是“关中”的四塞之一。《战国策·秦策四》载：黄歇对秦昭王说“王襟以山东之险，带以河曲之利，韩必为关中之候。”这是“关中”最早的文献记载，时间约当战国晚期。《史记·项羽本纪》：“人或说项王曰：‘关中阻山河四塞，地肥饶，可都以霸。’”《集解》引徐广曰：“东函谷，南武关，西散关，北萧关。”《资治通鉴》胡三省注沿用四关的说法，但作“西有陇关，东有函谷关，南有武关，北有临晋关，西南有散关”。

位于关城东2.5公里处丹凤县与商南县交界处的四条岭山脊上，现存南北走向片石砌筑石墙，残长约200米，宽1.5米。内侧(西)残高约1.5米，外侧(东)石墙下部堑山，高约8米。石墙南端有内夯土、外片石包砌的圆台两座。其一底径约30米，残高2米余；其二底径约45米，残高约3米。近旁曾出土秦汉时期的铜镞等。石墙中部的山垭处残留门道遗迹。这正是“城堑河滨”形式，其西侧平缓，东侧峭立，说明它为武关防御而设，应同武关属于同一防御工程。

除丹凤汉武关外，商南县湘河老街丹江南岸还存有一个秦武关遗址。战国时，秦在商於地区南缘边境“丹江川道”上设立武关，作为进攻的前哨据点、退守的锁钥。据《史记·秦本纪》，孝公二十二年（前340年）“封鞅为列侯，号商君”。《史记·商君列传》又明确说，“秦封之于於、商十五邑”。而商鞅在封地的作为，史书没有记载，《史记·楚世家》载：“三十年，秦封卫鞅于商，南侵楚。”如果联系《史记·苏秦列传》“秦之所害莫如楚，楚强则秦弱，秦强则楚弱，其势不两立。……大王不从（亲），秦必起两军，一军出武关，一军下黔中，则鄢郢动矣”的记载，就可断言：秦武关应为商鞅所建，时间约在公元前340年至前338年，地址在陕西省商南县老湘河街丹江拐弯处南岸，江边至今还存有巨石码头根基。

公元前秦昭襄王诱楚怀王会于此，拘以入秦，就发生于这一边关。公元前221年，秦始皇统一中国之后，秦武关依然发挥作用。公元前219年和前210年秦始皇两次南巡，公元前207年刘邦入关灭秦，公元前154年西汉周亚夫平叛都是经过秦武关的。《史记·秦始皇本纪·集解》引文颖的话:“武关在析(县)西百七十里弘农界。”文颖是东汉末年南阳人,对家乡的掌故是非常熟悉的,其所言的“析西”和“百七十里”即今河南淅川县荆紫关与陕西商南湘河镇交界之处,距离与商南县老湘河街秦武关吻合)所以商於古道由此又被称为武关道。秦孝公时期,卫国公孙鞅受封于商於十五邑,所以被后世称为商鞅、商君。商鞅受封的十五邑即散落在武关道丹水沿岸。秦孝公封商鞅于此,很重要的原因就是信任商鞅的变法思想和政治、军事才能,希望他能成为对楚作战、开疆扩土的先锋。战国末期,秦楚之间的多次重要战事均发生在武关道上。秦惠王时,张仪用连横计策破坏楚国和齐国的合纵军事同盟,诈言楚国只要与齐国解除盟约,就将商於一带六百里土地让给楚国,楚怀王听信张仪的游说,与齐国断交,但是张仪却悔称只曾许诺土地六里,而非六百里。楚怀王大怒之下,发兵攻秦,但被秦、齐联盟大败。屈原《九歌·国殇》可能即为在丹阳大战中阵亡的楚国将士而作。楚怀王之所以听信张仪,一个原因是在战国后期的秦楚战争中,楚国败多胜少,军事防线不断被秦国向南压缩,如果能获得商於六百里土地,楚国的国防压力将得到极大缓解;另一个原因是商於之地原本即为楚国故地,楚国即由此兴起,是楚国的故都所在。所以,不论从当时的政治形势,还是历史的渊源来说,张仪诈称的条件都很有诱惑力,楚怀王是很难抗拒的,因此楚怀王不顾楚国上下一片反对,一意孤行地钻进了秦国的圈套。唐代李商隐《商於》诗云“割地张仪诈”,说的就是这段历史。后来秦昭王又诈骗楚怀王结盟,楚怀王北上武关,被秦军抓捕,囚至咸阳,这场政治阴谋也发生在商於古道上。

秦统一中国后,定都咸阳,商於古道是秦朝的国家干道,奠定了此后其在中国交通史上的重要地位。秦始皇数次出巡,均由武关道往返。陈胜、吴广起义,曾计划由此道入关中,后来刘邦将兵破武关、战蓝田,由此率先进入关中。汉高祖时,太子刘盈有被废危险,吕后用张良之计,迎接隐居在武关道附近的商山四皓入长安辅佐刘盈。四皓是四位贤德之士,因秦朝暴政和秦末战乱而隐居商山。四皓出山保住了刘盈的太子地位和吕后的政治势力,最后又飘然而去。中国知识分子立身处世讲究独善与兼济、建功立业与功成身退的辩证关系,四皓的出处行藏几乎完美地实践了这种人生哲学,他们的事迹很容易引发知识分子的共鸣,所以后世为其修坟墓、立祠庙。自从曹植作《商山四皓赞》,历代都有歌颂四皓的诗文作品,其中除了唐代元稹《四皓庙》一诗质疑了四皓的价值,其他作品几乎都对四皓大加赞赏、推崇备至，特立独行如李白者也不例外。汉景帝时，吴楚七国叛乱，太尉周亚夫用赵涉遮之计，绕行此道，“走蓝田、出武关、抵雒阳”（《汉书·周亚夫传》），出奇制胜。此后，武关道一直是西汉都城与南方联系的重要通道，朝廷通过此道对江汉地区进行有效的政治控制。新莽时期，申屠建、李松率领一支绿林军破武关，沿武关道攻入长安；赤眉军讨伐刘玄，也是分兵武关进入长安。东汉时期，长安虽然已不是政治经济文化中心，但是作为汉室故都的地位十分重要，与京都洛阳、南都南阳成鼎足而立之势，武关道作为连接长安与南阳的大道依然畅行，东汉著名的文学家、科学家张衡年轻时游历关中，即从南阳出发经武关道到长安，又由长安到洛阳，而后才创作了气势恢宏的《两京赋》。

从某种程度上说，通过商於古道，我们可以透视周、秦、汉时期政治、经济、军事的发展和演变大势。虽然这一时期很少有诗歌作品直接吟咏商於古道，但是它的形象在史学家的笔下分外生动。《史记》《汉书》《后汉书》等记载的那些发生在这条道路上的轰轰烈烈的事迹，成为后世无数文学作品，尤其是咏史诗的素材来源。

魏晋南北朝时，南北政权对峙，北朝多个政权定都长安，南北交战往往发生在武关道上。东晋永和十年（354）桓温征讨前秦、义熙十二年（416）刘裕讨伐后秦均由此道北上。义熙十三年刘裕破武关入长安，江州刺史左将军檀韶得捷报后，遣长史羊松龄前往称贺，陶渊明《赠送羊长史诗》即缘此而作。而《桃花源诗并序》（《序》即《桃花源记》）的素材也很可能是陶渊明从北伐军中朋友处听来的发生在商山洛水之间的事情，所以《桃花源诗》以四皓事开头。南朝梁承圣三年（554），西魏攻陷江陵杀死梁元帝，并俘虏江陵全城官宦百姓回长安，西魏军队一来一去，均经武关道。

唐时商於古道延续秦汉时武关道称呼，同时又被称为商州道或商山道，是唐代都城长安通往中国东南各地的一条重要干道，联系着江淮、吴越、荆湘、黔中、交广各郡、州、县。唐王朝与东南各省政治、军事、文化的交流和沟通，都要倚重于它，其地位仅次于连接长安、洛阳的“大驿路”，被称为“次驿路”，所以唐朝政府不断对其进行修缮。唐德宗贞元七年（791），商州刺史李西华还建议在故道基础上旁开新路。《唐会要·道路》卷八十六载：“贞元七年八月，商州刺史李西华请广商山道，又别开偏道，以避水潦。从商州西至蓝田，东抵内乡，七百余里皆山阻，行人苦之……西华通山间道，谓之偏路。人不留滞，行者为便。”偏路，即今天所谓辅道，李商隐《商於新开路》一诗即歌咏商於古道的这条偏路。中唐以后，藩镇割据，阻挠了东南系统漕运，唐中宗时期，崔湜曾受命开通丹水—商州—石门—北蓝田—长安的漕运路线。唐末农民起义，黄巢也是由商州道进入关中，攻破长安，给了唐王朝致命的打击。总之，唐代承平二百余年，兵戎不举，商州道大多数时间远离战争影响，加之它避开了秦岭最高最大的山峦，因而可算是东南与西北之间最便捷的交通线路。京都长安与江淮、湖湘、岭南之间的交通往来，除贡赋物资及笨重行李要取道黄河、汴水和渭河漕转外，官民商旅往返多由此道。“兼以唐代士人几无不蚁趋京师，谋取功名富贵，又喜遨游江湖，适性谋食，故多屡经此道，至有‘名利道’之目。”唐代诗人王贞白《商山》诗云“商山名利路，夜亦有人行”，即是对当时古道盛况的描述。唐代文人士子奔波于古道之间，上京赶考的青云之志、落第回乡的落魄之情，迁升入朝的仕途得意、贬谪离京的仕途失意，因古道江山之助，发言为诗，成就了无数名篇。许多大诗人如张说、张九龄、孟浩然、李白、王维、孟郊、韩愈、元稹、白居易、杜牧、李商隐、温庭筠等人都在经过此道时留有诗作，如元、白之辈更是于此酬唱不断。所以，崎岖的商於古道亦是一条名副其实的唐诗之路。而王维的蓝田故宅、辋川遗踪，在后世催生出不少相关的诗、画作品，其中的绘画作品又被文人题咏，再次衍生出大量诗词。韩愈遭贬的蓝关滞留，产生了千古名篇《左迁至蓝关示侄孙湘》，后人感佩韩愈的人格，在秦岭为韩愈修立祠庙，韩文公祠（庙）又成为后世文人不断吟咏的对象。文化的发展是滚雪球式的不断膨胀的过程，这些都是最为典型的案例。

唐代交通制度先进，驿传设施也很完善。作为地位重要的“次驿路”，商州道上设立了多处驿馆，以利官民往来。蓝桥驿、洛源驿、四皓驿、青云驿、棣花驿、富水驿（阳城驿）、层峰驿、商於驿等都曾出现在诗人笔下。其中，关于富水驿（阳城驿）还发生过一段文学公案。阳城驿的得名原是为纪念唐德宗时的名臣阳城，可是元稹经过此处时，认为应该为贤者讳，不应直呼阳城之名，所以建议阳城驿改名，并得到了白居易的支持，白居易作《和阳城驿》以答。后来杜牧过此，作《商山富水驿》却说“驿名不合轻移改，留警朝天者惕然”，认为阳城驿的名字不应轻易改动，应该用阳城的名字和事迹时时警醒朝廷官员。元和十四年（819），韩愈罪贬潮州，按唐代制度，他不能在京停留，需要马上动身。行至秦岭蓝关，其侄孙韩湘赶上韩愈，随行南下，而其妻小随后方才动身追赶韩愈。由于事起仓促，韩愈十二岁的小女儿受到惊吓，复因途中道路颠簸、饥寒交迫，遂夭折于商南层峰驿。但罪人家属，不能在贬途滞留，所以家人只能将韩愈小女草草葬于层峰驿旁山下。第二年，韩愈受诏返京，路经层峰驿，作《去岁自刑部侍郎以罪贬潮州刺史乘驿赴任其后家亦谴逐小女道死殡之层峰驿旁山下蒙恩还朝过其墓留题驿梁》祭吊，表达了对亡女沉痛的愧疚之情，感人至深。这些都是唐代驿站文学的代表。又，据宋初王禹偁《商於驿记后序》称，唐会昌年间，吕述为商州刺史，重修商於驿并立碑记，碑文由韦琮撰文，柳公权书碑，李商隐撰文，韦、柳、李三人或为显宦，或为名流，都是一时之秀。古道斯文，由此可见。

唐代以后，中国的政治、经济、文化重心东移，长安的地位有所下降，商於古道的交通也随之衰落，与往日繁华之时不能相提并论，但是作为连接关中平原与江汉平原、沟通东南与西北的通行大道，它一直发挥着重要作用。北宋初期，王禹偁贬至商州为团练副使，谪居商州近两年，创作诗文二百余首，其中大部分都是描写商於古道沿途风光、民俗人情。理学家邵雍曾在商州居住，也写下了吟咏古道的诗篇。北宋末年，金兵攻打汴京，陕西巡按使范致虚兵分两路援救汴京，一路从潼关东进，另一路由武关道东进。南宋绍兴年间，金兵南下，即绕行武关道迂回至兴元府，欲由此攻克四川，后被南宋军队打退，金兵、宋军在武关道上展开了多年的拉锯战。金元时期，著名诗人元好问曾在商於古道东端为内乡县令，写下了不少有关古道的诗文。

至明代，南北贸易交流日渐繁荣，商於古道上客商往来不断，古道焕发了新的活力。明宪宗成化以后，由于河套地区失陷、西北用兵的需要，粮食和物资多靠内地转运，渭河航运能力有限，湖广地区的粮食物资多由商於古道运入陕西，“东南各省入陕、甘货物，盖自汉口装载帆船运至老河口”，换载小船进入丹江口市，“至荆子关换载寨河用篙小船”运入龙驹寨（今丹凤县城），再用骡马经商州，越秦岭，过蓝田，驮运至西安。龙驹寨作为商於古道之上的水旱码头，“马骡商货，不让潼关道中”，加之游宦西北、西南的士人，多会于此，龙驹寨更是繁盛一时。文人墨客，随意点染，留下了不少诗文。秦王朱诚泳喜好山水，又好诗文，常游蓝田、秦岭，对古道北段景致时时吟咏。名列“前七子”的王九思，罢官回乡，即取道商於，途中拜谒韩文公祠，留下了诗篇。同为“前七子”之一的何景明，曾任陕西提学副使、陕西参议抚治商洛道，期间由商於古道往来长安、商洛，并有诗文。吴显曾任商州知州，写下了一系列吟咏古道的诗篇。又，王维桢、徐学谟等人仕途游宦，道经商於，也有吟诵之作。

明末清初，商洛山区一度是李自成的战略根据地，李自成率起义军盘踞商洛，北上可以进袭长安，南下可以从南阳直达湖湘，正是看到了商於古道的军事战略作用。现代作家姚雪垠创作长篇历史小说《李自成》，对这一段历史有较多的描述。明清之际的连年战事，严重摧残了商於古道的正常交通。清初太仓人毛师柱，由西北从商於古道回乡，几乎在古道的每一个停歇之处都留下了诗作。这些诗篇不但细致描绘了古道的风土人情，而且展现了战乱造成的民生凋敝，每一首诗里都充满着恐惧的情绪，应该是连年战事给诗人造成的巨大的心理阴影。随着清代前期的休养生息，商於古道的交通状况和作用有所恢复。清代中期以后，由于清廷重视经营西北，古道的作用和地位甚至超过明代，很多官员的西北、东南之行都取道商於，东南到西北的物资转运依然倚重商於古道，丹江水路、商於山路又繁盛起来。咸丰十年（1860），政府在龙驹寨设厘金局，向过往货物收取厘金，仅“厘金”一项岁额即达十五万两白银，居全陕之冠。陕西居全国之中，西北连接甘、临，道通新疆，西南可入巴蜀，战略中枢的位置很重要，又加上陕、甘地区民族成分复杂，常起民族冲突，所以清政府派到陕西的军政大员往往都是出将入相的才干之士，毕沅、张祥和、林则徐都曾出任陕西巡抚，他们在任期间，出巡商洛，常有诗文，其中以张祥和留下的诗作最多。晚清著名诗人樊增祥，曾任陕西布政使，也曾在商於古道上写下诗篇。另外，有“戊戌六君子”之一的谭嗣同，曾由商於古道北上兰州，探望为官甘肃布政使的父亲，在古道上写下了多首思亲感怀的诗歌。其中长篇七古《秦岭》，吊古伤今、写景抒情，跌宕起伏、气势雄伟，表现了豪迈无畏的理想情怀。十年之后，“戊戌变法”失败，谭嗣同慷慨赴死的决心在此诗中早有预兆。

进入20世纪，商於古道上又上演了更加壮丽的诗篇。1928年后，渭华起义的红军曾在古道沿线活动。1934年底，红二十五军到达洛南，开创鄂豫陕革命根据地。红二十五军依靠秦岭有利地形，以商於古道为战略中枢，指东打西，南下北上，一度打到长安县城。当代作家陈忠实的小说《白鹿原》，写鹿兆鹏、黑娃等人的革命，就是以此为历史背景。中华人民共和国成立以后，商於古道得到了比较好的修缮，由于新的建造技术的应用，新修道路可以逢山开洞、遇河架桥，不必处处随河水弯转，所以新修道路常常偏离古道，古道、新道时有离合。20世纪90年代以后，312国道（又称沪霍线，东起上海、西至新疆霍尔果斯）开通。312国道西安至河南段即是沿商於故道建成，只不过国道不但偏离了传统的古道，也避开了中华人民共和国后新修的新道。国道成了正道，新道成了偏道、辅道，而古道也就基本废弃了。当然，国道与新道、古道虽有偏离，但是在各地的基本走向和走势是一致的，古道毕竟是无数古人数千年踩踏出来的坚实印记，符合山水的自然走势，也符合自然的力学规律，有历史的合理性在内。国道、新道和古道的关系简直就是现代与传统的关系的绝妙象征。贾平凹小说《秦腔》的叙事，往往与312国道有关联，其散文《棣花梦》写沪陕高速公路陕西商洛段的修建对丹凤县棣花镇的影响，折射了当代乡村社会的变迁，可以看作是古道文学在今天的新发展。

鲁迅曾有名言："世上本没有路，走的人多了，也便成了路。"揭示了道路对于人的实践活动的次生地位。可是，一条道路一旦形成，它将召唤着越来越多的人来行走，所以它对后来人又有先在的引导作用。我们很难认定商於古道形成的年月，但是我们确切地看到许许多多的人因它走来、沿它而去。

其实，道路对人的价值远不止此，如果说时间和空间是万事万物存在和运动的基本维度，那么道路对于人类来说就具有本体存在的意义，因为它是人类在实践过程中留下的空间印痕。所以，对于个体，有人生道路；对于社会，有历史道路。因此，我们追述商於古道的历史，不仅在历史的迷雾中看到了一个个鲜活的人生，而且能够通过不同的人生遭际看清历史的走向。同时，商於古道的文学又让我们领悟到了人类文化的本质：古人在古道上的事迹变成史书上的故事，史书的记载衍生出文学的吟诵，文学家的遭遇及其作品又成为后来文学家创作的起点，这个不断衍生和演变的过程，就是文化不断增殖的过程，也就是人类文化自我创造的本质。

商洛市文化部门委托我们编选这部《商於诗路》，当然希望对于梳理地方历史文化和发展地方文化产业提供参考。除此之外，如果读者能在这些作品中领略到一点点诗歌艺术的美感，或者对古人的作品产生共鸣的同情，甚至能从中参悟些许历史文化的隐秘信息，那么我们将获得超出预期的喜悦。

编　者

2016年10月5日

编选说明

一、本书选录吟咏商於古道的作品420篇。

二、本书选录作品以诗为主，亦包括少量词、曲。

三、为统一文字出处，本书选录作品的文字首以大型权威总集为依据；无总集可用者，以今人校注整理的别集为依据，或择善本而用。

四、选文顺序以作者生活时代及作品创作年代先后编排。

五、选文附有作者简介、作品简注和点评。简注力求简明；点评交代创作背景，疏通诗意，并对诗歌艺术进行评析，亦求扼要。

目录

采芝操[1]

商山四皓

皓天嗟嗟，深谷逶迤。
树木莫莫，高山崔嵬。
岩居穴处，以为幄茵。
晔晔紫芝，可以疗饥。
唐虞往矣，吾当安归。[2]

【作者简介】

商山四皓，指秦末汉初隐居商山的四位须眉皓白的老人：东园公唐秉，字宣明；夏黄公崔广，字少通；绮里季吴实，字子景；甪（lù）里先生周术，字元道。因四人须眉皆白，故称四皓。四人本为秦博士官，因避秦暴政隐居商山。汉初，辞刘邦招抚。刘邦晚年因太子刘盈性格软弱，欲另立戚夫人之子赵王如意。吕后依张良计，请四皓出山辅弼太子，刘邦见四皓认为太子羽翼已成，遂罢另立之意。

【注释】

①采芝操：一作“紫芝歌”。操：琴曲。芝：指紫芝，又名商芝，盛产于商州的一种蕨类植物，其嫩芽有紫红色，故称紫芝。

②唐虞：唐尧和虞舜，传说此二人称帝时为太平盛世。

【点评】

此诗描绘了云雾弥漫的高山，深邃绵延的河谷，其间有商芝闪烁紫光，可充饥果腹。诗人穴居于山岩中，将这些当作帷幕与垫褥，遥想唐尧虞舜的盛世，古今相映，不由得感慨自身将归何处。全诗以朴素古拙的语言，表现隐居于荒凉山林之中，身苦心乐的隐逸情趣。全篇章法谨严，含蓄有味，对后世隐逸作品影响很大。

四皓的几次归隐，是中国隐逸文化的典型例证。《论语》有云：“危邦不人，乱邦不居。天下有道则见，无道则隐。”商山四皓的事迹出现在秦末汉初，因其本身具有传奇色彩，凝结着士人建功立业、名垂后世，又能远身避害、终其天年的理想，遂成为历代文人吟咏的对象。他们的“隐”与“仕”对后世的隐逸文化产生了深远的影响。皇甫谧《高士传》评四皓“皆修道洁己，非义不动”。唐以后习称高士为隐士。明代胡定《祭四皓文》认为四皓“进不失仪，退不言功”。

崔鸿《紫芝歌》更模仿此诗而作：“驷马高盖，其忧甚大，富贵之畏人兮，不若贫贱之肆世。”认为富贵的处境既险又恶，让人担心害怕，还不如贫贱却快乐地活着，以此赞扬四皓甘愿避世隐居的精神。

商山四皓赞①

曹　植

嗟尔四皓，避秦隐形。②
刘项之争，养志弗营。③
不应朝聘，保节全贞。④
应命太子，汉嗣以宁。⑤

【作者简介】

曹植（192—232），字子建，沛国谯（今安徽亳州）人，魏武帝曹操子，曾为陈王，谥号“思”，三国时期曹魏著名文学家，建安文学的代表人物，与曹操、曹丕合称“三曹”。有《曹子建集》。

【注释】

①商山：在今陕西丹凤，又名“商阪”“地肺山”“楚山”。《雍胜略》载商山“形如商字，汤以为国号，郡以为名”。《通典·州郡·商洛郡》载：（上洛），汉旧县……有商山，亦名地肺山，亦名楚山，四皓所隐。

②嗟：感叹。

③刘项之争：秦末刘邦与项羽争夺皇位的战争，即楚汉战争。营：谋划。

④朝聘：指汉高祖刘邦聘请，四皓因其“谩侮人”而拒不出山。

⑤汉嗣：即太子刘盈，汉高祖刘邦的继承者。

【点评】

本诗作于建安十六年（211）至二十年曹植随父亲曹操西征潼关、汉中途经商洛时。诗歌赞颂了四皓天下大乱而隐、时局危困而出的高尚情操，反映出作者青年时期的雄心壮志。全文采用《诗经》句式，仅用32字即全面叙述并肯定了四皓事迹的四个阶段：离开始皇可“避秦隐形”，不介入刘项之争可“养志弗营”，高祖礼聘不出可“保节全贞”，出而辅佐太子可使“汉嗣以宁”。

曹植是最早用诗文吟咏四皓的文学家。《诗品》赞曹植“骨气奇高，词采华茂，情兼雅怨，体被文质，粲溢今古，卓尔不群”。全文无一字可删，对四皓的赞颂溢于言表，这一评定对后世歌颂四皓具有先导作用。

桃花源诗

陶渊明

嬴氏乱天纪，贤者避其世。①黄绮之商山，伊人亦云逝。②
往迹浸复湮，来径遂芜废。③相命肆农耕，日入从所憩。④
桑竹垂余荫，菽稷随时艺。⑤春蚕收长丝，秋熟靡王税。⑥
荒路暧交通，鸡犬互鸣吠。俎豆犹古法，衣裳无新制。⑦
童孺纵行歌，斑白欢游诣。草荣识节和，木衰知风厉。
虽无纪历志，四时自成岁。⑧怡然有余乐，于何劳智慧。
奇踪隐五百，一朝敞神界。⑨淳薄既异源，旋复还幽蔽。⑩
借问游方士，焉测尘嚣外。⑪愿言蹑轻风，高举寻吾契。⑫

【作者简介】

陶渊明（352—427），字元亮，入宋名潜，浔阳柴桑（今江西九江）人。他出身于破落仕宦家族，曾为官彭泽令。因不愿“为五斗米折腰”，厌恶官场污浊，他于四十一岁辞官归隐，躬耕田园，直至去世，谥曰靖节先生。他长于诗文辞赋，是我国田园诗的开山鼻祖。有《陶渊明集》。

【注释】

①嬴氏：秦始皇为嬴姓。天纪：原指日月星辰运行的规律，此指天下秩序。

②黄绮：指商山四皓中的夏黄公、绮里季的简称。

③往迹：初离乱世前往桃花源时的踪迹。浸：销蚀。湮：湮没。来径：来桃花源所走之路。芜废：荒芜。

④相命：相互呼唤。肆：致力。从所憩：任便休息。

⑤菽：豆类。稷：高粱。此处用菽、稷代五谷。随时艺：按季节种植。艺，种植。

⑥靡：没有。王税：官府所征的赋税。

⑦俎豆：古代祭祀时盛食品的祭器。古法：古时的礼法。新制：新的样式。

⑧纪历志：岁时的记载。四时：四季。自成岁：自成一年。

⑨奇踪：指桃花源中人的奇特踪迹。隐五百：隐藏了五百年。从秦始皇到晋太元中共五百八十余年，此处举成数。敞：开放。神界：神仙世界。

⑩淳：淳厚，指桃花源中的风俗。薄：浇薄，指当时的世俗。异源：本源不同。旋复：立刻又。幽蔽：深深地隐蔽起来。

⑪游方士：游于方内之士，即世俗中人。尘嚣：尘世。

⑫愿言：愿意。言，虚词。蹑：踏、蹈。蹑轻风：乘轻风。高举：向高处追攀。寻吾契：寻找和我志趣相投的人，即指桃花源中的人和商山四皓那样的隐士。

【点评】

《桃花源诗》是陶渊明晚年的代表作品，与另一篇陶渊明的传世名篇《桃花源记》珠联璧合，又相对独立，读来并无重复之感。《记》以渔人之眼示现桃源，富于传奇色彩；《诗》则以诗人之眼观照桃源，对桃源做深入揭示，并表达出作者对桃源的认同与追求，直凑单微，意蕴深远。诗歌开篇“嬴氏乱天纪，贤者避其世。黄绮之商山，伊人亦云逝”数句直指四皓避乱隐居商山，成为诸多学者研究《桃花源记》及陶渊明的重要引证材料。《诗》亦道出了《记》中所没有揭示出的意旨：桃花源人富庶安定的生活关键在于“春蚕收长丝，秋熟靡王税”。它向我们展示了一个现实社会中不存在的、广大人民希冀的理想社会——有民无君，和谐友爱，民性纯朴，风俗淳厚。从《诗经·魏风·硕鼠》中对“乐土”的追求开始，千百年来人们一直梦想有一个理想的乐园。陶渊明汇集了人们的梦想，以浪漫的艺术想象勾画出了这千古一梦——桃花源。现实的思索，先哲的启迪，酿成了这文学“白日梦”的底蕴。

虽然桃花源的原型在陕西商洛仅为一说，但数千年来世外桃源的理想，已然内化为商洛地域文化的核心内涵之一，滋养着这一片绝尘净域。

赠羊长史诗[①]

陶渊明

愚生三季后，慨然念黄虞。[②] 得知千载外，正赖古人书。
贤圣留余迹，事事在中都。[③] 岂忘游心目，关河不可逾。[④]
九域甫已一，逝将理舟舆。[⑤] 闻君当先迈，负疴不获俱。[⑥]
路若经商山，为我少踌躇。 多谢绮与甪，精爽今何如。[⑦]
紫芝谁复采，深谷久应芜。 驷马无贳患，贫贱有交娱。[⑧]
清谣结心曲，人乖运见疏。[⑨] 拥怀累代下，言尽意不舒。[⑩]

【注释】

①题下注：“左军羊长史，衔使秦川，作此与之。”左军：指左将军檀韶（366—421），桓玄篡晋，随刘裕起兵，又从征南燕，累迁至江州刺史。羊长史：指羊松龄，当时是左将军的长史，总理将军府事务。衔使：奉命出使。秦川：陕西关中地区。

②三季：三代，指夏、商、周。黄虞：黄帝、虞舜，指上古时代。

③中都：古人以黄河流域为中原，建都即称中都，如尧都平阳、舜都蒲坂、禹都安邑、汤都亳、西周都镐、东周都洛邑等。

④关河：山河。

⑤九域：九州，即天下。甫：开始。一：统一。东晋义熙十三年（417）七月，刘裕灭后秦，送姚泓至京师，斩于市，天下渐趋统一。逝：语助词，无义。理舟

舆：整治船只、车辆。

⑥先迈：先行。疴（kē）：病。不获俱：不能同行。

⑦多谢：多问。绮与甪：绮里季与甪里先生，代指商山四皓。精爽：精神、魂魄。

⑧驷马：指驾一车之四马，也指显贵者所乘的驾四匹马的高车，表示地位显赫。无贳（shì）患：不能避患。贳，免除、赦免。交娱：欢娱。

⑨清谣：无音乐伴奏之清唱歌谣，指《采芝操》。人乖：人生背时。见疏：被疏远、遗弃。

⑩拥怀：有感。

【点评】

此作是陶集赠答诗中的名篇，作于东晋义熙十三年，是年太尉刘裕伐秦，破武关入长安，江州刺史左将军檀韶得捷报后，遣长史羊松龄前往称贺，陶遂以诗相赠。

全诗分四节，首节八句追怀三代之前唐尧和虞舜的太平盛世，贤圣之踪仅留余迹于史册，慨叹彼时真风尚存，风俗淳朴平和，暗含对刘裕的嘲讽。诗歌之后以“古人书”为纽带自然转入，诗人正是从书里获知，贤圣余迹多留存在中都一带，可惜限于关山阻隔（暗含南北分裂之意）无法逾越，既说出自己对“贤圣”的崇仰，也引入羊长史的北去。次节四句言天下初定，因自己身有疾病，难以联袂同行北上，只有赠诗相送。“路若经商山”以下八句，是该篇赠诗的主旨所在：诗人嘱托友人在经过商山时记得稍作停留，代其向四皓致敬，顺便看看那深藏谷中的紫芝是否还有人采摘，以此抒发驷马高盖当无忧患，贫贱相交也自得欢愉的高洁情感。寞寞深谷的歌声萦绕于心，可惜作者自叹命途乖舛，此等忧愤意绪累代而下，发出回环悠长的余音。

诗中怀古伤今，既流露出对时局的观感和政治态度，又体现“君子赠人以言”的古训，讽示、忠告友人不要趋附权势，亦表达出对太平盛世的渴望、对商山四皓的追慕。诗歌从远处落笔，却紧扣正意，手法高妙。沈德潜《说诗晬语》评之曰：“必所赠之人何人，所往之地何地，一一按切，而复以己之情性流露于中，自然可咏可读。”方东树《昭昧詹言》更云：“《羊长史》篇文法可以冠卷。”

入武关[①]

周弘正

武关设地险，游客好邅回。[②]
将军天上落，童子弃繻来。[③]
挥汗成云雨，车马飏尘埃。[④]
鸡鸣不可信，未晓莫先开。[⑤]

【作者简介】

周弘正（496—574），字思行，汝南安城（今河南汝南东南）人。南朝大臣，东晋光禄大夫周顗之九世孙。其学贯通儒、佛、道。有《周易义疏》十六卷、《孝经疏》二卷、《庄子内篇讲疏》八卷、集二十卷。

【注释】

①武关：位于陕西省商洛市丹凤县东武关河的北岸，最早为战国秦时所置，它和函谷关、大散关、萧关成为秦的“四塞”，是古都长安的南门要塞。春秋时称少习关，战国时秦改为武关，是关中平原通南阳盆地和江汉平原的交通咽喉，是历代兵家必争之地，自古有“雄关拒万夫”之说，号称“三秦要塞”。战国时苏秦说楚威王“秦一军出武关，一军下黔中，则鄢郢（楚国都城）动矣”，可见武关在战略上的重要地位。公元前299年秦昭襄王诱楚怀王会武关，被秦扣留并死于秦。秦末刘邦鉴于函谷关秦兵力雄厚，绕道武关最先进至咸阳。

②邅（zhān）回：难行不进。

③“将军”两句：用汉代李广的典故，据《史记·李将军列传》载，匈奴称李广为“飞将军”。童子：指无官职的青年儒生。弃繻（rú）：典出汉代的终军。终军十八岁被选为博士弟子，在入关赴长安就学时，守关吏给他出关凭证，以便以后出关回返。终军当面撕碎弃在地上，表示当不上官决不再回来。后来他

果然做了官。繻，古代出入关口的凭证，在绸子写上字，分成两半，一半交出入者，一半留关上。

④“挥汗”句：典出《晏子春秋》，每人挥一滴汗就像是下雨，形容过往的人很多。

⑤“鸡鸣”两句：典出“鸡鸣狗盗”。《史记》载齐国孟尝君逃出秦国至函谷关，关上规定听见鸡叫开门。孟一门客会学鸡叫，引得群鸡齐鸣，关门大开，孟尝君得以逃出秦国。

【点评】

此诗集中描写了武关的险要及其重要的军事战略地位。首句即点出武关“地险”，紧接着用游人“好邅回”、守将“天上落”、行人“弃繻来”、过客挥汗成雨、车马扬尘滚滚等一系列事实渲染烘托武关地理位置的重要，使人如临其境。武关是古都长安的南门要塞，自古为兵家必争之地。这里的守关将吏向来由朝廷委派，经常有重要人物从此处通过，再加之来往人员众多，情况复杂。所以作者提醒守关者，要提高警惕，严格盘查，谨防心怀叵测之辈，充分表现了诗人对国事的关心。

全诗八句之中运用了四个典故，“将军天上落”用李广之事，形容武关险要、守卫武关的将军居高临下；“童子弃繻”用终军之事，表现过往之人追求功名的热切之心；“挥汗云雨”形容过往的人很多，情况复杂；“鸡鸣狗盗”借用孟尝君典故，风趣地叮嘱武关守将：即使关隘险要，也不可大意。典故虽多却不杂沓重复，表意贴切，颔联句中二典与首联描绘的武关情况相呼应，语言晓畅，增加了全诗的韵味。

送韦商州弼①

沈佺期

会府应文昌，商山镇国阳。②
闻君监郡史，暂罢尚书郎。③
王事嗟相失，人情贵不忘。
累年同画省，四海接文场。④

点翰芳春色，传杯明月光。
故交从此去，遥忆紫芝香。

【作者简介】

沈佺期（约656—715），字云卿，相州内黄（今河南安阳市内黄县）人，是武则天与唐中宗时著名的宫廷诗人。他长于七言，与宋之问齐名，称“沈宋”。《全唐诗》收其诗三卷。

【注释】

①韦商州弼：字国桢，京兆杜陵（今陕西省西安市长安区）人，当时新任商州刺史。

②会府：指尚书省，为会试之所。文昌：星宿名，又名文曲星，是神话中主宰功名、禄位的神，旧时多为读书人崇祀。唐光宅元年（684）曾改尚书省为文昌台。国阳：京城南边。国：指京城。阳：山之南、水之北。商州在秦岭南麓。

③监郡史：指刺史。《汉书·百官公卿表上》：“监郡史，秦官，掌监郡。汉省……武帝元封五年初，置部刺史。”尚书郎：尚书省下属各部的副职，又称侍郎。

④画省：指尚书省。汉时尚书省壁画上画有古代烈士像，故以画省代称。文场：科举考试的考场。

【点评】

沈佺期近体诗多应制之作，格律谨严精密，讲求辞采靡丽，回忌声病，约句准篇。明人高棅在《唐诗品汇总序》中有评：“沈宋之新声，苏（廷）张（说）之大手笔，此初唐之渐盛也。”

此赠别诗作于韦弼新任商州刺史时。开头四句为恭贺韦弼新任商州刺史走马上任。中间四句表达因国事匆忙而互相分别的叹惋之情。最后四句则寄语赠别，将友人与诗人间高岸深谷的情谊与依依惜别之情融入诗歌意象塑造之中。“点翰芳春色”一句，作者借春色形容友人文笔，赞韦弼诗翰美丽如芳春之景。“传杯明月光”之景更是道出了诗人与友人交往之深。传杯指饮酒，古人喜欢在宴席上互传酒杯而饮，借以助兴，以示亲密，诗中描写正是他们在明月下相聚传杯小饮的场景。全诗末句更是在整首诗歌中起到了总结、升华的作用，作者活用商山四皓的典故赞美韦弼的高洁，汉初四皓隐居商山，汉高祖聘之，四皓不甘，仰天叹而作《采芝操》，有“晔晔紫芝，可以疗饥”之句。诗人通过友人的商州为官，联想到商山四皓入商山食紫芝之香，对友人赞美嘉许溢于言表却不显浮夸。

赠崔公①

张　说

我闻西汉日，四老南山幽。
长歌紫芝秀，高卧白云浮。②
朝野光尘绝，榛芜年貌秋。
一朝驱驷马，连辔入龙楼。③
昔遁高皇去，今从太子游。④
行藏惟圣节，福祸在人谋。⑤
卒能匡惠帝，岂不赖留侯。⑥
事随年代远，名与图籍留。
平生钦淳德，慷慨景前修。⑦
蚌蛤伺阴兔，蛟龙望斗牛。⑧
无嗟异飞伏，同气幸相求。

【作者简介】

张说（667—730），字道济，一字说之，河南洛阳人，唐朝政治家、文学家。张说前后三次为相，执掌文坛三十年，为开元前期一代文宗，与许国公苏颋齐名，号称“燕许大手笔”。有《张燕公集》，《全唐诗》收其诗五卷。

【注释】

①崔公：即崔日知，曾任商州司马。

②“长歌”句：即《采芝操》，相传秦朝末年，商山四皓为避难隐居高山，作

此诗。

③连辔（pèi）：骑马同行。龙楼：汉时太子宫名为龙楼。

④“昔遁”两句：指商山四皓曾拒绝高祖之聘，后出山辅助太子刘盈之事。

⑤行藏：典出《论语·述而》篇“用之则行，舍之则藏”一语，意指出仕即行其道，否则退隐守道以待时机，后以此代指行止。惟圣节：只求合于圣人之节。

⑥惠帝：汉惠帝刘盈，刘邦与吕后之子。留侯：张良。刘盈为太子时险被刘邦所废，赖张良请出商山四皓出山辅助，才得以消除危机。

⑦前修：古代的贤人。

⑧阴兔：古人认为月为阴精，月中有兔，故称月亮为阴兔。斗牛：古代天文所称二十八宿中有斗宿和牛宿，借指天的极高处。本句以蚌蛤面对明月、蛟龙意欲升天比喻自己对四皓的景慕之情。

【点评】

此诗是一篇咏史怀古之作，张说借吟咏先贤表现自己忠君报国、名留青史的志向。西汉商山四皓的事迹在唐代已广泛流传，并被很多文人作为隐逸的典范用来吟咏言志。诗歌开篇即写到：四人结伴长歌于秀美的紫芝丛中，高卧在飘荡的白云之内，朝野各种荣耀丝毫不系于心，年纪与容貌随山野隐居而增长变老。这是赞扬他们不求功名富贵、甘于隐逸的美德。接下来，笔锋一转，诗人真正推崇他们的，是对于社稷的辅助，他们应留侯之邀联袂出世辅助太子刘盈，使其免遭废黜之难，以布衣之身干预帝王之事，千古留名。诗人难掩对他们的仰慕与欣羡。“穷则独善其身，达则兼济天下”，这是众多传统文人所求、所守之道，从对四皓的吟咏中，独善之心、兼济之志都可得到抒发，这正是文人常常用其入诗的原因。全诗将个人抱负寄托于咏史怀人，化虚为实，情感真挚，直抒胸臆却不落质直之弊。

商洛山行怀古①

张九龄

园绮值秦末，嘉遁此山阿。②
陈迹向千古，荒途始一过。

硕人久沦谢，乔木自森罗。[3]
故事昔尝览，遗风今岂讹。
泌泉空活活，樵叟独皤皤。[4]
是处清晖满，从中幽兴多。[5]
长怀赤松意，复忆紫芝歌。[6]
避世辞轩冕，逢时解薜萝。[7]
盛明今在运，吾道竟如何。

【作者简介】

张九龄（678—740），一名博物，字子寿，韶州曲江（今广东省韶关）人。开元贤相，有诗名。《全唐诗》收其诗三卷。

【注释】

①商洛山：即商山。

②园绮：东园公和绮里季，代指商山四皓。

③硕人：有盛德之人。沦谢：消失。

④活活：水流声。皤（pó）皤：形容白色，此处指白首。

⑤清晖：日月的光辉。幽兴：幽雅的兴味，此处指隐居兴致浓厚。

⑥赤松：赤松子，古代传说中的仙人，曾隐居于洛南书堂山。

⑦薜萝：薜荔和女萝，是两种野生植物。女神以薜荔为衣，女萝为带。多用来代指隐士的服饰。

【点评】

此诗作于唐开元二十四年（736），此时诗人罢相被贬荆州经过商山。

首四句直指题目，凭吊先贤。四皓生逢秦末乱世隐居于商山，他们的遗迹历经千年，虽已经荒芜，但他们的高德遗风长存世间，不容讹传。中间数句描绘商洛山行所见美景，泉水喷涌，水流湍湍，白首樵夫，独立其间，月光清亮，隐士幽居者众。诗歌营造出一幅静谧、安然的世外隐居图景。诗人在作品中怀想赤松子仙人隐居，回忆起四皓采芝之歌，又进而联想到自身：如今褪去高官显位，恰可以薜荔为衣，女萝为带，隐居山野，可满腹的忧愁忽从中来，未来国家安危将系于何人，个人道路终该如何取舍呢？

作为开元盛世的最后一位名相，张九龄忠耿尽职，秉公守则，直言敢谏，选贤任能，为“开元之治”做出了积极贡献。此诗将一位失意宰相心系家国、愁苦落寞的心绪表达得淋漓尽致。诗风清淡，以素练质朴的语言，寄托深远的人生慨望，对扫除唐初所沿袭的六朝绮靡诗风，贡献尤大。

酬黎居士淅川作①

王　维

侬家真个去，公定随侬否。②
著处是莲花，无心变杨柳。③
松龛藏药裹，石唇安茶臼。④
气味当共知，那能不携手。

【作者简介】

王维（701—761），字摩诘，河东蒲州（今山西永济）人，唐代山水田园派代表诗人、画家。开元时中进士，官至给事中。因受安禄山伪职，降为太子中允，后官至尚书右丞，世称“王右丞”。他与孟浩然合称“王孟”，又称“诗佛”。《全唐诗》收其诗四百余首。

【注释】

①淅（xī）川：故址在今河南淅川县淅川镇东，与陕西、湖北省相邻，是商於古道的东起点。尧舜时是舜的儿子丹朱的封地。北魏孝武帝永熙三年（534），析南乡县西部置淅川县，因淅水故名。北周省之，唐代又复置，不久并入内乡县（今河南西峡）。诗歌原注：“昙壁上人院走笔成。”

②侬：指自己。否：语末助词，表示询问。

③著处：显著之处。

④松龛：古代立社树，祀神主。夏天以松为社树，因以指代神主。龛（kān），供

奉神佛或神主的石室或小阁子。

【点评】

此诗是一首与昙壁上人的唱和之作。诗的前两句以平白的口语道出自己要离开官场，去追求幽静隐居的禅宗生活。中间四句描写修禅者的生活和心境，药里放松龛，茶臼放石缝，展现了一种无差别、无分化的心境。最后两句说自己跟友人志同道合之意，气味在此可能指的是药与茶之味辉映，代指两人的志趣相投。

"著处是莲花，无心变杨柳"是诗中名句，意境深远。"莲花"，佛经中常见。《华严经》："一切诸佛世界，悉见如来坐莲花宝师子之座。""著处是莲花"，即着意于求佛的意思。"变杨柳"，见《庄子·至乐篇》："支离叔与滑介叔观于冥伯之丘，昆仑之虚，黄帝之所休。俄而柳生其左肘，其意蹶蹶然恶之。支离叔曰：'子恶之乎？'滑介叔曰：'亡。予何恶！生者，假借也，假之而生，生者，尘垢也。死生为昼夜。且吾与子观化，而化及我，我又何恶焉！'""无心变杨柳"，意思是忘却自我，顺从自然，像滑介叔那样无意于杨柳之变。在这首诗里，佛学和《庄子》通过"无我"的媒介携起手来共同塑造出诗歌的出尘意境，表现了诗人忘我心境。

送李太守赴上洛①

王　维

商山包楚邓，积翠蔼沉沉。②
驿路飞泉洒，关门落照深。③
野花开古戍，行客响空林。④
板屋春多雨，山城昼欲阴。⑤
丹泉通虢略，白羽抵荆岑。⑥
若见西山爽，应知黄绮心。⑦

【注释】

①李太守：据《续修商志》载，当指商州刺史李灵。上洛：商州。春秋时为晋地，西汉武帝元鼎四年（前113）始建城，置上洛县。西晋时始兼治上洛郡。郡治至北魏太和十一年（487）改为洛州。北周宣政元年（578）又改称商州，直至金朝。上洛县到元代改为商州，直至清末改为商县，1988年改为商州市，2002年改称商洛市。

②楚邓：楚州和邓州，泛指丹江下游地区。蔼沉沉：茂盛貌。

③关：疑指蓝关，在今陕西蓝田东南，亦名“蓝田关”。秦名“峣关”，因临峣山得名。西汉前206年刘邦在峣关大破秦军，兵临咸阳，即指此地。6世纪中叶北周移置青泥故城侧，改名青泥关，后以关口在蓝田县为名。隋徙旧址。蓝关口是古都长安、咸阳东南的门户，为古代用兵要地。

④古戍：古代设兵守卫的关隘和营房。

⑤板屋：商洛山区中人多把沉积岩劈开，揭成石板，用以垒墙或盖房时代替瓦，称为板屋或板房，至今仍有保留。

⑥丹泉：即丹渊（避唐讳改为泉），又名丹水，今称丹江，源出商洛市西北冢岭山。虢（guó）略：今河南卢氏、灵宝一带。白羽：地名，在今河南西峡县境内。荆岑：即荆山，在今湖北南漳县以南。

⑦西山爽：《世说新语·简傲》：“王子猷作桓车骑参军，桓谓王曰：‘卿在府久，比当相料理。’初不答，直高视，以手版拄颊云：‘西山朝来，致有爽气。’”西山，即首阳山，殷末伯夷、叔齐所隐之处，这里代指商山。爽，清秀。

【点评】

此诗作于唐开元二十八年（740）前后。诗歌在描写商州如画风景的同时，流露出羡慕四皓隐居生活之情。王维继承和发展了谢灵运开创的山水诗写作传统，又吸取陶渊明田园诗清新自然的风格，诗歌头两句写丹江下游两岸商山郁郁葱葱，拥抱楚邓，绵延百里，苍翠如雾。“驿路”六句描绘行走商山道中所见山中美景，驿路瀑布飞洒，关山夕阳沉沉，野花艳丽遍布关隘军营，空山静谧，行人脚步回响。春雨常至山城，即使白天也烟雾蒙蒙，板屋转瞬阴湿。如此幽静又偏僻的山城，正是隐居的绝佳去处。苏轼评王诗曰："味摩诘之诗，诗中有画；观摩诘之画，画中有诗。"诗歌中，诗人运用娴熟的技巧将诗情与画意完美结合在一起，所写景色皆可入画，处处彰显出不拘于文字的生机勃勃的动感与意蕴。如《河岳英灵集》所言"词秀调雅，意新理惬；在泉成珠，著壁成绘；一字一句，皆出常境"。"丹泉通虢略，白羽抵荆岑"两句写逆丹江而上向东北可到达河南虢州境地，沿白羽而下向东南可直抵湖北荆山一带。结尾两句表面是猜想商山这般清秀美景更胜西山，遥想伯夷、叔齐，商山四皓隐居于此，实则流露出作者超世隐逸之思。

斤竹岭①

王　维

檀栾映空曲，青翠漾涟漪。②
暗入商山路，樵人不可知。③

【注释】

①斤竹岭：是辋川山谷南段东侧邻近文杏馆的一处长着斤竹的山岭，辋川二十景之一。谢灵运有《从斤竹涧越岭溪行》一诗，斤竹之名，或取于此。

②檀栾：秀美貌，用以形容竹子。空曲：空阔偏僻之处。

③商山路：即商於道，起自唐都长安，中经蓝田、商州，东至郦、淅之间的於村镇或柒於铺（郦，郦邑，今河南内乡；淅，今淅川县），故而得名。秦、汉时称作"武关道"，唐时或有称为"商山道""商州道"。

【点评】

这首诗是王维隐居生活中的一个篇章，通过描述探寻隐居地的景象，表达诗人远离尘俗、继续隐居的愿望。王维早年有过积极的政治抱负，后值政局变化无常而逐渐消沉。四十多岁的时候，他特地在长安东南的蓝田县辋川营造了别墅，过着半官半隐的生活。

空旷深幽的地方长着竹林，风过处便荡起绿色的波浪。岭上有小路可以通向商山，连山中的樵夫也未必知晓。此诗写竹林景色，前二句写竹林秀美青翠，后二句写竹林幽深莫测。全诗视野由近及远，色彩由浓而淡，表现出此地景色的美好，也从侧面写出了诗人醉心于美景中忘乎所以的状态，烘托出作者对自然的喜爱之情。诗中写景并不刻意铺陈，自然清新，如同信手拈来，而淡远之境自见，大有渊明遗风。

商山四皓

李　白

白发四老人，昂藏南山侧。①
偃卧松雪间，冥翳不可识。②
云窗拂青霭，石壁横翠色。
龙虎方战争，於焉自休息。③
秦人失金镜，汉祖升紫极。④
阴虹浊太阳，前星遂沦匿。⑤
一行佐明圣，倏起生羽翼。
功成身不居，舒卷在胸臆。
窅冥合元化，茫昧信难测。⑥
飞声塞天衢，万古仰遗则。

【作者简介】

李白（701—762），字太白，号青莲居士，祖籍陇西成纪（今甘肃天水），幼随父迁居锦州昌隆。他二十五岁离开蜀地，长期漫游。天宝初年，供奉翰林，后受谗毁，离开长安。安史之乱期间曾为永王李璘幕僚，后受牵连而被流放夜郎。有《李太白集》，《全唐诗》收其诗二十五卷。

【注释】

①白发四老人：代指四皓。昂藏：仪表雄伟，气宇不凡。

②偃卧：仰面躺下。冥翳：高远，深杳不可测。

③龙虎：指楚汉。於（wū）焉：赞叹声。

④“秦人”句：指秦亡。《西京杂记》载：相传秦始皇有一面镜子，可照见人的五脏六腑，知道心之正邪。旧时用“秦镜”称颂吏治清明。

⑤“阴虹”句：古人迷信虹出现于太阳旁边，象征后妃暗中威胁皇帝。此指戚夫人强要刘邦废易太子之事。浊，污染。前星：古星相学家认为心宿三星的前星象征太子。

⑥窅（yǎo）冥：遥远处。合：符合。元化：造化，指自然的发展变化。茫昧：奥秘。

【点评】

此诗作于唐开元十八年（730）作者第一次入长安求官途中，诗歌赞扬了四皓待机而出、功成不居的豁达胸怀，借古抒怀，也表达了自身的政治抱负，是诗人自信可成一番事业的豪情壮志的写照。

前八句写四皓之避秦，藏匿南山，高卧云间，世间龙虎相斗，他们则乘机休息。中间八句写四皓之安汉，高祖刘邦代替秦人统治，“阴虹浊太阳”的星象出现，戚夫人强要刘邦废易太子遂使前星光辉减弱消亡，此时四皓辅佐太子盈，诗歌以“倏起生羽翼”来表现他们对于太子能够继承皇位所起到的重要作用；而太子继位，四皓却辞官请归，重返山林行止自由的隐逸生活。末尾四句写世人对四皓的敬仰，世事常变，深奥难测，赞誉四皓之音却远播天下，四皓遗迹也将受人万世仰慕。全诗气势开阔，将李白诗“雄奇飘逸、真率自然”的艺术风格表现得淋漓尽致。

山人劝酒[①]

李　白

苍苍云松，落落绮皓。[②]
春风尔来为阿谁，蝴蝶忽然满芳草。
秀眉霜雪颜桃花，骨青髓绿长美好。[③]
称是秦时避世人，劝酒相欢不知老。
各守麋鹿志，耻随龙虎争。[④]

欻起佐太子，汉皇乃复惊。⑤
顾谓戚夫人，彼翁羽翼成。
归来商山下，泛若云无情。
举觞酹巢由，洗耳何独清。⑥
浩歌望嵩岳，意气还相倾。⑦

【注释】

①山人：住在深山中的人，代指四皓之类的隐士。

②落落：高超不凡的样子。

③骨青髓绿：谓仙风道骨。《黄庭内景经》云："骨青筋赤髓如霜。"

④麋鹿志：隐逸之志。

⑤欻（xū）起：指四皓忽然出山从政。欻，忽然。

⑥"举觞"句：谓商山四皓以巢、由为榜样，保守操持。巢、由，指巢父和许由，传说为尧时二隐士。晋皇甫谧《高士传》：巢父者，尧时隐人也。山居不营世利，年老以树为巢，而寝其上，故时人号曰巢父。尧之让许由也，由以告巢父，巢父曰："汝何不隐汝形，藏汝光，若非吾友也！"击其膺而下之，由怅然不自得。乃过清泠之水，洗其耳，拭其目，曰："向闻贪言，负吾之友矣！"遂去，终身不相见。许由，字武仲，阳城槐里人也。尧让天下于许由，许由曰："子治天下，天下既已治也，而我犹代子，吾将为名乎？名者，实之宾也，吾将为宾乎？鹪鹩巢于深林，不过一枝，鼹鼠饮河，不过满腹。归休乎君，予无所用天下为。庖人虽不治庖，尸祝不越樽俎而代之矣！"不受而逃去。洗耳：典出《高士传·许由》："尧欲召我为九州长，恶闻其声，是故洗耳。"尧想要将君位让给许由，由不应，又召之为九州长，由不愿听，在颍水边洗耳朵。

⑦"浩歌"二句：谓四皓之气概与嵩山相匹敌。浩歌：放声歌唱。意气还相倾：谓嵩山之高，不能超越四皓之气概。倾：超越。

【点评】

有人认为此诗是李白在商州所作，也有人认为是唐天宝六年（747），北海太守李邕等人因太子事被杖死，李白激愤而作此诗。诗歌通过对商山四皓稳固刘盈太子地位这一史实的概括，高度赞赏商山四皓不受屈辱，甘为隐沦的气节；扭转乾坤后功成身退，不被名利所牵的气度，并以此来表达诗人“功成身退”的志向。

全诗可分为三段。“龙虎争”以上为第一段。写商山四皓的仪表风度和不凡气节，四皓立身在云松下，逍遥自在、春风满面，气度令人心折。“羽翼成”以上为第二段。写商山四皓挽回高祖心意，稳固刘盈太子地位的成就。他们宁可自守与麋鹿为伴，也耻于参与龙虎天下之争，但又毅然出山辅佐太子，令求之不得的汉高祖刘邦回心转意。最后六句为第三段。用形象赞颂商山四皓归隐的豪壮气概。情若白云，气若嵩岳，楷模巢、由，举觞浩歌。太子之位得保，四皓又复归商山，泛游山间，风轻云淡。最后四句将四皓与巢父、许由等古代名士相提，赞美四皓的高洁可与古之贤人并论。

诗歌虽通篇歌颂四皓事迹，但亦是诗人以四皓之行自我激励，商山四皓辅佐君王、功成身退的案例正是李白心目中政治成功的典范，他曾在《代寿山答孟少府移文书》自抒道：“申管晏之谈，谋帝王之术，奋其智能，愿为辅弼，使寰区大定，海县清一。事君之道成，荣亲之义毕，然后与陶朱、留侯，浮五湖，戏沧洲，不足为难矣！”其中包孕的思想可与此篇参看。

过四皓墓①

李　白

我行至商洛，幽独访神仙。
园绮复安在，云萝尚宛然。②
荒凉千古迹，芜没四坟连。③
伊昔炼金鼎，何年闭玉泉。④
陇寒惟有月，松古渐无烟。⑤
木魅风号去，山精雨啸旋。⑥
紫芝高咏罢，青史旧名传。
今日并如此，哀哉信可怜。

【注释】

①四皓墓：《太平寰宇记》：四皓墓，在商州上洛县西四里。《雍胜略》："四皓墓，在商州西四里金鸡原。"《水经注》《魏书》等记载，四皓身后，汉惠帝刘盈曾令三千御林军从长安各带十斤土至四皓墓培土，又亲为之立碑于隐处，勒石"文官下轿，武将下马"，以示尊崇。唐宋以后有新修四皓墓、庙等。今所见四皓墓在商洛有两处，一在商州城西金鸡原（今陕西商州城西商洛市汽车运输公司院内），为四皓衣冠冢；一在今丹凤县商镇，或系四皓真墓。另商山脚下现存"四皓古陵"，碑石如林，翠柏参天，烟岚浩渺。

②云萝：茂密如云的薜萝。《楚辞·九歌·山鬼》："若有人兮山之阿，被薜荔兮带女萝。"后常用薜萝代指隐士的住处。此句言四皓已逝，旧迹犹存。

③四坟连：今商镇的四皓墓仅有三连坟，墓后建有碑园。

④炼金鼎：炼丹鼎。炼制丹药原为道家修行之法，诗人以此喻修行隐居。闭玉泉：葬入坟墓。"死亡"的婉辞。玉泉，九泉，指人死后的葬处。

⑤陇：连茔，坟墓。

⑥木魅：传说山林异气所生的人面兽神四足怪物。山精：传说山中的一种精怪。此处形容山雨袭来如山精呼啸狂奔之状。

【点评】

此诗为唐天宝三年（744）作者被逐出长安，取道商山往洛阳漫游，过四皓墓时进园凭吊所作，赞颂了商山四皓的高风亮节，同时抒发了对时世的感慨。

诗的前半部分写诗人怀着虔诚之心独自专访如神仙一般的四皓的遗迹，然而"荒凉千古迹，芜没四坟连"，四皓早已无踪，昔日所居之所亦被草木笼罩，唯留四个坟茔，至于四皓当年如何在这里修炼，何时与世长辞皆不得而知。后半部分描绘坟场孤寒，仅有月亮相伴，松树因年久已无翠色笼罩，狂风刮过，犹如魑魅号叫，暴雨袭来，又似山精狂奔，而采芝之曲早已停歇，仅留青史旧名，如此这般情形确让人感觉悲哀可怜。诗中四皓的奇功高节、青史留名与四皓墓的冷清萧瑟形成鲜明对比，表现出人世多变、沧海桑田的荒凉意境，亦衬托出作者伤感心情。诗人仰慕四皓的处世原则，也想效仿他们功成身退、洁身自好的行为和品格。但是他的出仕入朝却并未如愿功成，铩羽而归的诗人也只能将自己的满心不甘挥洒于四皓墓前，于咏史之中自伤。

题东溪公幽居

李 白

杜陵贤人清且廉，东溪卜筑岁将淹。①
宅近青山同谢朓，门垂碧柳似陶潜。②
好鸟迎春歌后院，飞花送酒舞前檐。
客到但知留一醉，盘中只有水晶盐。③

【注释】

①杜陵：在今陕西省西安市长安区东南，秦为杜县，汉宣帝筑陵葬此。卜筑：择地建筑。

②青山：在当涂县东南三十里。齐时宣城太守谢朓筑室于山南，绝顶有谢公池。唐天宝间改为谢公山。“门垂”句：陶渊明宅旁有五株柳树，因以自号“五柳先生”。

③水晶盐：《金楼子》云：“胡中白盐，产于山崖，映日光明如水精。胡人以供国厨，名君王盐，亦名玉华盐。”

【点评】

据传这首诗作于唐玄宗天宝三年（744）春。其时诗人结束了他三年的翰林供奉生活，离开长安东下，再度开始他的漫游生活时，受商州刺史裴延庆邀请，幽居于商州城东北里许的东岩山。东岩山因相对于仙娥溪北的西岩山而得名，其水亦随之曰东溪，遂诗名《题东溪公幽居》。诗中精致地描绘了杜陵贤人幽静淡雅的住处。以青山、垂柳、花舞、莺歌等自然景象渲染出幽居的情趣，此情此景亦如世外桃源，流露出诗人的向往之情。诗人虽经陵谷变迁，世事易位，漂泊旅途，但其达观的态度和豪情仍似当年。

诗末以“客到但知留一醉，盘中只有水晶盐”为结，对于水晶盐的解释古已有之，陆容《菽园杂记》：“环庆之墟有盐池，产盐皆方块如骰子，色莹然明彻，盖即所谓水晶盐也。”“盘中只有水晶盐”，言无下酒之物，东溪公廉洁可见。诗人以仅有的一盘晶莹明澈如水晶的盐待客，写尽了杜陵贤人高洁清廉的品质。

春陪商州裴使君游石娥溪[①]

李　白

裴公有仙标，拔俗数千丈。[②] 澹荡沧洲云，飘飖紫霞想。
剖竹商洛间，政成心已闲。[③] 萧条出世表，冥寂闭玄关。[④]
我来属芳节，解榻时相悦。[⑤] 褰帏对云峰，扬袂指松雪。[⑥]
暂出东城边，遂游西岩前。[⑦] 横天耸翠壁，喷壑鸣红泉。[⑧]
寻幽殊未歇，爱此春光发。　溪傍饶名花，石上有好月。
命驾归去来，露华生翠苔。[⑨] 淹留惜将晚，复听清猿哀。
清猿断人肠，游子思故乡。　明发首东路，此欢焉可忘。

【注释】

①裴使君：名延庆。《新唐书·宰相世系表一上》西眷裴氏：“延庆，商州刺史，闻喜公。”石娥溪：商州城西十里的仙娥溪（今仙鹅湖），唐代于此处设有驿站。诗题原注：“时欲东游，遂有此赠。”

②仙标：仙人的气度。

③剖竹：称授官，古代以竹为符证，剖其为二，授官时一半交本人，一半留官府。谢灵运《过始宁墅》有“剖竹守沧海”句。

④玄关：幽居的门户。

⑤解榻：指主人接待宾客。据《后汉书·徐穉传》载，陈蕃为豫章太守，“在郡不接宾客，唯穉（徐穉）来特设一榻，去则悬之”。

⑥褰帏：把车帘打开。袂：衣袖。

⑦西岩：山名，在商州西十里，与仙娥峰相对。

⑧红泉：指丹水。

⑨归去来：典出自陶渊明《归去来兮辞》。露华：露水。

【点评】

此诗作于唐天宝三年（744），时李白入长安求取功名之行以失败告终，被赐金还山，居于商州时与裴延庆同游。该诗首八句抒写诗人对裴延庆的称赞，认为他有神仙风采，超出一般俗人。澹荡之云，飘摇紫霞皆是以物比人，烘托裴公之“仙标”。诗作紧接着歌颂其政绩，裴延庆任职商洛时，此地政通人和，他本人无为而治，衙门几乎清静至可以关闭。中间八句写赏游仙娥溪所见美景，诗人与裴公从东城门出至西岩寺，可见苍翠直立的仙娥峰，从山涧奔涌而出的丹江水，于是乘兴寻访优胜之所，赏玩溪边名花与石上月光。末尾八句则叙写游玩归来的感受，他们驾车准备返回时，看到露水已打湿苔藓，侧面反映出前诗中景色之美以致流连甚久。写到耳畔猿鸣声，诗风一转，由畅游之欢变为思乡之愁，进而推及到即将到来的分别，诗人明日将要东去洛阳，欢游难忘却不得不以离别割舍。全诗以出尘美景衬主人之高洁、客人之忘忧，又以露华比韶光易逝、猿鸣引游子之思，喜忧参半，层次鲜明，读来情真意切。

别韦少府[①]

李　白

西出苍龙门，南登白鹿原。[②]
欲寻商山皓，犹恋汉皇恩。
水国远行迈，仙经深讨论。
洗心向溪月，清耳敬亭猿。[③]
筑室在人境，闭门无世喧。
多君枉高驾，赠我以微言。[④]
交乃意气合，道因风雅存。

别离有相思，瑶瑟与金樽。

【注释】

①韦少府：其人不详，当为宣城县尉。唐时称县尉为少府。

②苍龙门：汉长安未央宫东有苍龙阙。白鹿原：亦称灞上，因传说周平王迁都洛阳途中，曾见原上有白鹿游弋而得名。

③向溪：在安徽宣城东五里，溪流回曲，形如句字，源出笼丛、天目诸山，东北流二百余里，合众流入长江。清耳：洁其心耳。敬亭：山名，在宣城。

④枉高驾：即屈尊，对友人的敬称。微言：精微的言论。

【点评】

此诗为唐天宝十二年（753），诗人离开长安南下宣城所作。他看到了唐王朝歌舞升平后的危在旦夕，粉饰太平下的权臣当道；他感到了玄宗的执迷不悟，几成亡国之君，最后只得怀着“辞楚”“避秦”的心情离开长安。

诗歌首四句，描写出长安。他出长安东门，东南经灞上，至蓝田，然后由商州道东去。这与他此前离开长安的路线相同，相同的也是落魄的处境与“大道如青天，我独不得出”的含恨。他的心事无处诉说，唯有托古于四皓，“欲寻”与“犹恋”道出了诗人于进退间内心的纠结。次四句，谓来宣城。他试图以远离长安来“洗心”“清耳”，忘却世间的烦恼。

诗歌的后半部分，在歌颂友情的同时亦是反映了李白的出世之心。诗人故把忧时伤世避而不谈，“筑室在人境，闭门无世喧”一句效仿陶潜的“结庐在人境，而无车马喧”。他试图通过与友人的高谈来解忧，在宴会交游中忘愁。

诗歌全篇虽意在出尘离世，出世之语频出，实则伤己忧世之心无一刻忘却。

高士咏·商山四皓

吴 筠

万方厌秦德，战伐何纷纷。
四皓同无为，丘中卧白云。
自汉成帝业，一来翼储君。①
知几道可尚，隐括成元勋。

【作者简介】

吴筠（？—778），字贞节，一作正节，华州华阴（今属陕西）人。因举进士不第，乃入嵩山，师事潘师正为道士。弟子邵冀元等私谥为“宗玄先生”。《全唐诗》收其诗一百二十余首。

【注释】

①翼储君：用商山四皓辅佐汉惠帝刘盈得保太子位之本事。

【点评】

此诗为诗人在唐天宝中期还会稽时过商山所作，咏叹四皓的奉时归隐与辅佐太子之事。诗中称赞四皓能洞察明理，知晓世间的正义，及时挺身而出，堪称正道之元勋。

《高士咏》是吴筠所作的五十篇歌颂名士的组诗，在其中吴筠歌颂了如广成子、庄子、列子等道教高士，同时也为如商山四皓这般功成身退者留下了很大的篇幅，如还在组诗中称赞“处世功已立，拂衣蹈沧溟”的鲁仲连；“德光义且富，肯易王侯尊”的段干木；“鲁侯询政体，喻以治道精”“一言达至义，千载良为程”的周丰。可见“道意”并未能掩盖他“先儒内道”“功成身退”的音声律动。

士大夫往往在遭遇坎坷、仕途受挫时，在思想上转变为“内儒外道”，用表面上的隐退来掩盖内心的进取，以表面上的淡泊来调整心理上的不平衡，而更多的人则以“先儒后道”“功成身退”作为实践他们功名心的一种策略。

作者也特别服膺“先儒后道”。只是他“举进士不第”，未能通过学业登上仕途、建立功业，未能步入儒者殿堂。但如范蠡、鲁仲连、商山四皓等人般“功成身退”还是他心目中的典范。吴筠蓬生郁勃的“俗心”在此作中可见一二。

送李中丞赴商州①

韩　翃

五马渭桥东，连嘶逐晓风。②
当年紫髯将，他日黑头公。③
不异金吾宠，兼齐玉帐雄。
闭营春雪下，吹角暮山空。
香麝松阴里，寒猿黛色中。
郡斋多赏事，好与故人同。④

【作者简介】

韩翃（719—788），字君平，南阳（今河南南阳）人，唐代诗人，“大历十才子”之一。著有《韩君平诗集》，《全唐诗》收其诗三卷。

【注释】

①李中丞：即李叔明，是“安史之乱”收复洛阳后的第一任洛阳令。其时由洛阳调任商州刺史。中丞，是当时对州郡一级长官的尊称。

②五马：汉代太守所乘车套五匹马，这里借以点明对方身份。渭桥东：指东渭桥，故址在今西安市东北灞水、泾水合渭处东侧，汉景帝五年（前152）始建。唐高宗于咸亨（670—674）中置渭桥仓于此，漕粮自东来，先聚于此仓，再转运长安。

③紫髯将：指三国时孙权，此处作咏勇将。黑头公：指李叔明，赞美其年轻即身处高位。

④郡斋：郡守起居之处。

【点评】

这是一篇送别之作。首句“五马渭桥东”，点明“送别”之意。作者于东渭桥与李叔明依依惜别，晨风中传来马的声声嘶鸣，说明分别就在此刻，渲染出浓重的别离气氛。二、三两联笔锋一转，说李太守是像孙权那样的将才，少壮而居高位，这全是对对方的赞扬与恭维之词。接下来两联是对李中丞到商州之后的生活情形和环境的拟想：在春雪之下，营门紧闭，暮色苍茫之中只闻号角远鸣，茂密的松林里，香麝于松阴间徘徊，寒猿在秋色中啼叫。鲜明的语义构建出富有层次和动感的画面，意境幽美，景色错落有致，令人产生无限遐想，也给全诗增添了言之不尽的意味。诗的末两句，希望对方不忘友情，时时顾念自己，于冲淡的语气中含有不尽的情意。这首诗并未陷入赠别诗常有的离愁别绪，而是将自己对朋友的祝愿融入到丰富、生动的想象图景中，以乐观的心态、优美的笔调冲淡了离别时的伤感。

过商山

戎　昱

雨暗商山过客稀，路傍孤店闭柴扉。①
卸鞍良久茅檐下，待得巴人樵采归。②

【作者简介】

戎昱（744—800），荆州（今湖北江陵）人，郡望扶风（今属陕西）。唐肃宗初年（756—757）进士。德宗时曾任虔州刺史，后遭人诬陷，贬任辰、楚二州刺史。有《戎昱诗集》，《全唐诗》收其诗一卷。

【注释】

①傍：旁边。柴扉：柴门，用树枝编扎成的门，亦比喻贫寒人家。

②樵采：即砍柴、刈山草、扫树叶等，堆积储藏起来，以备岁末天寒或来年梅雨季节烧用。

【点评】

此诗描绘诗人雨中过商山所见情景。由于雨大天暗，过往行人稀少，路边仅有的小店也紧闭柴门，景致一片萧索。诗人卸鞍下马在茅屋檐下伫立良久，才等到巴人打樵采物归来，营造出愁苦、悲切的意境。

此诗语言清丽婉朴，虽然只是简单运用了铺陈白描的手法，但短短四句却描写出十分悲凉的意境，归其原因，在于诗中出色的环境描写与人物塑造。在环境描写上，雨后阴暗的商山古道，路旁无人问津的野店，在诗歌的开端便快速地将读者引入一片荒凉凄清的氛围中。不仅如此，紧随其后的人物描写更给诗歌营造的静寂中加入了悲情色彩，诗歌中出现的人物形象：一个是一路旅途疲惫的过客，一个是亦樵亦商、辛苦操劳的巴人。二者皆非生于斯地，却由于生计所迫劳顿于此，二人的相遇非但没有打破诗歌之前所塑造的静寂，还加入了世态艰辛、身如浮萍的悲哀情感。斯景斯人，感人至深。

送马尊师①

李　端

南入商山松路深，石床溪水昼阴阴。
云中采药随青节，洞里耕田映绿林。②
直上烟霞空举手，回经丘垄自伤心。③
武陵花木应长在，愿与渔人更一寻。④

【作者简介】

李端（约743—约782），字正己，赵州（今河北赵县）人，“大历十才子”之一。曾任秘书省校书郎、杭州司马，晚年辞官隐居湖南衡山，自号“衡岳幽人”。《全唐诗》收录其作品三卷。

【注释】

①送马尊师：诗题一作“送侯道士”。尊师：对道士的尊称。

②青节：道教的青色旗幡。

③丘垄：坟墓。

④渔人：典出自陶渊明《桃花源记》，武陵渔人入桃花源，后复寻之，迷不复得路。

【点评】

李端少时好神仙术，安史之乱前曾往嵩山求仙访道，弱冠之时，深感岁月蹉跎而仙道难求，他的很多诗歌中都可以看出求仙不得的遗憾。诗人多有应酬之作，且其中大部分皆显示出消极避世的思想，这大概受玄宗时期道教兴盛影响，也和他少年学道的经历有关。此诗为送道士入山之作，体现了作者的出世之心和求道不成的遗憾。首联中，作者倾心于商山道上的环境，松径幽深，溪水激石，青天白日亦有阴云遮天之感。深山幽谷之中必有仙踪，颔联是作者外感于物境而产生的想象，应有仙人在群山云雾深处采药、耕耘。颈联中，望云空叹道出诗人对求仙无门的深深遗憾，道边坟冢将诗人笔触拉回现实，他发出韶光易逝、童颜白发的悲叹。尾联，诗人化用陶潜《桃花源记》典故，求仙之志虽难成，出世之心犹在。

商山祠堂即事①

窦　常

夺嫡心萌事可忧，四贤西笑暂安刘。②
后王不敢论珪组，土偶人前枳树秋。③

【作者简介】

窦常（746—825），字中行，金城（今甘肃兰州）人。唐大历年间进士。初不愿为官，隐居广陵著书达二十年。后历任朗州、兰州、江州、抚州刺史，入京任国子祭酒。与其弟窦牟、窦群、窦庠均有诗名。《全唐诗》收其诗二十六首。

【注释】

①祠堂：四皓祠。《关中胜迹图志》卷二五："四皓祠在商州东七十里商洛镇。"

②夺嫡：指刘邦一度想废除太子刘盈（即汉惠帝），而立戚姬之子赵王为太子。萌：生。四贤：即商山四皓。西笑：向西而笑。当时的都城长安在商山的西北方向。历史上西笑的故事是桓谭"人闻长安乐，则出门向西而笑"。长安是汉朝都城，西望长安而笑，有渴慕帝都之意。李白亦有"十年罢西笑"之句。

③后：之后。论：通"抡"，选择。珪组：古时祭祀器皿，代指王位。土偶人：祠堂中的四皓泥塑像。

【点评】

此诗是诗人在商州城西四皓祠的一首即兴之作。诗中称颂四皓安定汉室王储之功，前两句从刘邦改立戚夫人之子赵王如意为储君，以夺取吕后所生嫡子刘盈太子之位一事谈起，这件事让所有人忧虑万分，而四位贤者却笑着走进长安城辅佐太子盈，保住了刘盈的储君之位，遏制了汉初一场剧烈的宫廷政变。此后，刘邦再也不敢谈论易储之事。

作者全面肯定四皓羽翼太子的历史功绩，认为四皓在羽翼太子得保储位一事中起关键性作用。作者站在四皓祠，仍可见泥塑的四皓像，以及雕像前的枳树在秋风中相伴。遥想四皓功成不居、保身得全，"紫芝高咏罢，青史旧名传"，心中越发羡慕前贤之圆满。

自商行谒复州卢使君虔①

孟　郊

一身绕千山，远作行路人。
未遂东吴归，暂出西京尘。②
仲宣荆州客，今余竟陵宾。③
往迹虽不同，托意皆有因。④
商岭莓苔滑，石坂上下频。
江汉沙泥洁，永日光景新。⑤
独泪起残夜，孤吟望初晨。

驱驰竟何事，章句依深仁。⑥

【作者简介】

孟郊（751—814），字东野，湖州武康（今浙江德清）人，祖籍平昌（今山东德州临邑）。因其诗作多写世态炎凉，民间苦难，故有“诗囚”之称。有《孟东野诗集》，《全唐诗》收其诗五卷。

【注释】

①复州：州名，北周设置，唐辖境相当今湖北沔阳、天门、监利等县地。卢虔：贞元间曾任御史，后出任复州刺史。

②未遂：应试落第。东吴：此处代指诗人故里湖州。西京：长安。

③仲宣：建安诗人王粲，字仲宣。这里借王粲客居荆州之事表达自己的羁旅之思。竟陵宾：谓做客于复州。天宝元年（742），曾改复州为竟陵郡。乾元元年（758），复为复州。

④托意：依托之意。

⑤江汉：长江与汉水。指江汉之间及其附近的地区。永日：尽日。

⑥章句：指为诗章。深仁：谓仁爱深厚的长者。指卢虔。

【点评】

干谒漫游是唐代诗人创作的主题之一，尤其逢科举之途阻塞后，这更是落魄的举子们积极改变自身现状的应变之策。孟郊一生中经历了三次科举考试，前两次皆不第。唐贞元九年（793），他第二次到长安考试，仍未中。“一夕九起嗟，梦短不到家。两度长安陌，空将泪见花。”（《再下第》）此后他到各地去游历，先到北方，后又准备南下回乡。此诗就是诗人南归途经商州投赠卢虔之作。在诗中开篇即点出自己的孤独无依，他孤身一人在商山道上徘徊，出仕之心未遂，忍受羁旅之苦。作者在诗中将屡试不中的自己与客居荆州十五年的王粲相比，希望如昔日王粲依托于刘表一样，可以托身于身为复州刺史的卢虔。全诗用典自然，笔力深厚，尤其是王粲之比，一语双关，既是自伤，又委婉道出托身之意。虽然经过两次科举的打击，但是诗人对自己的才华仍是深怀自信，只不过之前经常作为超常隐士之境再也无法维持，诗歌中难掩对入仕的焦虑急迫。“独泪起残夜，孤吟望初晨”更体现出诗人怀才不遇的悲苦心境。

商州客舍

孟　郊

商山风雪壮，游子衣裳单。
四望失道路，百忧攒肺肝。①
日短觉易老，夜长知至寒。
泪流潇湘弦，调苦屈宋弹。②
识声今所易，识意古所难。
声意今讵辨，高明鉴其端。③

【注释】

①攒：丛聚，聚集。

②屈宋：屈原、宋玉。屈、宋之作皆有悲苦之调。

③讵：岂。鉴其端：明察其缘由。

【点评】

孟郊大半生在外谋职求仕，经常一个人漂泊在外，故表现羁旅之思便成为其诗歌中的一项重要内容。诗人在唐贞元九年（793）赴长安第二次考取功名未中，贞元十一年又复试。此诗为其在两次赴考之间，旅居商州所作。唐代科举尚未有“糊名”制度，行卷之风盛行，应试举子，将自己的创作编辑成卷，在考试前送呈当时权贵、名望。孟郊认为自己之所以科举受阻，是因为知音难求，没有能辨识自己作品中深意的人。他在诗中表达了自己的饥寒失路之悲、无人赏识之苦，更有对科场考官只重形式而忽略内容的不满。苏轼评价孟郊诗歌谓之：“诗从肺腑出，出辄愁肺腑。”此诗少有藻饰，但“风雪壮”“衣裳单”“日短”“夜长”“泪流潇湘弦”一系列鲜明的意象形成的对比与烘托，使悲苦之情感人肺腑。诗人用凄切的语言构建了孤寒的意境，将游子失路之状写得如在目前。

送魏正则擢第归江陵[①]

武元衡

其一

客路商山外，离筵小暑前。
高文常独步，折桂及龆年。[②]
关国通秦限，波涛隔汉川。
叨同会府选，分手倍依然。

其二

商山路接玉山深，古木苍然尽合阴。[③]
会府登筵君最少，江城秋至肯惊心。

【作者简介】

武元衡（758—815），字伯苍。缑氏（今河南偃师）人。历任监察御史、御史中丞、门下侍郎、剑南节度使等职，后因力主削藩而遭藩镇忌恨，并最终被李师道遣刺客暗杀，赠司徒，谥忠愍。有《临淮集》十卷，《全唐诗》收其诗二卷。

【注释】

①江陵：本为隋时的南郡，唐代前期的荆州。唐高宗上元年间（674—676），始置南郡时，以荆州为江陵府，位于今湖北省荆州市。

②折桂：喻指魏正则擢第。龆（tiáo）年：幼童时期。男孩八岁又称“龆年”。

③玉山：即荆山，在荆州（江陵）北，相传卞和得玉于此。

【点评】

武元衡与魏正则同为唐德宗建中四年（783）二月及第的进士，此二篇如题是诗人于夏日送友人魏正则离开长安返还江陵所作。第一首开篇指出了送别的时间、地点：夏初的商州道上。颔联赞美魏正则文章才华独步，年纪轻轻便科举高中，前途不可限量。诗歌后半部分感叹此去山高路远，途中有重重关塞、滔滔汉水阻隔其间，虽相逢相交只是科举之故，但同年之情不敢忘，此时离别仍是不免依依之情。此类有关科举的祝贺、送别之作，盛唐已有，中堂大为盛行。其二之作更是将目光着重于赞美魏正则的才华，对其少年多才的惊艳与赞美溢于言表，而弃眼前别离之情不顾，恰有“莫愁前路无知已，天下谁人不识君”之意。

两首诗皆为送别之作，只不过因相送之人的科举登第而多了祝贺、赞誉，冲淡了送别之作中常见的离愁别绪。诗歌虽写别离却意不在离别之情，在自然流畅的语言中尽显初入仕途的诗人之积极乐观、朝气蓬勃。

送商州杜中丞赴任[①]

权德舆

安康地里接商於，帝命专城总赋舆。[②]
夕拜忽辞青琐闼，晨装独捧紫泥书。[③]
深山古驿分驺骑，芳草闲云逐隼旟。[④]
绮皓清风千古在，因君一为谢岩居。

【作者简介】

权德舆（761—818），字载之，天水略阳（今甘肃省秦安县）人。德宗时应召为太常博士，官至礼部尚书同平章事。有《权载之集》，《全唐诗》收其诗十卷。

【注释】

①杜中丞：指杜兼。据《旧唐书》本传，杜兼约于元和初除商州刺史。

②安康：安康郡，唐天宝元年始设。商於（wū）：代指商州，源自古邑名。辖区主要为现陕西省商洛市境内，因春秋战国时期，商於之地原属于楚国，秦国故土本为秦岭以北的渭河平原，商於位于秦岭南麓，为楚文化的发源地之一，后来商於被秦国占领而成为秦地，卫鞅破魏有功，被封于商十五邑（即“商於”之地），该地后来便成了商鞅的封邑。商：春秋战国时的商邑，城在丹凤古城岭西侧，秦孝公十一年（前351）所筑，是商地最早的城池。后为商县、商洛县城。唐武德二年（619）迁商洛镇。於，指於邑，《续修商志》载云：“内乡有柒於村”，今在河南邓州西南。商、於为古代秦楚边境地域名，因秦楚两国交战此地，世人将两地连称，泛指丹江中下游一带以秦岭“商”开始，以武关后“於”结束“六百里”地的合称。因张仪欺楚之名典而将“商”“於”合称，意喻六百里边疆之地和军事、商贾要道及“计谋”“诈术”的代称。

③青琐闼：代指朝廷，谓杜中丞离开京都赴任。紫泥书：皇帝诏书封袋用紫泥封口，泥上盖印，故称紫泥诏或紫泥书。

④隼旟（sǔnyú）：画有隼鸟的旗帜，亦称“隼旗”，古代官吏赴任行程所拥持。语本《周礼·春官·司常》：“鸟隼为旟，龟蛇为旐……州里建旟，县鄙建旐。”隼，鸟类的一科，翅膀窄而尖，上嘴呈钩曲状，背青黑色，尾尖白色，腹部黄色。饲养驯熟后，可以帮助打猎。亦称“鹘”。旟，古代画着鸟隼的军旗。泛指旗帜。

【点评】

此诗为元和初年权德舆庆贺朋友赴任的一首赠和诗。诗的前半部分是对朋友任职刺史的祝贺，开篇即述安康郡与商於古道相连接，是由皇帝亲自任命主宰州城的长官来总理赋税、人丁等的。友人昨夜忽然奉诏拜辞朝堂，今晨即改了官服捧着紫泥封印的诏书前往赴任，实是被恩宠有加。

诗的后半部分则接着表达对朋友委婉的劝勉，诗人遥想友人到任的情景，应会有分列的骑兵在深山古驿为友人前导后卫，路旁的芳草鲜花也将会随着仪仗旗帜而摆动，此处是以盛大的迎接场景暗指友人身居高位，为一方之长。但紧接着诗人还是以委婉的口吻劝勉友人，遥忆四皓千古永垂的清风仍在此间徘徊，因此你到任以后一定要去拜谢先贤留下的隐居岩穴，秉持他们富贵浮云的超逸精神。

这首诗的言语质朴自然，风度甚佳。权德舆时任吏部侍郎，诗歌在赞美友人的同时，其中亦包含着委婉的劝勉之意，告诫友人要为官清正，要如辅佐太子的四皓一样两袖清风，不受功名利禄的干扰。

四皓驿听琴送王师简归湖南使幕[①]

窦　庠

朱弦韵正调，清夜似闻韶。[②]
山馆月犹在，松枝雪未消。
城笳三奏晓，别鹤一声遥。[③]
明日思君处，春泉翻寂寥。

【作者简介】

窦庠（约766—约828），字胄卿。京兆金城（今陕西兴平）人。为官之初任商州从事，后官职屡迁。庠工于诗，与兄常、牟、群，弟巩齐名。《全唐诗》收其诗二十一首。

【注释】

①四皓驿：驿站名，据《太平寰宇记·商州上洛县》载："四皓墓在县西南四里庙后。"庙临丹水，驿当设在丹水岸边。窦庠曾从事于商洛，本篇或系当时所作。王师简：唐元和五年（810）至十年间，王师简曾为节度判官，何时从事湖南，不详。

②朱弦：用熟丝做的琴弦，亦泛指琴瑟类弦乐器。闻韶：《论语·述而》："子在齐闻《韶》，三月不知肉味，曰：'不图为乐之至于斯也。'"韶，古乐名。

③城笳：城头的胡笳声。胡笳，管乐器，从西域传入，用为军乐。别鹤：《别鹤操》，琴曲名。多用于比喻夫妻被迫离散，在此喻友人离别。

【点评】

诗人在四皓驿送别友人王师简，夜宿听琴。诗歌作于春寒料峭之时，残雪未消。诗人还未来得及和友人共赏春色，友人便因公务不得不踏上南归的道路。离思难销，夜难入眠，他于恍惚间忽闻朱弦清越，辗转愁肠皆随之飘摇天际。漫漫长夜也因即将到来的离别和缠绵动人的琴声而变得短促。城头胡笳声起，不觉已值清晨，离别在即，言浅情深，只有寄意于一曲《别鹤操》，望友人感念此时依依不舍之情。《别鹤操》为古时商陵牧子所作。牧子娶妻五年而无子，父兄将为之改娶。妻闻之，中夜起，倚户而悲啸。牧子闻之，怆然而悲，乃歌曰："将乘比翼隔天端，山川悠远路漫漫，揽衣不寝食忘餐。"后人就此歌而作成乐章。诗人通过寄语古曲《别鹤操》中的悲伤哀怨抒发自己的离愁，以夫妻的被迫离散比喻与友人的被迫别离。

此诗写驿中听琴的场面，又融入别情，别语如琴音，琴有弦外之音，别语有尽而别意无穷。诗人巧妙地将与友人送别的情景与听琴相联系，与同时期驿馆送别诗相比平添了不少文人气，含蓄蕴藉、意味深远。

赋　山

令狐楚

山。耸峻，回环。
沧海上，白云间。
商老深寻，谢公远攀。①
古岩泉滴滴，幽谷鸟关关。
树岛西连陇塞，猿声南彻荆蛮。②
世人只向簪裾老，芳草空余麋鹿闲。③

【作者简介】

令狐楚（766—837），字殼士，宜州华原（今陕西铜川市耀州区）人，先世居敦煌（今属甘肃），初唐名臣令狐德棻后代。有诗名，常与刘禹锡、白居易等人唱和。《全唐诗》收其诗一卷。

【注释】

①商老：即商山四皓。东园公、绮里季等秦末隐居商山，年八十余，故称商老。谢公：指晋代谢灵运。谢灵运被封康乐公，居永嘉时，遍游永嘉山水。

②岛：疑当作“鸟”。陇塞：古代陕西、甘肃一代为边塞地区，故称。荆蛮：指荆州，古代中原地区的人称南方民族曰蛮。荆州在南方，故称荆蛮。

③簪裾：显贵者之服饰，代指官禄。

【点评】

《唐诗纪事》载，白居易于唐大和三年（829）春辞去刑部侍郎，以太子宾客分司东都的名义回到洛阳。行前，“朝贤悉会兴化亭送别。酒酣，各请一字至七字诗，以题为韵”。王起作《花》诗，李绅作《月》诗，令狐楚作《山》诗，元稹作《茶》诗，魏扶作《愁》诗，韦式郎中作《竹》诗，张籍司业赋《花》诗，范尧佐道士作《书字》诗，居易作《诗字》诗，即有名的兴化亭送别与“一字至七字诗”。

令狐楚的这首《赋山》充分表达了作者对世事繁杂、官宦生活的厌恶。在这首诗中，作者开头便以高山、沧海、白云，塑造了一幅美景，其次则又以商老、谢公游山玩水为背景，描绘了泉水滴滴，鸟鸣关关，树木成荫，猿声长彻的美景，最后两句则写世人只追求荣华富贵，无人继承先贤高洁情志，间接表达了作者对远离世俗的田园生活的向往。

赠商州王使君①

张　籍

衔命南来会郡堂，却思朝里接班行。②
才雄犹是山城守，道薄初为水部郎。③
选胜相留开客馆，寻幽更引到僧房。④
明朝从此辞君去，独出商关路渐长。⑤

【作者简介】

张籍（约766—约830），字文昌，吴郡（今江苏苏州）人，后迁和州乌江（今安徽和县），世称“张水部”“张司业”。张籍的乐府诗与王建齐名，并称“张王乐府”。《全唐诗》收其诗五卷。

【注释】

①王使君：王公亮（？—约829），籍贯不详，据《新唐书·艺文志》记载，王在长庆元年（821）任商州刺史。

②接班行：上朝时班列相接，长庆元年张籍为国子博士，初列朝班。

③水部郎：水部员外郎，张籍于长庆二年被授此官职。

④选胜、寻幽：谓王公亮引张籍游览商州胜地。

⑤商关：即武关，秦之四塞之一。

【点评】

这首诗作于长庆二年，身为水部员外郎的张籍南使襄阳，途经商州，受到了商州刺史王公亮的款待，因而作此诗相赠。诗歌首联叙述了因公务途经此地的原因，诗人初入朝堂不久便奉命出使难免有忐忑之感，而与初出茅庐的诗人相比，王公亮无疑已是久居官场的前辈。诗人对其心怀敬意，在颔联中就以后辈的口吻恭维主人，王公担任商州刺史实是资历老道，身为后进新人应多加学习。颈联以对仗的笔法写出了王公亮带领诗人游览商州馆阁、寺院，一尽地主之谊的场景。“选胜”对“寻幽”，“客馆”对“僧房”，动词相应，名词相属，显出此行的充实，主人的热情好客。尾联与颈联形成对比，主人的殷勤招待更显得出关后的道路漫长、孤独，亦是侧面烘托出诗人与王公亮的依依不舍之情。全诗文脉通常，用笔工致，于娓娓道来中将昨日、今日、明日一以贯之，叙事抒情自然妥帖。

左迁至蓝关示侄孙湘①

韩　愈

一封朝奏九重天，夕贬潮州路八千。②

欲为圣朝除弊事，肯将衰朽惜残年。③
云横秦岭家何在，雪拥蓝关马不前。④
知汝远来应有意，好收吾骨瘴江边。⑤

【作者简介】

韩愈（768—825），字退之，河南河阳（今河南省孟州市）人，世称“韩昌黎”“昌黎先生”。他的歌创作亦力求独创，不避险僻，以文为诗，形成宏伟奇崛的特点。有《昌黎先生集》，《全唐诗》收其诗三百余首。

【注释】

①日本享和三年本《又玄集》题作“贬官潮州出关作”。《全唐诗》题后注：“湘，愈侄十二郎之子。”湘：韩愈侄孙韩湘。长庆三年（823）进士，任大理丞。韩湘此时27岁，尚未登科第，远道赶来从韩愈南迁。

②一封：指一封奏章，即《论佛骨表》。朝（cháo）奏：早晨送呈奏章。九重天：古称天有九层，第九层最高，此指朝廷、皇帝。路八千：泛指路途遥远。

③圣朝：指皇帝。弊事：政治上的弊端，指迎佛骨事。肯：岂肯。衰朽（xiǔ）：衰弱多病。“朽”字，方崧如《举正》阁本与《文录》作“暮”。惜残年：顾惜晚年的生命。

④“雪拥”句：立马蓝关，大雪阻拦，前路艰危，心中感慨万分。拥：阻塞。马不前：古乐府《饮马长城窟行》：“驱马涉阴山，山高马不前。”

⑤汝：你，指韩湘。应有意：指应知道我此去凶多吉少。瘴（zhàng）江：岭南瘴气弥漫的江流，指代贬所潮州。

【点评】

此诗作于唐元和十四年（819）正月。其时，韩愈奉诏左迁至距离京师“八千里”之遥的岭南道潮阳郡（今广东省潮安县），只身离开长安，有司以罪人不得拘留京师为由，迫使其立即遣走，事出仓促，家室不及从，当行至蓝关与赶到的侄孙韩湘相聚。时值风雪寒天，诗人立马蓝关，英雄失路，悲怆慷慨地写下了这首千古名作。

首联直接陈述"一封朝奏""夕贬潮州"诤谏事件的惨痛结局，颔联表明此次上书诤谏的缘由是"欲为圣朝除弊事"，颈联以景来寓前途坎坷难料，表现了诗人忧家伤国的情怀，尾联写诗人向侄孙韩湘交代后事。

"朝奏"与"夕贬"、"九重天"与"路八千"形成鲜明的对比，"一""九""八"，数字性的顺然呈现，让人深切地感觉到诗人命运的急剧变化，蕴含了诗人对无罪遭贬的怨愤之情。"横"与"拥"两字独到奇巧，分别从广度与高度两个层面形象生动地描绘了自己贬谪途中大雪阻路、马难前行的艰苦情景，同时委婉含蓄地表达了自己深感前途渺茫的愁思。此作笔法高明，被历朝文人墨客赞誉，成为千古传唱的名句。

武关西逢配流吐蕃[①]

韩　愈

嗟尔戎人莫惨然，湖南地近保生全。[②]
我今罪重无归望，直去长安路八千。

【注释】

①诗题原注：谪潮州时途中作。

②戎：古代对西部游牧民族的称呼，当时将蕃囚发配流放南方是通常的做法。

【点评】

唐元和十四年（819），宪宗皇帝发起了一次大规模的佛事活动，派遣中使去陕西凤翔法门寺迎一块佛骨，沿途修路盖庙，官、商、民等皆舍物捐款，京城一时掀起信佛狂潮。韩愈写下了著名的《谏佛骨表》以规劝宪宗。宪宗看后龙颜大怒，即刻要将韩愈斩首。经裴度等人力谏，韩愈才免一死，被贬到八千里外的海边小城潮州当刺史。

在从长安至潮州的赴任途中，韩愈由蓝田南行，路经武关之西，适逢发配流放的吐蕃囚犯，便作了此首七绝。唐朝制度，在西面边界擒获的吐蕃囚犯，都不杀死，而是解至南方。所以首二句诗人将自己与发配南方的吐蕃囚犯相提并论，既借苦说苦，亦以生慰生。末二句亦悲观指出，自己比之囚犯尚有不如，有生之年是无望返回长安了。

正如韩愈在《送孟东野序》中所说诗歌皆是“不平则鸣”，全诗在故作平淡的语调中蕴藏着激荡不平的情感，诗人坚持自己的政治主张，仗义执言，却遭到了统治者沉重的打击，这使诗人对仕途抱有极度的悲观，此诗正是这种悲观情感的集中反映，诗人将自身处境与戎囚相比，在轻巧疏宕的文字中寄寓了无限惆怅、悲愤之情。

去岁自刑部侍郎以罪贬潮州刺史，乘驿赴任，其后家亦谴逐，小女道死，殡之层峰驿旁山下。蒙恩还朝，过其墓，留题驿梁①

韩　愈

数条藤束木皮棺，草殡荒山白骨寒。②
惊恐入心身已病，扶舁沿路众知难。③
绕坟不暇号三匝，设祭惟闻饭一盘。④
致汝无辜由我罪，百年惭痛泪阑干。⑤

【注释】

①诗题一作“层峰驿过亡女墓”，《昌黎先生集》卷三十五《女挐圹铭》追记：“愈既行，有司以罪人家不可留京师，迫遣之。女挐年十二，病在席。既惊痛与其父诀，又舆致走道撼顿，失食饮节，死于商南层峰驿。”韩愈贬谪潮州离开京城长安次日，家人便“以罪人之家，不可留住”为名被迫随迁，四女儿挐方才十二岁，由于惊吓加上路途颠簸不幸染病，于同年的二月二日“死于穷山”，草草葬于商南县层峰驿（今城西皂角铺）路南山脚下。

②藤束：古代棺不用钉，只用藤条缄束。草殡：草草殓埋。

③扶舁（yú）：护持扛抬。舁，扛，抬。

④号三匝：典出《礼记·檀弓下》，春秋吴国延陵季子从齐国返吴，其长子死，葬于嬴博之间，封墓后，季子绕坟三哭而去。

⑤泪阑干：形容脸上泪水纵横。

【点评】

此诗是唐元和十五年（820）冬韩愈自袁州（今江西省宜春市）召为国子祭酒，返回京城又经商山道，行至商南层峰驿，经过亡女墓时，写下的一首催人泪下的悼亡女诗。

诗歌如泣如诉，是一位伤心欲绝的父亲的自白：几根椽子抬起了用藤条捆绑的薄薄的棺木，草草地埋在这荒寂的深山旷野。孩子孤零零地长眠在这里，魂单骨寒，是多么凄凉悲惨。今天父亲来到你的坟前，悲痛得快要发疯了，我不停息地围绕着孤坟哭嚎，然而祭奠你的只有这一盘饭食。我一辈子不会忘记“父祸女亡”的惨事；往后每每想起，都会使我惭愧伤痛得泪水纵横。诗歌颈联中“不暇”与“惟闻”道出了韩愈祭奠亡女时的身不由己与落魄艰难，更与尾联之“由我罪”相系，表达出作者对亡女的深深愧疚。人事多艰，诗人与亡女生离死别不能相守，祭奠亦是草草成行。诗作通篇行进于作者痛彻心扉的追忆与自白中，一位伤痛欲绝的父亲形象如在眼前。

长庆三年（823），韩愈任京兆尹兼御史大夫时，命子弟与其保姆来到商南县层峰驿，为“女儿重易棺衾”，将女儿骨骸运往河南河阳（今河南省孟县）韩氏墓地重新安葬。商南县历任知事，出于对韩愈的敬仰，在迁走的亡女墓基上刈茅建亭，曰“韩文公亭”，四时设祭，成为商南县八景之一。

题秦岭

欧阳詹

南下斯须隔帝乡，北行一步掩南方。①
悠悠烟景两边意，蜀客秦人各断肠。②

【作者简介】

欧阳詹（757—802），字行周，晋江（今福建泉州）人。唐德宗贞元八年（792）进士，官至国子监四门助教。《全唐诗》收其诗一卷。

【注释】

①斯须：片刻，一会儿。《荀子·非相》："斯须之言而足听。"帝乡：唐都长安。

②断肠：指悲痛到极点。蔡琰《胡笳十八拍》："空断肠兮思愔愔。"

【点评】

贞元年间，诗人欧阳詹赴京参加科举考试，回程行经蓝关所在的东秦岭，触景生情，写下此诗。前两句"斯须隔""一步掩"将中国地理南北自然分界山脉——秦岭写得生动传神。沿古道南下，京都长安片刻间就被秦岭隔开；往北行进一点，南方的风光就被秦岭挡住。一山之隔，两处风光，不由得让人心生忧思："悠悠烟景"道出自然景观，云烟缭绕的景色，南北却显出两种意境；"各断肠"道出一种心情，北方令秦人思恋，南方让蜀人难忘。尾二句一异一同间诗意延伸，南北虽同样风光无限，对于游子来说却皆是断肠之景，诗歌所描绘的两地美景与感伤情感形成鲜明对比，良辰美景亦难掩思乡情切，反映出作者羁旅之苦、思乡之情。

诗歌对唐代秦岭各个方面进行了细致生动的综合描摹。历来历史学家和地理学家都认定，这首诗体现出秦岭的综合地理分界意义，在唐时已为一种地理常识，诗歌所体现的唐人观念，颇值得重视。

顺阳歌①

刘禹锡

朝辞官军驿，前望顺阳路。
野水啮荒坟，秋虫镂宫树。②
曾闻天宝末，胡马西南骛。③
城守鲁将军，拔城从此去。④

【作者简介】

刘禹锡（772—842），字梦得，洛阳（今属河南）人。唐贞元年间进士，授监察御史，因参与政治革新，贬官朗、连、夔、和诸州，两度外放共二十二年。晚年以太子宾客分司东都。以诗名，存诗约八百首，多作于贬谪之后。有《刘禹锡集》，《全唐诗》收其诗十二卷。

【注释】

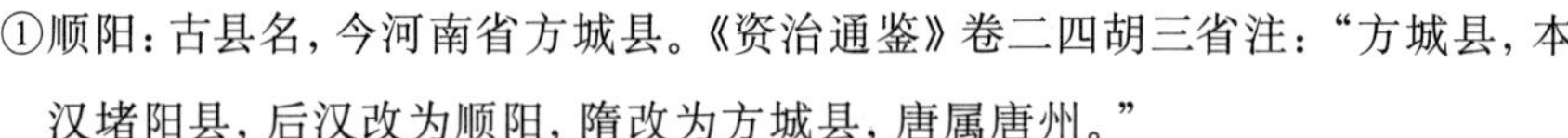

①顺阳：古县名，今河南省方城县。《资治通鉴》卷二四胡三省注："方城县，本汉堵阳县，后汉改为顺阳，隋改为方城县，唐属唐州。"

②啮：咬，侵蚀。镂：蛀蚀。

③"胡马"句：谓安史之乱爆发。骛，马急驰。

④鲁将军：谓鲁炅。天宝十五年（756）正月，鲁炅拜上洛太守，充南阳节度使，以兵五万屯叶县北、滍水之南。叛将武令珣、毕思琛来攻，炅坚守不战。叛军于营西顺风点火烧烟，营内不安，士卒争出，炅与中使薛道遁走，余众尽殁。见《旧唐书·鲁炅传》。拔城：弃城。

【点评】

唐元和十年（815），刘禹锡被贬为播州（今贵州遵义）刺史，途经淅川时作《顺阳歌》。"野水啮荒坟，秋虫镂宫树"写出了淅川战乱造成的残破景象。自安史之乱之后，唐朝的经济重心从中原转移到了江南，北方农村在诗人笔下呈现出安史之乱的创伤遗痕与中唐苛捐杂税的负面影响。天宝时代的辉煌消逝为历史的记忆，安史叛军的马蹄践踏了整座县城，顺阳一片荒芜。当年的宫树被虫蛀食，水流侵蚀了荒坟。两京附近经受战火洗劫的乡村展现的是死寂、创伤、遗恨。

鲁将军弃城溃军之地即在顺阳，诗人身受贬谪之困，经此战败残破之地，满眼满心都是萧瑟，"野水""荒坟""秋虫"，皆是悲凉入骨之景，而作者的贬谪之行亦如"拔城"而去之旅。诗人于咏史中寄怀自伤，怀想当年之事，感慨今时之境，不免萧瑟风中。

商山临路有孤松往来斫以为明，好事者怜之，编竹成楥遂其生植感而赋诗

柳宗元

孤松停翠盖，托根临广路。①
不以险自防，遂为明所误。②
幸逢仁惠意，重此藩篱护。
犹有半心存，时将承雨露。

【作者简介】

柳宗元（773—819），字子厚，河东（今山西芮城、运城一带）人，唐宋八大家之一，唐代文学家、哲学家、散文家和思想家，世称“柳河东”“河东先生”，因官终柳州刺史，又称“柳柳州”。著有《柳河东集》，《全唐诗》收其诗四卷。

【注释】

①停：一作“挺”。

②明：松树的松脂，可以用来照明。

【点评】

柳宗元从唐元和十年（815）正月奉诏自零陵浮湘北上，二月至灞亭，三月自长安南下，六月底至柳州，半年奔波中作有二十余篇诗文，以三月“永贞贬人”为界，情感上的喜与悲、思想上的积极入世与消极隐退、心理上的复得希望与失望乃至绝望，体现在作品中反差极大。

此诗为柳宗元元和十年三月后赴柳州道中作。诗歌托物言志，表现出诗人贬谪之后的复杂心情。在往返必经之商山道上，出京时的柳宗元看到一棵苍翠挺拔的松树犹如伞盖一般，长在靠近大路的地方，因不生于深山险峻处，且没有为可能遭遇危险而自我防护，因其松脂可取来照明，而遭人采斫戕残。所幸孤松得仁惠之人为它筑篱护卫而保存部分生机，仍可顽强地生存下

来。虽然它的身体残缺，但仍可承雨露之泽。诗人在此以残松自比，联想自己为国事不顾自个人得失、安危，却因正道直行为奸恶所害，但幸运遇到仁惠之君，重新被保护，虽然身心憔悴，但仍希望重得赏识，再展才华。

全诗托物言志，言语中虽有遭受戕害的悲痛不平，但诗歌后半部分所谓“藩篱护”“承雨露”不管是做肯定语气的解释，或是假定语气的推测，都同样地透露出乐观、希望的内涵。

春　蝉

元　稹

我自东归日，厌苦春鸠声。作诗怜化工，不遣春蝉生。
及来商山道，山深气不平。[1]春秋两相似，虫豸百种鸣。[2]
风松不成韵，蜩螗沸如羹。[3]岂无朝阳凤，羞与微物争。
安得天上雨，奔浑河海倾。荡涤反时气，然后好晴明。

【作者简介】

元稹（779—831），字微之，洛阳（今属河南）人。登书判出类拔萃科，授秘书省校书郎。唐元和四年（809）为监察御史。元和五年贬江陵士曹参军。后历任通州司马、虢州长史、尚书左丞等职。元稹与白居易友善，并称“元白”。有《元氏长庆集》，《全唐诗》收其诗二十八卷。

【注释】

①商山道：即商於道，亦泛指商洛。唐代贞观初年，全国因山河形势之便而划分为十道，开元时增至十五道，商洛归治京内的京畿道。

②虫豸（zhì）：虫子的通称。豸，古书上说的没有脚的虫。

③蜩螗（tiáotáng）：亦作“蜩螳”，蝉的别名，比喻喧闹、纷扰不宁。

【点评】

此诗为唐元和五年元稹出贬江陵士曹途中所作，诗歌开篇“东归”应指元和五年二月作者自东都被夺俸召回长安。在仕途之上连续遭遇打击的诗人难掩不平，发愤投笔，在贬谪道路上写下了一系列作品，白居易《和答诗十首序》曾经高度评价元稹贬谪江陵途中的创作道：“及足下到江陵，寄在路所为诗十七章，凡五六千言。言有为，章有旨，追于宫律体裁，皆得作者风。”

此诗开头描绘了诗人东归时厌听那斑鸠的声音，而又爱惜自然界万物生灵，从不谴责诸如春蝉之类的生命。而当来到商山道中，发现这里山大沟深，气息不同别处，春秋两季气候非常接近，数百种小虫发出聒噪的声响，这些声音打破了风吹松树的韵律，尤其是那善鸣的春蝉，叫声仿佛沸腾的羹汤。诗歌前后对蝉鸣感受的变化，表现出诗人心态的波动，道近长安，心情越发忐忑难安。蝉声对比之后，紧接又有一比，诗人自比鸣凤，将朝野中的势利小人比作虫豸蜩螗，尽显胸中浩然正气，在诗歌末尾又以雨过天晴寄托自己希望吏治清明、海晏河清的美好愿望。

诗歌语言优美自然，细节刻画真切动人，辞浅意深，扣人心扉。全篇在叙事写景中托物言志，虽饱含激愤不平之气却又不同于哀怨自怜之流调。

感　梦

元　稹

行吟坐叹知何极，影绝魂销动隔年。①
今夜商山馆中梦，分明同在后堂前。

【注释】

①“行吟坐叹”“影绝魂销”皆为互文。

【点评】

元稹与妻韦丛结缡于唐贞元十八年（802）。韦丛于唐宪宗元和四年（809）不幸病逝，次年，元稹被贬为江陵（今湖北江陵）士曹，在赴江陵的途中写了这首诗。就其谋篇而言，通篇诗只是平铺直叙，没有起伏曲折；就其遣词而言，四句诗都是朴质无华，不事雕饰渲染。但正因平平写来，就更见感情的真挚；看似淡淡着墨，反而见悲痛的深切。诗的首句写一年来哀伤无极的感情状态；次句写一年来“影绝魂销”的残酷事实；第三句把诗笔收到“今夜”，引入驿馆，点明入梦的时刻和地点；最后一句才展示了梦境。这首诗题作《感梦》，却只用了一句描述梦境，但只这一句，就已把前三句所要表达的一年来生活的凄凉与旅途中的孤独，全都衬托出来了。

元稹的悼亡诗浅近通畅，俊朗直率，给人以明晰真实的感觉。此作描述细致生动，一种无法遣怀的悲痛袭面而来，死亡带来的伤痛、无奈以及人生的幻灭感充斥其间，款款深情的男子形象让人宛如亲见，无法不为之动容。

四皓庙①

元　稹

巢由昔避世，尧舜不得臣。　伊吕虽急病，汤武乃可君。②
四贤胡为者，千载名氛氲。　显晦有遗迹，前后疑不伦。
秦政虐天下，黩武穷生民。　诸侯战必死，壮士眉亦颦。③
张良韩孺子，椎碎属车轮。　遂令英雄意，日夜思报秦。
先生相将去，不复婴世尘。　云卷在孤岫，龙潜为小鳞。
秦王转无道，谏者鼎镬亲。④茅焦脱衣谏，先生无一言。
赵高杀二世，先生如不闻。　刘项取天下，先生游白云。
海内八年战，先生全一身。　汉业日已定，先生名亦振。
不得为济世，宜哉为隐沦。　如何一朝起，屈作储贰宾。⑤
安存孝惠帝，摧悴戚夫人。⑥舍大以谋细，虬盘而蠖伸。⑦
惠帝竟不嗣，吕氏祸有因。　虽怀安刘志，未若周与陈。
皆落子房术，先生道何屯。⑧出处贵明白，故吾今有云。

【注释】

①四皓庙：在商山，后人纪念商山四皓所建。商山在陕西商县东南，地势险要，

景色幽胜。秦末汉初时，东园公、甪里先生、绮里季、夏黄公四人隐居于此，年皆八十余，时称“商山四皓”。

②“伊吕”二句：伊吕，伊尹、吕尚之并称。伊尹名挚，又名阿衡，说商汤以王道，被委以国政，佐汤为相。事详《史记·殷本纪》。吕尚，本姓姜，封于吕。尚穷困年老，遇西伯（周文王）于渭阳，后辅佐周武王灭殷。事详《史记·齐太公世家》。虽，通惟，独。清王引之《经传释词》卷三：“惟，独也。亦作虽。”

③颦：皱眉头，表示忧愁或郁闷。

④王：蜀本、杨本、胡本、类苑作“皇”。鼎镬（huò）：古代之酷刑，即用鼎镬烹人。

⑤储贰宾：太子之幕僚。储贰，太子。

⑥“安存”二句：孝惠帝，即太子刘盈，吕后所出。戚夫人，刘邦之宠姬，生赵王如意。刘邦以如意类己，欲废刘盈而立如意。吕后用张良计，召四皓辅佐刘盈，刘邦废立之意遂寝。后吕后鸩杀如意，断戚夫人手足，并去其眼，煇耳，饮以瘖药，使居厕中，命曰“人彘”。事见《史记·吕太后本纪》。

⑦虬（qiú）盘：如虬龙般盘曲其体，比喻人生不得意。虬，传说中之无角龙。蠖伸：蠖，虫名，身体细长，行时屈伸其体。如尺蠖般伸延其体，比喻人生遇时，得以舒展抱负。

⑧屯（zhūn）：艰难，困顿。

【点评】

此诗作于唐元和五年（810）三月元稹被贬江陵途经商州时。作者以满腔激愤不平之气，一反唐人赞扬四皓的主流评论，批评四皓回避现实，逃避斗争，坐享其成，造成吕乱，不该被尊重，并认为四皓只是张良计中的一枚棋子，并无智谋或贤德可言。所谓“显晦有遗迹，前后疑不伦”，诗人认为四皓根本无法与巢由、伊吕相提并论，与周勃、陈平也不能相比，其处世之标准前后不一，其所为只为“全一身”，而不能“济世”，属于“舍大以谋细，虬盘而蠖伸”之辈，甚至发挥了桓玄之观点，认为四皓之为在结果上造成政治动荡。诗歌以“皆落子房术，先生道何屯。出处贵明白，故吾今有云”收尾，言四皓之轻易下山，作为太子宾客，皆落入张子房的阴谋权术中，进而指出有修养的君子，行为出处贵乎光明磊落。言下之意，自然是对于四皓的行止进退，颇有微词。

诗歌虽是评古，但亦是寄托胸臆。元稹有感当时之政治形势，官场屡屡受挫，所以看待历史的方式也多了批判和反思的意味，诗歌之中亦有借批古人以抒发不平之意。

阳城驿[①]

元　稹

商有阳城驿，名同阳道州。[②]阳公没已久，感我泪交流。
昔公孝父母，行与曾闵俦。[③]既孤善兄弟，兄弟和且柔。
一夕不相见，若怀三岁忧。遂誓不婚娶，没齿同衾裯。[④]
妹夫死他县，遗骨无人收。公令季弟往，公与仲弟留。
相别竟不得，三人同远游。共负他乡骨，归来藏故丘。
栖迟居夏邑，邑人无苟偷。[⑤]里中竞长短，来问劣与优。
官刑一朝耻，公短终身羞。公亦不遗布，人自不盗牛。[⑥]
问公何能尔，忠信先自修。发言当道理，不顾党与雠。
声香渐翕习，冠盖若云浮。[⑦]少者从公学，老者从公游。
往来相告报，县尹与公侯。名落公卿口，涌如波荐舟。
天子得闻之，书下再三求。书中愿一见，不异旱地虬。
何以持为聘，束帛藉琳球。[⑧]何以持为御，驷马驾安辀。[⑨]
公方伯夷操，事殷不事周。我实唐士庶，食唐之田畴。
我闻天子忆，安敢专自由。来为谏大夫，朝夕侍冕旒。
希夷惇薄俗，密勿献良筹。[⑩]神医不言术，人瘼曾暗瘳。[⑪]
月请谏官俸，诸弟相对谋。皆曰亲戚外，酒散目前愁。
公云不有尔，安得此嘉猷。施余尽酤酒，客来相献酬。
日旰不谋食，春深仍弊裘。人心良戚戚，我乐独由由。
贞元岁云暮，朝有曲如钩。风波势奔蹙，日月光绸缪。
齿牙属为猾，禾黍暗生蟊。[⑫]岂无司言者，肉食吞其喉。
岂无司搏者，利柄扼其鞲。[⑬]鼻复势气塞，不得辨薰莸。[⑭]
公虽未显谏，惴惴如患瘤。飞章八九上，皆若珠暗投。
炎炎日将炽，积燎无人抽。公乃帅其属，决谏同报仇。

延英殿门外，叩阁仍叩头。且曰事不止，臣谏誓不休。
上知不可遏，命以美语酬。降官司成署，俾之为赘疣。
奸心不快活，击刺砺戈矛。终为道州去，天道竟悠悠。
遂令不言者，反以言为訧。[15]喉舌坐成木，鹰鹯化为鸠。[16]
避权如避虎，冠豸如冠猴。[17]平生附我者，诗人称好逑。
私来一执手，恐若坠诸沟。送我不出户，决我不回眸。
唯有太学生，各具粮与糇。咸言公去矣，我亦去荒陬。
公与诸生别，步步驻行驺。有生不可诀，行行过闽瓯。
为师得如此，得为贤者不。道州闻公来，鼓舞歌且讴。
昔公居夏邑，狎人如狎鸥。况自为刺史，岂复援鼓桴。
滋章一时罢，教化天下遒。炎瘴不得老，英华忽已秋。
有鸟哭杨震，无儿悲邓攸。[18]唯余门弟子，列树松与楸。
今来过此驿，若吊汨罗洲。祠曹讳羊祜，此驿何不侔。[19]
我愿避公讳，名为避贤邮。此名有深意，蔽贤天所尤。
吾闻玄元教，日月冥九幽。[20]幽阴蔽翳者，永为幽翳囚。

【注释】

①阳城驿：为秦东南干道，是武关道上出陕西境最后一个著名的驿站。后改名为富水驿，距今已1160多年，地址在今312国道上的陕西商南县东11公里的富水镇。

②阳道州：阳城，字亢宗，定州北平人，德宗年间著名的大臣，早年隐居中条山，声闻乡里。德宗召为谏议大夫，后上疏救陆贽并直斥裴延龄奸邪误国，得罪宰相，改国子司业，贬道州（今湖南中部道县），任道州刺史。在任罢贡侏儒，治民如治家，甚有政声。顺宗继位，召还京，阳城已卒，年七十。事见《旧唐书》卷一九二、《新唐书》卷一九四。

③曾闵：指曾参、闵子骞。二人皆孔门弟子中甚有孝行者。

④没齿：终身。衾裯（qīnchóu）：指被褥床帐等卧具。语出《诗经·召南·小星》："肃肃宵征，抱衾与裯，实命不犹。"

⑤夏邑：今山西夏县，夏启建都于此称安邑，后魏时改为夏县，唐沿名不改，乾

元三年(760),属陕州。见《元和郡县图志·河南道二·夏县》。

⑥盗牛:见《后汉书·独行传》,太原王烈义行闻于乡里,有盗牛者被抓,说不要让王烈知道,王烈知道后赠布一端,勉励他改过自新。以阳城比王烈,称赞阳城教化乡民,崇尚忠信。

⑦翕习:风来貌。

⑧琳球:指美玉。

⑨辀(zhōu):车辕,代指车。

⑩"希夷"句:希夷,语出《老子》,代指清静无为治理。惇(dūn)薄俗:使轻薄的民风变得敦厚。密勿:《汉书·刘向传》颜师古注:"密勿,犹黾勉从事也。"黾勉,指勤勉。

⑪人瘼(mò):人民的疾苦。

⑫"齿牙"句:言造成灾祸。《国语·晋语一》:"献公卜伐骊戎,史苏占之,曰:'胜而不吉。'公曰:'何谓也?'对曰:'遇兆,挟以衔骨,齿牙为猾。'"韦昭注:"骨在口中,齿牙弄之,以象谗口之为害也。"蟊(máo):吃苗根的害虫。

⑬韝(gōu):革制臂套。用以束衣袖,用于射箭。

⑭薰莸:香草和臭草,比喻君子和小人。

⑮訧(yóu):罪过,过失。

⑯鹯(zhān):一种猛禽,似鹞鹰,鹞类猛禽。

⑰冠豸(zhì):戴獬豸冠。豸冠,古代御史所戴的帽子,代指御史。

⑱杨震:杨震死后有五色大鸟临丧,后世以此比喻人有贤德。邓攸:晋邓攸逃难时舍弃自己儿子,留下兄弟儿子。后世以此比喻贤人无后。

⑲讳羊祜:晋代羊祜在荆州时,甚有政绩。"户"与"祜"音同,百姓为避讳改户曹为祠曹,以表达对羊祜的尊敬。

⑳玄元教:唐代尊老子"太上玄元皇帝",以玄元教指老子道家思想。

【点评】

这首诗是描写阳城事迹的长篇叙事诗。唐元和四年(809)元稹为监察御史分司东都,元和五年,上书弹劾河南尹房式,后元稹还京,在敷水驿与宦官争执,因此被贬为江陵士曹参军。元稹被贬江陵途中,路过商州阳城驿,觉得知这个驿名和唐德宗时的名臣阳城的姓名完全相同,为了避贤者的名讳,诗人建议将阳城驿改为避贤邮。

元稹《阳城驿》以较长的篇幅叙述了阳城的一生，从首句到“涌如波荐舟”句为第一层，记录阳城出仕前的生活。阳城友爱兄弟，当地居民受其感化，民风日趋淳朴。《旧唐书·隐逸列传·阳城传》载：“既而隐于中条山。远近慕其德行，多从之学。闾里相讼者，不诣官府，诣城请决”，可谓诗句之总结。从“天子”句到“我乐独由由”为第二层，写阳城初到京城并未有太多建树。《旧唐书·隐逸列传·阳城传》“城方与二弟及客日夜痛饮，人莫能窥其际，皆以虚名讥之”可参证。从“贞元”句到“得为贤者不”为第三层，写阳城犯颜直谏。当时唐德宗任用裴延龄、李齐运、韦渠牟等奸臣，贬黜陆贽等忠贞之士，阳城当庭论辩，直斥奸邪，之后被贬道州。从“道州”句到“列树松与楸”写阳城在贬地道州的善政。从“今来”句到最后写作者到阳城驿的感想及写此诗的缘由。

这首叙事诗首先塑造了阳城这一中唐谏臣的形象，阳城的形象具有时代特征，之后的崔群、李绛、元稹、白居易等一批文人都与阳城一样，公忠体国，正直慷慨。诗歌叙事艺术技巧高超，详略得当，“昔公居夏邑，狎人如狎鸥。况自为刺史，岂复援鼓桴”，详写阳城在家乡的善行，略写阳城在道州的善政，由家乡善行联想道州善政，前详后略，有实有虚。就行文而言，以文为诗，多用单句、虚词使全诗平易畅达，一气呵成，既生动流利又富有气势。就语言而言，用词浅切但情感饱满，有对奸臣的憎恨，也有对阳城的赞美与同情。诗歌夹叙夹议，尤其写阳城被贬后的议论，表达作者的愤懑与感伤，自然而然没有枯燥生硬之弊。再次，元稹立意是继承杜甫的诗史精神，为阳城作传，使他的事迹流传于后，激励后人。这首诗歌代表了元稹早年诗歌创作直陈其事、以诗为史的写实精神。

酬乐天书怀见寄[①]

元　稹

新昌北门外，与君从此分。[②]街衢走车马，尘土不见君。
君为分手归，我行行不息。　我上秦岭南，君直枢星北。[③]
秦岭高崔嵬，商山好颜色。[④]月照山馆花，裁诗寄相忆。

天明作诗罢，草草随所如。　凭人寄将去，三月无报书。
荆州白日晚，城上鼓冬冬。[⑤]行逢贺州牧，致书三四封。
封题乐天字，未坼已沾裳。[⑥]坼书八九读，泪落千万行。
中有酬我诗，句句截我肠。　仍云得诗夜，梦我魂凄凉。
终言作书处，上直金銮东。[⑦]诗书费一夕，万恨缄其中。
中宵宫中出，复见宫月斜。　书罢月亦落，晓灯随暗花。
想君书罢时，南望劳所思。　况我江上立，吟君怀我诗。
怀我浩无极，江水秋正深。　清见万丈底，照我平生心。
感君求友什，因报壮士吟。　持谢众人口，销尽犹是金。[⑧]

【注释】

①此诗作于唐元和五年（810），白居易原诗为《初与微之别后，忽梦见之。及寤而微之书至，兼览〈桐花〉之什，怅然书怀》。

②新昌：唐长安新昌坊，在长安城朱雀门街东第五条街，白居易任翰林学士时曾住此坊。“与君从此分”：白居易《和答诗》序：“五年春，微之从东台来，不数日，又左转为江陵士曹掾。诏下日，会予下内直归，而微之已即路，邂逅相遇于街衢中，自永寿寺南，抵新昌里北，得马上语别。语不过相勉保方寸、外形骸而已，因不暇及他。”

③枢星：白居易时任翰林学士，经常在中枢内廷夜值。

④秦岭：山脉名。起自甘肃省天水县，绵亘于陕西省南部，终于河南省陕县。

⑤荆州：在荆山、衡山之间，辖境约今湖南、湖北一带。

⑥未坼：没有拆封。

⑦上直：上朝当班。金銮：指金銮殿，唐文人学士待诏之所。

⑧“销尽”句：《战国策·魏策一》：“臣闻积羽沉舟，群轻折轴，众口铄金。”此反其意而用之。

【点评】

此诗是元稹酬答友人白居易的诗篇，平白如话但字字带情，如汩汩流水，诗脉不断。从“新昌北门外”到“三月无报书”为第一层，写元稹寄诗给白居易。从“荆州白日晚”到“晓灯随暗花”句为第二层，写白居易赠诗内容。从“想君书罢时”到最后写元稹读白居易诗歌的感受。诗歌脉络清晰，情感真挚。从人物上看，全诗将“君”与“我”并列而写，营造了一种我思君、君念我，知己情深的氛围。从时空关系上说，被贬路过商於时，作者在驿路上，白居易于长安宫中，虽然分处两地但是彼此心系一处，彼此牵挂，以空间与时间的变动写友谊如一。从手法上看，作者多次运用联想手法，设想友人当时对自己的思念：元稹在商山时白居易裁诗思念的情形，元稹在荆州友人梦魂相忆的情景，元稹读完白居易诗联想友人白居易，以虚境写实情，平添几分辛酸与感慨。从情景关系上看，元稹以景衬情，通过商山与江水的烘托，表达元白情谊山高水长。诗歌中塑造的一幅幅生活场景给人一种如在目前的真实感。

三月二十四日宿曾峰馆，夜对桐花，寄乐天①

元　稹

微月照桐花，月微花漠漠。
怨澹不胜情，低回拂帘幕。
叶新阴影细，露重枝条弱。
夜久春恨多，风清暗香薄。
是夕远思君，思君瘦如削。
但感事暌违，非言官好恶。②
奏书金銮殿，步屣青龙阁。③
我在山馆中，满地桐花落。

【注释】

①曾峰馆：即层峰驿，在今陕西丹凤县东南武关西北。

②暌违：分离，分别。

③金銮殿：唐宫殿名，文人学士待诏之所。唐李白《赠从弟南平太守之遥》诗之一：“承恩初入银台门，著书独在金銮殿。”宋沈括《梦溪笔谈·故事一》：

"唐翰林院在禁中，乃人主燕居之所，玉堂、承明、金銮殿皆在其间。"

【点评】

此诗作于唐元和五年（810）元稹被贬江陵途中，在去往江陵路上的驿站里所写，是一首咏物怀人之作。全诗分两层，"是夕"句前写景，写夜对桐花。"是夕"以下八句写怀乐天。由景及人，由人到己。咏物部分，写出了桐花的几个特点如漠漠、低回哀怨、香薄恨深。尤其"叶新阴影细，露重枝条弱"一句，最为传神，写月夜下桐花的柔媚与露重夜寒中的柔弱。将月夜、风与桐花融为一体，以月、风、露、影衬托桐花。由咏物进而以物喻人，以桐花的柔弱暗喻自己无助，以露重暗喻贬谪的凄凉。接下来由孤独直接引出对白居易的思念，由贬官之悲到联想白居易入值金銮，再空间斗转写自己在商州驿路的凄凉。全诗哀婉缠绵，由景及情，由白居易到自己，动人心弦。可以看出全诗是将咏物与怀人融为一体的，以象征的手法，用桐花的孤独寂寞象征作者的被贬，象征作者与友人分别后的情景。全诗以白描手法勾勒出桐花的形貌，体现以怨与弱为主的感情基调，表达作者的离愁别恨。作者将被贬的怨和伤、与离别友人的寂寞孤独融于桐花之中，又将桐花又融于露夜之中。《旧唐书·元稹传》说元稹工于作诗，善于描绘歌咏事物之风姿特色，所言不虚。

留呈梦得子厚致用①

元　稹

泉溜才通疑夜磬，烧烟余暖有春泥。
千层玉帐铺松盖，五出银区印虎蹄。②
暗落金乌山渐黑，深埋粉堠路浑迷。③
心知魏阙无多地，十二琼楼百里西。④

【注释】

①梦得：刘禹锡字。子厚：柳宗元字。题后原注：题蓝桥驿。蓝桥驿，蓝桥在陕

西省蓝田县东南蓝溪，地处长安东南要道上。相传其地有仙窟，为唐裴航遇仙女云英处，设有驿站。

②五出银区："区"通"瓯"，状虎爪印记如五瓣银瓯。"玉帐""银区"说明作者经过蓝桥驿时正遇春雪。

③堠（hòu）：古代计算里程或分界的土坛。

④魏阙：巍然高大的宫门，代指宫廷。典出《庄子集释》卷九下《杂篇·让王》。因其下常悬挂法令，后用作朝廷的代称。十二琼楼：本指昆仑仙宫上所安之十二楼台，此处指帝都长安。

【点评】

此诗作于唐元和十年（815）春。元稹于元和五年自监察御史贬为江陵（府治在今湖北江陵）士曹参军，经历了五年屈辱的贬谪生涯后，奉诏自唐州（在今河南唐河县）还京，经蓝桥驿时满心喜悦，满怀希望，遂题七律于驿亭壁。

诗歌在开端便营造出一片优美环境衬出作者内心愉悦，初融泉水叮咚作响，如击磬作乐，霭霭烟霞随风送暖滋润春泥，首联将商山道上的春景一隅捕捉描摹，细致生动，使读者仿佛可以通过诗人的视听亲览商山春色。诗人西归之路并非通途，诗歌颔联与颈联都写了路途之艰难。道路积雪未消，以"千层"比作树盖积雪可见之前雪势之大，而道路上又有猛虎出没，但诗人并未作羁旅之叹，相反，他从审美的角度去审视道中的一切，"玉帐""银区"比作积雪与虎迹，尽显浪漫气息。而颈联中虽然描绘了黄昏迷途的困境，但也只是为诗歌尾句作铺垫，先抑而后扬。"心知魏阙无多地，十二琼楼百里西"二句将诗人心中喜悦尽数道出，同时也暗示着诗人对仕途的自信与乐观。全诗充满浪漫色彩与乐观精神。

西归绝句 ①

元　稹

其二

五年江上损容颜，今日春风到武关。②

两纸京书临水读，小桃花树满商山。[③]

【注释】

①诗题下原注："得复言，乐天书。"

②五年：元稹于唐元和五年（810）自监察御史贬为江陵（府治在今湖北江陵）士曹参军，经历了五年屈辱的贬谪生涯。

③书：信。这里指元稹的好友李复言和白居易的书信。

【点评】

此诗作于唐元和十年春，元稹从被贬地唐州（今河南唐河县）奉召还京途中，抒发了归途中的喜悦之情。

此诗以叙事抒情，以写景结情，别有一种独特的风致和情韵。前两句直叙其事，第一句忆被贬江陵士曹参军的"五年""损容颜"之愁，对第二句露今日"春风到武关"之喜，起到了反衬的作用。后两句则以巧胜人，胜境迭出。第三句"临水"转映诗人欢乐心情，顿起诗情，全诗皆活。第四句"小桃"以景语收住全篇，意境毕呈，更饶画意。

诗人临水读罢友人书信，猛一抬头，忽见岸上嫣红一片，只见商山开满桃花，春色妍丽，喜悦之情更为浓郁。诗人摄取"临水读""见桃花"两个特写镜头，恰到好处地用彩笔点染商山的妍丽春色，而人的愉快之情已自流露。诗句清而不淡，秀而不媚，柔和隽永，色调和谐，成功地显示了这首绝句所特有的清丽之美。

其九

今朝西渡丹河水，心寄丹河一片愁。[①]
共到庄前竹园下，殷勤为绕故山流。

【注释】

①丹河：即今丹江。源出陕西商县西北秦岭，东南流至湖北均县入汉水。

【点评】

此诗亦作于唐元和十年春，元稹从被贬地唐州奉召还京，途经丹河，托河水寄去怀乡的无限情思。这首绝句以拟人的手法，将丹河化作寄托情感的信使，将愁绪托付于河水，将抽象的、主观的愁绪也具体化了。这里的愁绪包含的情感很多，既有被贬的愁苦，又有思乡的愁思，还有想建功立业又留恋家乡的矛盾。元稹笔下的“愁”真实又含蓄，深沉又隽永。元稹的“愁”不仅具体、复杂而且极具“动感”，愁思随着丹江水流到了故园，并且始终绕着家乡而流，寄托了诗人思乡之情的深沉与热烈，“殷勤”二字将作者内心动荡的情感表达得淋漓尽致。从结构上看从“今朝”之眼前之景转变为“共到”“殷勤”的联想之景，由实到虚，由景到情，由静到动，生动传神。这种凄婉之情将丹河也变得极具生命力，它是触景生情、激发诗兴的景观，也是传递乡愁旅思的媒介，商州的丹河在元稹笔下也具有了特殊的意味。

酬乐天武关南见微之题山石榴花诗

元　稹

比因酬赠为花时，不为君行不复知。
又更几年还共到，满墙尘土两篇诗。

【点评】

此诗作于唐元和十年（815），元稹在通州司马任。白居易原诗《武关南见元九题山石榴花见寄》，作于被贬江陵途中。

元稹被贬江陵、白居易被贬江州，皆从商於驿路经过。元稹以时光的斗转，来写两人同地不同时的感受。白居易又到此处，元稹已然忘却旧篇，可见元稹被贬时间之长，当友人被贬重到此处，已是尘土满墙。最后一句隽永旨远，既有元白被贬的凄凉，又有两人互相安慰的感慨，还有世事变化、岁月流逝的哲理思考。全诗以空间为点，以时间为轴将元白联系在一起。元白在同地的不同时间到武关，在历经了岁月洗礼之后，留下的唯有二人酬唱的诗歌。在诗路上元白唱和无疑是数量多、感情深、意味隽永的。虽然绝句短小，但作者熔裁功夫深厚，以“不为……不”的否定句式强调两人友谊深厚、相守相知的感情。最后两句的“又更”二字，写出二人超脱人世羁绊的友情亦超脱时间的局限，款款深情尽在其中。

归　田

元　稹

陶君三十七，挂绶出都门。①
我亦今年去，商山淅岸村。②
冬修方丈室，春种桔槔园。③
千万人间事，从兹不复言。

【注释】

①陶君：陶渊明，其归园田居时三十七岁。挂绶：谓辞官。绶原为丝带，也常用来系印信之环，且以不同的颜色表示官吏的不同身份和等级。

②去：去官，指贬谪。淅：淅水，源出河南卢氏县界，经淅川县东南，与丹水合流入均水。元稹在淅水边购置有田园。

③桔槔（jiégāo）：井上汲水的一种工具，在井旁树上或架子上挂一杠杆，一端系水桶，一端坠大石块，一起一落，汲水可以省力。

【点评】

唐元和十年（815），元稹出为通州司马，这首诗作于贬谪途中，作者自云为其“三十七岁作”。因政治上遭到了敌对势力的迫害，官场失意，三十七岁的诗人怨愤难平，不免心灰意冷起了归田的念头。诗歌谋篇看似效法陶潜，试图营造出一种遗世独立、清高出尘的境界，但诗人终究没有陶公那般悠然世外的决心与心境，只是借说归田以表达自己对于政治境遇的不满罢了。所以诗歌虽然在颈联中描绘了诗人自己在淅水边的田园中有归园田居的畅想，“冬修”“春种”营造出一片超然物外的隐逸之趣，但尾联却又在不经意间打破了这份刻意营造的出尘，“千万人间事，从兹不复言”，夸张的笔法下隐藏的是诗人愤懑不满的表达。人间事，实为不平之事；不复言，实为有口难言。元稹怀才不遇，怀情不幸，一曲凋敝凄婉的人生吟唱回荡在颠沛的人生旅途上，令人唏嘘。

和答诗十首·答《四皓庙》

白居易

天下有道见，无道卷怀之。　此乃圣人语，吾闻诸仲尼。
矫矫四先生，同禀希世资。　随时有显晦，秉道无磷缁。①
秦皇肆暴虐，二世遘乱离。　先生相随去，商岭采紫芝。
君看秦狱中，戮辱者李斯。　刘项争天下，谋臣竟悦随。
先生如鸾鹤，去入冥冥飞。　君看齐鼎中，焦烂者郦其。②
子房得沛公，自谓相遇迟。　八难掉舌枢，三略役心机。
辛苦十数年，昼夜形神疲。　竟杂霸者道，徒称帝者师。
子房尔则能，此非吾所宜。　汉高之季年，嬖宠钟所私。
冢嫡欲废夺，骨肉相忧疑。　岂无子房口，口舌无所施。
亦有陈平心，心计将何为。　皤皤四先生，高冠危映眉。
从容下南山，顾盼入东闱。　前瞻惠太子，左右生羽仪。③
却顾戚夫人，楚舞无光辉。　心不画一计，口不吐一词。
暗定天下本，遂安刘氏危。　子房吾则能，此非尔所知。
先生道既光，太子礼甚卑。　安车留不住，功成弃如遗。
如彼旱天云，一雨百谷滋。　泽则在天下，云复归希夷。④
勿高巢与由，勿尚吕与伊。　巢由往不返，伊吕去不归。
岂如四先生，出处两逶迤。　何必长隐逸，何必长济时。
由来圣人道，无朕不可窥。　卷之不盈握，舒之亘八陲。⑤
先生道甚明，夫子犹或非。　愿子辨其惑，为予吟此诗。

【作者简介】

白居易（772—846），字乐天，晚号香山居士，祖籍山西太原，其曾祖父时又迁居下邽（今陕西渭南北）。唐贞元进士，授秘书省校书郎。元和初为翰林学士，迁左拾遗，忤权贵，贬为江州司马，后历任杭州、苏州刺史、太子少傅，官至刑部尚书。有《白氏长庆集》传世，《全唐诗》收其诗三十九卷。

【注释】

①磷缁（lìnzī）：典出《论语·阳货》：“不曰坚乎？磨而不磷；不曰白乎？涅而不缁。”磷，谓因磨而薄；缁，谓因染而黑。后因以比喻受外界条件的影响而起变化。

②郦其：汉郦食其的省称。清钱大昕《十驾斋养新录·古人姓名割裂》：“白乐天诗：‘君看齐鼎中，燋烂者郦其。’谓郦食其也。”

③羽仪：《易·渐》：“鸿渐于陆；其羽可用为仪。”孔颖达疏：“处高而能不以位自累，则其羽可用为物之仪表，可贵可法也。”后因以“羽仪”比喻居高位而有才德，被人尊重或堪为楷模。《汉书·叙传上》：“皇十纪而鸿渐兮，有羽仪于上京。”颜师古注引张晏曰：“成帝时，班况女为倢伃，父子并在京师为朝臣也。”南朝梁沈约《齐故安陆昭王碑文》：“公以宗室羽仪，允膺嘉选。”唐韩愈《燕喜亭记》：“智以谋之，仁以居之，吾知其去是而羽仪于天朝也不远矣。”

④希夷：古地名，安徽省亳州市城父镇。

⑤八陲（chuí）：指八方。

【点评】

元稹与白居易是挚友，也是同榜进士。元稹于唐元和五年（810）三月被贬江陵，途中作《四皓庙》一诗，并将之与其他一些作品寄给白居易，以激愤不平之气批评四皓回避现实、逃避斗争，不该尊敬。白居易以“和”与“答”分别回应之，同意题“和”，反对题“答”，《答四皓庙诗》即反对元稹诗中关于四皓的评价之作，认为四皓能进能退，舒卷自如，不要去责难古人。

此诗一开头便引用孔夫子《论语》“天下有道，则礼乐征伐自天子出”，有才艺或有道德的人就应该“敏于事而慎于言，就有道而正焉”的话，提出“有道则显，无道则隐”的论点。接着指出，四皓便是这样的佼佼者，他们在秦末世乱与楚汉相争时隐居商山，避过了李斯、郦食其之类的劫难；在汉高祖不尊礼制，欲废长立幼时从容出山辅佐太子，暗定天下；当太子即位欲给予封官赐爵时，却又回到商山，像旱天的云降雨后便不见了。他们的行为符合孔子之思想，且高于元稹所云诸位前贤。四皓行事舒卷自如，且能为张良、陈平不能之事。最后，诗人以巢由、伊吕为例，说明一个有道德的人既不必长隐逸，也不必长济时，而四皓正是这种出处两相宜的人，有学问的人不要去责怪他们。

与元稹认为的“惠帝废立之际，犹赖羽翼以胜邪心”不同，白居易更看重四皓于乱世能够自保，于危时能够扛鼎，从正面比较全面地评价了四皓。

和答诗十首·和《阳城驿》

白居易

商山阳城驿，中有叹者谁。　云是元监察，江陵谪去时。
忽见此驿名，良久涕欲垂。　何故阳道州，名姓同于斯。①
怜君一寸心，宠辱誓不移。　疾恶若巷伯，好贤如缁衣。
沉吟不能去，意者欲改为。　改为避贤驿，大署于门楣。
荆人爱羊祜，户曹改为辞。　一字不忍道，况兼姓呼之。
因题八百言，言直文甚奇。　诗成寄与我，锵若金和丝。
上言阳公行，友悌无等夷。　骨肉同衾裯，至死不相离。
次言阳公迹，夏邑始栖迟。　乡人化其风，少长皆孝慈。
次言阳公道，终日对酒卮。　兄弟笑相顾，醉貌红怡怡。
次言阳公节，謇謇居谏司。　誓心除国蠹，决死犯天威。②
终言阳公命，左迁天一涯。　道州炎瘴地，身不得生归。
一一皆实录，事事无孑遗。　凡是为善者，闻之恻然悲。
道州既已矣，往者不可追。　何世无其人，来者亦可思。
愿以君子文，告彼大乐师。　附于雅歌末，奏之白玉墀。③
天子闻此章，教化如法施。　直谏从如流，佞臣恶如疵。
宰相闻此章，政柄端正持。　进贤不知倦，去邪勿复疑。
宪臣闻此章，不敢怀依违。　谏官闻此章，不忍纵诡随。
然后告史氏，旧史有前规。　若作阳公传，欲令后世知。

不劳叙世家，不用费文辞。　但于国史上，全录元稹诗。

【注释】

①阳道州：指唐阳城。

②国蠹：比喻危害国家利益的坏人。语出《左传·襄公二十二年》："（御叔）不可使也，而傲使人，国之蠹也。"

③白玉墀（chí）：宫殿前的石阶，亦借指朝廷。汉武帝《落叶哀蝉曲》："罗袂兮无声，玉墀兮尘生。"

【点评】

此诗作于唐元和五年（810），白居易时任左拾遗、翰林学士，为白居易和作，是《和答诗十首》中的第二首，写白居易读元稹《阳城驿》的感受。从首句到"锵若金和丝"句为第一层，写元稹作诗的缘由，这是元稹原诗所略写的。第二层从"上言"句到"来者亦可思"写元稹诗歌的具体内容，条理清晰。第三层从"愿以"到最后，表达白居易的愿望，希望此作能直达天听，让皇帝、宰相、宪官、谏官知道。元稹诗歌主要记录阳城事迹，而白居易此诗则注重诗歌的功用。诗中"一一皆实录，事事无孑遗"句表达出白居易的实录精神，而这种精神是以诗歌的社会功用为归属的，作诗是为了便于皇帝宰臣治国安邦。比起元稹激昂的感情格调，白居易的情感较和缓，使得诗歌风格趋于平正。

初与元九别后忽梦见之及寤而书适至兼寄桐花诗怅然感怀因以此寄

白居易

永寿寺中语，新昌坊北分。①　归来数行泪，悲事不悲君。
悠悠蓝田路，自去无消息。②　计君食宿程，已过商山北。
昨夜云四散，千里同月色。　晓来梦见君，应是君相忆。
梦中握君手，问君意何如。　君言苦相忆，无人可寄书。

觉来未及说，叩门声冬冬。　言是商州使，送君书一封。
枕上忽惊起，颠倒著衣裳。　开缄见手札，一纸十三行。
上论迁谪心，下说离别肠。　心肠都未尽，不暇叙炎凉。
云作此书夜，夜宿商州东。　独对孤灯坐，阳城山馆中。
夜深作书毕，山月向西斜。　月下何所有，一树紫桐花。③
桐花半落时，复道正相思。　殷勤书背后，兼寄桐花诗。④
桐花诗八韵，思绪一何深。　以我今朝意，忆君此夜心。
一章三遍读，一句十回吟。　珍重八十字，字字化为金。

【注释】

①永寿寺：在长安城朱雀门街东第二街永乐坊。唐景云二年（711），中宗为永寿公主立。新昌坊：在长安城朱雀门东第五街。

②蓝田：蓝田县，属京兆府，因该县出美玉，故名，县内有蓝田关。见《元和郡县图志》卷一。

③紫桐花：元稹《桐花》："紫桐垂好阴。"

④桐花诗：元稹有《三月二十四宿曾峰馆，夜对桐花，寄乐天》《酬乐天抒怀见寄》。

【点评】

此诗作于唐元和五年（810），白居易时任京兆府户曹参军，翰林学士。此诗写与友人分别后梦醒得其书信的情景。诗歌题目纪实功能极强，涵盖了与元稹别、梦元稹、读诗、怅然感怀四个场景，全诗都是按照题目展开。这四个场景是按时间顺承下来的，但是每句的时空跳跃性较大。诗歌先以写实手法从白之视角引出元白相别，进而由实生虚，以白之感念友人生出二人于梦中相会，在虚幻梦境里，被时空相隔的二人得以相见相诉。诗文紧接又以虚引实，由梦中"无人可寄书"的想象引出现实中得元来信、品读元诗。诗歌通过虚实变化完成了元白在不同时空中的交互，虽视角几转却不显杂乱。全诗布局安排充满戏剧性，却又因为紧扣元白友情的主脉，而显得格外真挚感人，可见其构思之妙。所以《唐宋诗醇》卷二评此诗："一意百折，往复缠绵，极平极曲，愈浅愈深，觉两人觌面对语，无此亲切也。”白居易此诗贵在藻语平实、感情真挚，虽然缺少秀句，但气脉一贯、情韵幽深。从这首诗可以看出白居易诗歌思深意浅的特点。

初出蓝田路作

白居易

停骖问前路，路在秋云里。①
苍苍县南道，去途从此始。
绝顶忽上盘，众山皆下视。
下视千万峰，峰头如浪起。
朝经韩公坡，夕次蓝桥水。②
浔阳近四千，始行七十里。③
人烦马蹄跙，劳苦已如此。

【注释】

①骖（cān）：同驾一车的三匹马。代指马车。

②韩公坡：韩公堆驿附近，《长安志》：“韩公堆驿在（蓝田）县南二十五里。”蓝桥：今陕西蓝田县西南蓝溪之上。相传蓝桥有仙窟，为唐裴航遇仙女云英处。

③浔阳：今江西九江，因古时流经此处的长江一段被称为浔阳江，而县治在长江之北，即浔水之阳，故名。

【点评】

此诗作于唐元和十年（815），白居易被贬江州途中。诗歌描绘诗人被贬途中的所见所闻，表现了羁旅之苦、贬谪之感。白诗较之元稹商路诗体现出的心态更平和、更写实。“初”字为全诗之诗眼，因为是初出蓝田路，所以要问路，通过问路知道“去途从此始”。前两句是问路而知道路在何方。“绝顶”下四句写纵向的空间俯视，从高到低看蓝田路；“朝经”与“夕次”，从时间上写路线；最后以“苦”字结束全篇，为初出蓝田路的感受。白居易被贬出京是他人生的一次重要转折，也是他诗歌创作分期的一个重要节点，从诗中可以看出白居易被贬的苦闷，也为其晚年居住东都终老林泉埋下了伏笔。蓝田路见证了诗人的宦海沉浮，也见证了诗人处世态度的转变、诗风的转变。

仙娥峰下作①

白居易

我为东南行，始登商山道。
商山无数峰，最爱仙娥好。
参差树若插，匼匝云如抱。②
渴望寒玉泉，香闻紫芝草。
青崖屏削碧，白石床铺缟。③
向无如此物，安足留四皓。
感彼私自问，归山何不早。
可能尘土中，还随众人老。

【注释】

①仙娥峰：在商州城西五公里处，濒临丹江，风景秀丽。唐代在此设立驿站，名仙娥驿。

②匼匝（kēzā）：周匝环绕。

③白石床：传说丹江原有仙娥坐过的清白如玉之巨石，人称石床。

【点评】

这首诗描写诗人在仙娥峰下的所思所想。开头两句，以叙述的方式说明作诗的缘由。诗人从长安取道商州而去江南，从东南行到商山道，商山山峰中最爱仙娥峰，运笔流畅、毫无呆滞牵强之感。以下三句写仙娥峰，细腻传神，层层推进。“参差”句写山峰上的景物，“参差”写树、“匼匝”写云，前者稀疏、后者紧密，前者是地上、后者是天上，俯仰上下，可以感到诗人视野、心胸的开阔。一个“插”字写出树的挺拔峭立，一个“抱”字写出云的柔和辽远。可见白居易并非只以浅近取胜，炼字之功亦不可忽视。“渴望”句以主观的感受写山峰中的泉水与玉石，“望”字从视觉的角度写泉水，突出其寒，“闻”字从嗅觉的角度写紫芝，突出其香。作者以主观感受的角度写山中的水与芝草，烘托出了神仙氛围，为下文写四皓铺垫。“青崖”句直接写山峰，写山崖如屏，一个“削”字写出了山势险峻，赋予其动势；写山石如床，巨大平整，一个“铺”字给人以床上安眠的联想，形象光鲜。白居易写山峰的三句，从高处的客观描写，到山中的主观感受，再到山峰山石的细致刻画，层层推进，以此引出商山四皓。商山四皓对白居易的处世哲学有象征意义，他在《答四皓庙》一诗中表达了对四人的憧憬（详参前作）。商山四皓既有兼济天下的才能，安汉扶刘的社稷之功，还能功成隐逸，独善其身。白居易的这首诗，不仅以传神之笔描写了自然景物，还表达了自己的处世态度。只不过白居易的隐逸是在都市中的隐逸，与商山四皓的世外隐逸不同。

发商州①

白居易

商州馆里停三日，待得妻孥相逐行。②
若比李三犹自胜，儿啼妇哭不闻声。③

【注释】

①诗后自注：时李固言新殁。

②妻孥（nú）：妻子与儿女。

③李三：李固言，诗人好友，卒于元和十年（815）。

【点评】

此诗作于唐元和十年，诗人赴江州司马任途中。元和十年春，李固言殁，他死后，白居易写了痛哭伤悼的诗篇，同年八月，白居易左迁江州。受左迁的打击，决心重新振作起来的白居易，常常用“犹胜”表达他的思想。诗中白居易说，自己虽然是在被贬的途中，但却幸而能与妻子同行。此处大约也有对叹息悲运的妻子的劝慰之意。

诗歌表现出白居易自我安慰、排解忧闷的心境，其宽阔的胸襟可见一斑。全诗平白如话、不尚雕琢，前两句交代境遇，后两句既是慰人亦是自慰，代表了白居易知足保和的处世态度。作者拥有平和心态的关键在于能从比较中发现自我优势，从优越感中汲取满足感，从而拥有积极的人生态度。白居易在商州的诗作侧面展现了他的处世原则与创作心态。

武关南见元九题山石榴花见寄①

白居易

往来同路不同时，前后相思两不知。
行过关门三四里，榴花不见见君诗。

【注释】

①武关：位于陕西商洛市，与函谷关、萧关、大散关并称“秦之四塞”。

【点评】

此诗作于唐元和十年（815），白居易去江州途中。这是元白赠答诗中的一首，首句写元白同路而不同时，以时空的错位写出了元白离别之苦，以致前后相思都不相知。后两句写白居易虽已行走三四里但石榴花仍无处寻觅，而元稹诗歌还在。“榴花不见”不仅写出了时间之长，还写出了元白先后被贬的辛酸与感慨及两人的深情厚谊。在元白酬唱诗中咏物是一大题材，正是元白的深谊为酬唱诗的咏物提供了深厚的思想基础，使得咏物而有所托，虽有时空变幻但友谊酬唱不断。商州路上的元白酬唱诗具体而深沉。

题四皓庙

白居易

卧逃秦乱起安刘，舒卷如云得自由。
若有精灵应笑我，不成一事谪江州。

【点评】

此诗作于唐元和十年（815），诗人去江州途中。前两句肯定了商山四皓的人格与功绩，也透露出白居易的评价标准，以兼济与独善为主。商山四皓在秦乱时隐居，这是独善的表现；在刘邦在位时期出山，为确立储位立下大功，这是兼济的表现。商山四皓是兼济与独善完美结合的代表，而这种舒卷自由的处世方式是白居易一直追求的。此时白居易被贬江州，无法做到兼济或独善，所以才会在诗中自嘲。诗歌抒发了作者被贬谪后抑郁、烦闷的心情，也表现了怀才不遇、官途坎坷的境遇。白居易在被贬路上反思了之前的激进政治活动，开始了新的人生旅程和创作生涯。四皓形象对白居易既是榜样又是警醒，可与《和答诗十首·答四皓庙》参看。

初贬官过望秦岭①

白居易

草草辞家忧后事，迟迟去国问前途。②
望秦岭上回头立，无限秋风吹白须。

【注释】

①望秦岭：指秦岭东段，呈手指状，向东南展开。南洛河、丹江及其支流银花河分布其间，成为山河相间的岭谷地形。题后原注：“自此后诗江州路上作。”

②草草：形容匆匆忙忙的神态。迟迟：行动缓慢的样子，有留恋京城意。前途：语气双关，既指前方之路，又指个人前途。

【点评】

此诗作于唐元和十年（815）。这一年六月，因阻止朝廷对叛乱的彰义军节度使吴元济进行讨伐，宰相武元衡在上朝途中遇刺身亡，刑部侍郎裴度也在另一条路上被刺伤。白居易认为这是国家的耻辱，上书奏请尽快缉拿凶手归案，从严处理，但一些权贵怨恨白居易先谏官言事，定其僭越之罪，并诬告他在母亲去世后仍作赏花和新井诗，是大逆不道，有悖名教。最终白氏被贬为江州（今江西九江）司马。

前两句描写作者由于忧虑家事和国事，因而离开京城赶赴江州途中行路进程缓慢，表示出内心的依恋之情。“忧后事”“问前途”语含双关，既表示询问江州的路途，也是对政治上的前途把握不准，有茫然之感，可谓兼得虚实。后两句中“望秦岭上回头立”之“回”字照应前句，表现出诗人对京城的依恋，末尾又以“无限秋风吹白须”作结，是对此依恋的进一步注解。“无限秋风”说明诗人伫立之久，“白须”借指年老，表达了作者的心力交瘁，对政治环境日趋险恶的焦虑，也抒发了作者竭诚事君、反遭谗被逐的悲凉感慨。

这首七绝语言平易，造语用字准确，前两句对仗工稳，在相互对照中深刻地揭示出了诗人当时复杂的心情。后两句刻画出作者在岭上回望长安，秋风吹拂白须的自画像，无限情意蕴含其中。

蓝桥驿见元九诗①

白居易

蓝桥春雪君归日，秦岭秋风我去时。②
每到驿亭先下马，循墙绕柱觅君诗。③

【注释】

①蓝桥驿：蓝桥在陕西省蓝田县东南蓝溪，地处长安东南要道上，设有驿站，即为蓝桥驿。元九：指元稹，排行第九，因以称之。

②“蓝桥”两句：此句中“秦岭”泛指商州道上的山岭。白居易谪江州与元稹西归长安经商州这一段道路一致。元稹西归长安，事在初春，正逢下雪，故有

“春雪君归”；白居易东去江州，时为八月，则见满目秋风。

③驿亭：驿站所设的供行旅止息的处所。古时驿传有亭，故称。“循墙”句：古人常常把自己的诗文题在旅途中的建筑物上，供人欣赏。所以白居易每到驿站，就急切地寻找好友的诗。

【点评】

此诗作于唐元和十年（815）。元稹元和五年自监察御史贬为江陵士曹参军，五年后奉召还京，可惜好景不长，正月刚回长安，三月就再一次远谪通州。同年白居易被贬江州司马，八月途经蓝桥驿，读到初春元稹于驿亭壁所题七律《留呈梦得子厚致用》，想至朝政风云变幻诡谲，含泪感慨世事无常，仕宦险恶。“蓝桥春雪君归日，秦岭秋风我去时”的故事，就是一条悲剧的人生道路之写照。后两句表面是写“绕柱觅君诗”，实则暗指两人同是天涯迁客，先后经历同样坎坷的人生道路。

不同于白诗明白晓畅的总体风格，此诗言语间显得较含蓄蕴藉，乍读只作是平淡的征途纪事，貌似平淡的二十八字，却暗含着诗人心底下的万顷波涛。写元稹春日奉召还京，一“归”字喜悦自明；写自己秋日远谪江州，一“去”字悲戚立见。诗歌以人物行动收篇，用细节刻画传神形象，“循”墙见寸寸搜寻，“绕”柱见面面俱到，“觅”诗见片言只字，无所遁形。三个动词相连，吟诵节奏短而急促，准确描绘出诗人匆遽的行动和急切的心情，具有强烈的艺术效果。

商山路有感

白居易

万里路长在，六年身始归。
所经多旧馆，大半主人非。①

【注释】

①旧馆：旧日的馆舍。

【点评】

唐元和十年（815）白居易被贬江州，六年后穆宗即位，白居易被召还朝，在进京的途中写下此诗。

走过的千万里路途还在脚下，六年颠沛流离如今才得以回来。一路上经过的大都是曾经走过的旧驿馆，然而人事更迭，大半的驿馆已经物是人非，作者由此抒发出对人世沧桑的深沉慨叹。

这首五绝虽然短小，但情感丰富。前两句铿锵有力，“万里”写路程之长、“六年”写时间之长，以时空的辽阔来反衬贬谪环境之恶劣，侧面描写内心的愤懑与辛酸。后两句疏散而凄凉，“旧馆”虽多但故人不见，以“多”与“非”的对比，抒发物是人非的感慨。全诗诗脉连贯，“路长在”引出“身始归”，由“身”引出所经之“旧馆”，由“旧馆”想到曾经到过这里的人，由路到人，抒发在商山路上的感受。绝句虽小，但前两句以时空之变幻写出了辽远，后两句以故人不在写出了内心的失落，可见商山路是诗人情感起伏变化的见证，是诗人感念故友的空间，是表达人世感慨的诗路。

宿阳城驿对月①

白居易

亲故寻回驾，妻孥未出关。
凤凰池上月，送我过商山。

【注释】

①此诗后作者自注：“自此后诗赴杭州路中作。”

【点评】

诗人贬任杭州刺史，夜宿商南富水阳城驿，面对皎白的月亮，感而慨叹。诗歌前两句写送别的亲人朋友们陆续回去了，而妻儿家人们还未出关口。唐时从长安去杭州有两路，一条就是由兰武道经商州去襄阳，然后乘船沿汉水、长江而下。这里所说的“关”当指兰武道上的兰关或武关，而商山就是商州一带山岭的泛称。诗人抬头望见那天边的明月，它既照耀着凤凰池，也同样关照着诗人自己，度过这漫漫商山路。凤凰池，也称凤池，指唐政府执掌机要枢纽的衙门——中书省。西晋初年，佐命大臣荀勖由代理中书令荣升尚书令，同僚前去庆贺荣登高位，但荀勖反而惆怅若失，对同僚说：“夺我凤凰池，诸君何贺也？”白居易远离朝堂被外放他地为官，但内心深处还是向往着置身天子身侧、机要核心，此处诗人以“凤凰池上月”表达自己心系朝堂。

棣华驿见杨八题梦兄弟诗[①]

白居易

遥闻旅宿梦兄弟，应为邮亭名棣华。[②]
名作棣华来早晚，自题诗后属杨家。

【注释】

①棣华驿：又作棣花驿。杨八：杨虞卿，是作者的好友。

②邮亭：指古时传递文书的人沿途休息的处所或邮局在街上设立的收寄邮件的处所，因貌似亭子，故称邮亭。

【点评】

该诗作于唐元和十五年（820）作者返京途中宿于棣华驿时。诗人来到棣华驿投宿，听说杨八也曾在此处住宿，并题写过梦见兄弟的诗，推测大概是由于这个邮亭的名字叫棣华的缘故。《诗经》中就有“常棣之华，鄂不韡韡。凡今之人，莫如兄弟”的诗句。常棣亦作棠棣，棠棣花朵盛开则花瓣张开覆盖花萼，而花萼则承托起花瓣，故人们用棠棣之花比喻兄弟亲情，所以有“遥闻旅宿梦兄弟，应为邮亭名棣华”句。后两句说驿站被称作棣华的时间或迟或早都已经无关紧要，自杨八题诗之后，此地就和杨家有了不解之缘，诗人对友人此作的推崇与赞美溢于言表。全诗表现出白居易对朋友杨八的仰慕和思念之情。

登商山最高顶

白居易

高高此山顶，四望唯烟云。
下有一条路，通达楚与秦。
或名诱其心，或利牵其身。
乘者及负者，来去何云云。
我亦斯人徒，未能出嚣尘。
七年三往复，何得笑他人。①

【注释】

①七年三往复：作者于唐元和十年（815）贬江州，元和十五年自忠州返长安，作诗之年（822）再赴杭州，七年间来往三次。

【点评】

唐长庆二年（822），白居易的好友元稹被李逢吉排挤，他推崇的名相裴度也离开中枢，李逢吉党日益嚣张，党争激烈。白居易也被外调出京，任杭州刺史。作者正要一展抱负之时，却因为党争不得不离京，其心情是复杂的，既有落寞，又有庆幸，还有感慨。全诗以议论结构全篇，前两句写登山所见，引出商山路。在白居易笔下，商山路象征着名与利，路上多是升迁、贬谪的官员，为功名利禄而奔走。贪图名声必然忧虑劳心，贪图利益必然奔波劳身。为名利奔波的既有贫苦的“负者”，也有显贵“乘者”，白居易也将自己划为其中一员。“七年三往复”以时间之长、来往次数之多，侧面衬托出商州路上的辛酸。白居易由商州路引出名利场，由名利引出自己，由景到人，由客观到主观，诗脉连贯。

赴杭州重宿棣华驿，见杨八旧诗，感题一绝

白居易

往恨今愁应不殊，题诗梁下又踟蹰。[①]
羡君犹梦见兄弟，我到天明睡亦无。

【注释】

①殊：区别。踟蹰（chíchú）：指徘徊不前、缓行的样子。形容心情焦急、惶惑或犹豫。

【点评】

此诗是作者再次投宿棣华驿馆时，见到前次给好友杨虞卿作《棣华驿见杨八题梦兄弟诗》，内有所感，遂又题壁一首。与之前作者所表达的钦慕杨氏兄弟不同，这次他重到驿站的心情比较复杂：往恨与今愁交织，既有贬谪之感慨，又有远离亲朋之愁楚。在商山路上，远离长安之苦与思念家乡故旧之愁交汇融合。白居易下句“踟蹰”二字极其生动，徘徊不前、来回走动，不安的情绪都在“踟蹰”二字中体现。后两句进一步说明“踟蹰”的原因，白居易羡慕杨氏还能梦到兄弟，而如今自己受世事所扰，了无睡意，连梦也没有。此处以难以入梦侧面描写了诗人的“往恨今愁”。诗歌虚实结合，“踟蹰”这一现实中的生活场景将“往恨今愁”与作者“无梦”感慨连在一起。

在商山诗路上不仅有许多名句，还有很多让人难以忘怀的生活场景和日常细节，诗人将其艺术的提纯与加工，为商山诗路增添了一份平常却又绚丽的亮色。

题武关

李　涉

来往悲欢万里心，多从此路计浮沉。
皆缘不得空门要，舜葬苍梧直至今。[①]

【作者简介】

李涉（约806年前后在世），字不详，自号清溪子，洛阳（今河南洛阳）人。著有《李涉诗》一卷。《全唐诗》收其诗一卷。

【注释】

①空门要：佛教的要义。佛教以观察诸法“空性”为入道的法门，故称“空门”，并因以指称佛法。亦指佛寺。唐王维《叹白发》诗载云：“一生几许伤心事，不向空门何处销。”舜葬苍梧：传说古帝舜死于南巡途中，葬于九嶷山，又名苍梧，在湖南宁远县南。

【点评】

李涉早岁客梁园，逢兵乱，避地南方，后出山做幕僚。宪宗时，曾任太子通事舍人，后贬为峡州（今湖北宜昌）司仓参军。唐文宗大和（827—835）中任国子博士，后因故流放康州（今广东德庆）。《题武关》和《再宿武关》即分别与诗人两次贬谪经历有关。

诗人在唐元和六年（811）因事被贬为峡州司仓参军。他因自己贬谪出关而念及为数众多降职罚边的官员出武关南行，又想到反向入京的升迁者亦不在少数，通过体验、观察与推导、联想，对政治历史的纵向把握，对社会人事的横向概括，熔铸成了“来往悲欢万里心，多从此路计浮沉”的宏观史论。诗歌立论而摒弃说教，寓深意于形象之中，让读者在欣赏之中沉思，韵味十足。前两句以概括力胜，后两句则以阅世眼光的穿透力之强而令人叹服。虽然尾句引舜死不归为沉迷红尘的例证是不很恰当的，但作者翻历史陈案的独特眼光仍值得赞赏。

再宿武关

李　涉

远别秦城万里游，乱山高下出商州。①
关门不锁寒溪水，一夜潺湲送客愁。②

【注释】

①秦城：指京都长安。“乱山”句：商州山势高下曲折，有“七盘十二绕”之说。

②潺湲（chányuán）：水慢慢流动的样子。

【点评】

此诗大约创作于唐敬宗宝历元年（825）诗人获罪流放康州（今广东德庆）后。诗人有先后两次贬谪出长安的经历，先有《题武关》，此诗名“再宿”，诗的情调比之前者较为舒缓。在世事中沉浮已久的诗人诗作中没有了第一次贬谪时激荡的情感，但并不可谓不愁，只是此愁似淡实浓，不是一时抒发感慨可以缓解的，只得独自消受，与前诗形成对照。前二句回忆昔日被贬，及今日再宿武关。后二句写夜不能寐，卧听一夜溪水潺湲，以流水缓纾解客愁。沈德潜评：“一夜不寐意，写来偏曲。”虽是同样的忧思，但时光流转，已是不一样的诗人。成熟的诗人已学会自我纾解，对前途的遥望也没有了《题武关》那般强烈的悲观。但“关门”二句亦是伤神之作，武关阻隔不了寒冷的溪水，却阻断了贬谪之人的回京之路，诗境由前作的悲壮转向凄清，作者在思想走向成熟现实的同时，其诗歌中的热情与活力亦在消退。

上下七盘①

裴夷直

其一

斗回山路掩皇州，二载欢娱一望休。
从此万重青嶂合，无因更得重回头。

其二

商山半月雨漫漫，偶值新晴下七盘。②
山似换来天似洗，可怜风日到长安。③

【作者简介】

裴夷直，生卒年不详，字礼卿，吴（今苏州）人，郡望河东（今山西永济）。唐宪宗元和十年（815）登进士第，历任右拾遗、中书舍人、杭州刺史等职。《全唐诗》收其诗一卷。

【注释】

①七盘：出蓝田县南二十里有七盘岭，是武关道第一险阻，路经此盘山而过。

②值：遇到，恰逢。

③可怜：可惜。

【点评】

裴夷直有诗名，其诗多为绝句，内容以感怀酬赠之作为多。他虽出身低微，但时刻坚持着政治理想，却因触怒权贵而以文获罪被贬，又因卷入牛李党争，仕途随牛党势力的消长而晦明变幻。裴夷直虽数次遭遇政治事件的打击，但他对政治的关注与热情却从未消殆。

时光流逝、宦海浮沉、朋党争斗带来的打击与苦闷，普通文人政治命运的困境与悲哀，都集中体现在裴夷直的一系列感怀诗中，而此作可为其中的代表。前一首“上七盘”作于开成五年（840）裴夷直从长安去商州跋涉于“斗回山路”的盘道途中。诗人惋惜万里青嶂不仅遮挡住回望长安的视线，还将隔断自己与朝廷的联系，重回长安施展抱负的机会也十分渺茫。他以比拟的手法指出自己与朝堂之间的阻碍重重，“万重青嶂”暗指权臣当道，阻碍进身之途。后一首“下七盘”是近十年后返回京师长安时作。诗人在漫长的等待之后，仕途迎来了新的契机。虽然途中险隔依旧，但已然不再是关注的重点，经过一段阴雨连绵的时光，忽然雨过天晴，实有双关自喻之意。作者满怀政治的憧憬，心情愉快地从商州入蓝田关、过七盘岭。这两首诗形成强烈对比，表现出裴夷直政治思想与诗歌面貌在仕途贬谪期与上升期的不同。

送元绪上人游商山

姚 合

万法空门里，师修历几生。①
过来心已悟，未到行弥精。
溪寂钟还度，林昏锡独鸣。
朝簪抽未得，此别岂忘情。②

【作者简介】

姚合（约781—846），陕州（今河南陕县）人。唐元和十一年（816）进士。曾任武功县（今属陕西）主簿，世称“姚武功”，为晚唐苦吟一派诗人之宗主，《全唐诗》收其诗七卷。

【注释】

①万法：即佛法，以万计数，言其极多。空门：泛指佛教。

②朝簪：朝廷官员的冠饰。常用以借指京官。

【点评】

此诗是一首送别诗，描写了诗人于商山送别的所思所感，表现了他对元绪上人的赞美和不舍之情。诗歌前半部分称赞了上人的佛法精深，言其修行已不知经历了几世之功，前尘往事皆是修行悟道，未来种种遭遇亦会使修行更加精勤。颈联描写了僧人化缘晚归的情景，在流水暮钟的映衬下，僧人手持锡杖独行于黄昏时的幽林，行止间沉静安详，抒发了作者对此境界的向往。尾联道出诗人自己虽心慕佛法，奈何无法辞官而去，尘心未除、俗事缠身，难免有俗人的依恋之情，亦表现与元绪上人分别的不舍。中、晚唐时期政治黑暗，社会动荡不安，部分士人产生了消极自保的情绪，姚合也改变了前期建功立业、积极奋进的姿态，采取了亦官亦隐的态度，这种心态在此诗中有所反映。诗歌虽是酬唱之作，不免有夸赞之辞，但由于诗人自身卓越的五言功力，整体作品显出了平浅闲雅的风格，尤其是颈联中的景色描写，营造出一片出尘的禅境，不落俗套。

路中问程知欲达青云驿[①]

雍　陶

行愁驿路问来人，西去经过愿一闻。
落日回鞭相指点，前程从此是青云。[②]

【作者简介】

雍陶（约789—873），字国钧，成都人，工诗。唐大和八年（834）进士。今存诗一卷。《全唐诗》收其诗一三一首。

【注释】

①青云驿：商於古道驿站之一，是武关外第一驿，位于今陕西省商南县境内。

②青云：青色的云，与青云驿相谐，语意双关，比喻高官显爵。《史记·范雎蔡泽列传》载云："须贾顿首言死罪，曰：'贾不意君能自致于青云之上。'"

【点评】

这是一首纪行诗，据诗意当是作者由荆州一带向长安应举途中所作。从末句看，诗人充满信心，似为初次应举。可能是因为作者首次入京之故，不能识路，所以要请教来路之人，由此产生了夕阳西下，路人调转马头挥鞭指点青云驿方向的画面。虽然青云驿距离目的地长安还有五百余里路程，作者却不因漫长的道路而沮丧，反而信心满满。青云驿之后是其日思夜想的长安，是诗人可以大展宏图的舞台，他坚信人生道路从此可平步青云。字里行间显示了作者对自身才华的自信和初生牛犊不怕虎的豪情。诗歌短小精悍，起承转合恰到好处，尤其末句双关，充满阳刚之气，全诗品格因此大大提升。

洛源驿戏题[①]

雍 陶

柳阴春岭鸟新啼，暖色浓烟深处迷。
如恨往来人不见，水声呦咽出花溪。[②]

【注释】

①洛源驿：商於古道驿站之一，位于今陕西省商洛市商州区原商州城东五十里。

②呦咽：形容水声幽咽低微。

【点评】

此诗与《路中问程知欲达青云驿》同为作者前往长安途中所作，描写了曼妙的洛源春景。春天的山岭上柳树荫郁葱茏，鸟儿们刚开始啼叫，天气转暖，草木蒸腾出的雾气蔓延于山野深处，迷蒙一片。泉水汩汩流出花溪，仿佛是遗憾人们来来往往却不能发现自己的美丽，故意发出幽咽的声音来吸引游人的注意。诗歌后两句采用了拟人的修辞手法，将流淌于深山幽谷的美景，刻画地如养在深闺人未知的娇人，缠绵的浅吟低唱吸引着过往的路人。此处描写生动传神，亦有作者暗指之意，诗人自认满腹才华，独恨不被人赏识，此次科举之行，正如"水声出花溪"般，是崭露头角的大好时机。诗歌延续了前诗的风格，简洁欢快，表现出作者应试前自信阳光的心态。

离京城宿商山作

雍 陶

山月吟声苦，春风引思长。
无由及尘土，犹带杏花香。[①]

【注释】

①杏花：李绰《秦中岁时记》载，唐时进士及第后，赐宴于曲江杏园。

【点评】

雍陶早年家境贫寒，对仕途期望甚切，应举时曾有“出门便作焚舟计，生不成名死不归”的决心，但现实并不如他原来的设想——“前程从此是青云”那样顺利，长安旅食，多方干谒，却无结果。“日过千万家，一家非所依”，诗人饱尝了世态炎凉、衡门无媒的苦辛。此诗当是作者落第辞京时夜宿商山所作，与作者入京时的愉悦心情形成了鲜明的对比，表现了作者落第之后的苦闷心境。诗的前两句用对句描写了作者落第之后，夜不成寐，在山月之下吟声作苦，春风吹来，更加引动诗人绵长的思绪。末两句由物及人，将自己与尘土相比，感慨自己的不幸际遇。杏花萎地，泥土因沾染杏花而香，自己却没有机会在曲江杏园中欢畅宴饮。全诗精巧工整，后两句结构尤奇，作者将杏花之香与登科上榜相联系，以己比尘土自伤自怜，立意出尘，构思奇警，是难得的佳句。

春行武关作

雍　陶

风香春暖展归程，全胜游仙入洞情。[①]
一路缘溪花覆水，不妨闲看不妨行。

【注释】

①游仙入洞：《神仙记》载，东汉时刘晨、阮肇入天台山采药，迷失道路，遇到仙女引入洞中，居半年而归。

【点评】

此诗当作于唐文宗大和八年（834）诗人进士及第之后，其诗风和创作内容较之前发生了明显的变化，一改落第之作的愁苦而显得清新明丽。诗歌描写了作者在春天行至武关的所见，志得意满的诗人不急于归程，而是将身心投入到旅程之中，欣赏起武关的风景。锦绣遍野，春风拂香，诗人沉醉于美景，更沉醉于功名终成的春风得意，此情此景使原本枯燥漫长的行程变得饶有趣味。在这样的季节踏上衣锦还乡路，诗人感叹胜过刘、阮二人游览神仙洞府时的心情，可谓流连忘返。一路上沿着小溪行走，野花覆盖着水面，虽然是在归途中，何妨边看边行呢？诗歌节奏欢快、音韵轻畅，抹去了羁旅长安、无媒落第的哀愁，通篇洋溢着进士及第的兴奋，诗人欢跃的心情、潇洒的身影仿佛欲从诗歌中跳了出来。

寄题南山王隐居①

许　浑

近逢商洛客，知尔住南塘。
草阁平春水，柴门掩夕阳。
随蜂收野蜜，寻麝采生香。
更忆前年醉，松花满石床。

【作者简介】

许浑（约791—约858），字用晦，一作仲晦，润州丹阳（今江苏省丹阳县）人。武后朝宰相许圉师六世孙，唐文宗大和六年（832）进士。自编诗集《丁卯集》，《全唐诗》收其诗十一卷。

【注释】

①此诗或谓之张祜所作，题为《寄题商洛王隐居》。诗见许浑《乌丝栏诗》真迹，当为许浑诗。

【点评】

此诗为与友人唱和之作，写隐居生活之闲适，暗含萧索苦闷之感。

首联以口语化的语言娓娓道来，显出与友人间的亲密。诗人偶然通过商洛客之口，才得知友人居于何处，点出诗人与友人之间的通讯断绝。蓝田与商洛以“南山”相连，古人常将秦岭北麓的蓝田部分称作“南山”，而南山往东，则进入商洛地区，就称之为“商山”或“商洛山”，故知此王隐士当居住在蓝田的“南山”之中，而“南塘”之地，至今已不可考，当为“南山”中地点。从结构来看，诗歌次句作为引子引出诗歌中间二联。

诗歌中间二联是诗人对于友人隐居生活的遐想，写景亦是写人，“草阁”“柴门”反映出友人生活之清贫，但隐士并不为清贫所苦；“平春水”“掩夕阳”“收野蜜”“采生香”尽显不假外求、安贫乐道的隐逸乐趣。诗歌所构造的意境自然、闲逸，同时以景衬人，烘托出友人高洁出尘的形象。

诗歌结尾笔触由友人联系到自身，“更忆”二字一振，情感忽转，显出萧瑟。过往的欢愉能否得以复继，诗人不得而知，“松花满石床”的静逸出尘是诗人所喜，却偏偏求之不得。诗歌看似怀想友人生活，却意在言外，表达出作者对红尘缠身的烦恼与对隐逸生活的向往。

寻周炼师不遇留赠①

许　浑

闭门池馆静，云访紫芝翁。
零落槿花雨，参差荷叶风。②
夜棋全局在，春酒半壶空。
长啸倚西阁，悠悠名利中。

【注释】

①炼师：《唐六典》：“道士德高思精者，谓之炼师。”

②槿花：木槿花，朝开夕凋。

【点评】

诗歌首联直指题目，诗人寻访周炼师不遇，得闻其入山云游，遂留宿一夜作此诗留赠。

一般说来，许浑的警句常出现在第二联，如“溪云初起日沉阁，山雨欲来风满楼”《咸阳城东楼》）、“水声东去市朝变，山势北来宫殿高”（《故洛城》），此诗第二联亦是写得精彩，文字虽无一处虚指，却于工仗的写景之中融入时光易逝之感。槿花朝开夕落，好景不长，而“荷叶风”更是暗示着春光将入尾声。诗中描写在悠闲中透出诗人的落寞感伤。

颈联由景及人，以对比的手法写出诗人寻友不得的寂寞。棋局因为诗人的形单影只只得虚摆，而春酒仍饮去大半，只不过不是用来把酒言欢，而是借酒消愁罢了。

诗歌尾联一声长啸打破了之前的静寂，亦将作者含之却不言的愁楚直抒出来。结尾作者深陷“悠悠名利”正与开篇友人寻访“紫芝翁”相对，写出作者对俗世生活的厌倦和不满。

此诗以静生闲，闲中带愁。诗人试图与喧闹纷逐的人世隔绝，逃避在自己孤独寂寞的世界里，独自领悟大自然的闲适之趣。但无论是人身的逃避还是精神的逃避，其实都不彻底，诗人仍时时受着俗世之扰。

题四皓庙

许　浑

桂香松暖庙门开，独泻椒浆奠一杯。①
秦法欲兴鸿已去，汉储将废凤还来。
紫芝翳翳多青草，白石苍苍半绿苔。
山下驿尘南窜路，不知冠盖几人回。②

【注释】

①椒浆：以椒浸制的酒浆。古代多用以祭神。《楚辞·九歌·东皇太一》有：“蕙肴蒸兮兰藉，奠桂酒兮椒浆。”

②驿尘：驿马扬起的飞尘。冠盖：古代官吏的帽子和车盖，借指官吏。

【点评】

此作为许浑至四皓庙奠椒浆并追颂先贤之德而作。首联直抒所见，写自己入四皓庙的场景。颔联笔触由实转虚，追忆先贤事迹，四皓于秦法未兴之时，为避其矰缴，如鸿远去，及汉储将易之际，又假之羽翼，如凤还来。他们生前的大节奇功，为后世之人所远远不可及。诗人此处亦是借四皓酒杯，浇自己垒块，以“鸿已去”“凤还来”自比，表现自身不恃强权、求觅知音之心。颈联写四皓庙周围景色，由虚返实，意脉不断。延至今日，紫芝翳翳，埋于青草，白石苍苍，没于绿苔。作者借紫芝、白石比四皓高洁情操，亦惋惜其采芝卧石，死后之清风高节，没有得到后辈之人的延续。诗人在尾联发出了自己的感叹，如今商山驿路，流人逐客往来皆经此道，而冠盖之盛亦不知其数，但能够往而知返，不陷于功名利禄如四皓者又有几人呢。全诗于追忆、称颂之外深怀自省、劝诫，表达出诗人崇高的道德追求。

题四老庙①

许　浑

其一

峨峨商岭采芝人，雪顶霜髯虎豹茵。②
山酒一卮歌一曲，汉家天子忌功臣。③

其二

避秦安汉出蓝关，松桂花阴满旧山。④
自是无人有归意，白云常在水潺潺。

【注释】

①题四老庙：一作“重经四皓庙”。

②峨峨：山峰高耸貌。商岭：即商山。在今陕西商县东。雪顶霜髯（rán）：发如雪，髯似霜。虎豹茵：谓其岩居穴处，如虎豹一样生活。四皓《采芝操》：“岩居穴处，以为幄茵。”

③卮：一作“壶”。汉家天子：指刘邦。忌功臣：指诛戮韩信、黥布、彭越等。

④蓝关：在今陕西蓝田东南。

【点评】

第一首诗歌描绘了诗人对四皓隐居生活的遥想，描写逼真生动，他们在山间采芝为食，寻洞为居，把酒高歌，不假外求，自在逍遥。诗歌尾句道出诗人认为四皓不事刘邦的因由，但并不全面，刘邦对儒士的态度亦是导致四皓归隐的一个重要原因，如《史记·留侯世家》所载：“顾上有不能致者，天下有四人。四人者年老矣，皆以为上慢侮人，故逃匿山中，义不为汉臣。”

关于诗人在第二首诗中的立意，古来便有分歧，评诗人对许浑在此诗中对四皓的褒贬，有两种截然相反的解读。其一认为诗歌是讥讽四皓出仕不复旧隐。四皓曾经避秦归隐，又为安汉而出，理当功成而身退。四人若能复出蓝关，归返旧山，他们的高节会如松桂之阴常满长存。但四人之中却无一人复存归隐之意，是以云常在而水自流，诗人以潺潺流水比人心善变，不复旧观。另一观点认为，商山四皓未尝不归，此作乃借古讽今，“无人有归意”实指今人，作者批评后世之人没有能够继承商山四皓的高风亮节。两种解读义脉皆通，但参考许浑前作《题四皓庙》所表现出的思想，第二种观点与作者之前的创作表达更为贴合。

宿棣华馆闻雁①

雍裕之

不堪旅宿棣花馆，况有离群鸿雁声。

一点秋灯残影下，不知寒梦几回惊。

【作者简介】

雍裕之（生卒年代不详），应为唐贞元（785—805）以后的诗人，西蜀（今属四川）人。有诗名，工乐府，极有情致。《全唐诗》收其诗一卷。

【注释】

①棣华馆：棣华驿馆。

【点评】

此诗描写了诗人夜宿棣华馆时的所见所闻，通过描写景物的凋敝与败落，寄寓了作者内心的孤寂感。诗人不堪疲惫投宿棣华馆，外面有离群孤雁的哀鸿声，在点点秋灯映射的残影下，不知道被夜晚的寒冷惊醒了多少次。

全诗寄情于景，诗歌前两句直指题目，宿棣华馆闻雁，疲惫不堪之人旅宿棣华馆，所闻之声出自离群孤雁。棣为植物名，亦称白棣、棠棣等，《诗经·小雅·棠棣》篇，传为周公宴兄弟之诗，中有“常棣之华，鄂不韡韡。凡今之人，莫如兄弟”等语，后人因此借棣花以喻兄弟。棣华与孤雁两个意象所包蕴的情感在同一语境中产生了鲜明的对比，虽是写景但意在述人，将离群失路的旅人表现得入木三分。诗歌后两句紧接前文，由侧面烘托变为正面描写，一点秋灯并未带来温暖，反而更显周遭的幽暗昏惑，寒意不但围绕着旅人的身体，而且侵袭入梦，使其几回惊醒。雍裕之一生怀才不遇，贞元后，数举进士不第，飘零四方。此诗所营造的凄怆寒骨的意境正是其现实失意的体现。

题商山庙

陆　畅

商洛秦时四老翁，人传羽化此山空。①
若无仙眼何由见，总在庙前花洞中。②

【作者简介】

陆畅（约820年前后在世），字达夫，望出吴郡（今江苏吴县），湖州（今属浙江）人。唐元和元年（806）登进士第，为皇太子的僚属。后官凤翔少尹。有诗一卷。《全唐诗》收其诗三十六首。

【注释】

①羽化：道家称凡人成仙为羽化，即变化飞升上天之意。旧时迷信的人说仙人能飞升变化，把成仙称为羽化。宋苏轼《前赤壁赋》云："飘飘乎如遗世独立，羽化而登仙。"

②仙眼：超出凡俗的眼光。

【点评】

此诗抒发对四皓遗迹的感受，颂扬四皓"羽化飞仙"之姿。四皓因须眉皓齿的形象和隐居食芝的生活，与早期道教文化神仙说的核心要素十分接近，多为后世列入仙谱。四皓仙寿的形象从汉朝朴素的神仙学说中的四皓，到晋代已经被奉为神仙家的四皓，再到南朝时列入道家神仙谱系的四皓，逐步被刻画出来，到唐代四皓的神仙形象逐渐清晰。

如此作呈现，唐人已将四皓与神仙的紧密联系写进诗篇，访四皓遗迹常常被说成寻四皓之仙踪；宋人"橘中四皓"的神仙话语使四皓的神仙色彩则更为浓重；元明清的文学作品中则常见将四皓彻底从"政坛"请下，转而摆上"神坛"，列于仙班的例子。进入"神仙谱系"的四皓形象，是人们对四皓仙风道骨形象的极致解读。

出蓝田关寄董使君

陆　畅

万里烟萝锦帐间，云迎水送度蓝关。①
七盘九折难行处，尽是龚黄界外山。②

【注释】

①烟萝：草树茂密，烟聚萝缠，谓之"烟萝"。

②龚黄：指汉代龚遂和黄霸，二人政绩卓著。

【点评】

这是诗人出蓝田关时，写给董使君的一首七言绝句。诗人此行可能是赴江西王仲舒幕，度蓝关，登秦岭，沿途景色如诗如画，作者的心情也显得十分畅快。这首诗不是下第应举之作，没有唐人关津诗常见的哀音苦语。万里林荫茂密，绿萝缠绕蔓延于山麓，水面波澜相送，天际间白云飘荡相迎，度过蓝关，山路蜿蜒七盘九折难以前行之处，尽如治外蛮荒之地。诗歌虽然也是以商路险途为描摹主题，但格调轻快，不见苦旅失路之谈。诗人在诗句中尽情挥发神思，得意之途上，草木繁盛如锦帐装点山川，而山间的云水也好似通了人性，缠绵相送，依依不舍地护送诗人。一切景语皆情语，作者内心的愉悦溢于言表。蓝田驿为重臣赐死之所，文士留诗较少，即使有也是满纸愁苦，唯陆畅此首格调明快，与众不同。

题商山四皓庙

杜　牧

吕氏强梁嗣子柔，我于天性岂恩仇。①
南军不袒左边袖，四老安刘是灭刘。②

【作者简介】

杜牧（803—853），字牧之，号樊川，京兆万年（今陕西长安）人。宰相杜佑之孙，杜从郁之子。唐文宗大和二年（828）中进士，任授弘文馆校书郎、司勋员外郎，黄州、池州、睦州刺史等职。晚年居长安南樊川别墅，故后世称“杜樊川”。《全唐诗》收其诗八卷。

【注释】

①吕氏：吕雉，汉高祖皇后。强梁：强横凶暴。指吕后谋害了不少功臣和亲属。嗣子：封建社会正妻生的大儿子为父权继承者。这里指刘盈。太子刘盈仁弱，刘邦常欲废之，立戚姬子赵王如意。见《史记·留侯世家》。此谓废立与恩仇无关。

②南军：汉代京师卫戍部队有南北两军，南军负责保卫皇宫，北军负责守卫京城。吕后时，吕禄掌北军，吕产管南军。吕后死后，吕氏家族阴谋作乱。老臣太尉周勃为粉碎吕氏之乱，亲入北军，行令军中曰："为吕氏右袒（露出右臂），为刘氏左袒（露出左臂）！"北军皆左袒。后周勃又与刘章率军入宫，杀吕产等人，保住了刘氏政权。事见《汉书·高后纪》。

【点评】

此诗作于唐开成四年（839）杜牧由宣州赴京任左补阙途经商山时。诗人采用与《赤壁》《乌江亭》诗一样的假设手法，翻出一番新颖的历史见解：商山四皓辅助太子刘盈登位一事，在常人笔下都作为逸事、美谈出现，认为是奇功一件，杜牧却不以为然。他认为由于刘盈的懦弱，致使吕氏几乎篡夺了刘氏江山，造成政局的危险和混乱。在继承人的选择上，四皓恰恰是帮了刘氏的倒忙。历史是不能假设重复的，而任何事后的假设，都可能有其更合理的一面，但也只能是假设。不过，后人在借鉴历史时，各种假设就有了现实的意义。杜牧此诗除了强调历史具有某些偶然性外，还可说明政治斗争具有很大的冒险性，而人心之向背，往往在关键时候起决定作用。

杜牧重视历史，却不迷信历史。他重视历史的规律，而不迷信历史的现象。他常常对人们根深蒂固的历史信仰提出反证，这正是他的颖异之处。他告诉人们历史的发展有好多种可能性，已经发生的未必就是最好的或最坏的一种。杜牧的这首诗不仅在对四皓功过的评价上与传统观念大相径庭，而且是对整个封建社会的重嫡庶长幼而轻个人素质的立嗣传统的质疑，表现出思考者独特的历史眼光与鲜明的个性色彩。

商山麻涧①

杜　牧

云光岚彩四面合，柔柔垂柳十余家。
雉飞鹿过芳草远，牛巷鸡埘春日斜。②
秀眉老父对樽酒，茜袖女儿簪野花。③
征车自念尘土计，惆怅溪边书细沙。

【注释】

①麻涧：在今陕西商州熊耳峰下，土质宜种麻，故名麻涧。

②塒（shí）：古代称墙壁上凿成的鸡窝。泛指禽类在墙上的窝。

③茜：绛红色。茜草，其根赤色，可作染料。

【点评】

此诗是唐开成四年（839）杜牧授左补阙、史馆修撰，将赴京供职，二月溯长江、汉水，经南阳、武关、商山而至长安，经商山时所作。

诗歌描绘了山村春日黄昏时分，云光岚烟笼罩中的山庄，柔桑垂柳掩映下的人家，禽兽豕奔归林，鸡牛入巷进栏，老者对酒啜饮，村姑簪花打扮的种种景象，各个画面和谐完美地融合在一起，一幅丰富新鲜的夕照山庄图跃然纸上。

诗人以清隽的笔调从不同的角度展示了商山一带优美的自然景色，淳朴、恬静的农家生活和村人怡然自得的意态，充满了浓厚的诗情画意。作品通过巧妙的剪辑，远近结合，移步换形，一句一景，将商山麻涧一带的自然风光和山村农家的和美生活写得熙熙融融、生机盎然。最后，诗人将自己的怅然失落一起摄入画面，委婉地表达了因仕途曲折而对田园生活的向往之情，富有意趣。

诗歌在艺术构思和表现手法上，远景近景相结合，动静相生，以动衬静，情景交融，将美丽的自然风光和田园景象以及作者忧乐交半的复杂情感完美地结合起来，显露出诗人工于描写自然景物的艺术才能。

商山富水驿[①]

杜　牧

益戆由来未觉贤，终须南去吊湘川。[②]
当时物议朱云小，后代声华白日悬。[③]
邪佞每思当面唾，清贫长欠一杯钱。[④]
驿名不合轻移改，留警朝天者惕然。[⑤]

【注释】

①富水驿：在今陕西省商南县东南富水镇，驿名本为阳城驿。

②“益戆”句：用汉武帝时汲黯的故事比喻阳城的直谏。汲黯常当面指责汉武帝的过失，武帝说：“甚矣，汲黯之戆也！”又说：“人果不可以无学，观汲黯之言，日益甚矣。”戆，刚直愚笨的样子。由来：从来。“终须”句：以贾谊之事比阳城的被贬。贾谊受到排挤被贬为长沙王太傅，经汨罗江时作《吊屈原赋》。阳城因上疏劾裴触怒德宗，被贬为道州刺史。两者经历相似，又都被贬至湖南，所以有此比。湘川即湘江，汨罗江向西北留入湘江。

③物议：众人的议论。朱云：西汉时人，以敢于直谏知名。据《汉书·朱云传》，汉成帝时朱云上书求见，说愿请尚方斩马剑斩奸佞张禹。成帝大怒，命御史把朱云拿下处死。朱云攀住殿槛，殿槛都被折断，后因大臣再三求情，才免朱云一死。

④邪佞：奸邪小人，此处特指裴延龄。德宗想用裴为宰相，阳城公开激烈反对。事见《新唐书·阳城传》。一杯钱：指阳城生活清贫，以致常常连打酒的钱都没有。《新唐书·阳城传》：“常以木枕布衾质（典当）钱，人重其贤，争售之。每约二弟：‘吾所奉入，而可度月食米几何，薪菜盐几钱，先具之，余送酒家，无留也。’”

⑤朝天者：古代称皇帝为天子，朝天者即指朝拜皇帝的人，指朝廷官员。惕：戒惧。

【点评】

此诗是杜牧于唐开成四年（839）春由浔阳至长安任职途经商山富水驿，有感于驿名改换而作，表达了杜牧对唐代名臣阳城刚直有节的品行的称赞，亦体现了作者一贯“以史为鉴”的思想。诗的首联直发议论，慨叹阳城之耿直终究没能赢得德宗的好感，反而给他带来了贬谪之祸。颔联运用假对，以“朱云”对“白日”，对仗工整，属意精切。尽管时人对阳城的敢言直谏颇有微词，但许多年后，阳城的声名却并未湮没，反而像太阳一样高悬在历史的天空之中。颈联继续以对句称赞阳城疾恶如仇的品质和勤俭清贫的生活作风。以上全属回忆故实，尾联回到现实中来，表达了作者对改换驿名一事的看法：驿站之名不该轻易改动而该保留下来，以纪念贤者，同时警示那些做官为宦的人，让他们看到这个名字，便想起阳城的为人，敬而畏之。全诗纯发议论，但由于杜牧精熟历史掌故，用典精当，言论有理有据，因此所发议论直切要害，深刻惊警，引人深思。

丹水①

杜 牧

何事苦萦回，离肠不自裁。②
恨身随梦去，春态逐云来。③
沇定蓝光彻，喧盘粉浪开。
翠岩三百尺，谁作子陵台。④

【注释】

①丹水：丹江的古称。源出今陕西商县西北，向东南流经河南，到湖北均县入汉江。

②自裁：自制。

③春态：春天的景象。

④子陵台：东汉严子陵隐居钓鱼处。在浙江桐庐县南富春山山腰间，有东西两台，各高百余米，东称严子陵台。

【点评】

杜牧的这首五言律诗，与前一首同样作于唐开成四年（839）春由浔阳至长安任职途中。这首诗歌通过描写丹江景色抒发了作者内心的愁苦情绪。其时大唐国势日衰，杜牧虽有心济世安民，却一直不受统治者重用，一身抱负难以实现，内心充满了愁苦，辞阙归隐的想法油然而生。在行途中，丹江美丽的风景引动作者心中的惆怅，心底波澜娓娓流出笔下。首联直抒胸臆，感慨自己心中愁思为何像离肠一样萦回蜿蜒、不能自已。颔联由己及物，前半句写对人生的怅恨随着梦境远去，眼前的丹水远远追逐着春云一路流下来。颈联继续写丹江景色，沉静时溪水蓝光明澈，汹急时绚烂的浪花开于其上。看似纯为写景，实则为引出尾联的感慨。作者面对美丽的景色，暂时忘记内心的忧愁，想起东汉严子陵辞官不做隐居钓鱼的故事，内心生出对隐居者的歆羡。这首律诗哀婉低回，仿佛一个失意者的喃喃呓语，读之令人忧伤。

题武关

杜 牧

碧溪留我武关东，一笑怀王迹自穷。①
郑袖娇娆酣似醉，屈原憔悴去如蓬。②
山墙谷堑依然在，弱吐强吞尽已空。③
今日圣神家四海，戍旗长卷夕阳中。④

【注释】

①怀王：楚怀王熊槐（前374—前296），芈姓，熊氏，名槐。楚威王之子，楚顷襄王之父，战国时期楚国国君。据《史记·楚世家》和《屈原列传》记载，秦昭王致书楚怀王，约会于武关。怀王入武关，秦伏兵断绝其归路以求割地，怀王怒而不从，逃往赵国，赵国惧秦不敢接纳。怀王只得又回秦国，结果死于秦国。

②郑袖：战国楚怀王后，号称南后，能歌善舞，宠冠后宫。张仪为秦使楚，怀王以仪离间齐、楚，欲杀之，仪因与怀王幸臣靳尚合谋，使郑袖日夜说怀王，释张仪，亲秦绝齐。楚因孤立，为秦所灭。事见《史记·张仪列传》及《战国策·楚策三》。

③山墙谷堑：谓武关地势险要，有群山环绕，溪谷深如壕沟。弱吐强吞：弱者被强者所并吞。

④戍旗：边防区域营垒、城堡上的旌旗。

【点评】

杜牧不但才华横溢，且有远大的政治抱负，但晚唐时期尽管形式上维持着统一的局面，实际上中央王朝在宦官专权、朋党相争的局面下势力日益衰败，地方藩镇势力日益强大，这使怀有经邦济世之志和忧国忧民之心的诗人忧心忡忡。诗人跋涉至千古形胜之地的武关，怀古思今，不能不驻足凭吊一番。

首联开门见山，用拟人的艺术手法，把自己在武关的盘桓说成是“碧溪”的相留，将诗情十分自然地转到对这一历史陈迹的联想上来。颔联以历史家的严峻和哲学家的深邃，用形象化的语言分析了“怀王迹自穷”的根源。这两句诗对比强烈，内涵丰富。郑袖“娇娆”显其娇妒、得宠之态，“酣似醉”则现怀王的宠幸和放纵；屈原“憔悴”状其形容枯槁、失意之色，“去如蓬”则是屈原遭放逐后到处流落，无所依归的漂泊生涯的写照。“一笑怀王迹自穷”是对楚怀王亲小人、疏贤臣的糊涂昏庸所致的悲剧结局的嘲弄，更有对怀王其人其事的感叹、痛恨和反思。颈联是对颔联所叙述史事的寓意的进一步延伸。通过对江山依旧、人事全非的慨叹，说明“兴废由人事，山川空地形”（刘禹锡《金陵怀古》）的历史教训。楚怀王正是因为在人事上的昏庸才导致了丧师失地、身死异国的悲剧。结尾处诗人的眼光再次落到武关上，如今天子神圣，四海一家，天下统一；武关长风浩荡，戍旗翻卷，残阳如血。

杜牧写的是对历史的反思，对现实的忧思。他希望唐王朝统治者吸取楚怀王的历史教训，任人唯贤、励精图治、振兴国运，也向那些拥兵割据的藩镇提出了警戒，莫要凭恃山川地形的险峻，破坏国家统一的局面，否则不管弱吐强吞，其结局必将皆成空。

除官赴阙商山道中绝句[①]

杜　牧

水叠鸣珂树如帐，长杨春殿九门珂。[②]
我来惆怅不自决，欲去欲住终如何。[③]

【注释】

①除官：授官。赴阙：前往京师。

②鸣珂：珂，贝制装饰品，用以饰马，行则作响，因名。长杨：长杨宫的省称。旧址在今陕西周至县。此借指唐室皇宫。九门：禁城中的九种门。《礼记·月令》载云："（季春之月）田猎、罝罘、罗罔、毕翳、餧兽之药，毋出九门。"郑玄注："天子九门者，路门也、应门也、雉门也、库门也、皋门也、城门也、近郊门也、远郊门也、关门也。"后用九门以称宫门。

③自决：自做决定。

【点评】

这首七言绝句与前诗同样作于唐开成四年（839）春，诗人由浔阳至长安任职途中。此时作者所到之地已有皇家的行宫，离长安已是不远，越接近长安，作者内心仕与隐的冲突越是激烈。首二句写景，潺潺水声与马饰撞击之声交叠响起，稠密的树林犹如绿色的锦帐；从皇帝的宫门前走过，作者马上就要到达长安接受官职了，内心不由更加紧张惶惑。由此自然引出末二句"我来惆怅不自决，欲去欲住终如何"来。杜牧此次返京任官是在被贬之后，官场生活的起伏无定令杜牧厌倦、惶恐，但是此次任职的左补阙是能够时常接近皇帝的职位，有希望施展自己的抱负，所以此次再度进京赴职既有隐忧又有欢欣，行止颇为犹豫。这首诗歌平白如话，充分展示了杜牧此时内心的忐忑焦虑。全诗虽只有短短二十八字，但却写景生动，写情真切，毫无雕镂痕迹，是唐人七绝中的妙品。

入商山

杜　牧

早入商山百里云，蓝溪桥下水声分。①
流水旧声人旧耳，此回呜咽不堪闻。

【注释】

①蓝溪：水名。发源于陕西商县西北秦岭，向西北流经蓝田，最终流入灞河。

【点评】

此诗是杜牧于唐会昌二年（842）离京出守黄州（今湖北黄冈）时所作。因此前杜牧由浔阳入京就任时取道商山，因此诗中有“旧声旧耳”之语。作者于清晨进入商山，白云悠悠，绵延百里，蓝桥下的溪水水声分明。以我观物，故物皆着我之色彩，流水还是从前的流水，过路之人的心情却截然不同。杜牧于唐开成四年（839）进京任补阙时曾经过此地，当时心怀忐忑但亦是对仕途寄托希望，所以听水如“水叠鸣珂”（杜牧《除官赴阙商山道中绝句》），清脆明快。此时水声依旧，境遇却不同。杜牧少负济世经邦之志，最喜论政谈兵，自二十六岁入仕，迄今十余年，抱负未得施展，年已四十却出守远郡，颇有抑郁不平之意，且自认受到权臣排挤，所以内心愁闷，流水听来竟如人落泪时的呜咽。诗歌虽写苦闷之情，但却节奏明快，哀而不伤，是杜牧作诗的一贯风格。

将出关宿层峰驿，却寄李谏议①

杜　牧

孤驿在重阻，云根掩柴扉。②
数声暮禽切，万壑秋意归。
心驰碧泉涧，目断青琐闱。③
明日武关外，梦魂劳远飞。

【注释】

①关：指武关。层峰驿：在今陕西丹凤县东南武关西北。谏议：谏议大夫。此诗郭文镐认为非杜牧诗。

②云根：云生于石，故名石曰云根。

③青琐闱：刻为连锁文而以青色涂饰的宫门，代指宫廷。

【点评】

这是作者在路途中寄给朋友的一首即景抒情诗，作于出武关借宿层峰驿时。首联首句交代作者所处环境，一个“孤”字，表明作者独自一人寄宿在重重山水之中内心的情感。次句及颈联写作者看到的事物，云雾重重掩住了居户的柴扉，黄昏时分，鸟儿声声啼叫，返回自己的巢穴，千山万壑，秋景萧瑟。景色描写所营造的冷清凄凉的氛围更加突出了作者孤单的心境。颈联作者的心神已被景物所引，神游物外，笔触由实转虚，作者向着长安宫殿的方向眺望，想象此刻宫中的情景。尾联作者想起明天就要走出武关，离朝廷越来越远，离友人李谏议也将越来越远，不知道何时才能返回，只好在梦里飞回与友人相见。末尾一句既写出对友人的牵挂，亦表现对远离长安的难舍、不甘。全诗节奏迂缓，余韵悠长，充满了哀伤之感，是抒情诗中的佳作。

入　关

杜　牧

东西南北数衢通，曾取江西径过东。①
今日更寻南去路，未秋应有北归鸿。

【注释】

①衢：大路，四通八达的道路。

【点评】

此诗是作者行至武关时所作，表达了对自己坎坷仕途的伤感，对故土的留恋。杜牧故里在长安，而历任官职的任所却多在京外各省，武关为必经之路。诗人于唐开成四年（839）春入京、开成五年冬去往浔阳、唐会昌元年（841）七月自蕲州回归长安、会昌二年出守黄州，多次路经此地。首句写武关重要的交通地位，东南西北的旅人都必须从此经过，而诗人正是芸芸路人中的一个。次句承接前文写诗人与武关的渊源，诗人之前曾途经武关取道东去江西。末两句为点睛之笔，作者将自己与鸿雁相提，鸿雁于夏日北归故地，诗人此行不得不南下，心却如鸿雁一般思归北方。未达去地，已思归期，可见诗人对家乡留恋之深。诗歌延续了杜牧七绝清峻爽利的特点，情真意切，浑然天成。

题商山店

韩 琮

商山驿路几经过，未到仙娥见谢娥。①
红锦机头抛皓腕，绿云鬟下送横波。
佯嗔阿母留宾客，暗为王孙换绮罗。②
碧涧门前一条水，岂知平地有天河。

【作者简介】

韩琮，（生卒年不详），字成封，蜀人。唐长庆四年（824）进士。《全唐诗》收其诗一卷。

【注释】

①仙娥：仙娥驿。

②佯：假装。王孙：旧时对人的尊称。

【点评】

此诗首联描写作者数次经过商山驿路，未曾到过仙娥驿见到传说中的仙女，却于商山的一处小店见到了店家之女谢娥。颔联、颈联着重刻画了此女风采照人的美丽容颜与艳丽如花的穿着，而其体察人意的含羞之态，则更令人心生爱意。（谢娥）遂即假装嗔怪阿母留住宾客，悄悄地已经为眼前的人儿换上了罗绮华服，小女儿心态使人莞尔生怜。尾联更是大胆比喻，因佳人之故，天上人间难辨，抒发得遇此佳人，诗人犹如身登天河见到织女的喜悦、惊艳之情。

韩诗设色浓丽，人称“锦人如也”。在此诗中炼得“暗”字，使全诗飞动起来，配合着“红锦”“抛皓腕”“绿云鬟”“送横波”，将女子的柔媚之态与作者的欢喜沉醉表现得淋漓尽致。全诗描摹细致，刻画动人，诗意韵味悠长，令人读后回味无穷。

商州王中丞留吃枳壳[①]

朱庆馀

方物就中名最远，只应愈疾味偏佳。[②]
若交尽乞人人与，采尽商山枳壳花。

【作者简介】

朱庆馀（生卒年不详），名可久。越州（今浙江绍兴）人，唐宝历二年（826）登进士第。与诗人张籍、贾岛、姚合、顾非熊等交好。其诗多为赠别酬答、行旅题咏之作。《全唐诗》收其诗二卷。

【注释】

①枳壳（zhǐké）：枳树的果实，味苦，具有理气宽中、行滞消胀的功效，可入药。

②方物：地方特产。

【点评】

这首诗是一首轻松明快的七言小诗，描绘了作者做客商州，当地官员以枳壳招待这一寻常小事，展示了唐人日常生活的一隅。诗中所言枳为芸香科植物酸橙，其干燥幼果为枳实，未成熟果实为枳壳。枳壳在唐代《药性论》中才有记载，其苦酸微寒，具有行气宽中，消食化积的作用，本来作疗疾之用，却因味道佳胜而受人欢迎。诗人戏言倘若所有主人交往之人都来讨要，那恐怕商山的枳壳都要采完了，称赞美食的同时亦有恭维主人“知交遍天下”之意。诗歌短小爽利，诙谐愉悦，以直白口语入诗，充满了生活情趣。

却经商山寄昔日同行人

温庭筠

曾道逍遥第一篇，尔来无处不恬然。①
便同南郭能忘象，兼笑东林学坐禅。②
人事转新花烂熳，客程依旧水潺湲。
若教犹作当时意，应有垂丝在鬓边。③

【作者简介】

温庭筠（约812—866），本名岐，字飞卿，太原祁（今山西祁县）人。其屡举进士不第，长被贬抑，终生不得志，官终国子助教。负诗才，与李商隐齐名，时称“温李”。《全唐诗》收其诗四卷。

【注释】

①逍遥第一篇：指庄子《逍遥游》。尔来：从那时以来。

②南郭：楚国南郭子綦（qí），为物我两忘，清高淡泊的典型。《庄子·齐物论》：“南郭子綦隐几而坐，仰天而嘘，嗒焉似丧其耦。颜成子游立侍乎前，曰：‘何居乎？形固可使如槁木，而心固可使如死灰乎？今之隐几者，非昔之隐几者也。’”东林：指东晋庐山东林寺，佛教净土宗寺庙。

③教：使，让。

【点评】

诗人经商山有感于庄子“逍遥”之旨，作此篇以寄昔日同行经此之友人。首联谓己曾读《庄子·逍遥游》之篇，深悟其“无待”“无己”绝对自由地遨游于永恒的精神世界之哲理，从此无时无地不感到心境恬然。颔联承“逍遥”“恬然”做进一步发挥，谓己已达到南郭子綦那样的“坐忘”境界，直取庄禅的精神，得意而忘象，因感东林僧人之坐禅亦繁琐可笑。颈联谓人事新变而自然依旧，花之烂漫、水之潺湲仍同上次经行时所见，而今因悟“逍遥”之旨，对人事之新变亦殊感恬然。尾联“当时意”应是悟道之前的认识和心态，意谓若仍执着于昔时的认识与心态，恐今日应有斑白的鬓丝了。

诗歌颈联、颔联转承自然，结合题目之“寄昔日同行人”，一方面点题，自然引出“人事转新”“客程依旧”，另一方面，点出世间大道，自然规律无法更改，那么何不学庄子无名、无功、无己，逍遥自在呢？尾联承接颔联之思，反向思考，进一步表达通达、闲适、肆志的智慧。全篇似为悟道之言。“却经商山”所闻所见的景物均为“恬然”的心境提供凭借。

地肺山春日①

温庭筠

冉冉花明岸，涓涓水绕山。②
几时抛俗事，来共白云闲。

【注释】

①地肺山：即商山。晋皇甫谧《高士传》卷中：四皓“秦始皇时见秦政虐……乃共入商雒，隐地肺山，以待天下定”。

②冉冉：本意为渐进地、缓慢地，也可以形容枝条等柔软下垂的样子。

【点评】

此诗不同于温庭筠词作中辞藻秾艳的风格，体现出其山水田园诗的清新婉丽，情致含蕴。小诗前两句寥寥几笔，即勾画出一幅清新的山水图：花儿沿着河岸冉冉，形成一抹靓丽的风景线，水儿绕着商山涓涓而流，清新自然的画面栩栩如生。“冉冉”“涓涓”是形态，亦是动作，将地肺山春天的光景写活了。

当人身在仕途困顿的时候，最易对自然之美、出尘之景寄托身心。诗的后两句诗人即发抛却仕途俗事，隐居商山享受闲淡舒适生活的感叹，“几时”发问自己，却也是无奈之叹，一个“抛”字形象生动地表现出诗人对“俗事”生活的厌倦，一个“闲”字也对比出诗人渴望卸下束缚，拥抱山林闲云的急迫心情。

商山早行

温庭筠

晨起动征铎，客行悲故乡。①
鸡声茅店月，人迹板桥霜。
槲叶落山路，枳花明驿墙。②
因思杜陵梦，凫雁满回塘。③

【注释】

①动征铎（duó）：震动挂在车马上的铃铛。征铎，远行车马所挂的铃铛。

②槲（hú）叶：落叶乔木槲树的叶子。槲树多长于河南省西南部商洛地区，槲叶形大如荷叶，冬天虽枯而不落，春天树枝发芽时才落。

③杜陵：在今陕西省西安市长安区东南，温庭筠家居户县，靠近杜陵，因此用以指代故乡。凫（fú）：凫野鸭。回塘：岸边曲折的池塘。

【点评】

此诗当是温庭筠唐宣宗大中十三年（859）离开长安赴襄阳投奔徐商经过商山时所作。温庭筠虽是山西人，却久居杜陵，已视之为故乡。他久困科场，年近五十又为生计所迫出为县尉，说不上有太好心绪，去国怀乡之情在所难免，他通过鲜明的艺术形象，真切地反映了旅人的某些共同感受。

首联表现“早行”的典型情景，概括性很强。清晨起床，旅店里外已经响起了车马的铃铎声，旅客们套马、驾车之类的许多活动已暗含其中。“客行悲故乡”很能够引起读者情感上的共鸣。

颔联两句历来脍炙人口。“鸡声”“茅店”“人迹”“板桥”都结合为偏正词组，但名词作定语，保留了名词的具体感。两句合在一起则有声有色地表现出旅人雄鸡报晓、残月未落时就收拾行装起身赶路，然看到的却是“莫道君行早，更有早行人”的情境。

颈联写刚上路的景色。早春树枝将发嫩芽，槲树纷纷脱落，而驿墙旁白色枳花已在开放。这旅途早行的景色，使诗人想起了昨夜梦中出现的故乡景色。尾联抒发回塘水暖，凫雁自得其乐，自己却离家日远，在茅店里思家的心情，与“客行悲故乡”首尾照应。至此，“早行”的景与情完美融合。

赠隐者

温庭筠

茅堂对薇蕨，炉暖一裘轻。①
醉后楚山梦，觉来春鸟声。②
采茶溪树绿，煮药石泉清。③
不问人间事，忘机过此生。

【注释】

①薇蕨：典出《史记·伯夷列传》：“武王已平殷乱，天下宗周，而伯夷、叔齐耻之，义不食周粟，隐于首阳山，采薇而食之。”采薇遂为隐者志趣之象征，而薇蕨作为山间野蔬亦每连称。《诗经·小雅·四月》有：“山有蕨薇，隰有杞桋。”

②楚山梦：谓在隐居之山入梦。楚山概指商山，四皓隐居之地。

③药：一作“茗”。

【点评】

首联描写隐者所居茅塘内外的景物：门对薇蕨、室拥炉火，写出一片自给自足、不假外求的安逸生活的场面。颔联由景及人，写隐者于茅塘之中醉酒醒来的生活情趣，文字对仗工整，语言亲切自然。由“楚山梦”到“春鸟声”对应醉酒前后的由虚转实，而虚实又紧扣隐逸主题，使读者将先贤仙隐于商山与隐者的生活联系起来。颈联与颔联联相承接，颔联联是对隐者一个生活场景的特写，而此联泛写隐者日常之室内户外活动，将人物的活动与周遭的景物完美融合：采茶树绿、煮药泉清，皆自然之赐。“绿”与“清”字为静怡的环境增添了动态，简单平淡的隐逸生活在自然流转变化的映照下不显乏味。尾联以“忘机”总结全篇，人间之境况、隐者之前尘、隐逸之因由皆被尽数忘却，所观所感尽是隐逸之境。诗人此作虽是赠送友人，亦是体现了自己对隐逸生活的向往之情。

商　於

李商隐

商於朝雨霁，归路有秋光。
背坞猿收果，投岩麝退香。①
建瓴真得势，横戟岂能当。②
割地张仪诈，谋身绮季长。③
清渠州外月，黄叶庙前霜。
今日看云意，依依入帝乡。④

【作者简介】

李商隐（813—858），字义山，号玉溪生，又号樊南生，怀州河内（今河南沁阳）人，祖辈迁荥阳（今河南郑州荥阳市），唐文宗开成二年（837）进士，曾任秘书省校书郎、弘农尉。他一生在牛李党争的夹缝中求生存，备受排挤，潦倒终身。有《李义山诗集》，《全唐诗》收其诗三卷。

【注释】

①坞：四面高中间低的谷地。麝退香：胡震亨注引《谈苑》："商、汝山中多麝，绝爱其脐，每为人所逐，势且急，即自投高岩，举爪裂出其香。就絷而死，犹拱四足以保其脐。"

②建瓴：《史记·高祖本纪》："（秦中）地势便利，其以下兵于诸侯，譬犹居高屋之上建瓴水也。"瓴，盛水瓶。居高屋之上而倒瓶水，其势不可当也。横戟：《战国策·齐策》："齐王建入朝于秦，雍门司马横戟当马前，曰：'王何以去社稷而入秦？'王不听，遂入秦。"二句专写秦得地势，一夫当关，万夫莫开。

③"割地"句：用张仪欺楚之典故。战国时期，秦国为了拆散齐楚合纵，吞并诸国，公元前313年派相国张仪诱使楚国与齐国绝交，许"献商、於之地六百

里”。楚怀王听之与齐国决裂，派使臣入秦受地，张仪诈曰与王约六里，不闻六百里，遂瓦解齐楚合纵联盟，夺楚汉中地。

④帝乡：仙境，借指都城。

【点评】

此诗为唐大中二年（848）李商隐从桂州掌书记任上回长安，途经商州时作。诗歌描绘了雨后商於秋景，“猿收果”“麝退香”“州外月”“庙前霜”，动静相衬，远近交辉。诗歌用对仗的工笔将商山美景娓娓道来，流露出作者能够回归帝京的喜悦，但这份喜悦还夹杂着其他复杂的情感。《商於》对楚王受张仪之欺的历史事件多有感慨，又明言四皓善于“保身”，在怀古之中更多的是诗人借古抒怀。诗人仕途多遇波折，此次归京心中多藏着进世胸怀，又难免有隐忧、退隐之情绪。诗歌用典相对较多，或有晦涩之嫌，却恰好凸显其鲜明、独特的艺术风格。

诗歌末尾一句，以“帝乡”作为其归处。陶渊明《归去来兮辞》中有“富贵非吾愿，帝乡不可期”之句，帝乡者，原指仙境，即汉武帝所求之白云乡，后人常常用帝乡代指帝京。李商隐此次北归，先到达东都洛阳与妻子王氏会合，然后一起赶往长安，所以此处帝乡很可能兼指东西二都，先入东都，再至西京。而诗人所谓“云意”入“帝乡”之语，以浮云比己，亦是抒发前途难测、身若浮萍的喟叹。

陆发荆南始至商洛①

李商隐

昔去真无奈，今还岂自知。
青辞木奴橘，紫见地仙芝。②
四海秋风阔，千岩暮景迟。
向来忧际会，犹有五湖期。③

【注释】

①荆南：即荆州（今江陵），唐时荆州习称荆南。

②木奴橘：柑橘，三国吴丹阳太守李衡于宅边种橘千株，临死谓其子曰："汝母恶我治家，故穷如是。然吾州里有千头木奴，不责汝衣食，岁上一匹绢，亦可足用耳。"见《三国志·吴志·三嗣主传》。地仙芝：木耳的一种，为瑞草，故称地仙。

③五湖：范蠡功成身退，乘扁舟，出三江，入五湖，人莫知其所终。见《吴越春秋》。

【点评】

此诗亦为李商隐唐大中二年（848）从桂州回京时所作，却抒发了另一种对坎坷仕途的惆怅之感。诗人辞别荆南丛绿的柑橘林，来到四皓采芝的商洛山，秋风暮景围绕之下，所忧之事悉皆聚上心头，前途未卜而前尘扰人，彷徨的诗人不禁钦羡起范蠡泛舟五湖的自在。

李商隐关心政治，但受牛李党争的影响遭到排挤，终生潦倒，心中的抱负无法得到实现。诗歌开篇便抒发他对于身世无依之处境的无奈与困惑，"昔去真无奈，今还岂自知"一句道出持有回天地、济苍生远大政治抱负的诗人，为何不能一展宏图早酬壮志？为什么在朋党激烈斗争的漩涡中不能自已？这将读者的思绪引导至诗人身世悲剧之后的社会原因，使整首诗歌的意境顿时深化。诗歌的结尾是对开篇的呼应，正是由于忧愁际会之难逢，诗人才会生出唯有如范蠡般逍遥江湖才是可期的感叹。

商於新开路①

李商隐

六百商於路，崎岖古共闻。
蜂房春欲暮，虎阱日初曛。②
路向泉间辨，人从树杪分。③
更谁开捷径，速拟上青云。④

【注释】

①商於新开路：《新唐书·地理志》载："贞元七年（791），上洛刺史李西华开新道七百余里，行旅便之。"此路从陕西蓝田到河南内乡六百里。

②虎阱：捕虎的陷阱。初曛：斜阳欲暮。

③树杪：树梢。二句写山路陡险。山路被山泉隔断，行人似悬于树梢。

④青云：青云驿。

【点评】

此诗当作于唐大中年间李商隐从桂州回京时。商於古道长六百里，古今皆闻其崎岖难行。暮春时节四处都是蜂房，日暮时又多看不清的捕虎陷阱；靠近泉边才能辨出山路，透过树梢才能将远处行人看得分明。诗人由此发问：还能有谁在这开辟出一条便捷的路径呢？诗歌尾联两句皆语带双关，前一句"更谁开捷径"既指新开之路，亦有自荐之意。《新唐书》载，贞元七年，刺史李西华自蓝田关至内乡，新开道路七百余里，从而大大缩短了荆楚通往京城的路程。此处在讲述故实之外还有期望他人荐拔自己，走一条平坦的入仕道路之意。而后一句正是对前一句的呼应，"青云"既指商於道上之青云驿，又复指平步青云之意。此诗描述商於道交通情况之艰和唐时新修道路的功绩之大，暗示自身对得遇赏识的渴望，也从另一方面表现出对坎坷仕途的惆怅之感。

送丰都李尉①

李商隐

万古商於地，凭君泣路歧。②
固难寻绮季，可得信张仪。
雨气燕先觉，叶阴蝉遽知。③
望乡尤忌晚，山晚更参差。

【注释】

①丰都：县名，在四川省长江三峡南岸（今重庆）。

②泣路歧：表达对迷失方向的感伤，对误入歧途，不能归复的忧虑，或描写离情别绪。典出自《淮南子·说林训》："杨子见逵（四通八达的大道）路而哭之，为其可以南，可以北。"

③遽：急忙。

【点评】

李尉赴丰都任职，经商於之地，义山经商於北归，道上相逢相送，悲慨万端，故作此篇。起二句谓相遇此万古商於之地，因君之适远方而就卑职，引起作者的歧路之悲。作者就地取典，借商山四皓归隐商山的典故，道出退隐之难；又借张仪用献商於地骗楚王事，感叹仕途险恶，人情多诈。如此进退两难，方有歧路之哭。末二句以晚间山影参差比喻障碍很多、道路难行，嘱托尉早日归来，作者担心时间越晚，差池越多。一篇之中，将宦途险阻、世情反复、漂流之感、故乡之思一气说出，悲切感人。

叶嘉莹先生的《迦陵论诗丛稿》说："义山毕竟不是一位只以记叙景物为满足的诗人，他的诗篇中，几乎无不蕴蓄有他自己个人所特具的一种深微幽隐的情意，而且此种情意与他的身世遭际更往往结合有密切之关系。""雨燕""阴蝉"意象空灵，情境清穆，感情凄婉，诗人于暮色冷香的幽境中，抒发着内心郁结的情思。

饯席重送从叔余之梓州①

李商隐

莫叹万重山，君还我未还。
武关犹怅望，何况百牢关。②

【注释】

①从叔：李褒，李商隐有《郑州献从叔舍人褒》诗。梓州：隋唐州名，治所在今

四川三台。《唐诗正音》作“东川”。

②百牢关：古关名。隋置，原名白马关，后改。在今陕西省勉县西南。元稹《百牢关》云：“天上无穷路，生期七十间。那堪九年内，五度百牢关。”

【点评】

此诗为李商隐迁官梓州，顺道送其从叔穿越武关回河南故居所作。其从叔所去之地很可能就是洛阳，当时从长安通往洛阳的道路有两条：一条为东出函、潼归洛；另一条为经商於新开路，出武关，泛洛水而至洛下。虽然第二条较第一条路程远，但从李商隐作品中我们可以发现他的旅程中多是取道商於，所以此次送从叔归洛取道武关并非不合常理，并且李商隐早年居住于洛阳，曾称之为“旧乡”“故山”，正与诗句中“我未还”相映衬。义山出外，从叔归家，心情各自不同。

此诗结句如空谷余音，不绝于耳，令人赞叹。“武关犹怅望，何况百牢关”蕴含了诗人真挚的感情，伫立远望，伫立者的身影已然是一道风景，诗人将无限深情凝聚在目送眺望之中，既表达了对从叔的依依惜别之情，又隐含了诗人此刻内心深沉怅惘的情绪和复杂丰富的内心世界，具有极强的审美感染力。

送友人归汉阳①

顾非熊

樽前别楚客，云水思萦回。②
秦野春将尽，商山花不开。
鸥惊帆乍起，虹见雨初来。
自有归期在，蝉声处处催。

【作者简介】

顾非熊，约唐文宗开成初年（836）前后在世，苏州海盐（今浙江海盐）人，顾况之子。《全唐诗》收其诗一卷。

【注释】

①汉阳：地处长江以北、汉江以南，在今武汉市西南部，古代曾作为独立的汉阳府存在。

②楚客：泛指客居他乡的人。

【点评】

这首送别之作描写了诗人于秦地送友人回汉阳时的所见所感，表达了作者对友人的留恋之情。友人临行，诗人举杯把盏送别故人，离别的伤感情绪如云水般缠绕萦回，难以断绝。篇中首句以“楚客”代指友人，但诗人自己何尝不是流落在外的“楚客”之一呢。诗人自谓“弱冠下茅岭，中年道不行”，其困于举场三十年，屡试不中，在《陈情上郑主司》一诗中亦道：“登第久无缘，归情思渺然。”诗人久举不第、欲归不能的窘境可知一二。此番送友人归乡，而自己衣锦还乡之日却遥遥无期，作者难免思绪万千、愁怀满胸。诗歌颔联与颈联虽是写景，但皆紧贴送别主旨。秦地的野外春意阑珊，与友人的相聚时光亦是不在。海鸥被船帆所惊，突然飞起，细雨初起有彩虹隐现于天际，如此美景本应与友人一同把酒欣赏，奈何归期催人，无法再做挽留。送别路上虽不乏美景，但诗人未有一刻不为离别烦恼神伤，蝉声处处，亦是离别愁思处处，尾句一个“催”字，将朋友间相聚时难、良辰难留的情境点出。

旅次商山①

赵　嘏

役役依山水，何曾似问津。
断崖如避马，芳树欲留人。
日夕猿鸟伴，古今京洛尘。
一枝甘已失，辜负故园春。②

【作者简介】

赵嘏（gǔ）（约806—约852），字承祐，山阳（今江苏淮安）人。唐会昌四年

(844) 进士。大中年间官终渭南尉。世称“赵渭南”。《全唐诗》收其诗二卷。

【注释】

①此诗或谓贾岛所作。

②一枝：旧时称谋求职位为觅一枝栖，代指仕途官位。

【点评】

此诗写作者旅途停宿商山的所见所感。诗人开篇即以一种反思的口吻诘问自己如此劳形，哪里像是寻求出路的样子。长年累月、风尘仆仆地奔走于京城的山水行役途中，诗人感到深深的疲惫和厌倦。悬崖峭壁好似避开马匹，嘉树芳草好像要挽留离人，而自己只能日日夜夜与猿猱山鸟为伴，千年的帝都像是蒙尘般不可触及。诗歌二、三联所描写景观亦将作者求仕路上的孤独充分表现，“断崖”“芳树”“猿鸟”意象的生动鲜明，与“京洛尘”的黯淡形成对比，衬托出诗人羁旅之久。

“一枝”二句，是说进士及第的折桂功名如果追求不到尚不足为恨，更遗憾的是辜负了家乡的春色。细细品味，这一句“故园春”中的含义恐怕还不仅只是指自然界的春光，其中所包蕴的，也许更有那些来自亲友们的关爱与期盼、温情与压力等。中国古代文士之所以如此不辞辛苦，年复一年地追求科举功名，乃是因为这并不仅仅只是个人的事，而是关系到荣父母、养妻子、光宗耀祖、沾溉乡亲族里、报答知己师恩等一系列问题。明乎此，对于他们那种欲罢不能的行为，当会有更多更深的理解。

商山道中①

赵 嘏

和如春色净如秋，五月商山是胜游。
当昼火云生不得，一溪萦作万重愁。

【注释】

①商山道中：一作“度商山晚静”，又作“净”。

【点评】

赵嘏于唐文宗大和六年（832）由宣城入长安应试，途经商山。落第后困顿八年，唐开成五年（840）仲夏离京去岭南，又过商山，写下此诗。

本诗前两句着重描写商山气候给诗人留下的印象。盛夏时分，商山道中天气清凉舒适，和暖如春，云净如秋，使得作者发出“胜游”的感慨。后两句则转而写诗人情感上的大波折。天气渐渐阴晦，那炽热的火云烧不起来，那清细的溪流回环萦绕，一波接着一波荡漾着漂向远方。诗人移情入景，借曲折的山溪写愁情，把“一溪”比作“万重”愁肠，对比强烈，是全篇的点睛之笔。

诗人因“残星几点雁横塞，长笛一声人倚楼”（《长安秋望》），得杜牧激赏，呼为“赵倚楼”。明代人胡震亨说“为惜‘倚楼’只句摘赏，掩其平生”（《唐音癸签》卷八），赵嘏的其他好诗不应被忽略，包括他的山水之作。诗人一生多在旅途中度过，对山水行役生活感受深切，其摹景抒情自然，挥毫间独具匠心，可谓“初非措意，直如化工生物，笋未生而苞节已具，非寸寸为之也”（王又华《古今词论》）。

沙溪馆①

赵　嘏

翠湿衣襟山满楼，竹间溪水绕床流。
行人莫羡邮亭吏，生向此中今白头。

【注释】

①沙溪馆：一作“仙娥驿”。

【点评】

唐开成五年（840）仲夏，诗人离京去岭南，路过沙溪馆，写下此诗。前两句描写馆驿的美景，此处苍松翠柏，蓊郁青葱，馆驿就在无边的浓翠之中，馆内溪水绕床，正是上佳居处。首句化用王维“山路元无雨，空翠湿人衣”抒写浓翠的山色给人的诗意感受。山色苍翠，空气里都充满了翠色，人行山中，就像被笼罩在一片翠雾之中，整个身心都因受到它的浸染、滋润，而微微感觉到一种细雨湿衣似的凉意，这是视觉、触觉、感觉的复杂作用产生的一种似幻似真的感受，一种心灵上的快感。这幅由无边的浓翠、山楼、小溪所组成的馆驿之景，色泽斑斓鲜明，给人美的享受。后两句感情发生转折，诗人用直白的语言表达自己的报国之志，“行人”意含羁旅生涯的漂泊之苦，面对安居此地的官吏却用了“莫羡”二字，因为生活此地至“白头”之时也没有出头之日。诗人曾留寓长安多年，出入豪门以干功名，虽有“行人”羁旅之苦，但仍有报国之志，本诗即是真实写照。

自商山宿隐居①

苏广文

闻道桃源堪避秦，寻幽数日不逢人。②
烟霞洞里无鸡犬，风雨林中有鬼神。
黄公石上三芝秀，陶令门前五柳春。③
醉卧白云闲入梦，不知何物是吾身。

【作者简介】

苏广文，唐末诗人，生平不详。《全唐诗》收其诗三首。

【注释】

①诗题一作“灵一诗”。

②桃源：晋陶渊明《桃花源记》中虚构的与世隔绝的乐土。避秦：晋陶潜《桃花源记》：“自云先世避秦时乱，率妻子邑人，来此绝境，不复出焉。”后以“避秦”指避世隐居。

③黄公：夏黄公，与东园公等四人于秦末汉初隐居商山，人称“商山四皓”。三

芝秀：嵇康《幽愤诗》：“煌煌灵芝，一年三秀。”五柳：陶渊明自号“五柳先生”，因其宅旁有五株柳树。

【点评】

此诗当为作者自商山行至陶渊明隐居故地时所写。诗中表现了诗人对隐居生活的向往。不单此篇，作者传世的诗歌之中这种出世隐逸的思想一直萦绕其间。现实的自己壮志未酬，空有一腔热血，却无奈、伤神，而与之相对的是没有战乱、平和而安静，能够修身养性的隐居生活。现实与理想的反差，引发了作者的出世之思。诗歌中“桃花源”“黄公石”等地点、人物无不表露出作者对隐逸生活的期盼。同时尾联中“醉卧白云闲入梦”一句中，可以窥探出陶渊明散文《五柳先生传》豁达随性的影子。此诗从艺术手法角度来看，活用典故，显出深厚的学识；从诗歌内容来说，虽有对陶渊明作品的模拟，但化用灵活，不显生硬，描绘出超脱世俗的恬淡意境，显出作者自身对隐逸生活的向往与追求。

题商山庙

段成式

偶出云泉谒礼闱，篇章曾沐汉皇知。①
无谋静国东归去，羞过商山四老祠。②

【作者简介】

段成式（？—863），字柯古，临淄邹平（今山东邹平县）人。父为宰相文昌，荫为秘书省秘书郎，终太常少卿。与李商隐、温庭筠齐名，号称“三才”。《全唐诗》收其诗一卷。

【注释】

①云泉：泛指山林隐逸生活。礼闱：即进士试。唐代进士考试本由吏部考功员外郎主持，后自开元二十四年（736）改由尚书省礼部侍郎主持，在京城举

行之会试为礼部试，亦称礼闱。篇章：指作者自己的文章。汉皇：借指当朝皇帝。

②静国：使国家安定。

【点评】

此诗抒发怀才不遇的牢骚，似是下第后离京所作。但段成式青年时期一直随父侍宦，开成初，始以荫入仕，未尝举进士。今难详其本事，或为咸通间（860—874）作者由京城退居归隐襄阳经过商山时作，泛咏其未得大用之感慨而已。

段成式所处的时代“官乱人贫，盗贼并起，土崩之势，忧在旦危”（《旧唐书·刘贲传》），作者傲视权贵，不愿同流合污，产生了超脱世俗的消极情绪。作者遥想当年也曾文章出云泉，得沐天家恩，却无奈坐累退居襄阳，为此而羞愧无颜面对四皓先贤。前两句“偶出”“曾沐”表现作者的谦虚姿态，但也暗示作者才华出众，颇有积极进取之心。后两句“无谋”“羞过”与前句形成鲜明对比，体现出作者消极避世的心态和对碌碌无为的自责，通过借凭吊四皓来慨叹自己由长安退居襄阳之伤情。

次青云驿

蒋　吉

马转栎林山鸟飞，商溪流水背残晖。①
行人几在青云路，底事风尘犹满衣。

【作者简介】

蒋吉（生卒年不详），家居吴山，《全唐诗》收其诗十五首。

【注释】

①栎：落叶乔木，亦称“麻栎”“橡”，通称“柞树”。晖：阳光，亦泛指光辉。

【点评】

本诗作于诗人游历商州之时。诗歌前两句写商山路周遭的景色，塑造出一片静谧出尘的意境。首句写马儿啼声惊动了栎林里的群鸟，以动衬静，烘托出山路上行人稀少；次句写商溪的流水映照着夕阳的余晖，所绘正是放意寻幽的好地方，闲僻幽情顿生。末尾二句由景及人，写行路人之状况。三句语带双关，青云路既是通往青云驿的道路，又是旅人渴望的平步青云之路；诗歌末尾以“风尘犹满衣”道出行人奔波之苦。

诗歌虽短短四句，却蕴含了两层冲突：一层为道路两旁美景所现之闲适出尘与道中之人的劳苦奔波可为对照，其二为平步青云的光彩荣耀与通往青云驿途中行人羁旅风尘的对立。两层冲突又都指向人们对名利的热切追求，以致无法摆脱名缰名利的束缚。而诗歌中对此点的反思，正体现出诗人面对晚唐五代的动荡时局入世热情的消退。

题四皓庙

刘　沧

石壁苍苔翠霭浓，驱车商洛想遗踪。①
天高猿叫向山月，露下鹤声来庙松。
叶堕阴岩疏薜荔，池经秋雨老芙蓉。②
雪髯仙侣何深隐，千古寂寥云水重。③

【作者简介】

刘沧（生卒年不详），字蕴灵，汶阳（今山东宁阳）人，约唐懿宗咸通中前后在世。唐大中八年（854）与李频同榜登进士第，调华原尉，迁龙门令。《全唐诗》收其诗一卷。

【注释】

①翠霭：青山映衬下呈现翠绿色的云气。

②堕：落下。薜荔：蔓生植物，缘木而生。老芙蓉：荷花残败。

③雪髯仙侣：指四皓。雪髯，雪白的胡须。仙侣，神仙伴侣。

【点评】

本诗为诗人在四皓庙前所作，诗人怀古伤今，流露出失意之情。首句写四皓庙所处的环境，石壁上绿茸茸的苔藓，在青山映衬下翠绿的云气更重，烘托出冷清的氛围。次句写作者驱车前来商洛，遥想四皓的遗迹。中间两联视线由四皓庙扩展开来，高天里猿鸣直冲山月，露水下仙鹤声穿透庙宇外的松林。树叶沿着薜荔疏疏地落下，秋雨过后的池塘里芙蓉花已残败不堪。“猿叫”“鹤声”以动衬静凸显出周遭静谧，“疏薜荔”“老芙蓉”表现出衰颓意境与四皓远逝、作者失意相衬。诗人在尾联发出感叹，云山重水，千古寂寥空阔，那须发皓白的神仙深隐何处呢？晚唐社会动荡不安，文人们对政治的失望之情日益增加，期许能有四皓那样的名士出山以安定天下。本诗“悲而不壮，语带秋意，衰世之音”（《唐音癸签》卷八），是晚唐文官政治心态的缩影。

商山夜闻泉

曹　松

泻月声不断，坐来心益闲。
无人知落处，万木冷空山。
远忆云容外，幽疑石缝间。
那辞通曙听，明日度蓝关。①

【作者简介】

曹松（生卒年不详），字梦徵。舒州（今安徽桐城，一今安徽潜山）人。《全唐诗》收其诗二卷。

【注释】

①通曙：犹通旦。唐李峤《钟》诗：“平陵通曙响，长乐警宵声。”

【点评】

曹松诗歌风格效法贾岛，取境幽深，工于铸字炼句。首联中“泻月”二字，精炼写意，尽显商山夜晚月光照耀下的涌泉“流动”与“静谧”的特点。作者听着潺潺的流水声，独自思量，悠闲之态溢于言表。但诗歌的情感基调并没有仅仅停留于“闲”，颔联将首联营造的意境继续深化，闲静到深处便生孤寂、冷清。少有人烟的此地，空山寂静，万木萧萧，一切都是那么幽寂。颈联笔触由实转虚，作者神游生出景外之景，一时于云雾间寻觅，一时又于石隙间探幽。尾联笔调又是一变，作者虽流连于清幽，但壮志未酬，不愿沉溺于世外之思，感受过这里的美景，又该奔向蓝关，忘掉暂时的闲逸。此诗妙在情感转折多变，在艺术手法和意境烘托上有独到的趣味。

商　山

曹　松

垂白商於原下住，儿孙共死一身忙。①
木弓未得长离手，犹与官家射麝香。

【注释】

①垂白：白发垂鬓。

【点评】

亡国之音哀以思，其民困。这首诗歌，作者通过寥寥28字，运用白描的手法，塑造了一位孤苦无依、饱受压迫的老人形象。首句将老人与商山一同带出，虽然诗歌题目定为《商山》，但并未有一句风物描写，开篇即以人物为核心，主旨明确。诗歌第二句紧接首句“垂白”，老人不仅苍老，而且儿孙尽丧，孤苦伶仃。诗歌中对儿孙之死的原因并未交代，是死于采麝途中，还是死于战乱、徭役，不得而知，却更使读者对唐末人民的苦难有所感触。第二句以“忙”字为收尾，写老人虽衰颓寡居却仍要忙碌。诗歌后半部分交代了忙碌的原因，是要为官府射捕麝鹿，采集麝香。此诗题为《商山》，却以一老人作为主体，可见其遭遇并非特例，只是一个典型而已。

曹松身处晚唐末世，一生羁旅穷困，仕途受阻，他早年曾避乱栖居洪都西山，后依从建州刺史李频。李频死后，他流落江湖，无所遇合。直到唐光化四年（901），年已七十余的诗人才考中进士。落魄的诗人对社会底层人民的境遇无疑有更加清醒的认识，他的不遇亦使他对社会的不公深有体会，能够做出更加直白、大胆的揭露。这首诗通过对一位采麝老人的形象塑造，以小见大，对唐末人民的疾苦、朝堂统治的黑暗做了深刻的反映。

过商山

贯 休

吟缘横翠忆天台，啸狖啼猿见尽猜。①
四个老人何处去，一声仙鹤过溪来。
皇城宫阙回头尽，紫阁烟霞为我开。②
天际峰峦尽堪住，红尘中去大悠哉。

【作者简介】

贯休（832—912），俗姓姜，出家为僧，号“禅月大师”。婺州兰溪（今浙江兰溪）人。唐末五代诗僧、画家。有诗集《禅月集》存世，《全唐诗》收其诗十二卷。

【注释】

①天台：刘义庆《幽明录》载有刘、阮遇仙之事。刘晨、阮肇入天台山，遇仙女，与其结为夫妇。啸狖（yòu）：一种长尾猿，因其善啸故称。

②紫阁：指仙人或隐士所居。晋陆云《喜霁赋》：“改望舒之离毕兮，曜六龙于紫阁。”唐张籍《寄紫阁隐者》诗：“紫阁气沉沉，先生住处深。”

【点评】

诗歌通过描述作者在商山行走的所见所闻寄予出尘之意。诗人对种种意象的运用，如天台、猿啼、仙鹤等，勾勒出了商山的出尘和巍峨，也抒发了自己对动荡社会现实的无奈与逃避。诗人宁愿隐居山林，做一名闲士。全诗用字凝练，艺术手法多样，既有颔联那样平易直白的对偶，也有像颈联那样辞藻丰美的对仗，表现了作者对语言高超的把握能力。除此之外，颈联中“皇城宫阙回头尽”一句表明了作者对仕途已没有了进取之心。唐末政治黑暗、宦官专权、军阀割据，越来越多的文人选择“独善其身”，作者亦是如此，他转而对“紫阁烟霞”的世外之境怀有浓厚的兴趣。尾联中“红尘中去大悠哉”则点名主旨，直接告诉读者，他对世外桃源的向往，流露出浓厚的避世倾向。

四皓庙

罗　隐

汉惠秦皇事已闻，庙前高木眼前云。①
楚王谩费闲心力，六里青山尽属君。②

【作者简介】

罗隐（833—909），字昭谏，余杭人（一曰新登人）。自二十八岁至五十五岁，凡十次举进士均不第，遂改名罗隐，自号“江东生”。《全唐诗》收其诗十一卷。

【注释】

①汉惠：指汉惠帝刘盈（前210—前188），汉高祖刘邦与吕后之子，西汉第二位皇帝。秦皇：指秦始皇（前259—前210），嬴姓，赵氏，名政。

②谩：通“漫”，枉自，徒然。

【点评】

咏史，是罗隐进行讽刺的重要形式。“蠹简遗编试一寻，寂寥前事似如今”（《咏史》），他是把咏古作为刺今的手段来使用的。在其咏史诗歌中，他通过对历代兴亡史迹的吟咏，毫不掩饰地把批判的锋芒直接指向最高统治者。《四皓庙》辛辣地嘲笑了统治者之间的倾轧和争夺及其治国的昏庸。秦皇暴政导致秦二世灭亡，四皓退隐，汉惠帝用张良诡计登上皇位，如今商山四皓也早已死去，兴亡成败的历史，正如过眼的烟云，刹那间就消逝了。当年的楚怀王，竟愚蠢地听信了张仪的谎言，贪其所许秦地六百里而绝齐邦交，结果身死异城，如今这方圆六里青山都是他的墓地，他贪婪而愚蠢的心该得到满足了。这真是极尖刻无情的嘲弄。

《唐才子传》说罗隐："诗文凡以讽刺为主，虽荒祠木偶，莫能免者。"在这首《四皓庙》中，罗隐辛辣风格可见一斑。确实，讽刺时政、揭露社会像一根主线，贯穿在他的诗作中。上自帝王将相、公卿贵戚，下至贪官污吏、走狗鹰犬，皆在所讽之列，真所谓嬉笑怒骂，皆成文章。

武牢关①

罗　隐

楚人曾此限封疆，不见清阴六里长。②
一壑暮声何怨望，数峰秋势自颠狂。③
由来四皓须神伏，大抵秦皇谩气强。
欲学鸡鸣试关吏，太平时节懒思量。④

【注释】

①武牢关：或即武关。在今陕西商县东，为秦之南关。

②限：界限。封疆：疆界。

③壑：山谷。怨望：心怀不满。

④鸡鸣：典出"鸡鸣狗盗"。

【点评】

罗隐的此篇咏史七律，叙古抒怀，流露出了诗人怀才不遇之感。

首句写武关之景。当年秦楚争霸，此关雄峙群山之间，为两国的疆界。而今秦楚俱往矣，关隘也已非往昔，早已荒颓。昔日绿树掩映的"清阴"已不复存在，徒有“六里长”的关墙残垣，静静地卧在那里。

颔联写武牢关周围的形势，并点明时令特征。此两句奇崛豪横，写沟壑山峦，新警不俗。前句写“壑”，是放在苍茫的暮色之中来写的。“暮声”一词饶有兴味，运用艺术通感，把暮色笼罩下的沟壑所产生的视觉感受，转化为听觉的“怨声”，可谓有声有色。后句写山峦，“颠狂”二字颇为不俗，把山势写得既突兀奇崛，又富有灵气，仿佛诗人狂放不羁的豪情也洋溢于起伏的山峦之中。这一联以情写景，融入作者的强烈情感。

颈联由关山宕开一笔，写与此关山相近的人与事。诗人十举不第，游历四方，作为一个白衣素士，登临武牢关，遥想前贤，不禁以四皓自比，剖明自己的心曲，向人们坦露那孤傲的情怀。虽为布衣，诗人却仍具一身傲骨，不肯向“气强”之辈低头。

尾联借古讽今。诗人以“鸡鸣狗盗”之徒自比，寄旨遥深。诗句表面上由咏武牢关而联想到孟尝君出关之事，而其内在的脉络仍然是紧承上联意绪而来，以孟尝君与秦皇相比，一是礼贤下士而士人共趋，一是“谩气强”而贤者退隐。显而易见，诗人希望有如孟尝君者来赏识自己，以实现自己的抱负，隐隐有生不逢时之惑。

此诗咏史中有抒情，叙今中又暗含史事，不即不离，开阖变化，舒卷自如，颇具一唱三叹之妙。

商於驿楼东望有感①

罗　隐

山川去接汉江东，曾伴隋侯醉此中。②
歌绕夜梁珠宛转，舞娇春席雪朦胧。③
棠遗善政阴犹在，薤送哀声事已空。④
惆怅知音竟难得，两行清泪白杨风。

【注释】

①商於驿：唐都长安通往南阳、荆襄驿道上的重要驿站，故址在今淅川县盛湾

乡马川村委会占城岗，另说在今荆紫关镇吴村街。

②汉江：今湖北省汉水，发源于陕西商县东南。隋侯：典出晋代干宝《搜神记》，有蛇以明珠报隋侯救助之恩，其珠名“隋侯珠”，后世以其歌咏报恩。此处喻所交谒之知己。其言隋侯者，似与其所作《重过随州故兵部李侍郎恩知因抒长句》诗之李侍郎有涉，疑李侍郎郡望为随州，在任为商州。

③歌绕夜梁：典出《列子·汤问》：“韩娥东之齐，匮粮，过雍门，鬻歌假食。既去，而余音绕梁欐，三日不绝。”舞娇春席：典出张衡《舞赋》：“于是饮者皆醉，日亦既昃，美人兴而将舞。……裾似飞燕，袖如回雪。”

④薤送哀声：薤，薤露，乐府《相和曲》名，是古代的挽歌。崔豹《古今注》：“《薤露》、《蒿里》，送哀歌也。出自田横门人。横自杀，门人伤之而作悲歌，言人命如薤上露，易晞灭。至李延年乃分为二曲，《薤露》送王公贵人，《蒿里》送士大夫、庶人，使挽逝者歌之，俗呼为挽歌。”此言“隋侯”已经辞世。

【点评】

此篇是一首怀人之作，诗中所咏之故人对诗人有知遇之恩，所以诗人以“隋侯”比之。罗隐一生追求功名，偏偏仕途不顺，他又“貌古而陋”“乡音乖剌”“恃才忽睨，众颇憎忌”，不为公卿所喜。恃才傲物而又求仕之路多舛的诗人遇到一位能够赏识自己的知己无疑倍加珍惜，对他的离世更是悲痛万分。诗歌颔联回忆诗人与友人把酒言欢的场景，尽显作者绮丽工笔，诗句不但活用“绕梁三日”典故、张衡《舞赋》中的词句，并且对仗工整，“珠宛转”与“雪朦胧”更是虚实相生，将美乐欢宴、初春夜景融于一体，这朦胧欲仙的场景虽美却也似真似幻、恍如隔世，以乐景衬托哀情。颈联颂友人曾经之德政，但物是人非，笔锋一转，诗人以薤上之露比人命之短暂，叹世事之无常。诗歌尾联收拢笔触，叹知音难得，亦是诗人形单影只之自伤。全诗触景生情、以乐写忧，开篇以“望”始，终篇以“感”终，结构工整又不失绮丽佳句点缀，可谓怀人佳作。

商於驿与于蕴玉话别[①]

罗　隐

南朝徐庾流，洛下忆同游。[②]
酒采闲坊菊，山登远寺楼。
相思劳寄梦，偶别已经秋。
还被青青桂，催君不自由。[③]

【注释】

①商於驿：自战国至唐代为咸阳、长安通往南阳、荆襄驿道上的驿站。故址在今淅川县盛湾乡马川村古城岗。另说在今淅川县荆紫关镇吴村街。

②徐庾：庾信和徐陵二人皆南朝梁时文学家，文风绮艳，世称“徐庾体”。《周书·庾信传》：“庾信父肩吾……时肩吾为梁太子中庶子，掌管记。东海徐摛为左卫率。摛子陵及信，并为抄撰学士。父子在东宫，出入禁闼，恩礼莫与比隆。既有盛才文并绮艳，故世号为徐庾体焉。当时后进，竞相模范。每有一文，京都莫不传诵。”洛下：即洛阳。《晋书·谢安传》：“安本能为洛下书生咏。”

③青青桂：如丹桂、月桂之类。此处指求取科名。

【点评】

此作中涉及“科举”与“秋日”等元素，一般来说，对赴试的诗人而言，其秋日经商州应是进京应考，所以此诗大约是作者赴长安科举路过淅川，在商於驿站所作。罗隐本名横，自二十八岁至五十五岁，凡十次举进士均不第，诗人自称“十二三年就试期”，还是铩羽而归，史称“十上不第”。饱受求仕之苦的诗人最终心灰意冷，改名为“隐”。此作虽是作于诗人求仕期间，但已显示出作者在求仕与归隐之间的纠结徘徊。诗人在开篇即表现出一股高昂的气势，还是一贯的自视甚高，将自己与友人和徐庾等人相提并论，自认是领文坛一时之风骚的人物。但开篇向上的气概却未在接下来的诗句中得到延续，而是如瀑布般于颔联急转直下，扬而后抑，“采菊”“登高”等意象尽显隐逸之思。诗歌颈联“相思寄梦”“偶别经秋”是对离别之情的抒发，更使诗歌蒙上了悲情的色彩。尾联交代出这种急转直下的情感所系之处，全在求仕之苦，作者对自身才华自伤多于自傲，进而不得、退而不舍，为功名所累。此作于抒发离别之情的同时，亦是诗人怀才不遇的自白。

商山道中 ①

张 乔

春去计秋期，长安在梦思。
多逢山好处，少值客行时。
云起争峰势，花交隐涧枝。
停骖一惆怅，应只岭猿知。②

【作者简介】

张乔（生卒年不详），今安徽贵池人，懿宗咸通中年进士，当时与许棠、郑谷、张宾等东南才子称“咸通十哲”。黄巢起义时，隐居九华山以终。《全唐诗》收其诗二卷。

【注释】

①商山道：起自唐都长安，中经蓝田、商州，故而得名。

②骖：同驾一车的三匹马。代指马车。

【点评】

唐王朝安史之乱后，恢宏强盛的国势一去不返。虽在唐宪宗元和时期一度中兴，然其衰亡的历史命运终究不可扭转，晚唐社会更甚，上至朝堂，下至民间，皆是昏暗动荡。处于这样动荡慌乱时代的士人们，也免不了漂离流寓、身心交瘁。这种时代情绪，自然会影响诗人的创作和艺术风貌。张乔亦不免于是。

诗人家世不详，从他的诗歌来看家境并不富裕。为了提高自己的社会地位，更重要的是解决生计问题，诗人也如其他人一样汲汲于科名，“静想青云路，还应寄此身”（《别李参军》）。然而这条道路并不平坦，他几十年仍汲汲于一第，终因门第孤寒，“竟岨峿名途，徒得一进耳”。作者长期困于举场，备尝辛酸。此诗就是他落第贫游，行经商山道中，见此美好景致，引发心中的悲苦与落寞而作，这种心境似乎只有哀猿可以理解。但他还不死心，仍梦想着长安，等待秋试的到来。

过商山

黄　滔

燕雁一来后，人人尽到关。
如何冲腊雪，独自过商山。①
羸马高坡下，哀猿绝壁间。②
此心无处说，鬓向少年斑。

【作者简介】

黄滔（840—911），字文江，莆田城内前埭（今荔城区东里巷）人，晚唐五代著名的文学家，被誉为“闽中文章初祖”。《全唐诗》收其诗三卷。

【注释】

①腊雪：冬至后立春前下的雪。

②羸马：瘦马。

【点评】

黄滔在与大自然进行零距离接触的过程中，写了大量的诗歌，其中不乏名篇佳作。《过商山》就是其路过商山之时所创作的佳篇。此诗看似是描写商山的景物，实际是融入了作者别有用心的寄托。例如在首联之中的“人人尽到关”就与颔联中“独自过商山”形成鲜明对比，抒发作者不与世俗同流合污的高尚操守。后两句则是说自己正是因为这样的境遇与他人格格不入，所以常常内心苦闷，无以寄托，“羸马”“哀猿”就是作者自伤身世的映射。尾联中作者终于不能按捺自己的情绪，面对无以诉说的苦闷，他将不被污浊世俗所容的悲愤、感伤转化成对韶华易逝的追恋，流露出作者对沉重现实的无可奈何与哀叹。

入关旅次言怀①

黄　滔

寸心唯自切，上国与谁期。
月晦时风雨，秋深日别离。②
便休终未肯，已苦不能疑。③
独愧商山路，千年四皓祠。

【注释】

①旅次：旅人暂居的地方。

②月晦：谓月尽，多指农历每月的最后一日。

③便休：退出科举考试。

【点评】

黄滔曾于唐咸通十三年（872）北上长安求取功名，由于无人引荐而屡试不第，直到唐乾宁二年（895）才考中进士。其时藩镇割据，政局动荡，朝廷无暇授官，及至唐光化二年（899），黄滔才被授予“四门博士”的闲职。此诗当为黄韬又一次科举失败后所作。

起先四句，作者通过对诗歌感情氛围的铺排，给全诗定下了一个抑郁、愁闷的基调。“寸心”即是忠君报国之心，但是此心唯有自知，时逢末世，国家亟需力挽狂澜的人才，而心怀壮志的诗人却科举路阻、报国无门。诗歌颔联的写景正是针对种这愁绪的外在呼应，所谓“感时花溅泪，恨别鸟惊心”，诗人的愁楚之情与月晦、风雨、深秋等种种意象相连、相映。后四句更是对作者这种苦闷心理的发展，作者“治国平天下”的壮志又一次战胜了屡试不中而产生的心灰意冷，虽求仕多舛，但仍不肯放弃。尾联中，诗人以商山四皓的史迹激励自己，相信自己一定也可建功立业、青史留名。诗歌以秋景来寄哀思，以历史来鉴来人，虽满篇愁苦之意却也难掩求仕报国之坚贞。

商山道中

韩 偓

云横峭壁水平铺，渡口人家日欲晡。①
却忆往年看粉本，始知名画有工夫。②

【作者简介】

韩偓（约842—约914），晚唐五代诗人，乳名冬郎，字致尧，一作致光，晚年又号玉山樵人。陕西万年县（今樊川）人。有《韩内翰别集》，《全唐诗》收其诗四卷。

【注释】

①晡：本指申时（下午3—5时），此指太阳将要下山之时。

②粉本：中国古代绘画施粉上样的稿本。

【点评】

这首诗歌作于乾宁三年（896）。前两句描写诗人看到的商山道的美景，袅袅白云横绕于陡峭山崖间，崖下碧水平铺，渡口的人家在天边即将落山的夕阳映照下回返，种种景象营造出一种闲淡忘忧的意境。后两句转写美景与画本的关系，诗人忽然忆起往年间所看过描绘商山美景的画本，当看到真实景色时，才发现到此前所见的名画确实巧妙地描绘了此地的美景，领会到名画的真正功力。韩偓诗歌大多浓艳藻饰，本诗却清新自然，充满了对山河的爱恋，写出了山川美与乡土情。

绘画作为媒介，可以跨越时空传播，本诗中作者欣赏美景，即是把眼前所见景与当年所见画本进行对照欣赏，韩偓这首诗认同了绘画这种媒介在传播中的补充作用与功能。

南山旅舍与故人别[①]

崔 涂

一日又将暮，一年看即残。
病知新事少，老别旧交难。
山尽路犹险，雨余春却寒。
那堪试回首，烽火是长安。

【作者简介】

崔涂（850—？），字礼山，今浙江富春江一带人。唐僖宗光启四年（888）进士。《全唐诗》收其诗一卷。

【注释】

①诗题一作“商山道中”。

【点评】

崔涂终生漂泊，漫游巴蜀、吴楚、河南，秦陇等地，故其诗多以漂泊生活为题材，情调苍凉。

唐末社会动荡，战乱不休，本诗虽是以送别为主要内容，但还是和干戈、烽火脱不了干系。一年将残，一日将暮，回首往事，感慨遂深。“烽火是长安”，说出了不堪回首的阴云所在。事在唐天复元年（901），一方面是宰相崔胤勾结朱全忠引兵向京，另一方面是韩全诲等劫昭宗李晔去凤翔，宫殿成了一片火海。司马光《资治通鉴》卷二六二云：“全诲等逼上下楼，上行才及寿春殿，李彦弼已于御院纵火。是日冬至，上独坐思政殿……庭无群臣，旁无侍者。顷之，不得已，与皇后、妃嫔、诸王百余人皆上马，恸哭声不绝。出门，回顾禁中，火已赫然。”因此，“烽火是长安”这浓缩的五个字，实包含了非常具体而复杂的战乱内容。在这样的背景下，数月后，诗人与故人在终南山的旅舍里相别，可以想见是怎样的心情。颈联“路险”“春寒”既是写实，又意在言外，道出世事维艰，不得不别也。诗歌全篇都充斥着苍凉寥落，行将就木之感。

送于员外归隐蓝田[①]

吴　融

曾吟工部两峰寒，今日星郎得挂冠。[②]
吾道不行归始是，世情如此住应难。
围棋已访生云石，把钓先寻急雨滩。
若遇秦时雪鬓客，紫芝兼可备朝餐。[③]

【作者简介】

吴融（生卒年不详），字子华，越州山阴（今浙江绍兴）人。昭宗龙纪元年（889）登进士第。《全唐诗》收其诗一卷。

【注释】

①员外：本谓在定额以外的官员。唐于尚书省各司置员外郎一人，为各司之次官，与郎中通称郎官，皆为中央官职中的要职。

②工部：指杜甫，曾任检校工部员外郎，世称“杜工部”。“两峰寒”为杜甫《蓝田九日崔氏庄》中描写玉山的著名诗句，原句为：“蓝水远从千涧落，玉山高并两峰寒。”星郎：旧称郎官，指于员外。

③秦时雪鬓客：指避秦暴逃隐商山的四皓。

【点评】

这是一首送别诗。此诗的描写与上首诗歌有相似之处，都是先借用他物为诗歌定下一个伤感苦闷的基调。此诗首联一个“寒”字就是该诗的感情基调。作者虽于首联赞美友人的功业，然而面对“世情如此住应难”的事态，作者夸赞友人的话更加显露出作者内心不能释怀的苦闷。故而在颈联中作者又劝友人“把钓先寻急雨滩”，面对险恶的时事环境，明哲自保才是一个士子当下最好的出路。最后作者鼓励友人如四皓一般归隐山田，他通过描述归隐生活的自在闲暇，以鼓励友人远离官场，远遁世外，做一个自在闲人。全诗也明显流露出作者消极避世的思想。

宿青云驿

吴 融

苍黄负遣走商颜，保得微躬出武关。①
今夜青云驿前月，伴吟应到落西山。②

【注释】

①苍黄：即仓皇。

②青云驿：武关外第一驿。

【点评】

唐乾宁二年（895）夏吴融因事南贬荆南，深感世事变化无常，出走武关路过青云驿之时，写下了此首诗歌。诗人被贬谪之后，仓皇间背着行囊向商州的方向奔走，出武关时，身体已经疲惫不堪，脊背也已经微有些佝偻。今夜青云驿前的冷月，伴着断断续续的吟唱声慢慢落到了西山。“苍黄”“微躬”写出了诗人在贬谪途中的落魄与悲哀，表现出了乱世中作者内心的孤寂与苦闷，也同时说明作者不得安歇的流离奔波之苦。“落西山”是以中天之月的走向暗喻出唐王朝的衰落与作者此时无奈失落的心情。此时是唐亡前夕，政治环境变得无比恐怖，故诗歌回避贬谪事件本身，以消极的仕进心态保护自己，“伴吟”一句亦暗示出作者在大厦将倾的危难之时对名节的坚守。

武 关

吴 融

时来时去若循环，双阖平云谩锁山。①
只道地教秦设险，不知天与汉为关。②
贪生莫作千年计，到了都成一梦闲。③
争得便如岩下水，从他兴废自潺潺。④

【注释】

①双阖：指武关的两扇大门。谩：空，徒然。

②天与汉为关：刘邦破武关入长安灭秦，后武关成为汉之南关。

③到了：到最后。

④争：怎。从：任随。

【点评】

本诗或创作于诗人乾宁三年（896）从荆南返回长安途中，诗中流露出隐逸思想。首联写武关的巍峨壮观，山间的云连成一片时就仿佛将整座山都封锁了起来，表现出武关的高大与险要。诗人由武关的险要峻峭联想到人事的艰难，从而流露出一种明显的消极情绪。“若循环”写出自己多年辛苦却劳而无功。颔联写都说武关之险为秦朝所设，却不知汉朝正是破武关才得入关中而立。虽是咏史却并非空吟，而是作为铺垫引出诗歌后半部分的感叹。世间凡人不要妄做千年计，否则到最后只会成为一场闲时空梦，不如像岩下之水，任他政治变迁、人事兴废，我自潺潺流淌。此诗“语多迂俚”（《瀛奎律髓》纪昀批），语言俚俗而诗意曲折，由眼前之景转至怀古之思再到伤世之叹，一波三折，笔法细腻，表达了诗人“看破世事”后的悲观情韵。

商　山

王贞白

商山名利路，夜亦有人行。
四皓卧云处，千秋叠藓生。①
昼烧笼涧黑，残雪隔林明。②
我待酬恩了，来听水石声。③

【作者简介】

王贞白（875—？），字有道，号灵溪。信州永丰（今江西广丰）人。唐乾宁二年（895）登进士，七年后授职校书郎。《全唐诗》收其诗一卷。

【注释】

①卧云：高卧白云，指隐居。叠藓：层层相重的苔藓。

②昼烧：白日阳光照耀。笼涧黑：笼罩着山涧中的阴影。

③酬恩：报答恩情。旧称赡养父母和效忠皇帝为酬恩。

【点评】

此诗写夜行商山道中所见情景，动静合一，对比分明。诗歌首联与颔联形成鲜明对比，在商山这条名利路上，即使是在夜晚都会有人行走，而四皓当年隐居的地方幽静而又可修身，却再无人至，已是苔藓横生。诗歌颈联用对仗的诗句描绘了商山优美幽静的景色，出尘之景与名利之路相伴而生，全在于行人之选择。诗歌最后一句表达了作者的追求，待得他年诗人得报君恩，必来此处效仿先贤，寄情山水，仕而后隐，模仿四皓行迹。“来听水石声”之句，以动衬静，以具体细微处描绘出世的悠然心境。

唐时商於古道是京城长安通向东南和南方的大道，是文人骚客上京赶考、职务变迁的名利之路、诗歌之路，至王贞白“商山名利路，夜亦有人行”总结性地表述之后，“名利路”便成为“商山路”的一个别称。在汲汲于科举仕途、奔徙于政治漩涡中的士子文人心目中，出处自由、功成身退、名留青史的四皓，逐渐成为令人欣羡、向往的政治“楷模”。

过商山

王贞白

一宿白云根，时经采麝村。①
数峰虽似蜀，当昼不闻猿。
马立溪沙浅，人争阁道喧。
明朝弃繻罢，步步入金门。②

【注释】

①白云根：指商山之石。古人认为云生于石，故称石为云根。采麝村：养林麝的村庄。

②弃繻：比喻胸怀大志。繻，古代用作通行证的帛，分为两半，过关时验合放行。典故出自《汉书·终军传》。金门：汉代金马门，因门口有铜门，代指朝廷为官。

【点评】

诗歌前半部分记事写景，描写诗人初宿深山及周遭静寂的环境，尽显幽深出尘。但后半部分却笔锋一转，前半部分的“静”原来只是铺垫，是为了衬托出名利路上追名逐利的“闹”。商山道，在唐时是京城长安通向东南和南方的大道，是文人骚客上京赶考、职务变迁的名利之路、诗歌之路。商山道上朝廷高官、著名文人的足迹，激励了无数向往功名富贵的学子、游士为之奔波。功名的吸引，使得本是寂静荒凉的山间小径变成了熙熙攘攘的不歇通途，变成了步入朝堂的康庄大道。诗歌最后一句“弃繻”运用汉代终军典故，显出了大丈夫不得功名，终不回还的壮志豪情，“步步入金门”句亦显示出作者对未来登入朝堂的美好愿景。

过商山

齐　己

叠叠叠岚寒，红尘翠里盘。
前程有名利，此路莫艰难。①
云水侵天老，轮蹄到月残。
何能寻四皓，过尽见长安。

【作者简介】

齐己（864—约943），本姓胡，名得生，晚年自号“衡岳沙门”，潭州益阳（今属湖南宁乡）人。其诗风古雅，格调清和，为唐末著名诗僧。《全唐诗》收其诗作八百余首。

【注释】

①“前程”句：化用王贞白《商山》诗中“商山名利路”等句。

【点评】

纪昀认为唐代诗僧以齐己为第一，《过商山》则为其写商山五言诗中最好的一首。这首诗首句押险韵，三个“叠”字起首，再加一个“盘”字，险奇贴切，直观地表现出商山之险峻面貌。商洛层层叠叠、连绵不断的山脉，都笼罩着岚烟雾气，红尘人家也都是在苍翠的丛林环绕中的小盆地里安家，所记所写都是商山道上的实情实景。

首句之后，诗意由实转虚，反映的问题也愈加现实，而正是这北地商山给了诗人如此的灵感和笔触。诗人面对层层相续、接连不断的山林，车水马龙盘曲飞扬的尘土，感叹世人为名利所系而不顾行路艰难，心神劳累难以安歇之苦，哪里能找到像四皓一样的隐士呢？商山名利之路一直维系至唐亡，功名利禄之争更是不论时代变迁，未曾断绝。

不见阳城驿

王禹偁

予为儿童时，览元白集，见唱和《阳城驿》诗，①时積贬江陵，过商山，感阳道州而作是诗也。且改驿为避贤邮，不忍呼其讳也。乐天在翰林，得而和之。又见杜紫薇《富水驿》诗，②题下解云：“富水驿，旧名与阳谏议同。”卒章曰：“驿名不合轻移改，留警朝天者惕然。”③淳化二年秋九月，予自西掖左宦商於，④访其驿，则无有也。捡之图经，求诸郡境，则富水地存而驿废，阳城之号遂莫知矣。因作古风诗，申明三贤之作，且以“不见阳城驿”为首句。至于道州之行事，元诗尽之矣，此不复云。

不见阳城驿，空吟昔人诗。　谁改避贤邮？唱首元微之。
微之谪江陵，憔悴为判司。⑤路宿商山驿，一夕见嗟咨！⑥

所嗟阳道州，抗直贞元时。时亦被斥逐，南荒终一麾。⑦
题诗改驿名，格力何高奇！乐天在翰林，亦和迁客词。
遂使道州名，光与日月齐。⑧是后数十年，借问经者谁？
留题富水驿，始见杜紫薇。紫薇言驿名，不合轻改移。
欲遣朝天者，惕然知在兹。一以讳事神，名呼不忍为。
一以名警众，名存教可施。为善虽不同，同归化之基。
迩来又百稔，编集空鳞差。⑨我迁上洛郡，罪谴身絷维。⑩
旧诗犹可诵，古驿殊无遗。富水地虽在，阳城名岂知？
空想数君子，贯若珠累累。⑪三章诗未泯，千古名亦垂。
德音苟不嗣，吾道当已而。前贤尚如此，今我复何悲！
题此商於驿，吟之聊自贻。

【作者简介】

王禹偁（954—1001），字元之，济州巨野人（今山东巨野）人，太平兴国八年（983）进士，后历右拾遗、左司谏、大理评事、礼部员外郎、工部郎中、知制诰、翰林学士等。因遇事敢言，他曾三次被贬官。宋太宗淳化二年（991），因上疏论庐州尼道安诬告徐铉一事，触怒太宗皇帝，被贬至商州任团练副使，后来还被贬滁州和黄州等，卒于蕲州。在商州时期，王禹偁咏遍商於山水风情，记录生活点滴，创作了大量诗文。

【注释】

①《阳城驿》诗：元稹有《阳城驿》一诗，提出应避名臣阳城讳，将驿站名从“阳城”改为“避贤”，白居易也作有和诗。

②杜紫薇：即杜牧，官终于中书舍人，唐代中书省一度改名“紫薇省”，中书舍人称“紫薇舍人”。

③惕然：警觉省悟的样子。

④“予自”句：我从中央被贬到商州。西掖：中书省别称，王禹偁之前在京为知制诰。左宦：贬官，降职。

⑤憔悴：忧愁，困苦。

⑥嗟咨：慨叹。

⑦一麾：即“一麾出守”，指中央官外任。麾，排斥。

⑧道州：指阳城，阳城官至道州刺史，故称。

⑨“迩来”句：从那时（指杜牧作诗时）到现在又过了百年。迩来，从那时起；稔（rěn），年。鳞差，即鳞次，像鱼鳞那样依次排列，此处形容数量多。

⑩絷（zhí）维：拴马的绳索，引申为束缚。

⑪贯：诗中指串联。

【点评】

宋太宗淳化二年九月王禹偁被贬商州，这首诗是他到任后不久所作。王禹偁的时代，富水故地虽在，但阳城驿站已废。唐代德宗时，有位诤臣廉吏与此驿同名，亦作阳城。元稹、白居易、杜牧三位诗人因此先后题诗议论。元稹认为应讳尊者之名，将驿站改名为“避贤”，以此表示对贤臣的敬意；杜牧则认为保留原来的驿名，能够警示众人，同样也是向这位名臣致意。元、杜的议论，就初衷而言，皆因敬佩廉吏阳城的品格，而驿站是否应该改名，其意殊途同归。阳城一驿，经过前代诗人的品题吟诵，叠加了多层意蕴。王禹偁同阳城、元稹有相似的贬谪经历，自然生发了“同是天涯沦落人”之感。他同情阳城，对元稹题诗的心态也必能体察入微。阳城刚直廉洁，虽然命途坎坷，却能青史留名，对后来者也是巨大的精神鼓励。王禹偁在诗歌结尾处以“前贤尚如此，今我复何悲”自勉，心中的不平和苦闷也到此释然，见贤思齐，人生的追求越高远，心胸也就越开阔。

商　山

王禹偁

六百里巉岩，岚光雾后添。① 经年吟未得，尽日看无厌。
僧舍青当槛，人家翠满檐。 气蒸丹水碧，脉润紫芝甜。②
岭碍翻云鹘，峰遮落海蟾。③ 涧深春有冻，影阔夏无炎。
势斗嵩并华，名欺霍与潜。④ 石危蹲虎脚，松老咤龙髯。
晓榻便欹枕，晴楼懒下帘。⑤ 未能栖岫幌，犹道佐彤襜。⑥

望久衣襟湿，登多屐齿粘。[7] 何当随四皓，深隐避猜嫌。

【注释】

①巉（chán）岩：险峻的岩石。岚光：山间的雾气在日照之下发出的光彩。霁（jì）：雨过天晴。

②丹水：起源于今商洛凤凰山，流经陕西、河南、湖北，汇入汉水，作者自注"在商州入汉"，大约指商州境内一段。"脉润"句：意谓商山水土孕育的紫芝十分甜美。脉，地下水，喻商山灵气。

③"岭碍"句：高高的山岭阻碍了鹘鸟翻越云层。商山有鹘岭，为最高峰，此句是形容山岭高耸入云的样子。鹘（hú），鸷鸟名，即隼。"峰遮"句：山峰很高，遮住了月亮。海蟾，指月亮。

④"势斗"二句：气势可与嵩山和华山相抗，名声胜过霍山和潜山。嵩，中岳嵩山，在今河南登封西北；华，西岳华山，在今陕西华阴境内；霍，霍山，在今安徽霍山县；潜，潜山，又称天柱山，为古南岳，在今湖北潜山县，隋文帝时，移"南岳"封号至湖南衡山，潜山（天柱山）、霍山变为"副南岳"。

⑤攲（qī）：通"倚"，斜倚，斜靠。

⑥岫幌（xiùhuǎng）：岩穴、山洞等的窗户，这里指隐居之地。彤襜（chān）：红色的车帷，也作"彤幨"。太守之车所用，借指太守。

⑦屐齿：木鞋下面的齿。屐，木鞋，下面有二齿。

【点评】

这首诗作于宋太宗淳化三年（992），王禹偁任商州团练副使期间。诗歌描写雨后初晴时的六百里商山风光，也表达了身处其中的作者对归隐生活的向往及求之不得的苦闷。

诗歌首先交代了吟咏的背景，雨后初霁，风光无限，"尽日看无厌"的商山美景，终于在"经年吟未得"之后激发了诗人的灵感。"僧舍青当槛"以下四句，写商山草木水土风貌，突出绿翠满眼、水木灵秀之美。"岭碍翻云鹘"以下四句，写商山地势环境，突出峰高谷深、深幽清寂之美。此外，商山也有不输名岳的气势声望，有奇石怪松别添雅趣。至此，商山绿荫碧水、幽寂清雅的全貌画出，正合隐逸之趣。青山如此，诗人却身不由己，于是“晓榻便欹枕”以下，便是抒发这种欲求隐居而不得的苦闷。闲适幽静，心向往之，但作者“犹道佐彤襜”，希望作为副使能为主政者效力，所以只能“望久衣襟湿”了。结尾处，一句“何当随四皓，深隐避猜嫌”，点出诗人对自己政治处境的忧虑和隐居避世的希望。诗歌题为商山，前部分写商州山水之美，后半部分写对隐居生活的向往，也是切题之语。俗世与仕途的烦恼，与景物描写形成鲜明的对比，愈发显出大自然之可亲，商山之美也正在于此。

丹 水

王禹偁

瑟瑟复潺潺，朝宗去不还。① 和云归汉浦，喷雪下商山。②
影浸仙娥面，波涵织女鬟。③ 饮猿清满掬，渡鹿冷侵斑。④
北润深通洛，东奔崄叩关。⑤ 灌园萦似带，漕硙曲如环。⑥
夜枕惊幽梦，秋汀照病颜。⑦ 玉膏分地脉，银汉落人寰。⑧
漱石藏青鲤，崩沙聚白鹇。⑨ 村桥微雨后，岸树夕阳间。
翠涨新萍绿，红浮败叶殷。 贰车时濯足，来伴钓翁闲。⑩

【注释】

①瑟瑟：碧绿色。潺潺：水流的样子和声音。朝宗：比喻小水流汇入大河、湖、海等。

②“和云”二句：带着云归入汉水，似喷洒着雪流下商山，比喻水色如云似雪。汉浦，汉江，丹水发源于商洛凤凰山，最后汇入汉江。

③“影浸”二句：指丹水映出仙娥峰和织女峰的倒影。仙娥峰和织女峰都在丹水边上，故言。

④饮猿：指猿在此饮水。

⑤“北润”二句：丹水起源于上洛，东边到武关，故言。

⑥“灌园”二句：引来灌园的水萦绕如丝带，漕渠旁的水磨弯曲如圆环。作者自注：“商山民引丹水灌园，及作水硙。”硙（wèi），石磨。

⑦汀：水边的平地、小洲。

⑧“玉膏”句：比喻丹水如地势的分界线。玉膏，玉一样的脂膏，或称美酒。“银汉”句：像银河落入人间。人寰（huán），人间，人世。

⑨漱石：被水冲刷的石头。崩沙：散落的沙，指沙地。鹇（xián）：一种白色的鸟。

⑩贰车：副车，喻指副职，王禹偁时为商州团练副使，故称。

【点评】

这首诗作于宋太宗淳化三年（992），是王禹偁在商州任职时吟咏丹水之作。丹水是商州最重要的河流之一，诗作主要描绘丹水风光和周边景物，字里行间渗透着作者对丹水的喜爱之情。诗歌起首四句写丹水流动的情形：碧水潺潺，如朝宗一般奔流而去，流下商山，汇入汉江时，浪花如云似雪。“影浸仙娥面”以下四句，写丹水岸边的山峰：仙娥峰、织女峰倒映水中，有猿、鹿等动物出没于山水之间。“北润深通洛”以下四句是遥望丹水的情形：起源于上洛，东至武关，因为被引去灌溉园林、推动水磨，所以远望时如丝带萦绕，时如圆环弯曲。“夜枕惊幽梦”以下四句以四种譬喻写丹水的各种美感，水声如泣，汀州如镜，水面如玉膏、如银河。“漱石藏青鲤”两句，写栖息水中的鱼鸟。“村桥微雨后”四句，写不同时间里丹水之貌。结尾两句则写自己陶醉其间，颇得渔趣。诗作对丹水的描写，多角度、立体化，远观与近看结合，动态与静态结合，含纳景物之多，令人目不暇接；不仅写其形、写其声，还写其变化流动，从而呈现出一个生动多姿的丹江图景。

畬田词

王禹偁

大家齐力劚孱颜，耳听田歌手莫闲。①
各愿种成千百索，豆萁禾穗满青山。②

杀尽鸡豚唤劚畬，由来递互作生涯。③
莫言火种无多利，禾树明年似乱麻。④

谷声猎猎酒醺醺，斫上高山入乱云。⑤
自种自收还自足，不知尧舜是吾君。⑥

北山种了种南山，相助刀耕岂有偏。⑦
愿得人间皆似我，也应四海少荒田。

畲田鼓笛乐熙熙，空有歌声未有词。⑧
从此商於为故事，满山皆唱舍人诗。⑨

【注释】

①劚（zhú）：掘地，刨地。孱颜：通“巉岩”，高峻的山岭。

②索：计量单位，因古代以绳索量长度，故称。王禹偁自注：“山田不知畎亩，但以百尺绳量之，曰某家今年种得若干索。”千百索，极言其多。豆萁：豆的茎秆。

③畲（shē）：畲田，一种特殊的耕种方式，焚烧田地里的草木，以灰烬为肥料。递互：交替，替换。

④禾：这里泛指谷物。畲田法种谷的第二年会自然生长出禾苗。作者自注：“种谷之明年，自然生木，山民获济。”

⑤猎猎：象声词，敲鼓的声音。斫（zhuó）：用刀、斧削、砍。

⑥“自种”二句：取《击壤歌》之意，即“凿井而饮，耕田而食，帝力于我何有哉”。

⑦“相助”句：作者在诗序介绍说，当地人一家畲田时，跟大家约好，虽数百里众人也会按时赴约，互相帮助。

⑧熙熙：众人和乐的样子。

⑨故事：过去的事，这里指上文所说的“空有歌声未有词”的情况不复存在。舍人：作者自称。

【点评】

这一组诗大约作于宋太宗淳化二年（991）年末，即王禹偁被贬商州的次年。商州丰阳、上泽等地，山高谷深，当地人采用刀耕火种的耕作方式，每逢耕种都是互相帮助，一家田地数家来耕，劳作伴以歌唱，尽显一派和谐气象。王禹偁有感于村民的义气和和谐的气氛，创作了这一组诗歌，希望这里的和谐能上达天听，这样的精神能得以传播。

当时的商州部分地区，因为交通不便，处于一种与世隔绝的状态，因此当地人的生活方式相对比较原始，而畬田是集中体现这一社会特点的场景：刀耕火种，约定互助，集体劳作等等。这种特别的耕种方式，经诗人手眼，又平添一种世外桃源式的理想色彩，更接近传说中上古的大同社会。商州本来就以四皓隐居而著称，而因言事被贬的王禹偁，对官场中的明争暗斗有切身体会，对民风淳朴的山民社会更有好感，因此诗歌中倾注了热情和赞美。王禹偁诗歌学白居易、杜甫，对他们所代表的新乐府精神十分推崇，所以诗歌有意识模仿民歌形式，语言通俗易懂，节奏感强，是希望便于普通民众理解和咏唱，真正成为下层百姓喜闻乐见的形式，从而起到教化民众的作用。

商山海棠

王禹偁

锦里名虽盛，商山艳更烦。① 别疑天与态，不类土生根。②
浅著红兰染，深于绛雪喷。③ 待开先酿酒，怕落预呼魂。
香里无勍敌，花中是至尊。④ 桂须辞月窟，桃合避仙源。⑤
浮动冠频侧，霓裳袖忽翻。⑥ 望夫临水石，窥客出墙垣。
赠别难饶柳，忘忧肯让萱。⑦ 轻轻飞燕舞，脉脉息妫言。⑧
蕙陋虚侵径，梨凡浪占园。 论心留蝶宿，低面厌莺喧。
不忝神仙品，何辜造化恩。⑨ 自期栽御苑，谁使掷山村。
绮季荒祠畔，仙娥古洞门。⑩ 烟愁思旧梦，雨泣怨新婚。
画恐明妃恨，移同卓氏奔。⑪ 只教三月见，不得四时存。
绣被堆笼势，胭脂浥泪痕。 贰车春未去，应得伴芳樽。

【注释】

①锦里：成都的别称。三国时蜀锦名扬天下，蜀汉曾在成都建锦官城，专设锦官管理蜀锦生产，因此又称锦官城、锦城等。唐宋时期成都又以芙蓉繁花似锦出名，杜甫诗中曾描述说“晓看红湿处，花重锦官城”。

②天与态：上天赐予它（海棠）形态。

③红兰：兰草的一种。绛雪：丹药名，此处比喻红色的花朵。

④勍（qíng）：强劲有力。

⑤月窟：月宫，月亮。

⑥“浮动”二句：形容海棠花多姿之美，像浮动的冠冕频频倾斜，像霓裳舞者忽然翻甩水袖。

⑦萱：萱草，传说食萱草可以忘忧。

⑧飞燕：赵飞燕，汉成帝皇后，身轻善舞。息妫（guī）：即息夫人，春秋时陈庄公女，初嫁息国国君，后楚王灭息，她又嫁入楚国，但因念旧情，耻于二嫁，从不主动与楚王说话。

⑨“不忝（tiǎn）”句：不愧是品列神仙之花。忝，有愧于。原诗作者自注：“好事者作花品，以此为神仙。”

⑩仙娥：仙娥峰，在商州城西北十余里。

⑪明妃：传说汉元帝宫人王嫱，因美貌不肯贿赂画师，结果被丑化，没有机会见到元帝，后来远嫁匈奴。王嫱，字昭君，西晋时避文帝司马昭讳，改称明君，后人又称她为明妃。卓氏：卓文君，西汉临邛卓王孙之女，美貌新寡，因听到才子司马相如弹奏《凤求凰》，仰慕其才华，当晚便与他携手私奔。

【点评】

这首诗作于宋太宗淳化三年（992），是王禹偁任职商州时的咏海棠之作。商山是四皓隐居之地，在一般人的想象中应是幽静清寂之地，但这首写商山海棠的诗，却让人看到了它明艳绚丽的一面。诗中的海棠，仙姿神品，却不幸置身山村僻壤，蒙上一层悲戚的色彩。

诗歌前半部分主要描绘海棠之美，重点是写其“别疑天与态，不类土生根”的出尘脱俗之美，其中最有特色的是写其意态神韵。“浮动冠频侧”以下四句，以动写静，写出海棠的千姿百态。“轻轻飞燕舞”以下六句，以拟人化手法写出海棠的独特风韵。“不忝神仙品”两句过渡之后，诗歌下半部分转而写海棠的悲剧命运：如此神仙品格的海棠花，却错生山村，只能与荒祠古洞比邻，字里行间充满了悲愁哀怨的感叹，又赋予海棠别种风情，令人更加印象深刻。“自期栽御苑，谁使掷山村”，这不仅是为商山海棠鸣不平，联想到作者少为神童，青年得志，此时却被贬商山的遭遇，诗中所包含的身世之叹就很容易理解了。“贰车春未去，应得伴芳樽”，不仅是多情诗人的怜香惜玉，更是沦落天涯、同病相怜的认同与感叹吧。

村　行

王禹偁

马穿山径菊初黄，信马悠悠野兴长。
万壑有声含晚籁，数峰无语立斜阳。①
棠梨叶落胭脂色，荞麦花开白雪香。②
何事吟余忽惆怅，村桥原树似吾乡。③

【注释】

①壑：山谷。籁：泛指一切自然的声音。

②棠梨：甘棠，一名杜梨，落叶乔木，叶为红色。“荞麦”句：荞麦花为白色，故称“白雪”。

③原：原野。

【点评】

这首诗是王禹偁最为人熟知的名篇，作于宋太宗淳化三年（992）八月，即他被贬商州的次年秋天。诗歌描绘了一幅商山秋景图。起首两句交代了时间和背景，菊花初黄时节，诗人在山间小路上信马穿行，兴味悠然。颔联写山峰沟壑，是一幅远望的全景，“万壑有声”与“数峰无语”对举，越发衬托出山间的寂静。特别是后一句，将自然拟人化，且称“不能语”的山峰为“无语”，是钱锺书所谓“无理之理”，构思巧妙，别有情趣，历来赞者众多。“棠梨”一联写山间花草，是拉近的中景，“叶落”与“花开”，是寂静的山林中生命流动的韵律，也给大自然染上绚丽的色彩。这一幅秋景图动静相叠，色彩斑斓，又似有香气流转其间，生动而立体，多维度的自然之美跃然纸上。如此美景当前，诗人却忽然惆怅：这里的山林和村庄恰似故乡！异乡宦旅，又是贬谪之地，思乡也许不仅仅是思乡，更有身不由己的苦楚包含其中。不过，与前文对美景的精心刻画相比，这惆怅只是轻描淡写，一闪而过。王禹偁能在贬谪之地平心静气地品味山林之美，除了他本人心胸开阔，也可见商山之景的确怡人。

游四皓庙

王禹偁

修篁瑟瑟石磷磷，去谒荒祠不厌频。①
四皓古来无事客，贰车今世最闲人。②
紫芝欲采非仙骨，红药曾题是近臣。③
一奠村醪还独酌，满轩松雪照吟身。④

【注释】

①“修篁（huáng）”句：描写四皓庙周围的竹林和岩石。修篁，高高的竹子；瑟瑟，萧索的样子；磷磷，有棱角的样子。

②四皓：即商山四皓。贰车：作者自称，因团练副使往往是安置贬官的闲职，故曰“最闲人”。

③“红药”句：王禹偁以前是天子身边的近臣，并有过吟咏芍药的诗作，故云。红药，芍药花。

④“一奠”句：以浊酒祭奠了四皓，又独自小酌。奠，祭奠；村醪，农村酿的浊酒。

【点评】

这首诗作于宋太宗淳化三年（992）。王禹偁贬官到商州后，政治上的失意让他常常更亲近山水，半赋闲的职位也时时引发他的退隐之念。四皓是隐士的典范，因此王禹偁在商州时期多次到四皓庙谒游，写下了多首有关四皓的诗歌，这是其中一首。该诗表现了作者在仕与隐之间的思想矛盾。诗中的四皓庙，“修篁瑟瑟石磷磷”，人迹罕至，清静古雅，作者“去谒荒祠不厌频”，希望亲近四皓，是因为跟他们有共同之处，一边是古之闲人，一边是今世闲人，可谓异代同调。但毕竟还有“贰车”这一职务在身，虽然身在商山，有隐居之地利，但想要真正效法四皓成为隐者，却仍是障碍重重。“紫芝欲采非仙骨，红药曾题是近臣”，说明难以隐居既有自身性格因素，也有种种环境羁绊。身不由己，只能“一奠”以寄景仰，“独酌”以平心绪，“满轩松雪”，衬托出诗人清冷孤单的心境。

自　嘲

王禹偁

三月降霜花木死，九秋飞雪麦禾灾。①
虫蝗水旱霖淫雨，尽逐商山副使来。②

【注释】

①“三月”句：作者自注：“今年三月，商州有霜。”九秋：九月深秋。

②“虫蝗”句：作者自注：“今秋洛南县蝗，又大水，夏旱，秋雨雪。”霖淫雨，久雨，过量的雨。商山副使：作者自称，其时为商州团练副使。

【点评】

这首诗是王禹偁被贬商州次年，即宋太宗淳化三年（992）所作，此时作者经历了政治上的打击，到商州后又连遇天灾，正是人生低潮。诗歌历数一年中商州灾祸种种，抒发时运皆背的无奈和郁闷。贬官商州，是王禹偁进入仕途后第一次遭遇重大挫折，心中本有怨愤，以此心境观物，本身就容易有悲观失望情绪，加上商州一年中恰又天灾不断：三月降霜，九月飞雪，风雨不调，夏旱秋涝，更有蝗灾。百姓生计可想而知，身为副使的王禹偁当然也是麻烦重重。诗歌表面上是抱怨天灾，并无奈自嘲，实际包含了对自己命运的不平和不解，本是直言忠谏，却落得远谪一隅，天灾竟然也相伴而来，真像是命运的捉弄。全诗语言通俗简洁，有戏言意味，一定程度上冲淡了怨愤情绪，虽然是自嘲，却也并不沉重。

春居杂兴

王禹偁

两株桃杏映篱斜，妆点商山副使家。①
何事春风容不得，和莺吹折数枝花。②

【注释】

①商山副使：作者自称，其时为商州团练副使。

②和：连带。

【点评】

这首诗作于王禹偁贬至商州次年，即宋太宗淳化三年（992）春。原作共四首，这是第一首。诗歌取春日生活片段而咏，表达心中的愤懑之情。诗人院中篱笆旁一株桃树、一株杏树，春日花开，桃杏艳丽，黄莺在枝头鸣叫，给简陋的居处带来春意与生机。然而一阵风过，枝折花落，黄莺鸟也被惊走，诗人不由发出“何事春风容不得”的诘问，十分懊恼。王禹偁被贬商州，心中积郁不平，又难以言表。诗歌虽然短小，但意蕴丰富，借责问春风表达郁闷、怨怼，既略见自身遭遇之影，又并非实写而落入自伤自怜之俗套，亦真亦谐，别有意趣。《蔡宽夫诗话》记，王禹偁之子嘉祐认为其中的后两句与杜甫诗“恰似春风相欺得，夜来吹折数枝花”非常相似，建议修改。王禹偁却为能与杜诗暗合而感到十分高兴。这首诗也体现出王禹偁遭贬商州后，诗歌有了新的境界。

前赋《春居杂兴》诗二首，间半岁不复省视，因长男嘉祐《读杜工部集》，见语意颇有相类者咨于予，且意予窃之也，予喜而作诗聊以自贺

王禹偁

命屈由来道日新，诗家权柄敌陶钧。①
任无功业调金鼎，且有篇章到古人。②
本与乐天为后进，敢期子美是前身。③
从今莫厌闲官职，主管风骚胜要津。④

【注释】

①陶钧：制造陶器所用的转轮，比喻借以施展治国之才的权位。

②“任无”句：即使没有建立功业，不能身居要职参与治国。调金鼎，比喻担任宰相治理国家；金鼎，传说中夏铸九鼎为传国之宝，因此以金鼎象征国家、权力。

③乐天：白居易，字乐天。作者自注：“予自谪居多取白公诗。”子美：杜甫，字子美。

④“主管”句：意谓自己以后将精力放在诗文上，胜过位高权重。风骚，《诗经》中的《国风》和屈原的《离骚》，借指诗文；要津，显要的职位、地位。

【点评】

这首诗作于王禹偁贬至商州次年，即宋太宗淳化三年（992）春。王禹偁原本有意识学习白居易，但《春居杂兴》第一首却被其子指出与杜甫诗暗合，他非常高兴，所以又写了这首诗，表达了自己对诗文和权位的一些看法。王禹偁在商州之前，仕途还算比较顺利，并且怀揣政治理想与抱负。贬谪商州的变故，使他与之前“调金鼎”的宏愿渐行渐远，也可以说改变了他的人生方向。诗人难免有一些抑郁消沉的情绪，不过也在努力顺应命运的安排。除了寄情山水，诗文也是他纾解心结的另一个重要渠道。诗作中“本与乐天为后进，敢期子美是前身”两句，是他对于自己诗歌追求的体认，也是他创作实

践的真实反映。同时，王禹偁在这首诗中以“主管风骚”自命，甚至将“诗家权柄”看作是可以与治国之权位相匹敌的重要事业，虽然其中不乏自我开解和自我调侃的成分，但也足以表明诗文之事对他而言，有了前所未有的重要意义。

感流亡

王禹偁

谪居岁云暮，晨起厨无烟。赖有可爱日，悬在南荣边。①
高舂已数丈，和暖如春天。②门临商於路，有客憩檐前。③
老翁与病妪，头鬓皆皤然。④呱呱三儿泣，茕茕一夫鳏。⑤
道粮无斗粟，路费无百钱。⑥聚头未有食，颜色颇饥寒。⑦
试问何许人，答云家长安。去年关辅旱，逐熟入穰川。⑧
妇死埋异乡，客贫思故园。故园虽孔迩，秦岭隔蓝关。⑨
山深号六里，路峻名七盘。襁负且乞丐，冻馁复险艰。⑩
唯愁大雨雪，僵死山谷间。我闻斯人语，倚户独长叹。
尔为流亡客，我为冗散官。⑪左宦无俸禄，奉亲乏甘鲜。⑫
因思筮仕来，倏忽过十年。⑬峨冠蠹黔首，旅进长素餐。⑭
文翰皆徒尔，放逐固宜然。⑮家贫与亲老，睹翁聊自宽。

【注释】

①南荣：房屋南边的屋檐。荣，屋檐两头翘起的部分。

②高舂（chōng）：本指傍晚时，这里代指午后的太阳。

③憩（qì）：休息，歇息。

④皤（pó）然：形容鬓发已白的样子。

⑤“茕（qióng）茕”句：孤零零的一个鳏夫。茕茕，孤单的样子；鳏（guān），丧妻或成年无妻的人。

⑥“道粮”句：没有路上吃的粮食。道粮，路途中所需要的粮食；粟，谷物，指粮食。

⑦聚头：见面，这里指初见时。

⑧关辅：关中及附近。辅，即三辅，西汉治理京畿地区三个职官的合称，包括右扶风、京兆尹和左冯翊，也指其辖区。“逐熟”句：跑到收成好的地方乞食。逐熟，指灾民流亡到丰收的地区乞食；穰（ráng）川，庄稼丰收的平原。

⑨孔迩：很近。

⑩褴负：用襁褓背负，指带着幼小的孩子。冻馁（něi）：饥寒交迫。馁，饥饿。

⑪冗散：闲散。

⑫左宦：降职，贬官。

⑬筮（shì）仕：指将出做官。筮，用蓍草占卜，古人将出为官，要先占卜以问吉凶。倏忽：形容时间过得很快。

⑭“峨冠”句：身居高位者祸害百姓。峨冠，高高的帽子，是士大夫的装束；蠹（dù），蛀虫，比喻祸国害民；黔首，庶民，百姓。“旅进”句：升职却常尸位素餐。旅进，叙进；素餐，尸位素餐，比喻空占职位，不尽职责。

⑮文翰：文字，文章，借指文采才华。

【点评】

这首诗作于宋太宗淳化三年（992）十二月。诗歌描述了一个流亡到商州的贫苦之家所遭遇的一系列不幸及由此事引发的感叹。这首诗的题材和艺术手法都让人联想到杜甫、白居易等人的叙事长诗，是“惟歌生民病”的新乐府风格，这显然是王禹偁有意向前人学习的结果，在西昆体、晚唐体流行的宋初诗坛上是比较独特的。王禹偁贬官商州后，真正接触到贫苦百姓的生活，深切地感受到他们的苦难和无助，对他们充满同情，有了更多关于百姓、社会及自身的一些思考。诗中的一家人原籍长安，因旱灾逃难到商州求生，却又困于饥寒，主妇病死，家里一个鳏夫带着老翁、病妪和襁褓幼儿，因为“道粮无斗粟，路费无百钱”，在异乡艰难挣扎。时已寒冬，以秦岭山路的艰险，考虑到随时可能不期而至的雨雪，一家人实际上已经徘徊在死亡边缘了。王禹偁同情其遭遇，又与他们一样是在商州的外乡人，所以更多了一份同病相怜的沦落之感。因此在讲述完长安逃荒人家的故事后，有了许多感叹。诗人对为政者的失误进行谴责，进而反思自己，甚至想到自己为官多年而无所作为，被放逐也是应该的。这表明，此时诗人对为政原则有了新的认识，将百姓疾苦放在了更重要的位置，而不是以文翰为先了。由此可以看出，贬官商州让王禹偁开始从另一角度看社会，对他的思想影响很大。诗歌单行素笔，文辞质朴，直写所见所思，没有一句虚辞，颇有宋诗散文化的特点。

寒　食

王禹偁

今年寒食在商山，山里风光亦可怜。①
稚子就花拈蛱蝶，人家依树系秋千。②
郊原晓绿初经雨，巷陌春阴乍禁烟。③
副使官闲莫惆怅，酒钱犹有撰碑钱。④

【注释】

①可怜：可爱。

②蛱（jiá）蝶：蝴蝶。

③“巷陌”句：街巷里花木成荫，没有烟火。巷陌，街巷的统称；春阴，春日花木形成的荫翳；禁烟，寒食习俗，不动烟火。

④撰碑钱：为他人撰写碑志等得到的润笔费。

【点评】

这首诗大约作于王禹偁到商州的第二年，即宋太宗淳化三年（992）。诗作描写寒食节时商州的景色和风土人情，表达了自己对这里的喜爱之情。首联点明时间地点，强调今年不同以往，而在商州这样的偏僻之地，风光亦有可观之处，暗示心情有从失望到喜悦的变化。颔联和颈联分别写风物景致，稚子、蝴蝶、秋千，轻松和谐而充满人情温暖；雨后田野新绿满眼，没有烟火的街巷花木繁密，静谧而充满生机，也让开篇不甚高涨的情绪渐入佳境。尾联是戏谑式地开解自己，透露出自己受到美好春色的感染，意欲畅饮美酒，不负春光，至此全诗的节奏和情绪更加轻快。诗作语言浅近，清新流利，娓娓道来，从容亲切，叙事、状物及情绪的发展，层层铺开。虽然字里行间也些微流露出自己的处境并不甚如人意，但更多的是尽力捕捉生活中的点滴美好、寄情风光的达观态度。

登郡南楼望山感而有作

王禹偁

西接蓝田东武关，有唐名郡数商颜。①
二千石尽非吾道，一百年来负此山。②
重叠晓岚新雨后，参差春雪夕阳间。③
唯供迁客风骚兴，醉望吟看不暂闲。④

【注释】

①“西接”句：西面是蓝田关，东面是武关。蓝田关，在今陕西蓝田东南；武关，在今陕西商南西北。商颜：商州别称。

②“二千”句：作者自注：“自唐末至今百余年，无文臣为刺史。”汉郡守俸禄为两千石（dàn），后“两千石”成为郡守或刺史的代称。

③晓岚：清晨山林间的雾气。

④“唯供”句：只为贬谪之人提供诗文的灵感。迁客，被流放贬斥的人；风骚，《诗经》中的《国风》和屈原《离骚》，借指诗文。

【点评】

这首诗作于宋太宗淳化三年（992），王禹偁在商州任职期间。该诗为作者在初春雨后，登高远眺商山的感怀抒情之作。诗作以“西接蓝田东武关”开头，设定了登高望远的辽阔视野，以发怀古之情。商州在唐代为望郡，正如王禹偁在《商於驿记后序》中描述的那样，因为去京城不远，地位重要，曾经是往来熙攘之地，但是中唐以后渐渐衰落，越来越不受重视，以至于一百年来，这里的刺史竟然没有一个文臣。没有文臣为刺史，也就意味着教化荒疏。因此，诗人发出“一百年来负此山”的感叹，为商山叫屈。王禹偁被贬商山，才智文翰全不得用，精神上也空虚失落，命运跟这被遗忘的名郡有相似之处。但另一方面，他在心灰意冷之际寄情山水，以诗文为精神寄托。商山景色迷人，又无车马之喧，正是涵养诗兴的佳所。“重叠晓岚新雨后，参差春雪夕阳间”，写商山之景，抽取了晨间的雨后晴岚和暮间的夕阳照雪两个美丽瞬间，将记忆之景叠加在眼前之境，仿如历历在目。山河如此美好，如今却少人探看，“唯供迁客风骚兴”。这个似乎被遗忘的地方，只有诗人留意欣赏，所以“醉望吟看不暂闲”，似乎只有如此，才能不负山水。

春游南静川

王禹偁

南过高车岭，川原似掌平。① 峰峦开画障，畎亩列棋枰。②
帝女柔桑绿，王孙野草生。③ 提壶催我醉，戴胜劝人耕。④
商岭堪携妓，丹河好濯缨。⑤ 盖圆松影密，鞭乱竹根狞。
勃勃畬田气，磷磷水硙声。⑥ 野桃谁是主，山鸟不知名。⑦
欲舞宁无蝶，思歌亦有莺。 官闲春日永，担酒此中行。

【注释】

①高车岭：作者自注：“一云膏车岭。膏音告。”

②画障：画屏，这里指三峰美如画屏。畎（quǎn）亩：田地，田野。

③帝女柔桑：帝女桑，相传赤帝女居此桑而升天，因此得名。事见《山海经·中山经》。王孙野草：语本西汉淮南小山《招隐士》：“王孙游兮不归，春草生兮萋萋。”

④提壶：即鹈鹕，一种水鸟。戴胜：一种像雀的鸟，因五色如方胜（两个菱形交叠的首饰）而得名。

⑤携妓：东晋谢安隐居会稽山，每次出行必携妓，为“东山之乐”。事见《世说新语》。濯缨：洗濯冠缨，语出《孟子·离娄上》：“沧浪之水清兮，可以濯我缨。”后以“濯缨”比喻操守高洁，超尘脱俗。

⑥畬田：一种特殊的耕种方式。硙（wèi）：石磨。

⑦“野桃”句：用杜甫《江畔独步寻花》“桃花一簇开无主”句意。

【点评】

这首诗是王禹偁在商州任职时所作，描写商州的春日风光。诗歌前一部分写远景和雅趣。“南过高车岭”四句，写远望山川，风景如画，平川、峰峦和田野各有胜景。“帝女柔桑绿”四句写春日生机，柔桑春草，鸟语声声，也赋予风景以诗意之美。对此大好春光，诗人不禁感叹：“商岭堪携妓，丹河好濯缨。”携妓、濯缨都是文人喜谈的风流雅事。商山偏僻幽静，之前人们都以隐居之地目之，王禹偁则赋予它新的美感。写过雅趣之后，诗歌转而写近景和野趣，松树如盖，竹鞭狞乱，山民开始春天的耕作。畲田、石磨，都具有商州特色，还有野花和不知名的山鸟，让人有放开羁绊，舞之蹈之、歌之咏之的冲动和欲望。春天的南静川是雅俗皆宜的，如果不是被贬谪此地，又怎能如此闲适，所以诗人担酒而行，要尽情享受这里的春光。诗歌轻松愉悦，显示出诗人对商山的喜爱之情。

送太白山人俞太中之商於访道友王知常洎归故山

魏　野

羡我诗中偶有名，输君物外更无萦。①
水声山色为声色，鹤性云情是性情。
四皓云间寻旧友，三清路上指前程。②
连天太白从今去，林下何时得再迎。③

【作者简介】

魏野（960—1019），字仲先，号草堂居士，陕州（今河南陕县）人。真宗时曾被征召，以病固辞，一生不仕，在陕州自筑草堂而住，亲身耕种，卒后赠秘书省著作郎。魏野诗学晚唐，在当时诗名颇著，与寇准、王旦多有酬唱，诗作多吟咏陕州风土人情、田园山水等，诗风清淡朴实。有《草堂集》《巨鹿东观集》。

【注释】

①萦：牵缠，牵挂。

②“四皓”句：指友人将要去四皓隐居之地访问故友。云间，喻远离俗世之地。三清：道教指仙人所居的玉清、上清、太清三清境，后也用来指道教宫观。

③林下：指山林田野等退隐之处。

【点评】

这是一首因友人赴商於而作的送别诗。俞太中是一位隐士，号“太白山人”，魏野有多首诗题赠他。诗题为《归故山》，可见俞太中曾居住在商於之地。诗歌前半部分赞美赠主，后半部分表达了对友人远行的祝愿和期待。首句“羡我诗中偶有名”，应是引俞太中对作者说的话，而作者更觉“输君物外更无萦”，称赞俞太中超然物外的不羁与洒脱。“水声山色为声色，鹤性云情是性情”两句，对“声色”和“性情”二词进行了巧妙的解读：声色本是人之贪欲所求，而“水声山色”之解化污浊为清雅；“性情”本无高下之意，“鹤性云情”赋予其超尘脱俗的韵致，也是对俞太中精神境界的阐释和赞誉。友人要去商於之地，让人想到商山四皓，“四皓云间寻旧友”，以“云间”名商於，赞美友人所赴是远离俗世之地，也与下联的“三清路上”形成巧对，点出俞氏的出世之志。诗歌结尾写惜别之情，以“连天”称“太白”，称颂对方志趣高洁，又以“林下”再迎相期，希望早日重聚。诗作遣词巧妙，对仗工稳，所营造的意境很符合赠主一心向道的身份。

寄赠蓝田王辟寺丞

魏 野

蓝田名冠古京华，诗匠移风更可夸。
解使射生人改业，能令逐熟客安家。①
韩文公记存厅壁，王右丞居对县衙。②
见说偷闲偏往处，悟真寺最好烟霞。③

【注释】

①射生人：以射猎禽兽为生的人。

②“韩文公”句：唐代韩愈曾在蓝田留下《蓝田县丞厅壁记》一文。王右丞：指唐代王维，他曾在蓝田辋川别业隐居。

③悟真寺：在蓝田县东南二十里王顺山，隋唐名寺，为净土宗祖庭。

【点评】

这首诗是魏野寄赠友人王辟的。蓝田地近汉唐都城长安，古来许多文人墨客在此游览、隐居、题诗吟咏，王辟时为蓝田县丞，所以魏野的这首诗主要称美蓝田之地。诗歌起首两句从历史溯源，写这里曾深受诗礼教化与熏染，民风向善。第二联写蓝田能令猎者归耕，令灾民饱食，称颂这里土地肥沃、地产丰厚，有百姓足以安居乐业的地理优势。第三联点出韩愈曾在此留墨，王维曾在此隐居，写蓝田的文化积淀，褒美其地的风雅之迹。尾联赞美蓝田不仅美好而幽静，还有悟真寺这样的名刹，山水有灵气，不同凡俗。诗歌褒美蓝田民风淳厚，百姓安居乐业，又有诗文风流，可以修身养性，令人向往，也是对赠主的美好祝愿。

秋日武关道中

寇　准

行尘漠漠起西风，来往征轩似转蓬。[①]
驻马几多愁思苦，乱蝉衰柳武关中。

【作者简介】

寇准（961—1023），字平仲，华州下邽（今陕西渭南）人。宋太平兴国五年（980）进士，曾知邓州、同州、凤翔府、开封府、陕州等，历工部尚书、户部尚书、兵部尚书等，两度入相。天禧三年（1019）因谋太子监国事，罢为太子太傅，封莱国公，之后一贬再贬，至雷州司户参军。天圣元年（1023）卒，身后宋仁宗赐谥“忠愍”。寇准笃学喜属文，诗词俱有佳作。

【注释】

①“来往”句：来来往往的车辆，如蓬草一样随风飘转。征轩，远行的车；转蓬，随风飘转的蓬草。

【点评】

这首诗作于武关道中。武关道自长安，经蓝田、商州，至河南内乡、邓州，又名商山路。寇准曾两度知邓州，又曾判永兴军（治所在今陕西西安），必曾往来其间，对武关道应该是很熟悉的。诗作主要抒写秋日武关道上的旅人情怀。前两句写道中行走的情景。“行尘漠漠起西风”，赶路的脚步扬起烟尘，西风助力，更觉迷蒙一片，不但写出行色匆匆之景，也暗指前路不见，有长路漫漫之愁；“来往征轩似转蓬”，写路上行人奔忙，身似蓬草随风奔波，不由自主，满是无奈。后两句写驻足武关道前的思绪，武关道是要塞之地，历史上战争无数，颇能激发怀古之叹，但诗作仅以“乱蝉衰柳”一句描绘凄凉萧瑟的深秋之景，将所有的感叹融入其中。

蓝溪闲居

陈　洎

白鹿原东虎候西，结庐岑寂映蓝溪。①
露侵僧履兰三径，春入农歌雨一犁。②
聒枕溜声疑水宿，拂檐山色类岩栖。③
闭门养拙无人问，揭尽陈编日又低。④

【作者简介】

陈洎（生卒年不详），字亚之，彭城（今江苏徐州）人，陈师道祖父。宋仁宗宝元间，从屯田员外郎为御史，出为京西转运使，移淮南、京东。宋庆历五年（1045）为吏部员外郎，加直史馆，迁度支副使。七年降知濠州，召为盐铁副使，皇祐元年（1049），以三司副使行河，使还，卒。陈洎喜为诗，佳句甚多，有《陈副使集》。

【注释】

①“白鹿”句：蓝溪在白鹿原（今陕西西安长安区、灞桥区与蓝田区交界处）以东，虎候山（在今陕西蓝田）以西。

②三径：指隐居者家。汉杜陵人蒋诩归乡后，家门前三径，但只与高逸之士求仲、羊仲等往来。典出晋赵岐《三辅决录·逃名》。

③“聒（guō）枕”句：仿佛响在枕边的水声，让人以为是在舟中过夜。水宿，在水边或舟中过夜。岩栖：栖宿山崖或穴居，亦指隐居。

④陈编：古书，古籍。

【点评】

这首诗写蓝溪隐居的闲适生活。诗作首联交代闲居的地点，蓝溪在白鹿原东、虎候山西，旧有蓝溪驿，在蓝桥驿与蓝田关之间。诗人结庐在此，得“岑寂”之境，又有溪水相映，十分惬意。第二联先以“僧履”与“三径”，写隐居此地如僧侣般清静自修，少与俗世往来，再以“舂人农歌”写出这里的田园之乐。第三联立意最巧，写水用“聒枕溜声疑水宿”，写山则有“拂檐山色类岩栖”，仿佛为大自然所拥抱，贴切地表达了诗人身心完全融于山水之间的感觉。除了与山水为伍，诗人便“闭门养拙”“揭尽陈编”，与古书相伴。不知不觉间太阳已落山，又是一天，可见作者乐此不疲。诗歌写出隐居的清静，又写出清静中的忙碌，表达了作者投入山水怀抱而能自得其乐的感受。

送王推官宰上洛先归关中

梅尧臣

跨马独归日，春风随度关。　客裘将欲绽，社燕亦同还。①
洛水源边邑，秦人隐处山。②君家有凫舄，切莫向云间。③

【作者简介】

梅尧臣（1002—1060），字圣俞，宣州宣城（今安徽宣城）人，世称“宛陵先生”。早有诗名，屡试不第，与钱惟演、欧阳修、尹洙等为诗友。宋皇祐三年（1051）召试学士院，赐同进士出身，改太常博士、国子监直讲等，累迁尚书都官员外郎。曾参与编写《唐书》，散文简古纯粹，诗与苏舜钦齐名，号称“苏梅”，改“西昆”之弊，存“古淡之道”，被刘克庄称为宋诗的开山祖师。有《宛陵先生集》。

【注释】

①“客裘”句：客人的寒衣将要裂开，指冬去春来。社燕：燕子，因春社时来，秋社时走，故称。

②“洛水”句：王经臣将知上洛，上洛位于洛水之滨。“秦人”句：指商山四皓隐居在这里。

③凫舄（fúxì）：仙履，也用来指官员，典出《后汉书·方术传·王乔》。王乔为叶县令，觐见皇帝时不用车马，将鞋子变作凫鸟载自己前往。舄，履，鞋子。云间：远离尘世的地方，即隐居地。

【点评】

这首诗作于宋仁宗皇祐四年。友人王经臣在京为推官，此时将赴商州知上洛，之前先归关中，作者作此诗相赠。司马光有《送上洛王推官经臣》，应即同人。诗歌前四句写王经臣踏上归途的情景。时当春日，王经臣跨马而行，“春风随度关”，一语双关，比喻春风相伴，有祝福顺利之意。“客裘将欲绽，社燕亦同还”，写出春天来临之迹，也描摹出将返关中的喜悦欢快之情。诗歌后四句则展望未来，谈及王经臣将要赴任的上洛。上洛是洛水之源，又是“秦人隐处山”，作为隐者之乡的盛名早已传遍天下。正因为此，所以作者在诗歌结尾处特别叮嘱：“君家有凫舄，切莫向云间”，要王经臣千万不能学前人归隐而去，也就是希望他要致力于政务，尽县令之责。

送洛南周寺丞

梅尧臣

将去洛南宰，日闻庭下松。①乱山归四隐，旧墅隔三峰。
狭谷车能入，春林雨易逢。地多椒与漆，货必厚于农。②

【注释】

①洛南宰：洛南主政长官。洛南，今陕西洛南。“日闻”句：用南朝陶弘景典故。《南史·隐逸传下·陶弘景》载，陶弘景非常喜欢松风，所以在庭院种满松树，“每闻其响，欣然为乐”。这里指隐居的雅趣。

②椒与漆：花椒树与漆树。

【点评】

这首诗作于宋皇祐四年（1052）。司马光有《送周寺丞畋知洛南》诗，原诗题下注：“周，华人。”梅尧臣此作所赠当即周畋。周寺丞将赴洛南任县令，所以赠诗主要是描述当地典故风物。起首点出周寺丞将赴洛南之事，以“日闻庭下松”赋予洛南之任以雅趣，点明了这里是宜隐之地。“乱山归四隐，旧墅隔三峰”，承上讲隐居之典故，说明商山四皓当年曾隐居于此。“狭谷车能入，春林雨易逢”是介绍地理环境和气候，也语带双关，山谷虽狭车可入，则新官下车也能顺利。“地多椒与漆”介绍商州物产，“货必厚于农”是嘱咐周寺丞为政需厚待百姓。全诗为周畋商州赴任之行做导引和介绍，也饱含祝福之意。

送宋郎中之商州

梅尧臣

商於六百里，太守二千石。① 地广任亦重，车建旗仍赤。②
尝闻四老人，采芝留旧迹。③ 古庙藏空山，曾无汉羽翼。④
其事有图画，家传多典籍。 愿君为政闲，案览知畴昔。⑤

【注释】

①“太守”句：汉郡守俸禄为二千石，后“二千石”成为郡守或刺史的代称，这里是点明宋郎中赴任的身份。

②“车建”句：车上是用红色牛尾做成的旗饰，这里形容太守的威严气势。

③“尝闻”二句：用商山四皓隐居典故。

④古庙：指四皓庙，在商州。羽翼：辅佐，维护，这里指四皓开始隐居，不愿到

汉室为官。

⑤畴昔：往日，从前。

【点评】

这首诗作于宋仁宗嘉祐四年（1059）。宋郎中，即宋敏修，字中道，是宋敏求弟。梅尧臣与宋氏兄弟过从甚密，赠诗也很多。宋敏修将知商州，梅尧臣写诗以赠别。起首破题，点出宋郎中赴任之地和所任官职，“地广任亦重”两句，则恭维太守之尊。关于宋郎中赴任之所商州，仍用商山四皓故事为题来做文章。诗人以四皓之“闲”相期，希望宋郎中也能多得空闲，有“案览知畴昔”之趣。前人论梅尧臣诗“存古淡之道”，这首诗又是送别极为熟识的友人，词语平易，更像家常之语。

送家静寺丞知洛南

梅尧臣

秦爱商於地，信美洛水南。① 银铅与丹砂，凿山民争贪。②
蜀客善制锦，当先务桑蚕。 衣老以及少，使煦如春酣。③
摘蔬有笋蕨，钓庖有岩潭。④ 颇同故乡味，将喜获所谙。⑤

【注释】

①“秦爱”句：战国时商於曾是秦楚多次争夺之地，又有张仪以愿献商於六百里说服楚王与齐绝交，但后来食言而引双方大战，秦国终胜，保住了商於之地，故有此说。事见《史记·张仪传》。

②“银铅”句：银铅和丹砂都是商州出产的重要矿物。

③衣（yì）老：给老人穿衣，即让老人有衣穿。煦：温暖。

④笋蕨：竹笋和蕨菜。钓庖：钓鱼以供烹饪。

⑤谙：知道，熟悉。

【点评】

这首诗作于宋仁宗嘉祐二年（1057），是送别友人家静赴任洛南，从作者的语气看，应是晚生后辈。诗歌详细描述了商州洛南物产、风俗等，希望即将赴任洛南的家静从中获益。诗歌中重点介绍了商州物产，矿产有银铅、丹砂，蔬菜有竹笋、蕨菜；同时也介绍了一些地方特色，如“凿山民争贪”“蜀客善制锦”；还结合当地情况提醒赠主为政的注意事项，如“当先务桑蚕”，“衣老以及少”等。诗中提到“蜀客善制锦”，结尾又为商州之物“颇同故乡味，将喜获所谙”，很可能因为家静是蜀中之人，商州地近蜀地，所以任职期间，大约或可略得故乡之味。可以看出，梅尧臣对商山非常了解，述及物产特色如数家珍，不厌其烦，既是行前的殷殷嘱咐，也更像是对往事的回忆。

和公仪天章雪中游蓝田悟真寺

文彦博

古寺依山构，高车冒雪游。① 穿林皆玉树，倚槛尽琼楼。
景胜烦诗笔，财丰缓计筹。② 岩阿聊寄傲，物外恣寻幽。③
缰锁惭羁系，匏瓜叹滞留。④ 无因陪雅躅，清唱复难酬。⑤

【作者简介】

文彦博（1006—1097），字宽夫，号伊叟，汾州介休（今山西介休）人。宋仁宗天圣五年（1027）进士及第，累官至庆历八年（1048）拜同中书门下平章事、集贤殿大学士。历仕仁、英、神、哲四朝，出将入相五十年，曾讨伐贝州王则叛军。绍圣四年（1097）卒，年92岁，后谥“忠烈”。文彦博喜为文辞，曾与富弼、司马光等为“洛阳耆英会”，诗学西昆体，有晚唐风韵，为文通达晓畅，有《文潞公集》。

【注释】

①构：建造。

②计筹：计算以安排支出等。

③岩阿：山的曲折处。

④“缰锁”句：指身受束缚，不得自由。缰锁，缰绳和锁链；羁系，束缚，拘束。“匏（páo）瓜”句：比喻不能为时所用，赋闲。匏瓜，葫芦的一种，如果不用不食，就会系滞一处，反之则表示无用。语出《论语·阳货》：“吾岂匏瓜也哉！焉能系而不食？”

⑤雅躅（zhú）：高雅的行迹。躅，踩踏、足迹。

【点评】

这首诗是在蓝田所作，写踏雪游悟真寺的所见所思。诗歌起首两句交代事由，悟真寺依山而建，诗人乘着高车，冒雪而来，可见兴致之高。“穿林皆玉树，倚槛尽琼楼”，写一路走来所见的雪景，林树、楼台等全都被白雪覆盖，琼玉仙境一般。风景如画，但诗歌正面写景却只有这一句，而后“景胜烦诗笔”句，只一句虚写，却不提景色到底如何美丽，是要留白给读者想象。如此美景，“岩阿聊寄傲，物外恣寻幽”，引发作者长留此地的渴望，但他毕竟是仕途中人，名缰利锁，身不由己，显然无法长享此悠闲。结尾“无因陪雅躅”两句，怅然而叹，留下不少遗憾。

商山道中作

邵 雍

十舍到商颜，虽遥不甚艰。① 东西溯洛水，表里看秦山。②
身在烟霞外，心存人子间。③ 庭闱况非远，自可指期还。④

【作者简介】

邵雍（1011—1077），字尧夫，祖籍范阳（今河北涿州），幼年随父迁居共城（今河南辉县），自号安乐先生，世称“百源先生”，北宋哲学家。他少时刻苦，博览群书，不好功名，在洛阳隐居三十多年，数次被征召授官，都称疾不赴任。元祐中赐谥“康节”。他是宋代理学诗的代表，诗风通俗明畅，朱熹评价说“辞极卑，道理极密”。曾在商州暂住，留下不少诗作。

【注释】

①十舍：指从洛阳到商州的路程，概言其远。舍，行军三十里为一舍。

②“东西”句：从东向西逆洛水而走。洛水自西向东流，故曰溯。

③烟霞：山水，山林。

④庭闱（wéi）：内舍，多指父母的居所。

【点评】

这首诗作于宋仁宗嘉祐五年（1060）作者自洛阳赴商州的途中，记其所见所感。诗歌前四句叙行程，后四句抒感怀。邵雍此行是应友人商州宋太守之邀。宋太守，即宋敏修。自洛阳至商州，作者用“虽遥不甚艰”来形容，显示旅途轻松，心情愉快。关于自己的所见，作者只有两句描述，即“东西溯洛水，表里看秦山”，用词浅白，但其中妙含理趣，令人似得而不能尽道，很是耐人咀嚼。之后，“身在烟霞外，心存人子间”两句，看似抒发感想，其实已预设了烟霞迷人，恍若世外的前提，是对商州景致的称赞。最后以“自可指期还”收尾，暗指此山此景令人流连忘返，而作者似唯恐自己不能抽身回返一般，要自我叮嘱一下才好。总体看来，诗作构思巧妙，于叙述中融入所感，抒怀时又似能见景致，思维跳跃而意蕴丰富，回味悠长。

和商守宋郎中早梅

邵　雍

山南地似岭南温，腊月梅开已浃辰。①
耻与百花争俗态，独殊群艳占先春。
角中飘去凄于骨，笛里吹来妙入神。②
秀额妆残黏素粉，画梁歌暖起轻尘。③
宰君惜艳献州牧，太守分香及野人。④
手把数枝重叠嗅，忍教芳酒不濡唇。⑤

【注释】

①浃(jiā)辰：十二天，干支纪年以自子至亥一轮十二日，为一浃辰。

②角：乐器名，源出西北游牧民族，晨昏鸣角，军中多用为军号，因声似呜咽，有凄清之感，故曰“凄于骨”。

③“秀额”句：用南朝宋武帝寿阳公主典故。寿阳公主日卧于含章殿檐下，梅花落额上，拂之不去，成梅花妆，引得宫人纷纷效法。事见《太平御览》引《杂五行书》。

④宰君：对知县的敬称。州牧：指太守。野人：作者身无官职，因以自称。

⑤濡：浸渍，沾湿。

【点评】

这首诗作于宋仁宗嘉祐五年(1060)邵雍在商州暂住期间，是他与商州太守宋敏修的赏梅唱和之作。诗作写得十分精心，吟咏梅花之美既有众所周知的特点，又有自创新意；既化用旧典，又叙当下之情状。起首点明商州之梅的特殊性，即气候温暖，梅花早开。之后咏梅花耻于与百花为伍，“独殊群艳”之美，是人们对梅花的一般看法。而“角中”两句，以音乐配梅花，使其有多姿之美，是作者的新意。“秀额”两句，前面用寿阳公主梅花妆的常典，是通俗之美，后面化用唐人褚亮《咏花烛》“梅梁暖日斜”和李峤《梅》“歌尘起画梁”两句，是雅致之美，俗趣与雅趣相得益彰。“宰君”两句则述当下之状，对县令和太守都有答谢之意，最后写梅花香气诱人，更胜酒香，也有感谢太守邀自己赏梅之意。诗作对仗工稳，词句雅致，优美清新。

和商守雪霁对月

邵 雍

雪满群山霜满庭，光寒月碾一轮轻。①
羁怀殊少向时乐，皓彩空多此夜明。②
竹近帘栊饶碎影，风涵台榭有余清。③
恨无好句酬佳景，徒自凄凉梦不成。

【注释】

①碾：神话传说中月亮驾车而行，故曰“碾”，指月光洒遍。

②皓彩：皎洁的月光。

③帘栊：窗帘和窗户，也泛指门窗帘子。栊，窗户上的棂木。

【点评】

这首诗作于宋仁宗嘉祐五年（1060）邵雍在商州暂住期间，也是与宋太守的唱和之作。诗歌以雪后初晴的月夜为题，写月色很有层次感。“雪满”两句直接写月色，视角自下而上，将一片白色分为雪、霜、月几个部分：远处是白雪覆盖群山，近处是“霜”洒庭院，抬头是天上明亮的月光，而几重白色都是冷冷清清，组成了一个银色的冰冷世界。“羁怀”两句，写白雪寒月下的愁绪，有空负明月之意。“竹近”两句借物说月，间接写月色。竹影帘栊搅碎了月光，清风吹散了月光。言下之意似乎心绪也随之搅乱，所以结尾“恨无好句”也顺理成章。诗歌将写景与抒情穿插交织，融情入景，意境凄美。

题四皓庙

邵　雍

其四

田横入海犹能得，商至长安百里强。①
能使四人成美节，始知高祖是真王。

【注释】

①“田横”句：意谓田横逃入海岛还能为汉高祖降服。田横，为秦末群雄之一，汉高祖刘邦统一天下后，他与五百门客避走海岛，后迫于刘邦压力归汉，至首阳山自杀，五百门客闻讯全部自杀。事见《史记·田儋列传》。“商至”句：商州到长安远过百里。

【点评】

这首诗当作于宋仁宗嘉祐五年（1060）邵雍在商山期间。《题四皓庙》原诗共四首，全是论史之作，前两首都是论四皓归隐事，后两首论其出山事。这是第四首，论点较为特别。古人论四皓，多是从四皓的高义、傲视帝王风范、不屑俗世等入手，这一首主题却是论汉高祖作为王者的高明手段。诗题虽为《题四皓庙》，但首论者是田横。田横是参与秦末战争的武人，四皓是隐士，二者唯一的共同之处在于都是主动来归朝廷的。田横本已避走海岛，汉高祖利诱与恐吓并行，归则王侯，不归则举兵加诛，考虑到部下，他不得不自投罗网，实际又不愿臣服，只好自杀。四皓秦末时已避走商山，有汉之后据说因高祖待士不够诚信和尊重，所以不愿为汉臣。后应张良之请，虽是本着不愿天下生灵涂炭之心而出山，终是为汉室效力。田横和四皓都有不为汉臣之心，但结果都事与愿违。邵雍称赞汉高祖为真王，大约是认为四皓最终还是逃不过高祖的手段，汉高祖能因人而设法，使天下人归汉，虽四皓之智，也终不能免。

谢商守宋郎中寄到天柱山户帖仍依原韵

邵　雍

其五

无成麋鹿久同群，占籍恩深荷史君。①
万古千今名与姓，得随天柱数峰存。②

【注释】

①“无成”句：据说麋鹿喜欢群居，故有此说。“占籍”句：得到入籍的机会是太守的恩泽。占籍，指入商州籍可以定居；史君，即使君，对州郡长官的尊称。

②天柱：天柱山，在商州城南。

【点评】

这首诗应作于宋嘉祐六年（1061），当时邵雍移居到商州城南的天柱山附近，而且得到了宋太守发给他的商州户帖。户帖是户口及土地赋役的重要籍册文书，拥有户帖，也就可以正式入籍商州，定居此地。宋太守给邵雍户帖，很可能也同时使他拥有了田产，邵雍在商州具备了土地所有权和支配权，生活也有保证，所以他多有欣喜和感激。诗作原为五首，这里选的是第五首。前四首主要表达能成为商州之民的喜悦心情，他甚至表示“从今便作西归计，免向人间更问津”（同题诗其四），回应宋太守的热情相待。诗人对天柱山有很高的热情，说它“一簇烟岚锁乱云，孤高天柱好栖真”，实在是隐居佳所，又说“得随天柱数峰存”，自己感到骄傲，也是对天柱山的赞美。

和商守西楼雪霁

邵　雍

大雪初晴日半曛，高楼何惜上仍频。①
数峰峭崒剑鋩立，一水萦纡冰缕新。②
昆岭移归都是玉，天河落后尽成银。③
幽人自恨无佳句，景物从来不负人。

【注释】

①曛：昏暗。

②“数峰”句：一座座山峰高峻如剑锋耸立。峭崒（qiúzú），高峻；鋩（máng），刀剑等的剑锋。萦纡（yū）：盘旋环绕。

③昆岭：即昆仑山，传说是天帝在下之都，高万仞。见《山海经·海内西经》。

【点评】

这首诗作于宋仁宗嘉祐五年（1060）邵雍在商州暂住期间，也是与宋太守的唱和之作。诗作描写雪后商州的景色。雪后初霁，邵雍与宋太守西楼赏景，“高楼何惜上仍频”，自然是因胜景可观，为下文做了铺垫。第二联写商山与丹水雪景。写山以“剑鋩立”喻之，不仅是取山形相似，也是取剑锋的银色与雪色相似；写水以“冰缕新”喻之，取晶莹剔透之意。第三联以昆山玉和天河星比商州山水，昆仑山是神话之山，银河是上天之水，以此赋予山水神仙之气，写出雪后商州白玉银星之美。“幽人自恨无佳句”写美景当前，自己却无佳句以奉，是自谦之语；而“景物从来不负人”正好与上句相对，谓自己虽辜负了美景，但丝毫不影响它的美。

辩熊耳

邵　雍

昔禹别九州，导洛自熊耳。① 熊耳自有两，未审孰为是。②
东者近成周，西者隔丹水。③ 书传称上洛，斯言得之矣。④

【注释】

①“昔禹”两句：《尚书·禹贡》载：“禹别九州”，“导洛自熊耳”，叙大禹分别九州疆界，从熊耳山开始疏导洛水等。

②“熊耳”句：熊耳山本来就有两座，即下文所说，一座位于洛阳附近，一座与丹水隔岸相望。

③成周：指洛阳，因周成王建都于洛阳，故称。丹水：起源于今商洛凤凰山，流经陕西、河南、湖北，汇入汉水。

④书传：《尚书》传注，但今见《尚书》传、疏等都不见熊耳在上洛之说，大约邵雍所见之书今已不传。

【点评】

这首诗可能作于邵雍在商州暂住期间。诗作针对《尚书·禹贡》中所及熊耳山的地理位置的问题进行了分析。《禹贡》中提到熊耳山有两处，一处说大禹开通了九条山脉的道路，其中一条是从熊耳山、外方山、桐柏山到陪尾山的；另一处即诗作所引“（禹）导洛自熊耳”，接着说“东北，会于涧、瀍；又东，会于伊，又东北，入于河”。熊耳山的具体位置，历来存在诸多争议，如孔安国传《尚书》称“在宜阳之西”，郭璞注《山海经》时称“在上洛县南”，颜师古注《汉书》时说“在陕东”。邵雍对洛阳附近和丹水对岸的两座熊耳山进行比较，据自己所见的《尚书》旧传认为，大禹当年就是凿通了商洛境内的这座熊耳山，从而疏通了洛水。

寄家子震寺丞

韩　维

商山不可极，跨压梁与秦。[①]地产富灵药，岩栖多异人。[②]
子才老不用，一邑聊庇身。　方将敛余闲，炼丹驻形神。[③]
访道风雪夕，赏幽芝朮春。[④]却顾人间事，轻若履下尘。[⑤]
曰予虽世士，心独静者亲。[⑥]相望在千里，我车何由巾。[⑦]

【作者简介】

韩维（1017—1098），字持国，开封雍丘（河南杞县）人。以父荫补官，仁宗时欧阳修荐为史馆检讨、知太常礼院，曾为知制诰、龙图阁直学士、翰林学士，后知开封府，因对王安石变法有所抵触，出知襄州、许州等，以太子少傅致仕。后因被定为元祐党人，再次被贬为左朝散大夫、均州安置。韩维喜为诗文，文章温丽典雅，诗歌平淡清远，当时颇有声名。有《南阳集》。

【注释】

①极：穷尽。

②岩栖：亦作“栖岩”，栖息于岩石，指隐居。

③敛余闲：利用空余时间。敛，聚集。

④芝朮（zhú）：一种药草。

⑤履下尘：脚底下的尘土，比喻无关紧要。

⑥世士：世俗之人。

⑦巾：给车子装上帷幕，巾车意即准备整车出行。

【点评】

这首诗写作时间不明。诗作题为“寄家”，又有小注“时宰商州洛南县”，应是韩维曾至洛南，在洛南县令子震处小住时的作品。诗歌以商山为世外之境，想象其间的隐居生活。在作者看来，商山盛产灵药，又多有异人隐居，最适宜的生活方式就是炼丹采药、访道赏幽。如果以这样的方式来生活，回头再看人间事，也就算不了什么了。诗歌赞美商山，认为这是一个可以令人忘却俗世烦恼的地方，劝勉赠主放开襟怀，看淡世事。

送洛南周寺丞

刘 敞

不知商洛道，空慕紫芝歌。从事老将至，送君情独多。①
双凫尚方去，驷马故乡过。②想见挥弦乐，春风初扇和。③

【作者简介】

刘敞（1019—1068），字原甫，号公是先生，临江军新喻（今江西新余）人，与其弟刘攽并称“二刘”。宋庆历六年（1046）进士，以大理评事通判蔡州，曾知扬州、郓州等。仁宗嘉祐年间，拜翰林侍读学士，充永兴军路安抚史兼知永兴军。后官至集贤院学士。刘敞学识渊博，谈经好与先儒立异，尤长于《春秋》。为文敏捷，诗文俱有佳作。有《公是集》。

【注释】

①从事：僚属，是作者自称。

②双凫：用东汉王乔典故。驷马：驾四匹马的车，是地位显赫者所乘的马车。

③挥：弹奏乐器。“春风”句：春风开始吹动，天气渐暖，用陶渊明《拟古·日暮天无云》“春风扇微和”句。

【点评】

这首诗与司马光《送周寺丞畋知洛南》、梅尧臣《送洛南周寺丞》所赠为同一人，是宋皇祐四年（1052）所作。诗歌是典型的送别诗，即先述赴任地的特点，然后送上祝愿之语。诗中关于赠主赴任的地方，只说自己“空慕紫芝歌”，表达了对商山四皓的景仰。而“双凫”两句，是祝愿赠主赴任县令，能够一切顺利、衣锦还乡。结尾咏春风，暗喻周寺丞此去能够春风得意，送上自己的祝福。

四皓歌

刘　敞

与汝携手，南山之阿。①富贵多忧，孰知其他。
大风横厉，江海荡波。②嗟汝鳞介，仿如之何。③
高岩有薇，深谷有芝。④人生实难，委曲何为。

【注释】

①南山：即商山，在秦汉上雒、商县之间。

②大风：汉高祖《大风歌》，有“威加海内兮归故乡”之句。

③鳞介：有鳞或有甲的动物，比喻地位低贱。

④“高岩”两句：相传四皓有《紫芝曲》，其中有“莫莫高山，深谷逶迤，晔晔紫芝，可以疗饥”之句。

【点评】

这组诗咏四皓隐逸之事。第一首想象当年四皓携手避世商山之中的情景。四皓毅然决定隐于商山的主要原因，在诗人看来很简单，就是“富贵多忧”。追求富贵不外乎寻名逐利，有名利之欲也就有卷入风雨的风险。第二首写汉高祖刘邦。刘邦威加海内，是打败了一个个强劲的对手后一统天下的人，怎么还会在乎几个山野布衣？据说四皓初入商山是因避秦之暴政，刘邦建国之初曾请他们出山，但因四皓对刘邦的态度和行为不满，所以拒不从命。可见刘邦当时大约对四皓不能礼敬。第三首拟想四皓在商山的情景。世上高山深谷处处可以容身，采薇采芝也样样可以为生，何必为了生计混迹俗尘，委曲求全呢？这组诗歌表达了诗人对四皓思想的理解，同时也表达了自己对隐逸的看法。诗歌用四字短句，风格古朴，节奏感强，每首诗都以诘问结尾，仿佛是对历史的追问。

送周寺丞畋知洛南

司马光

太华指商於，中间百里余。[①] 稍行山驿远，渐与世尘疏。
楚塞参差接，秦民错杂居。[②] 惜哉非綮肯，不足试投虚。[③]

【作者简介】

司马光（1019—1086），字君实，号迂夫，晚年号迂叟，陕州夏县（今山西夏县）涑水乡人，世称“涑水先生”。宋仁宗景祐五年（1038）进士及第，曾任知制诰、天章阁待制兼试讲、龙图阁直学士、翰林侍读等。因对王安石变法不满，出任地方官职，编修史学巨著《资治通鉴》。哲宗即位后任用他主政，尽废王安石新法，拜尚书左仆射，兼门下侍郎。卒谥“文正”。司马光著述甚丰，《资治通鉴》外，也有散文、诗词作品。

【注释】

①太华：即西岳华山，在今陕西华阴县南，其西有少华山，故称太华。

②楚塞：楚地隘口。

③綮（qìng）肯：即肯綮，指筋骨结合处，比喻关键或要害。“不足”句：洛南并非复杂难理之地，不足以展示周畋高超的为政才能，意谓他足以胜任洛南之职并且游刃有余。投虚，即投刃皆虚，用《庄子·养生主》庖丁解牛典故，三年后所见都已非全牛，骨节空虚，因此分割时投刀都正好在空隙里，所以下刀从容不迫。比喻做事情得心应手，游刃有余。

【点评】

这首诗是宋皇祐四年（1052）司马光为殿中丞、集贤校理时所作。原诗题下注：“周，华人。”周畋，是中央官署中的寺丞，欲赴洛南任上，司马光写诗相送，也表达了自己对于商州的认知。

本篇在构思上采用了欲扬先抑的手法。前两联述惜别之意。华山指向商於，看起来并不遥远，只是百余里路程，然而“稍行”之后就成“渐与尘世疏”

之势，因为中间重山阻隔，交通不便，所以心理上的距离是相当遥远的。由此可见洛南在北宋人心目中很是偏僻，有远离尘世之感。后两联是赞美周畋的能力。先述洛南的特殊性，说这里邻近楚地，是秦楚两地人民错杂而居之处，显然，他们各有风俗传统，情况复杂，比较棘手。之后笔锋一转，说周畋本有“投刃皆虚”的才干和能力，此地甚至还根本不足以让他展示自己的才能。言下之意，治理此地就是小菜一碟，周畋为政必定十分成功。送别诗常包含惜别、鼓励和称颂等意，司马光将以上诸多意思都齐齐纳入，设喻巧妙，颇有新意。

送上雒王推官经臣

司马光

墨绶百里宰，红蕖幕府僚。① 民淳无斗辩，地胜得逍遥。②
日上云未散，春深雪不消。 知音已交荐，勿茹紫芝苗。

【注释】

①“墨绶”句：点明受赠者即将为县令的身份。墨绶，结在印纽上的黑色丝带，是县令及其权力的象征；百里，古时百里为一县所辖之地，代指县或县令。红蕖（qú）：红色芙蕖，即红莲，南朝庾杲之入王俭府为幕僚，人称王俭府为莲花池，后来将莲幕作为幕僚的美称。事见《南史·庾杲之传》。

②“民淳”句：民风淳朴，没有争斗。斗辩，争吵，纷争。地胜：祥瑞之地，好地方。

【点评】

这首诗是宋皇祐四年（1052）司马光为殿中丞、集贤校理时所作，是送友人王经臣赴商州任职的诗，题名中的上雒是北宋商州州治所在。诗歌起首一联点明了受赠者的身份：在京为推官，即将赴任县令。颔联赞美商州，谓其民风淳朴，地理环境好，是清静宜居的逍遥之地。颈联承接上一联的意思，“日上云未散”，言其山高之境，云雾缭绕；“春深雪不消”，言其冷谷幽深，积雪不化。这两句既写自然景色，在山高之处，云雾缭绕，也暗指人文环境仿佛俗世之外的仙境一样。颂美受赠者即将到任的地方，是送别诗歌常用的手法。

特殊之处在于结尾，“勿茹紫芝苗”，紧承上一联的意思：虽然这个地方像世外仙境，你可不能像当年隐居此地的四皓那样，又成为隐者，因为已经有很多知音共同推荐了你！这首诗句句相承，意脉直贯，紧凑而流畅，抓住了商山古来即为隐者之乡这一特点立意，又反其道而用之。

四皓

王安石

秦驱九州逃，知力起经纶。① 重利诱众策，颇知聚秦民。
颓然此四老，上友千载魂。② 采芝商山中，一视汉与秦。③
灵珠在泥沙，光景不可昏。④ 道德虽避世，余风回至尊。⑤
嫡孽一朝正，留侯果知言。⑥ 出处但有礼，废兴岂所存。⑦

【作者简介】

王安石（1021—1086），字介甫，号半山，抚州临川（今江西抚州）人。宋仁宗庆历二年（1042）进士，曾知鄞县、常州等地，嘉祐三年（1058）上万言书，主张改革。神宗时以知制诰知江宁，又为翰林学士兼侍读，熙宁二年（1069）为参政知事，前后两度为相，期间变法改革，但历经波折，中间还罢相除知江宁，最后以失败告终。他曾被封荆国公，卒谥“文”。著述甚丰，也是文学大家，有《临川先生文集》等。

【注释】

①“秦驱”句：形容秦皇暴政，民不聊生。驱，逼迫。知力：才智能力。经纶：治理国家的抱负和能力。

②颓然：衰老的样子。

③一视：同样看待。

④“灵珠”二句：灵珠埋在泥沙里光泽也不会被掩盖。灵珠，即灵蛇珠，干宝《搜神记》有春秋时隋侯救大蛇而得灵蛇珠的故事，后以灵蛇珠比喻锦绣文才；光景，光泽、光辉。

⑤“余风”句：指四皓出山后，改变了汉高祖废太子的决定。至尊，指汉高祖。

⑥嫡孽：嫡子与庶子，指汉高祖子太子刘盈和赵王刘如意，刘盈母为皇后吕雉，是嫡子，而刘如意母为戚夫人，是庶子。汉高祖欲废刘盈而另立刘如意，却因商山四皓而作罢，所以说“嫡孽一朝正”。留侯：即张良，他建议太子请四皓出山。

⑦“出处”二句：四皓应张良之邀出山时，只是出于礼，并不知道是为太子刘盈的废立之事。

【点评】

这首诗写作年代不详。王安石《四皓》原诗有两首，第一首论四皓之隐，这是其中的第二首，论四皓之出山。四皓是隐者中的高人，隐者为人景仰之处正在于息心出尘，不干世事，特别要与权力和争斗绝缘，才是高蹈正途。正如王安石《四皓》第一首所言，“紫芝可以饱，粱肉非所嗜”，那就应该清心自持。但是他们竟为太子存废之事出山，搅进了世上最大的争斗中，似乎有违隐者的本心。王安石在诗中为四皓的出山进行辩白。“采芝商山中，一视汉与秦”，四皓作为真正的隐者，并非只避暴秦，也无意为汉臣。正是因为他们宁可“贱而肆”，不愿“贵而拘”（同题诗其一），才能平视权力，赢得尊敬，得以“余风回至尊”。王安石认为他们之所以出山，是因为张良并没有告诉他们事关太子废立，张良只是利用了他们出场。结尾“出处但有礼，废立岂所存”，可以理解为四皓隐和出，都是基于礼法原则，并不关心废立之事，也可以理解为废立之事并非他们能掌控的。王安石的咏史诗最喜作翻案文章，颇有思辨之趣，语言精练而意味深长。

四　皓

郭祥正

彼美四贤老，高风万古寒。　去逃秦鼎镬，归识汉衣冠。①
翼翼羽翰就，堂堂宗社安。② 商山弊庐在，还入白云端。③

【作者简介】

郭祥正（生卒年不详），字功甫，自号醉吟先生、谢公山人、漳南浪士，当涂（今安徽当涂）人。皇祐间进士及第，曾为德化尉，知武冈县，通判汀州，摄守漳州，知端州。致仕后隐于青山。郭祥正才思敏捷，颇有诗名，被梅尧臣誉为李白后身，诗句得王安石激赏。

【注释】

①鼎镬（huò）：指古代两种酷刑，即以鼎镬烹人。这里代指秦的暴政。“归识”句：指四皓出山为汉室臣子。

②“翼翼”句：汉高祖刘邦见到四皓在太子身旁，认为太子“羽翼已成，难动矣”。事见《史记·留侯世家》。羽翰，翅膀。

③弊庐：破旧的房子。

【点评】

这是一首赞美四皓的怀古诗，写作时间不详。诗歌起首概括四皓的高风亮节，接着回顾了四皓之隐与出，认为四皓逃秦是因为秦的暴政，而出山是因为“识汉衣冠”，也就是认可西汉朝廷礼遇士人。“翼翼”两句，遥想四皓当年在汉室权力风云中至关重要的表现。结尾以商山弊庐入云端的意象，给予四皓的道德和威望以极高的评价。

病中闻子由得告不赴商州

苏　轼

其二

近从章子闻渠说，苦道商人望汝来。①
说客有灵惭直道，逋翁久没厌凡才。②
夷音仅可通名姓，瘿俗无由辨颈腮。③
答策不堪宜落此，上书求免亦何哉。④

【作者简介】

苏轼（1037—1101），字子瞻，一字和仲，号东坡居士，眉州眉山（今四川眉山）人。宋仁宗嘉祐二年（1057）进士及第。苏轼一生数度宦海起伏，曾任翰林学士、侍读学士、知制诰等，后官至礼部尚书，又出知杭州、颍州、扬州、定州等地，晚年被贬惠州、儋州，卒于常州，高宗时追谥“文忠”。苏轼堪称宋代文学最高成就的代表，诗与黄庭坚并称“苏黄”，词与辛弃疾并称“苏辛”，散文与欧阳修并称“欧苏”，书、画亦绝。

【注释】

①章子：章惇，字子厚，当时为商洛令，与苏轼交好。

②“说客”句：用张仪故事。说客即张仪，他以秦国献商於六百里土地为诱饵，说服楚王与齐国绝交，但是事后却翻脸不认，所以说“惭直道”。逋（bū）翁：指商山四皓。逋，逃亡，商山四皓逃亡至商山。

③夷音：外族语言，这里指商山人口音重，不易听懂。瘿：一种生于颈部的囊状肿瘤，严重者形似颈腮相连，大约是当时商山流行的地方病。

④“答策”二句：苏辙与苏轼同科进士及第，又举直言科，仁宗亲自问策，苏辙在答策中大胆直言，有抨击仁宗之语，考官司马光主张列入高等，胡宿则主张黜落，后因仁宗坚持直言无过而达成妥协，列入下等，除商州军事推官。后诏书虽下，苏辙上书留京养亲，辞不赴任。

【点评】

这首诗作于宋嘉祐七年，当时苏轼在凤翔府为判官，听说苏辙辞不赴任商州军事推官一事，写诗三首寄赠苏辙，这里选的是第二首。诗歌首先向苏辙反馈商州人对他不赴任的感想，也是对他没能前往感到遗憾，话题于是转到商州之地。中间两联便是议论商於古今。“说客”两句咏商於历史，论及张仪和商山四皓的两个著名典故。张仪的典故重在他“惭直道”，四皓的典故重在说高人逸士久已不见，而凡才却不少。结合苏辙答策，显然他直言刺政，也是直道忠谏，不同凡俗，是应该赞扬的。“夷音”两句则述商於今日之状。当地一是人的口音重，二是有恶疾流行，言下之意商於相当闭塞落后，需要有用之才来治理此地。苏辙在此次风波中最终辞官不赴，可以想见是大受打击的，因此作者在结尾处表达了对他辞官的看法，不愿弟弟如此消极。

次韵子瞻闻不赴商幕①

苏　辙

其二

南商西洛曾虚署，长吏居民怪不来。②
妄语自知当见弃，远人未信本非才。③
厌从贫李嘲东阁，懒学谀张缓两腮。④
知有四翁遗迹在，山中岂信少人哉。

【作者简介】

苏辙（1039—1112），字子由，一字同叔，晚号颍滨遗老，眉州眉山（今四川眉山）人。嘉祐二年（1057）与兄苏轼同登进士第，嘉祐六年又同举制科。元祐间擢为中书舍人，后历翰林学士、吏部尚书、御史中丞、尚书右丞、大中大夫守门下侍郎。新党再贬至化州别驾，雷州安置。晚年寓居许昌颍水之滨，孝宗时追谥“文定”。苏辙与父苏洵、兄苏轼并称“三苏”，散文成就最高，为“唐宋八大家”之一。

【注释】

①不赴商幕：见上篇苏轼《病中闻子由得告不赴商州》注释④。

②“南商”句：苏辙本年辞商州军事推官不就；之前嘉祐五年被任命为渑池主簿，也因故未赴任。商州在渭水之南，即南商；渑池在洛水之西，即西洛，两次均未赴任，故称“虚署”。长吏：长官，指章惇。

③“妄语”句：（答策中）大胆妄语，就知道会被嫌弃。

④“厌从”句：用唐人李商隐典故。李商隐早年为令狐楚从事，后令狐楚之子令狐绹为相时，因对李依附李德裕不满，拒绝见他，李商隐《九日》诗云：“东阁无因再得窥。”“懒学”句：用唐人张说典故。张说早年被唐玄宗称“言则不谀”，晚年却粉饰盛世，有谀上之讥。

【点评】

这首诗是对苏轼《病中闻子由得告不赴商州三首》的答作，作于宋嘉祐七年。诗作开始两句提起自己两次未赴任的事，是回应苏轼诗中商人“望汝来”之语。接下来对答策之事做了解释，对苏轼《病中闻子由得告不赴商州》第三首中“策曾忤世人嫌汝”一句进行回应。苏辙深知直言批评皇帝是“狂妄”之举，在呈交答策之时就已经做好了见弃于人的心理准备，由此可见他的勇气和胆识。虽然自己的行为惹来严厉的斥责，知制诰王安石甚至厌恶他攻击人主，拒绝拟写任命他的诏书，但苏辙并没有任何后悔之意，更以“贫李”和“谀张”两个典故来表达自己的决心，及对前代两位著名文人道德境界的不屑。“厌从”“懒学”，语调铿锵，态度坚决。最后，作者又回到商州之任的话题，称“四皓遗迹”犹在，山中不缺少人才，这当然是自谦之语，也是对苏轼诗中流露出的惋惜进行回应。而相对于前两联的情绪愤激，这个结尾起到了收敛锋芒、舒缓语气的作用，使诗歌整体上仍然保证了平和蕴藉的格调，怨而不怒。

度秦岭

张舜民

狗日去中山，春尽抵冯翊。① 闰晦适石城，发轸蒙再谪。②
有侄佐晋阴，所幸在肘腋。③ 儿女本天爱，未免各分北。④
同行五六口，出关已登陟。⑤ 舍去两京道，右手入大谷。⑥
入谷路崎岖，少前屡颠踬。⑦ 秦岭生所闻，今日乃相识。
一舍蹑其趺，两舍跨其脊。⑧ 东井闻水声，南箕观簸析。⑨
西历华山小，北瞰黄河赤。 大荔信毫末，中条真拳石。⑩
终夜听猿啼，白昼履虎迹。⑪ 俯仰天地间，浩然为一色。
是时甫中元，寒冻地欲坼。⑫ 婢仆急榆火，腹背互熏炙。⑬
辗转竟号呼，良久各苏息。⑭ 其南差洂迤，稍降已温液。⑮
及至洛水湄，挥汗复畴昔。⑯ 乃知高卑殊，能使气令易。
商於固善地，又且近乡国。⑰ 感涕荷君恩，死生宁有极。⑱
凡人历艰险，乃心方惊策。 常使处燕安，政如怀鸩毒。⑲

所以古先人，平居犹运甓。[20]

【作者简介】

张舜民（生卒年不详），字芸叟，自号浮休居士，又号矴斋，邠州（今陕西彬县）人。宋英宗治平二年（1065）进士，曾批评王安石新法。元祐初，司马光荐为监察御史，又曾通判虢州，为陕西转运使，历知陕、潭、青三州，擢右谏议大夫。后因牵涉入元祐党，被贬为楚州团练副使，商州安置。晚年复任集贤殿修撰。张舜民慷慨喜论事，善为文，诗风豪健，与苏轼相似，又有笔记《画墁录》一卷。

【注释】

①“狗日”句：正月初二离开中山。狗日，即农历正月初二；中山，即定州（今河北定州），东汉时为中山国。冯翊（píngyì）：冯翊郡，即同州，州衙所在地又设冯翊县（今陕西大荔）。

②“闰晦”句：闰月的最后一天到达石城。晦日，每月的最后一天；石城，郡名，治所在今河南灵宝。“发轸”句：刚出发，又被再次贬谪，这里指诗人从同州出发，谪知鄂州，途中得到圣旨，再贬为楚州团练副使，商州安置。发轸，车子出发。

③晋阴：在今陕西华阴。肘腋：胳膊肘和胳肢窝，比喻切近之地。

④北：同“背”。

⑤“出关”句：出关就开始登山。出关，指从同州向西出潼关；登陟（zhì），登上高处。

⑥两京道：长安到洛阳的大道。

⑦颠踬（zhì）：下跌，倒扑。

⑧“一舍”两句：走三十里到了山脚，再走三十里就跨上了山脊。舍，古代行军以三十里为一舍；蹑，踩、踏；跌，脚掌，比喻山脚。

⑨东井：即井宿，二十八星宿之一，因在玉井之东，故称，代指东。南箕：即箕宿，二十八星宿之一，夏秋之间见于南方，故称。

⑩“大荔”两句：形容大荔和中条山两处地方远望时都非常渺小。毫末，细小；

拳石，小石块。

⑪履虎迹：走过老虎留下痕迹的地方。履，踩，走过。

⑫甫中元：刚刚到中元节。甫，刚刚，方才；中元，七月十五日。坼（chè）：分裂，裂开。

⑬榆火：春天钻榆木、柳木之类的木头以取火，这里指钻木生火。

⑭苏息：即休息。

⑮沵迤（lǐyǐ）：平坦辽阔的样子。温液：温泉。

⑯洛水：即北洛河，发源于陕西洛南洛源乡，东流入河南境。畴昔：往日，以前。

⑰近乡国：靠近家乡。张舜民是邠州（今陕西彬县）人，离商州较近。

⑱荷（hè）：承受，承蒙。

⑲燕安：安逸，安乐。鸩毒：毒酒，毒药。鸩，传说中的一种鸟，用其羽毛浸酒为剧毒。

⑳运甓（pì）：东晋陶侃为恢复中原而励志勤力，为免过于安逸，每天把百块砖搬出屋外，晚上又搬进屋内，磨炼自己。后以“运甓”比喻刻苦自励。事见《晋书·陶侃传》。甓，砖。

【点评】

这首诗作于宋徽宗崇宁元年（1102），此前张舜民以龙图阁待制知定州，又改同州。到同州未久，因牵涉入元祐党，被贬为楚州团练副使，商州安置。这首诗就是他从同州翻越秦岭赴商州时的见闻与感想。

诗歌首先交代了此次旅途的背景，而后以“舍去两京道，右手入大谷”一语双关，转而描述所见所感。诗作写秦岭之景，突出了三个特点：一是高，因此得以见东西南北中几种不同的地貌，得以见大荔、中条都成微末，十分壮观；二是人迹罕至，所以闻猿啼、履虎迹，似有与天地一体之感；三是寒冷，盛夏里居然冻得地裂，翻越秦岭后，才终于又挥汗如雨，有如回归俗世一般。作者由此感慨：高卑之殊，居然能令时节迥异！这样的感叹大约不仅是写地理环境，也在暗示人的境遇。翻越秦岭虽然艰辛如此，但到达商於之后，作者仍以达观心态面对，将艰难与困苦当作宝贵的人生经验，没有嗟叹怨怼，反而庆幸自己经受了磨炼。至此，度秦岭也就不仅是一段翻山越岭的跋涉，更是人生财富。诗作描写秦岭之旅的艰辛生动传神，使人有身临其境之感，结尾处立意高远，发人深思。

鹘　岭

张舜民

度险仍逢雪，艰危顷步中。[①] 鹘飞犹自苦，人足故难通。[②]
九折羊肠外，三休箭筈东。[③] 西南望天柱，聊复慰途穷。

【注释】

①顷（kuǐ）步：跬步，半步。顷，通“跬”。

②鹘（hú）：鸟名，即隼。

③羊肠：比喻狭窄曲折的小路。箭筈（kuò）：今陕西岐山西北有箭筈岭，海拔较高。但此地远离商州，亦非秦岭之路，疑有误。

【点评】

这首诗是宋徽宗崇宁元年（1102）张舜民在商州时期所作，或者是作者赴任途中的另一篇作品。鹘岭在秦岭东段，位于陕西省丹凤县、山阳县境内，也是商山最高峰。诗歌主要吟咏过鹘岭的困苦和艰难，由此可以看出当时商州山路的具体情形。首联写走山路的情景，既艰又危，每次只能走半步，小心翼翼。接下来两联写地势如何艰险。“鹘飞犹自苦”两句言其高峻，“九折羊肠外”两句言其崎岖坎坷。至此，全是一路困苦，不过作者并不是一味抱怨，“西南望天柱”的结尾，最终给了自己一些希望和安慰。

木　瓜

张舜民

商州楚地户，宛在江汉偏。[①] 草木已渐包，果实尤可怜。[②]
木瓜大如拳，橙橘家家悬。[③] 隔崖有宿叶，黄紫凝霜烟。[④]
高秋万嶂出，一望通郧川。[⑤] 都邑虽僻陋，来者多名贤。[⑥]

【注释】

①“商州”句：商州是楚地的门户。楚，指古楚国所辖地，大致在今湖北、湖南一带。江汉：长江和汉水附近的一些区域。

②包：通“苞”，丛生，茂密。

③木瓜：落叶灌木或小乔木，果实为长椭圆形，色黄而香。

④宿叶：生长多年的叶子。

⑤嶂：耸立如屏障的山峰。郧（yún）：古国名，在今湖北郧县一带。

⑥都邑：指商州。

【点评】

这首诗应作于宋徽宗崇宁元年（1102）秋，张舜民被贬至商州安置期间。诗作主要写商州秋景。时当果实累累的季节，作者至商州不久，新识此地，吟咏景物特别之处，描述自己的新环境。

起首一联点明商州的地理位置，这里虽然北近长安，但地貌植被等已大不相同，例如下文提到的木瓜、橙橘等，都已不是北方常见，所以作者特别指出它邻近楚地，“宛在江汉偏”。接下去，作者用了两联四句来写果实，也是写收获季节，字里行间流露出喜爱之意。近景之后，后两联写远景：草木树叶色彩斑斓，山峰高耸，但视野开阔，也颇有可观。诗歌最后以“来者多名贤”作结，表示这里不但景色尚佳，所来之人也不凡。

显然，一年之内连续遭贬的作者似乎并没有什么怨言，对商州不乏好感。诗作题名“木瓜”，或者源于果实首先吸引了诗人的注意力，令他产生好感，也可能颇有喻义。作者到商州后，如诗中所述，又有名贤往来，大约有“投我以木瓜，报之以琼琚”的往来之趣，因此心灵并不寂寞，或取此意为题。

四　皓

范祖禹

南山石壁陵苍苍，中有四老眉如霜。
中原龙虎困格斗，九霄鸾凤高飘翔。①
赤精斩蛇入咸阳，南极老人转遁藏。②

一朝相顾下云巘，共为羽翼安储皇。③
白云黄鹄高飞扬，虽有矰缴安能伤。④
君王慷慨但饮酒，戚姬起舞无辉光。⑤
古人不见虽已远，吾将杖策登崇冈。⑥

【作者简介】

范祖禹（1041—1098），字淳甫（一作淳夫、纯父），一字梦得，成都华阳（今四川华阳）人，宋仁宗嘉祐八年（1063）进士，随司马光编修《资治通鉴》十五年，元祐年间曾为实录院修撰、给事中、礼部侍郎等，又拜翰林学士、知制诰，元祐八年（1093）出知陕州，后以元祐党人贬武安军节度副使、昭州别驾。元符元年（1098）卒，宁宗时谥“正献”。有《唐鉴》《帝学》《范太史集》等著作。

【注释】

①“中原”两句：比喻秦末中原大地各路人马参与政权争斗，而诸多贤俊能人也参与其中。

②“赤精”句：指汉高祖最终夺取政权，建立汉朝。赤精，汉高祖称其母感赤龙而生子，所以自称赤帝之精；斩蛇，刘邦起事前曾醉斩大蛇。事见《史记·高祖本纪》。

③云巘（yǎn）：高耸入云的山峰。“共为”句：指四皓辅佐太子刘盈，汉高祖看到后说太子“羽翼已成，难动矣”，刘盈得以保住皇储之位。事见《史记·留侯世家》。

④黄鹄（hú）：比喻高才贤士。矰缴（zēngzhuó）：系有丝绳、射飞鸟用的短箭，比喻暗害人的手段。

⑤“戚姬”两句：汉高祖见四皓后，告诉戚夫人太子刘盈已不可废，戚夫人悲泣，高祖于是命她“为我楚舞”，自己歌《鸿鹄》。事见《史记·留侯世家》。

⑥杖策：拄着拐杖，也有追随之意。

【点评】

这是一首追忆四皓事迹的咏史之作。诗作前四句重述四皓隐居商山的情况，时当中原大地龙争虎斗之际，能人才子们各显神通。“赤精”两句，写天下已定，汉朝已立，四皓反而隐遁更深。这说明，他们既无意在纷乱争斗中逞才炫能博取利益，也无意为太平天下锦上添花，而是一心要远离俗世纷争的。即使如此，当太子有需要时，他们也能“一朝相顾下云巘”。在作者看来，四皓出山不仅显示出他们有能力，即“共为羽翼安储皇”，令高祖、戚姬等人束手无策，也显示出他们知大义。最耐人寻味的是“白云黄鹄高飞扬，虽有矰缴安能伤”两句，因为在四皓的事迹中，并没有“矰缴”，所谓蓄意中伤，只能是指后人的评论。宋人有很多重论四皓的翻案之作，或质疑或否定，作为史学家的范祖禹，显然不能容忍对四皓节操的质疑，坚持以之为道德高标。因此，他在结尾处表示“杖策登崇冈”，是登高缅怀，也是自勉见贤思齐之意。

内乡山中

彭汝砺

野人住山中，不见山色好。① 我行久尘土，窥览慰怀抱。②
禹稷不乏人，翻焉忆商皓。③ 使我有以食，甘于此山老。

【作者简介】

彭汝砺（1042—1095），字器资，饶州鄱阳（今江西鄱阳）。宋英宗治平二年（1065）进士第一，曾为国子直讲、大理寺丞，元祐三年（1088）为中书舍人，因事出知徐州，后历礼部侍郎、刑部侍郎，出使辽，权吏部尚书，坐事再次出知江州，绍圣二年（1095）卒于任上。为文“词命雅正”，颇有古风，诗笔“谐婉可讽”。

【注释】

①野人：村野之人，农夫。

②窥览：阅览，观察。

③禹稷：夏禹和后稷，都是舜的贤臣。翻：反而。

【点评】

这首诗写诗人于内乡山中的感触，表达了对隐逸生活的向往。起首两句十分低调，称山中景物在当地人看来十分平常，但言下之意，是自己觉得并不平常。接下去两句，“我行久尘土”，既是实写自己一路风尘仆仆，也是暗喻自己仕途一路沾染尘埃；“窥览慰怀抱”写作者投身自然，放松身心，道出远来之人的喜悦。“禹稷”两句，则写出作者心中仕隐之思。“禹稷”代表官场，“商皓”代表隐居，此时身处内乡，已在商於道中的诗人，显然已有远离前者之意。结尾两句则更加明确地表达了自己隐居此山的向往。但“使我有以食”，才会“甘于此山老”，可见宦途风尘，都是身不由己。诗歌没有一句正面描写山间景色，但至此不禁令人遐思：到底是何种风景，能让诗人如此留恋，不愿离去呢？

内　乡

彭汝砺

熊耳，《书》所谓熊耳外方桐柏者是。[①]虎遥，唐武德中所筑，俗言为虎遥。

山谷生云作风雨，楼台映日贴烟霞。
危峰熊耳倍千丈，废堞虎遥今数家。[②]
野外小桥丹作水，潭边仙菊雪开花。
隆寒大热三经涉，世事催人早鬓华。[③]

【注释】

①熊耳：熊耳山，山名熊耳者不止一处，《金史·地理志》载内乡有熊耳山，当为秦岭东段支脉延伸，北宋时当亦如此。《尚书·禹贡》有“熊耳、外方、桐柏至于陪尾”之语，即开通熊耳山、外方山和桐柏山，到达陪尾山。

②堞（dié）：城墙上呈凹凸形状的矮墙。虎遥：按作者题注，应在内乡（今河南内乡），《旧唐书·地理志》载唐武德年间邓州临湍治所移至虎遥，应即此地。

③“隆寒”句：从冬到夏，在此度过三年。隆寒，严寒；大热，指夏日暑热；经涉，经历，涉历。

【点评】

这首诗当作于作者在内乡居住期间，从诗意看，作者在此地已经居住了三年。起首两句，表现山间天气变化和雨过天晴、烟霞满眼的美景，也点明了诗作的时间背景。“危峰”两句写远景，呈现山峰雄伟之美：熊耳山高高耸立，十分壮观；虎遥古城颓墙残垣，一派沧桑气象。“野外”两句则写近景，表现水的秀美：小桥、溪水、池潭、菊花，“丹”“雪”之色，格外明丽。结尾两句笔锋忽转，感叹时光流逝，自己在内乡已过三年，不知不觉鬓发已白，似乎是突然被拉回人间一般。诗作写出了内乡山水雄伟灵秀之美，又以世事烦扰之苦与之形成对比，可见山水美好令人忘情，而世事烦扰又无法脱逃。

题马远作《四皓弈棋图》横卷

米　芾

落落四皓翁，山林养其静。① 羞为汉家臣，若辟秦苛政。
商颜高峨峨，坐待天下定。② 欻起佐储皇，上前启名姓。③
堪怜羽翼成，难将口舌争。④ 无语及扶苏，空歌紫芝咏。⑤

【作者简介】

米芾（1051—1107），初名黻，字元章，自号无碍居士，又号海岳外史、家居道士、鹿门居士、襄阳漫士，世称“米南宫”“米襄阳”。祖籍太原（今山西太原），迁襄阳（今湖北襄阳），晚年居润州（今江苏镇江）。宣和时曾为书画学博士，擢礼部员外郎，以言事罢知淮阳军。米芾工诗文，书画精妙，为北宋四大书法家之一，擅画山水人物。

【注释】

①落落：磊落，有气度。

②峨峨：高高的样子。

③“欻（xū）起”句：忽然去辅佐太子。欻，忽然；储皇，太子，储君。

④“堪怜”句：指汉高祖见到商山四皓后，对戚夫人说太子羽翼已成，不可废。事见《史记·留侯世家》。

⑤扶苏：秦始皇长子，始皇遗诏指定的储君，赵高、李斯等人篡改遗诏后扶持胡亥登基，令扶苏自杀。事见《史记·秦始皇本纪》。“空歌”句：商山四皓有《紫芝歌》，亦名《紫芝曲》，抒隐逸之志。

【点评】

这是一首题画诗。画的作者马远是宋代著名画家，擅长山水、人物、花鸟等。从诗题看，这幅画的主要内容是四皓对弈，故诗歌主要论四皓之事。起首两句写四皓气度磊落，隐逸于山林之间。“羞为汉家臣，若辟秦苛政”，四皓隐居而不愿仕汉的原因是对汉高祖不满，正如他们当初逃入商山是对秦的苛政不满一样。“商颜高峨峨，坐待天下定”，写他们隐居商山，只等天下安定。“欻起佐储皇”，以一“欻”字，表现出对四皓的出山感到惊讶、突然。“堪怜羽翼成，难将口舌争”，写汉高祖在四皓面前的无奈和让步。诗歌写到此处，都是叙述故事，没有什么特别之处，然而这些叙述都是铺垫，最后两句才是点睛之笔。“无语及扶苏，空歌紫芝咏”，对四皓发出质疑，当年秦始皇与其子政权交接之时，四皓为什么没有关心过，却只是在商山空吟紫芝呢？比起四皓所辅助的汉太子刘盈，公子扶苏在历史上颇有贤德之名，但他既定的储君之位却被弟弟胡亥夺走，之后天下大乱，群雄逐鹿，民生涂炭。如果四皓出山辅佐刘盈是为天下安定，而且一出手即令汉高祖也无计可施，为什么他们不早点出山辅佐扶苏，令天下太平呢？诗作结构巧妙，长长的叙述后，将最有力的诘问放在结尾处，诗歌至此戛然而止，但字字铿锵，余味深长。

洪谷值大风宿避贤驿诗[①]

赵鼎臣

客行到处可独宿，秋夜已长聊晏眠。[②]

北风吹灯最无味，明月照户真可怜。
儿女渐有婚嫁逼，富贵久无名利牵。
欲归不决坐此耳，展转悲歌一怅然。③

【作者简介】

赵鼎臣（1070—？），字承之，自号竹隐畸士，又号苇溪翁，卫城（今河南淇县）人。宋元祐六年（1091）进士，曾为度支员外郎，后以修文殿撰修知邓州，又为太府卿。与王安石、苏轼等交好，有往来唱和，诗文俱得门径。诗歌才思飘逸，警句巧对，散文古雅可观，亦有词作。

【注释】

①避贤驿：即阳城驿，避唐代名臣阳城之讳改称避贤驿。

②晏眠：安眠，也指睡得迟。

③展转：即辗转，翻来覆去。

【点评】

这首诗作于商州古驿站避贤驿，写作时间不详。诗歌写秋日大风之夜宿于避贤驿的感受。首联交代事情的背景，诗人在旅途中暂歇于驿站，长夜漫漫，迟迟未能入眠，为下文思绪的展开做了铺垫。第二联写外部环境，“北风吹灯”，是无形有声地摇动人的思绪，令人烦恼；“明月照户”，是有形无声地牵动人的思绪，却相当动人。第三联写内心思绪，一会儿想到儿女婚嫁这样具体的家事，一会儿又想到富贵名利这些抽象的大事。这两联一写外，一写内，但都是矛盾的组合，写出诗人的心绪摇摆之感，恰如屋外大风中的树枝一般。尾联是承接而总结、点题，欲归不决，辗转不定，这就是人在风中、途中的心理状态。诗歌写大风之夜，既是实写当时之景，也是虚写心中之思，虚实结合，颇有韵味。

避贼至商山绝句

尹 焞

西来几被雪霜埋，鸿雁嗷嗷莫强猜。①
今朝始踏商山路，高视浮云任去来。②

【作者简介】

尹焞（1071—1142），字彦明，一字德充，洛阳（今河南洛阳）人，北宋哲学家。少从程颐学习，应举时因策题中有诛元祐党人之语，不对而去，从此放弃科举，在洛中聚徒讲学，颇受景仰。靖康初年被召至京师，赐号“和靖处士”。次年金人攻陷洛阳，逃至商州，又奔蜀中，得程颐《易传》，潜心研究。绍兴时为礼部侍郎兼侍讲，后因反对与金人议和而自求致仕，隐居平江虎丘。门人辑有《师说》三卷。

【注释】

①“西来”句：作者自洛阳逃来，又正值冬季，故云。嗷嗷：哀号，哀鸣声。

②高视：向高处看。

【点评】

南宋建炎元年（1127），金人南侵，攻陷洛阳，尹焞全家被害，他本人死而复苏，被门人抬到山中才获救。金人扶植刘豫建立齐政权，聘他为官，礼聘不得又以兵威迫，他又经渭水逃匿，辗转至商州。这首诗当作于入商州时。当时尹焞劫后余生，仍在逃亡路上，前途未卜，但诗歌中并没有凄凉彷徨之意，也没有宣泄悲痛情绪，而是在历经世事的沧桑中，透出内心的坚定和冷静。诗歌首句交代了逃难西来的背景，点明节令。国破家亡，九死一生，艰难求生的一段挣扎历程浓缩进“几被雪霜埋”这个十分具体的意象中，相对于所历苦难而言，有些轻描淡写。次句写鸿雁哀鸣，才有些悲戚气氛，又加上“莫强猜”一句，暗示没有同样经历的人无法理解自己的心情。终于踏上商州土地，应该已经逃离了险境，可以仰望天空，看浮云自由来去。这是苦难之后新的开始，作者的心情也逐渐晴朗起来。

四　皓

李　纲

皓发庞眉四老翁，商山采尽紫芝丛。①
安刘毕竟成何事，空堕留侯巧计中。②

【作者简介】

李纲（1083—1140），字伯纪，号梁溪居士，邵武（今福建邵武）人。宋徽宗政和二年（1112）进士，历官至兵部侍郎。靖康元年（1126），反对南迁，力主抗金。宋高宗即位后，用为尚书右仆射，兼中书侍郎，不久因反对朝廷避地东南罢官。宋绍兴二年（1132）再得任用，为观文殿学士，湖南宣抚使，知潭州。绍兴十年卒，谥“忠定”。

【注释】

①庞眉：眉毛黑白杂色。

②安刘：安定刘氏天下。

【点评】

这首诗咏四皓故事，提出了不同以往的看法。前两句写四皓隐居商山的情景，他们“皓发庞眉”“采尽紫芝”，远离俗世的形象宛若神仙。后两句则是对四皓出山的议论。四皓受太子刘盈的邀请，为“安刘”而出山，是前人的一般看法，但在李纲看来，他们的出山并没有这样的意义，只是被张良所设计而已，颠覆了四皓神仙隐者的高大形象。

欢喜口号

黄彦平

其五

占著商山接华山，两京浑在笑谈间。①
樵苏按堵人甘寝，别队官军入武关。②

【作者简介】

黄彦平（？—1139），字季岑，丰城（今江西丰城）人。宋徽宗宣和元年（1119）进士，靖康初为太学博士，后谪监虢州铜场。高宗建炎二年（1128）擢尚书员外郎，抚御京东西路，后曾为礼部郎官，又出而提点荆湖南路刑狱，不久被罢免，主管亳州明道宫。诗作大多感慨国势衰颓，战乱流离的悲愁，沉郁凄怆。有《三馀集》四卷传世。

【注释】

①两京：两个首都，指宋代的开封府和河南府。

②“樵苏”句：百姓皆可安居安眠。樵苏，砍柴刈草之人；按堵，安居，安定；甘寝：静卧，安睡。武关：在今陕西商洛丹凤县东武关河北，是“秦之四塞”之一。

【点评】

这首诗写岳家军第二次北伐“收虢入商”这一重大历史事件。绍兴六年（1136），宰相张浚命岳飞进军襄阳，七月岳家军誓师北伐，其中一路由王贵统领，先取卢氏县，又西进取商（今陕西商县）、虢（今河南灵宝），东下伊阳（今河南嵩县），最终收复虢州后，力拔上洛、商洛、洛南、丰阳、上津等县城，席卷了商州全境。诗作题为“口号”，即是作者听闻战事喜讯后即兴口占一绝而成。商山在商州，离地处关中东部的华山很近，所以诗人起首便说“占著商山接华山”，认为现在已经收复商州，那收复中原也就指日可待了。北伐大捷后，朝廷下诏嘉奖“遂复商於之地，尽收虢略之城”，举国上下为胜利所动，重燃收复北国旧土的希望。第二句“两京浑在笑谈间”，正代表了当时南宋国人的期盼和信心。三、四句，诗人进一步展开想象，畅想宋军进入武关后，百姓们不再因为战争而流离失所，从此过上安居乐业的生活，安享太平。诗作写于兴奋之下，首句“占著商山接华山”，即营造出一种紧凑的节奏，“两京”之句又紧接而来，有步步加速的欢快感觉，后两句更以想象展现生动的细节，十分贴切地描画出收复失地的欢愉感和收复旧土的期盼。

寄题商洛宰令狐励迎翠楼

陈与义

西来金衣鹤，书落汝水湄。① 云霞映道路，中有迎翠诗。
遥知五斗粟，未办买山资。② 政要百尺楼，了此浮天眉。③
森然诗中画，想见凭栏时。 朝曦与暮霭，百变皆令姿。④
君方领此意，簿书何急为。⑤ 众手剧云雨，唯山不瑕疵。⑥
当年四老翁，视世轻于芝。 坐令山偃蹇，不受人招麾。⑦
谁欤楼中客，俯仰与山期。 顾要君折腰，督邮真小儿。
因之感我意，故岩归已迟。 便携灵运屐，不待德璋移。⑧

【作者简介】

陈与义（1090—1138），字去非，自号简斋居士，洛阳（今河南洛阳）人。宋徽宗政和三年（1113）登太学上舍甲科，授开德府教授。后为太学博士、著作佐郎。靖康之乱后，奔波于河南、湖湘、两广等地。绍兴元年（1131）赴临安为起居郎、中书舍人，后拜礼部侍郎，又为翰林学士、知制诰，后至参政知事。陈与义是江西诗派“三宗”之一，诗歌得杜甫神韵，词近苏轼。有《简斋集》。

【注释】

①金衣鹤：即黄鹤，这里喻信使。汝水湄：汝水岸边。汝水，即汝河，在今河南汝州。湄，岸边，水草相接之地。

②“遥知”句：指令狐励身为县令，薪俸不高。五斗粟，用陶渊明事。陶渊明为县令时，有督邮来，依制应束带迎接，他叹息说“吾不能为五斗米折腰”，事

见《晋书·陶潜传》。买山：用《世说新语·排调》故事，说支道林派人向深公买印山，深公答："未闻巢由买山而隐。"

③百尺楼：形容高楼。浮天眉：指远山。

④令姿：形象美好。

⑤簿书：官署中的文书簿册。

⑥云雨：比喻人情世态反复无常。

⑦偃蹇（yǎnjiǎn）：形容山高耸的样子。招麾：征召，启用。

⑧灵运屐：谢灵运的木屐。南朝谢灵运登山常穿特制木屐，上山去前齿，下山去后齿。事见《宋书·谢灵运传》。德璋：南朝孔稚珪，字德璋，有《北山移文》，讽刺假隐之人。

【点评】

这首诗作于宋宣和四年（1122）春。陈与义在汝州丁母忧时收到了令狐励从商洛寄来的书信及迎翠楼诗，此诗为其答作。前四句叙得令狐励赠诗之事。商州在汝州西，所以说"西来"。友人书信如"云霞映道路"一般，"云霞"亦有文采之意，所以这里是称赞令狐文采斐然，"迎翠诗"亦在其中。诗歌接着遥想迎翠楼之景，楼高百尺，远山如眉黛，景色如画，凭栏远眺，可见"朝曦与暮霭，百变皆令姿"，诗中有画，宛然在目。这既是赞迎翠楼之景，也是赞令狐之诗。景色之外，"君方领此意"两句为过渡，诗人转而议论人事。相比人手翻云覆雨，只有青山可算无瑕，所以当年商山四皓"视世轻于芝"，而只有看淡世间名利，才能"坐令山偃蹇，不受人招麾"，即清白自处，令人高山仰止，不能招来唤去。"谁欤楼中客，俯仰与山期"，是作者对友人也有很高的评价，谓他如陶渊明一般，不能折腰事"督邮"，实际上是鼓励他学四皓之淡泊，学前代名士对待世事洒脱的姿态。由诗意可以推测，令狐励的赠诗中大约提及了在商州的烦扰之事，作者便由对方赠诗说开，由景物及人事，由商山而论四皓之心，一步步推进，阐发自己关于摆脱烦扰的看法，层次明确，条理清晰。

遣　兴

范　浚

其一

商山园绮徒，雪发映松露。　山间谓终老，不踏市朝路。①
一朝前星匿，羽翼起调护。②　婆娑古衣冠，笑定国储副。③
留侯计偶尔，曷遽动贞素。④　因知古今士，出处自冥数。⑤
功名苟不免，四老犹一助。　宁庸巧驰驱，失尔邯郸步。⑥

【作者简介】

范浚（1102—1150），字茂明，婺州兰溪（浙江兰溪）人，世称“香溪先生”。绍兴初举贤良方正，坚辞不出，居家讲学，笃心研道。其学多本于经，尤精于《孟子》。朱熹《孟子集注》将其《心箴》全文收入，因此而知名。范浚工于诗词，一生著述颇多，有《香溪先生文集》。

【注释】

①市朝：指争名逐利之地。

②前星：指太子，见《汉书·五行志》：“心，大星，天王也。其前星，太子。”调护：调教辅佐。汉高祖曾对四皓说“烦公幸卒调护太子”，并告诉戚夫人太子“羽翼已成，难动矣”，事见《史记·留侯世家》。

③婆娑：衰老的样子。

④“曷遽”句：就如此匆忙地打破了平静的幽居生活。曷，何；遽，仓促，匆忙；贞素，清白的节操，也指幽静寂寞的生活。

⑤冥数：气数、运数。

⑥驱驰：奔走效力。“失尔”句：用邯郸学步典，即燕国寿陵人学邯郸步未成，又失去了自己原来的步法，见《庄子·秋水》。

【点评】

这首诗论商山四皓事，先述四皓行迹，后论其出处得失。起首四句描述四皓隐居商山的情形。他们白发如雪，高洁出尘，抱定了在山间隐居终生的决心。“一朝前星匿”以下四句表现四皓为太子出山的情景，他们年高望重，出山成为太子的羽翼，数语谈笑就稳住了太子的地位。诗歌后半部分对四皓的行止又细加析论。张良请四皓不过是一时之计，但却大大影响了四皓平静的生活和清白的节操，似乎士人的仕与隐，冥冥之中自有定数一般。功名之念大约很不容易彻底断绝，所以连四皓也能请出来相助。显然，作者对四皓的出山是否定的，“宁庸巧驰驱”，为他人效力，结果可能就是邯郸学步，忘了自己本来的原则。作者范浚本人是拒绝出仕的，从这首诗中可以清晰看出他对仕与隐的思考。

楚怀王

洪　适

武关谋诈却称臣，冤魄游魂尚在秦。①
墓木萧条冢犹湿，流闻其子作昏姻。②

【作者简介】

洪适（1117—1184），初名造，字温伯，一字景温，后改今名，字景伯，号盘州，饶州鄱阳（今江西鄱阳）人。宋高宗绍兴十二年（1142）与其弟洪遵同中博学宏词科，历中书舍人、翰林学士、参政知事等。乾道元年（1165）擢尚书左仆射、同中书门下平章事兼枢密使，后知绍兴府，为浙东安抚使。卒谥“文惠”。洪适好学深思，与弟洪遵、洪迈均有文名，合称“三洪”，又与欧阳修、赵明诚并称宋代三大金石学家，著述甚丰，有《盘州文集》等。

【注释】

①“武关”句：楚怀王应秦昭王之约赴武关会面，却被秦国伏击扣留，并要挟割地，他断然拒绝。事见《史记·楚世家》。却，拒绝。“冤魄”句：怀王后来卒于秦国，归葬于楚国。

②“流闻”句：楚怀王卒于楚顷襄王三年，后秦将白起攻韩国大胜，又威胁要攻打楚国，楚顷襄王欲与秦修好，所以于七年迎娶了秦王之女。

【点评】

这首诗吟咏楚怀王的悲剧。楚怀王与商於古道渊源甚深，他被张仪欺骗是因商於之地，最后被秦国扣留也是在商於古道的武关。从楚怀王二十八年到三十年，秦国三次伐楚，楚国一败再败，又被取八座城。秦王在这样的情况下提出与楚王在武关会面，并以结盟休战相许。虽然包括屈原在内的许多人劝怀王不要赴约，但他怕激怒秦国，还是前往武关赴会，结果被秦扣留并要挟。他拒绝以国土换自由，后来死在秦国。楚怀王被秦扣留后，楚人拥立其子为王，即楚顷襄王，但他后来迫于秦国逼迫，只能以与秦联姻的方式自保。在一般人的印象中，楚怀王是一个昏聩之君。他曾受张仪"献商於六百里地"的欺骗而与齐国断交，后来为换来报复张仪的机会，宁可放弃得到土地的机会，却被张仪再次欺骗。而当秦国邀他武关会面时，他又不听诸臣劝阻。诗作与一般议论不同，一是肯定楚怀王在被秦国逼迫时，拒绝以割地换平安，保留了尊严，也算为楚国做出了牺牲；二是对他的悲剧命运表示同情，认为他被秦国欺骗，客死异乡，死后也无人能为他复仇。

留蓝溪驿

罗时用

寂寥孤馆白日静，酣睡有魔那得降。
扣户故人风动竹，龁萁羸马浪翻江。①
飞残蝙蝠灯留壁，啼尽栖鸦日到窗。
堪笑浪游成住此，一秋赢得鬓丝霜。

【作者简介】

罗时用（生卒年不详），宋高宗绍兴二十二年（1152）为安溪县尉。

【注释】

①扣户：敲门。"龁萁"句：瘦弱病马的咀嚼声听起来像波浪翻江倒海一样。龁萁（héqí），嚼食豆茎；羸（léi），衰病，瘦弱。

【点评】

这首诗当作于蓝溪驿馆之中，描写旅人独处驿馆的清冷孤寂之情。首句即点出“寂寥孤馆”的环境，为全诗定下基调。“酣睡有魔那得降”，写昏睡沉沉的状态，见出精神萎靡不振。“扣户故人风动竹，龁萁羸马浪翻江”两句写声音，前者是风吹竹林的声音，在诗人听来，好似故人来访叩门。但这寂寞中的期待终究落空，所以更觉寂静，连瘦马咀嚼之声也大如波涛。“飞残蝙蝠灯留壁，啼尽栖鸦日到窗”两句写影，前者是夜晚之影，后者是白日之影，可见孤馆之人从早到晚形单影只，百无聊赖。在这空寂无聊中，诗人不禁感伤回顾，“堪笑浪游成住此”，似乎包含了无奈和茫然，所以有“一秋羸得鬓丝霜”的凄凉之感。诗作通过声音来写寂静，通过影子写孤单，构思巧妙，将驿馆羁旅愁思写得十分形象。

幽居记今昔事十首，以诗书从宿好林园无俗情为韵

陆　游

其七

昔戍西陲时，凭高望中原。[①] 愿欲乘天风，往吊绮与园。
有志莫能遂，怅望商山魂。[②] 遥想山中人，岁时奠芳荪。[③]
夕阳箫鼓散，高柳拥庙门。[④] 老来更事多，考古见本根。[⑤]
乃知当时事，祸福未易言。 千载信悠悠，浩叹掩绿尊。[⑥]

【作者简介】

陆游（1125—1210），字务观，号放翁，越州山阴（今浙江绍兴）人。宋绍兴三十二年（1162）赐进士出身，曾为镇江府通判等，因支持北伐而罢职返乡。曾投身四川宣抚使王炎军中，在汉中一带参与抗金战争，又在蜀中数年，后至福建、江西等地任职，先后因辞官、罢官等重回山阴闲居多年。嘉泰二年（1202）被召回京城修国史，书成，升宝章阁待制，后卒于山阴。陆游诗词文都有很高的成就，诗歌现存九千余首，有《剑南诗稿》《渭南文集》等。

【注释】

①“昔戍”句：指作者于宋乾道七年（1171）为宣抚川、陕的王炎辟为干办公事，在南郑、大散关一带有过一段抗击金人的军旅生涯。

②遂：实现，满足。

③“岁时”句：每年定期祭奠。芳荪（sūn）：一种香草，这里指祭奠用的酒，以香草制成。

④箫鼓：箫和鼓，泛指奏乐。

⑤更事：经历世事。

⑥绿尊：即绿樽，酒杯。

【点评】

这首诗作于宋宁宗嘉定元年（1208），是陆游致仕后退居山阴时的作品。陆游曾在南郑等地亲身参与抗金斗争，有过一段“铁马秋风大散关”的军旅生涯，虽然只有短短不到一年时间，却给他留下了难以磨灭的深刻印象，他在晚年仍然常常写诗回忆。商山去南郑不远，诗人当年却并未真正踏足，但是因为他心中一直有隐逸情结，在过往的诗歌里也提到过对商山四皓的赞许和仰慕，可以想见，他在汉中时对近在眼前的商山也心向往之。诗歌前半部分是追忆当年在汉中时遥望商山而未至的情景。起首“昔戍西陲时”，把场景拉回到当年，诗人曾凭高远望，希望能去商山亲自凭吊四皓，但显然终未成行，所以只能“怅望商山魂”。“遥想山中人，岁时奠芳荪”，表达自己对四皓的景仰，虽不能亲自前往，仍不忘祭奠；“夕阳箫鼓散，高柳拥庙门”是遥想四皓庙的情景，再次表现出不能成行的遗憾。诗歌的后半部分则回到现实，暮年的诗人经历了岁月的磨砺，对当年之事有了更多不一样的看法。“乃知当时事，祸福未易言”，很多事情是好是坏并不那么容易评说，千言万语，最后只能“浩叹掩绿尊”。诗中对当年仰慕四皓的追忆，是遗憾自己未能亲赴商山祭奠四皓，也是借此再次感叹北伐之志终生未遂，而功成身退、隐居青山的梦想更是遥不可及，词句间充满感伤和无奈。

望商山

许及之

符离东望即商山，画出江南见一斑。[①]
社稷未能还汉旧，岂容四老老其间。

【作者简介】

许及之（？—1209），字深甫，温州永嘉（今浙江温州）人。宋孝宗隆兴元年（1163）进士，光宗时除军器监，迁太常少卿，历官淮南转运判官兼淮东提刑、大理寺少卿。宁宗时除吏部尚书兼给事中。后以谄事韩侂胄官至同知枢密院事，亦随韩侂胄事败而降官，居住泉州，嘉定二年（1209）卒。许及之诗文师法王安石，所传作品多为题名山胜水及咏亭台园林、花木虫鱼之作。有《涉斋集》。

【注释】

①符离：在今安徽宿州。商山：这里指位于今安徽休宁的商山镇，去符离不远，东望可见。

【点评】

这是一首怀古伤今的咏史诗。宋光宗绍熙四年（1193）六月，许及之曾以大理寺少卿身份，作为使臣前去祝贺金主的生辰，这首诗可能是在奉使途中，路过符离所作。宋孝宗隆兴元年，宋金在符离交战，宋军大败，此后丧失再战之力，被迫议和，与金人定下屈辱的《隆兴和议》。因此，符离之战是宋人心中之痛。诗人经过此地时，难免会忆及二十年前的符离之战。诗人并未直接由此吟咏旧事，而以望见商山起首，这里一派江南之景，并非那个以四皓隐居而著称的北方商山。北方商於之地，数十年前就已是金国领土，“社稷未能还汉旧”，失地未收，南宋人就不可能踏足商山。当天下纷乱之际，士人往往还可以如商山四皓那样遁世隐居，避祸全身。然而那片汉人的隐居圣地如今竟也无缘踏足，令人不胜唏嘘。诗人所叹，不仅北方失地难复，也是隐居之途不通，说明在当时的局势下，想摆脱烦忧、隐居避世，也是遥不可及，国事时事，全都身不由己。诗歌虽只有短短四句，但言约意丰，种种思绪交错其中，辞已尽而愁深长，耐人寻味。

蒙仲以二画寿予生朝各题一诗·《四皓图》

刘克庄

人彘昔擅宠，夺嫡谋甚工。① 留侯莫容喙，何况短后雄。②
挽回龙准帝，全赖皓首翁。③ 昔去避嬴世，今来安刘宗。④
吕媪及新君，略未闻褒崇。 岂非羽翼成，翩然返橘中。⑤
奈何一代史，不载四叟终。 商山有遗庙，郭谓太古风。

【作者简介】

刘克庄（1187—1269），初名灼，字潜夫，号后村，莆田（今福建莆田）人。宋宁宗嘉定二年（1209）以荫补将仕郎，后多处游幕，曾知建阳县，因《落梅》诗得罪，闲废十年。历官至兵部侍郎、权工部尚书兼侍读等，又出知建宁府，卒后谥“文定”。刘克庄是南宋后期一代文宗，兼擅诗、词、文，诗与陆游、杨万里并称“渡江三大家”，词受辛弃疾影响。有《后村先生大全集》。

【注释】

①“人彘（zhì）”两句：汉高祖宠爱戚夫人，欲立其子刘如意为太子。人彘，汉高祖死后，吕后断戚夫人手足，使她眼盲耳聋口哑，住猪舍，称“人彘”，事见《史记·吕太后本纪》。

②“留侯”两句：连留侯张良也不允许插嘴议论，何况其他武人？《史记·留侯世家》载，当时张良说：“此难以口舌争也。”喙（huì），嘴；短后，后幅较短的上衣，便于活动，为武人服装，这里代指武将。

③龙准帝：汉高祖，《史记·高祖本纪》载，汉高祖“隆准而龙颜”。准，鼻子。

④嬴：嬴政，即秦始皇。

⑤羽翼成：指太子刘盈地位已稳。橘中：取橘中戏典故。相传有巴邛人家橘园，

得两只大橘，剖开后各有一老人，对坐弈棋，其中一人说“橘中之乐，不减商山”，后也称象棋为橘中戏。事见唐代牛僧孺《玄怪录·巴邛人》。

【点评】

这首诗作于宋宝祐六年（1258）。时当作者生日，友人方蒙仲送他两幅画作为贺礼，作者于是各题一诗，这是其中一首，吟咏四皓之事。诗歌的前四句，叙述当时汉高祖宠爱戚夫人，想要立其子刘如意为太子，百官都无法劝阻，为下文做了铺垫。“挽回龙准帝，全赖皓首翁”，商山四皓一出山就使汉高祖改变了心意，显示出其威望和重要性。在回溯史实的基础上，诗人提出了对四皓后续故事的疑问：四皓秦世之末避入商山，如今特意出山辅佐刘氏嫡子，但没有看到吕后和后来的汉惠帝对他们有什么褒奖之举，难道他们真的如后世传说的那样，功成身退，隐于橘中了吗？史书中没有提到四皓的结局，实在是一件憾事。诗歌的结尾，只是怅然感叹：商山中有四皓之庙，颇有太古遗风。诗作咏四皓，重点是追问其结局，也由此赞美四皓不计荣利之德。

商山四皓赞

释道璨

橘大天地窄，眼高秦汉小。①
一片隐沦心，商山青未了。②

【作者简介】

释道璨（1213—1271），字无文，俗姓陶，南昌（今江西南昌）人，曾于白鹿洞书院学习理学，后科场失利，出家，侍径山无准禅师，又漫游四方，曾住饶州荐福寺、庐山开先寺等，颇有诗名。有《柳塘外集》。

【注释】

①“橘大”句：取橘中戏典故，事见唐牛僧孺《玄怪录·巴邛人》。

②隐沦：隐居。

【点评】

这首诗论商山四皓之事。前两句从字面看，都不合情理，却颇有理趣。“橘大天地窄”，谓橘中大而天下窄，这是以四老的角度看去，因得橘中之乐，看淡世间天地，固守自己的喜好，自然橘中比外间更大。“眼高秦汉小”，谓四皓当秦末之时避走深山隐居，不再仕秦，也不愿仕汉，所以俗世一切都不在他们眼中，这便是“眼高”。后两句“一片隐沦心，商山青未了”，即一心向隐，则眼中只有青山，别无他物，也有天地常青之意，点出了诗歌题旨所在，也解释了前两句的关键。

四皓像

舒岳祥

商山深处养灵根，白发昂藏满面春。①
一出汉庭安汉嗣，颇疑倾得戚夫人。②

【作者简介】

舒岳祥（1219—1298），字舜侯，一字景薛，又字东野。台州宁海（今浙江宁海）人。宋宝祐四年（1256）进士，官奉化尉，后为承直郎。宋亡后不仕，在乡里执教，潜心于诗文创作。诗存七百余首，自然流畅，清新恬淡，颇具陶渊明诗神韵，因身遭亡国之痛，其诗不乏慷慨悲歌之作。有《阆风集》。

【注释】

①灵根：神木的根，或才德修养，这里喻四皓。昂藏：气宇轩昂。

②“一出”句：指四皓出山支持太子刘盈，使汉高祖放弃了废太子的打算。戚夫人：汉高祖宠姬，生赵王刘如意，汉高祖曾有意废太子立赵王，后因四皓出山而放弃，高祖死后戚夫人被吕后摧残惨死。

【点评】

这是一首咏史诗，从几个方面赞扬了四皓的大德。首句一语双关，既指商山深处有慧草灵根，也指四皓隐居于此涵养智慧操守。次句描写四皓满头银发而气宇轩昂，“满面春”既是鹤发童颜之像，也表现出四皓在商山怡然自得。第三句称道四皓在关键时刻挺身而出，保住了刘盈的太子地位，显示其巨大的影响力。诗作到此，满纸都是赞誉之语，也是前人对此事的一般看法。但最后“颇疑”一句，语气却急转直下，显然是对前人看法的质疑。不过，“倾得戚夫人”一句，颇有歧义：似指四皓出山之举，仅仅是扳倒了一个戚夫人，言下之意，对天下国家的贡献值得商榷；又或者是怀疑此事本身，是否真的是他们颠覆了戚夫人与赵王如意一方呢？不管做何种解释，对四皓的态度显然是不同于前人的。

四　皓

周　密

避时不肯作秦民，采药餐芝几度春。①
一出可怜随禄产，商山松竹定疑人。②

【作者简介】

周密（1232—1298），字公谨，号草窗，又号蘋洲、萧斋，祖籍济南，先祖随宋庭南渡后居吴兴（今浙江湖州），又号弁阳老人、四水潜夫等。宋端宗景炎初曾为义乌（今浙江义乌）令，解职归乡，入元后不仕。周密善画，著述颇丰，尤精于词，也有诗名。有《武林旧事》《齐东野语》《云烟过眼录》等著作。

【注释】

①时：指当时的君主，朝廷。

②禄产：吕禄、吕产，是吕后的两个侄子，吕氏势力的代表，在吕后死后试图控制政权，结果事败身死。

【点评】

宋人对四皓提出质疑者颇多，这首诗即是其中一例。四皓出山是应张良所请来支持太子刘盈，但太子是吕后之子，所以四皓实际上等于站在了吕后一边。汉高祖死后吕后掌政，吕氏子孙也以异姓封王。从政权正统的立场看，这显然并非正途，作者实际上是否定了四皓所为。诗歌前两句表现四皓隐居时的情形，说他们当初毅然避走商山，“采药餐芝”，语意似有褒扬；后两句才忽然一转，指出他们出山等同于支持吕氏，所以“商山松竹定疑人”。松竹所持是坚贞的品格，而四皓前后不一，实在令人怀疑。

商山庙

汪元量

蹇柏枯松枕庙门，独瞻遗像酹清尊。①
紫芝奕奕浮香气，碧草纤纤没烧痕。②
羽翼已成犹有说，腹心相视更何言。③
高歌一曲归来隐，静看山禽哺子孙。

【作者简介】

汪元量（1241—1317?），字大有，号水云，晚号楚狂，钱塘（今浙江杭州）人。景定时入宫为给事，后因善琴得到谢太后等赏识，元兵破临安后，随三宫等北行入燕，元世祖至元二十六年（1289）后回到钱塘故里，与林昉等结诗社，往来江西、湖北、四川等地，晚年返杭州，居湖山隐处。汪元量长于诗词，其诗被称为宋亡之“诗史”。有《水云集》《湖山类稿》。

【注释】

①蹇柏：扭曲的、形状奇特的柏树。酹（lèi）：以酒浇地，表示祭奠。

②奕奕：繁盛而美好的样子。烧痕：野火的痕迹。

③“羽翼”句：用商山四皓出山的典故。四皓应张良之请，扶助皇储地位岌岌可危的太子刘盈，刘邦看到后对戚夫人说，虽然自己想废太子立赵王如意，但太子有四皓辅佐，“羽翼已成，难动矣”，打消了废太子的念头。事见《史记·留侯世家》。

【点评】

这首诗是作者拜谒商山四皓庙时所写。汪元量作为宫廷琴师，在宋亡后从三宫北上，十三年后南归，游历各地，这首诗大约是在游历途中所写。商山庙，即四皓庙。诗歌前四句写商山庙景物，后四句抒发感怀。起首一联写四皓庙松柏掩映的肃穆环境和自己前往祭奠的情景。颔联写紫芝茂密，散发着清香，碧草丛生，掩盖了野火烧过的痕迹，似乎暗示四皓的德范虽影响千年，但历史长河中的其他痕迹却已遍寻不见。“羽翼已成犹有说，腹心相视更何言”，回顾四皓故事，说当年即使强大如刘邦，面对这些隐士也无可奈何。“高歌一曲归来隐，静看山禽哺子孙”，四皓功成身退，回到商山与禽鸟为伴，这是作者想象中四皓的归宿。四皓只凭精神道德力量，便可左右政治大局。他们也掌握着自己的命运，可以功成身退，无所羁绊。作者曾经历亡国被俘的重大变故，一切都身不由己，只能任由命运驱遣，坐看江山之变，面对四皓庙时，有敬意，更有羡慕之意，所以感慨良多。

归　隐

杨弘道

客从长安来，色沮气不伸。[①] 问之何因尔，憔悴居贱贫。
忠诚照肝膈，文彩动词臣。[②] 二者苟有一，亦足售其身。[③]
后前莫推挽，坎坷秋复春。[④] 尝欲仗一剑，万里清风尘。[⑤]
从军亦云乐，神武知何人。 又欲挟一策，强国活斯民。
夜叉守天关，帝所高难陈。[⑥] 安能举进士，得失咸悲辛。
十年一主簿，鞭箠还吟呻。[⑦] 安能罔市利，狙诈忘吾真。[⑧]
所得虽倍蓰，愧汗沾衣巾。[⑨] 闻说商洛间，山深风俗淳。
自计亦已熟，抱书归隐沦。[⑩] 穷年读经史，志一疑于神。
天道有反正，岂曰长邅迍。[⑪] 诸君勋业了，我道亦精纯。
礼仪稽在昔，政化持平均。[⑫] 出山应未晚，日月明昌辰。

【作者简介】

杨弘道（1187—1270），字叔能，号素庵，淄川（今山东淄博）人，清代避乾隆皇帝讳作“杨宏道”。金末曾两度入汴京应举不第，与元好问交好，后监麟游酒税。元军攻汴京时避走南宋，后为襄阳府学教谕，次年任唐州司户。元军占领唐州后北还故里，再未出仕。杨弘道颇有诗名，五言古诗有汉魏遗风，律诗风格高华。有《小亨集》。

【注释】

①沮：沮丧，失望。

②肝膈（gé）：肺腑，比喻内心。词臣：文学侍从之臣，如翰林之类。

③售其身：指得到任用。

④推挽：前牵后推，也用以指荐举，推荐。

⑤风尘：战火，戎事。

⑥夜叉：传说中一种丑怪的鬼，有很多版本，佛经中是一种形象丑恶的鬼，迅捷有勇力，后受佛教感化而成护法之神。帝所：天宫或天子居住的地方。

⑦“十年”句：杨弘道于金宣宗兴定元年（1217）入仕，为刑部差委官，到此时已10年，此前仅为监麟游酒税，相当于主簿。鞭箠（chuí）：鞭子，鞭打，借指下层官员征催税役时对百姓使用的手段。

⑧罔市利：牟取利益。罔，搜刮，牟取；市利，贸易之利。狙诈：奸猾狡诈。

⑨倍蓰（xǐ）：数倍。蓰，五倍。

⑩隐沦：隐居。

⑪邅迍（zhānzhūn）：困难，不顺利。

⑫稽：相合，相同。

【点评】

本篇作于金哀宗正大四年（1227）。作者在这一年为避兵祸，先从平凉到长安东的蓝田，又经商州赴邓州，这首诗大约是到商州前后所作，表达了内心的苦闷和关于归隐的思考。诗作用三段矛盾展示了一个苦苦思考的过程。开篇借问答形式自陈“色沮气不伸”，引出第一段矛盾，即位与才的矛盾。杨弘道以“忠诚照肝膈”自命，诗作曾经得到当时文坛名士赵秉文等多人的赞誉，也算“文彩动词臣”。但他两次应举皆不第，入仕十年仍官职低微，因战争又不得不颠沛流离，到处奔波，因此始终“憔悴居贱贫”，显然与他的期待相去甚远。第二段从“尝欲仗一剑”开始，写理想与现实的矛盾。他有仗剑从军的豪情，有挟策强国的抱负，然而在现实中，他根本无用武之地，不得不做着“鞭箠还吟呻”的小吏之事。第三段从“安能罔市利”始，写隐与仕的矛盾。他一边说商山正好隐沦，一边又期望“天道有反正”，希望有朝一日可以隐而复出。诗歌通过对思想矛盾的一一细数，形成起起伏伏的情感节奏，很有感染力。

四皓庙

杨弘道

绵蕝仪成上下和，玉觞为寿醉颜酡。①
宠姬爱子惑方甚，贤傅谋臣无奈何。②
商岭白云封旧隐，汉宫鸿鹄动悲歌。③
高坟两两临遗庙，灌木阴森罥蔓萝。④

【注释】

①“绵蕝（jué）”句：也作“绵蕞”，指制订整顿朝仪典章等事。叔孙通为汉高祖创立朝仪时，曾与百余人在野外引绳为绵，束茅于地上以表位次为蕝，事见《史记·刘敬叔孙通列传》。“玉觞”句：指汉高祖在寿宴上见到商山四皓一事，事见《史记·留侯世家》。酡（tuó），通“酡”，指醉后脸泛红晕。

②宠姬：指戚夫人，汉高祖当时欲废太子刘盈，改立戚夫人之子刘如意。

③鸿鹄：鸿鹄歌，是汉高祖自觉太子刘盈羽翼已成而不可废，对戚夫人唱的歌。

④罥（juàn）：缠绕。

【点评】

本篇是金哀宗正大四年（1227）作者避兵祸途经商州时，在四皓庙凭吊古迹时的咏史之作。诗歌咏商山四皓之事，但笔墨更多地用在汉高祖身上。首联选取了汉高祖志得意满的一个画面：他一手建立的新朝，典章齐备，上下和谐，一切似乎尽在掌握之中，于是寿宴酒醺。第二联说明这场景背后的大势：汉高祖宠爱戚夫人与赵王如意，欲改立太子，身为少傅的谋臣张良也无法劝阻。这些，恰恰正是汉高祖遇到四皓前的状态。而在他看到四皓以后，一切都改变了，只剩下“汉宫鸿鹄动悲歌”，与之前的志得意满瞬间形成了鲜明的对比。虽是咏史，但诗作以形象取代说理，有很强的画面感，特别是略去了中间四皓见高祖的情景，反而突出了此事的戏剧性效果，将四皓的作用凸显出来。四皓作为平民百姓，居然仅凭自己的德望，做到了张良做不到的事，令汉高祖这样的枭雄也无可奈何。虽然他们早已消失化作高坟，但作为一种传奇，也许是一生怀才不遇的杨弘道最为艳羡的人了。

投邓州节副刘光甫祖谦①

杨弘道

仲秋八月离平凉，陇月光寒泾水黄。②
弱妻抱子乘瘦马，服玩附行犹一囊。
鄠郊蓝水不敢住，东南深杳崔嵬藏。③
洛南十月戎马嘶，市人散走如惊獐。④
携妻抱子窜山谷，仓卒不暇持资粮。
山高树密积叶滑，侧足数步颠且僵。⑤
倒身枕臂天欲晓，头上肃肃飞严霜。⑥
劳筋苦骨数百里，今日得升君子堂。⑦
一囊服玩不复顾，数册猥藁情难忘。⑧
君能贷我一茅屋，忍饥默待时明昌。

【注释】

①刘光甫：名祖谦，字光甫，时在邓州，为武胜军节度副使。

②平凉：在今甘肃平凉。泾水：泾河，渭河最大的支流，发源于宁夏六盘水东麓，流经平凉，至陕西高陵注入渭河。

③鄠（hù）郊蓝水：指鄠县（今陕西户县）、蓝田（今陕西蓝田）一带，作者自平凉而来，过鄠县，曾投奔蓝田县令张德直处。崔嵬：山岭高峻的样子。

④洛南：今陕西洛南，在蓝田东南。獐：獐子，古人认为它胆小易惊。

⑤颠且僵：跌倒，倒下。

⑥肃肃：阴冷，萧瑟，亦可作象声词，指风声。

⑦君子堂：指刘祖谦处。

⑧猥藁（wěigǎo）：自己的手稿。猥，杂乱，繁琐，自谦之词；藁，草稿。

【点评】

本篇作于金哀宗正大四年（1227）。诗歌记述了诗人从平凉至蓝田，再经商州到邓州一路逃难的历程。杨弘道原在平凉军中任职，为避元军而出走，一路向西，先至蓝田，后元军打到关中，杨弘道又继续向东逃难。诗歌开篇先以“仲秋八月”和“陇月光寒泾水黄”营造出秋日寒风萧瑟的清冷气氛，又以弱妻、幼子、瘦马等，为路途艰难做铺垫。诗作的重点是写蓝田以东即商於古道一段行程。他大概原以为这一段深杳崔嵬，便于藏身，没想到“洛南十月戎马嘶”，只好“携妻抱子窜山谷”。仓促出逃，缺衣少粮，道路坎坷，露宿风霜，到邓州时，一家人已身无长物，而诗人只对自己的手稿表示可惜。最后，经过了重重磨难的诗人并没有止于悲叹，而是寄希望于时局能转好，所以“忍饥默待时明昌”。作为普通的个人，在混乱的时代，除了承受与忍耐，也实在别无选择。诗歌语言质朴，种种困苦只是一一道来，已使人感到悲辛异常，真切地反映出金末战乱给民众带来的深重苦难。

章谷村

杨弘道

洛南千户邑，章谷一家村。　屏迹山川僻，无时雾雨昏。[①]
短檐垂苇箔，老树并柴门。[②] 日汲清泉饮，汲多常恐浑。[③]

【注释】

①屏迹：隐迹；隐居。无时：不定时，随时。

②苇箔：芦苇编成的帘子，盖屋顶或做门帘、窗帘之用。

③汲：打水。

【点评】

本篇当作于金哀宗正大四年（1227），杨弘道自蓝田至洛南途中。章谷村是洛南一个村庄，诗中称“一家村”，或为一姓之村，应该是很小的。诗歌中的章谷村风物，在纷乱的战乱岁月里，保持着一种与大自然同色的古朴简素。“屏迹”两句，写小村地处偏僻，少见人迹，又时时雾雨，天色昏昏；“短檐”两句，写房屋简陋，草窗、柴门、老树，古朴素淡。结尾“日汲清泉饮”的意象，如这里人们的生活一样，与大自然一体，简单清静，也体现出作者的淡泊之趣。

达内乡见县令裕之①

杨弘道

马蹄踏破洛南川，回首山城一片烟。②
入夜前途如抹漆，有时峻岭若登天。③
困眠肃肃飞霜底，饥傍泠泠流水边。④
行尽塞垣三百里，眼明初见玉堂仙。⑤

【注释】

①裕之：元好问，字裕之，时为内乡县令。

②“马蹄”句：形容元军当时占领洛南的情况。

③抹漆：涂抹黑漆。

④泠泠：清冷的样子。

⑤塞垣：指北方边境地带。玉堂仙：指元好问。玉堂，泛指宫殿，宋代亦专指翰林，元好问在内乡县令之前尚未入翰林院，但曾为国史编修，也是中央官署，大约因此称之。

【点评】

本篇作于金哀宗正大四年（1227）。杨弘道自蓝田经商州东行，到达内乡。内乡县令元好问此前在汴京与杨弘道两度相逢，曾有唱和酬答，此时也十分关照逃难而来的老友。诗歌首先回顾了自洛南逃出后的情景，“马蹄踏破洛南川，回首山城一片烟”，元军突然到来，诗人一家仓皇逃出，回望战火笼罩之下的洛南，心情复杂，难以名状。中间四句叙述途中情景。“入夜前途如抹漆，有时峻岭若登天”，黑暗中赶路，漆黑一片，崇山峻岭，看上去高不可攀。这既是逃难过程的实录，也完全可以看作是诗人对未来何去何从的忧虑和对世道艰难的感叹。“困眠肃肃飞霜底，饥傍泠泠流水边”，写旅途艰难，露宿寒霜、饥肠辘辘。“行尽塞垣三百里，眼明初见玉堂仙”，以历尽艰险与故友重逢对照，又以“塞垣”与“玉堂”对举，更见出在内乡见到元好问的喜悦心情，表达了对老友的情意。

最高楼·商於鲁县北山[①]

元好问

商於路，山远客来稀。鸡犬静柴扉。东家欢饮姜芽脆，西家留宿芋魁肥。[②]觉重来，猨与鹤，总忘机。[③]

问华屋、高赀谁不恋，问美食、大官谁不羡，风浪里，竟安归。[④]云山既不求吾是，林泉又不责吾非。任年年，藜藿饭，芰荷衣。[⑤]

【作者简介】

元好问（1190—1257），字裕之，号遗山，忻州秀容（今山西忻州）人，后避兵祸移居河南。金宣宗兴定五年（1221）进士，曾为镇平、内乡、南阳县令，后入汴京为中顺大夫、尚书省左司员外郎，兼修起居注，入翰林，知制诰。汴京城破后为元兵所俘，至山东聊城羁押，晚年隐居乡里。元好问著述宏富，诗、词、文、曲及文论皆有很高的成就，堪称一代文宗。有《遗山集》，编《中州集》。

【注释】

①鲁县：金代鲁山县，今属河南平顶山。

②姜芽：生姜的嫩芽。芋魁：芋头，也泛指薯类植物的块茎。

③“猨与鹤”两句：猿与鹤等动物，忘记防范人类。猨，同猿；忘机，忘却机巧之心，这里指对人自然亲近，不加防范。

④高赀（zī）：资财雄厚，钱财多。竟安归：如何保全自己，平安归老。

⑤藜藿饭：粗劣的饭菜。藜，灰菜；藿，豆叶。芰（jì）荷：菱叶与荷叶，是隐者的衣服。

【点评】

这首词据考很可能作于金正大元年（1224），当时元好问来往于昆阳和登封之间，路过此地。词作采用对比的手法，抒写了对田园生活的向往。上片描写商於之地的淳朴民风。这里地处偏僻，少有外人，鸡犬之声相闻，是一片安静的所在。乡人热情款待来客，连野生动物也与别处不同，可以亲近。下片则转而写官场，有华屋厚禄，生活优渥，但更有风浪，充满不可知的危险，作者特别用了三个反问句，也与上阕那种平和的气氛和舒缓的节奏形成鲜明的对比。最后，作者又将云山林泉与官场利弊放在一处比较，也表明了自己的理想。

元好问填这首词时，除了面对一般官场人与人的争斗，还有时局危殆，战乱纷扰的大背景。秦末商山四皓在天下大乱时遁入商州，时隔千年，元好问笔下的商於，在那样的乱世中仍是一片净土，更像真实世界的桃花源。词作语言通俗，话如家常，在词句层面营造出一种亲切自然的农家风格，也十分切合题旨。

江城子·寄德新丈①

元好问

春风花柳日相催。浙江梅。②腊前开。开遍山桃，恰到野酴醾。③商岭东来三百里，红作阵，绿成堆。

半山亭下钓鱼台。拂层崖。坐苍苔。林影湖光，佳处两三杯。寄语玉溪王老子，因个甚，不同来。

【注释】

①德新：王革，字德新，在嵩山玉溪结庐而居，是元好问的好友。词中“玉溪王老子”即指其人。

②淅江：又名淅水、淅河，发源于河南西南部，即今内乡县，南流至淅川，汇入丹江。

③酴醾（túmí）：也作荼蘼，花名，暮春开放，有清香，因颜色近似酴醾酒而得名。

【点评】

这首词作于金哀宗正大四年（1227），元好问当时为内乡县令，这是寄赠好友王革之作。词作展现了元好问在内乡时的闲暇生活和享受山野田园风光的愉悦心情。上片主要描写自然风光，先依时间顺序写花开接连不断，腊月的梅花，随后的山桃花，暮春的酴醾；再用空间视角写花开漫山遍野，呈现出一个满眼锦绣、五彩缤纷的世界，充满了生机和活力。下片写自己游春的情景，而所及景物又依次换作半山、亭台、层崖、苍苔、林影湖光等，是一个幽静恬淡的世界，也让人心怡，垂钓小酌，别是一番闲居意趣。结尾处对好友缺席美景表示遗憾，也是以美景相邀。词作语言清新流利，采俗词而成雅韵，意境优美，描画内乡商岭之美的不同侧面，有很强的画面感。

婆罗门引·菊潭秋

元好问

商於六里，野塘千古□烟霞。[①] 灵苗郁郁无涯，浩荡青冥风露，金素发清华。[②] 散霜业弥岸，月影明沙。

仙经浪夸。[③] 种瑶草、养铅砂。[④] 争信琼杯芳荐，药镜黄芽。[⑤] 秋香晚节，也分到、山中宰相家。[⑥] 休更羡、刘阮桃花。[⑦]

【注释】

①商於六里：指商於之地，用战国张仪故事，他以秦国献商於六百里土地为诱饵，说服楚王与齐国绝交，但是事后却说成“商於六里”。事见《史记·张仪

列传》。

②灵苗：仙草，这里指菊花。“金素”句：指秋高气爽。金素，秋天；清华，清新之气，或指景物清秀美丽。

③仙经：泛指道教经典。

④铅砂：道家用铅汞炼制的丹砂。

⑤琼杯：琼玉酒杯，形容精美。药镜：《入药镜》，是唐代崔希范讲内丹修炼的书，这里泛指道教炼丹之书。黄芽：道教称从铅里炼出的精华。

⑥山中宰相：南朝梁陶弘景。陶弘景隐居茅山，梁武帝常向他问询国政。事见《南史·陶弘景传》。

⑦刘阮桃花：东汉刘晨和阮肇采药至天台山而迷路，后遇仙女，半年后方归，子孙已过七代。事见刘义庆《幽明录》。

【点评】

这首词应是作于元好问在内乡闲居期间，描写内乡菊潭的秋日风光。菊潭秋月，是内乡八大美景之一，因潭在菊花山坳中，秋日山上菊花盛开时会倒映潭中，所以称菊潭。前代不少诗人都吟咏过菊潭风光。正如词作起首所描写的那样，菊潭地处商於旧地，见证了千古烟霞。菊花开时“郁郁无涯”，十分壮观。“浩荡青冥风露”，写天高风清，“金素发清华”，写秋风送爽，而当菊花盛开时，金黄满眼，清香一片，也正应此景。“散霜业弥岸，月影明沙”，写菊潭夜景，霜、月都是银色，潭边岸上于是一片银白，与上句的“金素”之色有相互映衬之美。词的下阕写当地民风好尚道家，“种瑶草、养铅砂。争信琼杯芳荐，药镜黄芽”，可以想见有香芬四溢之势，也为菊潭增添了几分仙气。“秋香晚节”，借山中宰相隐居和刘阮遇仙的典故，写这里幽静如隐居之境，却有花香秋色，增添许多生机，风光不输仙境。

水调歌头·长寿新斋

元好问

苍烟百年木，春雨一溪花。移居白鹿东崦，家具满樵车。① 旧有黄牛十角，分得山田一曲，凉薄了生涯。② 一笑顾儿女，今日是山家。

簿书丛，铃夜掣，鼓晨挝。[3] 人生一枕春睡，辛苦趁蜂衙。[4] 竹里蓝田山下，草阁百花潭上，千古占烟霞。[5] 更看商於路，别有故侯瓜。[6]

【注释】

①白鹿东崦（yān）：河南内乡县东南有白鹿原。崦，山，山曲。“家具”句：孟郊《移居》诗有“借车载家具，家具少于车”，这里是说自己的情况比孟郊稍好一些。

②黄牛十角：牛有两角，即有五头黄牛。凉薄：不富足，寒素。

③簿书：政府公文、文书等。“铃夜”两句：形容从早到晚地工作。掣（chè），牵曳，牵引；挝（zhuā），敲打。

④蜂衙：比喻官吏早晚聚集于府衙，参见上司，如群蜂早晚聚集，簇拥着蜂王一般。

⑤“竹里”句：蓝田竹里馆，是辋川胜景之一，房屋周围有竹林。唐人王维在蓝田辋川有别业，并有《竹里馆》诗。“草阁”句：成都杜甫草堂，杜甫宅东南有浣花溪，地名百花潭，是成都郊游胜地。

⑥故侯瓜：秦东陵侯召平，秦亡后在长安城东种瓜，瓜美，称东陵瓜。

【点评】

这首词作于金哀宗正大五年（1228），其时元好问因母丧而罢内乡令，在内乡县城东南建成长寿新斋，移居白鹿原。词作上阕写搬家后生活的改变。新的居处周围“苍烟百年木，春雨一溪花”，树木葱茏，水色花香，环境宜人。诗人自觉“家具满樵车”，境况比孟郊强一些，调侃的语气中透着满足，也可见为官数年的清廉。家中本还有黄牛、薄田，虽然清贫，他一语“今日是山家”，笑对儿女，也是对自我身份的重新界定。下阕则写自己归园田居式的愉悦心情。“簿书丛”三句，写为县令时整日有案牍俗务之苦，想到人生苦短，却又“辛苦趁蜂衙”，颇有虚度光阴的懊恼。现在终于摆脱了这一切，重回山水怀抱，能像王维、杜甫那样，田园隐居，吟赏烟霞，过上了理想的生活。内乡本在“商於路”上，曾有四皓隐居，能于此躬耕陇亩，对作者而言也是幸事。结尾处称“更看商於路，别有故侯瓜”，是对未来美好生活的憧憬，希望能像东陵侯那样能种出好瓜，做个好农家。词作语言清新流畅，充满对闲适隐居生活的向往，颇有田园风味。

四　皓

赵孟頫

白发商岩四老翁，紫芝歌罢听松风。
半生不与人间事，亦堕留侯计术中。①

【作者简介】

赵孟頫（1254—1322），字子昂，号松雪道人，又号水精宫道人、鸥波，吴兴（今浙江湖州）人，宋太祖赵匡胤十一世孙。十四岁以父荫补官，曾为兵部郎中，两任集贤直学士，后拜翰林学士承旨，曾修《世祖实录》。延祐六年（1319）辞官归乡隐居。死后谥“文敏”。赵孟頫以书法和绘画成就知名于世，是楷书四大家之一，他博学多才，精通金石、音律，能诗善文，亦有词作。有《松雪斋文集》。

【注释】

①与：参与。计术：谋略，权术。

【点评】

这首诗咏四皓故事，写作时间不详。作者没有重弹隐士德范的老调，而是对四皓出山一事提出了自己新的见解。诗歌前两句写四皓在商山优哉游哉，过着“紫芝歌罢听松风”的隐居生活，十分惬意。后两句对他们的出山加以评论，认为他们出山是被张良设计，入了他的圈套。“半生不与人间事”，可作两解：一是四皓大半生都已远离俗世，自在逍遥，最后却被拉进政治争斗的漩涡中；二是因为远离俗世争斗太久，大约已经不防人间还有权谋之术了，所以被张良利用。诗作虽论四皓，实际上是批评张良。

四　皓

刘　因

其二

留侯在汉庭，四老在南山。　不知高祖意，但欲太子安。
一读鸿鹄歌，令人心胆寒。① 高飞横四海，牝鸡生羽翰。②
孺子诚可教，从容济时艰。③ 平生无遗策，此举良可叹。
出处今误我，惜哉不早还。　何必赤松子，商洛非人间。④

【作者简介】

刘因（1249—1293），字梦吉，原名骃，字梦骥，世称“静修先生”，雄州容城（今河北徐水）人。刘因初为经学时，潜心训诂疏释之学，后习程朱理学，与许衡并称“元北方两大儒”。至元十九年（1282）应召入京，为承德郎、右赞善大夫，在宫中授学，未逾一年即以母病辞官，再召不赴。死后谥“文靖”。刘因也是元初北方文学的代表，诗词都颇有影响。

【注释】

①鸿鹄歌：汉高祖刘邦的乐府体诗作。据说当高祖看到四皓站在太子刘盈之侧，感觉他羽翼已成，自己想要废太子而立戚夫人子的想法无法实现，于是命戚夫人击筑，自己以此歌安慰戚夫人。事见《史记·留侯世家》。

②“高飞”句：取刘邦《鸿鹄歌》：“鸿鹄高飞，一举千里，羽翮已就，横绝四海。”牝鸡：即母鸡，比喻专权的妇人，这里指吕雉。

③孺子：指太子刘盈。

④赤松子：亦称“赤诵子”，相传为上古神仙。《史记·留侯世家》载，张良曾称“愿弃人间事，欲从赤松子游耳”，即愿意放弃他得到的高官厚禄去隐居修炼。“商洛”句：意谓商洛即是远离尘世的地方。

【点评】

这首诗写作年代不详。诗歌重新讨论汉高祖废立太子事件的局势，对留侯张良及四皓出山一事，提出了几点不同于前人的见解和分析。首先是关于四皓，《史记·留侯世家》关于四皓出山只有非常简单的几句。刘因在诗中认为，四皓对汉庭的形势并不了解，也根本不知高祖废立的倾向，他们只为太子的平安而出山。然而“一读鸿鹄歌，令人心胆寒”，四皓对他们踏入汉庭的危险其实不了解，这是高祖和吕后之间的角力。四皓本意是想要扶助太子，为天下平安出力，但他们不知道自己其实已成为吕后的羽翼。“孺子诚可教，从容济时艰”，在高祖和吕后这样的背景下，即使太子能够听从四皓的教诲，也很难如他们所期望的那样，对天下有所贡献，因此只能说“此举良可叹”。关于张良，刘因认为在四皓出山的问题上，留侯的确有误导之嫌。“何必赤松子，商洛非人间”，则似指责张良虚伪，他如果真愿放弃利禄，追随赤松子，为什么不早早抽身，去商山追随四皓呢？

鹦鹉曲·四皓屏

冯子振

张良更姓圯桥住，夜待旦遇个师父。①一编书不为封留，字字咸阳膏雨。② 借箸筹灭项兴刘，到底学神仙去。③待商山四皓还山，再不恋人间险处。

【作者简介】

冯子振（1253—1348），字海粟，自号怪怪道人、瀛洲客，攸州（今湖南攸县）人，散曲名家。元大德二年（1298）进士及第，召为承事郎、集贤待制，继任承仕郎，历保宁、彰德节度使。晚年归乡著述。博洽经史，文思敏捷，为文不尽合于法度。一生著述颇丰，除散曲外，诗赋亦得后人称赞，有《海粟集》。

【注释】

①“张良”两句：张良曾刺杀秦始皇未成而被追缉，因此改姓名，逃到下邳圯上，后得见黄石老人，赠“一编书”，事见《史记·留侯世家》。圯（yí），桥。

②膏雨：滋润农作物的霖雨。

③借箸筹：张良谒见刘邦时，刘邦正在吃饭，张良说“臣请藉前箸为大王筹之”，即借用他面前的筷子来谋划大事，后以“借箸”指为人谋划，事见《史记·留侯世家》。学神仙：张良晚年曾欲辞官，随赤松子游，学辟谷等术，事见《史记·留侯世家》。

【点评】

这首曲子咏张良与四皓之事。按照《史记》的说法，张良早年得黄石老人兵书相赠，是他后来能成为一代名臣的基础。“一编书不为封留，字字咸阳膏雨”，是赞黄石老人之德。老人留兵法一编给张良，告诉他读之可为帝师，这一编书老人并未用来追求官禄，而是如霖雨一般拯救了咸阳乃至秦国的百姓，造福于民。“借箸筹灭项兴刘，到底学神仙去”两句，总结了张良的一生，他是刘邦的重要谋士，在刘邦战胜项羽、建立西汉的过程中可谓贡献卓著。然而他在功成名就之后，却自请辞官，希望于山林修道。曲辞虽题名“四皓屏”，但到此都是在叙述张良的事迹，事实上张良被吕后执意挽留劝阻，最终也并未归隐，但他“到底学神仙去”，意味着这是最明智的选择。曲辞最后以“待商山四皓还山，再不恋人间险处”两句结尾，点明了作者的态度。正如黄石老人“一编书不为封留”一样，按照作者的想法，辅助过太子的四皓，也应回归山林，与世间险恶绝缘。这首曲子多用俗语，颇有民间曲辞之妙趣，但论史却颇有新意，可谓词浅意深，雅俗共赏。

题《四皓商山图》

张　翥

兵尘澒洞绕函关，不到商於六里间。①
赤帜频传秦楚蹶，白云自与绮园闲。②
龙蛇陆起知何在，鸿鹄冥飞竟不还。③
千载高风无复见，空余芝草满空山。

【作者简介】

张翥（1287—1368），字仲举，号蜕庵，晋宁（今山西临汾）人。曾师从大儒李存学习理学，后从仇游学，以诗文知名一时。元至正初，召为国子助教，与修辽、金、宋三史，为翰林院国史编修官。后迁太常博士，历翰林直学士、侍讲学士、侍读、集贤学士等，以翰林学士承旨致仕。张翥善诗、文、词，有《蜕庵诗集》。

【注释】

①“兵尘”两句：函谷关当时战火弥漫，却没有烧到商於之地。澒（hòng）洞，绵延，弥漫；函关，即函谷关，位于今河南灵宝，地处长安、洛阳之间，因关在谷中，所以称函谷关。

②“赤帜”句：指秦末战争中众多势力角逐，秦、楚一一败下。楚，指项羽政权；蹶，挫败。

③龙蛇：刘邦起事前曾斩白蛇，自称赤帝子，因此后人以龙蛇指称项羽和刘邦。鸿鹄：刘邦见四皓后，认为太子刘盈已不可废，于是命戚夫人为楚舞，自己唱《鸿鹄歌》，事见《史记·留侯世家》。

【点评】

这是一首题画诗，吟咏商山四皓事。诗歌前半部分写秦末兵乱和四皓隐居的情景。“兵尘澒洞绕函关，不到商於六里间”，借函谷关一角写战事频仍的时代。秦末至西汉建立，函谷关是各种军事力量争夺的焦点之一，数次被战火笼罩，而商於之地去此不远，却能成为四皓隐居的净土，也很特别。“赤帜频传秦楚蹶，白云自与绮园闲”，讲群雄混战，秦朝灭了，项羽败了，乱哄哄你争我夺之时，商山四皓却仿佛受到白云庇护一样，在商山清闲逍遥。“龙蛇陆起知何在，鸿鹄冥飞竟不还”，是诗人提出的疑问：为什么楚汉相争时，四皓置之不理，而在汉太子立废时参与其中，一去不回呢？诗歌最后以“千载高风无复见，空余芝草满空山”结尾，感叹不能再见当年高士的志操，十分怅然。“芝草满空山”，或指这一片绝佳的隐居之地不见高士，或指四皓精神流芳后世，包蕴丰富，意味深长。诗歌在描写四皓隐居之况时，以秦末外间世界的争斗与四皓安逸生活的画面相并列，穿插对比，衬托四皓之静，形象鲜明，后四句则言犹未尽，空景留白，引人深思。

商山道中早行

宋　褧

五月商於道，驱羸戊夜行。[①] 万山分地色，千涧混鸡声。
野硙乘机置，山田冒险耕。[②] 浮名致萍梗，吾亦叹劳生。[③]

【作者简介】

宋褧（1292—1354），字显夫，大都（今北京）人。元泰定元年（1324）进士，曾为佥山南廉访司事，改陕西行台都事，又拜翰林待制，迁国子司业，与修宋、辽、金三史，官终于翰林直学士兼经筵讲官。宋褧博览群书，诗歌清新秀伟，亦善为词。

【注释】

①“驱羸”句：拖着羸弱的身躯五更出行。戊夜，五更时。

②硙（wèi）：石磨。

③萍梗：浮萍断梗，比喻漂泊流徙，行止无定。

【点评】

这首诗写作年代不详。诗歌写在商於道中早行的情景，感叹人生艰辛。起首两句破题，点明行路的环境和条件，“驱羸”“戊夜”，表现出此行的不易，也是全诗整体情绪的基调。“万山分地色，千涧混鸡声”，写清晨赶路的情景，以有色写无光，以有声写幽静，写出行路的孤独和艰难，是作者自己的体验。“野硙乘机置，山田冒险耕”，则是写旅人眼中他人的艰难。商州地势特殊，石磨和畲田代表了当地特殊的耕作方式，但这要比平原付出更多汗水，也有一定的危险。“浮名致萍梗，吾亦叹劳生”，诗人黎明赶路，是为了“浮名”；山民冒险耕种，是为了生计，人生所为不同，但全都如此不易。诗歌将切身体验与眼中所见他人的艰辛相叠加，让人感同身受，颇有哲理意味。

题《商山图》

黄　玠

美宧少宁居，良田多赋率。曼肤白如瓠，仍防污铁锧。①
所以商山翁，深逃入堂密。②蔽芾皆美枞，不睹长安日。③
扬扬大逢衣，翦翦小第室。④门巷既荒寒，器具犹古质。
渴即引井泉，饥或餐木实。微我异枭鸾，从人自凫乙。⑤
平生紫芝曲，久不屈此膝。须眉各皓然，一为天下出。⑥

【作者简介】

黄玠（生卒年不详），字伯成，一作孟成，慈溪（今属浙江）人，宋遗民之后。好学敏记，隐居吴兴弁山，自号“弁山小隐”，授徒为业，孝养双亲，不求仕进。与赵孟頫、黄溍等交好，又与钱惟善、邵亨贞等交游唱和，颇有声名。元顺帝至正年间卒。有《弁山集》《唐诗选》等著作。

【注释】

①“曼肤”句：皮肤白皙，这里是洁身自好。曼，细润，柔美；瓠（hù），瓠瓜，籽白而整齐，常形容牙齿整齐洁白。“仍防”句：指有性命之忧。铁锧（zhì），腰斩用的刑具。

②堂密：平缓之山。

③“蔽芾（fú）”句：遮挡着美丽的枞树。蔽芾，覆盖、遮挡；枞（cōng），树木名，树干高数丈，可做建筑材料。

④“扬扬”句：形容衣服宽大舒适。扬扬，飘逸的样子；逢衣，一种袖子宽大的衣服，是儒生服饰。剪剪：整齐的样子。第室：世称第宅、宅第，这里指一般住宅。

⑤枭鸾：枭与鸾，前者是恶鸟，后者是神鸟，比喻小人和君子。凫（fú）乙：野鸭和燕子，二者并称，比喻分不清楚或各执己见。《南齐书·高逸传·顾欢》载，有鸟飞过，“越人以为凫，楚人以为乙”。

⑥“须眉”二句：商山四皓须眉皆白，为天下苍生而出山。

【点评】

这是一首题画诗，述画中所表现的商山四皓的故事，表达对隐逸之士的理解和景仰。黄玠本人就是一位颇有声望的隐士，据说因其声望，很多当地富家宦族，争相为他筑屋建舍，希望迎于家中。诗作借题画之机，表达了作者对隐逸的理解。首先是选择隐逸的原因："美宦少宁居，良田多赋率"，身居高位就难得安宁清静，富有良田就须多纳税钱。此外，"曼肤白如瓠，仍防污铁锧"，即使洁身自好，身不染尘，仕途也难免会有风浪，甚至危及性命。所以四皓选择逃入商山，隐蔽在深林之间，"蔽芾皆美枞，不睹长安日"，高大的枞木可以遮蔽政治风雨、战乱污浊。元代政治环境对许多宋代遗民而言，大概有如同秦末一样的不安定感，所以一些南宋旧民如黄玠一样，宁可远离政治中心，清净自处。其次是隐逸生活的优点，从"扬扬大逢衣"到"饥或餐木实"，是隐居生活的日常衣食住行，舒适简单，亲近自然。第三，是隐者的精神世界，"微我异枭鸾，从人自凫乙"，显示隐者精神独立，可以超脱凡俗；"平生紫芝曲，久不屈此膝"，表现隐者的气节和傲骨；"须眉各皓然，一为天下出"，表现隐者的仁爱。这幅商山题画诗，对隐者的理解全面而透彻，既是为四皓所写，也是诗人作为隐者的自我剖白。

商州道中怀仲微

彭　炳

初日照风林，扶疏动清影。
礫礫好鸟鸣，微云度修岭。①
徘徊望蓝田，青山见锥颖。②
下有如玉人，思之暗愁耿。③
松竹在窗户，驯鹤舞柔颈。
兀兀茅亭中，焚香瀹春茗。④
长咏芙蕖诗，澄波愿千顷。⑤

【作者简介】

彭炳（生卒年不详），字元亮，崇安（今属福建）人，留心经学，喜与豪俊之士交游，历齐、秦至都下，拜谒昌平隐士何德，由此知名。为驸马乌谷孙之师。诗歌学陶渊明、柳宗元，有《元亮集》一卷。

【注释】

①磔（zhé）磔：鸟鸣声。

②蓝田：蓝田关，亦名峣关，在今陕西蓝田县东南。锥颖：即脱颖而出，用毛遂自荐的典故，这里只用其形，比喻高峰突出于群山。

③耿：心情不安，悲伤。

④兀兀：孤独的样子。瀹（yuè）春茗：烹煮春茶。瀹，煮。

⑤芙蕖诗：曹植《洛神赋》有“灼若芙蕖出渌波”句，后常用以称诗作之美。芙蕖，荷花的别称。千顷：百亩为一顷，千顷是极言广阔。

【点评】

这首诗写作时间不详。诗歌是身处商州的诗人怀念友人之作。仲微，从诗意看，大约是作者的诗友。起首四句写景，风吹影动，鸟鸣云浮，似乎暗喻人的心情微起波澜，从而引出下面“徘徊望蓝田”的怀人之思。徘徊远望、愁思悲伤，却都是一闪即过，诗作并没有耽留于此，而是笔锋一转写自己的生活：松竹、驯鹤相伴，茅亭独坐，焚香烹茶，淡淡闲愁中透露出曲高和寡的孤独感，从另一个角度表现了对友人的思念。结尾用曹植《洛神赋》典，以“芙蕖诗”相期，是希望可以与友人重聚，有诗歌唱和之乐。诗作风格幽静淡远，趣致脱俗，在写商州的诗中别具一格。

商山辞

彭　炳

紫田云细玉芝香，龙蛰山潭草树光。①
清夜呜呜弄明月，一簪华发钓秋霜。

【注释】

①紫田：即紫芝之田，紫芝即木芝，似灵芝，古人认为是瑞草。蛰：潜伏，隐藏不出。

【点评】

这首诗写商山景色及秋月之趣。前两句写所见。首句写紫芝之田，紫芝是商山特产，既指仙草，亦可喻闲人，因此“玉芝香”是一语双关，既指草木清香，也借指此处有贤人如四皓者，是人杰地灵之意。“龙蛰山潭草树光”与首句呼应，即商州的草木山川也是“有龙则灵”的。后两句写所感。这样一个有灵性仙气的所在，正适合吟风弄月，“呜呜”二字，既是夜深秋籁之声，也是歌咏之声。清风明月，正是好时光，然而“一簪华发钓秋霜”，人已华发，时近深秋，其中既有散发于江湖的快意，又有时光渐老的淡淡伤感。诗作赋予商山景物出尘仙气，颇有空灵之美。

有感

刘基

其二

焚书千古讶嬴秦，逃难茫茫走缙绅。①
尚忆商山近京洛，白头容得采芝人。

【作者简介】

刘基（1311—1375），字伯温，青田（今浙江青田）人。元末进士，曾任江西高安县丞、江浙儒学副提举等职，后弃官归隐，元至正二十年（1360）为朱元璋召请，参与机要，以辅佐之功官至御史中丞兼太史令，封诚意伯。有《诚意伯文集》。

【注释】

①缙绅：插笏于绅带间，旧时官宦的装束。借指士大夫。

【点评】

这是一组即景咏怀诗，共七首，此为第二首，约作于明洪武六年（1373）之后。刘基入明以辅佐之功封诚意伯，却受到功臣集团的猜忌，卷入权力纷争中，而他辅佐的朱元璋又是一个擅弄权术、疑心很重的君主，对他也不是十分信任，因此洪武四年刘基迫于形势，致仕返回青田故里。后又因谈洋事件，被丞相胡惟庸陷害，不得不于洪武六年七月入朝请罪。为释朱元璋的疑心，刘基留居京城，不言归乡。这首诗即作于留居京城期间，诗人此刻的心境极为悲凉，重游故地，触景生情，不禁发出“重来旧处惑东西”（同题诗其一）的感慨。诗歌一、二两句叙写秦朝暴政，焚书坑儒，读书人纷纷躲避逃难，这是四皓避居商山的起因，作者借一个“讶”字写出了对统治者施行暴政的疑惑及批评之意。三、四两句则忆念商山与当时的京城距离近，却能容下采芝人四皓在此白头终老。作者此处显然别有寄托，他本有意远离朝政，却又被卷入纷争之中；想要归隐，却又被迫留京，只能借古人的遭际排遣自己心中的苦闷。四皓尚且能归隐终老，而自己想要返回故里却是遥遥无期，由此表达了对自己命运和前途的忧虑，又因为作者对历史上贤才的遭际有着清醒的认识，正如其诗中所说“谁寤繁华是祸机”（同题诗其六），诗歌的字里行间中不免带有一种旷世孤独之感，可谓“其辞敛，其意深”（郑振铎语）。

四皓图

陶　安

龙争鹿走角功名，眼底浮云悟世情。①
有地采芝身远遁，无心执玉手平衡。②
衣冠误落留侯计，带砺愁闻汉祖盟。③
松下庬眉垂白雪，至今泉石被光荣。④

【作者简介】

陶安（1315—1368），字主敬，太平府当涂（今安徽当涂）人。元顺帝至正四年（1344）举人，授明道书院山长，避乱家居。明洪武元年（1368）任知制诰兼修国史，寻出任江西行省参知政事，卒于官。有《陶学士集》。

【注释】

①争鹿：比喻争夺政权。《汉书·蒯通传》："秦失其鹿，天下共逐之。"颜师古注引张晏曰："以鹿喻帝位。"

②采芝：指隐逸。执玉：借指仕宦。古代以不同形制之玉圭区别爵位，因以指称。《孔子家语·三恕》："国无道，隐之可也；国有道，则衮冕而执玉。"平衡：指权衡国政使得其平。

③带砺：衣带和砥石。借指受皇家恩宠，与国同休之典。《史记·高祖功臣侯者年表》："封爵之誓曰：'使河如带，泰山若厉。国以永宁，爰及苗裔。'"汉祖盟：指汉高祖曾与功臣刑白马立下盟约曰："非刘氏而王，天下共击之！"事见《史记·吕太后本纪》。

④厖眉（mángméi）：花白眉毛。此处形容四皓须眉皓白的样子。厖，通"尨"。

【点评】

这是一首题画诗，赞颂商山四皓的同时也表达了诗人对隐逸生活的向往之情。起首两句采用对比的手法点明秦末汉初龙争虎斗、英雄逐鹿，人人角逐功名，而四皓却看破了世情，悠然欣赏浮云卷舒。三、四两句紧扣四皓"避秦"的事迹，叙写其远遁商山采芝为食，无心仕宦权衡国事，突出了四皓安贫乐道、不慕荣利的高洁品行。第三联写"须眉皓白，衣冠甚伟"的四皓因心念天下安宁误中留侯张良的计策，出山辅佐太子刘盈，功臣们与高祖立下"非刘氏而王，天下共击之"的盟约，而在吕后当政后大封诸吕，盟约破坏殆尽，令人愁闻。陶安另有《河如带》一诗言及"汉祖盟""君心诚信苟有亏，带砺虽盟终自欺。君不见吕后在前莽操后，还赖功臣同拯救"。结尾两句，厖眉垂雪绘四皓之形象，松下泉石摹四皓之生活，赞其隐逸节操令商山泉石至今都颇具荣光，给人以无尽的回味，令人神往。

四皓弈图

陶　安

安刘事毕返林丘，当局机心老未休。[①]
松下樵夫应暗笑，先输一着与留侯。

【注释】

①当局：对局。局，棋局。比喻身当其事。机心：机巧功利之心。

【点评】

商山四皓的故事长期以来流衍为中国文学、绘画中的传统主题之一。这首诗就是陶安为《四皓弈图》所作的题咏。“安刘事毕返林丘”，首句点出四皓安定汉储后不受赏赐返回商山，以此为下文议论之基。次句“当局机心老未休”对首句中提到的事迹表示怀疑，语含双关，既暗示画面上有四皓对弈的情景，身当棋局仍有机心，又暗含一层批判的意思，认为他们的机巧功利之心至老未休。后两句借“松下樵夫”之“暗笑”，评论四皓在机心谋略上不如留侯，被张良扯入安定汉储的棋局，先输了一着。陶安写了两首关于四皓的诗歌，感情评价却截然不同，这也表明对四皓出世安汉的行为历代骚人的解读是不同的，甚至一个人的观点态度都会有前后矛盾之处。

四皓图

孙　蕡

只合餐芝老万山，谁教鹤发动龙颜。
蛾眉对酒歌鸿鹄，怨入商於紫翠间。[①]

【作者简介】

孙蕡（1334—1389），字仲衍，号西庵，广东顺德（今广东顺德）人。博学工诗文。洪武中历任虹县主簿、翰林典雅。与修《洪武正韵》。出为平原簿，因事被逮，罚筑京师城垣，旋得释。明洪武十五年（1382），起任苏州经历，因牵连戍辽东。又因曾为蓝玉题画，论死。有《西庵集》。

【注释】

①蛾眉：代指美女。鸿鹄：指汉高祖所唱《鸿鹄歌》。

【点评】

这首七言绝句系孙蕡为《四皓图》所题，表明了他对四皓安汉事迹的态度，抒发了作者深邃的思古幽情。首句叙写四皓以紫芝疗饥，隐居于万山之中，“只合”二字说四皓只应该老死万山，仿佛从谋废太子的戚姬角度着笔，充满了埋怨的口吻。“谁教鹤发动龙颜”，又是谁让“须眉皓白”的四皓惊动了汉高祖的龙颜？只能是为太子出谋划策的留侯张良啊。他心知大臣们的劝谏已经无法阻止汉高祖的易储之心，所以献策请出高祖亦征聘不得而愈加敬重的四皓来辅佐太子。果然汉高祖在看到四皓情愿追随太子而不愿受自己礼聘时，就召来戚姬说：“我欲易之，彼四人辅之，羽翼已成，难动矣。”戚姬哭泣，高祖歌《鸿鹄歌》，戚姬为楚舞，君王蛾眉，对酒当歌，情景可谓凄楚。戚姬唏嘘流涕的怨愤声仿佛千百年间都回荡在商於的夕阳紫翠间，真是千年怨、万年恨啊！

咏 史

乌斯道

商颜避秦烈，何独有园绮。 如何隆准公，泗鼎不可起。①
谋犹信留侯，仁慈在储嗣。 安刘匪平勃，诚由四翁耳。
岂中烟霞疾，徒与麋鹿死。② 芝草长满山，谁欤继修轨。
嗟哉司马公，一传靳青史。 排难何足云，乃传鲁连子。③

【作者简介】

乌斯道，约1367年前后在世，字继善，浙江慈溪（今浙江慈溪）人。洪武初任永新县令，有惠政。长于诗，尤精书法。有《春草斋集》。

【注释】

①隆准公：代指汉高祖刘邦。《史记·高祖本纪》："高祖为人，隆准而龙颜。"泗鼎：指泗水中的周鼎。《史记·秦始皇本纪》："（二十八年）始皇还，过彭城，斋戒祷祠，欲出周鼎泗水。使千人没水求之，弗得。"

②烟霞疾：亦作"烟霞癖"，指喜好山水。

③鲁连子：指战国时齐国人鲁仲连，有计谋，但不肯做官，常周游各国，排难解纷，被称为高士。

【点评】

这是一首颂赞商山四皓的咏史诗。全诗分为三部分，第一部分写四皓隐居商颜，为安定汉储而出山，赞扬他们"谋犹信留侯，仁慈在储嗣"，认为安定刘氏天下不是陈平、周勃的功劳，而是由四皓所起。第二部分写四皓有"烟霞疾"，爱好山水，愿与麋鹿为伴，老死于山中。然而商山芝草漫山遍野，却不见有后来者相继。第三部分感叹太史公司马迁虽在《史记》中留下了他们的零星事迹，却吝惜于在青史中详细记载。最后赞扬他们排难解纷，却不慕虚名，可见是继承战国时贤人鲁仲连的传统遗风。

送武功余簿行稼商州①

殷　奎

秦岭纵横宿雨收，西风匹马踏商州。②
锦囊诗句题应满，此是南山第一游。

【作者简介】

殷奎（？—1376），字孝章，一字孝伯，号强斋，苏州昆山（今江苏昆山）人。明洪武四年（1371）荐试京师，获高等，按例授州县职，殷奎以母年迈，请于近地为官，忤太祖旨意，被远遣陕西咸阳任教谕之职，洪武七年卸职还乡。

殷奎博学精审，勤于纂述，有《强斋集》《陕西图经》《关中名胜集》等。

【注释】

①武功余簿：指作者友人武功县余主簿。主簿：县令的属官。行稼：指劝农耕作。

②宿雨：经夜的雨水。

【点评】

这首诗是明洪武初年作者任职咸阳教谕时所作。作者友人武功县余主簿将去商州“行稼”，作者在临别之际以诗相赠。赠别作为古代诗歌中常见的题材，主要描写诗人的离情别绪，大多写得伤感哀怨、缠绵悱恻。此诗却一反传统送别诗的窠臼，立意高昂，格调明快。面对离别，诗人并未表现出过多的不舍，毕竟友人是去陕西境内的商州“行稼”，也未过多地嘱咐其勤勉于公事，而是以乐观浪漫的笔调想象友人此去的情景：西风萧飒、霁雨初晴，友人匹马行走在纵横连绵的秦岭山中，踏上商州的地界，一路前行、一路吟哦，潇洒而又惬意！据说唐代诗人李贺喜欢骑驴带小童出外寻诗，而等到友人这趟“南山第一游”返回时，马上锦囊中的诗句也该题满了吧。此诗通过生动诙谐的语言和诗人形象的想象，抒发了作者对友人的诚挚祝福，也体现出自己的豁达情怀。

拟　古

邓　雅

其七

四皓居商山，名声满天下。一出定汉储，仍作肥遁者。①
谷中有芝草，门外无车马。俯仰思古人，富贵视土苴。②

【作者简介】

邓雅（生卒年不详），字伯言，号玉笥，新淦（今江西新干）人。元末讲学于石门山中。明洪武十五年（1382）以郡县举荐赴京，太祖命赋钟山诗。诗成，太祖大喜其中一联，以手拍案高诵之。雅以为怒，惊死于墀下，扶出东华门始醒。后以病辞还乡。洪武二十二年尚在世。有《玉笥集》。

【注释】

①肥遁：指退隐。

②土苴（chǎjū）：渣滓，糟粕。比喻微贱的东西。犹土芥。

【点评】

这是一首怀古诗。秦末汉初，四皓隐居在商山，名声传遍天下。他们一出山辅佐太子刘盈，就安定了他岌岌可危的东宫储位，使汉高祖刘邦打消了易储的念头。功成之后他们不贪慕富贵荣华，仍然退隐山中，安贫乐道，过着采谷中芝草而食、门外无车马喧哗的隐逸生活。作者俯仰之间追思先贤的事迹，对其视富贵为土芥的节操感佩不已。《四库全书总目提要》认为邓雅之作“气味冲淡，颇有自然之致，究为不失雅音”，此篇即可为证。

四　皓

陈　琏

高隐商山鬓已皤，清风一曲紫芝歌。
当时不堕留侯计，汉使虽来奈尔何。①

【作者简介】

陈琏（1370—1454），字廷器，别号琴轩，广东东莞（今广东东莞）人。明洪武二十三年（1390）举人，历任许州、扬州知府、四川按察使、南京国子祭酒、南京礼部侍郎等。有《琴轩集》。

【注释】

①留侯计：指留侯张良为吕后献计请四皓出山辅佐太子。

【点评】

相传四皓本为秦博士，为避秦朝暴政隐居于商山，到汉朝建立时已须眉皓白、鬓发苍苍，山中悠然度岁，赏清风，采紫芝，作歌曰："莫莫高山，深谷逶迤；晔晔紫芝，可以疗饥。唐虞世远，吾将何归？驷马高盖，其忧甚大。富贵之畏人，不如贫贱之肆志。"（见《古今乐录》）后两句则感叹四皓当时若不堕留侯张良之计出山辅佐太子，即使汉使到来也无奈其何，正可悠然逍遥度日。全诗词意简朴，格调高雅，古意盎然。

题商山四皓图为陈征士致广题

李昌祺

昵昵戚姬宠，胶胶如意怜。壮哉盘石基，凛将殒而颠。
睿志慝深惑，嘉猷忌谠言。① 辅臣谋已拙，壶阃忧徒悬。②
遐飞四威凤，千仞来翩翩。③ 赖以为羽翼，大本安且全。④
翻然振归翮，遥想商山还。兹事已云远，高风图画传。

【作者简介】

李昌祺（1376—1452），名祯，字昌祺，以字行，江西庐陵（今江西吉安）人。明永乐二年（1404）进士，选翰林院庶吉士，参与修撰《永乐大典》。历任吏部郎中、广西布政使、河南布政使等。有《运甓漫稿》《容膝轩草》《侨庵诗余》。

【注释】

①嘉猷：善道，治国的好规划。谠言：正直之言。

②壶阃（kǔnyù）：指宫门、宫闱。

③威凤：瑞鸟。旧说凤有威仪，故称。此处喻指四皓。

④大本：指国之根本，储嗣。

【点评】

商山四皓是历代画家极为喜爱创作的题材之一，而画作多配有题咏的诗篇，这首诗便是其中之一。同时它也是为婉拒朝廷征召的士人陈致广所作，可见也带有赞颂征士陈致广鄙薄荣利、品行高尚之意。诗歌前八句叙写汉初储位危殆的情形。汉高祖宠爱戚姬，爱屋及乌，也喜爱戚姬所生的赵王如意，认为如意像自己，常常想要废掉吕后所出的太子刘盈，立如意为太子。储位不稳，国本摇动，可能会重蹈秦朝短命而亡的覆辙。故说大汉如“盘石”的基业即将陨落颠覆。睿智的汉高祖此时已被戚姬的美色深深迷惑，听不进大臣正直的忠言。辅臣们已经心劳力拙，想不出劝谏的计谋，储位问题悬而未决，令人担忧不已。这里通过写辅臣的无能为力、谋拙技穷为下文四皓的出山做了铺垫。中间六句写四皓临危受命，被太子礼聘而来，恰如遐飞高举的四只凤凰，从千仞之高的商山翩翩来到长安城。他们“须眉皓白、衣冠甚伟”地跟从太子参加宴会，引起了汉高祖的注意。当得知这四人正是自己曾经征聘而固请不来的四皓，如今却愿意辅佐太子，成为他的羽翼，高祖只能打消了易储的念头，从此太子刘盈的储位得以保全。功成之后四皓不贪恋皇家的赏赐和世间的富贵荣华，仿佛凤凰幡然振翅回巢，又返回了隐居的所在之地商山。他们安定汉朝天下的功劳如此之大，却鄙弃世俗的名利，甘愿过恬淡朴素的隐居生活，因此四皓的事迹虽已久远，但其高风却流传千古。

拟　古

李昌祺

其三

园绮遗世贤，逍遥商颜巅。　安汉笑谈顷，视之何易然。
拂袖谢隆准，采芝茹芳鲜。① 今复有斯士，吾将为执鞭。②

【注释】

①拂袖：借指引退、归隐。隆准：指汉高祖。

②执鞭：持鞭驾车。

【点评】

李昌祺二十九岁中进士，居官北京、广西和河南，到六十多岁才告老回乡，一生游宦三十多年。在广西、河南外任时皆勤于公事，政化大行，可见他具有古代士人追求事功、兼济世人的典型心态。这首诗就是他借咏史以明心迹的写照。诗歌一开篇就赞颂商山四皓是超脱世俗的贤人，逍遥隐居在商山之上。他们笑谈之间就安定了汉储，举重若轻、视之易然，是何等的潇洒出众；他们功成之后拂袖而去，继续过着采芝茹鲜的隐居生活，丝毫不贪恋功名富贵，又是何等的清高淡泊！太史公司马迁在《史记·管晏列传》云："假令晏子而在，余虽为之执鞭，所忻慕焉。"司马迁愿为"进思尽忠，退思补过"的一代贤臣晏子执鞭，而诗人却说如今要是有四皓这样的人物，我也愿意为他执鞭驾车，为之前驱。尾联巧用典故，直抒胸臆，热切质朴地表达了诗人对商山四皓的无限崇敬之情。

内乡县①

李昌祺

岩邑千山里，荒村户半逃。晓餐炊橡栗，寒火爇蓬蒿。②
深秀非盘谷，凋零类石壕。③自伤无善政，抚问敢辞劳。

【注释】

①内乡县：地名，战国时属商鞅封地，西接丹水，南瞩荆襄，扼秦楚交通之要津，明代时属河南南阳府辖地。

②爇（ruò）：烧。

③深秀：指山色幽深秀丽。盘古：地名，在太行山南麓，"盘谷之间，泉甘而土肥，草木丛茂，居民鲜少"，唐代文学家韩愈友人李愿所居，韩愈为之作《送李愿归盘古序》。此处指隐士住处。石壕：指杜甫名作《石壕吏》中所写的"石壕村"，安史之乱时为补充兵力，官府派吏卒夜捉村民当兵，导致民生凋敝。

【点评】

李昌祺明洪熙元年(1425)出任河南布政使,明宣德五年(1430)因丁母忧归乡,旋因河南旱荒,夺丧赴官,发仓免役,救灾恤贫。这首诗写的就是他在救灾期间抚问内乡县的所见所感。诗的前四句写巡视内乡所见的灾情:千山环抱的岩邑内乡如今已是荒村寥落,村中一半村民因饥荒逃亡在外。起句之景即触目惊心!接下来写留在内乡的灾民以山中的橡实作为餐食,在寒天烧着蓬蒿取暖炊饭。灾民辛劳寒苦之状真是令作者见之心伤,他不禁感叹:景色幽深秀丽的内乡如今竟是如此凋零,它不再是隐士乐居的"盘谷",反倒和安史之乱时民生凋敝的"石壕村"颇为相似。此联采用对比的手法,状内乡之深秀,则愈见内乡因灾情而凋零的可叹。结尾一联,诗人想到身上担负的救灾重任,既自伤己之无善政故使百姓受苦,又表达了抚问不敢辞劳的决心,也让我们看到了诗人内心的自疚与担当。据《明史》记载,李昌祺与大臣魏源、许廓"发仓廪,免逋赋杂役,流民渐归。雨亦旋降,岁大丰",可见他的救灾抚问还是卓有成效的。

商山樵唱

沐　昂

秋杪霜清落叶时,商山樵采每归迟。[①]
担头挑月缘清涧,林下和烟调紫芝。
听彻悠扬三弄笛,观余今古一枰棋。[②]
昔时四皓知何处,我亦临风为赋诗。

【作者简介】

沐昂(1378—1445),字景颙,濠州定远(今安徽定远)人。黔宁王沐英第三子,黔国公沐晟弟。晟卒,以其代镇云南。累迁至右都督。明正统十年(1445),卒于云南,追封定边伯,谥武襄。喜好诗文,有《素轩集》。

【注释】

①秋杪（miǎo）：秋末。

②三弄：古曲名，即《梅花三弄》。

【点评】

这是一首写景诗。首联点明题目，交代了樵唱的时令、地点和人物。霜清叶落的深秋时分，商山的樵夫被山中美景吸引，每每归迟。颔、颈两联状其“归迟”之态：在皎洁月色的映照下，他在清澈的山涧边挑着担行走，伴着弥漫的烟雾，他在葱郁的山林中食用着延年的紫芝，时而驻足听人吹奏一曲《梅花三弄》，时而停步观人下一局棋。其中“彻”“余”二字写出了沉浸在自然生活中的陶醉和悠闲之感。这样的生活是何等的逍遥快活啊！诗人不由想起昔日隐居在此的商山四皓，为之临风赋诗，既照应主题，又表明了自己的志趣。全诗格律工整、语言清隽，写怀想中的隐士生活，可谓自然高妙。

四皓祠

薛 瑄

霭霭商山云，招之正徘徊。[①] 冥鸿一以纵，毕弋胡为哉！[②]
宁知嬴豕壮，蹢躅多毒猜。[③] 沉沉避谷子，为谋一何乖！
向非平勃力，炎灵遂如灰。[④] 独有周南篇，歌之有好怀。[⑤]

【作者简介】

薛瑄（1389—1464），字德温，号敬轩，山西河津（今山西河津）人。理学家，明代名臣。历任山东提学佥事、大理寺左少卿、大理寺丞、礼部右侍郎兼翰林院学士。有《薛文清集》。

【注释】

①霭霭：云烟密集的样子。

②冥鸿：高飞的大雁。典出扬雄《法言·问明》：“治则见，乱则隐。鸿飞冥冥，

弋人何慕焉？”比喻隐者远走高飞，全身避害。毕弋：毕为捕兽所用之网，弋为射鸟所用的系绳之箭。此指统治者的罗网。

③羸豖、蹢躅：语出《周易》“有攸往，见凶。羸豖孚蹢躅”，意为若占问有所往，则必逢凶险，就像瘦弱的猪被不情愿地拖回来。羸：瘦弱。

④炎灵：指以火德而王的汉朝。

⑤周南：《诗经·国风》之一。后人认为《周南》所收大抵为今陕西、河南、湖北之交（即今汉中、商洛等地）的民歌，颂扬周德化及南方。汉以后被作为诗教的典范。

【点评】

明景泰元年（1450），时任大理寺丞的薛瑄奉命往四川、滇南督运军饷于贵州。这首诗约写作于这一时期，途经商州，拜谒四皓祠。历代歌咏四皓的诗歌不胜枚举，此诗却一反传统的赞颂四皓“安汉”之功的观点，将批判的笔端指向四皓。诗歌开篇将避世隐居的四皓比作徘徊不定的“商山云”和脱网高飞的“冥鸿”，明明已超脱世俗，却又卷入储位的纷争中，“为谋一何乖”。虽然挽救了太子刘盈岌岌可危的储位，却造成吕后专权、汉室凋残的后果，若非陈平、周勃诛灭诸吕，迎立汉文帝，汉朝早已灰飞烟灭，不复存在。也有说“辟谷子”指张良，《史记·留侯世家》言其“乃学辟谷，道引轻身”，认为张良为吕后出谋划策保全太子刘盈，是“一何乖”。末二句则说，商山的四皓并不值得颂扬，唯有在此地产生的《诗经·国风·周南》篇，是周王朝王化之基，歌之才令人有好的兴致。

和陶诗·赠羊长史

李　贤

皞皞不复见，斯民但欢虞。[①] 君今向关陕，为我访遗书。
两汉存旧迹，想见东西都。 望望入秦川，商颜正当逾。
绮皓有遗庙，佳气还扶舆。[②] 斯人虽已没，名与天壤俱。
椒浆可致奠，不必久踟蹰。[③] 深谷空逶迤，紫芝今何如。
闲云翳层岭，零露盈春芜。 吊古动高兴，幽景良足娱。

若人去云久，尘世迹已疏。我亦欲遐览，一使襟抱舒。

【作者简介】

李贤（1408—1467），字原德，河南邓州（今河南邓州）人。明宣德八年（1433）进士。历任吏部验封司主事、文选郎中、兵部侍郎、少保、华盖殿大学士等。有《古穰集》。

【注释】

①皞皞：心情舒畅自得的样子。

②扶舆：亦作“扶与”。指雾气自下而上、盘旋升腾的样子。

③椒浆：以椒浸制的酒浆。古代多用以祭神。

【点评】

李贤写了一组和陶诗，这是其中的一首。陶渊明有《赠羊长史》诗，羊长史，名松龄，是陶渊明的友人，当时任江州刺史檀韶的长史，奉使去关中向北伐取胜的刘裕称贺，陶渊明作诗以赠，诗中抒发了作者对时局的观感和政治态度，也有对友人的忠告。李贤这首和诗先写百姓欢娱，心情舒畅，再写羊长史如今要往关陕去，为作者访求遗落的典籍，一路行来正可经过两汉古都洛阳和长安，想见当年的繁华。“望望入秦川”以下十二句，是赠诗主旨所在。到秦川去，商颜正在当逾，那正是汉代初年不趋附刘邦的四皓的隐栖之地，至今还留有他们的祠庙。作者因此向友人嘱咐，要他经过时稍稍在那里徘徊瞻仰，并用椒浆向四皓的英灵致奠。相传四皓在辞却刘邦迎聘时曾作《紫芝歌》，如今深谷空自曲折绵延，谷中的紫芝又生长得如何呢？大概只剩闲云遮蔽着层岭，春草缀满了露水，久乏人迹了吧。最后说凭吊古事能增添高雅的兴致，幽美的景色也确实值得欢娱，四皓的事迹太久远了，尘世中已没有他们的踪迹。作者也想像友人一样到远方的秦地访察游览，使自己的襟怀抱负为之舒畅。

卫　鞅

李　贤

变法初心只霸秦，却言王道信非真。①
贪商不悟羊狐喻，车裂方知祸此身。②

【注释】

①初心：本意。

②羊狐喻：比喻众愚不如一贤。出自《史记·商君列传》中赵良劝说商鞅的话，“千羊之皮，不如一狐之掖”。

【点评】

商鞅本为卫国的诸庶孽公子，名鞅，故又称“卫鞅”。《史记·商君列传》中记载，商鞅通过秦孝公宠臣景监见到秦孝公，起初两次与之言“帝道”“王道”，孝公都是昏昏欲睡，听不下去。等到商鞅与之言“霸道”，讲“强国之术”，秦孝公大悦，语数日而不厌。商鞅在秦国变法，又取得了“破魏”的战功，“秦封之於、商十五邑，号为商君”。他出任秦相十年，很多皇亲国戚都怨恨他。贤士赵良去见他，商鞅问他，在治理秦国上自己与五羖大夫百里奚相比，谁更有才干？赵良引用“千羊之皮，不如一狐之掖；千人之诺诺，不如一士之谔谔”的俗谚，劝说商鞅不要贪图商於的富饶，以独揽秦国的政教为荣宠，聚集百姓的怨恨，否则等到秦王一旦驾崩，灭亡可“翘足而待”。可惜商鞅没有听从赵良的规劝，在秦孝公死后，果然受制于自己的变法，作茧自缚，以至车裂族灭。此为这首诗所论及的史实。而作为明代宰相的李贤在感怀商鞅时，关注点则在两个方面：一是商鞅欲言“霸道”却先言“王道”以矫情自饰；二是商鞅贪图封地商於的富饶，不悟羊狐之喻，终落车裂的结局。由此可见诗人之别具慧眼，寄意深沉。

行历商南诗

伍　福

其一

贫穷流徙失生涯，循迹耕山度岁华。
编籍忽颁天子诏，安居尽作庶民家。
漩歌日暖新更化，钟鼓风清开馆衙。
啼鸟数声花落尽，荒村无处不桑麻。

其二

商南形胜处，当日鲁公游。①
我朝新气象，虞世旧风流。②
人物熙熙胜，烟村事事幽。
江湖历览遍，此地观山侔。

【作者简介】

伍福（生卒年不详），字天锡，临川（今江西抚州）人。明正统九年(1444)举人，历任陕西咸宁县学教谕、济南府学教授、陕西按察佥事、陕西按察副使、提督学政。诗文典雅，兼工书法。有《咸宁县志》《陕西通志》《南山居士集》《云峰清赏集》。

【注释】

①鲁公：指宋朝开国元勋郑子明，相传他曾在商南清油河打油卖油为生，遇宋太祖赵匡胤而结交。后随太祖征战，封鲁国公。另一说鲁公指唐代的颜真卿，因平安史之乱，抗贼有功，封鲁郡开国公，故世称“颜鲁公”。据传其贬官峡州时，曾多次修沿丹水北侧行走路段。

②虞世：指唐尧虞舜的盛世景象。

【点评】

诗前小序云："商州东行三百余里，地曰沐河，四山峻岭，其中平墟，周十余顷有奇。自古荒闭岭空也，成化十二年冬，右都御史阳城原公暨大理少卿吴公奉命安辑流民，开设商南县治，次年春予驻节于此，则城市、公署、学校、民居焕然一新，山川改观，盖上之人，为政以便民，则民之众于就事，自有不疾而速之机，因喜而赋诗。"由此可知，成化十二年（1476）冬，右都御史原杰与大理寺少卿吴道宏奉命来安辑荆襄流民时，于此地开设建置，创建了商南县，同时开始构筑县城。作者于次年春任陕西按察副使期间行历驻节于商南时，看到此地"焕然一新，山川改观"，不由喜而赋诗。这两首诗一为七律、一为五律，详细叙写了商南此地今昔的巨大变化，展现出雍熙和乐的新气象，皆抒发了对增置郡县实行新政后，流民得以安置，开始安居乐业新生活的喜悦之情。

四皓图

岳　正

汉高骑马鞭群雄，驾驭不到商山中。
山中潜龙惜鳞甲，肯与走狗同牢笼。①
野鸡宫中颜色老，恩爱何人为最好。②
戚姬未彘惠统危，鹤书急走商山道。③
山中潜龙始一来，楚歌楚舞双徘徊。
抚图令人长叹息，叹息留侯真有才。

【作者简介】

岳正（1418—1472），字季方，号蒙泉，顺天府漷县（今北京通州）人。明正统十三年（1448）进士。历任编修、修撰、钦州同知、兴化知府等。有《类博稿》。

【注释】

①潜龙：喻指隐居商山的四皓。

②野鸡：指吕后，名雉。

③彘：指人彘。汉高祖宠爱戚姬，欲废太子刘盈立戚姬子赵王如意。后汉高祖死，吕后断戚夫人手足，去眼煇耳，饮瘖药，使居厕中，名曰“人彘”。事见《史记·吕太后本纪》。惠统：指太子刘盈，后即位为汉惠帝。鹤书：古时用于招贤纳士的诏书。亦借指征聘的诏书。

【点评】

这是一首七言古诗，歌咏的对象是隐居商山的四皓，主要采用以事述史的方式，字里行间透露出作者的评述之意。开篇先讲汉高祖一统天下，驾驭群雄，“天下英雄尽入吾彀中矣”（唐太宗语），但却无法驾驭隐居商山的四皓。他虽然征聘四皓数年，四皓却不肯应召，只因贤人爱惜羽毛，岂肯与帝王的走狗同入牢笼？这一层突出了四皓高洁傲岸的品格。第二层说吕后年老色衰，汉高祖在宫中最宠幸戚姬，欲废吕后子立戚姬子为太子，太子刘盈的储位岌岌可危，吕后向留侯张良求策，遂令吕泽使人奉太子书，卑辞厚礼，迎商山四皓入朝辅佐太子。果然，四皓来到宫中，引起了汉高祖的注意，最终使他打消了易储的念头，只能唏嘘感叹“鸿鹄高飞，一举千里。羽翮已就，横绝四海。横绝四海，当可奈何！虽有矰缴，尚安所施”。诗歌最后说抚着图画，长久地叹息，感慨的却不是四皓安汉的功绩，而是留侯请四皓出山这一谋划的高妙。结句可谓出人意表，本以为作者要赞颂四皓，不想笔锋一转，却是赞颂了幕后功臣张良。诗作从歌咏四皓的窠臼中跳出，见解不同流俗。

四皓图

岳　正

其一

祖龙长策不知图，空筑长城远备胡。[①]
四老朝廷安一老，当时谁得杀扶苏。

其二

惠统安危覆手间，都将鹤发动龙颜。
元功空佩通侯印，不及芒鞋一下山。②

其三

谁云盛德格天难，国本将危又复安。
试按楚歌评汉祖，沛公元不溺儒冠。③

其四

避汉逃秦智虑周，谁知亦堕子房谋。
可怜他日安刘嘱，不及留侯及绛侯。④

【注释】

①祖龙：指秦始皇。

②元功：大功；首功。代指功臣。通侯：即彻侯，爵位名。秦统一后所建立的二十级军功爵中的最高级。汉初因袭之，多授予有功的异姓大臣，受爵者还能以县立国。后避武帝讳，改称通侯或列侯。

③溺儒冠：汉高祖刘邦轻视儒学，在即位前打天下时，曾尿在儒生的帽子中，以示轻蔑。事见《史记·郦生陆贾列传》。

④绛侯：指汉初大臣周勃。秦末从刘邦起事，以军功升将军，封绛侯。刘邦认为他“厚重少文，然安刘氏者必勃也”。吕后当政时，他任太尉，但军权仍为吕后亲属掌握，吕后死后，他与陈平定计，杀诸吕，迎立文帝。

【点评】

这是四首题咏四皓的七言绝句。作者颇为喜爱四皓的题材，且在遭贬时来过秦地，大概经过商山，所以除七古外，还作有四首七绝来赞颂四皓事迹。第一首讥讽秦始皇只知用武力驾驭天下，看到卢生的谶书“亡秦者胡也”，就以为胡指北方的匈奴，遂派大将蒙恬修筑长城使匈奴远避。没想到的是始皇死在巡游途中，赵高和李斯合谋拥立始皇幼子胡亥即位，逼始皇长子扶苏自杀，而胡亥即位后倒行逆施使秦朝二世迅速灭亡。诗人在此感叹，当时朝廷若是有四皓中的任一老在，又有谁能杀掉扶苏？第二首写在汉惠帝的太子之位岌岌可危时，汉初开国功臣皆不能说服汉高祖放弃易储的打算，直到四皓出山，才使高祖放弃了易储。这里用功臣元勋的束手无策反衬四皓下山辅佐太子，对比鲜明，愈加凸显四皓安汉的功绩。第三首替汉高祖刘邦作辩解，认为他能尊重贤士，在《鸿鹄歌》中把四皓比作太子的“羽翼”，显然不是溺儒生冠帽的浅见无知之人。第四首说四皓虽然避秦暴政、逃汉征聘，可谓智慧谋虑周全，谁知还是堕入张良的计谋，被请出山安定了汉储。但平心而论，在安定刘氏天下的作用上，四皓比不上留侯张良和绛侯周勃。

登原都祠诗叙都御史①

王朝远

兹邑定兹基，惟公实暨予。四围山寂寂，一片草离离。
今喜民居集，堪夸景物熙。古今人有谚，万事在人为。

【作者简介】

王朝远（1423—1480），名汉，以字行，江西进贤（今江西南昌）人。明景泰五年（1454）进士，历任监察御史、衡山县知县、陕西边备副使、陕西按察使等。

【注释】

①原都祠：原都，指安抚荆襄流民的明代官员原杰（1416—1477），字子英，山西阳城人。明成化十二年（1476），明宪宗命左副都御史原杰出抚荆襄流民，他遍历楚、豫、陕三省之边，亲察八郡之地，安置流民附籍十一万三千余户，奏准开设郧阳府，在三边增添县治（其中有析商县地南置山阳县，东南地置商南县，升商县为州，隶属西安府）。原杰不遗余力，遂使地方化乱为靖，人民安居乐业，解除朝廷积忧，其当首功。次年六月，升任右都御史，南还途中因劳苦成疾，竟于六月初一卒于南阳驿舍，年六十一。荆襄之民闻之，无不流涕。民念其功而为之立祠，后诸属皆立祠祀之。商南于成化十二年置县立制，

十三年修筑商南县城池时，亦修立有“原都祠”。

【点评】

此诗前小序云：“是邑肇造，实太子少保兵部尚书原公任右都御史时，奉命来兹处置流民，予时任陕西按察使，至商州谒公后，遂偕予暨副使王君瀛、参议王公瓘，至是相度，是地山川丰厚，堪以立县，遂定谋焉。予因过此，睹民物之丰庶，慨今昔之不同，故识于后因系云诗。”可见此诗系诗人任陕西按察使时途经商南，登临拜谒了原公祠后所写。诗人曾与原杰同僚共事，实地勘察，共商商南立县事宜，而今路过这里，触景生情，看到商南由过去的“四围山寂寂，一片草离离”变成了今天的“今喜民居集，堪夸景物熙”，这今昔盛衰不同的巨大变化，都是由创建商南县带来的，至此诗人不禁发出“万事在人为”的豪迈感慨。可以说作为商南置县决策者之一的诗人，回顾往事，缅怀原公，对如今商南的地阜民丰，亦是颇感自豪与欣慰。

四皓祠

罗　伦

天地有此山，真到此翁好。　皓首惊龙颜，险语正穹昊。①
后车载飞熊，何如渭滨老。② 俯首儿嬴秦，朝朝屡荣槁。
白云照空山，霞外绩如扫。　至今山下芝，翳翳多秋草。③

【作者简介】

罗伦（1431—1478），字彝正，号一峰，永丰（今江西永丰）人。历任翰林修撰、福建市舶司提举、南京翰林修撰等。学者称其为一峰先生。有《一峰集》。

【注释】

①穹昊：指天。此处代指汉高祖。

②后车：指副车。飞熊：指姜太公。相传周文王夜梦飞熊，以为得贤人的征兆，

出猎果遇姜太公垂钓于渭滨，后车载与俱归。

③翳翳：草木茂密貌。

【点评】

这首诗作于诗人因直言遭贬福建途中。诗人途经商山拜谒四皓祠，联想到当年四皓安定汉储的事迹，因赋此诗。前两句突兀而起，天地之间有此商山，更有此四皓隐居于此，可谓钟灵毓秀、人杰地灵。接下来写四皓随太子刘盈参加宫中宴会，“须眉皓白，衣冠甚伟”，惊动了汉高祖垂询，四人以“陛下轻士善骂，臣等义不受辱，故恐而亡匿。窃闻太子为人仁孝，恭敬爱士，天下莫不延颈欲为太子死者，故臣等来耳”的险语匡正了汉高祖的易储之心。以上叙写四皓的功绩。接着将四皓与周文王“后车载归”的姜太公做比较，则千古君臣遇合四皓的际遇不如姜太公。后六句抒发人世沧桑的感慨，世事治乱，荣槁相替，白云晚霞空照商山，昔人功绩如尘扫去，唯今只余当年四皓采过的山下芝草依旧茂盛葱郁，承载着时光的变迁。

商山图

李东阳

行尽深山觅紫芝，不应名姓有人知。①
闲来共说人间事，楚汉分明一局棋。

【作者简介】

李东阳（1447—1516），字宾之，茶陵（今湖南茶陵）人。明天顺八年（1464）中进士，历任编修、侍讲学士、东宫讲官、礼部侍郎兼文渊阁大学士。主持文坛数十年，其为诗文典雅工丽，是“茶陵诗派”领袖。有《怀麓堂集》。

【注释】

①紫芝：也称木芝。古人以为瑞草。道教以为仙草。

【点评】

这是一首描写商山的题画诗。诗人从隐居商山的四皓写起，他们在深山中崎岖行进，四处寻觅传说中的仙草——紫芝。本是避世隐居，姓名不应为人所知，却为后人留下了“莫莫高山，深谷逶迤；晔晔紫芝，可以疗饥……”的诗句。诗人想象他们以紫芝疗饥，过着放旷超逸的山居生活，闲暇之时则共聚一处，说说人世间的事情，在他们眼中，楚汉纷争分明更像是一局棋。在这里，诗人以棋局来比喻现实的争权夺利、问鼎逐鹿，用一“闲”字表现四皓的不萦世事、贫而肆志，更加凸显出他们品格境界的超逸清高。

冬日秦岭

王　傅

万折商於路，攀援步转难。　雪桥双屐滑，风洞一裘寒。
依杖看虬壑，穿林正鹖冠。[①] 绮园在何许，芝草见阑干。[②]

【作者简介】

王傅（生卒年不详），陕西周至（今陕西周至）人。明成化十一年（1475）进士，历任礼部主事、主客郎中、通政司左右参政、太仆卿、郧阳太守、四川右参政等。他为官直谏，所陈政见，多为朝廷所用。好读书，善属文，著有《圭峰集》《南山漫兴诗集》。

【注释】

①鹖（hé）冠：隐士之冠。典出《汉书·艺文志》：“《鹖冠子》一篇。楚人，居深山，以鹖为冠。”

②阑干：比喻纵横散乱、交错杂乱的样子。

【点评】

王傅是陕西周至人，又性喜山水，因此秦地的自然风光便成了他诗中的一个重要题材。诗从登山写起，说商於山路万折千回，攀缘行步愈来愈难。霜雪覆盖着桥，穿着木屐仍然湿滑难行，经过的山洞风极大，吹透身上的裘衣，令人瑟瑟生寒。诗人在秦岭中行来，不时倚着竹杖欣赏如虬龙般盘旋曲折的山谷，穿过树林时低垂的树枝不断刮到鹖冠，一次次伸手去扶正冠帽。面对如此清幽的山景，诗人不禁感叹山上的芝草已经纵横散乱，弥漫山野，却不知采食芝草的四皓又在哪里。这首诗写冬日秦岭之景，处处抓住“冬日”二字落笔，“步转难”“雪桥屐滑”“风洞裘寒”都是冬日登山的表现。“依杖看虬壑，穿林正鹖冠”这两句通过细节描写，生动地写出了山壑的特点和穿林的独特体验，描述出山间穿行的幽趣。

四　皓

梁　储

其一

已为留侯定汉储，旧山松桂未萧疏。
如何复向他山去，应恐重劳使者车。

其二

四贤心行可谁如，垂老犹堪定汉储。
从此班行绝踪迹，史臣何事不重书。①

【作者简介】

梁储（1451—1527），字叔厚，号厚斋，晚号郁洲，广东顺德（今广东顺德）人。明成化十四年（1478）进士第一，历任吏部尚书、华盖殿大学士、内阁首辅。有《郁洲遗稿》。

【注释】

①班行：朝班的行列；朝官的位次。

【点评】

这是一首咏史诗。作为状元出身、内阁首辅的梁储在咏怀商山四皓这四位贤人时，视角似乎与众多诗家不同。两首诗在开端皆赞扬了四皓“定汉储”的功业，其一说“已为留侯定汉储”，其二说“垂老犹堪定汉储”，但诗人似乎更加关注“四皓”安定汉储事毕的去向。商山的松桂并未萧疏零落，四皓却已经离开商山，向他山而去，诗人不禁猜测他们离去的原因：大概是怕皇家再次派使者来请他们出山吧。而他们从此也在朝班的行列中断绝踪迹，不再随从太子刘盈（汉惠帝），令人心生挂念，不禁发出感叹：史臣为什么不写他们的踪迹呢？可惜史书没有答案，四皓的去向也成了谜。诗人身为内阁首辅，辅佐的是明武宗这位历史上有名的好逸乐的天子，劝其早立储君，奏折递上去没有回复，劝其不要南征，武宗也不听从，一路上战战兢兢扈从着，苦口婆心劝谏着，真是煞费苦心。也许正是面对这样的处境，诗人才会想到“定汉储”的四皓，才会关注四皓的去向和踪迹吧。

文公祠

杨一清

骨肉相逢兴不孤，朔风吹雪满头颅。①
一身正气青天在，八代衰文赤手扶。
犹有篇章传道路，岂应香火托浮屠。②
庙门下马瞻依地，却愧经行是坦途。

【作者简介】

杨一清（1454—1530），字应宁，号邃庵，镇江府丹徒（今江苏丹徒）人，祖籍云南安宁。明成化八年（1472）进士，历任中书舍人、陕西巡抚、户部尚书、兵部尚书、左都御史、内阁首辅。有《关中奏议》《石淙类稿》。

【注释】

①骨肉相逢：指韩愈和其侄孙韩湘相逢于蓝关。详见韩愈《左迁至蓝关示侄孙湘》。

②篇章：指韩愈在蓝关所写的名作《左迁至蓝关示侄孙湘》。浮屠：佛教语，指和尚。牧护关镇秦岭之巅的文公祠始建于唐末，明代又有扩建，香火鼎盛，有和尚守护。

【点评】

明弘治四年（1491）杨一清被任命为陕西按察司副使，督理学政，在陕八年，创建书院，选拔俊秀，这首诗即作于这一时期。诗人拜谒秦岭上的韩文公祠，首先想到的就是当年韩愈遭贬途经此地，其侄孙韩湘匆匆赶来相会，正是朔风吹雪、雪花扑面。“兴不孤”三字刻画出韩愈骨肉相逢的喜悦和正道不孤的坚定信念。颔联从道德、文章两个方面评价韩愈：一身正气立于天地之间，八代衰文赤手扶起。后两联写如今文公祠的景象：韩愈的篇章至今仍在流传，而为纪念排斥佛老的韩愈所修的文公祠香火鼎盛，却由和尚来守护。韩愈本因谏迎佛骨被贬，祠庙却由信佛的僧人来守护香火，真可谓一大怪现象。篇末写庙门前下马瞻仰祠庙，以示对前贤的礼敬，却惭愧经行之地皆为垣途。

商山道中即事

刘　玑

麦正芃芃豆正花，竹篱疏处见人家。①
白云门外时来往，午梦醒时一碗茶。

【作者简介】

刘玑（1457—1533），字用齐，号近山，陕西咸宁（今陕西西安）人，明成化十七年（1481）进士。历任山西曲沃知县、户部主事、衡州知府、太仆寺少卿、太仆寺卿、户部侍郎、户部尚书等职。有《正蒙会稿》等。

【注释】

①芃芃（péng）：茂盛的样子。语出《诗经·鄘风·载驰》：“我行其野，芃芃

其麦。”

【点评】

明正德五年（1510），刘玑致仕归乡。居乡里二十年，布衣蔬食，耕读自乐。据许宗鲁《刘公墓志》记载：“晚年恬放自适，多从乡人饮，饮辄尽量，醉为歌诗，皆发性情，有渊明之遗意焉。”这首诗大约就写作于这一时期。诗歌描绘了春末夏初商山道中的农家生活和田园美景。诗人行走在商山道中，田野中的麦子已经长得极为茂盛，豆荚也正开花吐艳，稀疏的竹篱笆后是村户人家，白云在其门外的天空上往来飘动，诗人午梦初醒，正恍惚间不知身在何处，一碗浮动着淡香的清茶已捧在眼前。全诗虽篇幅短小，构思却错落有致，纯用白描，自然清新，诗意盎然。“白云门外时来往，午梦醒时一碗茶”，以浅近隽永的语言将变幻的人世沧桑与闲逸的田园生活做对比，进一步表明他归隐田园的志趣。

昌黎祠

刘　玑

夫子文章百世师，当时封事为匡时。①
如何秦岭蓝关雪，却应花间两句诗。②

【注释】

①匡时：匡正时世，挽救时局。

②蓝关：在今陕西蓝田东南。花间两句诗：《酉阳杂俎》卷十九“牡丹”一条中的“花间诗”故事：韩愈侍郎有疏从子侄自江淮来，年甚少，韩令学院中伴子弟，子弟悉为凌辱。韩知之，遂为街西假僧院令读书，经旬，寺主纲复诉其狂率。韩遽令归，且责曰：“市肆贱类营衣食，尚有一事长处。汝所为如此，竟作何物？”侄拜谢，徐曰：“某有一艺，恨叔不知。”因指阶前牡丹曰：“叔要此花青、紫、黄、赤，唯命也。”韩大奇之，遂给所须，试之。乃竖箔曲，尽遮牡丹丛，不令人窥。掘窠四面，深及其根，宽容入座。唯赍紫矿、轻粉、朱红，

旦暮治其根。凡七日，乃填坑，白其叔曰：“恨校迟一月。”时冬初也。牡丹本紫，及花发，色白红历绿，每朵有一联诗，字色紫分明，乃是韩出官时诗。一韵曰‘云横秦岭家何在，雪拥蓝关马不前’十四字，韩大惊异。侄且辞归江淮，竟不愿仕。

【点评】

昌黎祠即秦岭上的韩文公祠。诗人来此拜谒，写下了这首诗。前两句赞颂韩愈文章道德可为百世之师，当时上书唐宪宗谏迎佛骨也是为了挽救中唐日趋衰亡的时局。可惜他的忠言直谏惹怒了皇帝，被贬潮州，行至蓝关，云横雪拥，阻断了前行的道路，于是留下了“云横秦岭家何在，雪拥蓝关马不前”的千古名句。后二句化用《酉阳杂俎》卷十九“牡丹”一条中的“花间诗”故事，这一故事后演变为“韩湘子点化韩愈修仙”的传说。对此诗人不由感叹，韩愈在秦岭蓝关题诗时，却说其遭贬的命运早已应在花间的两句诗上，真是荒谬可笑。此处用“如何”“却应”二词表达了诗人对韩湘子点化韩愈的传说持贬斥和质疑的态度，进一步呼应首句“夫子文章百世师”。

和杨宪副应宁过蓝桥①

朱诚泳

摇摇小队出蓝关，一路凌兢马足悭。②
万里同云迷玉宇，满天霏雪幻银山。③
枝翻宿鸟惊难定，苔长新痕湿未斑。
却忆昌黎经此日，凭谁沽酒慰愁颜。

【作者简介】

朱诚泳（1458—1498），号宾竹道人，明宗室。明太祖第二子秦王朱樉玄孙。初封镇安王，明弘治元年（1488）袭封秦王。长安有鲁齐书院，久废，诚泳别易地建正学书院。卒谥“简”。工诗，著有《经进小鸣稿》。

【注释】

①杨宪副应宁：指明代名臣杨一清，字应宁，号邃庵，弘治年间曾任陕西按察司副使，提调学校，在陕多年。宪副，明代按察司副使的别称。

②凌兢：亦作“凌竞”。形容寒凉。

③同云：云天一色，古人以为是降雪的征候。出自《诗经·小雅·信南山》：“上天同云，雨雪雰雰。”

【点评】

唐宪宗元和十四年（819），韩愈被贬岭南途经蓝关古道，写下了千古名句“云横秦岭家何在，雪拥蓝关马不前”，传为一段诗坛佳话。六百多年后的蓝关蓝桥的冬日，一位明朝亲王的车驾从此经过，也留下了一首七言律诗。而他的同行者则是明朝名臣杨一清。杨一清在明弘治四年任陕西按察司副使，赴任后督理学政，创建正学书院，提携关中文士李梦阳、康海等人，在陕八年之久。而朱诚泳也是正学书院的创建者之一，可见二人交谊之深。诗歌开篇写车驾摇摇出了蓝关，大路被冰雪覆盖，道路泥泞，马儿只能小心翼翼，“悭”于迈步向前。一个“悭”字生动地刻画出道路的难行。从马儿的“悭足”诗人不觉关注到天气的变化，只见万里云天一色，雪花漫舞，如银山闪耀。风雪吹动了树枝，惊翻了在枝上栖宿的鸟儿，路旁的苔藓上还残留着雪水润湿的新痕。此情此景令诗人自然联想起六百多年前经过此处的大诗人韩愈，“雪拥蓝关马不前”，那时的韩愈正踏上南行的征程，身为被贬之人，道遇大雪阻程，又是何等的悲愤沉痛，不知又有谁为他沽酒，宽慰他的愁颜。全诗从途经蓝关，道逢大雪，联想到昔日遭贬行经此地的韩愈，同情、崇敬之情溢于言表，语言清浅，情感质朴，可谓谐婉可诵。

予行蓝田道中，而想念古人餐玉之法盖不可传矣，因爱其山川风物遂有作云①

朱诚泳

东华晴色动春朝，谷口云开雪尽消。
四面好山青绕郭，一溪流水绿平桥。

鸡鸣草店炊烟乱，雉雊桑田土脉饶。②
白石如粳闻可煮，茂陵人去讵能招。③

【注释】

①餐玉：服食玉屑。古代传说仙家以此延寿。《魏书·李先传》："每羡古人餐玉之法，乃采访蓝田，躬往攻掘……（李）预乃椎七十枚为屑，日服食之。"

②雉雊（gòu）：雉鸣叫。《礼记·月令》："（季冬之月）雁北乡，鹊始巢，雉雊鸡乳。"郑玄注："雊，雉鸣也。"唐王维《渭川田家》诗："雉雊麦苗秀，蚕眠桑叶稀。"土脉：指土壤开冻松化，生气勃发，如人身脉动。

③白石：传说中神仙的粮食。汉刘向《列仙传·白石生》："白石生……尝煮白石为粮。"

【点评】

明弘治六年（1493），朱诚泳因足疾请朝命养疾于太白凤泉、石门温泉、骊山汤泉。诗人先浴骊山汤泉，又祭祀华山，复取道骊山至蓝田，此诗即作于行经蓝田道中。此时正是早春时节，诗人因养病得以从礼仪森严的王宫中解放出来，心情格外舒畅。他的车驾行至蓝田，想到古人传说餐蓝田美玉可延寿的说法，不禁感叹其法没有流传下来，进而欣赏蓝田美好的山川风物，为之歌咏。这首诗描绘了早春时节万物萌生的新鲜与美好。首联写雪消云开之早春晴色，一个"动"字形容春意之盎然，准确传神。中间两联进一步描绘早春之美：四面青山、环绕城郭，一溪流水、绿平路桥，草店鸡鸣、炊烟袅袅，雉鸣桑田，土壤丰饶。以青山绿水之色与鸡鸣雉雊之声相映衬，动静对照，尤显春意之浓丽惹人。尾联则从餐玉之法不可传想到溪中白石传说为神仙的粮食，像粳米一般可煮而食之，由此感叹葬于茂陵的汉武帝喜好神仙长生却早已长逝，可见长生之事终属虚无。诗人吟诵至此，不觉带着无限惆怅之情。

蓝田县之东有山高入云表，甚秀拔。予问从臣此山奚名，有知者对曰：此李唐仙人王顺登仙山，因以一绝纪之[①]

朱诚泳

蓝田咫尺接商颜，谁是丹成出世间。[②]
老鹤无声人已远，白云空自锁空山。

【注释】

①王顺：人名，二十四孝之一的孝子，曾担土上山葬母，后在山中修行，羽化升仙。后人因此将此山命名为“王顺山”，位于蓝田县东南，蓝关古道旁。白居易《游悟真寺诗一百三十韵》：“昔闻王氏子，羽化升上玄。”

②商颜：山名，即商山。唐李绅《南梁行》：“望秦峰回过商颜，浪叠云堆万簇山。”

【点评】

此诗与前诗作于同一时期。诗人途经蓝田道中，见蓝田县东有山极为秀拔，高入云表，遂询问从臣此山何名，有知道的臣子回答说，这就是仙人王顺修炼成仙的山。诗人由此产生感慨，写下了这首七绝以纪之。首句写蓝田与商颜咫尺相接，都有仙人修炼于山中（蓝田有王顺修仙，商颜有四皓隐居）。接着问：两山之中隐居的仙人又有谁已丹成，超脱了世俗的生死？三、四两句写仙人早已乘鹤静静离去，千载之下只剩下白云锁住寂寞的空山依旧矗立在此。“空自”“空山”二词进一步加强了抚今追昔之感。结句以景语暗含情语，充满了物是人非、沧海桑田的伤感之情。

黄沙岭

杨　纯

单骑直上黄沙岭，石磴穿云秋气冷。
俯看红河山石流，渺如一带环青屏。[①]

六鳌头上看鸿濛，顿觉胸襟披万顷。[②]
长啸一声林谷应，此身疑在蓬莱境。

【作者简介】

杨纯（生卒年不详），湖南巴陵（今湖南岳阳）人，明成化十九年（1483）乡试第一，历官南海知县、德庆知州等职，正德年间（1506—1521）曾任商州知州，为官廉慎。

【注释】

①红河：河名，商州境内桃岔河与荆水汇集而成，俗称水道河。

②六鳌：神话中负载五仙山的六只大龟。鸿濛：本指宇宙形成前的混沌状态。此处指远望时一片迷茫广阔的景象。

【点评】

这首诗写作于正德年间作者在商州知州任上，主要抒写登黄沙岭眺望四周景致的舒畅感受。黄沙岭，在商州城北二十里，今商州境内。作者公事之余，独自一人踏着石阶登上黄沙岭，石阶曲折漫长，高耸入云，人走在其上仿佛行走在云层之中，感受到秋气的寒冷。颔联叙写登上黄沙岭后俯看四周所见的景象，只见河山都变得渺小，红河在山石之间蜿蜒流动，犹如一条玉带环绕着形如屏风的青山。颈联写自己仿佛踏在神话传说中负载仙山的六鳌头上，观望着迷茫远大、缥缈无尽的宇宙，顿时感觉胸襟中似有万顷浩渺的豪气要喷薄而出，真是气魄雄伟！最后两句化用《晋书·阮籍传》“籍尝于苏门山遇孙登，与商略终古及栖神导气之术，登皆不应，籍因长啸而退。至半岭，闻有声若鸾凤之音，响乎岩谷，乃登之啸也”的典故，借长啸一声、林谷响应，疑在蓬莱的景象与感受，表达自己高洁的志趣和对商州美景的喜爱之情。这首诗歌通篇景中见情，笔势雄奇，境界空阔，表现了作者洒落的胸襟、轩昂的气宇，显示了作者高洁正直的品质。

游大云寺

胡文璧

迂僻那堪与俗偕，圣明乃许落闲阶。
图南自笑群鷃鹈，投北犹胜食虎豺。①
行历巉岩经险路，坐消炎暑仗高斋。
上人欲借谈终夕，又得穷途一畅怀。②

【作者简介】

胡文璧（1460—1523），字汝重，号石亭，湖南耒阳（今湖南耒阳）人，明弘治十二年（1499）进士，历任户部主事，浙江监察御史、太常少卿，凤阳、保定知府，天津兵备道副使等。有《文会录》《耒阳遗记》等。

【注释】

①图南：典出《庄子·逍遥游》，说北冥有鱼，其名为鲲。化而为鸟，其名为鹏。鹏要徙于南冥，称为“图南”。后以“图南”比喻人的志向远大。鷃鹈：鸟名。典出《庄子·逍遥游》：“鷃鹈巢于深林，不过一枝。”形容目光短浅、易于满足者。投北：指自己被贬谪到北方荒远之地。

②上人：对和尚的尊称。穷途：绝路。比喻处于极为困苦的境地。

【点评】

明正德九年（1514），胡文璧调升天津兵备道副使，曾三次上奏章辞官未允。不久，上《禁革皇庄疏》，触怒明武宗，被捕下锦衣狱。出狱后，贬谪延安府检校。这首诗即作于胡文璧被贬谪到陕西期间，主要抒发了作者忠直被贬的郁愤之情。首联写他自己迂僻，不堪与世偕同，故圣明天子允准自己闲置被贬，此处作者故作反语，表达自己的悲愤之情。颔联借用《庄子·逍遥游》中的典故，将志向远大的鲲鹏与目光短浅的鷃鹈做比较，则己之志向心曲不言自明，即宁愿贬谪到北方荒远之地，也不愿去做食民脂民膏的豺狼虎豹。颈联叙写来大云寺的感受。此大云寺，即西岩院，商州著名寺院。作者被贬闲置，故有暇来拜访，一路上经历巉岩险路，奔波劳碌方才到达大云寺，寺内高斋清幽令人消去了旅途的炎暑。尾联说想要和寺院内的高僧谈玄终夕，以消去贬谪困境的烦闷，一畅郁怀。

松岭纤翠①

南 镗

松生岭上几千年，一雨初晴霁景鲜。
郁郁四时青未了，亭亭百丈翠无边。
山中佳气通朝霭，野外晴光接晓烟。
自是炎凉无异色，分明高节是前贤。

【作者简介】

南镗（1461—1530），字彦声，号商溪，商县（今陕西商洛）人。明成化二十年（1484）进士，历任吏部主事郎中、河南左布政使、南京太仆寺卿等。晚年在家乡建立学塾，教乡人子弟读书，深得乡人敬爱。有《商山题咏》《商溪集》。

【注释】

①松岭：山岭名，在今商洛洛南。

【点评】

南镗是明代商洛著名诗人，为人正直，操守自持。任官时曾与权阉刘瑾抵忤，后刘瑾败，他“累荐不起。家居抚诸弟成立，建塾以教姻族子弟。布衣蔬食，贵显如一，乡人无不敬爱”（《康熙续修商志注》）。这首诗就写作于其居乡期间，描绘了一幅清新幽静的松岭初晴图。首联写松岭上松树已生长千年，雨后初霁时景色分外鲜丽。颔联描写松树的碧色、姿态、高度等。松树四季不凋，郁郁青青，亭亭耸立百余丈，翠色无边。接下来写山野中更有佳气晴光升腾，与早晨的烟霭相接，让松岭的景色更是美不胜收。最后赞颂松树无论炎凉寒暑，都没有改变自己的青青翠色，分明就是前贤高节的化身。南镗居官时不惧权阉正直立朝，归乡后安贫乐道，可以说他笔下的松岭青松也是他品格操守的写照。

商州道次邃庵先生山中吟韵[1]

王云凤

其一

风叶萧萧点乱山，愁人到此一开颜。
云深日暮有柴关，稚子林间驱犊出，
老翁涧底负水还。[2]

其二

深山无云昼阴阴，行人历涧还登岑。
偶然有兴聊一吟，道德未能禅世教，
功名本自非吾心。[3]

其三

才登秦岭赏未休，崎岖右转南山陬。[4]
好景不负平生游，溪鱼一一自来往，
野禽两两相唱酬。

【作者简介】

王云凤（1465—1517），字应韶，号虎谷，山西和顺（今山西晋中）人。明成化二十年（1484）进士，历任礼部主事、陕西提学佥事、陕西按察使、国子祭酒、右佥都御史等。有《博趣斋稿》。

【注释】

①邃庵先生：指明代名臣杨一清，号邃庵。

②柴关：柴门。

③世教：指当世的正统思想、正统礼教。

④陬：隅，角落。

【点评】

诗题中的邃庵先生杨一清与王云凤先后担任过陕西提学一职。杨一清于明弘治四年（1491）至十二年提学陕西，王云凤接任其职，直到正德二年（1507）升山东按察使方离陕。而弘治十五年在王云凤任陕西提学时，杨一清以都察院副都御史身份督理陕西马政，后又于明正德元年升任三边总制。可见这首诗约作于弘治年间王云凤提学陕西，赴商州公干期间。其时，杨一清作《山中吟三首》，王云凤次其韵而作，以为酬唱。诗歌第一首描写风叶萧萧的商山之景，正是云深日暮时分，有孩童从树林驱犊而出，山涧底有老翁背水还家，山林生活如此闲逸，即使愁人到此亦会解颐开颜。第二首描写行人在深山中行走的情景，山深林密，云层不可见，即使白昼，亦是阴沉沉的。行人越过涧水又登上山峰，一路颇为辛苦，诗兴偶然而发，不禁感叹终日羁旅行役，惭愧自身道德不足，未能阐发世教，言功名并非本心的追求。第三首继续交代自己在商州道的行踪，才登上秦岭赏美景还未尽兴，又右转向南山隅的崎岖道路。行路虽难，一路好景却不辜负平生所游，只见溪涧中游鱼自在来往，野禽两两鸣叫仿若唱酬，令人心旷神怡。整组诗采用移步换景的写法，以自然清丽的笔触，勾勒出商州道中所见山景淡雅如画的意境。

商山谒四皓祠

王云凤

新祠初谒秦岭韩，古庙又访商山皓。
道旁高冢双复双，座上遗容老真老。
四老相逐老此山，秦皇汉祖不能挠。
焚书溺冠大道隐，死不愿走长安道。①
锦帐何如草茵丽，鼎食岂胜芝飧饱。②
生儿类已作天子，色爱英雄亦草草。③
未央宫中野鸡啼，奉书急向山中祷。④
龙准忽惊姓名旧，汉庭尽讶衣冠好。⑤

楚歌楚舞动深悲，灭刘安刘讵终保。
呜呼四老胡为来，画策者谁几丧宝。
谋国自古不易言，歌罢出门云灏灏。[⑥]

【注释】

①焚书：指秦始皇焚毁民间所藏《诗》《书》和诸子百家书之事。溺冠：指汉高祖凌辱儒生的行为。

②鼎食：列鼎而食，指世家大族的豪奢生活。

③生儿类己：《史记·吕太后本纪》载，汉高祖以为太子刘盈不类己，常欲废太子，立戚姬子如意，认为如意类己。

④野鸡：指吕后，名雉。

⑤龙准：亦作“隆准”，《史记·高祖本纪》言其“隆准而龙颜”，此处代指汉高祖。

⑥罢：原稿误作“罗”字。按此句诗意，应为“罢”。灏灏：广大无际貌。

【点评】

这首诗与前诗大约作于同一时期。时任陕西提学的王云凤赴商州取士，专门到商山拜谒四皓祠庙，有感而发，写下了此诗。诗歌一开篇交代自己行踪，刚刚拜谒过秦岭上韩文公的新祠，又来商山访寻四皓的古庙。只见祠旁道路四座高冢，祠庙内座上四皓的塑像皓首衰颜。接下来叙写四皓事迹，即使秦始皇、汉高祖也不能阻挠他们终老此山的志向，他们看到世上焚书溺冠等大道沦丧，宁死也不愿在长安道竞逐名利、谋求富贵。在他们眼中，华丽的锦帐何如平整如茵的草地坐卧舒适，列鼎而食的豪奢生活哪里比得上餐芝草得以饱腹。可叹未央宫中吕后心急悲啼，为挽救太子刘盈岌岌可危的储位，派人奉书到山中请出四皓。汉高祖惊讶四皓出山辅佐太子，知道大势已去，和戚姬楚歌楚舞、深悲不已。最后诗人疑惑四皓出山究竟是灭刘还是安刘，说是安刘，然而吕后掌权后大肆诛除刘氏皇族；说是灭刘，毕竟他们又安定了太子的储位，只能让人叹息他们不能长久保全刘氏。四皓究竟是为何出山啊，为吕后策划的张良可知他几乎断送了刘氏的帝位。于是诗人感叹，为国家利益谋划真是自古不易，让我歌罢此诗出门而去，仰头望天，此时云色正是苍茫无际。

登商山书院旷如台

石 玠

楼上葳蕤树色苍，城边流水亦沧浪。①
乾坤万古台相对，名利一生人自忙。
积雨乍催秋气到，野烟轻窣午阴长。②
商山迥与恒山隔，怅望孤云意渺茫。

【作者简介】

石玠（生卒年不详），字邦秀，河北真定藁城（今河北石家庄）人。明成化二十三年（1487）进士，历任汜水知县、河南道监察御史、山西按察司副使、大同巡抚、兵部右侍郎、户部尚书等，后因谏武宗南巡，引疾去职，家居二年卒，赠太子少傅。

【注释】

①葳蕤：草木茂盛的样子。

②轻窣：轻微拂动。

【点评】

这首诗作于弘治年间石玠奉命巡按陕西边务，途经商州登商山书院时。诗人登上书院的旷如台，观望四野景色，不禁百感交集，发言为诗。开篇先写登楼眺望台四周的景致，只见草木葳蕤、树色苍苍，城边青苍色的流水滚滚逝去。接下来写登台的感慨，在读者面前展现了一幅境界雄浑的艺术画面。乾坤上下，苍穹万古，台依旧矗立，而世人却为名利汲汲营营、忙碌一生。这一联以浩茫宽广的宇宙天地和沧桑易变的古今人事作为开阔的背景加以衬托。第三联描写登台而引发的悲秋之感，积雨连绵，催促秋气来到，野烟轻窣，午阴增长。最后说商山与恒山相隔迥远，登台望不到家乡，只能看着天上漂泊的孤云，意绪惆怅而渺茫。结句饱含着感情，使抒情主人公——诗人，因思乡而孤单感伤的自我形象站到了画面的主位上，画面顿时神韵飞动，光彩照人。

昌黎祠

李应和

秦岭崎岖蜀道难，烟云重叠锁峰峦。
高低风叶林梢落，红白山花马上看。
南入湖湘天不远，西连华岳地偏宽。①
昌黎当日潮阳去，回首长安兴渺漫。

【作者简介】

李应和（生卒年不详），四川大竹（今四川大竹）人。明弘治三年（1490）进士，弘治年间任商州抚治道。

【注释】

①湖湘：湖南省洞庭湖和湘江地带。常用来代指湖南。华岳：指西岳华山。

【点评】

这是弘治年间李应和担任商州道一职时拜谒韩文公祠而作的诗篇。诗人描绘了山林祠庙的幽邃环境，营造了一种清幽开阔的意境。诗歌前四句写游昌黎祠一路的景致，秦岭山路崎岖，宛似蜀道艰难，只见峰峦高耸、烟云重叠，一个“锁”字形象地描绘了云横秦岭、烟迷雾罩的情景。一路上林木葱郁，风吹拂着林梢，叶子高低飘落，红色白色的山花灿烂开放，正可在马上欣赏。登上峰顶的文公祠后，视野开阔，群山向南入湖湘一带，似乎离天边不远，向西连接西岳华山，地域辽远宽阔。最后两句由景入情，在昌黎祠边，诗人不禁想到韩愈当年被贬潮州路经此地，大约也曾回首瞻望长安吧。念及此，诗人也不由兴致渺漫、思绪万千。

秦岭韩文公

王九思

潮阳昔恨征途远，秦岭今看庙宇新。
青史长留佛骨表，苍天终护孔门人。
海国豚鱼随变化，衡山云雾破嶙峋。①
此日逐臣多感慨，千秋洒泪一沾巾。

【作者简介】

王九思（1468—1551），字敬夫，号渼陂，鄠县（今陕西西安市鄠邑区）人。明代“前七子”之一。明弘治九年（1496）进士，曾任吏部郎中。刘瑾垮台后，被列为瑾党，贬为寿州（今安徽寿县）同知，后又被迫归乡。有《渼陂集》。

【注释】

①豚鱼：即“信及豚鱼”的简称，指信义及于豚和鱼，形容信义昭著，无微不及。《易·中孚》：“豚鱼吉。信及豚鱼也。”韩愈《猫相乳》云：“《易》曰‘信及豚鱼’，非此类也夫？”衡山：山名，五岳之一的南岳，位于湖南衡阳境内。韩愈遇赦后经过此地，写下《谒衡岳庙遂宿岳寺题门楼》一诗记游。

【点评】

这是王九思的组诗《五君子咏答刘士奇》中的一首，歌咏对象是唐代的韩愈。同为“逐臣”的作者拜谒秦岭上的韩文公祠，感慨韩愈遭贬的际遇及自身遭际，“怅望千秋一洒泪”，写下了此诗。首联从拜谒秦岭上的韩文公祠写起，回想昔日韩愈遭贬潮阳，途经秦岭，发出“夕贬潮阳路八千”的悲叹；而到今天，当年使韩愈“秦岭云横”“雪拥蓝关”的此地却已是庙宇巍峨、焕然一新。诗歌中间两联赞颂韩愈《谏迎佛骨表》而青史留名，体现了苍天厚及“孔门人”的欣喜。接着通过韩愈至潮州后驱鳄和遇赦游历衡山的事迹，赞其信义昭著，感动苍天。“驱鳄”事迹见《新唐书·韩愈传》：“愈至潮，问民疾苦，皆曰：‘恶溪有鳄鱼，食民畜产且尽，民以是穷。’数日，愈自往视之，令其属秦济以一羊一豚投溪水而祝之……祝之夕，暴风震电起溪中，数日水尽涸，西徙六十里，自是潮无鳄鱼患。”而唐永贞元年（805）韩愈遇赦，途经衡山欲游，却遇浓云密布，阴雨连绵，登不了山。韩愈夜宿岳庙，潜心默祷，祈求岳神驱开云雾，让他登山游览。说来也怪，韩愈祷告后，恰逢云开雾散，衡岳诸峰，突兀高耸，直插碧空，他以为是自己精诚所感，次日攀上祝融峰，纵览了南岳雄伟秀丽的风姿。后人亦附会称为“韩愈开云”（事见韩愈《谒衡岳庙遂宿岳寺题门楼》一诗）。诗歌最后诗人从思接千载回到现实，联系到自身的被贬，怅望千秋，“同为天涯沦落人”，洒泪沾巾，情难自禁。

汝为我楚舞①

李梦阳

汝为我楚舞，吾为若楚歌。黄鹄翼成将奈何，黄鹄一举横四海，君王岂有四海罗。②君无四海之罗安用此，殃君美人毒君子。

【作者简介】

李梦阳（1473—1530），字献吉，号空同子，陕西庆阳（今甘肃庆城）人，徙居开封。明代“前七子”之首。明弘治六年（1493）中进士，历任户部主事、户部郎中、江西提学副使等。有《空同集》。

【注释】

①汝为我楚舞：此题出自《史记·留侯世家》汉高祖之语。

②黄鹄翼成：指太子刘盈得到四皓辅佐，羽翼已成。罗：捕雀的网。

【点评】

这是一首古乐府琴操曲，其体裁形式体现了作者力求模拟古人的诗论主张。《直隶商州志》选入，改为“四皓祠拟古乐府”。诗歌前两句为《史记·留侯世家》中汉高祖对戚姬说的原话。汉高祖晚年宠幸戚姬，欲废掉太子刘盈，立戚姬所生赵王如意，后留侯张良献计，为太子请出商山四皓辅佐。当高祖看到太子身边辅佐的四皓后，召戚夫人指示四人说：“我欲易之，彼四人辅之，羽翼已成，难动矣。吕后真而主矣。”戚夫人泣，汉高祖说：“汝为我楚舞，吾为若楚歌。”其歌中就含有“黄鹄翼成将奈何，黄鹄一举横四海，君王岂有四海罗”的深意，向戚夫人表示太子已经换不成了。诗歌结句说，君王既然没有四海之罗，网不住黄鹄，哪里会知用此网殃及美人戚姬和使君王之子赵王如意被毒害？此指太子即位后，吕后令人将戚姬做成人彘，又下毒杀害了赵王如意的史实。这首诗批评汉高祖在储位问题上处置不当，不该以爱易太子，使戚姬和赵王有了非分之想，最终酿成了妻妾相残、子嗣被害的惨剧。

西岩寺①

苏　乾

熏风缓缓袭游人，雨后平郊草色新。
棠树有阴无雀语，不妨露冕数行人。②

【作者简介】

苏乾（生卒年不详），字体健，直隶隆庆州（今北京延庆）人。明弘治十五年（1502）进士。历任兵部主事、员外郎、陕西右参议等。续编《隆庆志》十卷。

【注释】

①西岩寺：寺庙名，在商州城西仙娥溪旁。

②棠树有阴：比喻政事清平。出自周朝召公甘棠布政的典故，见《史记·燕召公世家》。

【点评】

苏乾在明正德九年（1514）前后任陕西参议一职抚治商洛道。在任期间，曾重修州学，发展教育。这首诗写作于他公事之余游览商州西岩寺之时。这一天正是雨后天晴，暖风熏人，拂面而来，诗人游兴生起，出发前往西岩寺。一路上只见平郊草色茸茸，显得分外青翠新绿。第三句写来到西岩寺后，棠树绿叶成荫，却没有恼人的叽叽喳喳的雀鸟声，真是十分幽静。这里暗用召公甘棠之典，写政事清平景象。结句用语风趣活泼，面对如此幽静景致，不妨露冕指点行人。此处“露冕”有两种解释：一说是隐者所戴的一种便帽，二说典出晋陈寿《益都耆旧传》：“郭贺拜荆州刺史，明帝巡狩到南阳，特见嗟叹，赐以三公之服，黼黻旒冕，敕去幨露冕，使百姓见此衣服，以彰其德。”后遂成为官员治政有方、皇帝恩宠有加的典故。用在这里，暗合诗人商洛道的官员身份，十分妥帖。

铜佛龛

任庆云

深山有岩谷，绝胜旧知名。① 悬压真疑坠，空明凿不成。②
冲林青溜下，当户碧云生。 身世诸天外，萧萧钟磬声。

【作者简介】

任庆云（生卒年不详），字怀南，商州商南（今商洛商南）人。明正德八年（1513）举人，官至陕州知州。嘉靖年间，撰《商略》八卷，自创义例，《四库全书总目提要》介绍“其书首州志，次镇安、洛南、山阳、商南四邑志”。

【注释】

①绝胜：此处指风景最佳之处。

②空明：指空旷澄净。

【点评】

铜佛龛在商州城东四十里的罗公徧（为清商州知州罗文思所修，方便商旅往来）上，有唐和尚所铸的铜佛像置于石窟之中，在明代被称为商州“八景十观”之一，现为寒川佛诞公园五方佛山。古商州出铜，以制造兵器和铸钱闻名。在城东洛源对岸的霸王寨下，其地旧名诸天洞，周围怪石壁立，勺水不注。洞离地约十余丈，内有铜佛三尊，相传系唐朝和尚一行铸造观星神所用神物剩下的铜料，被称为神料所铸，并成为洛源监铸钱和祭祀的场所。佛龛俯临丹水，仰窥飞岩。盛夏之际，避暑洞中，寒凛逼人，又有清甘的泉水可饮，真是别有洞天。此诗先从深山岩谷的外部环境写起，赞叹其乃绝胜之地，自古知名。接着描绘佛龛悬坠空中，令人有坠落的担忧，也不知如此险峻之景当年是如何在空中凿成，更兼四围林色青青、碧云冉冉映衬着佛龛，不觉令人忘怀身世诸天之外，沉浸在萧萧的钟磬声中。诗人着笔于铜佛龛周围环境的险绝与幽深，将佛龛峭壁凿立的姿态勾勒出来，营造了一幅宁谧出尘的绝佳风景。

大悲阁

任庆云

盘曲麻涧路，望望开秦壁。　坤舆有赢藏，宛见儇巧迹。①
薄游家山遍，转剧宜搜癖。　晴春欣独往，遂闯灵仙宅。
岩扉出穷跨，洞窔杳千尺。　巉绝天所临，鬼力相擘划。
青霄临栏槛，古雨昏巉积。　虹光错五色，迴带晨晖白。
十里曲溪深，万嵌敞虚碧。　何年紫云崩，方解乱瑶席。
唯时桃李荣，烂映岩前柏。　水涉兼山跻，颇觉闲情适。
夙怀中赏趣，怅此春游迹。　因思听鸣淙，卧漱松下石。
傥逢骑羊翁，招游炼金液。②归踪在烟萝，了与尘世隔。

【注释】

①坤舆：指大地。赢藏：蓄藏的余财，此指大悲阁。儇巧：匠心巧运。

②骑羊翁：典出汉刘向《列仙传·葛由》："葛由者，羌人也。周成王时，好刻木羊卖之。一旦，乘羊而入西蜀。蜀中王侯贵人追之，上绥山，在峨眉山西南，高无极也。随之者不复还，皆得仙道。"后以"骑羊"称得道成仙。

【点评】

这首诗描写了诗人登大悲阁眺望时的所见景象与春游赏趣的闲情。大悲阁在商州城西四十里的大悲岩上，中有大悲观音像，为商州名胜之一，号“灵岩松舞”。诗人在一个晴朗的春晨独自从麻涧镇跻板桥登上盘曲之路，渐行渐远，直到望见山间开凿的秦壁，只见飞石嵌空，如门户洞开，洞壑杳深千尺。登上岩阁，凭栏远观，积雨落后，天空上虹光杂错，远处隐约现出一带白色的晨晖。岩后水自石出，名白龙泉，散流入十里曲溪。周围更有松柏茂盛，千姿百态，根盘石上，蜿蜒林阿，映衬着灼灼红艳的桃李花，一派春光灿烂。诗歌的最后诗人感慨跋山涉水一路行来，欣赏到夙怀的美景，听松涛泉响，如隐士般闲卧松下、枕石漱流，耳目为之一清。此时倘能碰到骑羊的仙人，请他炼金液服食，自可得道成仙，便在这烟萝仙境归去，与尘世相隔，由此阐发出诗人渴盼归隐山林的向往与对成仙得道的歆羡。

文公祠

马　理

白马驮来贝叶篇，斯文几坠仅丝悬。①
一封佛表轲书后，永夜人醒旭日边。
秦岭雪增山斗望，潮阳鳄听鬼神迁。②
不应白璧还蝇点，诬说孙湘度叔仙。③

【作者简介】

马理（1474—1556），字伯循，号溪田，咸阳三原（今陕西三原）人。明正德九年（1514）进士。历任吏部主事、吏部员外郎、光禄寺卿。致仕后主持商山书院，与吕柟并称为关中学派宗师。总纂《陕西通志》，有《周易赞义》《溪田文集》等。

【注释】

①贝叶篇：古代印度人用以写经的树叶。亦借指佛经。

②潮阳鳄：韩愈被贬潮州任刺史时，当地有鳄鱼为害，韩愈写了篇祭文令其远迁，当晚暴风雷电起溪中，数日水尽涸，西徙六十里。自是潮无鳄鱼患。事见《旧唐书·韩愈传》。

③白璧还蝇点：典出《诗经·小雅·甫田之什·青蝇》，青蝇玷白璧，比喻谗人陷害忠良，颠倒黑白。

【点评】

明嘉靖年间，抚治商洛道的郗元洪在州城北坡大云寺创建了商山敷教书院，由知州夏文宪延聘三原人马理（官至光禄寺卿，致仕后来商州）主持。这首诗即写作于这一时期。诗歌开篇说东汉明帝时，曾遣使赴西域求佛法，回来时用白马驮载经卷、佛像回到洛阳，从此佛教在中原流传。佛教信众逐渐增多，使得儒学斯文道统如丝悬，处于几近消亡沦丧、岌岌可危的状态。而中唐时代的韩愈以继道统、发扬儒学为己任，上书唐宪宗谏迎佛骨，继亚圣孟轲之后阐发了儒学，如同旭日升起在永夜中，使人们恍然觉醒。宋人曾赞颂孔子“天不生仲尼，万古如长夜”（朱熹《朱子语类》卷九十三），此处显然是化用这种说法，颂扬韩愈在继往圣、开来学上的突出贡献。第三联进一步赞扬韩愈在秦岭写下千古名句，如泰山北斗般让人仰望，在潮州任上为民除鳄害。最后两句指出不应听信韩湘子度化韩愈修仙的诬说，免得损害韩愈儒学宗师的形象。

韩昌黎祠

唐　龙

缥渺云为径，嶙峋石结祠。[①] 丹心悬日月，吾道把旌麾。[②]
风雪蓝天阻，波涛瘴海迷。　山深秋梦爽，先已揖光仪。

【作者简介】

唐龙（1477—1546），字虞佐，兰溪（今浙江兰溪）人。明正德三年（1508）进士，历任郯城知县、右佥都御史、左副都御史、吏部侍郎、兵部尚书、刑部尚书、南京吏部尚书等职。

【注释】

①嶙峋：形容山峰、岩石、建筑物等突兀高耸、重叠幽深。

②旌麾：帅旗，旗帜。

【点评】

明嘉靖十一年(1532)，陕西大饥，又有边防告急，唐龙临危受命，以兵部尚书总制三边军务兼理赈济。他一到陕西即以解救饥民为先，提出“训平籴、宽私债、节用度、停勾摄、抚逃移、恤老羸、收遗弃、散糜粥、给医药、禁闲粜”十项对策，活民三十余万人，接着对乘机入侵的吉囊、俺答部进行反击，屡次败敌，边境遂安。诗人来到陕西赈灾，自然要拜谒秦岭牧护关上的韩文公祠。诗歌先从祠庙周围景象写起，云径缥缈迷蒙，石祠嶙峋高耸，可见祠庙来历之不同凡俗。接下来赞颂韩愈的功绩，忠诚之心可悬日月，牢牢把住儒道的大旗，摇旗呐喊，光大儒学。再用十个字精练地概括韩愈被贬一路上的坎坷：在蓝关被天之风雪阻断道路，去瘴气弥漫的潮州被海上的波涛所迷。最后回到祠庙的叙写，言秦岭山深处秋意已浓、秋梦正爽，于秋色之间的祠庙中拜谒，拱手作揖，正可瞻仰韩愈塑像的光彩和仪表，抒发了对韩愈的敬仰之情。

游龟山

赵　载

亀峰南陟费跻攀，漫对秋光一解颜。
几曲沧浪连楚水，四围青嶂接秦山。①
烟迷草树孤村落，云压城闉古市阛。
却愧茇棠无善政，欲凭田父问民艰。②

【作者简介】

赵载(1481—1543)，原名君琰，山西垣曲(今山西垣曲)人。明正德六年

(1511) 进士，明武宗改赐今名。历任户部主事、陕西参议、抚治商洛道、南京都察院右副都御史。

【注释】

①沧浪：借指青苍色的水，此处指丹水。

②茇 (bá) 棠：典出《诗经·召南·甘棠》：“蔽芾甘棠，勿翦勿伐，召伯所茇。”茇意为在草舍住宿。据史书记载，西周初召公巡行乡邑，有棠树，决狱政事其下，召公卒，而民人思召公之政，怀棠树不敢伐，遂作《甘棠》之诗。见《史记·燕召公世家》。后用以称颂循吏的美政和遗爱。

【点评】

《续修商志》误将作者名写为“赵戟”，今订正之。这首诗创作于明嘉靖二年 (1523) 作者任职陕西参议、抚治商洛道期间，抒写游赏龟山的见闻感受，流露出关心百姓疾苦的情怀。作者由南面登上龟山，山势险峻，跻攀十分费力，故登顶后随意赏玩秋光，喜悦的神情流露在脸上。中间两联写俯瞰远眺之美景，放眼望去，几条弯弯曲曲的河流与远处的楚水相连，四周青翠的群山环抱，与秦岭相接。空中烟雾弥漫，隐隐约约露出远处孤零零的村落和草树，商州城上云雾低垂，一个“压”字刻画出山雨欲来的景象，似乎也暗示了作者心情的变化。从城池上的阴云低垂，想到民生，继而想到自己抚治商洛的职责，作者不由惭愧自身没有像召公一样留下善政，因此想要向田父乡老询问民生疾苦，改善民生。可见作者是一位颇为关心民生的官吏，在游山戏水之间尚不忘却自己的职责。

送杜司训之蓝田①

何景明

少陵诗卷名山水，王氏丹青老岁华。②
胜地常令一怅望，儒冠今喜慰生涯。
青毡不愧商岩草，白发何愁杜曲花。③
秦岭终南得见否，宦游吾已倦尘沙。

【注释】

①司训：明清县学教谕的别称。

②王氏：指唐代诗人、画家王维。

③青毡：指清寒贫困者。亦指清寒贫困的生活。

【点评】

这首诗作于送别杜司训赴任蓝田县教谕一职时。首联先写蓝田一地的久负盛名，这里曾经是杜甫诗卷中的“名山水”——“蓝水远从千涧落，玉山高并两峰寒”（杜甫《九日蓝田崔氏庄》）和王维笔下的《辋川图》。昔日的胜地固然令人常常怅望，而身为“儒冠”的杜司训得以教谕蓝田亦是一桩可慰生涯的喜事。颈联则进一步赞美杜司训的操守品行，他甘于清贫的生活，无愧商岩隐居的四皓等先贤；他白发劝学，又何愁有朝一日不能在杜曲赏花、尽享春光？和他相比，我却早已对仕途宦海心生倦意，那巍峨的秦岭终南山明灭可见，那就是我将要隐居的地方啊。后两联既赞扬了杜司训的品行美德，寄寓美好期望，又表达了诗人一生宦海浮沉、心念归隐的深沉感慨。全诗怀古、叙事、抒情融为一体，用典妥帖，意味深长。

秦岭谒韩祠

何景明

扪萝登峻岭，级石上荒祠。[①] 雪阻南迁路，云停北望时。[②]
文衰真有作，道丧已前知。 千载经行地，高山空尔思。[③]

【注释】

①扪：攀援。

②南迁：指被贬谪、流放到南方。此处指韩愈因谏迎佛骨被贬潮州。

③高山：喻高尚的德行。语出《诗经·小雅·车辖》：“高山仰止，景行行止。”

【点评】

何景明于明正德十三年（1518）至十六年在陕西任职提学副使，在任期间，勤劳王事、兢兢业业，教导学生专攻“经术世务”，亲自讲学于书院，把人才培养作为第一要务。他公事之余，登秦岭拜谒韩文公祠，写下了这首诗。诗分两层意思。前两联写登岭历程：诗人攀援萝蔓登上连绵的秦岭，沿着石阶缓缓走上荒废的祠庙——韩文公祠。这里曾是韩愈遭贬经行的地方，留下了“云横秦岭家何在，雪拥蓝关马不前”的千古名句。此处诗人想象了这样一幅景象：当年韩愈走到这里，大雪纷飞，阻断了他南迁的道路，流云静止，回头北望长安，想到自己因忠言而获罪遭贬，不禁唏嘘不已。后两联则写自己的所感。“文衰”“道丧”两句是化用苏轼在《潮州韩文公庙碑》一文中对韩愈的评价“文起八代之衰，而道济天下之溺”。千年之后，诗人经行此地，登岭谒祠，望高山，怀古人，联系自身督学陕西、教化人才的使命，深感身上的担子沉甸甸的，对一代儒宗韩愈的崇敬之情也更加深切。《明史》本传称其“志操耿介，尚节义，鄙荣利”，“有国士风”。而何景明也的确身体力行着儒学的教化事业，他在陕督学三年，竟以学政勤劳得心疾，猝然呕血，正德十六年六月辞官归家，至家六日即病故，时年三十九岁，真是天妒英才，令人叹惋。

新开岭①

何景明

堑山通大谷，槎岭挂天梯。倚立飞云上，回看落日低。②
异花千种色，怪鸟百般啼。晚就松林宿，烟昏度碧溪。

【注释】

①新开岭：在商南县境内丹江南岸，雄奇险秀，为豫陕鄂三省交界的山岭。

②倚：一作独。

【点评】

这首诗写作于何景明任职陕西提学副使时期。他在任期间巡视商州，选拔人才，路过商南的新开岭时写下了这首诗。沿着弯弯曲曲的山沟通向了壮观的山谷，错杂参差的山岭仿佛挂着天梯。走在岭上，仿佛倚立在飞动的云彩上，回首看向落日，似乎比自己所处的位置还低。此二联采用夸张的手法，极写其险峻雄奇。岭中各色奇异的花朵竞相开放，争奇斗艳，令人目不暇接；各种形状怪异的鸟儿发出百般啼声，令人耳不胜听。颈联从视听两个角度描绘出新开岭的绮丽旖旎。最后说一路赏景、一路流连，直到傍晚时分才在松林旁住下，此时此地碧溪潺潺，烟雾弥漫，恍若仙境。

辋　川

何景明

飞泉万壑通蓝水，仄径千峰入辋川。①
野老岂知旌节到，世人空作画图传。②
鼋鼍岸坼深无地，鸡犬林开忽有天。③
即此买山堪避俗，桃源何必访神仙。

【注释】

①仄径：狭窄的小路。

②野老：村野老人。旌节：指古代使者、官员的凭信。

③鼋鼍：大鳖和猪婆龙。

【点评】

何景明来陕之前就早闻辋川胜景，却一直无缘得睹，直到任职陕西提学副使，公事之余寻山问水方才得遂夙愿。万山群壑间飞泉瀑流汇聚通向蓝水，千峰峭壁间沿着狭窄的小径进入辋川，首联既摹写辋川秀丽宜人的山水，又点明游踪。接着诗人言此地村野老人避世躬耕，哪里知道官员的旌节到此，世人却将着官服的王维画在《辋川图》上流传，可笑可叹，故着一“空”字。颈联描写此地幽深的环境：鼋鼍在裂开的溪岸深潜，村落中鸡鸣犬吠，幽晦的山林被日光照射，忽然抬头看到天空。最后诗人借用《世说新语·排调》

中支道林买印山的典故，发出感慨：真想就此买山隐居，正堪逃避俗世，又何必到桃源去访神仙。可见诗人在此地已找到了一个称心的世外桃源，也可看成是对辋川胜景的赞美。其中通过对山水的描绘寄慨言志，可谓含蕴丰富，耐人寻味。

秦岭望韩文公祠

刘储秀

久闻祠宇在空林，目断斜阳欲远寻。
只为西征迎佛骨，宁知南窜忤君心。
鳄驱沧海风波险，马拥蓝关雨雪深。①
自是平生多道气，瘴江犹自发长吟。②

【作者简介】

刘储秀（1483—1558），字士奇，别号西陂，咸宁（今属陕西西安）人。明正德九年（1514）进士，历任刑部主事、山西提学副使、右副都御史、户部侍郎尚书、兵部尚书。有《刘西陂集》。

【注释】

①鳄驱：典出《新唐书·韩愈传》：“愈至潮，问民疾苦，皆曰：‘恶溪有鳄鱼，食民畜产且尽，民以是穷。’数日，愈自往视之，令其属秦济以一羊一豚投溪水而祝之……祝之夕，暴风震电起溪中，数日水尽涸，西徙六十里，自是潮无鳄鱼患。”后人诗文中的“驱鳄”即指此事。

②瘴江：充满瘴气的江边，指韩愈被贬的潮州。

【点评】

刘储秀在仕途上曾有数次起落。明嘉靖九年（1530），任河南左参政的刘储秀因前为山西提学时文移之误罢归，居家五年，曾追寻胜迹，寻幽探奇，这首诗大约写作于这一时期。诗歌一开篇就说“久闻祠宇在空林”，可见诗人对韩文公祠向往许久，却因羁宦在外，公事繁忙，无暇拜谒。今日登上秦岭，斜阳映照，诗人的目光搜寻着韩文公祠的方向，目断远山。中间两联追述了韩愈的事迹，他因谏迎佛骨，不惜忤君心，被南贬潮州，“只”“宁”二字刻画出韩愈一片忠诚为国之心。“鳄驱”两句写出韩愈被贬路途上雪阻蓝关，贬谪之地潮州鳄驱风波。最后一联赞扬韩愈面对仕途上的风波险阻，一无所惧，只因平生道气所蕴，如孟子所说“我善养吾浩然之气”“其为气也，至大至刚……配义与道”（《孟子·公孙丑》），即使被贬潮州，仍然能在充满瘴气的江边边走边吟。此句暗用屈原典故，却与屈原被流放时“至于江滨，被发行吟泽畔，颜色憔悴，形容枯槁”（《史记·屈原列传》）的精神状态与形象形成鲜明对比，体现了韩愈面对人生逆境安之若素、视若等闲的儒家修养，显然也寄寓了诗人不以罢官得失萦怀的高尚情操。

楼山太素庵①

王光济

紫气苍苍锁岭头，昔人此地起仙楼。
月房石室空苔藓，碧草瑶花入艾莸。②
日暖废池山鸟浴，林深幽谷老猿游。
羽车闻说归玄圃，无限山光总不收。③

【作者简介】

王光济（生卒年不详），字谦夫。明正德十二年（1517）进士。历任保宁府知府、黎平府知府、山东转运使。为官清廉正直，善诗文。

【注释】

①楼山：山名，在商州城南七十里的上官坊乡。太素：指唐代隐士高太素，曾在楼山上结庵隐居。

②艾莸：艾是香草，莸是臭草，形状相似。

③玄圃：传说中昆仑山顶的神仙居处，中有奇花异石。玄，通“悬”。

【点评】

唐开元时，高太素隐于商州之楼山，起六逍遥馆，命名“晴夏晚云、中秋午月、冬日方出、春雪未融、暑簟清风、夜阶急雨”（事见宋陶谷《清异录》）。至明朝一位叫王光济的诗人来到楼山，写下了这首诗来吊古人赏今景。首联叙写楼山在刘岭之阳，岭头上紫气苍茫、烟雾弥漫，仿若仙境，唐代隐士高太素在此地盖起仙楼。中间两联描绘今日所见的太素庵景色：当年的月房石室空无一人，遍布苔藓，高太素昔年精心种植的碧草瑶花混杂在香臭不一的野草中；丽日暖风下的废池中，山鸟在嬉戏，深林幽谷中，有老猿在游逛。昔日隐士起居赏玩的六逍遥馆竟然一派荒凉破败的景象，真是令人无限感伤。尾联说高士高太素隐居于此修道，闻说已乘着羽车回到昆仑山顶神仙居住的玄圃，此地只剩下无限的山光野景供后人凭吊，令人感慨不已。

新开岭

萧廷杰

阻雨新开岭，低头就敝庐。[①] 山高风浊恶，秋涝水成渠。[②]
饥馁思何赈，荒凉忍为书。　武关河正发，欲渡且踌躇。

【作者简介】

萧廷杰（生卒年不详），字元勋，号五溪，四川泸州（今四川泸州）人。明正德十二年（1517）进士。明嘉靖十一年（1532）夏由商州知州擢升陕西布政司右参议、抚治商洛道。在任期间兴学选士，轻徭薄役，于嘉靖十三年重修商州州学，十四年纂修《商州志》，颇有政声。

【注释】

①敝庐：破旧的草庐。

②秋涝：秋天蓄积的雨水。

【点评】

新开岭在武关西，今商南县境内，山势陡峭，河谷深邃，为关城外屏。萧廷杰时任抚治商洛道，被大雨困阻于新开岭上，创作此诗写下己之所见所感。首联叙写留宿新开岭的缘由，途经新开岭却逢大雨，道路难行，只能在破旧的庐舍里宿下。接着详细描写新开岭的景象：山高峰险，滂沱的大雨，凛冽的狂风，浑浊的水流，秋涝成渠，一派险恶凄苦、荒凉萧条的景象。身为商洛父母官，作者不禁想到，如此大雨必将引发洪涝，而灾情又会造成饥荒，到时该如何赈济百姓呢？想到洪涝泛滥、百姓饥馁的荒凉情形，作者真是不忍提笔书写。想要动身渡过武关河去救灾，却正欲大水暴涨，故踌躇此地，心焦如焚。诗歌中塑造了一位心忧涝灾、救济百姓的官吏形象，与萧廷杰在商州任上颇有政声的记载是相符合的。

送姜省吾少参驻抚商州①

赵完璧

人去三秦地，花飞四月天。离魂销别浦，断霭暗前川。
美政酬明主，芳声茂昔贤。商山兼吏隐，清暇抱琴眠。②

【作者简介】

赵完璧（1500—1580以后），字全卿，号云壑，晚号海壑，山东胶州（今山东胶州）人。官至巩昌府（今甘肃省陇西县）通判。工诗，多触事起兴，吐属天然。有《海壑吟稿》。

【注释】

①少参：官职名。明代于各布政使下置参政、参议，时称参政为大参，参议为少参。姜省吾：指姜国华，字省吾，浙江慈裕人，明嘉靖三十八年（1559）进士，隆庆年间任职陕西参议抚治商洛道。

②吏隐：指不以利禄萦心，虽居官而犹如隐者。

【点评】

明成化十三年（1477），左副都御使原杰在安置荆襄流民时，将西安府的商州所辖四县统为商洛道，设分守道职，由参议或参政充任。本诗中所提的姜省吾在隆庆年间（1567—1572）被任命为陕西参议，抚治商洛道。这首诗即作于送其赴任之时。四月天，柳飘花正飞，正是一年好时节，姜少参将去三秦大地赴任商州。接着诗作描绘了送别姜少参的场景，残雾久久不能散去，为别离的浦口笼罩上一层凄凉的氛围，烘托出临别时的伤感情绪。作者一边对友人姜少参的离去深感不舍，一边寄以真挚的祝福和期许：望他到商州后施行德政来报答明主的恩遇，赢得美好的声誉与先贤并茂。诗歌最后叙写商山景色幽美可兼吏隐，希望友人在闲暇去赏玩，抱琴入眠。此句化用陶潜故事和李白《山中与幽人对酌》“我醉欲眠卿且去，明朝有意抱琴来”的名句，将友人姜少参洒脱蕴藉的诗人形象展现出来，可谓兴味深远、意蕴悠长。

辋川谒王右丞祠①

敖　英

蜀栈青骡不可攀，孤臣无计出秦关。②
华清风雨萧萧夜，愁绝江南庾子山。③

【作者简介】

敖英（生卒年不详），字子发，号东谷，清江（今江西樟树）人，明正德十六年（1521）进士，历任南京工部主事、陕西按察佥事、河南按察副使、四川右布政使。有《心远堂诗草》。

【注释】

①王右丞：指盛唐诗人王维，官尚书右丞，故世称“王右丞”。王维晚年在蓝田辋口购得宋之问别墅，精心修葺为具有二十余处美景的园林别业，在此修禅礼佛，赏玩山水。其祠堂为后人在此所建。

②孤臣：此指王维。安史叛军攻破潼关，唐玄宗仓皇出逃，除了一部分官员随

行，不少官员滞留长安，被安史叛军俘虏后接受伪职，其中就有王维。

③庾子山：指南北朝诗人庾信，南朝梁人，受命出使北朝，被扣留不得还国。梁亡，遂降北朝，任职高官，心念故国，写下《哀江南赋》等诗文。

【点评】

这首诗作于敖英任职陕西按察佥事、提督学政期间。诗人来到蓝田辋川的王维祠拜谒，见其居，观其景，自然想其人。前两句用议论引出对史实的叙述，写安史之乱爆发，玄宗仓皇出逃，王维等众官不及扈从，滞留长安被迫接受叛军伪职。诗人在此以“不可攀”言蜀道之艰难险阻，以“无计出秦关”状王维被迫接受伪职的窘态，既有对王维接受伪职被逼无奈的同情体谅，也有对其最终失节降敌的批评与指摘。后两句则进一步描写王维接受伪职后的痛苦和怀恋故国的心境。“华清风雨萧萧夜”，华清温泉依旧，却不见帝王巡幸，故主唐玄宗早已远避蜀地，唯有萧萧的风雨声伴随着王维度过漫漫长夜，渲染出王维接受伪职后的凄楚氛围和其自身的痛苦心境。末句将王维与南北朝诗人庾信相比，庾信梁亡方降，王维国未亡主未灭却已降敌，通过二者的比较，诗人对王维无奈降敌的宽容体谅中又隐隐含有讥讽之意。

四皓墓

黄　卷

高冢累累古道旁，四公血食尚同堂。①
避秦本为坑焚祸，定汉还须羽翼强。
云去商颜仙梦回，春归路上紫芝芳。
愧予衔命司兹上，数雉榛芜一瓣香。②

【作者简介】

黄卷（生卒年不详），湖广麻城（今湖北麻城）人。明嘉靖八年（1529）进士，嘉靖年间任陕西参议抚治商洛道、陕西按察使等职。

【注释】

①血食：谓受享祭品。古代杀牲取血以祭，故称。

②榛芜：草木丛杂。形容荒凉的景象。

【点评】

这首诗作于明嘉靖年间黄卷任职商洛时期。他来到商洛任职，首先想到拜谒商洛的四皓墓。诗歌前二句写四皓墓前所见景色，在古道旁有累累的高冢，传说是四皓的坟墓，祠堂中还有四皓的血食一并供奉。颔、颈二联评论四皓事迹，四皓本为秦博士，隐于商山是为避焚书坑儒之祸，出山后又辅佐太子刘盈，汉高祖对戚姬指示四皓说：“彼四人辅之，羽翼已成，难动矣。”最终安定了汉储。功成后却不贪恋荣华富贵，又回到商山隐居。“云去商颜仙梦回，春归路上紫芝芳”两句将四皓归山的景致写得缥缈灵动，颇富情味。尤其是“紫芝芳”三字暗含四皓餐芝的典故，委婉颂扬他们的高洁品行犹如紫芝般芳香袭人。最后说来到商洛任职，惭愧自己司掌此地，先在这荒芜的墓前献上一瓣香，表示自己的祭奠和敬仰之情。

商　於

李延康

商於六里亦雄哉，有客当年诳楚怀。①
徙木信成秦已去，斩杆兵起汉先来。②
乱山挨列旌旗影，一水犹悬号令雷。
圣代车书今一统，关门锁钥寄非才。③

【作者简介】

李延康（生卒年不详），字充吉，山西长治（今山西长治）人。明嘉靖十一年（1532）进士，历任御史、河南佥事、陕西参议抚治商洛道、湖广副使等。著有《黄崖集》《关中集》。

【注释】

①客：指战国纵横家张仪。曾游说楚怀王，言楚国若与齐国断交毁盟，就请秦王献出商於一带六百里的土地予楚国。楚怀王遂与齐断交，到秦国索要商於之地。张仪对楚国的使者说："我有秦王赐给的六里封地，愿把它献给楚王。"怀王方知上当受骗。

②徙木信成：指商鞅在秦国变法前为取信于民，悬赏令人徙木。斩杆兵起：指秦末陈涉、吴广起义。贾谊《过秦论》："（陈涉）将数百之众，转而攻秦。斩木为兵，揭竿为旗。"

③锁钥：喻军事重镇；出入要道。非才：无能，不才。自谦之词，指才不堪任。

【点评】

这首诗是李延康于明嘉靖年间任商洛道时所作。诗的前四句引用商於史实，叙写商於的历史渊源，感慨秦汉时群雄并起、争图霸业，抒发了自己追怀前事的思古之情。战国时张仪曾用商於六百里土地诓骗楚怀王，使他与齐国绝交。作者却说"商於六里亦雄哉"，字里行间充满着对自己治理的这方土地的喜爱与自豪之情。"徙木"用商鞅典故、"斩兵"用陈涉典，继之以历史上刘邦率军从武关经商於古道入秦，抢占先机，灭亡秦国的史实。"乱山挨列旌旗影，一水犹悬号令雷"，两句描写商於的自然环境，群山挨挤排列，绵延不断，如同军中的旌旗招展，河水奔腾，咆哮不已，如同号令声和雷声。尾联写自己生逢圣代（古代文人对自身所处朝代的谀称），车乘的轨辙、书牍的文字、推行制度皆相同，天下一统，奉命守卫商於这样的出入要道，真是诚惶诚恐，自谦才不堪任。全篇用语颇有文法，用典恰切，意境深沉，且符合诗人商洛抚治道的官员身份，确实是一首歌咏商於的七律佳作。

湘子洞

李延康

道士已仙去，余余石洞开。[①] 白云封古树，绿藓遍荒苔。
鹤舞当年月，泉鸣此日雷。[②] 山深不可住，风雨晚相催。

【注释】

①道士：指韩湘子。

②鹤舞：典出《韩非子·十过》："平公曰：'寡人之所好者，音也，愿试听之。'师旷不得已，援琴而鼓。一奏之，有玄鹤二八，南方来，集于郎门之垝；再奏之，而列；三奏之，延颈而鸣，舒翼而舞。"

【点评】

韩湘，唐代文学家韩愈的侄孙。韩愈因谏迎佛骨被贬雪阻秦岭蓝关时，他曾远道赶来与韩愈相会。韩愈留有《左迁至蓝关示侄孙湘》一诗记载了此事，后韩湘子被传说为道教的八仙之一，云其在秦岭牧护关石洞内修道成仙，后人遂名此地为"湘子洞"。《续修商志》载："州西百十里许，由官道北湘子洞碑处入山，十里樵径迂回……越数十步，悬崖陡削，攀藤而上，至湘子洞。深五六丈，石纹班驳，壁彩陆离，似莲花宝盖。有滴水垂珠，祷者以瓶盛之，得一二滴即雨。"这首诗即描绘湘子洞周围的景色，山中白云弥漫，古树隐约，苔藓青绿处处。作者想象着当年韩湘子在此修道，鹤舞于月下，如今来访此地，不见昔人，只能听到如雷鸣般的泉声。结句言深山中景色虽美，临到夜晚却有风雨来袭，似乎催促游人快点离开，这种气象景色与《续修商志》中"洞后穴窗自明。其中寒湿凛冽，窈窕幽邃，凛乎其不可留也"的描写也颇为契合。

登龟山

李延康

逶迤龟背俯清流，春日登临纵远眸。
熊耳晴峰天外迴，鸡头紫气望中浮。[①]
溪边水抱孤村晓，城上云连古木稠。
此地从来多隐逸，追寻遐迹杳难俦。

【注释】

①熊耳：山名，在商州城西四十里，因其双峰耸立如熊耳而得名。鸡头：山名，在商州城六十里外的管家坪一带。

【点评】

这首诗描写商州龟山的春景。龟山，即商州城南的三台山，因其形如龟而得名。诗歌首联描写春和景明时节，登临龟山，纵目远望的情景，只见如龟背的山脊逶迤曲折，流淌着清澈的河水。龟山三面临水，南、北、东分别为乳水、丹水、楚水。接下来写眺望晴日下的熊耳山双峰高耸，仿佛插入天外，鸡头峰上紫气浮动，佳气葱茏。颈联写溪水环绕孤村，城内古树高耸蓊郁，与云天相连。“抱”“连”二字生动地描摹出溪水环绕的逶迤形态和云天与古树相连的景象。尾联感慨此地自古至今多隐逸之士，追寻其踪迹却杳远难觅。这首诗前三联写景，尾联抒情，融情于景，将诗人登高所见描绘得细致入微，意象鲜丽，抒发了向往隐逸的情怀。

二月过秦岭

刘　绘

秦云日日障层峦，汉使萧萧过七盘。①
水隔仙岩寻不见，烟迷鸟径去还难。
青春未放花枝动，碧涧空余雪气寒。②
千里那能瞻洛浦，遥遥一雁度长安。

【作者简介】

刘绘（1505—1573），字子素，一字少质，号嵩阳，河南光州（今河南光州）人。明嘉靖十四年（1535）进士。历任户科给事中、重庆知府。有《嵩阳集》。

【注释】

①七盘：山岭名，在武关道上，处于崇山峻岭之间，道路崎岖。

②青春：指春天。春季草木茂盛，其色青绿，故称。

【点评】

明嘉靖二十一年，刘绘因两次弹劾首辅夏言，被排挤出京城，出任重庆知府。这首诗即作于途经秦岭之时。诗歌开篇就描写秦岭冬末的独特景色，层峦叠嶂，云山雾罩，凸显出关中秦岭的地理气候风貌。再写自己由此经过，具体到山中之景，隔着仙岩传来潺湲的流水声，薄雾笼罩着看不清道路。春天还未来到，山中的花枝已经萌发新芽，碧绿的涧水还留有寒冷的雪气。诗人不禁想到自己身处千里之遥哪能瞻望洛水之滨的故乡，只能看着一只大雁遥遥飞度长安。全诗以景衬情，充满了被外放出京的无奈愁绪，也蕴含着诗人对故乡的绵绵思念。

二月商山道中

刘　绘

迟日空山有客行，日光山色转新晴。①
峰前行车看春雁，树里笙簧听晓莺。②
云叶全随幽洞绕，桃花半隔曲溪明。
此中便觉逃名□，□□盈盈何处生。

【注释】

①迟日：指春日。

②笙簧：指笙的乐音。

【点评】

这首诗与《二月过秦岭》约作于同一时期。诗歌描绘了诗人于冬末春初季节途经商山道中所见的景致。春日迟迟，晴色宜人，幽静的空山有过客途经此地，但见日光明媚、山色青翠，正是新晴天气。诗歌中间两联以生动形象的语言描绘了初春的商山美景，视听结合，虚实相生，颇见诗人写景状物的功力。面对如此幽美的山景，诗人在车上时不时眺望峰前高飞的大雁，聆听树丛中黄莺如笙簧般婉转美妙的叫声。白云和藤枝上的绿叶全都围绕着深幽的山洞，而半露出娇容的桃花掩映在弯曲的溪水边，分外红艳夺目。尾联从写景过渡到抒情，触景生情，诗人联系现实仕途的坎坷多舛，不免滋生对摈弃名利的隐逸生活之向往，又暗寓对自己怀才不遇的慨叹。

过湘子祠

王维祯

山深行不极，涧水镇相随。　已倦游人意，忽逢湘子祠。
花惊十月艳，鹤动九天思。[①] 仙驾倘相借，翩翩遂所期。[②]

【作者简介】

王维祯（1507—1555），字允宁，号槐野，华州（今陕西华县）人。明嘉靖十四年（1535）进士，历任翰林院庶吉士、检讨、修撰、署南京翰林院事、南京国子监祭酒。有《存笥稿》传世。

【注释】

①“鹤动”句：指目睹飞鹤，生出驾鹤仙去九天的念头。

②仙驾：指仙人的车驾，此处指飞鹤。

【点评】

湘子祠在秦岭蓝关上，传说是八仙之一的韩湘子修道成仙的地方。这首诗写经过湘子祠的所见所感，表达了对道家自在仙境生活的向往之情。诗歌先写自己在深山中行走，山路曲折漫长，似乎永远行不到尽头。如何得知山路是曲折的呢？只要看涧水镇日跟随在身旁就可知矣。行来一路，诗人正是游兴已倦，疲累不堪之时，忽然看到湘子祠矗立在眼前，可见其惊喜之情。接下来写湘子祠周围的景致，野花烂漫，在深秋凋零的十月尚且开放着，令人惊艳；祠庙上空飞鹤舞动，令人想起鹤为仙人所乘的传说，生出乘鹤飞上九天的念头。此处化用《诗经·小雅·鹤鸣》“鹤鸣于九皋，声闻于天”与汉代刘向《列仙传·王子乔》“乘白鹤驻山头，望之不得到，举手谢时人，数日而去”的典故。最后言若有韩湘子所乘的鹤相借，就可使自己得道成仙的心愿达成，翩翩乘鹤飞去。全诗从己之游踪写起，继而描写湘子祠周围花艳鹤舞的绮丽景致，触景生情，表达自己对韩湘子得道成仙的向往之情。

秦岭过文公祠

王维祯

万里南迁客，千峰昔此停。[①] 雪岩不可度，猿夜若为听。[②]
道在翻能重，名高故有亭。　松门吾下马，瞻伫涕双泠。

【注释】

①南迁客：指被贬潮州的韩愈。

②若为：怎堪。

【点评】

这首诗是作者登秦岭经过韩文公祠时所作，主要抒发了对一代文宗、儒宗韩愈的敬仰之情。诗歌一、二句呼应诗题，写韩愈当年被贬万里之遥的南方潮州，曾在此千峰之地停留。颔联想象韩愈当时凄楚困窘的处境，韩愈因向唐宪宗上书谏迎佛骨，触怒天子，差点被杀，后经宰相裴度等力救，方被贬谪潮州，但皇帝下令韩愈即日上路，不得延迟，故此才有了诗人在颔联中想象的这幅情景。韩愈被大雪阻于蓝关，不可攀越秦岭山岩，想到皇帝的命令，又是愁绪满腹，何况山中的夜晚还有猿猴在哀鸣，其声凄切，令人勾起被贬的伤心之事，真是不忍闻听！接下来颂扬韩愈的功绩和解释修建祠庙的原因。韩愈高举弘扬儒道、“文以载道”的大旗，故能名重泰山，其名高故能有庙亭祭祀。尾联以“松门吾下马，瞻伫涕双泠”二句表现自己在文公祠门前下马、伫立瞻仰、涕泗横流的情态，其对韩愈的敬仰之情不言而喻。

度秦岭

王维祯

未晓登崇巘，已窥海日明。[①] 云从车下起，人在斗边行。
天险分秦塞，神谋度汉兵。 却思千载事，感慨不胜情。

【注释】

①崇巘：高峻的山峰。

【点评】

秦岭即南山别出之岭，凡入商洛、汉中者，必越岭而后达。这首诗是作者度秦岭缅怀古事所作。诗的首联说明诗人登岭的时间及其所见景象。天尚未晓，作者已经开始攀登高峰，窥见海日东升，照亮了东边的天空。颔联写登上山巅的奇妙感受，车子在高兀险峻的山岭间行驶，由于这里的地势渐渐升高，云气仿佛从车下升起，而登岭的人就像在北斗星旁行走，真有点身在天宇、飘飘欲仙之感了。颈联回顾秦岭的历史，天险秦岭将秦地要塞分隔南北，汉高祖刘邦攻入关中经过的武关、蓝关道，及退入汉中又出来的褒斜、陈仓古道……飞度秦岭使汉兵的调动出神入化。最后写追思千载之前的往事，怀古之情、沧桑之感令人唏嘘不已。这首诗由登山到山巅所见所感，一路写来，严谨有序，颔联尤其写得有意境和韵味。

商州别舍侄吉兆北归

王维祯

其一

乡念吾方切，商山汝又归。 相看愁对酒，临别更沾衣。
望极白云迥，岩空紫蕨肥。[①] 他时遂初服，此地更须依。[②]

【注释】

①紫蕨：指紫芝和薇蕨。伯夷、叔齐，反对周武王伐纣，曾叩马而谏。周代商后，他们“义不食周粟”，隐于首阳山，采薇蕨而食，后饿死于首阳山。事见《史记·伯夷列传》。

②初服：未入仕时的服装，与“朝服”相对。代指归隐。语出《楚辞·离骚》：“进不入以离尤兮，退将复修吾初服。”

【点评】

王维祯的侄子王吉兆在商山隐居，王维祯来此看望他，并与他居住过一段时期，如今作者要返回故乡华州，因此写下此诗以赠别。“乡念吾方切”，首句就点明全诗情感主旨，言己之思乡之情深切，“商山汝又归”，照应诗题，写侄子吉兆返回商山更加重了自己的愁绪。“相看愁对酒，临别更沾衣”，描绘分别时的情景，相看无言，对酒消愁；临别依依，泪下沾衣，好一幅凄切感伤的离别场景。“黯然销魂者，唯别而已矣”，信夫！“望极白云迥”，写分别后望着亲人身影渐渐远去，望到极处，只能看到天边的白云。“岩空紫蕨肥”，岩上空寂无人，只有紫芝、薇蕨生长茂盛，等待着隐士来采。最后说等到他日自己脱下朝服，实现归隐田园的心愿，一定要来此地结庐与侄子相伴而居。全诗语言朴素平淡，情感质朴动人，在平易中见功力，在疏淡中显真情，须细细品味，才能领略其佳处。

送曹大行子韶奉使入秦因还武冈①

欧大任

其三

南行商洛略郧西，把酒家园一杖藜。②

七十峰高白云里，泠泠修竹鹧鸪啼。③

【作者简介】

欧大任（1516—1596），字祯伯，广东顺德（今广东顺德）人。历任江都训导、光州学正、国子助教、南京工部郎中等。有《虞部集》《百粤先贤志》。

【注释】

①曹大行子韶：指曹一夔（生卒年不详），字子韶，武冈州（今湖南邵阳）人。明神宗万历二年（1574）进士。授官行人，后升任监察御史、都察院副督察御史等职，为官清正，因遭谗毁，罢官归乡，闭门读书，有诗集《虚白堂集》传世。大行，官职名，即行人。明设行人司，置“司正”及左右“司副”，下有“行人”若干，以进士充任，掌管捧节、奉使之事，凡颁诏、册封、抚谕、征聘诸事皆归其掌握。

②郧西：地名。明成化十二年（1476）分郧县的武阳五里、上津的津阳四里置郧西县，以位于郧县以西得名，属郧阳府。

③泠泠：冷清貌。鹧鸪：鸟名。古人谐其鸣声为“行不得也哥哥”，常用以表示思念故乡。

【点评】

这是一组赠别诗，此处选录的是第三首。据《明神宗实录》卷三十七记载：“万历三年四月……遣武靖伯赵光远等为正使、修撰朱赓等为副使，持节册封……秦府秦王敬镕嫡第一子谊涵为秦世子。”诗题中的作者友人曹子韶作为掌管捧节、奉使之事的行人司官员，“燕京裘马少年场，玉节西驰柳万行”（同题诗其一），亦奉使入秦，趁机请假还乡湖南武冈。作者在临别之前遂作此诗以赠。因此诗歌一开篇即交代友人入秦回乡的路线，当他使命完成后可“南行商洛略郧西”到达家乡武冈，可见作者友人还乡的路线正经过商於古道。接着想象其家中老人杖藜徐步应门，友人与家人“把酒家园”，共享天伦之乐的情景。后两句则虚写白云峰高、修竹泠泠、鹧鸪啼鸣的沿途景象，其中寄托了作者对故园的思念。作者才高名著，却仕途蹇阻，虽获得考官的赏识，却久滞于京师，直到五十四岁才就任江都训导，故而对友人能有机会还乡甚为歆羡，其思乡之情不觉流于笔端。

自宛趋郧迂道邓州作

徐学谟

二月别京尘，还家及暮春。 莺歌初度洛，马首复投秦。[①]

歧路非前计，寻山岂宿因。[2] 东西随所适，都是客游身。

【作者简介】

徐学谟（1522—1593），原名学诗，字叔明，号太师山人，嘉定（今上海嘉定）人。明嘉靖二十九年（1550）进士，历任兵部主事、荆州知府、南阳知府、右副都御史、礼部尚书等。有《徐氏海隅集》。

【注释】

①马首：马首所向。指策马前进。

②寻山：指隐居。宿因：指前世的因缘。

【点评】

明嘉靖四十年，时任湖广荆州知府的徐学谟“会上计京师还，渡大河，历宛邓，取道穰东山中。浮汉江，抵均州，将有事于郧乡”（徐学谟《游太岳记》），于行途中写下此诗。徐学谟外放荆州，是因为坚持原则得罪了首辅严嵩和少宰冯天驭，遭受了仕途中的第一次挫折。诗歌一开篇言二月离开京城，还家已至暮春时节。如雨的落花恰似诗人那星星点点的白发，让尚在壮年的诗人分外惆怅。春已逝，人将老，伴随着婉转动听的黄莺叫声初次经过洛阳，又策马向秦地前进。奔波劳累的羁旅宦途让诗人身心皆疲，不由发出“歧路非前计，寻山岂宿因”的感慨，渴望隐居归田。尾联言无论东西皆随所适，只因都是“客游身”，也就无所谓向何方向了，流露出诗人对仕宦的厌倦和悲观之情。其实诗人虽倦怠羁宦，但在荆州任上还是颇有政绩的，他一到任就治理水患、平定高鸡寨，与侵夺民利的景王对抗（后终因得罪景王被罢官），受到荆民的爱戴，是一位正直有为的封建士大夫。

过远河，山为余莅荆时参郧旧路，感而赋此

徐学谟

曾识郧边鸟道闲，西来重度汉江山。

棠怜召伯谁相忆，桃笑刘郎又却还。①
千亿身飞秦岭上，羁孤愁结郧云间。
羊肠何必催车轴，道路从知老更艰。②

【注释】

①棠：棠棣。详见《史记·燕召公世家》。刘郎：指中唐诗人刘禹锡。化用刘禹锡《再游玄都观》“种桃道士归何处，前度刘郎今独来”典故。

②羊肠：喻指狭窄曲折的小路。曹操《苦寒行》：“北上太行山，艰哉何巍巍！羊肠坂诘屈，车轮为之摧。”

【点评】

明隆庆四年（1570），时任湖广按察副使分巡襄阳的徐学谟因辽王案被弹劾罢官归乡，六年再次出仕，复任湖广按察副使，经过当年的郧阳旧路，写下此诗。此时诗人已经五十一岁，几遭贬谪，诗人并无东山再起的激动与喜悦。首联写自己曾识郧阳边的闲寂鸟道，再次西来度过汉江山水，言已之复官。接着诗人化用召伯甘棠布政和刘禹锡《再游玄都观》、崔护《题都城南庄》“桃花依旧笑春风”的典故，抒写自己复官后的复杂心境。经过与景王抗争保卫沙市的大难，刚正不阿的徐学谟愈来愈意识到自己注定难与世相偕，再次复出也未必会有光明的前途，因此诗人想象自己化身千亿飞到秦岭上，看到的是愁云凝结在郧阳上空，浮动的是羁旅的孤独和悲凉。尾联自言行进在羊肠小道上，道路难行，不必催行程加快，只因诗人深知复出后的人生道路只会愈来愈艰难坎坷。

舍弟敬美自秦来郧谈登华山之胜有作①

王世贞

萧萧倦马出蓝关，怪尔烟霞满客颜。
见踏青鞋寻胜去，高从白帝问真还。②
毫端彩自金天掌，眉际寒分玉女鬟。

幸是茅龙元有二，若为相引离人间。③

【作者简介】

王世贞（1526—1590），字元美，自号凤洲，又号弇州山人，苏州府太仓（今属江苏）人。明嘉靖二十六年（1547）进士，历任刑部主事、刑部尚书等。始与李攀龙主文盟，以复古号召。攀龙死，独主文坛二十年。有《弇山堂别集》《弇州山人四部稿》等。

【注释】

①舍弟敬美：指王世贞之弟王世懋（1536—1588），字敬美。嘉靖三十八年进士，历官江西参议、陕西学政、福建提学、南京太常寺少卿等职。

②白帝：古神话中五天帝之一，主西方之神。

③茅龙：相传仙人所骑的神物。典出汉刘向《列仙传·呼子先》："呼子先者，汉中关下卜师也，老寿百余岁。临去，呼酒家老妪曰：'急装，当与妪共应中陵王。'夜有仙人持二茅狗来至，呼子先。子先持一与酒家妪，得而骑之。乃龙也。"

【点评】

明万历四年（1576）秦靖王薨，王世懋以尚玺丞奉命吊祭，自京来陕，沿途游览陕西名胜西岳华山，之后从陕西蓝关出发，沿着商於古道，至郧阳来看望时任郧阳巡抚的兄长王世贞。王世贞遂写下此诗以记之。萧萧，形容马鸣声。作者想象敬美从蓝关出发，一路行来马倦人困，一路征尘，又一路饱览山水之胜，怪不得其容颜上烟霞满布。接下来是敬美讲其登华山的感受，感慨其踏着草鞋游览名胜华山，登临绝顶，仿佛是从白帝问真后而还。白帝，主西方之神，华山之神，华山上有白帝祠。接着诗人感叹其弟笔下赞颂华山的诗文仿佛沾染上了华岳仙掌的金彩，显得文采飞扬，而他的眉际犹自带着华山玉女峰的寒意。尾联说幸而仙人所骑的茅龙有两条，倘若敬美得道，也会相引我与他一道离开人间。这一联巧用典故，表达了兄弟之间的深情厚意。据《明史》本传记载，王世贞与其弟世懋感情深厚，（世懋）"好学，善诗文，名亚其兄。世贞力推引之，以为胜已，攀龙、道昆辈因称为‘少美’”，由此可见一斑。

董中丞贻书且有解衣之贶聊此附谢①

王世贞

商於山碧锁嶙峋，不隔邮筒来往频。
缟纻欲酬难比札，复陶将被远夸秦。②
青云渐有论文地，明月初无按剑人。③
自是神交能胜面，古来千里号比邻。

【注释】

①董中丞：指陕西巡抚董世彦，字子才，钧州（今河南禹州）人，明嘉靖三十二年（1553）进士。明万历三年（1575）由山西左布政升任右副都御史、巡抚陕西，万历五年升任兵部右侍郎兼右佥都御史，总督陕西三边军务。中丞：对巡抚的尊称。贶：赠，赐。

②缟纻：《左传·襄公二十九年》：“（吴季札）聘于郑，见子产，如旧相识。与之缟带，子产献纻衣焉。”后因以“缟纻”喻深厚的友谊。亦指朋友间的互相馈赠。复陶：用毛羽制成的御风雪的外衣。《左传·昭公十二年》：“雨雪，王皮冠，秦复陶，翠被，豹舄。”杜预注：“秦所遗羽衣也。”

③按剑：以手抚剑，预示击剑之势。《史记·鲁仲连邹阳列传》：“臣闻明月之珠，夜光之璧，以暗投人于道路，人无不按剑相眄者，何则？无因而至前也。”

【点评】

明万历二年至四年，王世贞任右副都御史，抚治郧阳。郧阳抚治区域管辖范围包括鄂、豫、川、陕毗邻地区的荆州、襄阳、南阳、汉中、郧阳五府，上下荆南道、关南道、汝南道、商洛道五道，商州、金州（安康）、裕州、夷陵州、归州等八州，总计五十二个县。而董世彦于万历三年升任陕西巡抚，二人同为巡抚，陕西、郧阳又地域相接，故常有书信往来。这首诗就是一首酬答董世彦之作。诗题先表明写诗的缘由，董世彦写信给作者，且有赠衣之赐，故作者答诗表示谢意。首联写商於山势高峻幽深，山路难行，但并不妨碍陕西、郧阳两地邮筒信件来往频仍，实为写己与董世彦书信来往频繁，交情深厚。颔联、颈联妙用典故，感谢董世彦赠己秦复陶之衣，说自己欲回赠礼物，却自愧难比吴公子季札。接着诗人又夸赞董世彦是有着远大抱负的青云之士，渐渐会有论文之地，不必有明珠暗投的担忧。尾联笔锋一转，写二人虽未见面，却神交已久，并化用王勃名句“海内存知己，天涯若比邻”作豁达语“古来千里号比邻”，表示千里尚如此，更何况你我相交只隔商於碧山罢了。

送传桑泉分教上洛

张四维

儒冠仍薄宦，传道向商颜。　官长经年到，图书尽日闲。
堂驯衔鳣鸟，宅近采芝山。[①]　会有贤关召，长虞应聘还。[②]

【作者简介】

张四维（1526—1585），字子维，号凤磐，蒲州风陵乡（今山西芮城）人，明嘉靖三十二年（1553）进士，历任翰林学士、吏部左侍郎、内阁首辅。有《条麓堂集》。

【注释】

①衔鳣：典出《后汉书·杨震传》：“后有冠雀衔三鳣鱼，飞集讲堂前，都讲取鱼进曰：‘蛇鳣者，卿大夫服之象也。数三者，法三台也。先生自此升矣。’”后因称讲学之所为“鳣堂”。

②贤关：典出《汉书·董仲舒列传》。董仲舒上书曰：“故养士之大者，莫大乎太学；太学者，贤士之所关也，教化之本原也。”他是说要培养人才没有比办好太学更重要的了，太学是产生贤士的地方，是教化的本源。后遂以“贤关”喻进入仕途的门径。虞：指西晋贤臣、文学家傅咸，字长虞，傅玄之子。刚简有

大节，风格峻整。晋惠帝时遭母忧去职。后朝廷征召起为议郎，兼司隶校尉，京都肃然，贵戚慑服。

【点评】

这是一首赠别诗，大约写作于嘉隆年间诗人任官翰林院时期。传桑泉，作者友人，即将赴任上洛教谕一职。在离别之际，作者写下这首诗赠给友人。首联点出友人的身份、遭际和任官经历，他是一位儒生，仕途蹇乖，即将去商颜担任教谕。教谕是县学的教授，掌文庙祭祀，教育一县所属生员，只是八品的小官，故曰“薄宦”。颔联写教谕为官之苦，上级主管官员经年来视察，忙着迎来送往，无暇读书。唐代诗人高适任封丘尉时写下《封丘作》一诗，其中“只言小邑无所为，公门百事皆有期。拜迎官长心欲碎，鞭挞黎庶令人悲”数句，真是道尽了天下品卑位微的官吏的辛酸。诗一面对友人的处境抱以同情，一面作达观语宽解友人。分教上洛，官位虽卑，友人却承担着一县儒学教育的重任，如同汉代大儒杨震讲学有冠雀衔三鳣鱼飞集讲堂前，此外任官之地还靠近古代贤人四皓采芝隐居的商山，想象此情此景，又十分令人歆羡。颈联妙用杨震、四皓的典故，颂扬友人赴任后必将学问精进、品行更加醇厚。尾联以乐观昂扬的态度进一步宽慰友人并寄以期许，在未来可期的一天，朝廷一定会有贤关召，识拔人才，你也会像西晋名臣傅咸一样被朝廷征召回京升迁的，可谓善颂善祷。

文公祠

曾省吾

早岁逢公旅梦间，朅来遗像对蓝关。
秋风勒马情何及，朔雪惊鸿路正艰。
抗疏已思焚佛骨，留诗那忆驻仙颜。[1]
斯文未丧还祠庙，百代谁应继斗山。

【作者简介】

曾省吾（1532—1584后），字三省，号确庵，晚号恪庵，钟祥（今湖北钟祥）人。明嘉靖三十五年（1556）进士。历任太仆寺卿、陕西提督学道、四川巡抚、兵部右侍郎、工部尚书等。

【注释】

①焚佛骨：韩愈在上唐宪宗书中提到“乞以此骨付有司，投诸水火，永绝根本，断天下之疑，绝后代之惑”。

【点评】

这首诗是作者任陕西提督学道来商州取士，路经秦岭韩文公祠时所作。诗歌开篇言早年在旅途中曾梦见韩愈，没想到今日在蓝关文公祠见到韩愈的遗像，由此可见作者对韩愈钦敬的心情。接下来采用对写法，先写自己在秋风中驻马拜谒祠庙，此情何及；再写韩愈当年被贬时在朔风大雪中上路，可见艰难。颈联写韩愈上疏皇帝请焚佛骨，可见其并不信佛道之说，其留在蓝关的诗“云横秦岭家何在，雪拥蓝关马不前”又怎么可能与修仙相关，驳斥了韩愈被仙人韩湘子点化的传说。尾联进一步表达对韩愈道德文章的崇敬之情，儒学斯文未丧全赖韩愈相扶，此处化用苏轼评价韩愈“文起八代之衰，而道济天下之溺”（苏轼《潮州韩文公庙碑》）的语句，感叹百代之后又有谁能继韩愈之后成为泰山北斗式的文宗。

雪夜邓州顾别驾送至丹江有诗见赠赋此答之

张九一

寂寂丹江夜色空，风尘郡国叹飘蓬。
岂无佐吏如殷浩，雅有中郎识顾雍。①
雪霰微茫渔火外，星河摇落戍楼东。
怜君尚策青丝骑，却与山阴访戴同。②

【作者简介】

张九一（1533—1598），字助甫，号周田，河南新蔡（今河南驻马店）人。明嘉靖三十二年（1553）进士。历任黄梅知县、吏部主事、湖广佥事、右佥都御史等。有《绿波楼诗集》。

【注释】

①殷浩：东晋名士、大臣，字渊源，早年名重天下，征西将军庾亮召为记室参军，迁司徒左长史，隐居十年不仕。后受会稽王司马昱征召入朝任建武将军、扬州刺史，与桓温抗衡，以中军将军身份奉命北伐，兵败许昌，废为庶人，流放东阳，卒。死后其原先的属吏扬州别驾顾悦之为其上疏辩冤，诏追复原官。中郎：指东汉文学家蔡邕，官拜左中郎将，故称“蔡中郎”。顾雍：三国时吴国丞相，少时受学于蔡邕，学习弹琴和书法。他才思敏捷，心静专一，艺业日进，深受蔡邕喜爱。

②山阴访戴：典出《世说新语》，东晋名士王子猷居山阴，忆戴安道，遂雪夜驾舟访戴，经宿方至，造门不前而返，显示出名士的潇洒自适。

【点评】

这首诗是诗人明嘉靖年间任职湖广按察司佥事期间于丹江雪夜答赠友人邓州顾别驾所作。诗歌一开篇描绘了一幅清寂冷落的丹江夜景图：时值雪夜，丹江寂寂，夜色空旷。紧接着是诗人自己的感叹：身为风尘俗吏，辗转郡国之间，仿佛飘荡的蓬草，漂泊无依，居无定所。颔联则用殷浩和顾雍的典故，说即使没有佐吏如殷浩一般才名兼备，也有像蔡邕一般能识拔有才华的顾雍，表示出对才华出众、沉沦下僚的顾别驾的同情和颂扬。颈联照应诗题“雪夜”，描绘雪霰纷飞，江中渔船上的灯火微茫；天上的星河低垂仿佛摇摇欲坠，即将要落到戍楼东面。尾联借用王子猷访戴安道的典故，写顾别驾还用青丝制成的缰绳鞭策着马匹赶往诗人这里，这一想象的情景恰好与山阴的王子猷造访戴安道相同，塑造出友人顾别驾潇洒任情的名士形象，抒发了诗人对友人的赞美与祝福。

商山四皓

霍与瑕

小坐松根石，悠悠几度春。
谁知安汉老，原是避秦人。①

【作者简介】

霍与瑕（生卒年不详），字勉衷，广东南海（今广东佛山）人。明嘉靖三十八年（1559）进士，历任慈溪知县、广西佥事等。

【注释】

①安汉：安定汉朝，指四皓出山辅佐太子刘盈，使汉高祖刘邦打消了易储的念头。事见《史记·汉高祖本纪》。

【点评】

此诗是一首题画诗，作于明嘉靖四十五年五月五日。画的内容是汉初著名隐士"商山四皓"。诗人借画阐发志趣，寄托情感。"小坐松根石"描写画中"四皓"的形象姿态。苍翠的松树旁，盘结的根石上坐着四位须眉皓白的老者，"小坐"二字见其悠闲适意之态。"悠悠几度春"，感慨隐居岁月的悠长。"谁知安汉老，原是避秦人"两句从图画中的情景跳脱出来，点明"四皓"的由来：原来安定汉家天下的四位老人竟是秦末的避世人。这里不由让人想起陶渊明《桃花源诗》中的记载"嬴氏乱天纪，贤者避其世。黄绮之商山，伊人亦云逝"。诗人借画怀想"四皓"之避秦安汉，又何尝不是对自己隐逸之心曲志趣的呈露呢？

游辋川

陈文烛

人间何处避干戈，幽胜无如此地何。

水尽山头人迹少，云生树杪鸟声多。
良田数顷浮青霭，怪石千峰长绿萝。
况是知心有裴迪，风流肯许右丞过。①

【作者简介】

陈文烛（1535—1594），字玉叔，号五岳山人，湖北沔阳（今湖北仙桃）人。明嘉靖四十四年（1565）进士，历任淮安知府、四川提学副使、山东左参政、陕西布政使、南京大理寺卿等。博学工诗，有《二酉园集》。

【注释】

①裴迪：唐代诗人，晚居辋川，与王维来往频繁，故诗歌多是与王维酬唱之作。

【点评】

此诗作于陈文烛万历年间任职陕西期间。除此诗外，作者尚有《辋川游记》一文，大约也作于同一时期。“人间何处避干戈，幽胜无如此地何”，诗歌一开篇就赞颂辋川景色之幽胜，干戈不闻、远离尘世。“水尽山头”写己之游踪，照应王维之名句“行到水穷处，坐看云起时”，“云生树杪”摹林之修盛，嵌“人迹少”“鸟声多”，以动衬静，足见此地之清幽。接着写此地良田美地，“野老乘新雨躬耕”（《辋川游记》），青色的云雾漂浮，峰石千奇百怪，其上长满绿萝，愈显瑰奇。尾联则评述居于辋川的王维不仅有美景可赏，且有知心好友裴迪“浮舟往来，弹琴赋诗，啸咏终日”，结合《辋川游记》中作者所校蜀士王元吉、任庐言其“尝爱右丞诗”，抒发了作者对王维的歆羡之情。

过武关

温　纯

关塞空秦汉，风尘感岁华。① 猿啼惟鸟道，犬吠有人家。②
孤嶂天疑近，穷途日易斜。③ 商山知不远，吾欲了生涯。

【作者简介】

温纯（1539—1607），字景文，一字叔文，号一斋，陕西三原（今陕西三原）人。明嘉靖四十四年（1565）进士，历任户科给事中、左都御史。有《温恭毅公集》。

【注释】

①关塞：指函谷关和桃林塞。

②鸟道：险峻狭窄的山路。李白《蜀道难》诗："西当太白有鸟道，可以横绝峨眉巅。"

③穷途：路的尽头，喻指处于困境。典出《三国志·阮籍传》："时率意独驾，不由径路，车迹所穷，辄恸哭而反。"

【点评】

温纯一生忠勤耿介，正身立朝，多次因直言进谏触忤皇帝、首辅意，出为外官或辞归乡里。此诗约作于温纯被排挤出京，途经武关之时。诗歌表达了诗人怀古伤今、感慨宦海浮沉的愁绪。诗人一路风尘来到武关，看到昔日秦汉雄关的武关冷落萧条，不免伤怀岁华的匆匆流逝。只有鸟道上猿声哀啼，人家处传来犬吠声。诗人按辔缓行，看到孤立的高山横亘在眼前，令人怀疑天离得很近，而弯弯曲曲的道路尽头太阳已经西斜。此联借景抒情，以"孤嶂"喻己身，"穷途"喻己之处境，委婉地表达了遭贬被斥的孤独苦闷之情。故尾联言：知道商山离武关不远，我也欲效仿前贤，在此了尽生涯。诗人这种感怀既流露出对隐逸生活的向往，又暗寓自己怀才不遇、忠直遭贬的慨叹，余味无穷。

纪　怀

温　纯

其九

繇郧入商於，驱车历木末。[1]
蜿蜒七百里，天近海疑括。
昆仑于此终，太华势相夺。

坤厚信无疆，钟灵及辽阔。②
姬历八百年，贤圣实超越。
历代饶荃宰，宇宙任旋斡。③
晚近忽荡潏，细缊气疑脱。④
郁积端倪开，地维竟轩豁。⑤
君子期法坤，厚德以载物。⑥

【注释】

①繇：通“由”。郧：指郧阳。

②坤厚：谓大地博厚。钟灵：谓灵秀之气汇聚。

③荃宰：指君臣。

④细缊：亦作“氤氲”，形容云烟弥漫、气氛浓盛的景象。

⑤端倪：边际，涯际。

⑥法坤：效法大地、取法大地。

【点评】

据《明史》本传记载，明万历三十年（1602）诗人因弹劾御史于永清巡按陕西贪赃，与首辅沈一贯忤，而给事中陈治则、钟兆斗皆一贯私人，先后弹劾温纯。御史汤兆京不平，疏斥其妄。温纯遂求去，上二十章，杜门不出九个月。这组诗大约作于这一时期，共二十五首，这是其中第九首，主要抒发了作者“改弧矢万里之期为山泽终身之课，苟为政于畎亩，庶报礼于九重”的思想情感。诗歌开篇言自己将要由郧阳进入商於，接着描绘驱车途中的景致。“木末”二字最早见于屈原的《九歌·湘君》“采薜荔兮水中，搴芙蓉木末”，意为树梢。商於古道蜿蜒七百余里，似乎离天极近，仿佛将大海也囊括其中。传说中的仙山昆仑山脉在此终止，太华山山势高耸，似可与其相争。诗人由此感受到大地的博厚无疆，灵秀之气汇聚到辽阔的土地上。接着由空间的横向描绘转向历史的纵向评论，感慨周朝历八百年，贤者圣人实在超越卓绝。历代皆有明君贤臣遇合，宇宙之间任其斡旋挥洒。进而将笔触转向现实，以“荡潏”“细缊”比喻现实政治的波诡云谲，但诗人坚信终有一天郁积会一扫而去，地维会变得轩豁敞亮，朝政清明可待。最后借用《易·坤》“君子以厚德载物”的名言，以君子的标准要求自己，期望自己效法大地，以厚德育人，具有宽广的胸怀。

旅次武关

潘　达

深山何所适，蕨嫩麦初肥。　世事消长道，马蹄伴落晖。①
屏开霄汉阁，沙透荔萝衣。②　极目秦川外，无鳞信自稀。③

【作者简介】

潘达（生卒年不详），明代人，事迹不详。

【注释】

①长道：大道，远路。

②荔萝：香草名，薜荔和女萝。

③鳞：借指书信。典出汉乐府《饮马长城窟行》：“呼儿烹鲤鱼，中有尺素书。”

【点评】

这首诗是明代诗人潘达创作的一首五言律诗，写诗人离开家乡后旅途中暂居武关的感受，表达了作者思乡的深切和对羁旅生涯的无奈惆怅之情。首联设问，深山中前往哪里呢？就到那蕨菜青嫩、麦苗初肥的地方吧。一开篇就表达了厌倦世俗、归隐山林的情感。接下来写整日在长道上奔波劳碌，马蹄声哒哒，消磨世事，夕阳落晖映照着自己骑马孤行的身影。“马蹄伴落晖”五个字形象准确地描绘了羁旅漂泊的游子孤独而落寞的形象，骑在马上，只能听到马蹄声响，可见孤寂之苦；每到夕阳西下时分还要骑在马上，不能结束一天的行程，可见奔波之劳。五、六两句写武关雄伟的景象，楼阁高耸霄汉如屏展开，沙石遮掩着薜荔女萝，又是何等萧条冷落。抬眼远望秦川，河水中不见鱼，自然也就没有传信的使者。全诗语言质朴，情感真挚，具有强烈的艺术感染力。

四皓庙

吴　显

乱山深处是商颜，石磴崚嶒鸟道间。[1]
一自高人归汉后，白云空拥紫芝田。

【作者简介】

吴显（生卒年不详），字景猷，福建漳浦（今福建漳浦）人。明万历二年（1574）进士。历官六安知州、刑部员外郎、江西佥事、广东副使、江西按察使。因为人亢直，不善逢迎，累遭贬谪，万历十九年迁商州知州，颇有政绩。著有《邮亭草》。

【注释】

①崚嶒：高耸突兀的样子。

【点评】

吴显曾于万历年间任商州知州，在任期间写了多首吟咏商州的诗歌，此即其中的一首。诗歌叙写了在乱山深处寻访拜谒四皓庙的景象，描绘了祠庙的萧条冷落，抒发了作者对物是人非、历史变迁的深沉感慨。乱山深处的商山，高耸突兀的石阶蜿蜒在鸟道之间，可见道路之险峻难走。自从四皓被太子刘盈卑辞束帛致礼，高车驷马迎归汉宫，此处就只剩下悠悠的白云空自簇拥着紫芝田，却再也无人采食，一个“空”字勾勒出人世的沧桑和世事的变迁，无限的惆怅之情油然而生。

过武关

吴　显

武关何处是，荒堞倚山腰。[1]山谷看秦甸，陈兵忆汉朝。
英雄先得鹿，将相故吹箫。[2]龙虎当年会，千秋总寂寥。

【注释】

①堞：城上如齿状的矮墙。

②得鹿：指登上帝位，获得统治权。典出《史记·淮阴侯列传》："秦失其鹿，天下共逐之，于是高材疾足者先得焉。"吹箫：吹奏箫管。典出《史记·周勃世家》："勃以织薄曲为生，常为人吹箫给丧事。"

【点评】

这首诗写作于万历年间吴显任商州知州时期。诗人路过武关，凭吊历史古迹，心中充满着世事兴废的惆怅之情。诗歌开篇直写武关今日的萧条：依着山腰矗立着武关荒废的城墙。而由武关出秦岭山谷就可看到秦都咸阳的郊外，关楼上士兵陈列布阵，这种种景象不由让人追忆起秦汉时期此地的繁盛。春秋战国时期，秦楚等国多次兵出武关进行征战。秦末，刘邦领兵西至丹水，破武关，战蓝田，兵至灞上，秦王子婴降于轵道旁，秦亡。楚汉相争时刘邦由汉中北攻三秦取得胜利后，又使将领率军出武关，攻河南，与项军作战。在那个风云变幻、英雄辈出的时代，武关在历史上留下了浓墨重彩的一笔。楚汉相争，刘邦与项羽逐鹿中原，最终不拘一格用人才的刘邦取得了胜利。想到当年的龙虎相斗、风云际会，诗人思接千载，追梦秦汉，心潮澎湃，而人生功业转瞬即逝，风流总被雨打风吹去，千秋之下总是寂寥。全诗气势雄浑，感慨深切，从诗人笔下隐约可以体味他对君臣遇合不问出处、建功立业的向往，同时又有着对盛世难再的感伤。

牧护关

吴　显

客行逢岁暮，寒日易黄昏。马惫时防石，山荒不见村。
乱烟封古壑，积雪压关门。画角声嘹亮，吹残谪宦魂。[①]

【注释】

①谪宦：贬降的官吏。

【点评】

牧护关地处秦岭之巅北麓一侧，是古往今来连接西北与东南之交通要道，也是商州与蓝田西端的交界处。因其地处商於古道要塞，明朝初年，曾设秦岭巡检司于牧护关。这首诗亦作于万历年间诗人在商州知州任上。诗人于岁暮寒日行经牧护关，时已是日色昏黄的傍晚时分。赶了一天的行程，马儿已经十分疲惫，骑在马上不时要谨防路石绊住马足。抬头望见山峰荒凉萧条，不见村落人烟。烟雾纵横，封住山谷，积雪覆盖着关门。眼前的一切景致都显得那么冷落破败。诗人正在触景生情，感伤不已之时，关楼上突然传来嘹亮的画角声，更令诗人闻声感悲，黯然神伤，想到自己谪宦遭贬的遭际，以至于一腔愁绪在心中弥漫，久久无法散去。

谒文公祠

吴　显

古祠云湿草芊芊，驻马怜君谪宦年。
青史尚传佛骨表，赤心不愧诤臣篇。①
潮阳万里无边雁，秦岭千里起暮烟。
踪迹飘零何足叹，高名山斗至今悬。②

【注释】

①佛骨表：指韩愈写的《论佛骨表》。诤臣篇：指韩愈写的《诤臣论》，又作《争臣论》。

②山斗：泰山、北斗的合称。犹言泰斗。比喻为世人所钦仰的人。

【点评】

诗人在明万历十九年（1591）迁任商州知州。这首诗即创作于这一时期，叙写的是诗人自己拜谒秦岭上的韩文公祠，描绘了文公祠周围的景象，颂扬韩愈敢于直谏、赤心忠忱的贤臣风范，表达了后人的敬仰之情。“云湿草芊芊”，写祠庙周围云雾弥漫、草木茂盛。诗人在此驻马拜谒，想到韩愈因谏唐宪宗迎佛骨而遭贬潮州，结合诗人自己因不善逢迎屡遭左迁的遭际可知，“怜君”亦为“怜己”也。颔联则颂扬韩愈所写的《论佛骨表》和《诤臣论》两篇文章青史流传，赤心忠忱无愧于天地之间。颈联通过潮阳、秦岭两地景物渲染，用“边雁”“暮烟”烘托贬谪途上悲凉的气氛。尾联一洗贬谪的悲凉，言只看韩愈的高名至今仍悬在山斗之间，为后人所钦敬颂扬，那么韩愈自身遭际坎坷、踪迹飘零又有什么值得叹息的呢。

龟山登高

吴　显

其一

城头开霁色，城外有秋光。　晚节留霜萼，高朋洗玉觞。①
天清峰势回，烟合树客长。　莫笑登临数，人生贵纵芳。

其二

寒花抱粉郁，一一近樽妍。　窈窕桥南路，开明雨后天。
潭清消郁思，山峭况乔年。②学傲非初意，登高忆昔贤。

【注释】

①霜萼：指秋菊。

②况：通“祝”。乔年：高年。

【点评】

龟山，山名，即商州城南的三台山，因其山势如龟，故名。这两首诗即为商州知州吴显在重阳节登龟山时所作。第一首写重阳节这一天秋高气爽，雨过天晴，龟山上秋菊绽放，高朋满座，举觞欢宴。天色青碧如洗，峰势百转千回；烟雾弥漫，隐约显出树和客人的修长姿态。结句说不要嘲笑重阳登高的人多，人生本来就该游遍花丛、纵情欢乐。第二首上接“纵芳”，描绘樽前秋菊凌寒粉郁、百媚千妍的姿态，继之描摹周围的景色：桥南道路窈窕幽深，雨后天空云开明媚，更有清澈的潭水可以消去心中郁结的愁思，望着峭拔的山峰正可祝己祝人高年。

最后说“学傲”并非诗人的初意，登临山水就会想起昔日重阳登高赋诗的贤人。此处没有特指哪位昔贤，大概是脑海中忆起古人所写的一些重阳诗篇吧。其中“学傲”似乎隐约透露出对宦海浮沉的厌倦和无奈之情，颇有语短情长之感。

过商山

吴 显

云霞偏老避秦人，松间逍遥自采真。①
不为汉家劳杖履，高名何以并苍旻。②

【注释】

①采真：语出《庄子·天运》，指顺乎天性，放任自然。

②苍旻：指苍天。

【点评】

这首诗亦作于万历年间吴显任职商州，经过商山之时。诗歌开篇写商山的云霞使四皓得以避开秦朝的暴政，安心颐养天年，正可在松树间逍遥自在，放任自然。接下来评论说四皓若是不为安定汉朝天下随使者下山，劳动杖履，他们的高名凭什么能够与苍天并列，流传不朽？可见作者颇为颂扬四皓安定汉储的功绩。这首诗前两句写景叙事，后两句侧重议论，语言风格平淡素雅，气韵流畅，不失为一首七绝佳作。

蓝桥道中

李本固

郁郁苍松翠柏，磷磷白石丹砂。①
玉杵元霜何处，洞门深锁烟霞。②
不尽青山绿水，都来鸟语花香。
揽辔蓝桥幽处，浑忘身在他乡。

【作者简介】

李本固（？—1638），字叔茂，汝南（今河南驻马店）人。明万历二年（1574）进士。由知县擢御史，巡视十库，出按三秦及云南，皆有政声。疏请册立东宫，削籍归。光宗立，起太仆少卿，调大理寺卿，以言事罢归。

【注释】

①白石：传说中神仙煮白石为粮。丹砂：即朱砂，古代道教徒用以化汞炼丹。

②元霜：即玄霜，神话中的一种仙药。玉杵：玉制的舂杵。皆典出唐裴铏《传奇·裴航》。

【点评】

明万历十七年，李本固起补云南道监察御史，出按三秦惩治贪墨，参劾庸帅，弹压强藩，威声大著，归称"西秦得人"。这首诗即作于这一时期。作者来到陕西，行经蓝桥道中，想到唐代裴航于蓝桥驿遇仙女云英的故事，感慨而生，遂作此诗。"郁郁苍松翠柏"是作者经过时蓝桥驿的环境，看到溪涧的白石磷磷，不由想到道教神话中仙人煮白石、炼丹砂，进而联想到裴航故事中捣仙药元霜的玉杵，想到云翘夫人予裴航"一饮琼浆百感生，玄霜捣尽见云英。蓝桥便是神仙窟，何必崎岖上玉清"的赠诗。而如今仙人不知何处，洞门烟霞深锁，令人感慨仙凡有别、尘世沧桑。诗歌后四句则赞颂今日之蓝桥，仙人虽去，美景仍留，青山绿水不尽，鸟语花香都来，沉醉在这秀丽幽静的山水佳境中，作者挽住马缰，久久驻足，浑然忘却身在他乡。

望四皓庙

苏　浚

古庙深深处，苍枝傲岁寒。　世非秦甲子，容似汉衣冠。[①]
黄鹄谁赓唱，紫芝信可餐。[②]至今峰顶上，歌吹出层峦。

【作者简介】

苏浚（1542—1599），字君禹，号紫溪，晋江（今福建晋江）人。明万历五年（1577）进士，历任南京刑部主事、工部主事、礼部主事、浙江提学佥事、陕西参议、广西按察副使、广西参政等职。明后期著名理学家，著有《易经儿说》等。另有诗集《漫吟集》。

【注释】

①甲子：干支纪年，泛指岁月，光阴。

②赓：连续，持续。

【点评】

苏浚于万历十七年、十八年任职陕西参议，抚治商洛道。据道光《晋江县志》记载，他任职商洛时，“捐俸葺庠，与士谈经讲艺。尝单骑行村落，问民疾苦。父老有进斗酒园蔬，酹而嚼之，若亲父兄”。这首诗即创作于这一时期。诗人公事之余，登临山水，寻访古迹。四皓庙，又名“四皓祠”，在今商洛市商山上。诗从远望四皓庙写起，古庙掩映在傲寒苍枝的松柏深处，不仅显示出来访的时间是“岁寒”，也通过环境描写烘托出祠庙气象的森肃。颔联写庙堂内所见塑像：世上已非秦朝，故四皓的塑像仪容似着汉朝衣冠。这两句渲染突出了四皓“避秦”“安汉”的形象。诗人面对祠庙，浮想联翩，不胜感慨，吟出“黄鹄谁赓唱，紫芝信可餐”。谁连续唱着“黄鹄歌”，当然是见到四皓随同太子的汉高祖了，他心知储位不可更易，招来戚夫人，伴着戚夫人的楚舞，“歌数阕”。四皓取得安汉的功绩，功成不受赏，仍然返回商山，以紫芝为餐。这一联上句侧面写四皓功绩，下句直接赞颂四皓节操，是全诗的主旨所在。诗的尾联描绘商山峰顶层峦上至今仍飘出歌唱吹奏之声。这样的结尾，将诗人吊古的幽思、怀人的深情都寄托其中，给人留下了无尽的情思和想象。

商洛署中纪异

苏　浚

其一

史皇凿混沌，玄皇剖春秋。①
仰陟玄扈冈，俯盼洛水流。②

龙文二十八，零落寄商丘。③
风云时呵护，山鬼夜啾啾。
三皇事已非，神物不复留。
昔为荆阳鼎，今为壑中舟。④
不惜知音鲜，但伤鸟语幽。

其二

游戏商与洛，宦情付山水。
凝碧倚瑶华，芳菲从此始。
清风长绿苔，苍龙亦来止。
河洛有遗灵，图书谁云已？⑤
遒若神龟蹲，峭若层峦起。
史皇安在哉，精光犹复尔。

【注释】

①史皇：指仓颉，传说最早发明文字的人。玄皇：指玄王子契，帝喾高辛氏之子，被舜帝封于商，是殷商国君的高祖。

②玄扈冈：洛南县内玄扈山，在洛水南岸，和阳虚山相对峙，距县城西北四十余里。

③龙文：传说仓颉登阳虚山，临于玄扈、洛水之汭，灵龟负书，丹甲青文以授之，而创文字。阳虚山上旧有石刻二十八字，传说为仓颉手书，人称“二十八字龙文”。

④荆阳鼎：传说黄帝采首山铜，铸鼎于荆山之下，为传国重器。这里比喻仓颉手书的珍贵。壑中舟：典出《庄子·大宗师》：“夫藏舟于壑，藏山于泽，谓之固矣。然而夜半者负之而走，昧者不知也。”

⑤河洛：河图洛书的简称。相传上古伏羲氏时，黄河中浮出龙马，背负河图，献给伏羲。伏羲依此而演成八卦，后为《周易》来源。又相传大禹时洛河中浮出神龟，背驮洛书，献给大禹。大禹依此治水成功，遂划天下为九州。又依此定九章大法，治理社会，流传下来收入《尚书》中，名《洪范》。故《易·系辞

上》云："河出图，洛出书，圣人则之。"

【点评】

相传仓颉在商山、洛水之南登玄扈山造字，并且留下了二十八个字刻于山上。嘉靖、隆庆年间，商州知州因不能满足当权者求字的需求，于是斫断石碑、毁掉文字，弃置于深岗大泽中。作者第一首即叙说前事，感慨史皇仓颉往日神迹不留于世，世事变迁令人伤感。第二首则先言他在商洛游宦，任官商洛道，公事之余享受游赏山水的乐趣。中间四句写官署中的美景：凝碧池水波荡漾，池边盛开着如美玉般璀璨晶莹的花朵，让人知花草盛美时节自此而始。清风拂过，水边绿色的苔藓生意盎然，天上的苍龙时来行云布雨，呈现出苔藓结成仓颉二十八字的异象。诗人借景抒情，把苔藓形成文字的异象描绘得绚烂明媚，给人以清新的艺术享受。接下来叙写正是因为河图洛书有遗灵，才会产生这样的异象。苔藓上文字遒劲峭拔，像神龟蹲伏，如层峦突起，神异非常。结尾感叹造字的史皇仓颉精灵常在，竟让苔藓文字如此精光射人。这两首诗淋漓尽致地记叙了诗人在商州官署观苔藓形成文字的异象，称颂了仓颉造字之功的神奇，展现出一位古代官员公事之余学者风范的一面，令人耳目一新。

商山道中

姜士昌

再为商山行，始觉商山好。
解绂遵归涂，策骑忘远道。①
朱明日夜移，商风度清昊。②
丹荑既映蔚，青林亦窈窕。③
远岫生夕阴，层崖激秋潦。
临岐友生别，一为萦抱怀。
空山自荒途，飞流何浩浩。
高咏黄鹄歌，怀哉汉庭皓。④
题书谢明主，归将拾瑶草。

【作者简介】

姜士昌（生卒年不详），字仲文，丹阳（今江苏丹阳）人。明万历八年（1580）进士。历任户部主事、陕西提学副使等。后屡遭贬谪，归家隐居，与高攀龙、顾宪成入东林书院讲学。有《雪柏堂集》。

【注释】

①解绂：解下印绶。指辞官。归涂：亦作“归途”，指返回的路途。

②朱明：指夏季。商风：指秋风，西风。

③丹荑：指初生的赤芝，食之可延年。映蔚：相互辉映，蔚郁多彩。

④黄鹄歌：指汉高祖所作《鸿鹄歌》。晋葛洪《抱朴子·逸民》：“（汉高祖）虽饥渴四皓，而不逼也，及太子卑辞致之，以为羽翼，便敬德矫情，惜其大者，发《黄鹄》之悲歌，杜婉妾之觊觎，其珍贤贵隐，如此之至也。”

【点评】

作者于明万历二十年由浙江提学调任陕西提学副使，第二年转任河南右参政，驻扎大名府。这首诗即作于作者离任陕西、行于商山道中之际。诗歌前四句为第一层，先言“再为商山行”，诗人来陕西赴任时曾行经商山，如今调离陕西，再次行经商山，离别令人倍生留恋，故言“始觉商山好”。解下印绶，缓缓策骑行于归途，无官一身轻，令人忘却远道的疲惫。中间六句为第二层，夏令已移，秋风渐起，商山的景色格外明丽：草丛中的丹荑红艳夺目，相互辉映，郁郁青青的山林显得深远幽静，傍晚时分远处的峰峦生出阴晦的气象，险峻的山崖上因久雨而形成的大水激荡起声响。诗人一支妙笔将商山的秋景描绘得分外绚丽多姿，可见其写景的功力。接下来八句为最后一层，写歧路上与友人分手，各奔东西。再次启程后行于空山荒途，目睹浩浩飞流，想起四皓在汉庭上辅佐太子的事迹，不由吟诵起汉高祖在目送四皓离去，打消易储之心所作的《黄鹄歌》，“鸿鹄高飞，一举千里。羽翮已就，横绝四海。横绝四海，当可奈何！虽有矰缴，尚安所施”，愈发钦佩四皓的高风，恨不得马上题书辞谢皇帝的征召任用，留在商山效仿四皓采食芝草隐居于此。全诗章法严密，叙述、描写、抒情融为一体，抒发了诗人留恋居秦岁月、向往隐逸生活的思想。

商山图为林国相题[①]

卢龙云

商山旧接终南胜，深谷层峦倍幽静。
高士何年共结庐，云满衣裳蒿满径。
闲来便唱紫芝歌，驷马高车较若何。
棋局每凭幽涧石，诗篇长咏狎烟萝。
自嗟生世唐虞远，祇应木石同萧散。[②]
反复时情任变更，过目浮云了不管。
汉庭当日重元良，忽从秘画张子房。[③]
羽翼终归岩下叟，千年涧壑尚辉光。[④]
后人颇笑卢藏用，佳趣此山曾与共。[⑤]
唐家无事翊皇储，何须别却烟霞洞。

【作者简介】

卢龙云（生卒年不详），字少从，广东南海（今广东佛山）人。明万历十一年（1583）进士。历任马平知县、邯郸知县、长乐知县、贵州布政司参议等。有《四留堂稿》《谈诗类要》。

【注释】

①林国相：作者友人，进士同年。卢龙云是万历十一年殿试三甲第163名同进士出身，林国相是殿试二甲第48名进士出身。

②唐虞：唐尧与虞舜的并称。此处指尧与舜的时代，古人以为太平盛世。

③元良：太子的代称。秘画：密谋。张子房：汉初谋臣张良。

④羽翼：指辅佐的人。岩下叟：指商山四皓。

⑤卢藏用：唐代著名隐士，隐居于终南山，后被朝廷征召做官。隐士司马承祯亦被征召而坚持不仕，欲归山，卢藏用送之，指着终南山云："此中大有嘉处。"承祯徐曰："以仆视之，仕官之捷径耳。"见唐刘肃《大唐新语·隐逸》。后因以"终南捷径"比喻谋求官职或名利的捷径。

【点评】

此诗是一首赠友酬唱之作。作者友人林国相有《商山图》一幅，作者为其题咏了此诗。诗歌共分三层。第一层为前二句，描绘隐士所居环境，商山旧日与终南山相接，深谷层峦，景象倍加幽静，为下文四皓隐居商山作铺垫。第二层是中间十四句，叙写四皓在商山隐居的悠闲生活。不知何年起，这四位高士共同结庐商山，其住处地势高峻，蒿草满径、云雾在衣袖间弥漫。他们闲暇时便高唱紫芝歌，吟咏情性，表达己之安贫乐道的心志，不羡慕驷马高车的荣华生活。他们还时常凭靠着涧石下一局棋，将与烟萝草木相伴的隐逸生涯写成诗歌长久地吟咏。他们自己常常嗟叹没有生在唐虞的盛世，身处暴秦的统治下，只能避世隐居山中，同树木、山石一样消散。任凭世情反复变更，他们只看作是过目的浮云，不萦于物，不管不问。但为了保护太子，张良献策，四皓出山成为太子的羽翼。而当储位安定后，他们不贪恋世间的富贵，只把安汉的功业当成人生的一段插曲，又回到了隐居的山林。他们的性情是如此淡泊，品行是如此高洁，千载之下商山的山涧壑谷仍旧被其辉光所映照。最后四句是第三层，将唐代隐士卢藏用与四皓做比较，以卢之贪恋仕宦反衬出四皓的淡泊名利，讥笑卢藏用等假隐士虽有名山佳趣却不能安贫乐道，明明唐朝无须多事辅佐皇储，却还要沽名钓誉，“别却烟霞洞”。这首七言古诗在遣词造句上并未刻意雕琢，语言平易而不失其精警，由此可见作者运思之灵妙，情感之洒脱。

过内乡县奉怀荆南主人

吕时臣

乍闻人语觉殊方，万叠山溪出内乡。
梦里潇湘云缥缈，望中函谷树青苍。①
衰年不得为秦赘，多病犹堪学楚狂。②
囊底余金曾卖赋，令人到处说元王。③

【作者简介】

吕时臣（生卒年不详），大约生活在明万历年间（1573—1620），一名时，字中父，一作仲父，浙江鄞县（今浙江宁波）人。以避仇远游，一生为清客，历齐、梁、燕、赵间，后客死河南涉县。工诗，亦工散曲。有《甬东山人稿》。

【注释】

①潇湘：湘江与潇水的并称，在今湖南境内。函谷：指函谷关。

②秦赘：秦代男子家贫无以为婚者，得入赘妇家。后因以借指赘夫。语本《汉书·贾谊传》："故秦人家富子壮则出分，家贫子壮则出赘。"楚狂：典出《论语·微子》，楚狂接舆佯狂不仕，歌而过孔子。后泛指狂士。

③卖赋：相传汉武帝陈皇后曾奉黄金百斤求取司马相如为己作《长门赋》。后以"卖赋"泛指卖文取酬。

【点评】

内乡守八百里伏牛之门户、扼秦楚交通之要津，据说商於古道的终点柒於就在内乡。吕时臣的这首诗即作于此地，大约是其晚年客居河南时所作。首联先叙写经过内乡的别样感受：陡然听闻此地人语，方言与楚地殊异，令人有异域殊方之感，然而此地山清水秀，万叠山溪，可谓秀异。接下来写自己依旧惦念着楚地的山水，梦见潇湘之地云烟缥缈，眼前可见的实景却是函谷关青苍的树色。这一联虚实结合，梦境与现实交织，拓宽了诗境，加深了对楚地友人、美景的思念之情。继而感叹自嘲己身年老体衰，不堪入秦为赘夫，唯有多病之身尚可学学接舆狂歌笑孔丘的狂态，暗寓己之隐逸不仕。最后表达了对友人的谢意与怀念，写自己虽然贫困不仕，囊中却尚有卖赋取酬余金，而这正是友人荆南主人所赐，怎能不令人由衷感怀。

仙娥削壁

王如宗

仙姬何日去山衙，峭壁空留人望赊。①
幛幕千寻晴带雨，芙蓉十里夜开花。

云飞毛女芳邻近，月挂峨眉胜侣遐。[②]
万古诗人经此地，溪边谁不欲停车。

【作者简介】

王如宗（生卒年不详），商州（今陕西商洛）人。明万历三十五年（1607）进士，擅长书画。

【注释】

①赊：长，远。

②毛女：传说中得道于华山的仙女。汉刘向《列仙传·毛女》："毛女者，字玉姜，在华阴山中，猎师世世见之，形体生毛，自言秦始皇宫人也，秦坏，流亡入山避难，遇道士谷春，教食松叶，遂不饥寒，身轻如飞，百七十余年，所止岩中有鼓琴声云。"

【点评】

这是诗人为本地景观"仙娥削壁"题写的一首七律。在商州城西北十里许有仙娥峰，纵横百丈，上下千寻，如斧削锦屏，刀分翠障，峰下有水，名"仙娥溪"。山既名"仙娥"，可见昔日此地或有如刘、阮遇仙之事者乎，故诗人首句即云"仙姬何日去山衙，峭壁空留人望赊"，仙娥已去，空留后人怀想不已。颔联状山峰之高峻奇秀，似幛幕千寻，时晴时雨；如芙蓉十里，夜月花开。云飞悠悠，与仙子毛女为邻，暗指仙娥峰与西岳华山接近；月挂皎皎，与蜀地峨眉山为侣，秦蜀相隔，道路遐远。尾联言万古以来诗人路经此地，无不在溪边停车欣赏仙娥峰的美景，直抒胸臆，表达诗人对此地山水的喜爱与赞美之情。

桃源词[①]

钟　惺

商山海上半秦民，何独桃源是避秦。[②]
满洞仙人一渔子，翻疑渔子是仙人。

【作者简介】

钟惺（1574—1624），字伯敬，号退谷，湖广竟陵（今湖北天门）人。明万历三十八年（1610）进士，历任工部主事、南京礼部主事、福建提学佥事。工诗，与同里谭元春并称，时称“竟陵体”。有《隐秀轩集》。

【注释】

①桃源：据陈寅恪《桃花源记旁证》云：“真实之桃花源在北方之弘农（汉郡，辖境约相当今河南黄河以南、宜阳以西的洛、伊、淅川等流域和陕西洛水、社川河上游、丹江流域）或上洛（今商州）。”

②海上：指秦始皇时齐人徐市携童男女数千人入海求仙人之事。事见《史记·秦始皇本纪》。

【点评】

据陈寅恪先生考证，陶渊明的《桃花源记》就是以商於商山为依据而创作的。这首诗名为《桃源词》，其实写的是“避秦人”。诗歌开篇谓秦朝酷政，民不聊生，故不止桃源洞中百姓是避秦乱，商山、海上也大半是逃亡的秦民。三、四句诗人用冷峻的笔调描绘了一个奇异的景象：陶渊明《桃花源记》记叙武陵渔人误入洞中，村中人“见渔人，乃大惊，问所从来”“村中闻有此人，咸来问讯”这一场景，诗人不由感慨，满洞村人围着一渔人问长问短，角色一时颠倒过来，仿佛渔人成了出世的仙人，而真正隐居的村民却成了尘世的俗人。此诗虽为咏史，却出于冷峻辛辣，颇具借古讽今的意味。

饮静观园[①]

周梦麟

春暮游人四月天，百花满径开犹鲜。
几声夏鸟啼芳树，一阵南风入画帘。
青山门外谁知道，绿酒樽前我是仙。
明日欲归不忍去，东君许否结来缘。[②]

【作者简介】

周梦麟（生卒年不详），字大生，商州（今陕西商洛）人。明万历四十年（1612）举人。历任四川彭县、山西汾西县县令。淡泊仕宦，擅长诗文。

【注释】

①静观园：园名，在龙驹寨（今丹凤县）北马帮会馆。

②东君：传说中的司春之神。

【点评】

这是作者在商州家居时所写的一首游园诗，大约写作于明万历年间。首联写暮春时节，四月天气，游人如织，园内小径上百花盛开，依旧鲜艳明媚。这一联既点明了时节，也交代了诗人所处的环境。颔联进一步写园景，通过听觉、触觉的角度写芳树上传来婉转的鸟鸣声，预示着夏日的来临，南风拂入画帘，让人感受到新鲜清爽的气息。后两联是全诗的抒情笔墨，不去管青山门外的凡世俗事，且在绿酒樽前饮一杯，仿佛自身是仙人般逍遥自在。明日就要离开静观园归去，却留恋不舍，盼望着东君许作者结下来年到此的缘分。全诗情景交融，抒发了对家乡美景的挚爱与眷恋之情，写得颇为亲切动人。

秋日登龙驹寨鸡冠山

周梦麟

平生出谷爱迁乔，今日鸡山岂惮劳。①
路过断桥还险峻，人登绝顶自逍遥。
满袖黄花风飒飒，一天碧水草萧萧。
眼前世界劫灰尽，洞口白云且挂瓢。②

【注释】

①迁乔：指迁往高处。

②劫灰：谓劫火的余灰。佛教认为是世界终尽时劫火洞烧所余的灰烬。后因谓

战乱或大火毁坏后的残迹或灰烬。挂瓢：典出《太平御览》卷七六二引汉蔡邕《琴操》："许由无杯器，常以手捧水。人以一瓢遗之，由操饮毕，以瓢挂树。风吹树，瓢动，历历有声。由以为烦扰，遂取捐之。"后以"挂瓢"指隐居或隐者傲世。

【点评】

位于商洛丹凤县城北的鸡冠山为龙驹寨主山，又名"凤冠山"，山似雄鸡昂首欲鸣，是商州"八景十观"之一的"鸡冠插汉"。这首诗描绘的是作者秋日登鸡冠山所见的景致及感受。诗人先自述平生爱好登临山水，喜欢往高处的地方迁移，因此今日不辞疲劳地登上鸡冠山。颔联写登山时及登顶后的感受，路过山中的断桥，只觉极为险峻难行，而等到登上顶峰又忘却了路上所有的辛苦，天地之间自在逍遥。颈联描绘了站在绝顶上的所见所感，顶峰上风大，飒飒吹动衣袖，将袖中的菊花吹散；远望天色如水碧，草木萧萧，一派秋天的萧瑟之景。结尾二句抒发登高时产生的冯虚御风、飘然若仙的感受，妥用"劫灰""挂瓢"两个典故，表达自己向往遗世隐逸的情怀。

三月洛原阻雨①

周梦麟

春雨连朝夜梦寒，林园花色几凋残。
家山一水隔归路，对酒那堪燕子还。

【注释】

①洛原：地名，指商州城东五十里的丹水和洛峪交汇处。

【点评】

此诗写作于作者家居商州期间，描写了洛原雨落花残的初春之景，表达了雨阻归程、对酒思家的惆怅之情。"春雨连朝"，见春雨之连绵不绝，故"夜梦寒"，毕竟早春三月，料峭春寒犹在。次句写经雨后园林的花枝凋残，零落一片，令人伤感。后二句写家山与洛原一水相隔，却因雨大水涨受阻，不得归家，呼应了首句的“春雨连朝”，可见这雨是甚为恼人的春雨。最后写自己因思家而生百般愁绪，想要借酒浇愁，却看到燕子舒展双翼翩翩还家，不由更添一分愁绪。

三台叠翠

邹嘉生

三台胜概耸江洲，秀色层分近接楼。①
每到晴空光欲滴，更逢雨过靓偏浮。
壁奎互映塔联峙，腹背交看水抱流。②
翠霭一屏凝帝祉，千秋万载对神州。③

【作者简介】

邹嘉生（生卒年不详），江苏武进（今江苏常州）人。明万历四十四年（1616）进士，崇祯年间任职抚治商洛道。

【注释】

①胜概：指美景。

②壁奎：二十八宿中壁宿与奎宿的并称。旧谓二宿主文运，故常用以比喻文苑。

③帝祉：上天或皇帝的福祐。

【点评】

诗题所云“三台叠翠”在商州城南里许，西连文笔山，即龟山也，由足至顶，崖岸三叠，故名“三台”。每山颜洗雨、岚霭烘晴，三级翠浪，青苍欲滴，如翡翠屏、青玉案，高低参差，故云“叠翠”。诗人首联即叙三台之形胜：丹水饮其北，乳水蘸其南，楚水绕其东，三台胜景耸立江洲之中。翠峦山色层分三叠，近接楼台。颔联概括描写三台在晴雨时不同的气象，晴时翠光欲滴，雨时丽色浮动。颈联上句写天上壁宿与奎宿交相辉映，三台上的文昌祠塔楼联峙，象征商州文运鼎盛；下句摹山之前后交看丹水、乳水、楚水环抱三台。尾联将三台之翠霭比作一座翡翠屏，凝结着上天的福祉，祝佑三台长青，千秋万载矗立在华夏神州。

商於怀古

汪乔年

路入商源万壑回，据鞍怀古思悠哉。
茹芝高士坟犹在，徙木奸雄骨已灰。①
计绝楚援游客诈，诗题秦岭逐客哀。②
古今得失俱陈迹，惟有山花岁岁开。

【作者简介】

汪乔年（？—1642），字岁星，遂安（今浙江遂安）人。明天启二年（1622）进士。历任刑部陕西司主事、刑部郎中、工部郎中、青州知府、陕西右参政、陕西巡抚、三边总督等。

【注释】

①茹芝高士：指商山四皓。徙木奸雄：指战国时秦国政治家商鞅，获封商於十五邑，号为商君。商鞅在秦国变法时，恐民众不相信自己，于是立三丈之木于国都市南门，招募民有能徙置北门者给予十金。民众不敢徙。又下令“能徙者予五十金”。有一人徙木，就给他五十金，来显示不欺骗民众。事见《史记·商君列传》。

②游客：指战国著名纵横家张仪，入秦为相，曾游说楚怀王，说楚国若与齐国断交毁盟，就请秦王献出商於一带六百里的土地予楚国。楚怀王大悦，与齐断交，到秦国索要商於之地。张仪对楚国的使者说：“我有秦王赐给的六里封地，愿把它献给楚王。”楚怀王闻之方知上当受骗。逐客：指唐代文学家韩愈。

【点评】

此诗大约写作于明崇祯年间作者途经商州时。据《明史》本传记载："（崇祯）十四年，擢右佥都御史，巡抚陕西。时李自成已破河南，声言入关。乔年疾驱于商、洛，不见贼。"作为一首登临怀古之作，诗歌以与商於有关的多位历史人物为歌咏对象，抒发了深沉悲凉的历史沧桑感。诗歌一开始就点明写诗之缘由，叙写来到商源只见万壑百转千回，道路难行，诗人凭靠在马鞍上思古之幽情油然而发。他想到曾经来过或居住在商於的多位历史人物：有采紫芝而食的隐士商山四皓，有徙木欲取信于民的改革家商鞅，有破坏齐楚联盟的说客张仪，有诗题秦岭被贬岭南的大文豪韩愈。他们都曾在商於这一方土地留下了自己的传说事迹，而人们对他们的褒贬评价也截然不同。四皓是"高士"，隐居商山，不慕荣利，至今坟墓犹在，被人们追思悼念着；商鞅主持秦国变法，因战功获封商於之地，最终却反叛朝廷，落得车裂的下场，尸骨早已成灰；张仪是战国著名说客，凭借三寸不烂之舌，假意许楚怀王秦商於六百里土地，拆散了齐楚联盟，可谓"诈"矣；韩愈因谏迎佛骨被贬潮州，在秦岭商於道留下了"云横秦岭家何在，雪拥蓝关马不前"的千古诗作，感其被贬谪的遭际，可谓"哀"矣。诗人在中间两联对商於历史人物逐一加以评点。尾联以"古今得失俱陈迹，惟有山花岁岁开"收束全篇，寄寓古今得失成败于岁岁绽开的山花之中，悼古伤今，笔力沉雄而又有含蓄不露的韵味。

商　於

揭重熙

嬴秦未裂裂商於，杀运才开便剪屠。
何事积威终不戒，直令遗祸到扶苏。①

【作者简介】

揭重熙（？—1651），字祝万，又字万年，号蒿庵，江西临川（今江西临川）人。明崇祯十年（1637）进士。初任福宁知州，后清兵入关，起兵勤王，任南明福王吏部考功主事。后被唐王朱聿键任为右佥都御史，转战于闽赣山区，被俘后遇害。善文学，有《揭蒿庵先生诗文集》。

【注释】

①扶苏：秦始皇长子，后秦始皇死后，赵高等人害怕扶苏即位执政，便矫诏指责扶苏在边疆和蒙恬屯兵期间，“为人不孝”“士卒多耗，无尺寸之功”“上书直言诽谤”，逼其自杀。事见《史记·李斯列传》。

【点评】

作为咏史诗，诗人以独具的视角阐释了赐封商於的商鞅最终遭到“剪屠”的历史，寄寓了自己的政治见解。诗歌一、二句直叙史实，写商鞅在秦惠王即位后投魏不成，复入秦商邑，与其部属发兵出击郑国欲谋出路。这实为分裂秦国的行为，故秦发兵攻商鞅，杀之于郑黾池，使其“杀运才开”便落得全家“剪屠”的结局。新即位的秦惠王更是车裂商鞅以示众，告诫说：“莫如商鞅反者！”可惜这样的告诫并未能警示世人。于是有了三、四句对扶苏结局的感叹。扶苏本为秦始皇长子，秦始皇巡游时死于沙丘，遗诏传位扶苏，却被赵高、公子胡亥、丞相李斯谋划赐死，立胡亥为秦二世，最终落得秦朝二世灭亡的下场。历史总是如此循环相似，商鞅分裂秦国终至剪屠，遗祸扶苏亦令秦朝过早灭亡。作为处于晚明风雨飘摇之际的诗人，有怀国事，对历史作别样解读，可谓感慨遥深。

独坐商山书院

田元易

危坐翻经处，清虚万里孤。① 厅连然杖阁，池近化鲲淤。②
露藓龙朝篆，风松鬼夜呼。 更深明月上，想见古黄虞。③

【作者简介】

田元易（生卒年不详），商州（今陕西商洛）人。明末庠生（秀才）。

【注释】

①危坐：端坐。翻经：犹读经。

②然杖阁：指夜读阁。杖即青藜杖。典出《太平广记》卷二百九十一："刘向于成帝之末，校书天禄阁，专精覃思，夜有老人着黑衣，植青藜之杖，扣阁而进，见向暗中独坐诵书。老人乃吹杖端，赫然火出，因以照向，具说开辟以前。向因受五行洪范之文。辞说繁广，向乃裂裳绅以记其言。至曙而去，向请问姓名。云：'我太一之精，天帝闻金卯之子有博学者。下而教焉。'乃出怀中竹牒，有天文地图之书，'余略授子焉。'"化鲲：指鲲化作鹏，典出《庄子·逍遥游》。

③黄虞：黄帝和虞舜的合称，代指太平盛世。

【点评】

商山书院创办于明嘉靖年间，时任抚治商洛道的郗元洪在州城北坡大云寺建商山敷教书院（取司徒契在商敷教之意），由商州知州夏文宪延聘三原人马理（官至光禄寺卿，致仕后来商州）主持。明万历年间知州王邦俊重修书院，改名为仰紫书院。书院延请名师、定期讲学，为地方培养了大批人才，是一所闻名三秦的著名书院。诗人独自正襟危坐于书院读经处，正是夜晚时分，天空广阔清净，一轮孤月悬挂。中间两联诗人化用"然杖""化鲲""苔藓显化仓颉篆字"（见苏浚《商洛署中纪异》）以及《淮南子·本经训》"昔者仓颉作书，而天雨粟、鬼夜哭"的四个典故，从视觉、听觉两个角度描绘夜坐时书院的寂静环境。最后一联则说已是夜半更深，明月高悬，诗人夜读古书，得知些黄帝、虞舜之世的事，不禁慨然长念，想见当时的太平休明。联系诗人身处明末乱世的背景，故有此感慨，可谓其来有自。

秦岭云横

高鸣鹤

迢峣峻岭锁西京，百里山深云易生。①
冥杳千峰天际合，苍茫万壑望中平。
晴阴具设林峦丽，上下惟闻风水声。

岂但昌黎曾有句，何人不起去乡情。[②]

【作者简介】

高鸣鹤（生卒年不详），商州（今陕西商洛）人。曾任知县。

【注释】

①岧峣：高峻貌。

②去乡：离开家乡。

【点评】

此诗是诗人途经秦岭所作。诗题“秦岭云横”出自唐代韩愈《左迁至蓝关示侄孙湘》中的名句“云横秦岭家何在”。诗歌首联上句写秦岭，“岧峣峻岭锁西京”，绘秦岭之高峻幽深；下句“百里山深云易生”摹“云横”之态，照应诗题。中间两联描绘秦岭山峦秀丽、云起风生的景色：千峰杳远、与天际相合，万壑苍茫、望中犹平；山中晴阴兼具、林峦秀丽，上下只听到风声水声。面对如此高峻秀丽的山川，诗人不禁感慨：岂止韩愈到此吟诵有句，又有何人至此不生起去乡怀亲之情啊！

商山雪霁

李东芳

皓隐真踪只此山，景逢雪眖更幽闲。[①]
千峰掩映分晴霭，万壑纵横捧霁颜。
梅坞迎曦香带丽，松崖剩白翠成斑。
风清犹似先生在，杖履萧疏自往还。

【作者简介】

李东芳（生卒年不详），商州（今陕西商洛）人。举人。

【注释】

①晛（xiàn）：日气，日光。《诗经·小雅·角弓》：“雨雪瀌瀌，见晛曰消。”

【点评】

《续修商志》云：“州东八十里丹水之南，四皓真隐处也。云鹤杳冥，烟林森蔚，四时望之，无一不佳。惟当六花飞舞，粉抹寒岑。忽见晛日消，则青螺摇黛，如浴水芙蓉，倍增鲜艳。且下有怪松老梅，苍翠清芬，当积雪初晅，山明树秀，倍增清洁，直如茹芝高节并傲岁寒。路通武关，多名贤题咏。断碑残碣，犹有堪读。此五十八福地，洵商颜第一名胜也。”诗人这首诗描写的就是家乡的名胜——商山雪霁时的美景。开头两句点出此山是四皓真隐之处，又逢雪消日丽，山景更显幽闲。中间两联集中描写雪霁时商山之美：千峰连绵，时隐时现，分出清朗的云气；万壑争流，纵横交错，捧出雨后晴空的颜色。梅花坞中的梅花迎来晨光，沉浸在花香中更显妍丽；山崖的松树斑驳陆离，在晴光中翠色斑斑点点。最后两句写此山雪霁风清，犹似四皓仍幽居于此，杖履萧疏往来，过着恬淡而寂寥的生活。由此又将商山之美推进一层，从中亦表现出诗人对四皓隐逸志趣和淡泊情怀的追慕与敬仰之情。

一柱庵与友人赓和①

周志德

石壁垂萝半是苔，行歌曳履漫徘徊。
藏踪路向溪桥转，倒影人从瀑布来。
一夜谈心窗月晓，两人啸傲野云开。
别来也有高阳酒，花下玉山只自颓。②

【作者简介】

周志德（生卒年不详），字针伯，商州（今陕西商洛）人。明崇祯末以选贡任官登州府经历，居丧归乡。明崇祯十六年（1643）李自成军攻破商州，其道扮于成仙沟建一柱庵隐居躬耕。有《一柱庵诗集》。

【注释】

①一柱庵：诗人隐居处，在今商州区麻街乡野人峪。赓和：续用他人原韵或题意唱和。

②高阳：古乡名，在今河南杞县西南。“高阳酒”典出《史记·郦生陆贾列传》，秦末儒生郦食其对沛公刘邦自称“吾高阳酒徒也，非儒人也”。玉山只自颓：形容醉态。典出《世说新语·容止》：“嵇叔夜（嵇康字）之为人也，岩岩若孤松之独立；其醉也，傀俄若玉山之将崩。”

【点评】

这首诗作于诗人隐居一柱庵时期，恰逢友人相访，二人彻夜谈心，吟诗唱和。诗歌前四句云“石壁垂萝半是苔，行歌曳履漫徘徊。藏踪路向溪桥转，倒影人从瀑布来”，交代一柱庵的周围环境和二人的行踪。石壁上垂满萝蔓，密密遮遮，其中一半是苔藓，可见环境之幽绿潮湿。诗人与友人二人边拄杖行走边吟诵高歌，漫无目的地徘徊在石壁小径上。三、四句写路径的曲折幽深，小路忽向溪桥转向，遮藏行人踪迹，倒影映在溪水中，人从瀑布中穿度而来。后四句叙谈二人夜谈交心的畅快和抒发别后的悲慨。诗人与友人坐在庵中，彻夜交谈，直至窗外的月儿已晓、晨曦来临，两人发出长啸，天上的野云为之惊开，可见畅谈之欢、傲啸之乐。尾联诗人用“高阳酒徒”郦食其和嵇康的典故，表现自与友人别后唯以酒浇愁，常常在花下独自酣醉倾颓的孤单与悲慨。结合诗人自身变装逃亡的经历，可谓悲慨遥深。

念奴娇·端午蓝溪即事

李 雯

蓝溪新涨，看金塘几曲，书楼临水。不卷湘帘人影动，水戏鱼龙起。朱果雕蒲，粉盘绣虎，长缕飘香细。云鬟著雨，更莹一川烟翠。

回想家在东吴，彩衣连臂，今日人千里。有箇凭栏凝望处，茧彩香囊谁寄。草号宜男，花开夜合，都是伤心地。[①] 双双碧鸭，几回惊起沙际。

【作者简介】

李雯（1608—1647），字舒章，江南华亭（今上海）人。与陈子龙、宋征舆称“云间三子”，明亡仕清，任弘文院撰文中书舍人等。著有《云间三子新诗合稿》《蓼斋集》等。

【注释】

①宜男：萱草之别名。古人认为孕妇佩之则生男。晋周处《风土记》：“宜男，草也。高六七尺，花如莲，宜怀妊妇人佩之，必生男。”

【点评】

该词创作于作者明亡仕清之后，是一首思乡怀人之作，暗含亡国之恨。陈子龙反清失败而投水殉节，与屈原投江有同样的悲壮意味。作为好友，李雯对此事必然难以忘怀，于端午时节看到人们赛龙舟纪念屈原，作者自然会想起亡故的好友陈子龙以及已经逝去的明朝，全诗叙旧伤今，曲折蕴藉。上阕着重写端午时节之蓝溪景色。作者入笔紧扣“新涨”“金塘几曲”“水戏鱼龙起”，皆从大处着眼，而“不卷湘帘人影动”则是从细处着眼。由水涨而言及端午，作者以一位独守空闺的女子自喻，由景物描写表现作者的寂寞，由“更莹一川烟翠”，表现其愁绪之长、之广。下阕则由思人转入对家乡的思念。首句由今昔对比，以昔日欢愉反衬今日之孤独。以凭栏凝望和香囊难寄，暗合“都是伤心地”句，尾句暗用苏轼《卜算子·黄州定慧院卜居作》中“惊起却回头，有恨无人省，拣尽寒枝不肯栖，寂寞沙洲冷”之意，以“碧鸭”之双双，写孤独惆怅之心境，进一步衬托出自己的形单影只，从而使全词笼罩在思乡怀人的伤感意绪之中。

自商南入熊耳山行六百里至卢氏[①]

王　鑨

重重峰乱峰遮掩，对面烟墟似不通。
何意我来千嶂外，忽逢鸡叫众花中。
晴山树吐停云寺，古路香吹带雨风。

垂柳垂杨随处绿，教人惆怅野桥东。

【作者简介】

王鑨（1608—1672），字子陶，号大愚，别号啸隐，河南孟津（今河南孟津）人。清顺治二年（1645）任昆山知县，后任刑部河南司员外郎、山东提督学道等。有诗集《红药坛》《大愚集》；剧作《双蝶梦》《秋虎丘》等。

【注释】

①熊耳山：在商洛市区西20多公里的西乡金陵寺镇之西，两峰双峙，插汉凌霄，矗立如熊耳，故名。卢氏：即卢氏县，在河南省西部。

【点评】

本诗出自诗人自编诗文集《大愚集》。该集按文体分为赋、骚、乐府、排律、律诗、绝句，每一种文体下编年排列，共二十七卷。本诗则列在第二十二卷七言律诗中，从诗后《五十自忏》知本诗约作于五十岁时，即清顺治十五年左右，当时诗人从西安归河南，诗中多离别思念之情。前两联写诗人途中所见，重重山峰遮住征人远望的视线，峰峦叠嶂隐天蔽日，似乎连烟墟都无法通行。走过一座又一座的山峰，烂漫山花之中的鸡鸣惊破了思绪。“晴山树吐停云寺，古路香吹带雨风”，用了倒装手法，一个“吐”字形象地写出山岭之上古寺旁的树绕云合之景象，寺庙仿佛由树梢吐出一般。古道之上半雨半晴，垂柳垂杨一片青绿，似是无心，又似是有意，令诗人倍加惆怅，羁旅乡思之情郁勃于纸上，更激起了对亲友的怀念与半生漂泊之感。全诗先写行路之难，后写路途风景之丽，最后借用柳树表达自己的思乡之情与羁旅之感，伤离别的诗人形象也跃然纸上。

商　州

狄　敬

其一

神州古重地，至止生感慨。
胜迹虽已疏，览图识梗概。
仓帝渺难溯，玄王有遗爱。①
九商不可问，柒於名仍在。
莫以卫鞅鄙，名都雄畿内。
蔚然山川奇，灵气当百倍。
丹乳千流绕，万峰拥肩背。
右揖种药岭，左顾仰地肺！
中有采芝人，高风兴千载。

其二

商於足富强，形势居上游。
星分井柳次，地界雍梁州。②
武关扼楚咽，蛲篑当秦喉。③
河洛阻北渡，襄汉限南浮。
况复多宝地，金银为山丘。
至今光华气，夜发连斗牛。④

【作者简介】

狄敬（1615—1680），字文止，号陶邻、陶龄，江南溧阳（今江苏溧阳）人。清顺治六年（1649）己丑进士，历任工部都水司主事、陕西潼关道、工部员外郎、湖广按察使佥事等。有《陶邻集》《荷锄倦著》《尚书衍义》等。

【注释】

①仓帝：即仓颉。《说文解字》记载其为黄帝时期造字的左史官。又据《河图玉版》《禅通记》记载，仓颉曾自立为帝，号仓帝，是上古时期的一个部落

首领。玄王：指商代的始祖契。《诗经·商颂·长发》："玄王桓拨，受小国是达。"

②井柳：二十八星宿中的井宿和柳宿。雍梁：古九州中的雍州和梁州。

③蛲篑：蛲，指今陕西商州市西北的蛲关，自古为关中平原通往南阳盆地的交通要隘。篑，应是蛲关附近的篑山、汉高祖刘邦破武关后在蛲关受阻，即绕关逾篑山，破秦于蓝田北。

④斗牛：二十八星宿中的斗宿与牛宿。这里借指星空或天上星河。

【点评】

本诗当作于诗人官居陕西之时。《商州》其一回顾商州历史、歌颂商州地灵人杰。首先总说商州自古就是重地，如今伟大的事迹虽已远去，但依旧可知大概。其次作者采用了互文的修辞手法，举例论证自己的观点：仓颉与玄王固然难再追溯，但其声名事迹依旧流传至今；九商柒於虽然也早已不复存在，但这些名称却依然为今人所熟悉。至于商州的自然景观，作者则写商州山奇自有灵地，丹乳环绕，万峰拥立，右有药岭，左有商山圣地，而要说到"人杰"，则商山之中高风亮节的隐士更是名承千载，万古流传。《商州》其二赞颂商州地理物华天宝。在诗人笔下，商州是富强之地，地理位置优越，古时被古天文学家称为井宿和柳宿。此外商州地处九州中的雍梁之界，可以扼秦楚咽喉，阻北渡南浮，地势极其险要，是非常重要的关隘。更何况此地还有天然财富，灵光华气，不愧为名副其实的胜地。两首诗前后呼应，表达了诗人对商州人杰地灵、物华天宝的赞美与喜爱之情。

启秀阁野眺①

许　宸

其一

心以端居静，目从旷望宽。②
烟岚牵客梦，风雨起泥蟠。③
苔绣衔荒藓，花颜忍薄寒。
一番营构意，曾否信其难。

其二

地胜人同快，心空官忘寒。
尚然牛马走，何日箨皮冠。④
野衲谁为侣，明霞我欲餐。⑤
抽簪难惬意，不敢望芝峦。⑥

【作者简介】

许宸（生卒年不详），字素臣，号菊溪，河南内乡（今河南南阳）人。清顺治八年（1651）任商州抚治道，离商之日，商州士民感念其功德，为之立祠。著有《澹止园稿》《载石吟》《躬耕堂集》。

【注释】

①启秀阁：在今商洛市老城区北门外金凤山下，始建于唐代，初名“大云寺”，清代重建后又更名为“启秀阁”，为商州“八景十观”之一。

②端居：谓平常居处。唐孟浩然《临洞庭赠张丞相》诗：“欲济无舟楫，端居耻圣明。”

③泥蟠：蟠曲在泥污中，亦比喻处在厄运之中。汉班固《答宾戏》：“故夫泥蟠而天飞者，应龙之神也。”《文心雕龙·时序》：“六经泥蟠，百家飙骇。”

④尚然：犹然；尚且。元关汉卿《四春园》二折：“把笔尚然腕劳，怎敢手持钢刀杀人。”箨（tuò）：竹笋皮，俗称笋壳。南朝宋谢灵运《于南山往北山经湖中瞻眺》：“初篁苞绿箨，新蒲含紫茸。”

⑤野衲：指山野中的僧徒。元黄溍《过乌伤墓》诗：“野衲春耕祭墓田。”

⑥抽簪：谓弃官隐退。古时做官的人须束发整冠，用簪连冠于发，故称引退为“抽簪”。南朝梁沈约《应诏乐游苑饯吕僧珍》诗：“将陪告成礼，待此未抽簪。”芝峦：即商山。因秦末有商山四皓隐于商洛山中，且作歌曰：“莫莫高山，深谷逶迤。晔晔紫芝，可以疗饥。”见《史记·留侯世家》。

【点评】

许宸在任商州抚治道期间，勤政爱民，抗暴除奸，政绩卓著，改建启秀阁是主要政绩之一，这两首诗即作于此时。在这两首与启秀阁有关的诗中，作者可谓是注入了自己深厚而真挚的情感。第一首诗侧重的是野眺之所见，诗人因端居而心静，心静则目自远。从启秀阁望去，只见烟岚浮动，牵引游人梦境；风雨交加，仿佛有蛟龙被困于泥潭。然后诗人将目光收回，观察也更趋于细微，启秀阁之外，苔藓荒疏，花容憔悴，再加上此时天气微凉，实在是令人触景神伤。此处作者运用了拟人的修辞手法，“衔”字和“忍”字既形象生动，又有助于烘托诗歌的氛围。如今启秀阁虽已落成，但观此种种，诗人心中难免感慨，故结尾“曾否信其难”一句可以说是直抒胸臆，感情真挚且自然。第二首诗则承接第一首而来，内容上更侧重于野眺之思。作者于胜地远望，在心旷神怡之余，难免会生归隐之心。“牛马”也好，“泥蟠”也罢，其实都是暗指诗人此时的为官处境，因此相比之下，与山僧为伴，以明霞为餐的生活是何其令人神往！然而行文至此作者忽然笔锋一转，抽簪虽好，但终究不能惬意；商山虽在眼前，但壮志未酬又何敢侈谈归隐？全诗以此终结，末尾两句表达诗人既渴望出世又想要励精图治的矛盾心理，这种两难之情升华了理想，也使全诗的思想感情愈发显得深厚有味。

过花园富水二关①

许　宸

蚕丛何处见，疑是此双关。②
豺虎时时过，荆榛步步删。
马蹄销野涨，人面触荒山。
仰愧云边鸟，倦飞早已还。

【注释】

①花园、富水：花园关，即今西坪乡花园关村，古为东通宛城、南达鄂北、西抵商洛、北到卢氏之山间要隘。富水关，即唐代阳城驿。

②蚕丛：相传为蜀王的先祖，教人蚕桑。唐李白《送友人入蜀》诗：“见说蚕丛路，崎岖不易行。”有时也借指蜀地。此处用来形容地势艰险，道路崎岖难行。

【点评】

由诗题可知，本诗为作者途经花园、富水二关时所作。起首先借蜀王先祖蚕丛之典介绍了两关地势之险要，行文干脆利落。中间四句则细写花园关与富水关的荒凉景象，诗人化用李白《送友人入蜀》“山从人面起，云傍马头生”，想象诡异，境界奇美。豺虎频出、荆棘遍布的描写给全诗渲染了一种凄清萧索的氛围，而涨潮的野水与逼仄的荒山则又让人生出一种身在穷途末路的乱离之感。尾联化用陶渊明“山气日夕佳，飞鸟相与还”，销魂之际，只见天边的飞鸟因疲倦正欲及早归巢，作者联想到同样是身心俱疲的自己却依然为尘网所缚，至今不得回返自然，一时之间甚是惭愧。全诗用象征、烘托的手法巧妙地写出了诗人行路的艰难与辛酸，同时细腻而又完整地表达了作者想为官清正廉洁贡献朝廷，但心中仍然向往自然，希望能弃官归隐之情。

商山怀古

柴懋擢

不少牢骚兴，商原独采苓。
皈依秦四老，物色汉三灵。①
拜石粘身绿，扪碑印手青。
兴亡无限泪，山河一窗棂。

【作者简介】

柴懋擢（生卒年不详），号鹤柴，陕西白河县（今陕西安康）人。清顺治年间拔贡，携家入商，隐居不仕，饮酒赋诗，举止风流。善吟咏奇态之物，积稿颇多，后徙襄阳。著有《商山怀古》《春日郊望》等诗文，收入《续修商志》。

【注释】

①皈依：原为佛教语，指佛教的入教仪式。后也谓身心归向、依托。

【点评】

此诗写作者身处商山之中的感慨。起首作者慨叹时事，满怀厌世的情绪，言明自己唯独喜爱商原这片高洁清正之地。三、四句则写出了作者对商山四皓隐士之风的崇敬之情，表明了自己也希望像他们一样遇到伯乐，继而可以施展自己安邦定国的伟大抱负。“拜石粘身绿，扪碑印手青”用了互文的手法，铭刻四皓故事的石碑长满苔藓，足见历史之久，也可见世事变化无常，佳话终究会成为过往。但四皓的归隐生活于作者来说又好像是一幅造景，给人以警醒，所谓“兴亡无限泪，山河一窗棂”，诗人把商於山水当作观察世事的窗户，感受到的是国家动荡、政权更迭的一种无奈。全诗表达了作者希望像商山四皓一样能够行高尚之举、有识时的智慧与超然洒脱心胸的美好希冀，同时也抒发了其在面对古代高尚之士时的怀古伤今之情，除此之外还伴有对祖国大好河山动荡不安的担忧与无奈。

溪岸桃花

柴懋擢

倚岸花明万树红，壶樽两两挹芳丛。
赚来赤帝珊瑚室，误入朱皇琥珀宫。①
锦浪层翻堤柳外，丹霞横抹野烟中。②
年年溪口人如织，争道仙源路已通。③

【注释】

①赤帝：即炎帝神农氏。《春秋繁露·三代改制质文》：“以神农为赤帝。”亦指神农氏一系的帝王。珊瑚：由珊瑚虫分泌的石灰质骨骼聚结而成的东西，状如树枝。由于珊瑚多为红色，故这里用珊瑚来形容赤帝的宫室。琥珀：古代松柏树脂的化石，部分呈红褐色。

②野烟：指荒僻处的霭霭雾气。唐王维《菩提寺禁裴迪来相看说逆贼等凝碧池上作音乐供奉人等举声便一时泪下私成口号诵示裴迪》：“万户伤心生野烟，百官何日再朝天。”

③仙源：借用陶渊明所描绘的理想境地来代指仙娥溪的桃花源。

【点评】

商州西仙娥溪南有六七里桃林，花开季节游人如织，为商州十观之一，这首诗描写的即是溪岸桃花盛开时的美好景象。前两句首先写花明树红，宛然一幅色彩缤纷的美景图。其次写此时游人众多，赏景十分庄重，堪称一场好不热闹的盛宴。至第三、四句，作者由此美景联想到炎帝由于会用火而得到王位，故而宫殿甚是壮美艳丽，但可惜终究还是因过于奢华，不求节俭，致使滥度而政失，暗含了作者对奢华的排斥与惋惜之情。第五、六句又回到写景，浪花翻堤、丹霞抹烟都生动传神地概括出了桃花盛放的艳丽之美。末尾用“仙源”作收束，点出了作者对桃花源般生活的向往之情。此诗蕴含了多层思想感情。作者通过写溪岸桃花盛开、人人赏之的盛景，表现了自己对大自然和生活的热爱之情。然后又因联想到奢华误国的前车之鉴，抒发了诗人对当朝统治者极度奢华荒废政事的不满。诗歌最后，作者提到了自己对世外桃源般安乐自足生活的向往，而这一向往也寄托了他对当朝社会政治的美好祝愿。

龙潭瀑布水

牛维晃

空传龙马出龙潭，瀑布经谁数字谈。
浑是河源泻斗北，恰如沧海倒天南。
疏星两崖山千仞，孤月三峡水一涵。
应与匡庐同胜概，春风长者好停骖。①

【作者简介】

牛维晃（生卒年不详），商州（今陕西商洛）人，曾出任商州县衙的中书子和麟游县的教谕等。

【注释】

①匡庐：指庐山。相传殷周间有匡俗兄弟七人结庐于此，故称。唐白居易《草堂记》：“匡庐奇秀，甲天下山。”骖：本义为同驾一车的三匹马。《诗经·小雅·采菽》：“载骖载驷，君子所届。”后泛指马或马车。

【点评】

龙潭瀑布位于商州东百里处，相传秦二世时，楚兵入境，潭中现龙驹马，项羽得到后，取名为“乌骓”，此诗为诗人游览龙潭时所作。全诗以神话故事开头，给龙潭瀑布添加了神秘的色彩，起到总领全诗的作用。全诗首句“空”“谁”说明这里的景色久不为人知，接着用“河源泻北斗”写出了瀑布之高，用“沧海倒天南”写出瀑布之大，展示了瀑布气势磅礴的景象，“疏星”“孤月”，山多水聚，营造出静谧而又流动，孤独而又高傲的意境，流露出诗人对月夜龙潭的喜爱之情，潭中巨石连岸、两侧高山千仞。最后诗人为龙潭瀑布水发声，认为可以与庐山瀑布相比美，希望那些有名气的长者能前来欣赏。全诗极度夸张，兼用对比手法，写出了瀑布盛大的景象，抒发了对家乡山水的热爱之情。

四皓祠

钱受祺

其一

皤皤黄发帝师班，杖履飘然恁去还。①
欲访高踪何处是，白云舒卷在青山。

其四

避秦匪有烟霞僻，安汉仍归云壑闲。
出处一身千古重，其将箕颍笑商山。②

【作者简介】

钱受祺（生卒年不详），字介之，浙江钱塘县（今浙江杭州）人。清顺治十八年（1661）任商洛抚治道。其在任期间，清操率属，抚慰残黎，民得休息。曾参与《四川总志》的编纂，并为之写跋。

【注释】

①皤皤：头发白色，形容年老。《汉书·叙传下》："营平皤皤，立功立论。"黄发：指年老，亦指老人。《尚书·秦誓》："尚猷询兹黄发，则罔所愆。"

②箕颍：箕山和颍水。相传尧时，贤者许由曾隐居箕山之下，颍水之阳。后因以"箕颍"指隐居者或隐居之地。晋皇甫谧《高士传·许由》："由于是遁而耕于中岳，颍水之阳，箕山之下。"

【点评】

钱受祺《四皓祠》为组诗，共四首，此处选取其一和其四，通过对商山四皓出山力保太子安定天下事迹的追忆和功成不居决然归隐的高风亮节的歌颂，表达了作者对四位隐士的敬仰、艳羡之情。《四皓祠》其一用"帝师班"来突显四皓的功绩，而后用"恁去还"写出四皓的洒脱与睿智。作者在此运用了象征的表现手法，借"黄发""杖履"来指代当时年迈的四皓，生动地刻画出了这四位隐士泰然处世的宽大心胸。此外还有舒卷自如的白云与高洁清正的青山这两种意象，作者用它们来象征四皓邦有道则仕、邦无道则隐的洒脱，睿智与高尚的节操。有道是识时务者为俊杰，商山四皓不论是舒卷自如的豁达，还是出避自由的不羁都令人羡慕钦佩。《四皓祠》其四则主要写商山四皓安汉的事迹，突显的是其超然世外的风骨，作者还特别引用了尧时贤者许由辞官归隐的典故，来表现自己对隐士超然生活的神往与羡慕。

胭脂关①

钱受祺

其一

胭脂水似广陵潮，秋雨飘流鬼夜号。

谁谓五丁能赑屃，架梁百尺锁山腰。②

其二

不辞风雪扑红颜，驱马悠悠万迭山。
遥望胭脂魂欲断，好将苇叶渡岩关。

【注释】

①胭脂关：位于商州，旁有丹水流经。

②五丁：传说中的五个力士。秦惠文王将五女嫁给蜀国，蜀王派五丁迎五女。见一大蛇入山穴中，五丁一起拔蛇，山崩。见《艺文类聚》卷七引扬雄《蜀王本纪》。赑屃（bìxiè）：形容壮猛有力。汉张衡《西京赋》："巨灵赑屃，高掌远蹠。"

【点评】

《胭脂关》其一突出描绘经过胭脂关的惊险。"胭脂"为红色，"胭脂水"即指丹江，广陵潮以气势宏大而闻名，第一句突出胭脂关附近的丹江水之大。"秋雨""飘流"点明当时的时节、天气，而"鬼夜号"形容当时狂风怒号。后两句直言关上的桥之高，意指过桥时的恐惧，营造出冷冽凄清的氛围，正面写出了过胭脂关的艰难，也为下文做铺垫。其二前两句诗人用"风雪扑红颜""万迭山"来写出天气之恶劣与路途之遥远，但也用"不辞"表现出克服困难的坚定决心。第三句则再写胭脂关路途之艰难，遥望关隘时心情是"魂欲断"，正面描写恐惧的心情。尾句则引用达摩苇叶渡江的典故，喻指自己经过此关隘之惊险。两首诗正面描写胭脂关道路之险，与经过时天气之恶劣，给人身临其境的感觉，表达出了诗人恐惧的心理。

八声甘州·读李广传

何　采

辛稼轩与晁楚老、杨民瞻为山居子约，作此词。余时山居，因效其体。

向长亭夜半止归鞍，嗟哉故将军。看卫青不败，张骞且贵，苏建何功。[①] 更笑封侯拜相，李蔡下中人。[②] 才气无双者，命相偏屯。[③]

眼底崎岖嵂屼，昔蓝田畏路，今在通津。[④] 纵惊弦裂石，猿臂屈难伸。故宁逢、南山猛虎，遇灞陵、醉尉转逡巡。[⑤] 何如学，种瓜五色，长掩青门。

【作者简介】

何采（1626—1700），字第五，一字敬与，又字涤源，号南涧，一号省斋。安徽桐城（今安徽桐城）人，流寓金陵（今江苏南京）。任翰林院编修、侍读，年方三十即辞官归隐，终老不仕。著有《南涧词选》。

【注释】

①卫青不败：卫青为汉武帝第二任皇后卫子夫之弟，出身低寒，却屡建奇勋。自武帝元光六年（前129）至元狩四年（前119），七次出击匈奴，皆获全胜，获封长平侯。张骞且贵：张骞为汉武帝时期的著名外交家，因开拓了中原通往西域的南北两路，遂促进丝绸之路经贸交流的繁荣，并为当时和后世经营西北奠定基础，获封博望侯。苏建：西汉将领，初以校尉身份跟随卫青出征匈奴，因功封平陵侯。

②李蔡：李广堂弟，曾任汉文帝侍从，后任汉武帝的第七个丞相，其人勇敢聪明，从军则军功显赫，从政则政绩卓著，获封乐安侯。

③屯（zhūn）：艰难；困顿。《说文解字》：“屯，难也。象草木之初生。屯然而难。从屮，贯一尾曲。一，地也。指事。”

④嵂屼（lùwù）：高耸。

⑤逡巡（qūnxún）：因有所顾虑而徘徊不前或退却。

【点评】

由词前小序可知，本词为作者隐居山林时仿效辛词所作，选取与辛弃疾同样的李广故事进行铺写。上阕通过将李广与同时代之卫青、张骞、苏建等人建立的功业与得到的奖赏相对比，发出“才气无双者，命相偏屯”的感慨，表达了怀才不遇和经年难以封侯的遗憾。下阕列举李广被废闲居时的两件事，一是射虎南山的故事，二是酒醉被灞陵尉羞辱的故事。李广不仅无缘封侯，而且竟然在迟暮之际被废居于田园。与上阙形成了强烈的对照：有那样非凡勇力的人，却遭受到这样的对待，获得这样的命运。作者结合自身的经历，发出“何如学，种瓜五色，长掩青门”的感慨，表达自己对功业侯爵的漠视，而展现出自己隐处山林中的自适和闲谈，从而将田园隐处作为自己的精神家园。作者虽仿效辛词，但是观点有别，辛词《八声甘州·读李广传》，借李广之事，表达自己的愤懑之情，而本词表达自己超尘脱俗的高雅品行和隐居时恬然自得的心境，这也正是作者的独特之处。

沁园春·寿家孟修承五十，兄所居名蓝田庄

万　树

昔王右丞，得蓝田庄，作辋川图。[①] 喜卜居偶合，旧时名号，挥毫也似，此老规模。圃树千章，亭茅一把，中有先人旧赐书。能高卧，任门无车骑，食淡衣粗。

携锄。雨后栽蔬。或戴笠、临池学钓鱼。对闲闲妻子，蓬头椎髻，嗤嗤仆婢，赤脚长须。瓮或无粮，卮常有酒，何是何非强效遽。君浮白，谓子为吾祝，信也非谀。[②]

【作者简介】

万树（？—1689）字花农，一字红友，自号山野先生，江苏宜兴人，明末清初人，长期漂泊四方，曾在山西、陕西一带游历。著有《词律》《淮絮园集》《香胆词选》《璇玑碎锦》等。

【注释】

①辋川图：唐代诗人王维曾于辋川山谷购得前人宋之问别业，在其基础上，重新加以修禊，成为其隐居礼佛之所，并作《蓝田烟雨图》以描绘之。

②浮白：汉刘向《说苑·善说》载：“魏文侯与大夫饮酒，使公乘不仁为觞政，

曰：‘饮不釂者，浮以大白。’”原意为罚饮一满杯酒，后亦称满饮或畅饮酒为浮白。

【点评】

本词为贺词人之兄新落成之蓝田庄而作，结合词人生平观之，当作于早年。蓝田庄本为唐人旧迹，先为宋之问所有，后为王维购得，其不仅为王维中晚年隐居礼佛、清修妙悟之所，亦为其诗画兼修、赏心明志之佳处，堪为蓝田—武关道中的人文胜景。词作先从旧日王维营构之蓝田庄落笔，简笔对其清幽环境和浓郁人文环境予以交代，自“旧时名号”句起，着重抒写眼下蓝田庄之新景。通过“圃树”“亭茅”“高卧”等字句，不仅再现了当下蓝田庄环境之幽静雅致，也表现出主人志趣之闲淡散远、好古素守。下阕则以庄内生活为重点，通过对其间生活自得之乐的抒写，表现出主人据庄自守、明志淡远的生活态度，诗酒自赏与天伦之乐弥漫于字里行间，从而将唐人王维之蓝田别业由仙境拉回到人间。全词既有书卷气，又有烟火气，至真至情，既有优美景致的再现，又有个人情志的展露，表达了作者隐居山林、脱离尘俗的闲情逸致。

由长安抵蓝田界途中即事[①]

毛师柱

一骑匆匆过，长安眺望中。云山邻鄠杜，烟市隔新丰。
好景诗能忆，他时梦可通。华清宫在否，绣岭灞桥东。
天府惊形胜，秦城气象殊。龙池通地脉，雁塔拱王都。
旧迹千年在，残碑百战无。何堪斜照里，吹角正呜呜。
渐觉坡陀起，浑忘道路长。一溪流水碧，十里稻花香。
荻岸藏深坞，松门映夕阳。山村闲可住，不必定吴乡。
薄暝投茅店，萧条早闭门。饭粗聊果腹，户少不成村。
险道愁商洛，荒年弃子孙。流移方满目，飘泊且休论。

【作者简介】

毛师柱（1634—1711），字亦史，号端峰，江南太仓（今江苏太仓）人。著有《端峰诗选》。

【注释】

①原诗注："蓝田新界，居人多逃荒赴襄阳者，余因得结伴山行。"

【点评】

这是一篇五言排律，诗人从长安抵达蓝田，写一路之经历。"一骑"句暗用杜牧"一骑红尘妃子笑"句意，"鄠杜""新丰"都是长安边旧地名。诗人历览长安临潼形胜，不由发出"好景诗能忆，他时梦可通"的感慨，这两句也是先总说，接下从"华清"句到"吹角"句皆是在说长安名胜今昔对比，"龙池通地脉，雁塔拱王都"写出了长安城恢宏的气象，"旧迹"句转入伤心，当时作为帝都繁华一去不返，只剩下零落残碑，呜呜吹角。诗第一层主要是怀古伤今，"渐觉"句笔锋一转，进入第二层，描写景物"流水""稻花"颇为亲切，写出自己悠然闲适的心情，"不必定吴乡"可以看出诗人对此地的留恋。第三层从"薄暝"句开始到结束，写晚上诗人投宿于茅店，周围一片萧条，或因为饥荒战事，这里已经"户少不成村""弃子孙"，看到这种景象，诗人不禁忘记了自己的漂泊，想到了黎元的痛苦，颇有杜甫"大庇天下寒士俱欢颜"的热肠。全诗怀古伤今，面对历史沧桑，诗人的情怀由隐居之志转为关注现实、关心苍生。

蓝田山行不及寻访辋川旧迹车中志怅

毛师柱

客行蓝田道，林壑方新秋。　篮舆入苍翠，应接疲双眸。①
峰头灌木秀，涧底源泉流。　归程幸得计，不枉三年留。
独有辋口庄，停车间清游。②　欹湖定无恙，竹岭犹存不。③
古人不可见，旧迹余荒丘。　高吟右丞句，神往空悠悠。
归当掩蓬荜，老未营菟裘。④　惘惘乱山暮，风尘安所投。

【注释】

①篮舆：古时一种竹制的坐椅。

②辋口庄：唐代诗人王维于辋川别业中的主要居所。

③欹湖：辋水流经风崖沟低洼处所形成的一片新月形湖面，为辋川重要景点之一，在鹿苑寺门前，亦是王维当年泛舟吟咏之处。

④菟裘：古邑名。出《左传·隐公十一年》："使营菟裘，吾将老焉。"后世称封建士大夫年老退隐的处所。

【点评】

诗旨如题，"辋川旧迹"即王维营造的辋川别业或指王维于此活动之踪迹。"客"即是指诗人，前四句写诗人甫入蓝田道之感受，周边苍翠山峰能暂洗尘心，故曰"应接疲双眸"。"峰头"句赋笔铺下，语极贴切自然，诗人又感慨道："有幸归程能契合心意，不枉多年留此。""独有辋口庄"诗笔一转，接下八句全写寻访旧迹不得，据传世之《辋川集》与《辋川图》可知，"欹湖"与"竹岭"都是当时辋川风景名胜，故诗中先做假设"定无恙""犹存不"，然而诗人来日，旧迹早已湮灭，此时独吟王右丞诗句，只觉俯仰千载悠悠。后四句揭志怅之由，"菟裘"即"使营菟裘，吾将老焉"，后世多用作士大夫归隐之典。此二句说，归来掩蓬门，但至老都未如王维一样，能有个寄情山水的隐居之所，从而转出结句，不知何所去向，一路风尘难能有投栖安生之地。全诗表达了对王维隐逸之风的艳羡，流露出自己厌倦漂泊、希望隐居的心境。

桃花涧

毛师柱

枳篱茅屋逐溪斜，水碧山青画里家。
悔不经过二三月，千村万落尽桃花。

【点评】

诗人行走在商於道中，遇到一处开满桃花的山涧，于是写下本诗。前两句实写作者在桃花涧所见美景，枳篱茅屋沿着斜斜的溪岸而建，青山绿水恍如画中人家。此地有枳篱、茅屋、小溪、青山，符合“山涧”之意，但是诗题为“桃花涧”，此处却偏偏没有桃花，何以称为“桃花涧”呢？此处正是诗人的狡黠之处，后两句则给出了答案。一个“悔”字开头，由实写眼前的景象转为想象桃花盛开时的场景。眼前风光虽美，诗人却隐约有一丝遗憾，如果是在二三月间，那时千村万落桃花尽开，其景致应是无限美好。全诗语言明白晓畅，清新脱俗，虚实结合，前两句状所见实景，后两句写所想虚景，营造出一片清幽的意境，蕴含着活泼的生机。

石门汤泉①

毛师柱

白鹿原头夜月寒，朝元阁外晓风残。②
汤泉两地温如旧，冷落空山总一般。

【注释】

①石门汤泉：“蓝田八景”之一，又名“大兴汤院”，唐初即闻名。《旧图经》曰：“唐初有异僧止于此，大雪其地，雪融不积，僧曰：‘下必有温泉’，掘之果有汤泉涌出，遂置两区，凡有病者浴，多痊损。”唐明皇时，赐名“大兴汤泉”，辟塘五所。明、清时均重修，洗病者四时不绝。

②朝元阁：位于临潼，历代不断重修。

【点评】

石门汤泉因位于故唐石门谷口而得名。全诗描绘出石门汤泉在傍晚时分的凄清景色，流露出诗人的落寞之情。第一句写白鹿原上皎洁的月光带有寒意，突出“寒”意；第二句写朝元阁外的晓风吹残了月色，突出“残”意。后两句由写景转入抒情，同时与前两句形成对比。第三句突出“温”意，不仅是汤泉的水如千年以前温暖，同时还有汤泉依然兴盛之意；第四句则是抒情，突出“冷”意，而前两句的描写把“空山”的意蕴具体化，回想汉唐气象早已成为云烟，诗人心中冷落寂寞，突出“冷落”之感。全诗绝大部分在用“月寒”“风残”“冷落空山”等冷色调的景象构建画面，第三句插入暖色调“温如旧”的泉水，结果使得冷色给人的印象更加突出，使得全诗带有空寂的色彩，表达了伤今之情。

坡底夜宿

毛师柱

篱落傍山根，茅茨覆土门。密排松作栅，高累石为垣。
独客投孤店，千峰压一村。中宵愁虎出，何止攫羊豚。

【点评】

此诗为诗人夜宿秦岭道中所作。诗人抓住坡底夜宿这一题材的特点，在“恐惧”的感觉上做文章。前四句写近景，从诗人的视角看投宿之地的因陋就简。首联点出此地院子的篱笆墙“傍山根”，院外茅草“覆土门”，可见住宿之处的荒凉与萧条，荒凉之境自然会带来恐惧。颔联写院墙的简陋，栅栏不过是一排松树，院墙不过是由石头堆积，可见院墙本身的简陋，难以抵挡墙外的危险，自然也难以产生安全感，但是诗人却不得不遮身此地，心中的恐惧无法摆脱。五、六句文笔一跃，视角由下及上，“独客投孤店”，句中“独”和“孤”形成句内对，前后呼应；“千峰压一村”，句中“千”与“一”形成对比，两句营造了孤立无援的处境，突出了诗人的恐惧之感。最后两句转为想象，写到未知的危险，在这样一个凋敝的孤村夜宿，担心半夜若是有猛兽来袭，不只会抓走猪羊，应该也会吃人。全诗写的是“恐惧”，由于诗人在道景言情上的别具匠心、以情布景，虽然没有直接写，但读者却能感受到作者内心的恐惧。

四更月下度七盘坡①

毛师柱

昨夜休装坡底宿，柴门咫尺连山麓。

总无平地只高山，迭碧舒青纷满目。
寂寞村鸡听不鸣，当头月午恰三更。
栈驴龁啮灯火乱，仆夫早已催人行。
残梦初醒跨鞍去，出门径上山腰路。
山回路转几盘旋，魆魈出没林深处。[②]
露下天高作晓霜，溪山窅窅月茫茫。[③]
何须雁叫方垂泪，不必猿啼亦断肠。
白头老客天涯走，摇落身同汉南柳。[④]
喜看清旭到峰巅，幸免孱躯落虎口。
此际沉吟意若何，危途诘曲少人过。
休嗟行路难如此，世事惊心险更多。
飒飒山风吹渐紧，萧萧落叶添凄冷。
下坡才觉路微平，云外嵯峨又秦岭。

【注释】

①七盘坡：在蓝田县城东南七里处。

②魆魈（yáoxiāo）：鬼名。

③窅窅（yǎoyǎo）：隐晦幽暗的样子。唐戴叔伦《赠徐山人》诗：“针自指南天窅窅，星犹拱北夜漫漫。”

④汉南柳：喻时光流逝，年华易失。源见“桓公柳”，《世说新语·言语》：桓公北征，经金城，见前为琅邪时种柳，皆已十围。慨然曰：“木犹如此，人何以堪。”攀枝执条，泫然流泪。

【点评】

七盘坡位于蓝田县城东，有“七盘十二绕”之称。作者在四更月下经过七盘坡，一路用诗句记下沿途的景物与内心的思绪。满目青山重叠，月亮悬空，空岭寂寞，鸡鸣声未闻，行人却早已启程，山回路转，道路难行，孤禽怪鸟不时啼于旷野，令人难免心惊胆战。“摇落身同汉南柳”化用自庾信《枯树赋》“昔年种柳，依依汉南。今看摇落，凄怆江潭。树犹如此，人何以堪”。岁月无情，催人衰老，虽已白头，却仍疲于羁旅。所幸的是黎明时终于抵达峰巅，免于沦为虎狼的口中之食。“世事惊心险更多”道出了诗人的心境，行路难，世路却更为艰险，“飒飒山风吹渐紧”化用岑参《暮秋山行》“山风吹空林，飒飒如有人”，展示幽致之意的同时让人倍增伤情。全诗汲取游记散文的特点，详记游踪，虚实结合，写出了诗人月下行路的惊险心境。

过蓝关

毛师柱

已历蓝桥胜，旋经牧护关。[1] 马蹄穿乱石，木叶卷空山。
一壑流泉冷，千峰落日间。 客行何不可，置我画图间。

【注释】

①牧护关：位于西安府与蓝田县交界处，也叫模糊关，或者莫获关。

【点评】

由诗题和首联可知，此诗为诗人经过蓝田关时所作。颔联“马蹄穿乱石，木叶卷空山”中的“穿”“卷”二字用的颇为不俗，将一路乘马飞驰，萧萧落叶堆满空山的凄峭秋景生动地描绘出来。颈联远近结合，先写近看一泓泉水从丘壑之间泠泠流出，再写远看千峰远远地簇拥着一轮如血的落日。中间两联动静结合、远近结合，写出蓝田关景色之美，流露出诗人的欣喜之情。尾联写诗人发出“客行何不可”的感慨，虽然客行他乡，身处羁旅，依然心存欢欣，行走蓝关道中，感觉自已置身于一幅寒林秋景图之中。结合前后诗，可知诗人的欢欣并不只是因山水秀丽，还因为即将离开山路走到平原的坦途，想到未来行路不再艰辛带来的喜悦。全诗以写景为主，寓情于景，情景交融，表达出作者对蓝田关秀美山水的喜爱。

过秦岭[①]

毛师柱

侵晨过蓝关，薄暮陟秦岭。但觉攀跻劳，不知已绝顶。
群山忽在下，破碎可一哂。俯视如儿孙，罗列纷难整。
森然万象殊，廓落秋空冷。直欲陵嵩衡，或翻逊箕颍。
过客愁光阴，百年仅俄顷。茫茫宇宙间，蹩蹩将安骋。
知津桀溺诮，学圃樊迟请。[②]何如返旧林，闲味余年领。
毋徒侈奇观，转足发深省。一拜昌黎祠，嗒焉肃孤影。

【注释】

①原文注："山顶有韩文公庙。"

②"知津"句：《论语·微子》云：长沮、桀溺耦而耕，孔子过之，使子路问津焉。……子路行以告，夫子怃然曰："鸟兽不可与同群，吾非斯人之徒与而谁与？天下有道，丘不与易也。"学圃樊迟请：《论语·子路》云："樊迟请学稼。子曰：'吾不如老农。'请学为圃。曰：'吾不如老圃。'樊迟出。子曰：'小人哉，樊须也！上好礼，则民莫敢不敬，上好义，则民莫敢不服；上好信，则民莫敢不用情。夫如是，则四方之民襁负其子而至矣，焉用稼？'"

【点评】

此诗为诗人经过秦岭，拜谒山顶上的韩文公庙所作。这段旅途从早行到晚，不知不觉已登临绝顶，眼见群山都像儿孙一样匍匐在自己的脚下。诗人所见，群山"破碎"且"难整"，暗含江山易主的悲凉之感。身处秦岭绝顶，俯瞰群山之后，觉得自己身处寰宇之内，众象森然，秋空寥廓，于是遥想人生。"百年仅俄顷"写出了人生的短暂，"蹩蹩将安骋"写出人的渺小，诗人引用《论语》之典故，发出感慨，希望放浪形骸之外，或者效仿古圣贤长沮、桀溺去归隐山林，远离尘俗。而后诗意却又有转折，"毋徒侈奇观"，是诗人站立在巍峨的昌黎祠之前发出的感叹，千年以来韩文公之名不灭，而要获得此等名留青史的地位，就要像韩文公那样敢于发出自己的呼声。全诗卒章显志，写出了对韩愈的景仰之情，也流露出自己怀才不遇的伤感。

蓝田道中

毛师柱

溪山看不厌，毕竟是蓝田。木杪通微径，松根出乱泉。
疏林红作响，群峭碧生烟。莫怪闲居者，终年住辋川。

【点评】

由诗题可知，本诗为诗人行于蓝田道中所作。首联即强调蓝田山水之美，在迢迢山路上，诗人感叹道：终日相看不厌，这溪山风光毕竟是名不虚传的蓝田美景。颔联从视觉入手，“微”和“乱”两个字，强调此处人迹罕至，突出较少受到人们影响的自然野景之美，写出丛林之间曲径通幽，松根流出的清泉。颈联“疏林红作响，群峭碧生烟”，先从听觉角度为整幅画面增添了一丝声响与动感，疏林红叶在风的吹拂下哗哗作响，然后转回视觉角度，由近景换为远景，群山凝碧似有青烟扶摇升起。尾联转向议论，蓝田之地山川优美，辋川静地尤为适宜隐居，诗人也于此陶然忘归，所以也就无须惊讶当年王维为何终年居于此地了。全诗表达了对蓝田山水的喜爱之情，也表达了自己隐居山林的志向。

商州道中

毛师柱

偶然一出便须还，千古无如四皓闲。
望里层层峰似黛，不知若箇是商山。
乱山高下若云屯，大壑深溪骇蜀门。①
尽可藏兵千百万，最嶙峋是大商嵲。

【注释】

①蜀门：指今四川、陕西交界之地。唐骆宾王《送吴七游蜀》诗："日观分齐壤，星桥接蜀门。"

【点评】

此诗为诗人在商州道中的所见所感。诗人首先追怀商山四皓，"便"字和"闲"字表露了诗人对四皓的欣羡与敬服，四皓只须出山一次，就可以安定天下，就可以隐居山林。来到商於之地，环顾四周，峰峦层层，不辨商山在何方，更烘托了四皓的神秘风采。这种出山定天下，功成身退的高洁隐士形象让诗人敬仰，也包含了诗人的人生理想。后四句写乱山被云海掩映，丘壑间溪水奔流，如此好山好水，尽可藏有甲兵千万，为国家固守疆土。此地不仅可以隐居，还可以藏兵百万，可以在关键时刻定鼎中原，匡扶国家。全诗气势阔大，意境深闳，熔铸了商於之地的大山景象，先写政治后写军事，表达了自己的志向与胸怀。

麻涧山行①

毛师柱

微雨朝来歇，秋山霁景新。涧松青入画，岩草碧疑春。
绝岭穿云数，危坡下马频。胭脂关畔路，独怪不逢人。

【注释】

①麻涧：古上洛县西北之守地，也是丹江流域之自然风景地，自古就是关中通往东南陆路的必经之地。

【点评】

此诗为诗人行走在麻涧时所写。首联和颔联写景，一夜微雨终于在早晨停歇了，雨后的秋山气象一新，涧松经过雨水膏沐青翠欲滴，岩草泛碧让人不由讶异是不是回到了春天。这两联类同王维"空山新雨后，天气晚来秋"，写出了雨后秋山的美景，透露出诗人的愉悦心情。后两联转而写秋雨过后的路途艰难危险，高耸的山岭穿云而过，写出地势之高；危坡上骑马而行的人不得不常常下马，为了安全必须牵马前行，写出路途之陡。“数”和“频”前后对应，极言山路之危险。尾联表明此路是在胭脂关附近，路上行人稀少并不奇怪，暗指路途艰险。全诗给人的感受是由暖而寒，诗人的情绪也从欣慰至惶恐，使得诗歌有波澜。

龙驹寨①

毛师柱

疲马怯危途，嵚嵌乱石铺。②关山真险塞，风景绝荒芜。
苜蓿秋原老，豺狼夜壑趋。　村空人不见，何处问龙驹。

【注释】

①龙驹寨：在今陕西丹凤县城，古有“三秦要津”之称。经传汉高祖刘邦伐秦时，坐骑在此生驹而得名。

②嵚嵌：山路险峻不平。

【点评】

此诗为诗人到达龙驹寨时的写景抒情之作。前两联写行进路中的景色，用“疲马”“危途”“乱石”“险塞”“荒芜”等写出龙驹寨所处地理位置的偏远，侧面写出此地的险要。路途辛劳，乱石铺地，疲马也不胜其力。龙驹寨历来有“三秦要津”之称，果然名不虚传，关塞险恶，风景荒芜。颈联是诗人伫立遥望与想象之景，“苜蓿秋原老，豺狼夜壑趋”勾勒出一幅野草荒原、豺狼奔走的凄凉秋景图。尾联叙事抒情，诗人触目所及，乡村空落，不见人烟，一片萧条荒芜，何处去追寻当年楚霸王的遗迹呢？全诗写出了龙驹寨地理位置的偏僻、进出此地道路的艰辛，展现了一片荒原与豺狼的凄凉景象。诗人作诗于清朝初年，结合历史背景，诗人当在感叹改朝易代之时的军事要地，因为反复争夺、多次战争，导致村子的人要么逃亡、要么死掉，战争过后，留下的是百姓的苦难。此诗笔力雄厚，铿锵有力，风格沉雄豪迈，境界悲凉。

铁峪晓行[①]

毛师柱

日拥铜钲起，人投铁峪来。[②] 双崖悬似墨，一涧落如雷。
峰壑纷难辨，烟岚郁未开。 途危翻不厌，策马陟崔嵬。

【注释】

①铁峪：位于丹凤县东部。

②铜钲：古代的一种铜制乐器，像铃。原指钢锣，诗文中常用其喻日。

【点评】

此诗为诗人清晨赶路经过铁峪的所见所感。清晨时分，太阳如一面铜锣挂在天际，行人走在铁峪之中。中间两联写景，两面的山崖如浓黑的墨迹，瀑布飞落涧底，声大如奔雷，层峦叠嶂让人眼花缭乱不可辨别，山岚烟雾环绕浓郁未开。视角由近及远，视觉结合听觉，构建出烟雾缭绕的山涧美景，写出了路途的危险，也写出了景色的优美。尾联用“途危”二字直接点出道路的危险，而后又用“翻不厌”表达自己的心迹，虽然前路危险，却有诸多美景供人流连，诗人可以一边欣赏，一边策马驰过高山，也不啻为一种游兴之乐。全诗情感欢快，寓情于景，写出了清晨赶路的欢欣和面对困难的信心。

紫峪道中[①]

毛师柱

客路行逾远，山形看渐差。重冈攒老树，长坂杂间花。
诗意三分减，愁心一倍加。茫茫残照里，不见有人家。

【注释】

①紫峪：位于丹凤县东部。

【点评】

本诗为诗人离开三秦归乡的路上，开头一个“客”字，表明了自己客居他乡的身份，也暗含了自己离别客居三年的三秦大地的心情。离别的路上诗人渐行渐远，眼前的山也越来越参差不齐，诗人走在行人稀少的路上，看得见那人迹罕至的重冈和长坂，重冈之上老树层叠，长坂之间杂花乱开。行路坎坷，离别时的沉重心情，消磨了诗人心中的诗意，愁思却愈来愈浓，这不仅有离别的愁思，也有对家乡的思念，还有路途艰辛的感叹。这一段路途何时才是尽头，夕阳将落，远看却不见有人家，展示出诗人形单影只的情形。方知贾岛所谓“怪禽啼旷野，落日恐行人”，将羁旅行路的诗人的心思描摹的何等体贴入微，正是唯其入之，方能观之。全诗情景交融，写出了行路之难与离别和思乡的愁苦。

过新开岭[①]

毛师柱

客路由千山，山多状各别。幽清更葱茜，峭削且雄杰。
南行过商州，兹岭尤嵽嵲。[②]下上四十里，迢遥困旋折。
俯窥诧井底，仰视骇天阙。平看乱山绉，锦树纷成缬。[③]
我来方秋晴，幸未值冬雪。已愁虎迹多，早觉人踪灭。
仆夫老行路，足茧尚蹩躠。[④]颠危藉扶持，千仞慎一跌。
逾岭即关门，关因岭而设。当关守一夫，百万讵可越。
新开几何年，无处寻残碣。喘息强登车，回头叹奇绝。

【注释】

①原文有注：“岭下即武关。”武关在今陕西省丹凤县东南三十五公里处，素有“三秦要塞”之称。

②嵽嵲（diéniè）：形容山高峻。

③缬：有花纹的织品。

④蹩躠（xiè）：指跛行。

【点评】

诗人路过新开岭，临武关，一路为沿途风景所倾折，于是写下本诗。诗的前半段主要描写过岭目见景色，山状有别，既有幽清葱茜之感，又多峭削雄杰之貌，踽踽行来，只觉路途遥远曲折。“俯窥”“仰视”“平看”，诗人从三个角度写出了在山中独特的感受，“诧”“骇”炼字精当。中接“我来”句转入议论，“幸未值冬雪”是想象冬天途经此地的惊险，为下文实写此路之险作了预设。“已愁”“早觉”两句凄清冷寂，“虎迹多”似有所指，“仆夫”自指，四句哀已已老，不胜险路，只得一路扶持，生怕从千仞悬崖处跌下。如此险峻的山岭自然可设雄关，武关可谓“一夫当关，万夫莫开”，然而如今此地沦为尘迹，无多守关将士，行客可以自由来往，诗人感慨道：“新开几何年，无处寻残碣。”“喘息”登车，描摹出诗人登车时的神态，过关之后回头一望，由衷叹其奇绝。全诗运用远近结合、虚实结合的手法，通过诗人所见所感，来表现新开岭之奇、绝、险，也流露出诗人经过时的恐惧心情。

武关感兴

毛师柱

岷峨地络趋商颜，波涛奔凑千重山。①
遥连宛洛包楚邓，屹然天险开雄关。
势与潼关分一面，千载金汤固秦甸。②
关门立马吊斜阳，今古兴亡几回见。
汉祖开基此入秦，襄樊流毒走黄巾。
从知险阻原难恃，险在山溪守在人。

【注释】

①商颜：又作商原。在今陕西大荔县北二十余里。

②秦甸：秦塞。

【点评】

诗人于武关览景思古，抒发兴亡感慨而作本诗，强调保家卫国时人心的作用胜过关隘，视角独特。俯视群山万壑如波涛奔腾，武关可谓是自然天堑，千年来固守着秦塞。立马斜阳，怅望潼关，不由得激起了诗人对古往今来盛衰胜败的沉思。“今古兴亡几回见”，诗人由写景转入议论，想当初汉高祖刘邦由此取关中，建立汉朝基业，但是明季流寇亦由此入楚，搅乱山河。尾联“从知险阻原难恃，险在山溪守在人”，一语千钧，道出一个曾被古人反复推敲的至理，天时不如地利，地利不如人和，然而地形之险阻不是永远可以依恃的，关键还在于是否能深得民心、顺应民意。整首诗写得明快质朴，以景起兴，以议论作结，发人深省，节奏铿锵有力，风格沉雄豪迈。

出武关志喜

毛师柱

关门溪水送潺湲，过尽秦山便楚山。
明到襄江归渐近，客程不似出阳关。
来从函谷兼潼谷，归出蓝关又武关。
万里山川入诗句，客囊三载不空还。

【点评】

由诗题可知，此诗为诗人离开武关时所作的写景抒情诗，以表达诗人出关时的喜悦心情。溪水潺湲，过尽秦山就是楚山，此番行程即将结束，诗人不由得身心舒畅。颔联写明天就能到达襄阳，“客程不似出阳关”一句借用王维“西出阳关无故人”之典故，表明此次东出武关将见故人，包含了归乡的喜悦。颈联写出了入秦和离开的路线，“来从函谷兼潼谷，归出蓝关又武关”。一连使用四个地名，既形成句内对，又前后对应，形成工整的地名对；而“来从”“归出”绾合，两句紧连，形成活泼的流水对。再加上“兼”“又”和两“谷”、两“关”的重复，文势迅疾，表现了时间的飞逝，三年的羁旅生活匆匆而过。诗人在尾联想到，曾经饱览万里山川，无论是登高望远，还是水边娱情，三秦的大好山川都被自己写进诗句中，也算是不虚此行。全诗情景交融，抒发了诗人得以回乡的喜悦之情。

抵商南喜晤宋性存明府下榻话旧[①]

毛师柱

萧条商洛路，白日断人行。 四岭盘崖崿，千山裹县城。[②]
招徕循吏绩，劳苦故人情。[③] 并喜门如水，心闲话月明。

【注释】

①宋性存：清初诗人，陈维崧《湖海楼词集》有《征招送宋性存归吴门》。明府：“明府君”的略称。汉人用为对太守的尊称，唐以后多用以称县令。唐代别称县令为明府，称县尉为少府。后世相沿不改。清代官场中客气时称官衔，不直接称正式官衔，而用代称，知县称“大令”，知府称“明府”，巡抚称“中丞”。

②四岭：诗人自注：“武关南行，逾四条岭至县。”

③招徕：即招揽。循吏：最早见于《史记·循吏列传》，多为正史中记述的那些重农宣教、清正廉洁、所居民富、所去见思的州县级地方官。

【点评】

由诗题可知，诗人抵达商南在宋性存府上居住，与老友一起回顾往事，有感而发，写下了这首诗。前两联写出了商洛地处大山之中，交通不便的状况。商洛路萧条衰飒，“白日断人行”中一个“断”字传神地写出来往商洛行人稀少的场景。山形参差不齐，“千山裹县城”中一个“裹”字形象地表明县城在千山怀抱之中，写出了商南的封闭，也暗含此地接近自然之意。颈联写宋性存来此地的原因，地方长官招揽来优秀的官吏，为地方建设做出贡献，宋性存应该就是被招揽来的官吏之一。“劳苦故人情”暗示写诗人慰劳老友辛苦做官，表明对宋性存政绩的赞扬。尾联写老友相见的景象，“月明”不仅是真实景色，还有官廉政通之意，他乡遇故知，月光如水，心静闲话，可谓良辰美景。全诗从侧面描写出宋性存为官清廉的形象，表达了对老友的赞美之情。

商南雨夜性存招集城楼酣饮达旦

毛师柱

巾舄如云聚一楼，乱山苍翠入双眸。①
天低忽敛千峰色，雨急平添万壑流。
芦酒尝来乘客兴，苎歌听罢动乡愁。②
寒侵晓袂拚沉醉，户小居然大白浮。③

【注释】

①巾舄（xì）：指头巾和鞋。指代相聚一堂的文人。

②苎歌：《白苎歌》是乐府舞曲名，最初流行于吴地民间，后来被贵族采入乐府。诗人旁注：“酒间适有吴伶度曲。”

③大白浮：满饮大杯酒，语出刘向《说苑·善说》：“魏文侯与大夫饮酒，使公乘不仁为觞政，曰：‘饮而不嚼者，浮以大白。’”

【点评】

这首律诗写文士相聚，于城楼欢饮达旦，在古诗中是常见题材。首联即入题，“巾舄如云”状聚会人众，因于城楼高处饮酒，故能望见远处山峦。颔联出句承“苍翠入双眸”来，此时天色阴沉，作雨前兆，“忽”字形容天色变化之快，前一刻还是“苍翠”，猛然间已“敛千峰色”，用这样一个副词将情景变化时间之短点明，极妙。颔联对句写雨势大，如有万壑涌流，扣雨夜题。是地是境，以芦管插酒中吸饮更增客兴，但因夜雨的缘故，不免使人动了乡愁。然而全诗基调并不在此，尾联写出了诗人的放旷之情。着一“晓”字，即暗示此时已近天明，寒气袭来仍未能减丝毫酒性，尾句以“户小”与“大白浮”作比，颇能得诗中之“趣”。

商南署斋文澜出辋川图见赠因纪以诗[1]

毛师柱

右丞别业蓝田山，辋川今古流潺湲。[2]
昨来驱车但想象，三年作客空秦关。
新图十幅重摹石，刻画溪山旧行迹。
晴窗指点细追寻，仿佛闲身度阡陌。
鹿柴斜连华子冈，垞分南北往来长。
岭头斤竹青无际，遥带松风入草堂。
蔓壑枝峰境深窅，比似山中看愈好。
闲居习静更何人，千秋寂历青山老。
携向吴村足卧游，披图如对辋川秋。[3]
因君益我丘园趣，不负商颜信宿留。

【注释】

①文澜：即蔡文澜，诗人好友，生平未考，出《辋川图》。

②潺湲：水慢慢流动的样子。

③卧游：以观赏山水画代替游览。

【点评】

由诗题可知，本诗为酬答蔡文澜所赠辋川图而写，商洛蔡文澜生平事迹已不可考。“亦官亦隐、半官半隐”的王维在后世诗人心中已成典范，传世的《辋川图》作为精神载体更是受到了追捧。首句即扣题，唐代诗人王维曾在辋川营造别业，是一片拥有林泉之胜，因地而建的天然园林。“昨来驱车但想象”写前日未来之时已经想象过辋川名胜，如今客秦关三年，得到了摹写《辋川图》，可以根据图来赏览形胜，也算是满足了夙愿。“刻画”句以下到“披图”句皆写图中所摹辋川，从字里行间可以看到这幅图画十分逼真，以至于作者仿佛亲身游历于其中，如“晴窗指点细追寻，仿佛闲身度阡陌”。图中所摹景色又使人生出田园隐居的乐趣，如“岭头斤竹青无际，遥带松风入草堂”闲逸自然。在看图中所绘山沟丘壑深杳幽邃，倒胜过了自己亲身在山中感受一般。全诗着重写辋川图，同时书写了友情，也表达了自己归隐山林的志趣。

商南别蔡文澜[①]

毛师柱

独客他乡又送行，乱山斜日不胜情。
同来未得同归去，莫更殷勤唱渭城。

【注释】

①原文注："往与文澜同至咸阳，聚首两月，始赴商署。"

【点评】

由诗题可知，诗人与蔡文澜一起去咸阳两个月，此时要离开商南，辞别蔡文澜。诗人与蔡文澜交情很深，此番离别，或许此生不会再见，独在异乡为异客，哪堪今日又远行，乱山掩映下的斜阳更让人离情愈浓。"斜阳"不仅是时间将晚的代表，也是诗人年老的象征，更加凸显此别的珍贵。"同来未得同归去"比类贺铸《半死桐·重过阊门万事非》中的"同来何事不同归"，"莫更殷勤唱渭城"，化用王维所作《渭城曲》中"劝君更尽一杯酒，西出阳关无故人"名句送别是诗歌史上咏唱不衰的主题，黯然销魂者，唯别而已。全诗写出了年老的好友最后一别的伤心之情，感叹离别之伤，把离别之人的心思摹写得淋漓尽致。

商南夜至河口[①]

毛师柱

出郭如边徼，崎岖野径赊。连山穿老葛，复涧涉寒沙。
月黑林藏虎，村荒树绕鸦。流移新复业，渐喜有人家。[②]

【注释】

①原文注："河口，徐家店，近为令君兴复。"

②流移：流亡迁移。复业：恢复常业。

【点评】

此诗为诗人在夜晚由商南行至河口所作，崎岖野径坎坷难行，又要跋山涉水，可见羁旅之辛劳。开头即写"如边徼"，把出城的路比作边关的路，随后写出路途多是人迹罕至的野路，道路崎岖，不仅要翻山还要涉水，路途之难，可见一斑。颈联"月黑林藏虎，村荒树绕鸦"，一个"藏"字，一个"绕"字，从可见和不可见两个方面，写出路途的惊悚，"藏虎"是诗人的猜想，写出了黑暗中未知的可怕，"绕鸦"是诗人所见，乌鸦密处，多有死人，可见重重阴气，与诗人所想的林中虎相联系。诗人继续前行，终于渐渐有了人家，不用忧虑今晚何处安身。全诗借用游记笔法，采用移步换景的方式，景物随着时间的推移而不断变动，写出了路途的艰辛，诗人的情绪也跟着发展，最后感情转为轻松愉快。

百字令·吊屈原，用东坡大江东去原韵

孔毓埏

沙逐浪，叹忠良、终作池中之物。一自武关人去后，谁返灵修深壁。[1] 郑袖工谗，上官巧谮，冤抑谁能雪。[2] 行吟泽畔，依稀三闾英杰。[3]

当年逆料强秦，虎狼无信，谠语无空发。怪底谄臣与媚子，断送国亡家灭。侘傺堪怜，峨眉见妒，怒气冲华发。[4] 湘江沅水，忠魂常伴明月。

【作者简介】

孔毓埏（生卒年不详），字钟舆，又字宏舆，山东曲阜人。清康熙十年（1671）为翰林院五经博士。著有《蕉露词》。

【注释】

①灵修：指楚怀王。《楚辞·离骚》："指九天以为正兮，夫唯灵修之故也。"王逸注："灵，神也。修，远也。能神明远见者，君德也，故以谕君。"

②郑袖：楚怀王的宠妃。郑袖姿色艳美、性格聪慧，但善妒狡黠、阴险恶毒、极有心计，深得楚怀王的宠爱。上官：即靳尚。楚怀王时靳尚任上官大夫。其嫉贤妒能，多次诬陷屈原。司马迁《史记·屈原列传》载：上官大夫与之同列，争宠而心害其能。怀王使屈原造为宪令，屈平属草稿未定。上官大夫见而欲夺之，屈平不与。因谗之曰："王使屈平为令，众莫不知，每一令出，平伐其功，以为'非我莫能为也'。"

③三闾：官名，全称为三闾大夫，是楚国特设的官职，主要负责宗庙祭祀，兼管王族屈、景、昭三大姓子弟教育。屈原被贬后任此职，后常代指屈原。

④侘傺（chàchì）：失意而神情恍惚的样子。《离骚》云："忳郁邑余侘傺兮，吾独穷困乎此时也。"王逸注云："侘傺，失志貌。"

【点评】

这是一首咏史词，写作时间与地点均待考。全词以屈原为对象，上阕先写屈原遭遇。通过与上官之"巧谮"对比，主要强调屈原"忠良"的精神特质，用"依稀三闾英杰"来表达对屈原精神的景仰。下阕则主要针对屈原忠而被谤的身世，表达对"谐臣与媚子，断送国亡家灭"的激愤，而对屈原"峨眉见妒"的遭际甚为不平，最后用"忠魂常伴明月"再次表达景仰之情。上下阕结尾两次强调对屈原的景仰，可谓抒发内心不平之气。本词通过对屈原"忠良"形象的刻画和被流放命运的强调，主要表现出对文士间普遍存在之"忠而被谤"遭遇的同情与愤慨。明代诗论家徐祯卿说："气本尚壮，亦忌锐逸"（《谈艺录》），书愤之作如果一味逞雄使气，像灌夫骂座一般，便会流于粗野褊急一路。这首词豪气纵横、悲愤难平，最终慷慨悲歌，归于哀悼，令人读之心痛。

传言玉女·题乌目山人摹右丞山庄早春图

高士奇

黛染遥山，溪面鸭头波皱。[①]春容淡冶，暖意微窥柳。岚气半吐，深浅萦冈笼阜。[②]竹洲花坞，辋川依旧。

别墅蓝田。问如今、可在否。但传图画，写茶铛酒日。横卷仿来，莫是右丞身后。又谁认识，牧童农叟。

【作者简介】

高士奇（1645—1704），字澹人，号瓶庐，又号江村，赐号竹窗，浙江平湖人，世居钱塘。曾任内阁中书、詹事府詹事、礼部侍郎等。著有《左传纪事本末》《清吟堂集》《竹窗词》《蔬香词》等。

【注释】

①黛染遥山：即"远山如黛"，表现其郁郁葱葱之气象与青翠之颜色。黛，青黑色。

②岚气：山岚，即山中的雾气。

【点评】

中国古代诗歌与绘画关系密切，由来已久。其中王维的诗画融合就是最好的例证，东坡曾云"味摩诘之诗，诗中有画。观摩诘之画，画中有诗"（《书摩诘蓝田烟雨图》），然对于词与画的关系，尤其是题画词，历来创制者甚少，而该词就是此类作品之代表。上阕主要对乌目山人所临摹的王维《早春图》之画面景色予以表现，山水弱柳与"竹洲花坞"安排的错落有致，雾岚点染其中，既可见出画面构图之匠心独运，又可见出词作者绘景描物之一丝不苟。下阕则联想今日，通过"可在否"与"又谁认识"两个问句，表达出对画面所营造之静怡恬然的山居氛围和经由画面透射出的与世无争、超然世外的出世情怀的向往，从而表达出词人自己隐居忘世的生活情怀。该词不是现地创作，而是通过对书画作品的观赏进行创作的，既描绘出画中的美景，又表达出词人的人生感叹。

转粟行

顾　汧

关辅频年告荐饥，天子旰食而宵衣。
痛瘝在心蒿在目，恤灾孔棘四牡骓。①
奉使殷勤达天意，转输日夕期为至。
楚水秦山不复通，微臣敢独辞劳勚。②
襄江大航驻襄口，南阳小艇亦希有。
淅川潆洄一线流，一步一折空搔首。③
况复龙驹寨路长，荆关曲阻不可量。④
更有谽谺山骨瘦，五丁挥汗凿且僵。⑤
谛思任此非一力，因地程能庶艰克。
疏爬滩石无燠寒，朔雪炎风讵遑息。⑥
时或危磴临焦原，马为跼蹐移精魂。⑦
两壁插天绝纤道，惊湍怒涛吼鼍鼋。
自春徂冬阅星纪，长年力尽勤胼胝。⑧
拊循厚赉民忘疲，庙堂诏罢获休止。⑨
试观近古言升平，忧乐曾谁出至诚。
我皇慈爱遍迩遐，斯民皞皞无能名。

【作者简介】

顾汧（1646—1712），字伊在，号芝麓。江南长洲（今江苏苏州）籍，顺天大兴（今北京）人。历任内阁学士、礼部右侍郎、河南巡抚等。著有诗文集《凤池园集》、目录学著作《开封府志书目》。

【注释】

①痛瘝：痛苦。蒿：即蒿里，古代挽歌，此处指人们因饥饿而死的惨状。孔棘：

孔，甚也；棘，急也。四牡骓：形容马不停蹄，疲于奔命。牡，指公马；骓，马行不止。语出《诗经·小雅·四牡》："四牡骓骓，周道倭迟。"

②劳勚（láoyì）：辛劳。

③淅川：河南省地名，位于河南、陕西、湖北交界处。

④荆关：商洛紫荆关，位于商洛市商南县城南。

⑤谽谺（hānxiā）：山石险峻的样子。唐独孤及《招北客文》："其北则有剑山巉巉，天凿之门，二壁谽谺，高岸嶙峋。"

⑥燠（yù）：温暖。

⑦焦原：据《尸子》，春秋时莒国有石名焦原，宽五十步，下临百仞深渊，勇敢的人才敢攀上它。杜甫《梁甫吟》："手接飞猱搏猛虎，侧足焦原未言苦。"踽蹐：畏缩不安的样子。

⑧胼胝（piánzhī）：皮肤等的异常变硬和增厚，表示辛苦。

⑨拊循：安抚；抚慰。《荀子·富国》："垂事养民，拊循之，唲呕之。"

【点评】

本诗出自《凤池园诗文集》，文集中诗文各有八卷，皆编年排列，据集中本诗前《瑞雪歌》中有"甲戌冬无雪……腊月十八日雪乃降"及《捕蝗歌》知，本诗当作于清康熙三十三年（1694）后一两年左右，时任河南巡抚，前后诗多写民生疾苦。此诗为诗人监督调运粮草时而作，此时陕西河南因旱灾发生大饥荒，朝廷下令从南方调运粮草来赈灾。诗人即用诗篇记述了这一路的行程。开篇先是称赞了天子之圣明，能体察民情，诗人既奉命公干，不辞劳苦。从襄江到南阳水路迢迢，船只缺乏，淅川水流萦纡，十分难行。龙驹寨与紫荆关作为关塞要口，道路险阻更是让诗人惆怅不已。走完颠簸的水运，还有坎坷的山路，更有恶劣的天气阻碍行程，朔雪炎风连日不息，连马都瘦骨嶙峋了。全诗着重描述了转送粮食的艰辛，也暗含了陕西饥荒的严重，收尾转向赞扬皇帝，颇有宫廷文人的风气。

满庭芳·王二水孝廉生日赋祝

瞿世寿

伊水拖蓝，商山耸翠，千秋灵秀谁收。王家子敬，年少擅风流。[①]说甚乌衣新燕，回环算、才品无俦。[②]曾记得，年时脱颖，声价重西州。

今朝逢狱降，莲花幕下，暖玉烟浮。[③]喜支离病客，也共勾留。敢借使君斗酒，长筵畔、预祝添寿。[④]还期望，天人三策，早献池头。[⑤]

【作者简介】

瞿世寿，清康熙年间人，字赞皇，一字玉璜，号修龄。常熟（今江苏常熟）人。著有《春秋管见》《春秋年谱》。

【注释】

①王家子敬：即王子敬，东晋著名书法家。

②乌衣新燕：唐刘禹锡《乌衣巷》诗云："朱雀桥边野草花，乌衣巷口夕阳斜。旧时王谢堂前燕，飞入寻常百姓家。"

③原文有注："时二水在蓝田幕中。"

④使君：对地方军事长官的尊称。

⑤天人三策：西汉元光元年（前134），汉武帝在策贤良方正诏中，询董仲舒有关国家兴亡的问题，董仲舒遂上三策，以抒己见。因首策言天人关系，故三策统称为"天人三策"。

【点评】

这是一首寿词。作者先从王二水的居处地之外在环境写起，山清水秀，从而为其天资非凡、灵秀伏笔。之后借助《世说新语》中有关王子敬的故事，形容其风神俊爽。而后用"才品无俦""声价重西州"，说明王二水在关辅一带声价日增，可谓少年英才。下阕由回忆王二水少年时代转向叙写当下处境，表达自己的殷殷期望，首先祝贺王二水能在蓝田幕府任职，然后说恰逢病愈可以饮酒助兴。“还期望，天人三策，早献池头”，希望王二水能像董仲舒那样，早日提出经世济用之策，进而得到赏识，能官居高位以施展自己的抱负。寿词多依循先贺岁，再贺寿，最后以理想抱负以勉励。该词文笔清隽，写景与抒情融为一体，却又能自得其中。

沁园春·薛脩远生日，次其前年自寿韵

瞿世寿

其一

南国词人，五十过头，人莫能知。向文选楼前，举杯邀月，玉钩斜畔，藉草哦诗。[①] 踽踽无徒，沾沾自喜，肯俯双眉学媚时。[②] 秋风紧、讶秦关百二，远客何为。

廿年燕逐鸿催。漫枨触平添宋玉悲。羡辋川木落，寒山可眺，蓝田日暖，良友堪依。因放偏辕，来寻旧好，三月忘归未是痴。逢初度，长筵残醉，同去探奇。

【注释】

①文选楼：楼名，一说在湖北省襄阳县，昭明太子萧统建。因于此统集刘孝威、庾肩吾等十余人编辑《文选》，故名。一说在江苏省扬州市。旧谓萧统读书处。或言非是，乃隋曹宪故居，宪以《文选》教授生徒，故名所居巷为文选巷，楼为文选楼。

②踽踽（jǔjǔ）：单身独行、孤独无依的样子。

【点评】

该词亦为寿词。全词以祝寿为中心，先述薛脩远为“南国词人”，把对方抬到很高的地位，并且虽然已经“五十过头”，却“人莫能知”，而之所以如此，主要在于浪迹四方，而不肯“双眉学媚时”，以常年独守空闺的女子来比喻对方现在的处境，描写出其人坚守自我的性格。下阙则以宋玉、王维为对象，先写宋玉触犯权贵而被外放之悲，再写王维与朋侣素守辋川，以清淡为

乐的山居生活。两相对比后，作者生发出了“长筵残醉，同去探奇”的感慨，愿忘归山林，往依良友的出世情怀，表现出超越现实的欲望与冲动。全词词境清丽，于景物描绘处寄寓个人情怀，虽为寿词，却能跳脱俗套，由外而内，刻画其内在风骨情韵，殊为难得。

其三

五十三年，半作旅人，实命不犹。欢今淹秦甸，仍披裋褐，闽峤，曾裹兜牟。[①]壮志烟销，客愁云忧，老尚羁穷似楚囚。其堪愧、甚文坛宿将，酒国通侯。

王生潦倒依刘。[②]孚学得周郎遇仲谋。[③]喜蓝山罨画，飞来旧雨，麟经笺疏，问及前修。[④]乞食谁怜，立言何益，祗愿归盟海上鸥。[⑤]君休矣，任雨云翻覆，木石沉浮。

【注释】

①裋褐：平民穿的粗布衣服，此处代指平民身份。闽峤：福建境内的山地。

②“王生”句：王粲投靠刘表，而不为所用。

③周郎遇仲谋：周瑜与孙权，颇有遇合，君臣相谐，颇为佳话。周郎，即周瑜；仲谋，即孙权，仲谋乃其字。

④罨（yǎn）：本义是指捕鸟或捕鸟的网。此处当为覆盖、掩映之意。明杨慎《丹铅总录·订讹·罨画》：“画家有罨画，杂彩色画也。”多用以形容自然景物或建筑物等的艳丽多姿。麟经：经学家对《春秋》的别称。因《春秋》绝笔于获麟，故有是称。

⑤立言：《左传·襄公二十四年》：太上有立德，其次有立功，其次有立言，虽久不废，此之谓三不朽。归盟海上鸥：谓与鸥鸟订盟同住水乡，比喻退隐。宋人戴复古《子渊送牡丹》云：“海上盟鸥客，人间失马翁。”

【点评】

该词为次韵词，作于友人薛脩远生日之际。上阕首句回顾半生沉浮，“半作旅人”“命不犹”，尽言其人生坎坷漂泊之意。五十三岁，半生已过，仍滞留陕西，远离家乡，“仍披裋褐”，短短四字落魄困顿之意顿现，早年壮志尽随烟销，唯有满腹羁旅客愁。“老尚羁穷似楚囚”，写出了羁旅生活不自由的状况，仍以漂泊为忧。“堪愧”的是，妄称为文坛老将、酒中豪杰，却贫困潦倒，不得显达。通观上阕，词意多充满羁旅愁苦，感慨半生。下阕引用王粲与周瑜典故，作者自己客旅他乡，仕途无达，唯有以经笺为业，但“立言何益”表明对经笺之业并无兴趣，愿意隐退。尾句发出“任雨云翻覆，木石沉浮”的感慨，心已如木石，雨云翻覆，不为所扰。全词尽斥客思旅愁，风格沉郁愁苦，充满浓郁的人生感慨，虽有蓝山旧雨及“麟经笺疏”相慰，仍不胜内心苦楚。

满江红·潼关晓发

纪迈宜

晓唱骊歌，见一派、黄流天堑。[①]畅好是、城环叠嶂，门开四扇。今古兴亡何限恨，忠良不救神州乱。听金戈、铁马一时鸣，烟尘遍。

武关道，曾兴汉。商颜路，才通线。问流氛出入，取途何便。[②]司马勋名空盖世，赐环兵甲难重缮。留山河、百二际昌期，劳封禅。

【作者简介】

纪迈宜（1678—？），字偲亭，别号蓬山老人，又称蓬山逸叟，直隶文安（今河北）人。清康熙五十三年（1714）举人，官至山东泰安州知州，有《俭重堂诗余》。

【注释】

①骊歌：先秦有逸诗（即除《诗经》305篇以外的诗歌）名为《骊驹》，为离别时所唱的歌。后被用以泛指有关离别的诗歌或歌曲。

②流氛：寇乱。

【点评】

面对潼关，作者遥想历史，写下了这首词。上阕记晨晓由潼关出发，见黄河天堑，“门开四扇”形象地比喻关中的地形，从而感叹关中山河形势，“忠良不救神州乱”则是对忠贞而又能干的文武官员的期盼，最后说若是金戈铁马临潼关，那便是硝烟满天下，写出了潼关战略地位的重要。下阕则列举历史上出入武关道而引发的兴亡事件，汉高祖刘邦经由此路进入咸阳，带来了秦亡汉兴；明末李自成经由此路进入逃亡商州，带来了清朝的兴盛。“取途何便”则感慨山川关隘有时也会如同坦途，“赐环兵甲难重缮”点出山川能臣良将也无法阻止朝代兴亡。与上阙不同，作者最后发出了“留山河、百二际昌期，劳封禅”的感慨，千年以来，朝代兴亡而山河仍在，每个朝代兴盛期不过一二百年，又何必辛苦去封禅。

纪昀在《俭重堂诗序》中评论伯父偲亭说“空肠得酒，芒角横生，嬉笑怒骂，皆成文章”，本词看透历史兴亡，感叹历史虚无，视角独特。

商署即事

王廷伊

简命重封计日催，携琴伴鹤入秦来。①
生平于物原无取，消受商山水一杯。

【作者简介】

王廷伊（生卒年不详），山西介休（今山西介休）人。清康熙元年（1662）任商州知州，政绩很高，清康熙五年升兵部职方司员外。曾续修《商志》，计十卷八十七则。

【注释】

①简命：选派任命。元代柯丹丘《荆钗记·堂试》：“简命分专邦甸，报国寸心文献。”携琴伴鹤：宋代赵抃任成都转运使，到官时随身只带一琴一鹤。事见宋沈括《梦溪笔谈·人事一》《宋史·赵抃传》。后常用以称人为官清廉。消

受：享用；受用。元尚仲贤《气英布》第四折：“也则为荐贤人当上赏，消受的紫绶金章。”

【点评】

这首诗当写于初到官署之时，用简约的笔法，写出了上任的过程和自己的做官理想。作者自受诏任命以来被日日催促上任，于是最终他选择携琴一张、以鹤为伴入秦复命。一个“催”字，传神地写出了诗人上任前腹中有才华带来的坦然心态与不愿案牍劳身的心态。作者后两句写面对物质享受，他既不贪婪也不追求，而是直言只爱商山，倘若临行时能酌饮商山水一杯，便是此生足矣。此诗借用宋赵抃任成都转运使到任时只随身带一琴一鹤的典故，来表明自己立志清廉为官的决心与抱负。而末句的商山在这里则被赋予了象征意义，代表着节操高尚之人，诗人于物皆无索取唯求商山一杯水的行为，体现了他希望自己拥有像商山四皓一样为官清廉、出山即可定世的品质。

过四皓墓

姚年晋

四皓千秋业，高皇万古悲。
既来扶天子，何惮保孤儿。
禾黍围荒冢，蒸尝荐紫芝。①
奇谋垂大誉，善后亦当思。

【作者简介】

姚年晋（生卒年不详），字荫明，号白山，陕西商州（今陕西商洛）人。清康熙二十年（1681）举人，曾任商县知县。著有《白山诗集》，可惜已散失。

【注释】

①禾黍：《诗经·王风·黍离序》："《黍离》，闵宗周也。周大夫行役至于宗周，过故宗庙宫室，尽为禾黍。闵周室之颠覆，彷徨不忍去，而作是诗也。"后以"禾黍"为悲悯故国破败或胜地废圮之典。

【点评】

四皓作为年高德劭的隐士，因拯救高祖太子刘盈的皇储地位而知名，成为中国历史上著名的精神偶像，历代诗文歌咏甚多，此诗则别具一格。该诗写作者经过商山四皓的墓地时，虽然一方面对他们以奇谋保全太子的雄才智慧深感景仰钦佩，但另一方面作者以为既然已经扶持了太子，为何不考虑继续留下来辅佐呢？想刘邦死后，吕后专权，惠帝不能节制，汉朝社会曾一度沦落到家园荒芜、冢墓遍野的惨状，高祖的千古帝业到底未能善终。因此作者对四位贤者没能善理后事，从始而终地力保汉朝大业永世兴盛一事颇有埋怨并且深感痛惜。对于商山四皓，作者在这首诗中别出心裁立意新颖，他并不赞赏他们功成身退的行为，认为善后一事更应当深思熟虑。这种观点体现了作者对贤才应当穷其毕力保君王江山的高志行为的推崇，以及对君王帝业不能永远盛平的担忧之情。

碧天洞[①]

姚年晋

蓬莱三岛胜如何，区区人间卧茑萝。[②]
应念昌黎车马倦，偶开天险作行窝。[③]

【注释】

①碧天洞：又名湘子洞，位于今蓝田县蓝桥乡蓝桥街道东、蓝水河南岸的山腰之上。传为八仙之一的韩湘子修道成仙的地方。

②蓬莱三岛：即蓬莱、瀛洲、方丈，古代传说中的神山名，出自《列子·汤问》，亦常泛指仙境。茑萝：又名寄生。一年生草本植物。茎细长，卷络他物而上

升，夏季开花，色有红有白，为观赏植物。清戴名世《游烂柯山记》：“茑萝蔓引，苔藓斑剥。”

③昌黎：即唐代文学家韩愈。唐元和十四年（819），韩愈被贬为潮州刺史，责求即日上道。行至蓝田关口时，车马疲敝，韩愈曾为之作《左迁至蓝关示侄孙湘》。行窝：宋人为接待邵雍仿其所居安乐窝而为之建造的居室。见宋邵伯温《闻见前录》卷二十。后因指可以小住的安适之所。

【点评】

碧天洞相传为韩湘子修道成仙的地方，本诗以此为题，借用神仙故事，写出碧天洞的神奇之处。首先将神话中的仙山蓬莱三岛与碧天洞做对比，言蓬莱仙境在人间是渺小的，只可用来让茑萝攀附。在对比中展示碧天洞附近烟雾缭绕的景象，暗指碧天洞之高，同时也暗示有胜似仙人的不同凡响的事发生。后两句承接上文，用韩湘子与韩愈的神仙故事写此洞的来源，当年韩愈的车马行走山路，韩湘子念及叔父车马劳顿，便在天险之地开辟此洞作为休息的别舍，写出碧天洞位置之险，也为它蒙上奇幻的色彩。这首诗歌咏碧天洞，既没有正面刻画碧天洞的景象，也没有正面写碧天洞的位置，而是用了想象的手法，把碧天洞与神话中的蓬莱仙境、韩湘子联系起来，把位置高险、景色奇幻的碧天洞侧面描绘出来。

咏武关险要

顾栋高

武关一掌闭秦中，襄郧江淮路不通。
少习虚声能慑晋，却怜拱手送商公。

【作者简介】

顾栋高（1679—1759），字复初，一字震沧，号左畬。江苏无锡（今江苏无锡）人。曾任国子监司业。著有《春秋大事表》《尚书质疑》《毛诗类释》《大儒粹语》《司马温公年谱》《王荆公年谱》等。

【点评】

武关是商於道南端的重要关隘，它控制着襄阳一带与关中来往的路径，曾经是秦国与楚国、魏国反复争夺用兵之处。武关地势险要，具有非常重要的战略地位。据本诗题目可知，本诗为见武关险要而生发的感慨。前两句开门见山，写武关地理位置的重要，武关一旦被掌控，不仅关中会处于劣势，而且与江淮的连通也会被切断。后两句诗人追忆历史，写历史上由武关易主而带来的兴衰。春秋战国时期，武关先在晋国手中，后在魏国手中，对三晋遏制秦国有重要作用，但是河西大战，魏国却败给了商鞅，而后武关也被秦国控制，从此三晋再也无法遏制秦国的发展，而后被秦国一统天下。作者引用典故，以史为证，意在强调武关不仅地势险要，更重要的是战略地位险要。

题四才子传奇之《蓝桥驿》①

黄图珌

此段因缘入传奇，仙凡一笑便留题。
琼浆能解相如渴，只恐蓝桥路欲迷。②

【作者简介】

黄图珌（1700—1771？），字容之，一作容止，号蕉窗居士、守真子，江苏华亭（今上海松江）人。历任杭州府同知、湖州司马篆、河南卫辉府知府等。著有《看山阁全集》，传奇《雷峰塔》《栖云石》等。

【注释】

①《蓝桥驿》：传奇名。清洞口渔郎撰。《今乐考证》著录。《曲海目》《曲录》等著录时列为无名氏作。又名《蓝桥记》，与明龙膺、吕天成同名传奇及黄之隽《蓝桥驿》题材相同，亦写裴航云英故事，今佚。

②“琼浆”二句：《蓝桥驿》中，樊夫人赠给裴航诗：“一饮琼浆百感生，玄霜捣尽见云英。蓝桥便是神仙窟，何必崎岖上玉清。”后来裴航途经蓝桥，口渴难耐，见一老妇人，于是向她讨要水喝，那老妇人便让自己的孙女云英捧出

一碗水来。裴航一饮而尽，方才知道此乃琼浆玉液，他又见云英生得美貌异常，遂明白了樊夫人诗中之意。

【点评】

本诗当作于清雍正六年（1728）至乾隆五年（1740）之间，时在江浙，为传奇《蓝桥驿》题写此诗，并未亲临蓝田县。唐代裴铏所作小说《传奇·裴航》记载了裴航与云英的故事，这段故事经常出现于后世的文学作品里，尤其是小说、戏曲中。清康熙六十年（1721）进士黄之隽编有杂剧《四才子奇书》，其中就有《蓝桥驿》一剧。前两句作者以略带戏谑的口吻写道“仙凡一笑便留题”，相传司马相如患有消渴症，李商隐《汉宫词》“侍臣最有相如渴，不赐金茎露一杯”，含蓄婉转地讽喻了唐武宗的服丹求仙之举。诗人在此化用了李商隐的说法，如果世上真的存在琼浆玉液，那么也只能来蓝桥寻找，而蓝桥之地多神女，来访文人或许会迷失在这里。传奇《蓝桥驿》已失，本诗当为赞扬此传奇，以表达对神仙故事的向往之情。

商於新开路

陆象拱

岭泉垂百道，山路更参差。翠竹仙娥驿，红樯绮里祠。①
猿声惊旅客，虎径问樵师。莫叹张仪诈，川原几变移。

【作者简介】

陆象拱（生卒年不详）约乾隆年间在世。字杏村，长洲（今江苏苏州）人。监生。有《对柏山房集》。

【注释】

①仙娥驿：唐置驿站，在今陕西商洛仙娥峰北。绮里祠：祭祀绮里季的祠庙。

【点评】

本首诗为作者在旅行途中所作，山岭道路垂下泉流，山路更是参差难行，翠竹掩映下的仙娥驿与夕阳红墙下的绮里祠兀然伫立，流露出百代光阴的沧桑。猿声断肠，旅客胆战心惊，虎径难行，只得问径樵夫。千百年前秦人为争夺天下，张仪以商於六百里之地诈楚。千年时光足以使高陵变为深谷，沧海移为桑田。全诗音调和谐，用典自然，透露出诗人对历史变迁的反思与喟叹，给人留下无尽的回味与想象。唐代诗人李商隐有同名诗《商於新开路》，诗结尾“更谁开捷径，速拟上青云”表达欲任高官而没有路径的苦闷心情，与之不同之处在于本诗在结尾回味历史，流露出看淡历史、淡泊功利的心情。

蓝田宋吕正愍公里①

张五典

遥将典礼考商周，门聚清英第一流。②
朋党抽身辞洛社，君王寄问向安州。③
挽词坡老无从涕，乡约居人可共由。④
欲采寒花修薄酹，绕城蓝水玉山秋。

【作者简介】

张五典，清乾隆年间人，字叙百，号荷塘，陕西泾阳（今陕西泾阳）人。乾隆二十五年（1760）举人，工诗善画。袁枚《随园诗话》记其：“张君五典，字叙百，秦中人，九世同居，蒙恩题奖。作宰上元时，时拢诗袖中，入山见访，绝非今之从政者。”有《荷塘集》。

【注释】

①吕正愍公：吕大防（1027—1097），字微仲，京兆蓝田（今陕西蓝田）人，北宋哲宗宰相，谥号正愍公。

②“遥将”句：四吕所定的《吕氏乡约》与古礼关系密切，尤其是周礼。吕大钧“好古甚切”，并且以为“周礼必可行于后世”。

③“朋党”句：白居易等九老人，致仕后为颐养性情，在洛阳结社。“君王”句：《宋史·吕大防传》记载其：“以修《神宗实录》直书其事为诬诋，徒安州。”

④“乡约”句：《吕氏乡约》也被称为《蓝田乡约》。陕西汲郡的吕大钧等兄弟，北宋熙宁九年（1076）在本乡蓝田实行乡约。

【点评】

此诗为诗人途经陕西蓝田，缅怀当地先贤吕大防所作。首联记录宋代四吕的事迹，吕家一门四士，崇儒尊礼，门风优良，传颂一时。颔联以叙事的手法讲述了正愍公生前的宦海沉浮。他虽为避朋党之争主动离开政治中心，但仍深为圣上赏识，被安置在安陆，时时问询，展现出吕大防为官不树朋党，有德有量的形象。颈联写吕大防逝世后，苏轼为他亲题挽联，乡里人依然遵守着他定下的乡约之事，体现出人们对他的深情缅怀。尾联诗人抒发情感，想采几朵深秋的花来祭奠，但是放眼望去，此山此水已含无限深情。诗篇追述了吕正愍公崇儒尊礼、洁身自律的一生，表达了诗人对先贤高洁情操，一心为民情怀的仰慕与追思之情。

蓝　桥

张五典

涧水隔篱如筑琴，微风寒叶下秋林。
山禽惊起飞何处，人在蓝桥月夜吟。

【点评】

此诗为诗人对月夜蓝桥之景的描绘，幽幽涧水流动的声响宛如舒缓的琴声，微风吹拂下寒叶片片飘下。山中的鸟儿仿佛也被落叶声惊起，扑棱棱地不知飞往何处，只见那如水月光笼罩下的寂寞蓝桥，唯有一个负手独立的诗人在吟叹徘徊。“涧水”与“山禽”化用宋人文同《晚归至家》“深葭绕涧牛散卧，积麦满场鸡乱飞”，描绘出有声有色、诗意盎然的图画。最后一句“人在蓝桥月夜吟”，化用杜牧诗《寄扬州韩绰判官》“二十四桥明月夜，玉人何处教吹箫”，意境清幽而迷人。涧水流动、风吹叶落、山禽飞起，都是细微的声响，诗人抓住月夜蓝桥下听到的各种细微的声响来进行描写，以有声写无声，表现诗人所处之地的宁静，意境清幽，将月夜中的蓝桥描绘的清冷迷人，沁人肌骨。

秦岭韩文公祠

张五典

斥佛一抗疏，移官得远迁。至忠依北阙，大道启南天。①
山斗千年像，祠堂万仞巅。迎神拟奏曲，云骑下翩然。

【注释】

①北阙：宫殿北面的门楼。古时以北阙为正门，因而臣子朝见或上书奏事都在此等候。

【点评】

唐元和十四年（819）正月，唐宪宗欲将凤翔法门寺塔中的释迦牟尼佛舍利迎入宫廷供奉。时任刑部侍郎的韩愈上书谏迎佛骨，触怒唐宪宗，被贬为潮州刺史。南行途中，其侄孙韩湘赶来同行，于是韩愈写下著名的《左迁至蓝关示侄孙湘》，北宋神宗七年（1074），韩愈得以封为昌黎伯，各地的韩文公祠不断修建，秦岭的韩文公祠或为此时始修建。首联追述了韩愈因谏迎佛骨被贬谪的往事。颔联对韩愈的忠直做出了极高评价，苏轼在《潮州韩文公庙碑》中也称赞韩愈道："文起八代之衰，而道济天下之溺；忠犯人主之怒，而勇夺三军之帅。"颈联回到眼前的景物，韩愈之像历经千年风雨仍伫立于秦岭之巅，供万民瞻仰。尾联展开想象，仿佛在飘渺的迎神曲中，有云骑翩然而下，给全诗增添了一抹神秘的色彩，更传达出了诗人对先贤的思慕与怀念。

商山行

张五典

太华终南复重复，别支东斜第一曲。
右通岐雍左郧襄，万壑千岩总在腹。①
乱流知飘何处花，崩石多欹古时木。
云霞朝暮随阴晴，啼呼猿鸟走麋鹿。
漠漠谁曾撷紫芝，踏踏行歌在深谷。
羔雁谁辞征聘三，池馆自号逍遥六。②
我生亦是邱壑人，拟从佳处结茅屋。
招朋闲过蓝田关，驴背天风掠巾幅。

【注释】

①岐雍：地名，岐山、雍州，均在陕西省。郧襄：地名，郧阳、襄阳地区，位于湖北省。

②“羔雁”句：《后汉书·陈纪传》：“父子并著高名，时号三君。每宰府辟召，常同时旌命，羔雁成群，当世者靡不荣之。”逍遥六：宋陶谷《清异录·天文·润骨丹》：“开元时，高太素隐商山，起六逍遥馆：晴夏晚云，中秋午月，冬日方出，春雪未融，暑簟清风，夜阶急雨。”

【点评】

由诗题可知本诗写商山之行。前四句交代商山地理位置及地貌特征，“万壑千岩总在腹”颇能得其神。四处流动的山水不知飘来何处花，崩辟巨石上多生长着古老的树木，描写山中景色以对句领起，因山渺杳不可测，故用“何处花”“古时木”顿觉悄怆深邃，同时言语中流露出任性自然的意味。“漠漠谁曾撷紫芝，踏踏行歌在深谷”塑造了隐士高人的形象，诗人羡慕这种独来独往、自由自在的生活，也不禁自拟为“邱壑人”，“邱壑”代指隐居之所，欲要于此“结茅屋”“招朋过蓝田”。全诗表达了诗人对大自然的喜爱之情，以及诗人的隐逸之志。

龙驹寨登舟

张五典

山借新秋染，舟从乱石争。岐涂通宛邓，人语杂巴荆。
为负探幽癖，能轻触险行。何来鸲鹆鸟，流听起乡情。①

【注释】

①鸲鹆（qúyù）：即八哥。

【点评】

此诗写诗人在龙驹寨乘舟而行时所见所想。首联从视觉的角度写景，初秋时节，千山尽染，“借”字赋予山以灵性，活泼可爱，也显出山上树林之茂密；溪水之中乱石杂沓，“争”字写出舟行不易，也显示出河上船多。颔联从听觉的角度叙事，此地因处在地区交接之带，人们也杂有巴荆的口音，暗含此地交通地理位置之重要。颈联叙述作者此行的缘由，诗人喜好去山水之间游玩，不辞偏远，这也正是“世之奇伟、瑰怪、非常之观，常在险远，而人之所罕至焉。故非有志者不能至也”。尾联承接颈联又有转折，但是此时，不知从何处传来的一声鸲鹆鸟的叫声，使诗人倍起思乡之情。

丹　江

张五典

遽有神鱼照水红，只应灯火出疏篷。①
朝霞影里开帆去，夹岸秋林落晚枫。

【注释】

①神鱼：即丹鱼，传说中的神鱼，出入有赤光环绕，以其血涂脚可步行水上。其说始见于北魏，后又传为祥瑞之物。北魏郦道元《水经注·丹水》：“水（丹水）出丹鱼。先夏至十日，夜伺之，鱼浮水侧，赤光上照如火。网而取之，割

其血以涂足，可以步行水上。长居渊中。”

【点评】

此诗描写丹江美景，“丹”为红色，作者虚实结合，着重表现丹江的红色景象，暗示丹江之名的缘由。首句诗人展开想象，江水一片澄红，似乎有神鱼出没于其间，神鱼为红色，一个“照”字把神鱼和水面的红色联系起来，这是来自水面下的红色。颔联写水面上两三篷舟上点起星星灯火，照红了水面，这是来自水面上的红色。颔联写诗人看到早晨船在朝霞中出发，意指朝霞照耀下水面也有红色，这是来自天上的红色。远看两岸的树叶在秋风的吹拂下萧萧飘落，晚秋时节的枫叶正红，这是来自岸边的红色。全诗从不同角度来描写丹江附近的红色，营造出美丽的丹江景象，格调清新，自然可喜，反映出诗人对自然的喜爱和诗人轻松愉快的心情。

秦　岭

赵怀玉

终南三辅脊，秦岭一山冢。　东瞻起商洛，西顾尽汧陇。①
岩雪千层铺，硐泉百道涌。　听疑喧波涛，望讶泼铅汞。
削或如壁立，交还若手拱。　桥危支断木，径窄碍旋踵。
居无释道栖，地少林木种。　念昔贬潮阳，雪亦蓝关拥。
同是寒冬来，所乏退之勇。　仆夫已告痡，病客尤抱悚。②
扶持足尽胝，推挽尻常耸。　盘旋蚁登磨，伸缩茧抽蛹。
敢较昔游豪，宁辍众言讻。③归憩逆旅中，惴惴有余恐。

【作者简介】

赵怀玉（1747—1823），字亿孙，号味辛，又字印川，江苏武进（今江苏常州）人。历任内阁中书、山东青州府海防同知等。著有《亦有生斋文集》等。

【注释】

①汧（qiān）陇：汧水和陇州，在今陕西陇县一带。

②痡（pū）：疲劳致病。《说文解字》：“痡，病也。”

③匈：通“讻”。喧哗，吵嚷。

【点评】

诗写过秦岭之所见所感，重点突出秦岭山路之艰险。前四句写秦岭山之地形位置，三辅指三秦一代，秦岭东望商洛，西顾汧水陇山绵延极远。“岩雪”句至“地少”句写秦岭之风景。“岩雪千层”谓高处极寒，“磵泉百道”谓谷水甚多，“听疑”“望讶”很清晰地表现了诗人至秦岭后内心的惊奇。秦岭山峭削处如壁立，交互处像是拱手一般，语句生动形象，“桥危”“径窄”二句写其险，石径窄处，连旋转脚后跟都有阻碍。“念昔”句关联自身，亦宕开说韩愈，当时韩愈被贬潮阳，过蓝关曾写诗，“雪亦蓝关拥”即用此典。读韩愈诗句，诗人不禁感慨自己同是冬来，却无韩愈之勇。“仆夫”以下六句写众人过秦岭时胆战心惊、手脚并用之情形，“扶持足尽胝，推挽尻常耸”一系列动作颇为生动形象，亦从侧面展现出秦岭之险。结尾四句写诗人归途中，回忆过秦岭时情景，亦不免心惴。全诗多写细节，流露出诗人经过秦岭时的恐惧心境。

静泉山八景①

罗文思

其五

半壁开仙洞，凌晨泛绮烟。
良河留夜气，碧落护崖巅。②
梵唱深深里，丰钟隐隐边。
素书十数字，曾许几人传。③

其六

娟娟崖上月，细细影初含。
斜映入东阁，高悬侵北龛。

水光旋泛白，树色自成蓝。
堪怪嵩山士，早将七宝谈。④

【作者简介】

罗文思（生卒年不详），字曰睿，四川合江（今四川泸州）人。曾任商南知县和商州知州，在商十三年，政绩卓著。他曾带头捐俸拓宽丹江道，人称“罗公碥”；他引进南方种稻技术，改撒播为插秧；他捐助修筑静泉山，使之成为当时名胜。著有《塘法》《坝法》《渠堰论》等。

【注释】

①静泉山：位于今商洛市市区东南隅，历史上称观音山，菩萨洞。有“商州小华山”“商州莫高窟”的美誉，清乾隆二十年（1755），知州罗文思筹资兴建补山阁、龙神阁、甘雨亭、七星菩萨楼等建筑，遂成胜景。

②碧落：道教语。天空、青天意。唐杨炯《和辅先入昊天观星瞻》：“碧落三乾外，黄图四海中。”

③素书：兵书名。亦泛指一般道书。

④七宝：佛家所称七宝。据《翻译名义集》，七宝有两种，一指七种珍宝，二指七种王者之宝。

【点评】

罗文思《静泉山八景》组诗写尽了静泉山不同态势、不同距离以及不同季节的各种景观，可谓是美不胜收，各有千秋，所选第五、第六首在景物描写上则尤具空寂清幽的特色。其五所选取的是洞锁朝岚之景和禅意悠远之境。首先洞在半壁之上，旁有碧落相护，仅地理位置就显出其不凡之处。其次写晨光熹微，烟岚缭绕之中，还隐隐含有前夜河水的清凉水汽。如此之景，光读之就令人神往，何况作者亲临此地？除此之外再伴上杳杳梵唱和隐隐钟声，的确当得起一个“仙”字。其六所写的则是明月高悬，光照万物之景。一、二句以“娟娟”“细细”写月之形，三、四句用“东阁”“北龛”表现月之踪迹，五、六句意境最为妙绝，朗月之下，水泛白，树呈蓝，夜色之唯美动人霎时间跃然纸上。所谓临幽景则必有幽思，因此也无怪此时作者会有怨恨嵩山高士早谈佛理的心理了。总而言之，静泉山之景千变万化，皆成秀美，从作者如此细致入神的描写中足以想见其对静泉山深深的喜爱与赞美之情。

夏日登补山阁

钟麟书

匝路清阴入静泉，半空楼阁倚青天。①
凉生五月有秋意，翠逼一窗横湿烟。
蚁队数行人隔岸，棋枰几格稻连阡。
此山不负兼能补，刺史文臣始是仙。②

【作者简介】

钟麟书（生卒年不详），字学洙，号砚斋，浙江海宁（今浙江嘉兴）人。钟凤翔弟。清乾隆十二年（1747）丁卯科举人，官洛南知县，曾任商山书院山长。著有《扫叶斋诗钞》《续耀州志》。

【注释】

①静泉：静泉山，也叫观音山，位于商州东南方，山上有补山阁。

②刺史文臣：指罗文思。

【点评】

初夏时节，诗人游览静泉山，登补山阁，写下了这首诗。全诗汲取了散文中游记的写法，以游踪来布局谋篇，叙述登山所见所感，全诗随着诗中主人公的攀登游览而移步换景，是一篇诗体的风景游记。“匝路”道路曲折，“清”“阴”清静深幽，人烟稀少，“半空”“倚青天”山之高耸险要，静泉、楼阁在这样的地方，说明修建的艰难不易；接着描写了天气状况，“五月”时能“有秋意”，同时窗外有“湿烟”，说明补山阁之高，又能使诗人身临其境，亲身体会到罗文思修建时的苦况。“蚁队”“棋枰”是诗人登顶俯视所见，说明此时此地人口稠密，农业繁荣。最后两句先赞扬补山阁不负静泉山且确实有“补”山的功用，同时直抒胸臆，抒发出对罗文思此举造福百姓的钦佩与景仰，是歌颂先贤，亦是自我勉励。

蓝关道雪中谒文公庙

王学淳

驱我蓝关去，不堪雪里程，积桥防旧险，拥路讶新平。
虎迹看残续，马蹄唤重轻，冻来依骨入，风过向人鸣。
雪是当年白，云仍此地横，拜瞻钦道范，延伫肃神明。①
诵表松多韵，吟诗鸟助声，百年千载后，寒气向谁迎。

【作者简介】

王学淳（生卒年不详），字莘园，号听翁，浙江钱塘（今浙江杭州）人。清代书法家、戏曲作家。著有《晓钟书屋吟稿》。

【注释】

①道范：敬称他人的容颜、风范。明无名氏《鸣凤记·献首祭告》：“自违道范信音稀，为传旌久淹蛮地。”

【点评】

这是一首五言排律，诗人通过对大雪中拜见文公庙路途之艰的描写，引发了对个人、对国家命运的思考。诗的前两句写大雪之中诗人去文公庙，这里环境恶劣，路途艰险，不仅要“防旧险”，还要注意“讶新平”，极言路途之险。雪地上有残留的虎迹，马也有些惊慌失措，寒气透彻心骨，寒风吹过耳边便有呜呜声响。随后从写景转向议论抒情，遥想韩愈诗“云横秦岭家何在，雪拥蓝关马不前”，“是”“仍”既是写景又是写回忆历史，表现出诗人对韩愈功绩的肯定以及对其景仰之情，也暗示着诗的结尾。最后一句“寒气向谁迎”，暗中把韩愈作为自己的榜样，希望自己也能建立功业。全诗处处照应题目中的

“雪”字，以现实路途之难暗示韩愈仕途之艰，表达自己的钦慕之情。

咏龙驹寨[①]

陈 祁

鸡冠雄峙水成渠，五里人家半草庐。[②]
历历山川连楚豫，纷纷贾客杂樵渔。[③]
仓箱喜著丰享象，瓦砾犹存兵火余。
欲问名驹今不见，龙潭清澈世无如。[④]

【作者简介】

陈祁（生卒年不详），字如京，号红圃，嘉善（今浙江嘉兴）人，生活于清乾隆年间。曾任临潼县知县。时县境内教匪作乱，久未平定，陈祁奉命进剿，一举擒获贼首李贵诚，由此赢得同僚敬佩和朝廷赏识。后官至商州知府、甘肃布政使，为官清廉，甚得民心。著有《商於吟稿》《新丰吟稿》《南园杂咏》《从戎草》等。

【注释】

①龙驹寨：在今丹凤县城。宋《元丰九域志》称唐、宋代“商洛县有青云镇”，俗传即此。其形似龙，西有一丘，貌如龟，故古称龙龟寨，后因传说刘邦伐秦，其坐骑产驹此寨，遂有“龙驹寨”之名。亦谓项羽“神骥乌骓”产此而得名。

②鸡冠：即冠山，因状若鸡冠，故古人以鸡冠山称之。《商志》之“八景十观”称其为“鸡冠插汉”。此山若自南向北看，酷似鸡冠；若自西向东看，则如一剑直插蓝天。

③历历：排列成行的样子。《乐府诗集·相和歌辞十二·陇西行》：“天上何所有，历历种白榆。”

④龙潭：位于今陕西省洛南县。

【点评】

该诗通过对龙驹寨的歌咏，感叹此地的繁华，流露出欣喜之情。首联和颔联均用远近结合的手法，先写远看山川，再写近看人家草庐和商贾，而“五里人家半草庐”也显示出当地人民的生活并不富裕，“历历”与“纷纷”前后呼应，写出此地位置重要而商贾较多，意指经济繁荣。第三联写虽然战乱过去不久，但是此时生活富足，物产丰富，“喜”字既写出了百姓丰收的欢乐景象，也表达了作者的喜悦之情。最后一联诗人用“今不见”“世无如”与前半句形成巨大反差，把刚结束的“兵火”与“龙驹”联系起来，暗含诗人感叹当下“龙潭清澈”，在强烈对比中表现出诗人对残酷战争的憎恨和对美好生活的向往。历代诗中歌咏“龙驹”与“龙驹寨”颇多，这首诗观点独特，诗人注重普通百姓生活，不愿再起战乱，让人印象深刻。

静泉山登高

陈　祁

偶发登高兴，城南结伴游。
溪流经雨涨，树色杂云稠。
泉静声俱寂，祠荒景自幽。
凭栏一瞻眺，禾黍万山秋。

【点评】

本诗当作于诗人担任商州知府之时，借登高抒发自己对人生的感悟。首联写登高的缘由与人员，“偶发”“结伴”是诗人人生境遇的体现，此时诗人处于人生上升期，才想要与人共享人世繁华，体现出宽广的胸怀。颔联和颈联运用移步换景的手法，先是看到涨起的溪水和茂密的树林，而后登高看到泉水寂静，古祠荒凉，游经途中，寂静幽深的环境引发诗人的思考，一个“俱”字，一个“自”字，一多一少，表现出诗人对大自然山水的喜爱之情。尾联写诗人登临山顶，俯首远望，祖国一片大好河山，有面对百姓安居乐业而生出的喜悦，也有对自己政绩的认可。全诗用了游记散文的手法，山上景物采用移步换景法描绘，随着时间的推移景物不断变动，写出了静泉山清幽之美，表达了对自然山水的热爱。

商州山歌一百零四首（选七）

王时叙

大云山上有云浮，气象尊严镇一州，
记得儿时登绝顶，连山浩荡似波流。

西南泉畔住人家，一带墙垣尽水洼，
怪底朝来香满院，薰风门外绽荷花。

采桑秀女下床来，曳杖邻翁看水回，
椿落英时麦研素，柿开花候抽蒜苔。

老鸦蒜熟蜜同珍，豌豆生尝不禁人，
忽说端阳明日是，紫茄白苋一时新。

梨榴枣栗树树鲜，被核之桃树万千，
市客收来沽北楚，贾师认得胜西川。

男男女女百无忧，觞酒团圆笑语稠，
守岁不眠宵欲半，又听木铎过城头。①

神仙端只住人间，百顷田平百顷湾，
花映柴门全近水，云遮茅屋依半山。

【作者简介】

王时叙（生卒年不详），号远山，商州（今陕西商洛）人。清乾隆己酉拔贡，曾任湖南祈阳县知事，其书法颇有名气，且为后人所珍惜。清嘉庆十九年（1814）在京候缺，其时，身居异地，百无聊赖，缅怀旧土，因成《诗草》。全书存诗一百零四首，均为七言绝句。

【注释】

①木铎：以木为舌的大铃，铜质。古代宣布政教法令时，巡行振鸣以引起众人注意。《周礼·地官·乡师》："凡四时之征令有常者，以木铎徇以市朝。"也称宣扬某种教义的人。《论语·八佾》："天下之无道也久矣，天将以夫子为木铎。"

【点评】

《商州山歌》又名《远山诗草》，前序为"嘉庆甲戌之冬，旅食京师，言归未能。回忆故乡风土，得绝句一百四首，想到即书，语杂无序，有志所有而不及者，有志所无而及之者，以所言皆山中之事，命之曰《商州山歌》即作卉枝观之，当亦无不可也"。诗人用清新自然、朴实无华的语言描写了故乡的山水人文，表达了对故乡的深切怀念以及热爱之情。诗中"云""山""人家""荷花""椿""麦""核桃""树"等意象的结合描绘出一幅安然农家图，塑造了一个自在自为的农村景象，其中有动有静，有虚有实，有远有近，使人如临其境。诗人善于使用"满""全""树"等表示多的词语，表现出的不仅是个人丰收的喜悦，更是以小见大，体现出整个农民生活的境况。诗人由己及人，在歌颂家乡山河的同时，流露出的是对国家安定祥和，人民生活富足的欣慰。

谒四皓墓

王学逊

秦氏今已亡，汉业同腐草。
垒垒数荒丘，依然说四皓。
怀故饮高风，我来一拜扫。
商山无尽时，茹芝人未老。

【作者简介】

王学逊（生卒年不详），字孟敏，商州（今陕西商洛）人。清康熙朝举人，历任商山书院山长、咸安官教习、锦州州判等。

【点评】

诗人用托物言志的手法，通过对四皓墓的描写，表达了诗人对四皓的钦慕赞美之情。前两联怀古伤今写秦汉均已成为历史云烟，而荒丘依然存在，还不忘“说”四皓的故事，一个“说”字，用拟人手法，还暗含主动的姿态，极言四皓功业之大，令荒丘时隔千年仍引以为傲。颈联“我来一拜扫”，表达了对四皓的钦慕之情。尾联化用杜甫《北风》“吾慕汉初老，时清犹茹芝”，时间流逝，兴衰变化，四皓的高风亮节却永世长存，四皓墓寄托着诗人希望那些具有高风亮节的有志之士可以报效国家，同时也是对自己未受重用的遗憾之情的表露。诗人对四皓之功绩与高风亮节的钦慕，与李商隐《四皓庙》“本为留侯慕赤菘，汉庭方识紫芝翁。萧何只解追韩信，岂得虚当第一功”有神似之处。

山路纪行并序

聂继模

戊辰八月，携子焘赴镇安任。山路崎岖特甚，因忆李商隐诗云，“六百商於路，崎岖古共闻”，尚指州南一带，犹未亲历此险也。途次有作，用纪行踪，并示新任者，知所用心云。

商於六百崎岖路，到此崎岖古所闻。
叠叠山盘蛇磴曲，潺潺涧渡马蹄勤。
邻家对岭成胡越，老树僵途傲斧斤。①
听说日斜虎狼出，早停板屋卧余曛。②

【作者简介】

聂继模（1671—？），字琼芳，号乐山，湖南衡山（今湖南衡阳）人。为学以实用为主，期于济人利物，懂医术，事亲至孝。著有《朱氏家训证释》《乐庵集》。

【注释】

①胡越：胡地在北，越在南，比喻疏远隔绝，此处形容相隔甚远。

②板屋：用木板搭盖的房屋。《诗经·秦风·小戎》："在其板屋，乱我心曲。"

【点评】

清乾隆十三年（1748），七十八岁的聂继模随儿子聂焘出任陕西镇安知县，本诗便是作于儿子上任途中。这次镇安之行，作者目睹了儿子治下的这个偏僻小县的实际状况。作者后于衡山作《诫子书》三千言以赠，鼓励其子勤勉政事。该诗开篇先总写商於六百里路是何等的崎岖难行，作者不禁感慨此番真正见到了才知比想象中的尤甚。其次三、四、五、六句再进一步展开具体描写：如盘旋而上的山势宛若蛇身一般、流水潺潺的山涧中马蹄声不绝于耳、邻里之间的距离堪比胡越以及老树僵卧途中却无人可动等诸景。作者运用了比喻、拟人的修辞手法来描写商於之地的险峻，以蛇比喻山势盘旋之貌、以胡越之间的距离来形容镇安的地貌与人居，将老树拟人化，把其僵卧途中无法撼动写作老树傲视刀斧。将镇安的偏僻穷困展现得淋漓尽致，同时也体现出了作者对商於之险的感叹以及对儿子远行为官到此的担忧。结尾之处，作者通过日落时分会有虎狼出没的传闻来进一步突显此地地势的险要，而一句"早停板屋卧余曛"则表达了其希望儿子照顾好自己的浓浓父爱之情与深切的期盼之情。全诗写出了商於之地镇安小城的穷困，表达了对民生疾苦的关心，也表达了对儿子工作的勉励之意。

启秀阁

王炳翰

帝阁连云起，凭高御虚空。
万山襟迭翠，一水带长虹。
笔阵当轩峙，文泉向涧通。①
千秋灵杰气，苞孕此何穷。

【作者简介】

王炳翰（生卒年不详），淳安（今浙江杭州）人，嘉庆年间人。曾任柳城（今广西柳州）知县。

【注释】

①笔阵：喻作文。谓诗文谋篇布局擘画如军阵。南朝梁萧统《正月启》：“谈丛发流水之源，笔阵引崩云之势。”

【点评】

启秀阁为古文昌祠，原有商山书院设置于此。阁旁有水，名曰文泉，昔者大比之年，泉则盛占科甲，地灵人杰。本诗首联“云起”“虚空”写启秀阁之高，也为全诗营造出气吞山河的意象世界，颔联“迭翠”“长虹”营造出启秀阁所处地的盛景，前两联“云”“山”“翠”“水”，一高一低，一动一静，错落有致，使启秀阁的景色带有层次感、空间感，有包孕万物的气势。第三联前半句运用比喻的修辞手法，以山比笔，以水比灵感，表现出启秀阁之景是文人创作的思想源泉。尾联则表明启秀阁是培养人才的灵杰之地，极力赞美了启秀阁在教育中的作用。这首诗歌咏启秀阁，既没有具体描绘它的建筑，也没有具体描绘这里的学生，而是用阔大的手笔写出启秀阁所在地的形胜，赞扬了启秀阁人才辈出的盛景。

秋　霁

王　昶

将赴商州，宿蓝田馆舍，问辋川诸景，云悉已芜没，惟华子冈、竹里馆尚存，然路距二十里，日暮不及游。壁间嵌辋川石刻图，颇工，高令昱许拓以见惠，喜而填此。

紫阁蓝山，正迤逦西南，一路葱峭。①宅记延清，名标摩诘，竹里尚存余照。邮程初到。②欲寻遗迹荒凉早。但听取，水石潺潺，秋籁出丛筱。③

高情如见，归自菩提，饭僧缚禅，终寄啸傲。念千秋、严扉寂寞，温经人在真同调。尚有青珉图画稿。[④] 幽赏未已，他时策马归来，踏残红叶，遍欹湖道。

【作者简介】

王昶（1725—1806），字德甫，号述庵，又号阑泉，江苏青浦（今上海）人。清乾隆十九年（1754）进士，历任江西、陕西按察使、云南布政使者等，早年与王鸣盛、吴泰来、钱大昕、赵升之、曹仁虎、黄文莲并称为“吴中七子”，晚年主娄东、敷文等书院。著有《金石萃集》《湖海诗传》《湖海文传》《明词宗》《国朝词宗》《春融堂集》《琴画楼词》等。

【注释】

①迤逦（yǐlǐ）：曲折连绵。

②摩诘：唐代诗人王维，因笃信佛教，故以“摩诘”为字。此句中，摩诘即指王维。

③筱（xiǎo）：细小的竹子。

④青珉：青玉般的美石。

【点评】

由词前之题序可知，本词作于赴商州途中，经辋川蓝山所见，有感而作。词之上阕主要写宿蓝田馆舍之所闻，得知维所隐辋川别业之景大多芜没，唯有残留之华子冈、竹里馆可寻，虽然不能亲临，但是表达了向往之情。辋川之景是“紫阁蓝山”“一路葱峭”，仍是高洁清幽的景象；若是亲临辋川，不必在遗迹前凭吊伤神，应当是残留之景前听取潺潺水声与竹林风声，这正是向王维的隐居生活致敬。下阕转而写壁间的辋川石刻图，描绘了图中王维“饭僧缚禅”的生活，表达对清心寡欲生活的赞美之情。对于林间尚存之“温经人”，作者甚感欣慰，从而在尾句生发出来日自己也当策马归来，隐居山林的想法。全诗体现出作者向往清幽、心好山林的生活情趣，写景自然简淡，情自景出，意境雅淡。

壶中天

王 昶

洵阳路曲折数十里，至山阳，葱茜深峭，雨后峦翠尤浓，善画者莫能写，而农村渔步，上下幽寂，宜古之高隐，多出于商洛间也。

峰回路转，向商於东下，雨余浮翠。洗得千重眉黛影，乌柏青枫分缀。笭箵横舟。[①] 枯槔傍屋，欲画知难拟。[②] 碧云未散，和烟渐作新霁。[③]

正好候馆萧闲，竹轩梅磴，香信来仙桂。[④] 应是畸人留剥啄，聊与风尘小憩。晚稻登盘，秋菘荐酒，不尽渔樵意。[⑤] 残霞才卷，半蟾已挂松际。[⑥]

【注释】

①笭箵（língxǐng）：渔具的总称，亦指贮鱼的竹笼。唐人陆龟蒙《渔具》诗序云："所载之舟曰舴艋，所贮之器曰笭箵。"皮日休有《奉和鲁望渔具十五咏·笭箵》："朝空笭箵去，暮实笭箵归。归来倒却鱼，挂在幽窗扉。"

②槔（gāo）：井上汲水的工具，也泛指吊物的简单机械。宋刘辰翁《水龙吟·多年袖瓣心香》中有"梅子阴浓，菖蒲花老，枯槔间后"句。

③霁（jì）：雨雪停止，天放晴。

④萧闲：萧洒、悠闲，寂静。唐人顾况《山居即事》诗云："下泊降茅仙，萧闲隐洞天。"

⑤畸人：指有独特志行、不同流俗的人。《庄子·内篇·大宗师》云："畸人者，畸于人而侔于天。"成玄英疏云："畸者，不耦之名也。修行无有，而疏外形体，乖异人伦，不耦于俗。"

⑥蟾：即蟾蜍。传说嫦娥偷吃不死之药，背着丈夫飞升到月宫，化为蟾蜍。故后以蟾蜍代称月亮。此句"半蟾"即指残月。

【点评】

由词前小序可知，作者发现洵阳路风景上佳，幽静安详，于是想到商洛多高隐之士，写下这首词。词之上阕，着重写“向商於东下”后的所见，青山雨后如洗，林木杂色相间，水雾弥漫，似有若无，渔人横州，恍若仙境。“洗得千重眉黛影”用比喻手法描绘出雨后群山的色泽，“乌柏青枫分缀”写出空气的清冽与树木层叠的颜色，随后发出“欲画知难拟”的感慨，赞叹此地风景上佳、意境幽深。下阕承接上阙清幽之境，由描写自然风景转而描写人为的草木景色。竹梅仙桂，傍屋而植，拾阶而立。新稻秋酒，皆“不尽渔樵意”，抬头远望，已是明月升起。全然一幅悠闲、安然的隐士生活。景物描写全为铺垫，只为表现渔樵幽静安逸的生活和自己的企慕之情而设。全词意境优美，写景浓淡得宜，韵味悠长，情志高远，堪为一首绝妙好词。

韩文公祠

赵怀玉

旧数潮州庙，今瞻秦岭祠。六朝文尽掩，百世士争师。
佛岂真为祸，鳄还如有知。我来难再拜，凭轼有余思。①

【作者简介】

赵怀玉（1747—1823），字亿孙，号味辛、书庵，江苏武进人。历任内阁中书，青州海防同知，登州、兖州知府。工诗、词、故，著有《亦有生斋文集》。

【注释】

①轼：古代车厢前面用作扶手的横木。

【点评】

这篇五律写商州之韩愈祠，潮州也有韩愈祠，故首句以对句领起，“旧”“今”二字主要点今。苏轼在《潮州韩文公庙碑》中有“文起八代之衰，而道济天下之溺”句，遂成对韩愈之公评。“六朝文”指六朝以来绮丽的文风，韩愈倡导的古文运动一扫六朝以来骈文空洞华美积习，故曰“六朝文尽掩”，而韩愈因其对诗文发展和儒学的贡献为世所推崇，故曰：“百世士争师。”颈联为全诗之关键，唐元和十四年（819），唐宪宗要迎佛骨入宫供养三日，韩愈得知此事曾写一篇《谏迎佛骨》反对，此举险些丢了性命，被贬为潮州刺史。同年，韩愈到达潮州之后写《祭鳄文》，极陈藩镇之害。这一联是说，佛真的是祸么，其实正因为谏迎佛骨之事被贬才发现了更大祸害藩镇。尾联承接颈联，“再拜”是古代的一种礼节，诗人“难再拜”当为化用杜甫《宾至》“老病人扶再拜难”之典，写自己年老体衰，也与“凭轼”相照应。全诗叙述韩愈文章与政治两大功绩，表达了对韩愈的景仰之情。

蓝　关

吴荣光

蓝关莫怅雪交加，浩气雄文在海涯。
一表未投摩利骨，七言先讖牡丹花。①
仙踪寂寞荒山老，客梦迢遥驿路斜。
此去较公无别恨，八千闽越近吾家。②

【作者简介】

吴荣光（1773—1843），字殿垣，一字伯荣，号荷屋，又署石云山人，广东南海（今广州）人。诗人在清嘉庆二十三年（1818）十月至二十五年，任陕西陕安兵备道，清道光元年（1821），调任福建盐法道。选录诗歌为诗人交卸离陕时所作。后任福建、浙江、湖北按察使，湖南巡抚等职。有《石云山人诗集》。

【注释】

①“一表”句：指韩愈谏迎佛骨之事。

②八千：意指路途遥远，韩愈《左迁至蓝关示侄孙湘》有：“夕贬潮阳路八千。”诗人调任福建盐法道，任职之地更加接近自己的家乡广州。

【点评】

此诗是作者由陕西至福建途经蓝关所作。首联即显出诗人的乐观豁达，虽然风雪阻路，但他并未唏嘘道阻且长，而是发出奇绝险峻之景造就浩气雄文的感叹。颔联二句用典，引韩愈谏迎佛骨，被贬潮州，在蓝关与侄孙韩湘惜别事。颈联、尾联中，诗人思绪蔓延：古今流转，人事代谢，韩愈、韩湘子的身影已消逝于历史长河，留下种种传闻轶事供后人瞻仰遐想，而诗人又步上了这条韩愈曾驻足过的南行之路。同是借道蓝关，远迁为官，八千里长路漫漫，行迹似是，而境遇实非：韩愈因屡遭贬谪而悲愤自伤，所去之地也与他的家乡河阳愈行愈远；诗人仕途平顺，为官之所距离家乡愈行愈近，内心充满昂扬积极之情。全诗古今交映，章法细密，寄情于感慨议论，在雄壮的笔调中寄予着积极乐观之情。

过辋川

吴荣光

谷口苍茫起暮烟，烟寒人渺水沦涟。
此行愧乏王裴笔，春色匆匆过辋川。①

【注释】

①王裴：指唐诗人王维、裴迪。二人皆善写山水田园诗，风格相近。

【点评】

作者在出陕途中，路过辋川，成此诗篇。前两句描绘辋川美景，诗人行走在逶迤青山，重峦叠嶂之间，落日西斜，苍茫暮色渐渐笼罩了遍布奇花异草的幽谷。烟霞漠漠，人迹难寻，与诗人羁旅的跫音相和的，只有潺湲辋水中微波细浪的流响。后两句表达个人感慨，置身如此幽清的美景中，诗人只恨没有唐时王维、裴迪的妙手巨椽，只能眼睁睁看着寂寞春色在辋川匆匆而过，而自己也只是又一个为辋川伤神的匆匆过客。诗人引用“王裴”不仅表明对王裴诗歌成就的赞叹，也包含对王裴隐逸生活的向往。尾句“匆匆”而过的不仅是春色，还有诗人自己，不仅写出时间流逝，还写出自己公务繁忙而不能欣赏美景的心境。全诗明白晓畅，自然清新，寄情于景而颇有意境，表达了对辋川美景的喜爱之情。

商　山

吴荣光

不见雪中人，但识雪中字。①
昨日春雪深，今日晴烟翠。
紫芝在何许，白石空自媚。②
东去望隆中，卧龙已憔悴。

【注释】

①雪中字：诗人自注："每雪晴山椒现一商字。"商山因其造型起势形如篆字中"商"字而得名。

②紫芝：指秦末商山四皓。或喻指隐士。

【点评】

初春时节，正逢春寒未逝，商山沐雪。首联写诗人遥望商山，不见人迹，但见山势起伏，有如"商"字，气势宏大。颔联写春寒乍现即收，昨日还是春雪深深，今日已晴空万里，烟霞凝翠，春光融融。"春雪深""晴烟翠"不仅是自然风光，还暗含当时天下太平之意。颈联写在商山中躲避尘嚣的隐士们的踪迹不得而知，"白石"指晋代隐士白石先生，"空自媚"指盛世之时隐居之士已成为孤芳自赏。尾联写诗人向东遥望，远眺隆中所在，遥想当年诸葛亮隐逸隆中的身影，若是现在还有人隐居隆中，想必一定会很憔悴。全篇虚实结合，模拟山色，喜爱太平盛世；诗人胸怀治世之心，反对士人隐逸之志。

阳城驿[①]

吴荣光

一泓富水向东流，忽忆青骢阳道州。[②]
终古逝川名姓在，路人遥指避贤邮。

【注释】

①阳城驿：诗人自注："唐避御史阳城讳改为富水驿。"

②青骢：毛色青白相杂的骏马，作者以骏马比贤臣。阳道州：指曾任唐道州（今湖南道县一带）刺史的阳城。以孝友、爱民、敢谏著称。

【点评】

唐元和五年（810），诗人元稹在贬谪江陵途中，路经此地，感念德宗时忠臣阳城，作《阳城驿》诗，提出将此地改名"避贤邮"，为贤者讳。商州地方官员也觉"阳城驿"之名不够恭敬，改名为"富水驿"，取两水夹驿，水富土沃之意。

前两句写诗人来到富水流经的驿站，想到了唐代名臣阳城，用"青骢"二字来形容阳城，流露出对为官清廉、爱护百姓、刚正直谏的阳城的敬仰。后两句写山河流转，沧海桑田，但当地人永远不忘避贤邮、不忘阳城。"终古逝川"既是对首句"富水东流"的呼应，写出眼前景色，也与"名姓在"作对比，只有一心为民的官员，其名永不灭。尾句戛然而止，留给读者更多的想象余地。诗人在陕安道任内，为官贤能清明，临走之时地方绅民制作万民袍伞赠送给他，被诗人执意拒绝。保境安民，清明廉政，作者在瞻仰古人的同时，也在抒发着自己的为官之道。

商　於

吴荣光

商於迤逦古岩疆，秦楚当年百战场。

丹水千波悲帝子，青山六里笑怀王。①
中原割据英雄尽，南国离骚草木香。
今日太平经此地，春风如锦柳丝长。

【注释】

①丹水：即今丹江，源出今陕西商县西北，向东南流，经过河南，到湖北均县入汉江。公元前312年的秦楚丹阳大战发生在丹水、淅水交汇处一带。帝子：屈原《湘夫人》有："帝子降兮北渚，目眇眇兮愁予。"后世以帝子喻贤臣，此处应指屈原。六里：诗人自注：崔融诗："六里青山天下笑。"《史记·楚世家》记载，秦相张仪曾以商於六百里之地游说楚怀王与齐国绝交，秦伐齐成功后，将六百里改为六里。怀王大怒，不顾屈原的劝阻，兴师伐秦，引发秦楚丹阳之战，楚军大败。

【点评】

商於为古地区名，战国时期初为楚地，后为秦侵占。诗歌首联即写出商於之地风景迤逦，历史悠久，是战国时秦楚争夺的百战之地。颔联用典，讲楚怀王贪恋商於土地，受张仪欺诈，不顾屈原劝阻，与齐国绝交，又执意发动丹阳之战，导致楚国衰败的古事，讥讽怀王的昏庸短视，惋惜屈原的高才忠贞。颈联发光阴感叹，歌赞文事，当年逐鹿天下的战国群雄皆以湮没于尘埃，唯有《离骚》诗中美人香草百世流芳。诗歌尾联呼应首联，写出古之战场卸去金戈铁马，独余风如锦柳如丝的美景，实是赞颂当时的天下太平，海晏河清。全篇以景起兴，以古入诗，借古显今，在书写寥廓伟大的时间感的同时，也写出自己的生逢其时，表现出诗人对当代统治者的溢美。

蓝　田

张祥河

闲道指蓝田，行旌路折旋。乱山蒙白雨，深辙走红泉。
直欲蹑霞景，真看生玉烟。弓刀明小队，已及灞河前。

雨足郊原后，迎轺老稚欢。大田铺锦罽，斜日挂铜盘。[①]
峡转蛇行曲，桥横象渡宽。蓝关青入望，渐怯夹衣寒。

【作者简介】

张祥河（1785—1862），字诗舲，又字元卿，江苏娄县（今上海华亭）人。历任户部主事、河南按察使、礼部侍郎、工部尚书等。清道光二十八年（1848），任陕西巡抚，镇压“刀客”秘密反清组织，地方获得太平。著有《小重山房诗初稿》《小重山房诗续录》《诗舲诗录》等。

【注释】

①锦罽（jǐnjì）：织有文采的毛毯。罽，用毛制成的毡子一类的东西。此处喻指农田美景。

【点评】

本诗作于诗人担任陕西巡抚期间，当时刚刚平定地方叛乱，百姓得以安居乐业，诗文中透露着欢欣。全诗从多个方面描写了蓝田的景色。“行旌路折旋”点出蓝田山路的崎岖蜿蜒，“乱山蒙白雨，深辙走红泉”则勾勒出一幅清新淡丽的雨后青山图，更是联想到“蓝田日暖玉生烟”的传说。行到灞河前，郊原上笼罩着蒙蒙雨雾，农田如一块块平铺在大地上的锦毯，太阳如一方铜盘斜挂于天边，峡口转弯处狭窄得仅容蛇行，桥却是修建得十分宽阔。写到此处，诗人回首一望蓝田之景，只见青色入望，空翠泠泠，沾湿行人衣裳，诗人也不由得感到一阵寒意。全诗写景摹物，章法森然，体察细微，又诗意盎然。

辋　川

张祥河

华子冈头起暮霞，停舆一访右丞家。[①]
昔激裴迪联吟屐，近见敖英展画义。[②]
归隐从知怀薜荔，进身不信借琵琶。[③]

桃源一唱渔舟晚，四景多于两岸花。
自信前身老画师，千秋辋水画中诗。[4]
空林积雨刚晴后，墟里孤烟欲上时。
斤竹岭边风葳葳，送镫崖上月迟迟。
夜舂还向疏钟答，清妙天机孰与斯。

【注释】

①右丞，指王维。王维有辋川别业，常与友人裴迪游赏其间。王维诗《辋川别业》中有两句："披衣倒屣且相见，相欢语笑衡门前。"

②敖英展画义：指敖英在陕时，道谒辋川王维祠，访到《辋川四景图》，交付蓝田人李东（时任监察御史）刻石，有诗《陪游辋川四绝呈两峰先生》为证。

③薜荔：喻指高洁脱俗。薜荔多生长于偏僻山林之间，不与百花争芳，予人以幽静自然的感觉，故薜荔寓意高洁脱俗。

④"自信"句：王维不仅精诗更善画，王维曾自称："宿世谬词客，前身应画师。"苏东坡称赞王维道："味摩诘之诗，诗中有画；观摩诘之画，画中有诗。"

【点评】

此诗为作者于辋川追怀唐代诗人王维所作。全诗以"停舆一访右丞家"开头，引出下文王维的诸多典故。王维与裴迪闲暇时各赋绝句，吟咏辋川二十处盛景，结为《辋川集》，敖英见辋川图同样有诗，表示相信辋川之美。传说王维曾以一曲琵琶《郁轮袍》得到玉真公主器重而得中进士第一，诗人表示怀疑，暗指王维意在归隐。辋川美景，四时不同，足使人流连不归，名禄尘事自能息心。华子冈前的晚霞，桃源中泛游的渔船，皆与人毫无嫌猜，陶然忘机。"空林积雨刚晴后"化用自王维《积雨辋川庄作》"积雨空林烟火迟"，"墟里孤烟欲上时"化用自王维《辋川闲居赠裴秀才迪》"渡头余落日，墟里上孤烟"，斤竹岭也是王维《辋川集》曾吟咏过的名胜，此时清风荡漾，月上送镫崖，唯有一两声疏钟互为应答，仿佛在叩问着这宇宙间永恒的、难言的微妙天机。

秦　岭[①]

张祥河

异夫屏息蹋云根，入耳床床涧壑翻。[②]
百仞更宜加纤力，七盘已足荡诗魂。
穿林隐隐麋麚迹，除道明明斧凿痕。
隔岭人家看过客，山椒还启小蓬门。
岧峣重扼三秦险，变幻真该五岳形。
悟得荒祠寄仙迹，思将奇句答山灵。
挂空飞瀑龙涎白，迎客危崖鬼脸青。
恰喜云逵安稳过，平生茧足未曾经。[③]

【注释】

①原文有注："即七盘山。"

②舁（yú）夫：指轿夫。

③云逵：指路途遥远。

【点评】

诗写七盘山景象，前四句状山之险峻，后四句写山之隐秀。首句以轿夫"屏息""蹋云根"小心谨慎行走在云雾缭绕之中，从侧面烘托出七盘山奇险。次句写听者感受，唯用一"翻"字便能看出水势之大。如此景象使诗人拊膺叹息，戒嘱"更宜加纤力"。林中隐约能看到鹿的踪迹，道路上也有斧头凿辟的痕迹，表明早有人家居于此地，"隔岭人家看过客"，这里居住的人似乎并不常与外界交流，安贫享受着此地的宁静，故有客过此便会一探，开启"蓬门"以示欢迎。"岧峣""变幻"写出其地理位置之重要，其名或不足以当，其形足以上该五岳。诗人深为七盘山之险峻隐秀触动，认为有仙人于此，想要出诗中奇句投报之，以"龙涎白"比飞瀑，"鬼脸青"比危崖，奇思异想，颇为生动。全诗移步换景，随着时间的推移，诗情由紧张变为舒缓，再变为兴奋，写出了七盘山之美。

度岭至蓝桥

张祥河

一盘拾级如行空，二盘直上云隆隆。
三盘云气袖可笼，两手几欲摩苍穹。
四盘五盘虎豹丛，群山兀兀大小宫。
舆人牛喘哑且聋，蹄铁烁火千磨砻。①
六盘泉流拂髻中，如练如雪如长虹。
七盘石发含青葱，古木不辨椅漆桐。
始见一树山花红，从来秦岭称杰雄。
谁与凿险开鸿濛，潮阳戍客何匆匆。
虽有湘子诗谶工，中原不必悲途穷。②
我今度岭曰曈昽，恩光顶上天帡幪。③
风门一到号天风，下坡乱石堆玲珑。
两崖夹水区西东，坦路会有蓝桥通。

【注释】

①磨砻：磨炼，指路途艰辛。

②“中原”句：据明代《韩湘子全转》载，韩愈被贬至潮阳，路经蓝关，雪拥不前，湘子出而点化，护送至任。潮阳有鳄鱼为患，韩愈作《祭鳄鱼文》驱之，湘子施法相助，鳄鱼遁去。唐宪宗闻之，了解韩愈之冤，欲召回复职。韩愈伪死不赴，遂人卓韦山学道，后成正果。

③帡幪（píngméng）：帐幕，引申为覆盖、荫护。

【点评】

诗人度过七盘山至蓝桥，采用游记散文的写法，描绘出一路所见所思。诗开篇数句十分齐整，从一盘至七盘，用赋的笔法写出了每一盘路的景致。这些景色不尽相同，但大多给人以奇崛宏美的感受。“拾级如行空”“直上云隆隆”“云气袖可笼”“欲摩苍穹”之语，写前三盘层层递进，正面写出山峰之高兀。接下“喘哑且聋”“蹄铁烁火”，诗人直写人畜攀峰之艰难，衬托出四盘、五盘险峻难攀。至六盘时笔锋忽然一转，如果说前五盘是险厄，那么至此时此地则流美深婉，无论是“如练如雪如长虹”还是“石发含青葱”都有种“柳暗花明又一村”的味道。诗人联想到唐朝诗人韩愈由此被贬至潮州，结尾两句中又能看出诗人积极乐观的心态。

蓝　桥

张祥河

名花开顷刻，云气自英英。　先觉惟湘子，痴情有尾生。①
韩祠今地望，裴杵亦天成。②一读神仙传，关河壮此行。

【注释】

①尾生：相传“尾生抱柱”故事发生在蓝桥。

②原文注：“蓝田商州均有湘子祠。”裴杵：裴航在蓝桥遇仙，遵嘱寻玉杵臼以求云英。

【点评】

此诗为作者途经蓝桥之作，前两句写景，鲜花簇拥下的蓝桥云气弥漫宛如仙境，中间四句列举了与蓝桥有关的四位历史人物：韩湘子、尾生抱住、韩文公祠、裴航遇仙。“先觉惟湘子”，是说韩湘子作为八仙之一有先觉之明。“痴情有尾生”即指尾生为守约抱柱而死的故事。“韩祠今地望”是指韩文公祠。“裴杵亦天成”即是指裴航遇云英之事。传说发生在蓝桥的这四则故事，或结局完美，或精神可嘉，均是美好真善的故事，让人感叹世事繁华终究是过眼云烟，只有人间真情永不变。最后两句写自己心情，蓝桥风光因为有这些神仙故事更具神秘色彩，这些故事传达出的精神也让诗人精神倍增，正所谓“关河壮此行”，诗人行至此地，思古之情后，一吐胸中之浩气。

牧护关

张祥河

冲风行缓缓，镇日听潺潺。软翠开诗径，长烟架笔山。
猿声钟梵外，虎迹洞门间。过险思平砥，垂鞭牧护关。

【点评】

在景色优美的牧护关中，诗人迎着山风缓缓前行，潺潺流水之声不绝于耳。一路山青水绿，草木峥嵘，山谷中升腾起薄雾，美景使人诗兴大发。随后从听觉和视觉角度写山路之险，宁静的山寺之中仿若有猿啼之声，路过的山洞也像有猛虎留下的痕迹。崎岖的山路危险四伏，心中盼望着早日抵达平坦大道，而此时牧护关恰好就出现在了眼前。该诗为纪行诗，诗人旅途中心情几经变化：赏景时悠游闲适，路遇险关时忐忑不安，望见牧护关时又无比喜悦。诗人巧妙地将内心的起伏变化蕴含在写景之中。尤其是尾联“垂鞭”一词用得非常巧妙，将诗人终于抵达牧护关的喜悦之情表现得淋漓尽致。

道中书所见

张祥河

峰角花秾不可攀，峰根草长又谁删。①
驮从急溜声中过，樵向浓云影里还。
千百杉松排岸直，两三鸦雀啄泥闲。
好山惆怅无人住，竹屋何尝著一间。

【注释】

①删：删刈。

【点评】

此诗为作者行于道中所作，抒写眼前之景与内心所感。首联中诗人视角上下结合，先写仰望峰角，看到开出的花朵美丽多姿，再俯视峰根，发现青草繁茂葱翠，“又谁删”意指无人搅扰。颔联写诗人遇到驮夫牵着马匆匆走过，樵夫从高且茂密的树林中出来，人们各司其职，一派和谐的景象。颈联写千百棵杉松沿岸伫立，两三只鸦雀悠然啄泥，“闲”字包含了诗人自己的情感，这两句动静结合，饶有生意。写完路途美景之后，诗人在最后两句转而抒情，如此好山好水，却不能长做驻足，若是能结一间茅屋于此山中，与清风明月相伴度过余生，当是诗人的心愿，也是困于尘世中而向往自由的人们所共同的心愿。

黑龙口

张祥河

人为听泉渴，泥炉亦可茶。放牛疏入画，走马急看花。
屋补新茅短，墙扶断碣斜。沦涟围几罫，白昼已鸣蛙。
山家惊上客，小店亦帘栊。[1]饭罢猫依毳，更阑鼠啮篷。[2]
但消炉篆碧，教撤地衣红。[3]兀坐思商皓，敦庞有古风。

【注释】

①帘栊：窗棂木。窗，亦借指房舍。

②毳（cuì）：指毛织物。

③篆：指盘曲如篆的篆香。地衣红：落红满地的样子。辛弃疾《粉蝶儿·和晋臣赋落花》：“昨日春如、十三女儿学绣，一枝枝、不教花瘦。甚无情，便下得，雨僝风僽，向园林，铺作地衣红绉。”

【点评】

此诗为诗人描摹闲居黑龙口的诗歌。在静谧的山林之中，潺潺泉水让人不禁思茶，虽无精致华美的器皿，泥炉也无妨。牧童在山坡上放牛，快马足以揽花，“屋补新茅短，墙扶断碣斜”采用倒装手法，屋顶上补着新的茅草，残缺的碑碣斜靠在墙上，水上漂浮着些许枯草，虽是白昼，已有蛙鸣，这一切的景物是如此的恬淡优美，亦是诗人此时心境的写照。“饭罢猫依毳，更阑鼠啮篷”则描绘出一幅饶有生活情趣的图画。香炉之中篆烟袅袅，在兀然静坐之时，诗人不仅想起曾于此逍遥山水的商山四皓，自己虽未曾隐居山林，但能深入到自然之中，领受质朴的风味，不啻为古风犹存。

麻　涧

张祥河

兹行观武略，冠盖诮游山。已越七盘险，来亲四皓颜。
官堤如矢直，晓月似弓弯。[①]秀绝搴帏过，峰峰整翠鬟。
飞泉满坑谷，深处亦归槽。草屩蹋沙响，虹梁跨石牢。
晴光浮竹树，春色上旌旄。极望东西粤，何人展豹韬。[②]

【注释】

①“官堤”句：出自《诗经·大雅·大东》：“周道如砥，其直如矢。”用来称赞政治清明，平均如一。

②“何人”句：原文注：“谓李石梧（星沅）徐仲深（制府）。”李石梧，即李星沅，字子湘，号石梧，湖南湘阴人，道光进士。历任陕西巡抚、陕甘总督、云贵总督、两江总督等要职。徐仲深，清代河南文臣，因军功得爵位一等子。豹韬，指善用兵之人。

【点评】

此诗为诗人在麻涧游览的旅行纪实，诗人一路翻越过高峻的七盘岭，追寻当年四皓的行迹。远看官堤直立，遥望晓月斜挂天际，重峦叠嶂如一面面秀帘遮掩在天边，又似美人秀丽的翠鬟。飞泉悬于山头，踏过沙石、桥梁，一步步皆有风景，竹林中似有晴光浮泛，春色怡人。诗人向东西极望，如此大好山河，期望有善于用兵之人来捍守边疆。诗人来此地寻找四皓，随后描绘此地如画风景，营构了清幽意境的同时，也写出时代的清明与太平，表现出诗人对当代统治者的溢美。全诗节奏铿锵有力，风格沉雄豪迈，可谓构思新巧，颇有意境。

四皓庙

张祥河

神胙机碑汉隶传，金鸡原上墓无田。①
当年谁是云霞友，惟有留侯笑拍肩。②
须眉皓皓雪霜余，地肺山头乐隐居。
我愧新朝旧疆吏，年来华发不胜梳。

【注释】

①金鸡原：在商州西四里，有四皓墓。

②云霞友：绮里季，东园公，甪里先生，夏黄公，与张良为云霞之友。

【点评】

此为诗人拜谒四皓庙后追慕古圣贤的一篇诗作，四皓庙前的古碑虽已经被岁月的风雨消磨，四皓墓也没有帝王将相那般恢宏阔大的陵地，但四皓的神采品格依然被汉隶碑文镌刻在天地之间。诗人回想起千年之前，张良与四皓曾在此游山玩水，结为云霞之友，而后又跟随刘邦，建立起千古功勋伟业。古代渴望出将入相的文人大多都有一种张良情结，既可为帝王师匡扶天下，在功成名就后又能急流勇退、隐居山林。当年的商山四皓，虽已须眉皓皓不问世事，甫一出山即可使刘邦去除了改立太子之心。诗人进而想到自身，多年来沉浮于宦海利场，早已被尘俗羁绊而不得翱翔于山水之间，唯有近年来毛发日益疏，志气日益微，心中不禁生起惭愧之情。全诗音调和谐，用典自然，属对巧妙，意境阔远，令人沉思。

商　於

张祥河

六逍遥馆起开元，夜雨盈阶不厌喧。①
何物能娱高太素，澄心亭下报时猿。

飞精百炼镜销铜，奇绝龙文苔础中。
元扈山前苍帝字，也随芜没叹嘉隆。[②]
向晚青猿露下闻，侵晨祛瘴有炉熏。
好山无数仙娥最，白傅诗中合匝云。[③]
收蜂拾麝向南塘，商洛今无处士王。[④]
觅得知亭谁氏句，石床草剑碧松觞。[⑤]

【注释】

①六道遥馆：唐高太素隐居商山所建之馆。

②元扈山，位于陕西洛南县，传为仓颉造字处。

③“白傅”句：白居易诗《仙娥峰下作》中四句：“商山无数峰，最爱仙娥好。参差树若插，匼匝云如抱。”

④“商洛”句：张祜诗《寄题商洛王隐居》：“近逢商洛口，知尔坐南塘。草阁平春水，柴门掩夕阳。随蜂收野蜜，寻麝采生香。更忆前年醉，松花满石床。”

⑤“觅得”句：无名氏有诗《知亭山》（即商山）：“知亭之山何峋嶍，知名与山同不休。苍苔白石春寥秋，紫芝九茎含春柔。为问当年避世老，封侯何如餐芝好。朝采暮炊味久甘，日月都将啸傲了。世上不辨鹿马形，诗书在炉儒在坑。罾鱼鬼坐横生祸，龙争豕突方分羹。知几早命南山驾，万叠烟霞尘世谢。灵凤能辞凡鸟罗，冥鸿不作猎犬炙。撷兰作纫制荷裳，石床草剑碧松觞。一觞一咏真偃蹇，顾全天和生能长。缅想硕人抚遗迹，一片云萝埋故宅。尚有飞声摩丹霄，留警尘中顽纯客。”

【点评】

四首绝句分别吟咏商於地区的人物与传说。第一首诗吟咏唐代隐士高太素于商山隐居的生活，唐开元年间建起的六逍遥馆曾有诸多名胜，一夜滴雨，聒碎诗心梦不成。诗人进而想到，也许唯有凄清幽遂的猿声，能一娱高太素那飘渺出尘的心灵。第二首为吟咏相传曾在元扈山下造字的仓颉，诗人想象千年之前仓颉造字的景象，千锤百炼，仰山铸铝，龙文虎脊，是何等的壮丽辉煌，但当年的遗迹也萧条芜没，让人扼腕长叹。第三首诗中，诗人的思绪被傍晚的猿声惊扰，瘴气缭绕，只能燃起炉烟，诗人想到被贬谪至此的白居易，曾怀着悲愤抑郁的心情写下：“卧逃秦乱起安刘，舒卷如云得自由。若有精灵应笑我，不成一事谪江州。”那曾在白居易诗篇中卷舒自如的云朵，仿佛又出现在诗人面前。第四首诗吟咏张祜诗中曾赞誉过的商洛隐士，王居士曾在此悠游山水，收蜂拾麝，而今碧松草剑仍在，古人已不见，但是隐居于此的高士代代不乏，请看那首《知亭山》，虽未留下名字，却足以使诗人与他欣然神会。

蓝桥怀古

张祥河

其一

丹水刚旋节，蓝桥又著鞭。飞身霄汉上，题字岭云边。
骢马图韩干，符经注李筌。① 居人与过客，一样盛名传。②

其二

破帽空堂里，开元旧感生。七贤风雪夜，三绝画图名。③
寂寂玉溪馆，荒荒峣柳城。④ 风流断还续，锦瑟若为情。

其三

辋水回车辋，楼山叠石楼。银河落中夜，紫塞接高秋。⑤
吠犬漫天雪，啼猿独客愁。空余元白辈，凭吊到山邱。⑥

其四

一释水经注，怀哉赵一清。⑦ 青泥方兀兀，素浐自盈盈。
莽绕西南谷，云盘十二竫。⑧ 风凉原上景，请向魄山行。⑨

【注释】

①“骢马”句：唐代韦偃画马与韩干并称，有《红鞍复背骢马图》。“符经”句：唐代李筌有《〈阴符经〉注疏》三卷。

②居人：指京兆人韦偃、蓝田人韩干。过客：指李筌。

③“七贤”句：《玉堂随笔》：世传《七贤过关图》是开元冬雪后，张说、张九龄、李白、王维、孟浩然、李华、郑虔出蓝田关，游龙门寺，郑虔图之。虞集有《题浩然像》：“风雪堂空破帽温，七人图里一人存。”“三绝”句：郑虔擅长写诗和作画。他曾画了一幅画，还把自己作的诗写在上面，献给唐玄宗。玄宗一看，拍案叫绝，挥笔题写了“郑虔三绝”四个字。唐玄宗从此非常欣赏郑虔，曾专门为郑虔设置一所供官宦子弟读书的“广文馆”，任命郑虔为广文馆博士，传授学问，当时人称其为“郑广文”。

④玉溪馆：蓝田有玉溪馆，李商隐尝居此。峣柳城：蓝田县城古名峣柳城。

⑤紫塞：原指长城，此处泛指边关。相传秦筑长城，土色皆紫，故称紫塞。李白《胡无人》有“悬胡青天上，埋胡紫塞旁”。

⑥“空余”句：白居易诗《蓝桥驿见元九诗》：“蓝桥春雪君归日，秦岭秋风我去时。每到驿亭先下马，循墙绕柱觅君诗。”唐元和十年（815），元稹自唐州奉召还京，春风得意，道经蓝桥驿，在驿亭壁上留下一首诗。八个月后，白居易自长安贬江州，满怀失意，经过这里，读到了元稹这首诗。

⑦赵一清：字诚夫，号东潜。清浙江仁和（今浙江杭州）人。藏书家，其所蓄书连茵接屋。著有《三国志补注》《水经注释》等。

⑧十二缔：商山有“七盘十二绕”之说。

⑨磈山：高峻的山。

【点评】

诗人行路途中，路过蓝桥，遥想前人故事，念及自身处境，写下了这四首怀古诗。第一首诗写过了丹水，就到了蓝桥，此地高峻，就像身处霄汉，触手及云。无论是本地人绘画名家韦偃和韩干，还是过客李筌，都能在此地留下自己的盛名。第二首诗转而写后人贫困潦倒时，回想起唐开元天宝盛世，看到郑广文画的七绝图，产生对那个美好时代的向往；隐居在蓝田的李商隐，面对荒芜的城池，没有那么多文人好友，只好在诗中表达自己的风流情感与爱情故事。第三首诗转向思乡与思念友人，用了深夜、秋天、边塞、犬吠、大雪、猿啼等意象来表达自己的思乡之情，最后借用元白之诗表达知己友人的珍贵，与世事无常的感慨。第四首诗赞扬赵一清著书一事，描写的风景也变得清秀，感情也由前几首的低沉变为高昂，表达自己遇难不退缩之意。

古　意

张祥河

紫芝早餐孰与分，白石煮烂仙所云。[①]
登伴嫩香耐咀嚼，可是青泥坊底芹。

【注释】

①白石：晋葛洪《神仙传》云："白石先生，常煮白石为粮，因就白石山居。"陶弘景在《真诰》中提到的"辟谷"方法"断谷入山，当煮食白石"。

【点评】

商山四皓为避秦暴政，隐居蓝田山作《紫芝歌》，谓紫芝可以疗饥，自述隐居之志。本诗前两句引用四皓与白石先生的典故，诗人想象山中高士的隐居生活，他们该是在这巍巍山川之中，采集芝兰煮白石。后两句化用杜甫诗《崔氏东山草堂》"盘剥白鸦谷口栗，饭煮青泥坊底芹"，清仇兆鳌注《杜甫详注》释曰："蓝田县东有白鸦谷，谷有翠微寺，谷口出栗。县南有青泥水坊底堤坊之下。青泥坊下是芹的名产地。"从四皓紫芝和仙人煮白石到杜甫青泥坊底芹，从"食物"的角度贯穿起来这些有隐逸之风的古人之事，表达了作者对这种理想人生境界的向往与追慕，也表现了诗人隐居山林、脱离尘俗的闲情逸致。

商於道中

董平章

连日商於道，途危境特幽。山皆争互掩，水不尽东流。
风定墟烟直，春融柳叶柔。眼前开画本，聊可遣羁愁。

【作者简介】

董平章（1803—1870），字琴虞，一字眉轩，福建闽县（今福建福州）人。历任户部浙江司主事、甘肃环县知县、皋兰知县、秦州知州等。著有《亦舫随笔》《秦川焚余草》。

【点评】

商於古道自古艰险，这条“仅容单骑，比于蜀道”的崎岖山路，令人驻足嗟叹。从任道光二十五年（1845）环县知县到同治五年（1866）东归时，诗人客居陕甘有近二十年，本诗为诗人东归途中所作。在连日奔波后，诗人感叹道“途危境特幽”，山势互掩，水尽东流，是为途危；一个“掩”字，用比喻的手法写出了群山林立的景象。颈联“风定墟烟直，春融柳叶柔”，一“定”、一“融”，将一片风和日暖的大好风光描摹得温柔多情。风静墟烟，春风柳叶，是为境幽；“春”与“柳”也烘托了离别的氛围。尾联则是全诗的总结，虽有羁旅行役之苦，然眼前此情此景，足以入画入诗，亦可给饱经忧患的心灵，送上一丝慰藉。

山阳县道中杂诗

董平章

农耕争趁雨余天，沙石危岩亦垦田。
怪底深山穷谷里，依然乱后有炊烟。
萦纡涧路似迴肠，水送山迎五驿长。①
为报长安亲友道，行人安稳到山阳。
乱峰围绕少平原，三五人家便唤村。
过客不知行到县，短垣小堞即城门。
幅员六百古商於，邑向方洲割地余。
独惜百年生聚力，几遭剧贼付焚如。
废井颓垣尚满城，一椽一瓦费经营。
堪怜神佛同经劫，雨立金身渐欲倾。
偶逢村叟话比离，语到伤心泪欲垂。②

男妇儿童都裹胁，不堪回首破城时。
廨宇邮亭撤作薪，逆徒盘踞阅兼旬。③
长官眷属犹累系，何况寻常井里民。
逸事沿途访问频，遗民身历见闻真。
吟成纪实聊徵信，史氏观风合向陈。

【注释】

①五驿：此处为沿用旧说，即唐代设置于蓝田武关道上蓝田县内的五个驿站。据宋敏求《长安志》记载，五驿为青泥驿、蓝田驿、韩公堆驿、蓝桥驿、藿平驿。

②比离：聚散离合。比，靠近；离，分散。

③廨宇：古代属于官署的房屋。兼旬：二旬，二十天。旬，十天。

【点评】

清咸丰九年（1859），关中回民攻入商州；同治元年（1862），商州地方回民作乱，太平军和西捻军过境；同治二年到同治三年，蓝大顺、蔡昌林起义，万余人攻打商州。本诗当作于同治五年东归途中，其时战乱刚刚平息。

在诗人细腻生动的笔下，一幅战后民间生活的图景，缓缓展现出来。诗人先是看到深山穷谷中升起袅袅炊烟，人们争趁农耕于雨后，垦田于危岩沙石，虽经战乱，生机未歇。行过萦纡涧路，重重山水，诗人终于安稳抵达山阳县，可以向长安亲友报个平安。因山峰多平地少，三五人家即成村落，短垣小堞即是城门。可惜六百里古商於，一旦毁于兵燹，那辛苦经营起的砖瓦城郭，旋成断井颓垣。巍巍神佛亦难逃劫难，在雨中摇摇欲坠。路边偶遇村叟，回忆起城破时，百姓受难的惨状，不禁潸然泪下。叹如今官舍邮亭都被拆下做了柴禾，官宦之家也深陷敌众，更何况寻常人家。诗人一路行走一路悲叹，将所观所感都如实记录于诗中。末句点出作诗情由，是为了“纪实”与“观风”，诗可以补史之不足，因诗歌之笔触可见生活，可见情感。诗史互证，所言不虚。整首诗篇有大笔，有细笔，有收笔，将一片忧民伤时之心迂徐托出，情致深婉，真挚动人。

紫岩妹婿自同州来送追及于蓝田，遂偕至坡底镇宿

樊增祥

素车始南迈，白马忽东临。①
迟尔玉田侧，从余辋水阴。②
带围春后减，烛泪雨中深。③
一夕连床话，离忧那可任。④

【作者简介】

樊增祥（1846—1931），原名樊嘉、又名樊增，字嘉父，别字樊山，号云门，晚号天琴老人，湖北恩施（今湖北恩施）人。历任渭南知县、陕西布政使、署理两江总督。曾师事张之洞、李慈铭，为同光派的重要诗人，诗作艳俗，有“樊美人”之称。著有《樊山全集》《云门初集》《北游集》《东归集》等。

【注释】

①素车、白马：古代凶、丧之事所用的白车白马。《史记·高祖本纪》：“秦王子婴素车白马……降轵道旁。”后也以“素车白马”为送葬之词。也指一般的白色车马。

②玉田：传说中产玉之田。杨伯雍于无终山汲水作义浆，有一人就饮，送石子一斗，云种之可产美玉，后当得佳妇。伯雍种其石，果有玉生石上，因取玉聘徐氏女为妻。后称种玉处为‘玉田’。参阅晋干宝《搜神记》卷十一。也可作对田园的美称。此处当指蓝田。辋水：水名。即辋谷水。诸水汇合如车辋环凑，故名。在今陕西省蓝田县南，源出秦岭北麓，北流至县南入灞水。唐代诗人王维曾置别业于此。

③带围：腰带绕身一周的长度。旧时以带围的宽紧观察身体的瘦损与壮健。汉刘向《列女传·魏芒慈母》：“前妻中子犯魏王令，当死，慈母忧戚悲哀，带围减尺。”

④连床：并榻或同床而卧。多形容情谊笃厚。唐白居易《奉送三兄》诗：“杭州暮醉连床卧，吴郡春游并马行。”

【点评】

樊增祥在这首诗中将与妹婿依依惜别的感情表现得可谓是迂回有致，一唱三叹。起首素车南迈，白马东临，是说诗人出发上路，紫岩妹婿追来相送。然而在两句中各添一“始”字和“忽”字，便使诗歌情感顿显丰沛。“素车始南迈”，体现诗人之不舍离去，“白马忽东临”，足见妹婿追来之急和诗人心中之惊喜。紫岩妹婿虽自同州追来，可惜送君千里终须一别，两人唯有沿辋水之阴继续相携南行。“迟尔”和“从余”四字在此将诗人和妹婿之间“悢悢不能辞”的心理描摹得恰到好处。由于难分难舍，故索性至坡底镇再同宿一宿以暂慰别情。此时正值春季，而“带围春后减”是遥想分别之后因饱受相思之苦必然衣带渐宽，至于“烛泪雨中深”则是描写当下之景，诗人眼见烛泪已然被勾起了愁思，然而此时春雨敲窗又让两人心中更添凄凉。如此一来纵然一夜连床共话，又如何能消解得了这无边的离愁别恨？全诗构思精巧，对仗工整，感情真挚，故能使读者与诗人产生深切的情感共鸣。

初九日雨中发坡底镇与紫岩别，上山五里所犹见紫岩伞盖

樊增祥

东去苍山石径微，苴衫相对语依依。
不须更洒明珠泪，四月溪亭雨湿衣。①
我已羸骖度翠微，君犹飞盖驻斜晖。②
可怜如画蓝田县，细雨笼鞭独自归。

【注释】

①明珠泪：鲛人流珠之典。晋张华《博物志》卷九：“南海外有鲛人，水居如鱼，不废织绩……从水出，寓人家，积日卖绢。将去，从主人索一器，泣而成珠满盘，以与主人。”

②羸骖：瘦弱的马。唐刘禹锡《送李策秀才还湖南》诗：“忽被戎羸骖，薄言事南征。”

【点评】

已至初九，雨虽未歇，但离别终究还是如期而至。诗人踏上归途，满目所见皆是莽莽青山和羊肠小道。然而诗人的思绪显然还没有收回，他依然在回味着自己与妹婿依依话别时的情景。“不须更洒明珠泪”，是作者故作豁达强自宽慰的话，但即使泪不沾衣，衣服也为春雨所湿，没有友人在侧只能独自一人在雨中赶路，又怎能不让人心生悲凉？前面四句铺垫至此，眼看离别之苦已陷入深处无法回转，这时作者向远方望去，妹婿的伞盖依稀可见！数里之外，遥遥相望，虽然彼此未必得见，但二人的感情却一直处于共鸣之中，全诗的感情在此处因诗人内心的激动而被推向了最高潮。不过高潮过后，诗歌的情思在最后两句复又减弱渐渐归至平静，“细雨笼鞭独自归”，如此淡淡写去，浅浅自伤，终令读者掩卷惝恍，胸中唯有一片同情。该诗以感情深挚动人而取胜，能够感人至此，足见诗人构思之精与笔力之深。

雨中度棋盘岭

樊增祥

一线修蛇欲到天，林萝石栈互钩连。①
万重云海相摩荡，一日乾坤百转旋。②
峻极飞鸿翻在下，险多健马不能前。
翛翛冷雨蓝关道，犹胜韩公拥雪年。③

【注释】

①石栈：在山间凿石架木做成的通道。唐代李白《蜀道难》诗：“地崩山摧壮士死，然后天梯石栈相钩连。”

②摩荡：指摩擦振荡。《宋史·太祖纪一》：“（太祖）次陈桥驿，军中知星者苗训引门吏楚昭辅视日下复有一日，黑光摩荡者久之。”

③翛翛（xiāo）：象声词。三国魏甄皇后《塘上行》：“边地多悲风，树木何翛翛。”“犹胜”句：唐代韩愈在贬谪潮州途中经蓝关时作《左迁至蓝关示侄孙湘》诗：“云横秦岭家何在，雪拥蓝关马不前。”

【点评】

此诗通篇运用比喻、夸张的修辞手法，将棋盘岭的陡峭险峻与诗人登岭时的心旌神摇刻画得淋漓尽致，引人入胜。首先开篇即用比喻，以长蛇喻棋盘岭，前面还限定“一线”二字，使读者在观诗时心情也随之一紧，且脑中立刻浮现出棋盘岭的惊险之状。其次“万重云海相摩荡，一日乾坤百转旋”二句，乍读之下就给人以目眩神迷之感，待心神稍定后再细细品味，则又觉得云海激荡、乾坤旋转真乃气象万千的豪壮之语。然后诗人又运用了夸张的修辞手法，飞鸿、骏马见之都要胆寒，何况人乎？再次加深了读者对棋盘岭的切实感受。结尾处，身临如此险境让诗人联想到了当年同样途经蓝关的韩昌黎，“云横秦岭家何在，雪拥蓝关马不前”自是胜语，极难超越，但相比之下“翛翛冷雨蓝关道，犹胜韩公拥雪年”却在神采声气上略胜一筹。全篇虽然就此完结，但却引人回味，手难舍卷。

商州逆旅中有楼五楹风景如画，家人辈以为官署中无此萧旷也，为赋一诗

樊增祥

乞得楼居即是仙，解鞍今夕憩商颜。
倚栏近俯罗裙水，开镜平临罨画山。①
风景定成他日忆，袍靴宁及此时闲。
香骢明发垂杨路，梦绕东园紫翠间。②

【注释】

①罨画：色彩鲜明的绘画。明杨慎《丹铅总录·订讹·罨画》：“画家有罨画，杂彩色画也。”多用以形容自然景物或建筑物等的艳丽多姿。

②香骢：即麝香骢，良马名。金元好问《杨秘监马图》诗：“忽见画图疑是梦，东华驰道麝香骢。”东园：泛指园圃。晋陶潜《停云》诗之三：“东园之树，枝条载荣。竞用新好，以怡余情。”

【点评】

这首诗体现了诗人寓居商州时的闲适心情与美好情趣。本来逆旅途中，诗人原先并未做他想，只盼“乞得楼居即是仙”，有楼可住就已称得上是神仙般的生活了，如今解鞍下马暂宿商州，既来之则安之，体现了作者随遇而安、知足常乐的平和心态。然而不曾想此处有楼五间且风景如画，诗人的惊喜之情立刻跃然纸上。倚栏观水、开镜临山，谁料车马劳顿之后竟有此番意趣！想到未来官署中恐怕也不会再有如此萧旷之景以及玩赏之闲了，于是“风景定成他日忆”的慨叹也不免随之而来。不过诗人并没有令自己在低落的情绪中做过多停留，即使明朝就要与美景作别又有何不可呢？留梦魂常萦东园的紫翠之间亦同样是一件快事啊。全诗语调轻快，感情色彩明媚喜人，且结尾“香骢”二句又给人以一种意气风发之感，故读来使人如沐春风，心旷神怡。

秦岭韩文公祠七绝

谭嗣同

绿雨笼烟山四围，水田千顷画僧衣。①
我来亦有家园感，一岭梨花似雪飞。

【作者简介】

谭嗣同（1865—1898），字复生，号壮飞，浏阳（今湖南浏阳）人，参与戊戌变法，失败后英勇就义，年仅三十三岁，为“戊戌六君子”之一，诗歌风格豪放，有《莽苍苍斋诗集》等。

【注释】

①山四围：指韩文公祠四周环山。

【赏析】

清光绪十一年（1885）秋，诗人自长沙赴兰州，路过秦岭韩文公祠，写下这首诗。秋雨落在草木中，远望去呈现出翠绿的山色，文公祠四周环山，被雾气笼罩。层层梯田，水光荡漾，像是秦岭披上的百衲衣。诗人首先描绘了秦岭山水的优美景色，然后转入抒情。先是直接表明自己有“家园感”，随后化用韩愈《左迁至蓝关示侄孙湘》“云横秦岭家何在，雪拥蓝关马不前”和岑参《白雪歌送武判官归京》“忽如一夜春风来，千树万树梨花开”诗句，寓情于景，情景交融，抒发了自己漂泊无定所的感叹。祖国的山山水水给谭嗣同以美的感受，激发了他对祖国的爱和深情。然而，谭嗣同也看到祖国正处在危难之中，不禁发出了“风景不殊，山河顿异，城郭犹是，人民复非”的长叹。诗句优雅秀丽，诗意丰富，意味隽永，技法圆活流转，展现了他的诗才。

武关七绝

谭嗣同

横空绝磴晓青苍，楚水秦山古战场。①
我亦湘中旧词客，忍听父老说怀王？②

【注释】

①横空：横跃在天空，形容山势雄伟。绝磴：山极高之处的石阶。

②湘中：湖南，战国时属楚地。词客：诗人。忍：“怎忍”之意。说怀王：诉说怀王被诱入秦而亡之事。据《史记》载，公元前299年秦昭襄王借口同楚怀王会谈，将怀王骗至武关而扣押，怀王最终客死秦国。

【点评】

清光绪十一年（1885）秋，诗人自长沙赴兰州，途经武关，遥想千年前历史，叹息当下国家的灾难，写下这首诗，表达了沉痛的心情。诗人首先描写武关的雄伟气势，石阶横空，呈现青翠色，随后转向历史，武关是秦楚争夺的重要关隘，然后抒发感情，自己作为楚地人，不忍心听楚国父老说怀王被骗而亡的故事。诗中将古比今，影射当时清政府的腐败、软弱、对外屈膝求和，看到在列强蚕食鲸吞之下的祖国将要有沦丧之祸，诗人流露出沉痛而又惋惜不舍之情。谭嗣同诗如其人，豪迈恢宏，尝自谓“拔起千仞，高唱入云”，康有为称

“睹其丰采，闻其言论，知其为非常人矣”，此诗即是这种风格的体现。

蓝桥七绝

谭嗣同

湘西云树接秦西，次第名山入马蹄。
自笑琼浆无分饮，蓝桥薄酒醉如泥。[①]

【注释】

①琼浆：仙酒，此处借指高官厚禄。典故取自唐裴铏的传奇《裴航》中的故事。

【点评】

清光绪十一年（1885）秋，诗人自长沙赴兰州，诗人路过武关，到达蓝桥，回想遥远的路途，联想到蓝桥故事，借饮酒来表达自己的感情。诗人从湖南到陕西，一路上有如云的树木陪伴，马蹄踏过了一座又一座名山，一直到了蓝关。想起个人的生平遭际，感叹自己没有机会获得高官厚禄，空有一身才华但无处施展。诗人感伤于自己的不幸，只有借酒浇愁，随口喝上薄酒，就可以让自己烂醉如泥，可见诗人内心的愁苦之深。汪辟疆说：“壮飞三十以前诗多去杜、韩。三十以后。乃有自开宗派之志。惟奇思古艳。终近定庵，且喜摭西事入诗……颇有诗界彗星之目。”诗人身处忧患时代，又感叹于自身遭际，在用大手笔描写盛景与路途之后，直抒胸臆，表现出沉郁悲壮之气。

除夕商州寄仲兄

谭嗣同

风檣抗手别家园，家有贤兄感鹡原。[①]
兄曰嗟予弟行役，不知今夜宿何村。[②]

【注释】

①抗手：挥手，指挥手告别。鹡原：指有感于离别。《诗经·小雅·棠棣》："脊令在原，兄弟急难。"脊，即鹡。令，鸟名。言鹡令失所而求其同类。

②嗟予弟行役：语出《诗经·魏风·陟岵》："嗟！予子行役，夙夜无已。"行役，因服役或公务而跋涉在外。诗意来自白居易《邯郸冬至夜思家》："想得家中夜深坐，还应说著远行人。"

【点评】

除夕是一年当中新旧更替的重要时刻，而在辞旧迎新之际，人们常常颇多感慨。谭嗣同这首诗作于1893年，他因见朋友饶仙槎所作而忆及已经辞世的二哥谭嗣襄，伤怀之余，思绪如潮，遂作此诗，表现了浓浓的手足之情。开头回忆湖南离别时的情景，风吹动帆船，挥手告别家园，从此家中的兄长常常感叹离别。后两句模仿杜甫"今夜鄜州月，闺中只独看。遥怜小儿女，未解忆长安"手法，写兄长关心弟弟远出奔波，不知今天晚上会在哪个村子过夜，诗人想象家中兄长对自己的关心，来表达自己对家中兄长的思念之情。全诗语言朴实而真情流露，写出自己奔波之苦，也暗含了自己为济世报国之情。

秦　岭

谭嗣同

秦山奔放竞东走，大气莽莽青嵯峨。①
至此一束截然止，狂澜欲倒回其波。
百二奇险一岭扼，如马注坂勒于坡。
蓝水在右丹水左，中分星野淩天河。②
唐昌黎伯伯曰愈，雪中偃蹇曾经过。③
于今破庙几千载，岁时尊俎祠岩阿。
关中之游已四度，往来登此常悲歌。
仰公遗像慕厥德，谓钝可厉顽可磨。
由汉迄唐道谁寄，董生与公余无他。④
公之文章若云汉，昭回天地光羲娥。

文生于道道乃本，后有作者皆枝柯。
惟文惟道日趋下，赖公崛起蠲沉疴。
我昔刻厉蹑前躅，百追不及理则何。
才疏力薄固应尔，就令有得必坎坷。
观公所造岂不善，犹然举世相讥诃。
是知白璧不可为，使我奇气难英多。
便欲从军弃文事，请缨转战肠堪拖。
誓向沙场为鬼雄，庶展怀抱无蹉跎。
生平渴慕矍铄翁，马革一语心渐摩。⑤
非曰发肤有弗爱，涓埃求补邦之讹。
班超素恶文墨吏，良以无益徒烦苛。⑥
谨再拜公与公别，束卷不复事吟哦。
短衣长剑入秦去，乱峰汹涌森如戈。

【注释】

①秦山：指秦岭，是横贯中国中部的东西走向的山脉，为黄河水系与长江水系的重要分水岭。

②蓝水：即蓝桥河，一名蓝水、清河，是灞水（渭河支流）源头支流之一。《长安志》载："蓝谷水南自秦岭，西流经蓝关蓝桥过王顺山下。水出蓝谷西北流入灞水。"丹水：即丹江，水出秦岭东南流入汉江。中分星野：古人认为，天上星空区域和地面区域之间具有对应关系，就是把天上的星宿分别指配于地上的州国区域，于是二者互为分野。秦岭跨古益、雍二州，参宿是益州的分野，井宿是雍州的分野。

③昌黎：指唐代文学家韩愈，郡望昌黎，故称。唐宪宗元和十四年（819），韩愈因谏迎佛骨触怒皇帝，被贬潮州刺史，途经秦岭蓝关古道，写下《左迁蓝关示侄孙湘》一诗，后人遂于此建庙纪念这位大文豪。韩愈庙位于陕西商州牧户关镇秦岭村，也称"韩文公祠"。

④董生：指西汉儒学大家董仲舒，他提出"罢黜百家，表彰六经"的主张为汉武帝所采纳，使儒学成为中国社会的正统思想，影响深远。

⑤矍铄翁：指东汉初名将马援，封伏波将军。语出南朝宋范晔《后汉书·马援列传》："援曰：'男儿要当死于边野，以马革裹尸还葬耳，何能卧床上在儿女子手中邪？'……二十四年，武威将军刘尚击武陵五溪蛮夷，深入，军没，援因复请行。时年六十二，帝愍其老，未许之。援自请曰：'臣尚能披甲上马。'帝令试之。援据鞍顾眄，以示可用。帝笑曰：'矍铄哉是翁也！'"

⑥班超：字仲升，扶风安陵人，东汉著名军事家、外交家，封定远侯。《后汉书·班超列传》载："家贫，常为官佣书以供养，久劳苦。尝辍业投笔叹曰：'大丈夫无他志略，犹当效傅介子、张骞立功异域，以取封侯，安能久事笔研间乎？'"

【点评】

此诗作于清光绪十五年（1889）谭嗣同二十五岁赴兰州途中。全篇采用七古歌行体，纵横捭阖，洒脱恣意，从而更为淋漓尽致地描摹山水，抒写情怀。开篇即夸饰渲染秦岭山水的奇险：秦岭雄峻，峰峦跌宕，如狂澜欲倒，骏马驰骤，极尽秦岭群山动态之美，从而体现出秦岭的雄浑高峻、大气磅礴。蓄势铺垫之后，由秦岭韩愈祠引发对韩愈文统与道统的评说，抒发自己对韩愈的仰慕向往之情。篇末以韩愈遭受世人之谗毁，"使我奇气难英多"，从而引出自己的真正志向，即不再效法韩愈为"文墨吏"，而是要如班超、马援等辈投笔从戎，马革裹尸，誓为鬼雄，以武力抵御外强之侵略。因此尾句"乱峰"亦被诗人视为戈矛，气势愈见恢宏，烘托出尚武从戎的气氛。此诗雄健高放、风骨凌人，其根源正在于谭嗣同秉性气质之刚毅豪爽，以及其对生活的热爱与激情，追求理想的高远志向与昂扬向上的慷慨意气。

满庭芳·移居

沈　淀

背俯习园，址环胥水，庭栽半亩琅玕。[①] 主宾一笑，犹忆曾鸡坛。[②] 二十年来重见，底多少、威凤祥鸾。蓝田美，曾幺相对，汉魏古衣冠。

扶节师鹊智，伊朝伊夕，不碍盘桓。[③] 奈暂留鸿爪，谁给猪肝。[④]

试捡牙签万轴，空惭却、海陆江潘。[5] 儿能读，宫商了了，有铗且休弹。[6]

【作者简介】

沈淀，字上子，浙江嘉善（今浙江嘉兴）人，生平不详。

【注释】

①琅玕（lánggān）：神话传说中的仙树，其实似珠。《山海经·海内西经》："服常树，其上有三头人，伺琅玕树。"

②鸡坛：《说郛》卷六十引晋周处《风土记》："越俗性率朴，初与人交，有礼：封土坛，祭以犬鸡，祝曰：'卿虽乘车我戴笠，后日相逢下车揖。我步行，君乘马，他日相逢卿当下。'"后遂以"鸡坛"为交友拜盟之典。李东阳《时用得诗见和似怪予破戒者用韵奉答》："勿厌箴规言，鸡坛有明祀。"

③盘桓：徘徊，逗留。

④鸿爪：比喻往事留下的痕迹。苏轼《和子由渑池怀旧》："人生到处知何似，应似飞鸿踏雪泥。泥上偶然留指爪，鸿飞那复计东西。"给猪肝：指受到赏识。宋陈恬《谢葛汝州宁卿遗公库酒肉薪米》："不是故人供禄米，初非县令给猪肝。养贤礼厚隆三篚，拜赐恩深艳一箪。"

⑤牙签万轴：指藏书多。韩愈《送诸葛觉往随州读书》诗："邺侯家书多，插架三万轴。一一悬牙签，新若手未触。"海陆江潘：即"陆海潘江"。钟嵘《诗品》卷上："谢混云：'潘（潘岳）诗烂若舒锦，无处不佳；陆（陆机）文如披沙拣金，往往见宝。'……余常言陆才如海，潘才如江。"后以"陆海潘江"比喻文采出众的人。

⑥有铗且休弹：冯谖弹铗故事，用以形容有才能的人希望得到赏识，或指怀才而受冷遇，心中不平。典故出自《战国策·齐策》。

【点评】

该词名曰"移居"，上阙写新居景象，下阙联系自身，实则以其写人生况味。上阕描写新居背山环，庭栽琅玕，可谓风水上佳居，以见主人之清朗俊爽与品格非凡。随后引用“鸡坛”之典故，说明此次相会是老友在他乡重逢，于是发出了“底多少、威凤祥鸾”的感慨。“汉魏古衣冠”指老友有魏晋风度，有隐居山林之喜好，后两句则由眼前景写往日事，为下阕抒情张本。下阕中主要感叹人生之无常。开头写“不碍盘桓”意为自己无所得，而后借用苏轼“人生到处知何似，应似飞鸿踏雪泥”句，来表达对因漂泊而使人生充满未知与无奈，用“谁给猪肝”表明自己的才华无人赏识。而后又用“牙签万轴”典故说自己藏书丰富，但是却没有才华。最后用“了了”来表明自己少年时便才华横溢，只是缺少明主，也就无法施展。全诗多引用典故，表达了自己怀才不遇的愤懑之情。

水调歌头·蓝署席上使酒，呈瞻武、澄溪、谦谷

薛　斑

落魄扬州客，双影寄蓝田。又见梅花飘雪，丝柳绿含烟。可惜三分春色，转眼两分已过，归计尚迁延。赖有素心侣，良会胜平原。[①]

重帘卷，风入座，月当天。肯教辜负玲珑，红烛照华筵。笑指索郎快睹，竞作长鲸川吸，轰饮乱觥船。[②]莫叹无人管，一任醉时眠。

【作者简介】

薛斑（生卒年不详），字倚远，号止庵，江苏如皋人，有《四壁其诗词稿》。

【注释】

①素心：没有欲望杂念。平原：战国四公子之一平原君赵胜，礼贤下士，门下食客至数千人。

②索郎：酒名，桑落酒的别称，也泛指酒。北魏郦道元《水经注·河水四》：“（河东郡）民有姓刘名堕者，宿擅工酿，采挹河流，酝成芳酎，悬食同枯枝之年，排于桑落之辰，故酒得其名矣……自王公庶友，牵拂相招者，每云：索郎有顾，思同旅语，索郎反语为桑落也。”长鲸川吸：指一饮而尽。南宋陆游《吊李翰林墓》云：“饮似长鲸快吸川，思如渴骥勇奔泉。”轰饮：痛饮。宋

范成大《天平寺》诗："旧游仿佛记三年，轰饮题诗夜满山。"

【点评】

该词当为作者寓居蓝田时作，瞻武为钱塘人丁咏淇，谦谷则为如皋人邓谦谷。上阕着重写眼前景，以代出伤春之意。"落魄"二字首先点出作者身世之飘零，蓬转异乡，为下句张本。在此乍暖还寒之际，春日已至，然春寒未去，眼下北方凄美之春境自然有异于江南扬州春日之繁盛，故而由春而思及家乡。"归计尚迁延"，表明归期遥遥，笔调为之一沉。然末句又以朋侣为欢，可暂缓内心之伤痛，情调为之一缓。下阕集中写与友朋的欢畅酣饮，以字句表面来看，似已从上阕伤春、伤己的意绪中走出。但由"莫叹无人管，一任醉时眠"可见，作者其实是在以酒自我麻痹，现实中的忧伤既然无处宣泄，也只好借助沉醉来得片刻舒缓。颇似魏晋名士"秉烛夜游"的狂放中，实抒发的是内心的深重悲痛。以欢宴衬哀情，是该词在艺术上的显著特点。

念奴娇·蓝田途次，寄别邓谦谷

薛　班

鞭丝东指，正残红零落、胭脂铺地。撩乱春光曾几日，花事半随流水。极目青山，粘天碧草，客路谁同醉。① 蓝田渐远，回头无限情思。

忆昨野寺持觞，芳原系马，送别惊分袂。耿耿相看人竟去，也觉销魂此际。闻说感恩，不如知己，古语君应记。前欢可续，双鱼莫惜频寄。②

【注释】

①粘：连接，粘连。

②双鱼：《乐府诗集》中《饮马长城窟行之一》载："客从远方来，遗我双鲤鱼。呼儿烹鲤鱼，中有尺素书。"故后世多以"鱼传尺素"为寄信之典。双鱼，即指书信。

【点评】

这是一首送别词，地点当在蓝田旅途之中。词之上阕先叙写送别场景，以“残红零落、胭脂铺地”“撩乱春光曾几日”观之，当是在暮春之际。“极目青山”，尽写旅途遥远，暗含后会乏期，唯此，离别场面方才难舍难分。虽久送难舍，然终有一别。“回头无限情思”，尽写友朋难舍之深情。由眼前之悲伤，作者迅即宕开一笔，进入下阕，通过回忆，抒写往日之欢愉。“送别惊分袂”中，由一“惊”字，表面看似突如其来，实则意谓虽早就知晓别期，但当临近，仍不敢信以为真，蕴无限伤痛与愁思于其中。但该词并未沉湎伤痛而不能自拔。“闻说感恩，不如知己，古语君应记”，引用六朝《感知己赋赠坊》《答陆倕感知己赋赠坊》之典故，对知己之情表示感恩。尾句“前欢可续，双鱼莫惜频寄”，既然分别已成定然，那么能够接续前欢者，唯有尺素（书信），亦即靠频频书信互通，交情传意。此句既是劝人，亦为自劝，语带双关。使事用典，情味悠远绵长，是该词在艺术上的主要特点。

满庭芳

薛　班

同澄溪、谦谷二使君、瞻武孝廉，集张楚白秀才幅园，看玉兰花。

丽日烘梅，轻烟染柳，饧箫催近清明。[①] 春风吹绿，草色暗山城。共指蓬蒿三径，寻仲蔚、小憩荒庭。[②] 缭垣下，悄无人迹，玉树独敷荣。[③]

江南当此际，木兰开放，地粉天琼。见他乡凋谢，身尚飘零。憔悴蓝田倦客，怕重听、茅店鸡声。[④] 花前坐，休嗟潦倒，拚醉对良朋。

【注释】

①饧箫：卖饴糖人所吹的箫。语本《诗经·周颂·有瞽》：“箫管备举。”郑玄笺：“箫，编小竹管，如今卖饧者所吹也。”孔颖达疏：“其时卖饧之人吹箫以自

表也。”

②蓬蒿：蓬草与蒿草，代指田舍。三径：西汉末年，王莽专权，兖州刺史蒋诩告病辞官，隐居乡里，于院中辟有三径，唯与羊仲、求仲往来。后来常用三径喻指隐士居处。仲蔚：指贫士隐居不仕。晋代皇甫谧《高士传》：“张仲蔚者，平陵人也。与同郡魏景卿俱修道德，隐身不仕，明天官博物，善属文，好诗赋，常居穷素，所处蓬蒿没人。闭门养性，不治荣名，时人莫识。唯刘龚知之。”陶渊明《咏贫士》：“仲蔚爱穷居，绕宅生蓬蒿。”

③缭垣：围墙。汉代张衡《西京赋》：“缭垣绵联，四百余里。”敷荣：开花结实。

④茅店鸡声：唐温庭筠《商山早行》有“鸡声茅店月，人迹板桥霜”，以写旅途之荒寒与孤独。

【点评】

该词是一首思乡之作，作于清明时节与好友共赏玉兰花时。上阕着重写景。通过对“梅”“柳”“草色”“玉树”等各类景色的铺陈叙写，“草色暗山城”中“暗”字形象地描绘出草木茂盛的样子，展现出清明前后的春景。“蓬蒿三径”“寻仲蔚”“小憩荒庭”写出了作者贫困潦倒的处境，想出仕而不能的苦闷之情。下阕则由眼前景，生出浓郁的思乡之情，从而生发出身世飘零、蓬转异乡的悲凉之感。“怕重听、茅店鸡声”，亦是有感于飘零而作，以见出内心之敏锐和对家乡思念之深切。“拼醉对良朋”则是自我安慰之语。由于飘零，而无归期，由于思乡，而又心存悲戚。因此，只有在与良朋与樽酒面前，或许才能暂时忘却内心的愁绪。以“拼”字，表面是写饮酒之狂放，实则暗含内心悲痛之深重。点化前人诗句为已用，以乐景写哀情，并为该词在艺术上的特点。

过秦岭题韩文公祠

李兆龙

石磴盘千仞，肩舆缓几程。
云横山不断，风息树无声。
幸慰瞻韩愿，深钦辟佛情。
文章高八代，日月比光明。[①]

【作者简介】

李兆龙（生卒年不详），商州（今陕西商洛）人。此诗选自《直隶商州总志》，全诗二首，兹选一首。

【注释】

①“文章”句：语出苏轼《潮州韩文公庙碑》：“文起八代之衰，道济天下之溺。”

【点评】

由诗题可知，本诗为作者过秦岭时路过韩文公祠所写，表达对韩愈的仰慕之情。首联写韩文公祠台阶高陡，诗人乘轿登山中途休息几次才到达。颔联写诗人到达祠庙时所见美景，但见白云连横，峰峦相连，既无风声也无树声，给人以天高云阔的静谧之美，同时也烘托出了祠庙的静穆氛围。后两联则写能够瞻仰韩文公的遗风是作者一直以来的夙愿，如今心愿已了自然颇感宽慰，其中作者特别对韩愈敢于直言劝谏迎接佛骨一事表达了由衷的欣赏与钦慕。结尾“文章高八代”一句化用自苏轼评韩愈的“文起八代之衰”，而作者在此基础上更进一步赞颂韩文公之才华实可与日月相争辉，表达了其对韩愈深挚的仰慕之思与钦佩之情。

过武关

王肇基

其一

山围水抱塞垣西，少飞雄名两字题。①
上洛咽喉通去马，前秦锁钥度鸣鸡。②
戍楼鼓息烽烟净，邮馆旗招落日低。
客自无愁何待送，关门那不锁寒溪。

其二

雄关百二仰西秦，生就岩疆迥不论。③

山势划开秦楚界，水声流尽汉唐人。
云封谷口蚕丛路，日落城头马上尘。
客馆那曾酣旅梦，子规夜半叫芳春。

【作者简介】

王肇基（生卒年不详），陕西岐山（今陕西宝鸡）人。岁贡生，曾任洛南训导。

【注释】

①塞垣：本指汉代为抵御鲜卑所设的边塞。后亦指长城、边关城墙，或北方边境地带。

②锁钥：比喻极其重要、起决定作用的因素，关键之意。明唐顺之《赠王潼谷出守保定》诗："共说股肱部，须凭锁钥才。"

③百二：以二敌百。谓秦以两万人阻挡诸侯百万人。后以喻山河险固之地。《史记·高祖本纪》："秦，形胜之国，带河山之险，县隔千里，持戟百万，秦得百二焉。"

【点评】

《过武关》其一前两联写武关山围水抱，地势险要，是秦楚的咽喉重地，也是交易来往的重要商事之地，突显了武关的雄奇与艰险。颈联则通过细写战事硝烟不复存焉时的画面，描绘出了关上无事的图景，暗含失落之情。尾联化用唐人李涉诗句"关门不锁寒溪水，一夜潺湲送客愁"，武关能锁住千军万马，但是锁不住寒溪水。诗人之愁，在第二首诗中较为明确。其二开篇与第一首类似，先以写武关地势险要为秦四关之雄作为铺垫，然后从时间、空间两个维度入手来表达对武关之雄险的赞美与敬仰之情。颈联重申武关战略地位的重要之后，用"日落城头"来感叹当下武关的状况，失落之情溢于言表。尾联化用宋代人王令的诗句"子规夜半犹啼血，不信东风唤不回"，希望武关能重振雄风。汉唐之后，首都东移，武关的重要性也不比当年，诗人经过武关，怀古伤今，感叹世事变迁，这两首诗也暗含希望三秦崛起之情。

四皓古陵

李本定

寥落芳踪不可追，空钦高冢认残碑。
清风已逐秦人远，劲节宁随汉代移。
雨击白杨愁鹳鹤，草封黄土纵狐狸。
唯余烨烨山芝在，时供幽人一疗饥。①

【作者简介】

李本定（生卒年不详），陕西商州（今陕西商洛）人，纂《续修商州志》。

【注释】

①烨烨：明亮、灿烂、鲜明的样子。唐代卢纶《割飞二刀子歌》："刀乎刀乎何烨烨，魑魅须藏怪须慑。"此处用以形容四皓高风长存至今。

【点评】

这首诗是作者即景抒情，实是怀古伤今之作。首联用"寥落""空"营造出寂静、人迹罕至的氛围，用"残碑"来暗示作者的心境；颔联为怀古抒情，"清风"和"劲节"都随着历史而消失，流露出作者的哀叹之情。颈联写此地如今雨击白杨令鹳鹤也愁，四皓陵也已被野草覆盖，只有狐狸出没其间，如杜甫诗"北城悲笳发，鹳鹤号且翔"。此联运用"雨""白杨""鹳鹤""黄土""狐狸"一连串的意象来展示出古陵的荒凉，对仗严整、以情统景，尤其"击""封"颇见炼字之功，有王国维所谓"有我之境"风韵。"幽人"的出现为古陵增添了一丝人气，亦是诗人自比，映衬自身处境。全诗前三联写四皓陵如今颓败破坏之情景，尾联点出以山芝代四皓之清志，犹可供"我"这种幽人追思，表达了对四皓之风的景仰之情。

丹水环城

李曰栋

丹流滚滚绕西来，一带环经百雉隈。[①]
风定水澄平似熨，潮生浪急怒如摧。
光摇龟岸方南转，波撼鹤城至北回。[②]
最爱江天明月夜，恍疑蜃市岛中开。

【作者简介】

李曰栋（生卒年不详），梁溪（今江苏无锡）人，曾任商县令。

【注释】

①百雉：指城墙的长度达三百丈。隈（wēi）：山水等弯曲的地方。

②龟岸：即龟山，现位于陕西省商洛市新城区南面。鹤城：商州又名“鹤城”，因城区坐落于丹江之北，背靠金凤山，面对龟山，形如鹤翔，故有“鹤城”之称。

【点评】

“丹水环城”作为古商州八景之一，是历代文人吟咏的对象。诗人登高望江，用大手笔写出了丹江的气势，流露出对丹江风景的喜爱之情。首联用“滚滚”二字写出丹江水的气势磅礴，用“环经百雉”写出绕城丹江水势的绵长。颔联写出丹江“风定”和“浪急”两种状态下的景象，“平似熨”是比喻手法，“怒如摧”是拟人手法，前后对比明显，写出了丹江的不同风貌；颈联使用互文的艺术手法，极写丹水环城波澜壮阔之景象；最后一句由写景转向抒情，由写实转向虚实结合，刻画出江边夜景的美好，把“明月夜”与“蜃市”联系在一起，用这些意象勾勒出一副虚幻的美好景象。全诗虚实结合，运用比喻、拟人等手法，写出了丹江绕城时的美景，表达了对丹江绕城之景的赞美之情。

武关胜塞

邹其镖

东来胜地锁商颜，险阻天成夹道间，
右俯壑深索一水，左看壁立耸千山。
鸡鸣客度晨光动，柝起风清夜色阑，
岭上行人回首处，苍烟翠霭拥严关。

【作者简介】

邹其镖，生平事迹不详。

【点评】

武关胜塞位于商州东百八十里，跨官道设关，北接高山，南临绝壑，险阻之势，得之天成。前两联写武关地形之险要，“锁”“夹”写出了武关地理位置之重要与武关道之狭窄，“右俯”与“左看”前后对仗，一侧深渊一侧峭壁，写出武关地势之险。颈联转向写武关独特风景，千蹄络绎，惊月影以问晨征；百雉崔嵬，闻柝声而严夜令。“鸡鸣客度晨光动”化用温庭筠“鸡声茅店月，人迹板桥霜”，写出诗人清晨出发的风景，一个“动”字，真实地描绘出了山上旭日东升的场景；“柝起风清夜色阑”则写出风清人静的闲适场景，如陈锡嘏诗“柝起街声静，砧鸣夜色寒”。尾联用明快的语言写出武关有苍翠的烟雾缭绕，让离去的行人忍不住回头再看，突显出武关风景之独特与秀丽。

参考书目

1.逯钦立辑校《先秦汉魏晋南北朝诗》汉诗卷一，中华书局1983年版

2.《全唐诗》，中华书局2011年版

3.《全宋诗》，北京大学出版社1995年版

4.《全辽金诗》，山西古籍出版社1999年版

5.《全金元词》，中华书局1979年版

6.《元诗选》初集，中华书局1987年版

7.《全元散曲》，中华书局1964年版

8.［清］张豫章编纂《四朝诗》明诗卷，清文渊阁四库全书本

9.［清］沈德潜、周准编《明诗别裁集》，上海古籍出版社2013年版

10.《全清词》（顺康卷及补编、雍乾卷）

11.赵幼文校注《曹植集校注》，人民文学出版社1998版

12.［明］刘基撰《刘基集》，浙江古籍出版社1999年版

13.［明］陶安撰《陶学士集》，清文渊阁四库全书本

14.［明］孙蕡撰《西庵集》，清文渊阁四库全书本

15.［明］乌思道撰《春草斋集》，民国四明丛书本

16.［明］殷奎撰《强斋集》，清文渊阁四库全书本

17.［明］邓雅撰《玉笥集》，清钞本

18.［明］陈琏撰《琴轩集》，上海古籍出版社2011年版

19.［明］李昌祺撰《运甓漫稿》，清文渊阁四库全书本

20. [明] 沐昂撰《素轩集》，明刻本
21. [明] 薛瑄撰《敬轩文集》，清文渊阁四库全书本
22. [明] 李贤撰《古穰集》，清文渊阁四库全书本
23. [明] 李鸿渐修、任庆云纂《商略·商南县集》，明嘉靖三十一年刻本
24. [明] 岳正撰《类博稿》，清文渊阁四库全书本
25. [明] 李东阳撰《怀麓堂集》，清文渊阁四库全书本
26. [明] 梁储撰《郁洲遗稿》，清文渊阁四库全书本
27. [明] 朱诚泳撰《小鸣稿》，清文渊阁四库全书本
28. [明] 王云凤撰《博趣斋稿》，上海古籍出版社1995年影印版
29. [明] 王九思撰《渼陂集续集》，明嘉靖刻崇祯补修本
30. [明] 李梦阳撰《空同集》，清文渊阁四库全书本
31. [明] 何景明撰《大复集》，明嘉靖刻本
32. [明] 刘储秀撰《刘西陂集》，明嘉靖刻本
33. [明] 赵完璧撰《海壑吟稿》，清文渊阁四库全书本
34. [清] 刘绘撰《嵩阳集》，明嘉靖三十七年方显刻本
35. [明] 王维桢撰《槐野先生存笥稿》，明万历黄升王九叙刻本
36. [明] 欧大任撰《欧虞部集十五种》，清刻本
37. [明] 徐学谟撰《徐氏海隅集》诗编，齐鲁书社1997年版
38. [明] 王世贞撰《弇州四部稿》，明万历刻本
39. [明] 张四维撰《条麓堂集》，明万历二十三年张泰征刻本
40. [明] 张九一撰《绿波楼诗集》，齐鲁书社1997年影印本
41. [明] 霍与瑕撰《霍勉斋集》，广西师范大学出版社2014年版
42. [明] 温纯撰《温恭毅集》卷二十一，据清文渊阁四库全书本
43. [明] 卢龙云撰《四留堂稿》，明万历刻本
44. [明] 钟惺撰《隐秀轩集》隐秀轩诗月集，明天启二年沈春泽刻本
45. [明] 揭重熙撰《揭蒿庵先生集》诗集，清乾隆刻本
46. [清] 朱彝尊编纂《明诗综》，清文渊阁四库全书本
47. [清] 李雯《蓼斋集》，清顺治十四石维昆刻本
48. [清] 王鑨撰《大愚集》，清康熙四年王允明刻本
49. [清] 毛师柱撰《端峰诗选》，清康熙三十三年王吉武刻本

50. [清] 黄图珌撰《看山阁集》，清乾隆刻本

51. [清] 王昶撰《湖海诗传》，清嘉庆刻本

52. [清] 张五典撰《荷塘诗集》，清乾隆刻本

53. [清] 赵怀玉撰《亦有生斋集》，清道光元年刻本

54. [清] 顾汧撰《凤池园诗文集、诗集》，清康熙刻本

55. [清] 王时叙撰《远山诗草》，《商县文史资料·第4辑》

56. [清] 赵怀玉撰《亦有生斋集》，清道光元年刻本

57. [清] 吴荣光撰《石云山人集》，清道光二十一年吴氏筠清馆刻本

58. [清] 张祥河撰《小重山房诗词全集》，清道光刻光绪增修本

59. [清] 董平章撰《秦川焚余草》补遗，清光绪二十七年容斋刻本

60. [清] 樊增祥撰《樊山集》，清光绪十九年渭南县署刻本

61. [清] 谭嗣同撰《谭嗣同集·莽苍苍斋诗补遗，》民国戊戌六君子遗集本

62. [清] 沈青崖等编纂《陕西通志》，清文渊阁四库全书本

63. [清] 王如玖纂修《直隶商州总志》，清道光四年刊本

64. [清] 王廷伊纂修《康熙续修商志》，见王培峰主编《明清商洛地方志丛书商州分册》，陕西人民出版社2016年版

65. [清] 罗文思纂修《乾隆续商州志》，见王培峰主编《明清商洛地方志丛书商州分册》，陕西人民出版社2016年版

66.丹凤县志编纂委员会《丹凤县志》，陕西人民出版社1994年版

67.镇安县志编纂委员会编纂《镇安县志》，陕西人民出版社1995年版

68.商州市地方志编纂委员会编《商州市志》，中华书局1998年版

后　记

2015年5月，商洛市博物馆馆长刘作鹏代表商洛市文化部门，找到西北大学文学院和中国唐代文学学会秘书处，委托我们编一部关于商於古道的诗选。西北大学文学院教授、唐代文学学会副会长兼秘书长李浩教授遂邀请阎琦教授作主编。阎琦教授年轻时曾在商洛地区商南县富水中学任教九年，对商洛地区很有感情，期间往来西安、商南之间，走熟了武关道，且刘作鹏又是他在富水中学任教时的学生，所以阎琦教授慨然应允，很快成立编委会，组织编写人员，召开研讨会，制定工作计划。之后，编写人员查阅资料，到2015年8月，拿出初选目录，经编委会讨论后，编写人员对初选目录进行增删。9月，确定编选目录；10月，确定编写体例、拿出样稿。然后，编写人员分头行动，编写书稿。具体分工如下：

汉—唐部分：魏敏（西安文理学院）提供目录，亢亚浩（西北大学）、邱晓（西北大学）撰稿；

宋辽金元部分：高淑君（西北大学）提供目录并撰稿；

明代部分：张筠（解放军边防学院）提供目录并撰稿；

清代部分：王伟（陕西师范大学）提供清词目录，邱晓提供清诗目录，栾玉博（西北大学）、邱晓撰稿。

2016年3月，初稿完成；4月，针对初稿，我们在商洛市召开了一次研讨会，商洛市的专家和学者提出了许多宝贵意见和建议，为我们之后对书稿的修改完善提供了极有价值的参考；7月，我们完成了对初稿的修改，并请唐代文学学会常务理事李芳民教授、西北大学中文系主任张文利教授审阅了书稿，两位专家给出了审稿意见，我们再次对书稿进行修善；8月底，书稿修订完成，交付委托方。

在此，我们向所有帮助我们完成书稿的老师、朋友、专家和学者表示感谢。西北大学文学院古代文学专业的硕士生阎赵玉、张雨笑为我们校对了部分文稿，在此一并感谢。感谢中华书局金锋、李晓燕，为本书顺利出版付出的辛苦劳动。商洛市政府原主管文化的副市长刘荣贤，商洛市文广局原局长周云岳，为本书立项、筹措资金做了许多工作；陕西省考古研究院资深研究员王学理先生，从考古学角度为本书序言提出了许多专业而权威的意见与建议；商洛市委宣传部长马生龙，商洛市文广局长杨长江为本书出版做了许多工作。

我们学识有限，编写时间紧张，且文稿成于众人之手，定有舛误和疏漏之处，请读者不吝批评指正，以利我们修改完善。

编者

2016年10月1日